MAYTE ESTEBAN

La Colina del Almendro

Editado por Harlequin Ibérica.
Una división de HarperCollins Ibérica, S.A.
Núñez de Balboa, 56
28001 Madrid

© 2019 Mayte Esteban
© 2019 Harlequin Ibérica, una división de HarperCollins Ibérica, S.A.
La Colina del Almendro, n.º 254 - 11.9.19

Todos los derechos están reservados incluidos los de reproducción, total o parcial.
Esta edición ha sido publicada con autorización de Harlequin Books S.A.
Esta es una obra de ficción. Nombres, caracteres, lugares, y situaciones son producto de la imaginación del autor o son utilizados ficticiamente, y cualquier parecido con personas, vivas o muertas, establecimientos de negocios (comerciales), hechos o situaciones son pura coincidencia.
® Harlequin, TOP NOVEL y logotipo Harlequin son marcas registradas por Harlequin Enterprises Limited.
® y ™ son marcas registradas por Harlequin Enterprises Limited y sus filiales, utilizadas con licencia. Las marcas que lleven ® están registradas en la Oficina Española de Patentes y Marcas y en otros países.
Imágenes de cubierta utilizadas con permiso de Shutterstock.

I.S.B.N.: 978-84-1328-310-4
Depósito legal: M-25151-2019

A Pilar Muñoz, que me empujó a terminar esta historia.
A Marta, mi hermana.

«No hay ejemplo de una nación que se beneficie de una guerra prolongada».
El arte de la guerra.
Sun Tzu (545-470 a.C.)

PRIMERA PARTE

CAPÍTULO 1

Almond Hill
Residencia de los condes de Barton
27 de julio de 1913

Querida Camille:
Me ha entristecido leer en tu carta que no vendrás a visitarnos. Esta casa hace tiempo que necesita que algo de luz entre por puertas y ventanas, y estoy segura de que solo tú puedes lograr que eso suceda. Ya sé que no te entiendes demasiado bien con papá, pero seguro que nos las podemos arreglar para que apenas coincidáis más que en las comidas, como en agosto pasado. Echo muchísimo de menos a mamá desde que murió, la preciosa familia que teníamos, y solo tus cartas me han servido de alivio en este tiempo en el que en Almond Hill solo se respira tristeza. Piénsalo, Camille, quizá encuentres un par de semanas para tu ahijada, que te extraña mucho.
Tuya,
Mary E. Davenport

Viernes, 1 de agosto de 1913

Pasaban unos minutos de las once de la mañana cuando la señora Durrell, el ama de llaves de Almond Hill, interrumpió la tranquilidad de la biblioteca para anunciar una visita. El ocupante de la sala, Richard Davenport, conde de Barton, bebía en esos momentos una copa de brandy mientras lidiaba con la correspondencia del día. Sentado en el elegante escritorio de caoba, levantó la vista hacia la mujer y le dio instrucciones para que hiciera pasar al visitante, pero no antes de diez minutos. En ese tiempo ordenó con tranquilidad los papeles que tenía esparcidos sobre la mesa y los guardó en un cajón.

Educado en la elitista escuela de Eton, Richard era un hombre serio y de costumbres severas. Solo había algo que alteraba la sobriedad de su carácter, su insana afición a las bebidas espirituosas, que había ido en alza tras la muerte de su esposa Elisabeth. Levantó la vista hacia el retrato de ella, situado sobre la chimenea, y por un instante pensó en que debería ser su última copa. Casi se había convencido, pero instantes después, empujado por la ansiedad que lo consumía, apuró el licor y dejó la copa con brusquedad en la mesa.

Volvió a sentir cómo la rabia le invadía, como hacía día tras día desde hacía un año, cuando la condesa murió por unas fiebres sin haberle dado un hijo varón.

Se había casado veinticinco años antes con ella, la hija mayor del duque de Bedford, y poco después había nacido su primogénito, un niño débil y enfermizo que, a pesar de los cuidados que le prodigaron, no logró sobrevivir. Tampoco lo hizo otra criatura, que se malogró a mitad del segundo embarazo de la condesa. Con el tiempo, la fortuna les sonrió y fueron padres de dos preciosas niñas tan distintas como la noche y el día: Mary Elisabeth y Mary Ellen. Sin embargo, esa felicidad siempre tuvo un pero para Richard: no tuvieron un hijo varón, lo que era causa de los desvelos del conde. Esto suponía que las posibilidades de conservar Almond Hill para los suyos eran prácticamente nulas. El patrimonio familiar no lo heredarían sus niñas, sino que pasaría, inevitablemente, al hijo de su primo, Charles Davenport, un joven de veinticuatro años asiduo de bailes y carreras de caballos, y bastante dado al despilfarro. Que Charles se quedase con el título supondría que sus hijas probablemente se tuvieran que marchar de Almond Hill a su muerte. Necesitaba conseguir antes para ellas un buen casamiento que mantuviera su estatus intacto.

Pero no era su único problema, algo más tenía desesperado al conde: la inmensa fortuna heredada de sus antepasados había mermado de manera alarmante en los últimos años. Él mismo se encargó de dilapidar el dinero, tras algunas gestiones hechas con muy poco criterio. Cierto era que conservaba intactos sus bienes, Almond Hill y los terrenos aledaños, inmensos jardines verdes que se transmutaban en un frondoso bosque donde era frecuente encontrar corzos y faisanes, pero el banco al que había pedido un crédito para cubrir las deudas contraídas por sus fallidas inversiones exigía su devolución y no sabía con qué afrontarlo. Las rentas no daban para tanto y, si no actuaba pronto, habría que empezar a tomar decisiones drásticas, a menos que quisiera perderlo todo.

Esa mañana esperaba la visita de un representante del banco con el que tenía que renegociar el importe de los plazos, por lo que se sorprendió cuando vio entrar a un desconocido en la biblioteca. Los ojos de Richard Davenport se enfrentaron a los de un señor de escasa estatura, ataviado con un gastado traje de tono gris.

—Buenos días, señor. Encantado de saludarle. Permítame que me presente: soy Angus Stockman, abogado de Londres.

El hombre se quedó plantado en medio de la biblioteca, esperando que le ofrecieran asiento en uno de los cómodos sillones de la sala, pero Richard no hizo el gesto de invitarlo. Frente a él, sobre la mullida alfombra traída de la India por el anterior conde de Barton, preguntó:

—Buenos días, señor Stockman, ¿a qué debo su visita?

Stockman, un hombre calvo y orondo que bordeaba los cincuenta, extrajo un pañuelo del bolsillo y se secó el sudor de la frente. No hacía calor, así que no cabía nada más que pensar que la noticia que traía no era fácil de transmitir y estaba destemplando sus nervios.

—Me envía mi cliente, el señor John Lowell, para… —se interrumpió, haciendo uso del pañuelo de nuevo, dejando la frase inconclusa.

—¿Para? —le animó Richard Davenport.

—Para pedirle la mano de su hija, Mary Elisabeth.

Richard estuvo a punto de reírse. Sería la primera vez en lo que iba de año, pero, en el último momento, pudo controlar el impulso.

—¿Y se puede saber quién es el señor John Lowell? No tengo el gusto de conocerlo, ni a él ni a ninguno de sus parientes. Dígame, ¿es conde? ¿Duque, quizá? ¿Vizconde?

—No, señor, no tiene ningún título que yo sepa.

—Pues, entonces, dígale a su cliente que no tomaré en cuenta la osadía de mandarle a mi casa con semejante propuesta. Mi hija se casará con alguien de su estatus cuando yo lo decida. A sus veintiún años y con su belleza, candidatos no le faltan. No voy a entregársela al primer muerto de hambre que ose pedir su mano.

—Permítame decirle que el señor Lowell no es un muerto de hambre. Posee una de las mayores fortunas que conozco —replicó Angus Stockman—. Es el propietario de varios negocios de importación en América del Norte y unos elegantes almacenes en Boston, una cabaña ganadera que no para de crecer y muchos acres de tierra en el nuevo continente. Sus bienes no han dejado de multiplicarse en los últimos años.

—Le repito que no sé quién es ese hombre ni entiendo cómo ha podido pensar que podría concederle el honor de casarse con mi hija. Además, tampoco imagino cómo ha podido saber de ella. No pertenecemos al mismo círculo social.

—John Lowell estuvo aquí hace poco más de un año. Conoció a su hija en la temporada, en un baile que ofreció el vizconde de Westmorland.

Richard rememoró el baile, era el último al que había acudido con su esposa antes de que enfermase y no recordó a nadie con ese nombre. Tampoco pretendía esforzarse en hacerlo. Miró al abogado con suficiencia, espantando el recuerdo de Elisabeth. Angus Stockman parecía empequeñecerse por momentos ante la gravedad del gesto del aristócrata. Antes de entrar en la casa sabía de las escasas posibilidades de salir de allí con un acuerdo positivo, pero una cosa era saberlo y otra muy diferente enfrentarse al malhumorado rostro del conde de Barton.

—No entregaré a mi hija a cualquiera, se lo puede transmitir. Además, ¿por qué no ha venido en persona? —insistió en conde.

—El señor Lowell está en América y no tiene previsto viajar a Inglaterra en los próximos meses. Sus negocios lo necesitan.

—¿Y qué es lo que pretende? ¿Quiere además llevarse a mi hija al otro lado del Atlántico? —preguntó sorprendido.

—¡Oh, no, en absoluto! Eso es algo que tengo que explicarle aún.

El conde se quedó mirando al pequeño hombre que tenía enfrente, sin acabar de comprender su actitud. Pensó en echarlo de su casa, pero al final la curiosidad le pudo.

—Hable, pues —dijo.

—Mi cliente, de momento, planea regresar a Londres estas navidades, pero no estará mucho tiempo aquí; como le digo, aunque es inglés tiene importantes negocios que atender en Boston. Solo, si ella lo decide así, viajaría a América con él. Si no le apeteciera, hay una casa en Londres en la que dispondrá de todas las comodidades, y donde podrá esperarlo hasta su regreso. El señor Lowell viaja mucho. Además, su hija tendrá a su disposición una buena cantidad de dinero que yo le haré llegar a principios de mes. No menos de mil libras, eso me ha dicho.

A medida que el hombre hablaba, el cerebro del conde empezó a calcular. Mil libras mensuales suponían un montante de doce mil anuales, una fortuna que, de pasar por sus manos, podría mitigar en parte sus problemas económicos. Aunque el conde tenía claro que la ausencia de sangre noble de aquel individuo, del que además no sabía nada, llevaba implícito un no en su futura respuesta, aquella propuesta empezaba a despertar su atención. Tanto como para querer escuchar todos los detalles.

—¿Cuántos años tiene el señor Lowell? —preguntó, pensando que quizá fuera un viejo que pudiera morir en breve.

—No ha llegado aún a la treintena.

—Y, una pregunta más, si me lo permite. ¿Qué pruebas tengo de que lo que me está contando es cierto?

—Puedo mostrarle documentos que certifican todo lo que digo. Además, en el caso de que acepte, le entregaré yo mismo dos mil libras que no restan ni una al acuerdo de las mil mensuales. Cortesía para usted de su futuro yerno.

Angus Stockman percibió una pequeña debilidad en Richard Davenport. Por el señor Lowell, el abogado sabía de sus problemas financieros, pero también era consciente de lo que presumía de la limpieza de su sangre noble. La única posibilidad que tenía de conseguir su objetivo era atacar a su debilitado bolsillo y observaba briznas de victoria en las dudas del conde. Casi podía leer en sus ojos que Richard había claudicado ante su proposición cuando volvió a hablar para darle su respuesta.

—Muy tentadora su propuesta, pero no hay acuerdo —dijo—. No veo la razón por la que debería mostrarme inclinado a aceptar su ofrecimiento.

La respuesta desinfló al abogado. Tomó aire antes de entrar en la siguiente cuestión, a la que hubiera no querido llegar. Richard se acercó al ventanal, y a través de él miraba al exterior, dejando claro con su postura que la conversación había finalizado por su parte. Sin embargo, en cuanto escuchó al abogado, se dio la vuelta y lo miró sorprendido.

—El señor Lowell conoce sus problemas… con el banco.

—¿Cómo dice? —dijo, volviéndose hacia él—. ¿Y se puede saber quién le ha proporcionado esos datos? —bramó el conde, enfurecido por el hecho de que alguien se hubiera tomado la libertad de hablar de sus asuntos personales tan a la ligera.

—Yo no lo sé, mi cliente no ha compartido sus fuentes conmigo. Solo me dijo que, si se oponía a tomarlo en cuenta como candidato a la mano de su hija, hiciera uso de esa información. Como le he contado, John Lowell es muy rico. Si usted acepta que se convierta en su yerno, tal vez podría liquidar las deudas o, al menos, él podría ayudarle a afrontarlas.

—¡No sé de dónde ha sacado que estoy en la ruina! —dijo Richard, esta vez en voz queda, pero muy enfurecido—. ¡No es cierto!

—Lo único que sé, señor, es lo que mi cliente me ha contado y el encargo que me ha hecho.

—¡Pues váyase con su encargo ahora mismo de mi casa!

El conde agarró un bastón con empuñadura de plata que había pertenecido a su tatarabuelo y apuntó con él a la frente de Stockman mientras se le acercaba de manera amenazadora. El abogado fue retrocediendo. Su trabajo, por ese día, estaba hecho.

—Piénselo, señor Davenport. Pasaré de nuevo en unos días y, en caso de que no haya cambiado de idea, no volveré a molestar.

Richard Davenport bajó el bastón y clavó su mirada en la de aquel personaje. La contundencia de las últimas palabras y la propuesta económica, que no dejaba de bailar por su cerebro, le hicieron serenar sus primeras intenciones de sacarlo de allí a patadas.

—Haga lo que quiera —dijo al fin—. Buenos días, señor… Perdone, he olvidado su apellido.

—Stockman, Angus Stockman. Y mi cliente es el señor John Lowell. Nos vemos.

Cuando el abogado dejó la biblioteca, Richard Davenport se sirvió un brandy y se lo bebió de golpe. Ni siquiera así logró calmar la inquietud que sentía. Si un desconocido sabía de su ruina, era más que probable que en poco tiempo media aristocracia inglesa también se enterase.

Tomó un segundo trago.

Martes, 12 de agosto de 1913

Tras la comida, Richard se encerró a solas en la biblioteca. Saboreaba una copa de brandy mientras miraba distraído las páginas del periódico, un ejemplar de la semana anterior del *Times* que le había proporcionado el señor Lennon, el párroco de Chignall. A Almond Hill, el progreso llegaba igual que ese periódico, con un retraso considerable. Ningún automóvil había atravesado el camino que conducía a la entrada y ni siquiera tenían teléfono, algo que empezaba a ser frecuente en las casas de aristócratas. La única concesión a la modernidad en la enorme mansión era la electricidad, que había sido instalada unos años antes, cuando las finanzas de los condes de Barton vivían tiempos mejores.

Richard no había dejado de darle vueltas a la extraña visita que había recibido del abogado. Con la mirada en el periódico, en noticias que no estaba leyendo realmente, recordaba sus razones personales para no consentir que su hija Elisabeth emparentase con un burgués. No podía ceder. La muchacha debía mantener la posición social que habían ido heredando. Sin embargo, las más de doce mil razones en forma de libras anuales eran demasiado tentadoras, y mucho más considerando que había dos mil más a modo de anticipo para remendar su maltrecho bolsillo. Disponer de efectivo para saldar las deudas con el banco le otorgaría una tranquilidad de la que no gozaba desde hacía tanto tiempo que apenas recordaba cómo era no sentirse ansioso.

Pero no. No podía aceptar a un hombre del que, además, no conocía nada. Sería un agravio que no se había consentido nunca en su familia. Sabía que algunos nobles se mezclaban con burgueses enriquecidos con la industria; él estaba decidido a no manchar su linaje con un enlace de ese calibre. Al menos haría todo lo que estuviera en sus manos para impedirlo. Su padre le había hecho comprender en su juventud que ese era un deber y no una opción para él, y estaba dispuesto a cumplirlo con sus hijas.

Se levantó del sofá y dejó la copa sobre una pequeña mesa auxiliar situada al lado de la ventana. Se recolocó la chaqueta sobre el chaleco, rehízo el nudo del corbatín y se aseguró de que los picos de la camisa estuvieran alineados. Después se pasó nervioso la mano por la cabeza. No pudo evitar un gesto de fastidio: cada vez tenía menos pelo. Quizá para compensar lucía un enorme bigote y la barba que ocupaba la parte inferior del rostro excepto en la barbilla.

Abrochó los botones de la chaqueta, pero al instante se arrepintió. No quería dar una imagen demasiado formal, así que volvió a soltarlos.

—Señor —dijo Martin, el mayordomo, interrumpiendo sus reflexiones—, está aquí el joven Charles.

—Hágalo pasar.

Charles Davenport había heredado el pelo rubio y los ojos claros de la familia paterna, así como un físico esbelto que le daba un enorme atractivo. En los bailes que se organizaban en la temporada era siempre el centro de atención de las féminas. Su capacidad para granjearse el favor de todo el mundo resultaba asombrosa y era esa era la razón por la que llevaba una vida mucho más acorde con alguien más mayor que con la de un joven de su edad. Frecuentaba partidas de cartas en las que ganaba sumas ingentes, que acababa perdiendo con la misma facilidad, rodeado de duques, condes y vizcondes, los mismos que ocupaban asientos en el Parlamento de la nación; eso si no estaba entretenido en cacerías o apostando en el hipódromo.

—¡Muy buenas tardes, tío!

—Buenas tardes, Charles. Siéntate, por favor —le dijo señalando los sillones frente al fuego apagado, mientras cogía de nuevo su copa y también se sentaba—. Dime, ¿has averiguado lo que te pedí?

—Por supuesto. Ya le dije, tío, que para sacar algo a sir Winston no hay nada mejor que invitarle a una buena botella de whisky escocés.

—¿Qué sabe?

—Le han llegado informaciones que empiezan a ser preocupantes. Hay quien está pensando que no tardaremos en entrar en guerra con los alemanes.

—¿Estás seguro?

—Se está invirtiendo en armamento gran cantidad de dinero. Parece que la guerra está ya ahí.

—¿Qué sugiere sir Winston?

—Dice que la inversión más segura en estos momentos pasa por las armas y yo estoy de acuerdo. Tras el Tratado de Londres da la sensación de que esto es algo imparable, pero parece que el escenario de una hipotética contienda estaría en el continente y en ningún momento nos alcanzaría. Nos conviene invertir en armas y que la guerra estalle cuanto antes.

Desde el invierno, Charles había sustituido a su tío en las sesiones que se celebraban en el Parlamento. La muerte de Elisabeth agravó sus problemas con el alcohol y, tras una serie de comentarios desafortunados, fue invitado con amabilidad a que se tomase un descanso en Almond Hill. En un principio, Richard se enfureció, pero al cabo de un tiempo hasta lo agradeció. Su sobrino le mantenía informado de cuanto sucedía y él no tenía que renunciar a lo único que le hacía sentir bien: un buen brandy.

Lo que le sorprendió fue que Charles, apenas un muchacho, hablase con tanta frialdad de algo tan serio como era la posibilidad de una guerra. O acaso no, acaso era su juventud la que le hacía verlo como algo en lo que no se jugaban vidas humanas. Al conde no le gustaba la idea de invertir en armas porque, de saberse que andaba mezclado en negocios con la industria supondría otro descalabro para su imagen entre la alta sociedad, ya tocada por su ausencia en la cámara de los lores. La desesperada situación en la que se encontraba Almond Hill hizo que sus reticencias se rebajasen un grado. El que la posible guerra no tuviera como escenario Gran Bretaña hizo que bajasen otro escalón. El trago de brandy acabó por diluirlas del todo.

—El problema es la liquidez, ya sabes que no tenemos demasiado dinero en efectivo —dijo Richard—. No estoy seguro de poder afrontar los pagos del banco a tiempo si nos equivocamos. Ya he tenido que hablar con ellos una vez para que me concedan más tiempo y no sé si lo podré conseguir otra vez.

—¿Se podrían vender algunas tierras? Tenemos muchas, tío —sugirió Charles.

—¡No! Eso jamás. Se lo juré a mi padre y cumpliré. Almond Hill es intocable.

Almond Hill, la casa familiar y sus terrenos, era algo con lo que jamás negociaría.

Richard Davenport se levantó y paseó nervioso por la habitación mientras meditaba. La información que le acababa de servir Charles no le parecía descabellada. Hacía meses que era evidente que la situación entre los países de Europa empeoraba día a día. Los alemanes estaban ampliando su ejército y en los astilleros rusos se preparaban barcos militares de enormes dimensiones; por otro lado, el conflicto en los Balcanes, aunque se hubiera firmado la paz a finales de mayo, no se había zanjado del todo y, más allá, en las colonias, los choques entre potencias se sucedían. La situación general de crispación no auguraba nada bueno. Charles llamó su atención:

—Tío, es el momento de arriesgarse. Podemos sacar mucho dinero si sabemos emplear la información que nos ha proporcionado la afición al whisky de sir Winston.

El conde sumergió sus ojos en el marrón del licor, concentrándose en el fondo de la copa de brandy que tenía en la mano. Si se adelantaban e invertían en armas, su capital podría crecer mucho en muy poco tiempo y se desharía de los incómodos acreedores antes de que fuera pública su ruina. Podría ahorrar a su familia la vergüenza de constatar que había sido el peor gestor de los bienes de los Barton en generaciones. Claro que, para ello, primero tendría que tener un capital con el que abordar aquella inversión.

—Hace unos días vino un abogado a verme —dijo.

—¿El banco empieza a presionar? —preguntó Charles, temiendo que el momento que trataban de evitar se hubiera presentado antes de tiempo.

—No, no era del banco. Era el abogado de un tal John Lowell. Vino a pedirme la mano de Elisabeth.

—¿Lowell? —preguntó Charles—. No me suena. ¿De quién es familia?

—No tiene ningún título.

—Supongo que su petición habrá sido desestimada por completo…

—Por supuesto, por supuesto —dijo Richard poniéndose de pie—. Sin embargo…

Richard había dejado la frase sin concluir y eso hizo que Charles supusiera que había algo en la petición de ese tal John Lowell que había hecho vacilar a su tío. Quiso saberlo enseguida. Había aprendido a guardar cualquier información que consiguiera para emplearla en el momento en el que sacase más partido de ella y

Richard Davenport no se iba a librar de su curiosidad por muy primo de su padre que fuera.

—¿Qué le ha hecho dudar?

El conde titubeó. No era elegante lo que estaba pensando. No le colocaba en una buena situación como padre. El dilema entre mantener el honor de la familia o el patrimonio llevaba torturándole más de una semana, y el ofrecimiento de Charles de escucharle era tentador. Podría ayudarle a ver la situación con más perspectiva.

Notó en su espíritu signos de flaqueza que frenó como pudo antes de verbalizarlos.

No, pensó que Charles era demasiado joven y se relacionaba con muchas personas. Ya le parecía una auténtica temeridad que conociera su penosa situación financiera, que no hubiera podido evitar que una tarde viera sus cuentas sobre la mesa de la biblioteca. Tomó otro sorbo de brandy que le quemó la garganta. Mientras notaba cómo el líquido ardiente iba deslizándose por su pecho, sintió un repentino sudor. Las palabras encontraron un resquicio y salieron de su boca sin pedir permiso.

—Ese hombre posee una gran fortuna. Me ha ofrecido dos mil libras, más mil mensuales para el sustento de Elisabeth, a cambio de su mano.

No añadió que Lowell sabía detalles sobre su ruina.

—Dicho así parece que estuviéramos hablando de ganado —dijo Charles con bastante sorna.

—Eso me ha parecido. Al parecer este hombre está acostumbrado a comprar vacas y ha debido de pensar que mi hija es una simple res con la que engordar su cabaña.

—Sin embargo, es dinero, tío. Podría ser un buen inicio para nuestros negocios.

—¿Crees que estoy loco? —bramó Richard—. ¡No voy a vender a mi hija mayor al primero que venga ofreciendo dinero por ella!

—No se altere, tío —dijo Charles con mucha calma—. Supongo que ese hombre no está tratando de comprarla a ella, sino nuestra nobleza. Ha dicho que las mil libras mensuales son para su sustento. ¿No piensa vivir en Almond Hill? ¿Para qué iba a necesitar Elisabeth dinero propio si él es tan rico?

—Eso es también otro disparate en esta historia. Este hombre vive en América y no piensa venir hasta Navidad, y solo de visita. Dice que está dispuesto a que Elisabeth se quede en su casa de Londres mientras él permanece en Boston al frente de sus negocios.

—Vaya, muy enamorado no parece. Es obvio que sus intenciones pasan por añadir sangre noble a su dinero, pero ¿cree que busca también el título de conde de Barton?

—Si lo busca, no sabe nada. El título no será de ninguna de mis hijas, te corresponde a ti al ser el varón de la familia, así como todo lo demás.

—Lo sé, tío, pero estos nuevos ricos no se detienen ante nada tratando de darle brillo a sus fortunas. La ley está de nuestra parte, no se preocupe por eso. El título y Almond Hill se quedarán en la familia siempre.

La posibilidad de obtener un dinero fácil tentó a Charles, a quien el honor le importaba mucho menos que tener una buena cantidad de libras para invertir en sus negocios y en los mejores prostíbulos de Londres. Sirvió otras dos copas a su tío mientras reconducía la conversación. Le contó una partida de caza en la que había participado e hizo un resumen bastante amplio de la última vez que había acudido a la ópera. Antes de continuar con lo que se le había ocurrido, le puso una copa más de brandy.

—¿Me concedería la mano de Mary Ellen? —Charles pilló descolocado a su tío con la petición. Descolocado y ebrio.

—¿Y eso a qué viene, Charles? —preguntó este con dificultad, mientras le miraba con los ojos vidriosos.

—Porque se me ha ocurrido algo. Acepte que me case con Mary. Piense, yo soy el heredero. La boda de los futuros condes de Barton podría distraer la atención de nuestras amistades. Así, quizá podamos conseguir que Elisabeth se case con ese Lowell sin que se arme mucho alboroto y nos proporcionará dinero más que suficiente para iniciar esa inversión de la que hablamos. Sus pretensiones, si tienen que ver con lograr hacerse con el título y vuestra fortuna, se verían frustradas doblemente, puesto que Mary y yo llevamos sangre Davenport, pero su dinero ya estaría en nuestras manos. Si, como pensamos, la guerra estalla, todo estará tan revuelto que a nadie le preocupará con quién se ha casado Elisabeth.

—No pensaba casar aún a mis hijas, siguen de luto por la

muerte de su madre. ¡Mucho menos con alguien al que no conocemos de nada y que no tiene un linaje noble como aval!

—Tampoco es tan importante, tío, y además ya ha pasado más de un año desde la muerte de lady Elisabeth. Sería nuestra salvación. —Charles pidió a Richard que volviera a sentarse, para explicarse con más calma—. Creo que debería valorarlo.

—¿Has dicho que te casarías con Mary? —le preguntó.

—Eso he dicho, sí.

—De ningún modo. Mary no.

—Pero ¿por qué no? —Charles se mostró contrariado.

—Porque Elisabeth es la mayor. Ya sería una vergüenza casar a una de mis hijas mal, pero a la mayor sería una auténtica catástrofe.

Charles intentó contener la decepción ante los ojos de su tío. Prefería a Mary antes que a Elisabeth, pero tampoco estaba la situación para andarse con remilgos. Ya habría tiempo más adelante de conseguir lo que deseaba de la hija pequeña de Richard. Tenía que aprovechar la debilidad que empezaba a notar en su tío para sacar partido de aquella situación.

—¿Me concedería la mano de Elisabeth, entonces?

Richard se rascó la cabeza, intentando aclarar sus pensamientos, que nadaban confusos en un mar de brandy de reserva. Incluso en ese estado era capaz de verle un gran agujero al plan de su sobrino.

—Pero no has pensado en algo, Charles, ¿cómo vamos a lograr que ese hombre no se entere de que he intercambiado a mis hijas? Me ha pedido expresamente la mano de Elisabeth. Al parecer, la conoce de un baile. Se dará cuenta de que no es ella. ¡Ni siquiera se parecen!

—Sencillo. No vive aquí y tardará varios meses en regresar. Apresúrese a decirle que Elisabeth tiene otras peticiones de matrimonio y que no os es posible esperar hasta que venga en Navidad para tomar una decisión. Ofrézcale la posibilidad de contraer una boda por poderes de inmediato si quiere de verdad convertirla en su esposa. Cuando decida venir, él ya estará casado con Mary y Elisabeth conmigo, y no podrá hacer nada.

—¡Se pondrá furioso! ¡Yo me pondría furioso! ¿Cómo vamos a hacer para que no se dé cuenta de que se ha casado con otra mujer?

—Pensemos.

Charles se levantó y empezó a caminar por la habitación, mientras Richard le miraba.

—Ya se me ha ocurrido cómo. Por su manera de acercarse, tío, dudo mucho que le preocupe que sea Mary o Elisabeth. Si me apura, creo que tampoco importa si es una de sus hijas o la de cualquier otro que pueda acercarle a la alta sociedad. Se lo he dicho, tío, estos nuevos ricos son así.

—¿Y no le parecerá extraño que haya cambiado de idea tan rápido después de la manera en la que traté a su abogado? —preguntó Richard.

—Invente, tío. El dinero de ese Lowell podríamos invertirlo y saldaría las deudas de Almond Hill sin que nadie más que el banco sepa ni siquiera que han existido.

Pero el caso era que sí había alguien que lo sabía: John Lowell. El abogado, ese hombre gris y bajito, se lo había dicho. Y si Lowell lo sabía era porque alguna otra persona estaba enterada. Richard no tenía tan claro como Charles que pudieran llevar adelante semejante farsa.

Mientras pensaba, escucharon gritos procedentes del pasillo. Charles se asomó y llegó justo cuando la puerta de servicio de Almond Hill se cerraba de un portazo. La señora Durrell, compungida, entró en la biblioteca para informarle a Richard que uno de los criados se había marchado al no serle pagado su sueldo de las dos últimas semanas. La borrachera de Davenport mezclaba alcohol con dinero, problemas económicos con la vergüenza de que los criados abandonasen así su casa y sus escrúpulos se evaporaron de golpe, justo como Charles quería. Cuando el ama de llaves se retiró, Richard Davenport había tomado una decisión:

—¿Por qué no? —dijo—. Aceptaré a ese Lowell, pero le concederé la mano de la pequeña Mary, no de mi primogénita, aunque él no lo sabrá hasta que sea demasiado tarde para echarse atrás. No tiene previsto venir en mucho tiempo a Inglaterra, será sencillo decirle que entendí mal a su emisario. Consígueme un abogado, alguien que no conozca al que ha venido a verme. Se llama Angus Stockman. Vamos a hacer pensar a ese hombre que se va a casar con Elisabeth, pero será bueno que ella no esté libre para cuando él descubra que no ha sido así. Tú te casarás con mi hija mayor cuanto antes.

Charles dibujó una sonrisa forzada. Su prima Elisabeth era un buen partido, una belleza rubia, elegante y distinguida, del mejor linaje que uno pudiera desear. Otro punto a su favor era su falta de inteligencia, no daría demasiado trabajo engañarla con promesas de amor. Alguna vez había fantaseado con la posibilidad de convertirla en su esposa, pero la juventud de ambos y la absoluta certeza de que él sería el heredero de todos los títulos de su tío le habían hecho relegar el pensamiento. No era imprescindible casarse con la hija de su tío para acabar siendo conde de Barton y, en todo caso, siempre podía buscar a otra muchacha que incrementase su fortuna, así que hacía tiempo que había desestimado la idea. Además, sabía que nunca sentiría nada por su prima. Sin embargo, el amor no era lo mismo que el matrimonio, eso lo tenía claro desde hacía mucho tiempo, y la única renuncia que veía casándose con ella era tener que prescindir de su soltería.

Que Mary fuera sacrificada en todo aquello le producía un secreto placer. Ella sí era objeto de sus deseos, pero nunca había respondido a sus galanteos sino con desaires. Se merecía un escarmiento. Que un mal matrimonio la pusiera en el punto de mira de los chismorreos de la alta sociedad era una venganza exquisita.

—Mañana mismo tendrá el abogado que necesita, tío. Mientras, prepararé todo para engañar a ese Lowell y que no se dé cuenta del intercambio, e iré enterándome en qué podemos invertir ese dinero que decís que llegará en cuanto se produzca la boda.

—Discreción con eso, muchacho. Nadie debe saberlo. Espero que podamos salir beneficiados de esto.

Esa noche, Richard Davenport durmió de un tirón, noqueado por el alcohol y aliviado porque pensaba que había encontrado la salida a sus problemas.

Jueves, 21 de agosto de 1913

Mary Ellen Davenport estaba ocupada en su cuarto revisando unas telas. Habían llegado esa mañana de París, regalo de Camille Leduc, su madrina, e imaginaba el vestido que confeccionaría con ellas. Mary había aprendido a coser por la perseverancia de *mademoiselle* Leduc, la mejor amiga de su madre, una afamada y excéntrica modista francesa que adoraba a su ahijada. Camille era de la opinión de que una mujer tenía que tener siempre una habilidad que le permitiera salir adelante sin la ayuda de un hombre e insistió en que las dos jóvenes Davenport aprendieran su oficio. Obtuvo desiguales resultados en la empresa: mientras que Elisabeth no había mostrado interés ni capacidad suficiente, Mary se apasionó con la posibilidad de trasladar su imaginación a los diseños más exquisitos. Al principio, Mary Ellen no contó con el beneplácito de su hermana:

—No deberías hacer tus vestidos —le había dicho Elisabeth en alguna ocasión—, no es propio de señoritas, sino de sirvientas.

—Me gusta coser, Elisabeth. Me distrae.

—Mary, pues hazlo para tus muñecas, o borda, pero deja de ponerte esa ropa que nos acabará poniendo en evidencia —replicó.

Sin embargo, no era así. En cada uno de los bailes a los que asistían las hermanas siempre había halagos para los delicados modelos que lucía Mary, así que Elisabeth acabó rindiéndose y dejando que su hermana se ocupara también de su vestuario. Ya no entendía ir a un solo baile en el que no estrenase un vestido confeccionado por ella.

Tres toques en la puerta sobresaltaron a Mary. La muchacha estaba tan abstraída que se le cayeron de las manos los alfileres y se pinchó con uno al recogerlos del suelo. Acto seguido se chupó el dedo para no manchar la tela con la diminuta gota de sangre, pero enseguida contestó.

—Adelante.

—Buenos días, hija —saludó Richard.

—Papá —dijo apartando las telas y poniéndose en pie—, ¿qué ocurre?

—Tengo que hablar contigo.

No era nada frecuente que el conde entrara en la habitación de Mary. Si hacía memoria, solo lo recordaba allí en el momento en el que acudió a comunicarle el fallecimiento de su madre. Su presencia en la habitación y las cuatro palabras que pronunció la alertaron.

—He recibido una petición de matrimonio para ti y he aceptado —le dijo el conde, sin más prolegómenos.

La noticia cayó encima de Mary como un jarro de agua helada y se empezó a inquietar. Seguía triste por la muerte de su madre, no se le había pasado por la cabeza que ya fuera tiempo de contraer nupcias y tampoco se imaginaba quién había podido pedir su mano. Al contrario que su hermana mayor, quien se veía rodeada de jóvenes disputándose el turno para bailar con ella, prefería siempre un segundo plano, conversando con otras muchachas que como ella no despertaban el interés de los jóvenes. Ser la menor de las hermanas Davenport también la colocaba la segunda en el turno de peticiones y su carné de baile nunca estaba a rebosar. Como no le constaba que su hermana hubiera recibido una propuesta de matrimonio, no entendía que alguien pudiera interesarse por ella antes.

—Pero ¿para mí?

—Sí, Mary. Para ti.

Richard Davenport se acercó a la ventana, desde donde se veían los extensos jardines de la mansión, y fijó la vista en los árboles que, orgullosos, anunciaban el inicio del espeso bosque.

—¿Y Elisabeth? —preguntó ella, un tanto enfadada. Su hermana mayor, por lógica, debería ser la primera en comprometerse.

—Elisabeth también tiene un candidato, os casaréis casi a la vez.

El desconcierto le impidió preguntar, pero su padre volvió a mirarla y continuó con las explicaciones, disipando las lógicas dudas que planeaban por la mente de Mary Ellen.

—Elisabeth se casará con el primo Charles. Es el futuro conde de Barton y me ha parecido que es una buena manera de seguir conservando el patrimonio dentro de la familia. Se lo acabo de decir a tu hermana y está exultante de felicidad. Espero que tú te lo tomes igual de bien.

—Charles es un buen muchacho.

Lo dijo sin ningún convencimiento, solo por cortesía hacia su padre. No le gustaba nada su primo, pero sabía que a Elisabeth no le desagradaba. Dio gracias en silencio porque a su padre ni se le hubiera pasado por la cabeza pensar en ella para Charles.

—Tu pretendiente se llama John Lowell —continuó Richard Davenport—, y es un adinerado comerciante. De momento, vive en América.

Ante la cara de pánico de Mary al escuchar la mención del nuevo continente, más que por su desconocimiento sobre quién era John Lowell, Richard Davenport se apresuró a seguir hablando:

—Ya sé lo que estás pensando, es lo mismo que pensé yo. Me disgustaría mucho que tuvieras que abandonarnos para marcharte tan lejos, pero me han prometido que te instalarás en Londres y será él el que venga a vivir aquí. Londres no está tan lejos de Almond Hill.

—Pero, papá —dijo Mary, intentando sobreponerse al torrente de noticias y no perder la educación con una rabieta inoportuna—, ¿quién es el señor Lowell? No he oído hablar de él.

—Es normal, no tiene ningún título, pero no tienes de qué preocuparte. Su dinero te ayudará a vivir de manera holgada y serás tú la que aporte distinción a ese matrimonio. Estarás de acuerdo conmigo en que no es un mal arreglo, teniendo en cuenta que no eres la primogénita de la familia.

Mary se abstuvo de hacer ningún comentario. Siempre había temido que llegase el momento en el que su padre mantuviera esa conversación con ella, cuando le anunciara que había escogido un hombre para que se convirtiera en su esposo pero, sobre todo, albergaba en su interior la esperanza de que, al ser la pequeña, le quedase una remota opción de ser ella la que eligiera. Desde niña soñaba con enamorarse de alguien como sucedía en las novelas, de un joven que también lo estuviera de ella. La noticia que le había llevado su padre fulminó todas sus ensoñaciones en un instante.

No podía creer lo que escuchaba. En sus peores hipótesis, cuando recordaba que con toda probabilidad no se le preguntaría si sentía algo por su futuro esposo, pensó que cuando su padre la prometiera sería a alguien a quien, por lo menos, habría visto alguna vez. Un completo desconocido nunca había entrado en sus elucubraciones y, menos aún, uno que ni siquiera perteneciera a su mundo. No serviría de nada decirle a su padre que empezarían a mirarla por encima del hombro en bailes y sesiones de té y que se convertiría en la comidilla de todos. Eso sin contar con su abuela materna, la condesa de Bedford, que montaría en cólera en cuanto supiera del asunto.

No hizo ningún gesto que delatase su desánimo. Aceptó la decisión de su padre con una indignación privada, pero sin mostrar el más mínimo resquicio de ella en su rostro. En su mundo las cosas eran así, no cabía la protesta ante las decisiones de un padre, así que contuvo las ganas de gritar de rabia y su expresión solo reflejó una tranquila serenidad.

En su mente, Mary ya estaba calculando el tiempo que necesitaría para confeccionar su vestido de novia. Había pensado mucho en cómo sería, en todos los detalles que lo harían único, como también se atrevió a soñar con el poderoso sentimiento de felicidad que la embargaría ese día. Al constatar en su ánimo que este no existía, se concentró en el vestido.

—¿Cuándo será la boda? —preguntó, con el mismo tono neutro que habría empleado si se hubiera interesado en si había pescado para la cena.

—Todo está dispuesto para que se celebre el próximo lunes.

Mary se alarmó al recordar que estaban a jueves. El tiempo era insuficiente para conseguir las telas necesarias y confeccionar el maravilloso traje que tenía en mente, pero lo que más le preocupó no fue eso, sino un pequeño detalle que en ese momento se agrandaba hasta alcanzar dimensiones desproporcionadas.

—¡Papá! ¿El lunes? ¿Mi boda un lunes? ¿Cuándo voy a conocer a mi futuro esposo?

—No te alteres, Mary. Tu pretendiente está en América y de ahí no se moverá hasta Navidad.

—Pero... —Mary no entendía nada—, si no volverá hasta Navidad, ¿con quién me voy a casar el próximo lunes?

—Celebraremos aquí una ceremonia íntima por poderes; como ves, no vas a necesitar un vestido.

—No entiendo cuál es la urgencia —dijo muy enfadada, rozando la insolencia.

—El señor Lowell quiere que ya estés en Londres instalada cuando regrese y, para ello, es imprescindible que seas su esposa. ¿No querrás que todo el mundo hable de ti como una mujer soltera que vive en casa de su futuro marido?

—No, desde luego que no —dijo Mary, horrorizada por la posibilidad de convertirse en el blanco de aquella nueva humillación.

El conde no tenía una respuesta mejor para Mary. Hablarle de sus problemas económicos no entraba en sus planes, pero entendía que se estuviera preguntando a qué venían tantas prisas. No debería haber hecho caso a Charles para acelerar tanto los trámites de la boda de Mary, pero, si celebraban muy juntas las dos ceremonias, centrando toda la atención en la de Elisabeth como sugería su sobrino, sería menos probable que se convirtieran en el objeto de chismorreo de toda la alta sociedad. La repentina boda de la pequeña de los Barton podría quedar medio oculta tras el lujo de las nupcias de su hermana.

—Lo dicho, te casarás el lunes y, cuando pase la boda de tu hermana, podrás instalarte en Londres, en tu nuevo hogar. Su matrimonio será en un mes, así que seguirás viviendo en Almond Hill hasta que eso suceda. No percibirás ningún cambio entre tu vida de soltera y la nueva de casada, al menos de momento. Te dará tiempo a hacerte a la idea.

Ella no replicó, aunque sí tuvo que reprimir unas irrefrenables ganas de arrojar al suelo un horrible jarrón que adornaba la cómoda. Mary Ellen Davenport no sabía qué decir ante la avalancha de noticias que de pronto habían entrado por la puerta de su cuarto para alterar su existencia, así que optó por respirar y asentir. No se permitió el más mínimo gesto de debilidad mientras su padre permaneció en la estancia y, cuando este se marchó, el desahogo no lo convirtió en lágrimas. Esas las reservaba para lo importante, para cuando los reveses de la vida golpeaban su corazón y lo partían en dos, como cuando falleció su madre.

Sin embargo, un matrimonio con un desconocido no era una feliz noticia que celebrar. Arruinaba todos sus sueños románticos de un plumazo y dejaba su ánimo hundido. Necesitaba hablar con alguien que entendiera su tristeza, pero no creía que hacerlo con Elisabeth fuera buena idea. Su hermana nunca se había caracterizado por ser dulce y comprensiva. Solo conocía a una persona que sabría entender su malestar. Del cajón de su mesa extrajo papel y empezó a escribirle una carta. Cuando acabó, la cerró y la guardó para entregársela a la señora Durrell. El ama de llaves la pondría en el correo sin dar explicaciones al conde, que no veía con buenos ojos a su destinataria.

Después salió de la casa para que le diera el aire. Aún quedaban rosas en los parterres del jardín y su aroma se esparcía con el viento. El verano apuraba sus últimos días y la temperatura agradable invitaba a un paseo. Una suave brisa revolvía los mechones rebeldes que escapaban de su recogido, pero a Mary no le importaba. Caminando silenciosa, pensando en las noticias que inquietaban su espíritu, condujo sus pasos hacia la ladera de la colina y acabó bajo el solitario almendro. Se dejó caer a sus pies, arrastrando la espalda por la corteza del tronco y se mantuvo muy quieta, con la mirada perdida entre las ramas del árbol que había dado nombre a la casa.

—Y he pensado —dijo Elisabeth— que podría usar el traje de novia de mamá.

Al escuchar la mención a su madre, Mary puso atención. Ella nunca lo haría, nunca pediría el traje de su madre. No era que no le gustase, al contrario, era un vestido precioso, pero prefería recordar el día que la condesa se lo puso para que la viera vestida de novia, en uno de sus interminables juegos. El traje, lo sabía porque lo había comprobado a escondidas, seguía conservando el olor de lady Elisabeth, algo valiosísimo para ella. Si su hermana se lo ponía, los aromas de ambas se mezclarían y no podría encontrar en él el consuelo de sentir lo poco que le quedaba de su madre.

—Yo puedo hacerte uno, si quieres —sugirió.

—Gracias, Mary, te lo agradezco muchísimo, pero me hace ilusión que sea el vestido de mamá. Papá, ¿tú crees que me quedará bien?

—Es muy posible, tienes un físico parecido al de tu madre. Pruébatelo y, si te sirve, adelante. Me encantará verte con él.

—Mañana mismo lo haré.

El monólogo de Elisabeth se prolongó durante un tiempo más, pero Mary ya no le prestó atención. Comió despacio, tragando con dificultad mientras rememoraba otras cenas familiares en el salón. Su madre se las arreglaba para que nadie acaparase la charla, repartía los turnos si ambas intentaban contarle a la vez lo que habían estado haciendo ese día.

En el año que hacía que no estaba con ellos, Mary la había extrañado mucho. Al principio, el dolor de la pérdida quemaba, hacía que el llanto la asaltase en cualquier lugar, imposible de contener. Después aprendió a vivir sin su presencia y dominar las emociones para que no fueran ellas las que rigieran su vida. Lo había conseguido, parecía incluso más madura que su hermana pese a ser menor, pero ese día le estaba costando mucho no dejarse llevar. Cuando Martin, el mayordomo, entró en el salón con el postre, pidió permiso a su padre para marcharse a dormir.

—No me encuentro bien. Me duele la cabeza —dijo, pidiendo que la disculpasen.

—Ve a dormir, quizá se te pase —le contestó su padre.

—Vaya, Mary, lo siento —se excusó Elisabeth—, tal vez me he dejado llevar y he hablado demasiado.

—No, no te preocupes. Buenas noches.

Subió la escalera que conducía a las habitaciones y esperó a que llegase la señora Durrell para ayudarla a desvestirse. Mientras la mujer desabrochaba la interminable fila de botones del traje de Mary, puso en sus manos una carta.

—Es de *mademoiselle* Leduc —le dijo.

—Gracias por no decírselo a mi padre. Ya sabe que no le gusta que tenga un contacto tan estrecho con Camille. ¿Qué más le dará que sea francesa y que los franceses hayan sido siempre enemigos de Inglaterra? Ella es medio inglesa y amiga de mi madre.

—Su padre es un hombre de tradiciones, pero no creo que sea eso lo que le molesta de *mademoiselle* Leduc —contestó la señora Durrell.

—¿Y qué si no?

—Pues... ella misma. Tiene un carácter tan decidido que siempre que visitaba la casa acababan discutiendo. Había que dar gracias a su madre, que se las arreglaba para poner paz entre los dos, pero verlos enzarzados en una discusión era como una auténtica pelea de gallos. Además, si le soy sincera, lo que creo que no le gusta al conde es que sea independiente, que siga soltera después de los cuarenta y no tenga ni siquiera intención de solucionarlo. Por no contar con...

—¿Con qué? —preguntó Mary.

—Con nada, no he dicho nada.

—Señora Durrell, por favor, puede contármelo. Ya no soy una niña. ¿Sabe que me caso? —preguntó Mary mirando a la señora Durrell a través del espejo.

—Lo he oído, niña —dijo esta, pasándole el camisón por encima de la cabeza—, y no crea que no me he llevado un buen disgusto. Su padre tendrá buenas razones para hacer lo que hace, pero eso de casarla con un completo desconocido... no lo entiendo. Y tampoco la precipitación de la boda de su hermana.

—Tendré que marcharme a Londres —dijo Mary, evitando hablar de la boda de Elisabeth.

—Lo sé, la voy a extrañar.

—¿Podría venir conmigo? —preguntó Mary dándose la vuelta y enfrentando la mirada del ama de llaves.

—No creo —dijo, acariciándole el pelo con cariño—. Mi sitio está aquí, no espere que su padre lo consienta.

—¿Ni siquiera una temporada? Mientras me adapto a Londres... Tiene que ser muy diferente a vivir en Almond Hill.

—Se lo preguntaré, pero no se haga ilusiones, me temo que no será posible. Esta semana han dejado la casa dos doncellas más, estamos faltos de personal.

Después de que el ama de llaves le deshiciera el moño y le trenzase el pelo, Mary se encaminó a la cama con dosel que ocupaba desde niña y se hizo un ovillo bajo las sábanas.

—¿Quiere que le traiga un vaso de leche o un té? —preguntó el ama de llaves.

—No, gracias. Prefiero dormir.

—Buenas noches, Mary.

El ama de llaves se dirigió a la puerta de la habitación. No había puesto aún la mano en el picaporte cuando Mary la llamó.

—Señora Durrell. No me ha dicho por qué no le gusta a mi padre Camille. Se ha guardado algo.

—No es nada.

—Sí, sí lo es —dijo sentándose en la cama—. Quiero saberlo.

La señora Durrell suspiró. Sabía de la terquedad de Mary. Si no se lo contaba en ese momento, capaz era de pasarse los días siguientes preguntándoselo a todas horas. Y, al final, también estaba segura de eso, ella cedería. Decidió que lo mejor era contárselo y dar por zanjado el asunto.

—Está bien. Pero ni se le ocurra decir que lo sabe y menos que lo sabe por mí.

—Se lo juro —dijo ella.

La señora Durrell se sentó en la cama junto a Mary y se quedó mirando sus hermosos ojos castaños. Le recolocó un mechón de su largo pelo que se le había escapado de la trenza detrás de la oreja antes de empezar a hablar.

—Camille Leduc vivía amancebada con una joven en París.

Ante la cara de circunstancias de Mary, la señora Durrell continuó con las explicaciones, echando constantes vistazos a la puerta y bajando el tono de voz, para que no se escuchasen desde fuera sus palabras.

—Que la señora tenía una amante, otra mujer. Y su padre estaba convencido de que... bueno, que la señorita Leduc siempre estuvo enamorada en secreto de su madre. Por eso no la quería aquí y tampoco le hace gracia que se relacione con usted. No quiere que le contagie sus vicios.

—¿Y usted qué piensa?

—Yo creo que no, creo que solo eran amigas —dijo la señora Durrell.

—Yo también lo creo —añadió Mary, recostándose de nuevo—. Gracias por contármelo.

Mary no ignoraba lo que le acababa de decir el ama de llaves. De pequeña había sorprendido una conversación entre su madre y Camille, en la que esta le decía que había roto con la mujer con la que compartía su vida. Camille, lejos de mostrarse sentimental, le contaba a Elisabeth que era una oportunidad increíble de volver a sentir lo que es enamorarse. Incluso oyó a su madre reír a carcajadas cuando Camille Leduc sugirió, muy seria, que la vida le daría un premio si tuviera a bien llevarse a Richard antes que a ella y pusiera en su camino a una mujer, que seguro que la trataría muchísimo mejor. Elisabeth le aseguró que ella prefería a los hombres, que sentía decepcionarla, y entonces la que rio fue Camille. La complicidad entre las dos era enorme, pero como hermanas, de eso estaba segura. Entre ellas no había habido nada más.

—Buenas noches, Mary. Que descanse.

Mary no descansó. El recuerdo de su madre, de los tiempos felices, se mezcló con la ansiedad que sentía por su boda con John Lowell. Apenas logró pegar ojo en toda la noche.

CAPÍTULO 2

Almond Hill
Residencia de los condes Barton
21 de agosto de 1913

Querida Camille
Corro a escribirte esta carta porque ha sucedido algo inesperado. Mi padre me ha dejado desolada con las noticias que me ha dado. No sé cómo explicarte cómo me he sentido al saber que le ha concedido mi mano a un hombre del que no sé nada, y más aún cuando me ha dicho que me casaré en tan solo cuatro días. Cuando recibas esta carta ya seré la señora de John Lowell. No sé quién es ni cuántos años tiene, ni cómo es su aspecto. Solo tengo la certeza de que carece de títulos. Tampoco vive en Inglaterra, sino ¡en América! Papá me ha dicho que el señor Lowell no vendrá a la boda, dice que será por poderes y se celebrará en la más estricta intimidad.

Estoy horrorizada, Camille. Papá tiene que tener una razón importante para haber aceptado conceder mi mano a alguien así, sabes lo estricto que es con la cuestión de linaje. Seguro que hay algo que escapa a mi entendimiento. Es lo que necesito pensar, que hay una causa poderosa para que me empuje al matrimonio de este modo tan poco usual y tan precipitado. Estoy desconcertada. No puedo pensar que esto sea lo peor de mi vida porque tú sabes que creo que lo peor ya lo viví con la muerte de mamá, pero aun así no dejo de preguntarme qué es lo que está pasando. Hace días que papá está más raro que de costumbre y esto es lo que ha venido a confirmarme que algo sucede que no acierto a entender.

Me ha sorprendido saber que Elisabeth se casará también, pero será una boda con cientos de invitados. ¿Por qué me hace esto? Sé que en el fondo se avergüenza de mi enlace y de tener que mandarme a vivir a Londres. ¿Tendré que irme yo sola? ¿Cómo voy a pasar el próximo invierno lejos de Almond Hill, de mi hermana, de la señora Durrell? Desde que mamá no está me he sentido muy triste; lejos de casa intuyo que será aún peor.

Tengo ganas de llorar como una niña, pero sabes que no me permitiré esa debilidad. Estoy asustada, Camille, necesito tus palabras tranquilizadoras.

Tuya,
Mary E. Davenport

Lunes, 25 de agosto de 1913

El día de la boda de Mary, esta se reunió en la biblioteca con su padre y Philip Reynolds, el abogado contratado por Charles. Mientras esperaban a que llegase Angus Stockman y ellos revisaban los papeles del matrimonio, Mary se sentía inquieta. En todo aquel asunto que iba a cambiar su vida, parecía una convidada de piedra. No entendía para qué la necesitaban si ni siquiera se dirigieron a ella en ningún momento. Después de un retraso de casi una hora, el señor Stockman apareció, anunciado por el mayordomo.

—Les ruego que me disculpen, ha habido un problema con el tren que me traía desde Londres —dijo, después de saludar a los dos hombres.

—No se preocupe. Hemos estado revisando los papeles del matrimonio y todo está en orden —contestó Richard—. Señor Stockman, le presento a mi hija Mary.

—¿Mary? —la pregunta del abogado fue cortada de inmediato por el conde.

—Es como nos dirigimos a ella en casa, acortando su nombre, ¿verdad, hija?

—Así es —contestó Mary, tendiendo una mano al hombre. Este depositó un beso de cortesía en ella.

—Bien. Veamos los documentos —dijo, en cuanto dio por terminada la presentación.

—No hay prisa, señor Stockman. Seguro que viene cansado del viaje —se apresuró a decir el conde—. Le pediré al mayordomo que le sirva un té.

Angus Stockman iba a replicar. El retraso acumulado limitaba el tiempo que podría permanecer en Almond Hill si no quería perder el ferrocarril de vuelta, mas antes de que le diera tiempo a plantar otro «pero» encima de la mesa, el mayordomo del conde de Barton entraba en la sala con un servicio de té dispuesto de manera exquisita. Mary seguía allí, observando la situación, ansiosa por que todo acabase cuanto antes y se impacientó casi más que él. Al té le siguieron varias copas de brandy, a las que Angus Stockman intentó resistirse, pero fue incapaz de parar al conde, que ese día parecía mucho más amable que la primera vez que lo recibió. Tras casi dos horas de prolegómenos, en los que le explicaron que Richard Davenport sería el padrino y el ama de llaves, a falta de otra mujer en la casa de mayor rango, la madrina, entraron en la biblioteca la señora Durrell, Charles y Elisabeth acompañados de gran parte del servicio y del reverendo Lennon, al que habían convocado para que oficiase la ceremonia. Todos le fueron presentados, mientras el abogado no dejaba de echar constantes vistazos al reloj, preocupado porque se le venía el tiempo encima.

—Usted, como representante legal del señor Lowell —empezó a decir el abogado de Richard—, ocupará el puesto del novio.

Mary enrojeció. Casarse con un sencillo vestido de lunes no era muy emocionante pero, además, que el papel de novio lo hiciera un hombre que podría ser su padre tampoco le parecía la mejor opción del mundo. Angus, abrumado por las atenciones del conde y el brandy de quince años que burbujeaba por su sangre, no se atrevió a replicar. Se dispuso a completar el trámite cuanto antes para poder volver a Londres ese mismo día. Sin embargo, sí hubo otra persona que habló en ese momento.

—Creo que Mary se sentiría mucho más cómoda si el papel de novio en la ceremonia lo ocupo yo —dijo Charles.

La muchacha iba a replicar, Elisabeth estuvo a punto de unirse en las alegaciones, pero fue Richard quien consiguió hablar con más celeridad.

—Excelente idea, no sé cómo no se nos ha ocurrido antes. Tienes una edad más parecida a la de Mary. No le importa, señor Stockman, ¿verdad?

—No, no, procedan… Es cierto que la señorita se sentirá más cómoda si es alguien más joven, y además de la familia, pero la documentación…

—Señor Stockman, no se preocupe de esas nimiedades, es solo una ceremonia íntima y esto una pequeña concesión para Mary. En los papeles puede poner lo que sea preciso —replicó Charles.

El que Charles ocupase el lugar del señor Stockman no tranquilizó en absoluto a Mary. Poco antes del intercambio de alianzas, Charles tomó la mano de Mary y esta se tensó. Molesta por no poder soltarse de su primo sin armar un escándalo, buscó la complicidad de su hermana, pero esta parecía encantada con aquella situación. Después se centró en la de su padre, que sonreía radiante, ajeno a las tribulaciones internas y la palidez que había adquirido el rostro de su hija pequeña. La última persona donde recalaron los ojos castaños de Mary fue en Charles. Al enfrentar su mirada, ella no se sintió mucho mejor. No podía creer que, aunque no fuera más que un trámite para completar su boda con el señor Lowell, le estuviera dando el «sí quiero» a él.

Se sintió mareada cuando respondió a las preguntas del reverendo Lennon.

Charles no soltó sus manos. Se entretuvo acariciando con aparente distracción los delicados dedos de Mary, provocando que el sentimiento de rechazo hacia él se propagase bajo su piel a una velocidad endiablada. Si aquello no terminaba enseguida, Mary acabaría delatando su inquietud frente a todos y eso era lo último que quería. Cuando al fin Charles la soltó para firmar los papeles, suspiró aliviada y se retiró lo justo para no darle opción a que volviera a tocarla.

Cuando todo acabó, Angus Stockman recogió los documentos, dejó el dinero destinado a Mary a su padre, se despidió de manera precipitada y se marchó de Almond Hill.

—Bien, querida —le dijo Richard, en cuanto el abogado dejó la habitación—, ahora eres la señora Lowell. He dado órdenes al servicio para que se dirijan a ti de ese modo.

—Gracias, papá.

—Alegra esa cara. Aún queda tiempo para que te marches a Londres. Ya verás cómo, al final, nada resulta tan terrible como lo estás imaginando. Es el día de tu boda, deberías estar feliz.

Pero Mary no lo estaba. Le costó mucho permanecer con los demás en la biblioteca y asistir a la comida. En cuanto terminó y pudo disculpar su ausencia, se encerró en su cuarto.

Buscó consuelo entre las telas de un vestido que estaba terminando pero, ante la falta de concentración, decidió recostarse un rato.

Richard y Charles se quedaron en la biblioteca cuando también Elisabeth decidió retirarse a su habitación a descansar. Escudados en unas copas de brandy, se sentaron en los sillones frente a la chimenea para ponerse al día de cómo iban las gestiones del negocio que pretendían abordar. Las libras entregadas por el abogado, en concepto de regalo de boda y primer mes para el sustento de Mary, esperaban a buen recaudo en la caja de caudales del conde, dispuestas para saldar parte de las deudas de Almond Hill y constituir el inicio del negocio que querían abordar.

—Ametralladoras —dijo Charles—, eso será en lo que vamos a invertir.

—Perdona mi desconocimiento, sobrino, no sé qué es una ametralladora.

—Es un arma mortífera donde las haya. Todo un invento. Un solo hombre es capaz de disparar un buen puñado de balas seguidas, sin apenas lapso de tiempo entre una y otra.

—Será muy pesada —reflexionó Davenport.

—¡Oh, no! No se carga con ella. Se maneja apoyada en un trípode con ruedas para transportarla con mayor facilidad.

—Pero, si se dispara tan rápido, no dará tiempo a apuntar, ni a recargar.

—No es necesario, tío. La munición está dispuesta en una cinta que va desplazándose a una velocidad endiablada. Es tan rápida que, si un proyectil no alcanza el objetivo, lo hará el siguiente.

Richard Davenport pensó que aquella inversión suponía un intenso dilema moral. No solo estaba presente el hecho de que hubiera sacrificado la posición de su hija para conseguir el dinero necesario, sino que, además, la empresa llevaba implícito que deseara que estallase un conflicto bélico en el que sus armas acabarían masacrando a un montón de jóvenes en el campo de batalla.

—Invertiremos dos mil libras ahora y, si va bien, iremos añadiendo más.

—Irá bien, tío, confíe.

El conde de Barton quiso convencerse de que así sería.

Viernes, 5 de septiembre de 1913

John Lowell comprobaba los bultos llegados por mar desde Inglaterra. Hacía apenas dos horas que el buque mercante había atracado en el puerto de Boston y su carga se encontraba lista en uno de los muelles. Antes de que la subieran a los carros que la transportarían a los almacenes Lowell en Newbury Street, John quería asegurarse de que no hubiera nada fuera de lugar. Comprobó la documentación y abrió paquetes para inspeccionar su contenido y, solo cuando estuvo satisfecho, ordenó que se los llevaran.

—Está bien, todo es correcto, capitán.

—Si no quiere nada más, yo me retiro. Ha sido un largo viaje y tengo ganas de estirar las piernas en tierra y de darme un capricho, usted ya me entiende.

Lo dijo mirando a las muchachas que, más ligeras de ropa de lo habitual para una dama, paseaban por los alrededores del puerto alentando a los marineros a acompañarlas a que les dieran una ardiente bienvenida. Si no se daba prisa, tendría que esperar, pues eran muchos los que tenían las mismas ganas que él de ser recibidos con tanta calidez.

—Le deseo una feliz estancia, capitán. Antes de marcharse pásese por mis almacenes, tengo que enviar a Londres algunas cosas.

—Así lo haré.

El capitán puso rumbo hacia una de las chicas, pero enseguida se dio la vuelta.

—Casi lo olvido —le dijo a John, extrayendo un sobre del bolsillo interior de su chaqueta—. Su abogado me entregó esta carta cuando embarcamos las mercancías, con el encargo de que se la diera en mano.

John recibió la misiva y, a cambio del favor, deslizó unos billetes en el bolsillo del marino, con el deseo de que encontrase algo interesante en lo que invertirlos. Él volvió la vista. Había tenido suerte, la muchacha seguía parada en el mismo lugar. Siempre era mucho más interesante entretener al capitán que a uno de sus hombres, así que ella, al adivinar las intenciones de él, apostó por espantar a los que se le acercaron y esperar, por si la suerte esa mañana estuviera de su lado. Y lo estuvo.

La carta fue directa al bolsillo de John Lowell; ya la abriría cuando llegase a su despacho en el almacén. Se montó en el carro que transportaba las mercancías e indicó al muchacho que conducía a las bestias que arrancase.

Pocos minutos después llegaban a los almacenes Lowell. Eran los más grandes de la ciudad y en ellos se vendían todos aquellos productos que en Inglaterra eran comunes, pero que en el nuevo continente suponían una novedad. El negocio empezó cuando John llevó unas prendas de vestir para las mujeres, ya que en Boston había poco donde elegir, y después fue completándose con infinidad de artículos: teteras, vajillas, perfumes, sombreros, sombrillas, guantes, algunos abalorios... incluso había incluido una parte donde se vendían los últimos libros publicados en Europa, algo que estaba seguro hubiera encantado a su madre. Era la zona que más le gustaba, en la que se instalaron unos sillones para que los clientes los miraran con comodidad. Entre sus planes estaba incorporar un restaurante en los almacenes, o al menos una cafetería, pero todavía era solo una idea.

En cuanto atravesó la puerta de la tienda, sacó la carta de su bolsillo y comprobó en el remite el nombre de Angus Stockman, su abogado. Mientras se dirigía al despacho rasgó el sobre y empezó a leer el contenido de la misiva. Su sonrisa de satisfacción al saber que el conde de Barton había mordido el anzuelo no pudo ser más elocuente. Si aquello que decía la carta se había cumplido tal y como le aseguraba el abogado, desde hacía algo menos de dos semanas era un hombre casado. En cuanto pudiera, pondría en marcha la segunda parte de su plan, afianzando los vínculos de unión con Richard Davenport por el mejor de los caminos: su bolsillo. Toda su enorme fortuna le parecería bien gastada si conseguía lo que se había propuesto.

John tenía en mente ponerse a inventariar lo que había llegado, pero lo dejó para más adelante. Escribió una rápida respuesta para el abogado y, después de meterla en un sobre, encargó a un muchacho que buscase al capitán del mercante y se la entregase. Al salir del despacho, el chico tropezó con una atractiva pelirroja de ojos verdes y curvas exuberantes que entraba en ese momento.

—Este pilluelo tiene que moderar sus impulsos, John —dijo ella, regalándole un lento beso en los labios al dueño de los almacenes Lowell. Se recreó más de lo que exigía el saludo, profundizando en sus labios con la lengua.

—¿Tú crees, Felicia? —preguntó él, en cuanto se vio libre de la ardiente bienvenida.

—¡Ha estado a punto de tirarme! Pero dejémonos de charlas. ¿Todo bien? —dijo mientras rodeaba el torso de John con los brazos.

—En principio todos los pedidos parecen completos. Ahora falta revisar que no se haya roto nada en el traslado.

—¿Han llegado mis vestidos?

—Claro, pero no seas impaciente.

—Estoy deseando ponérmelos —dijo ella con una pícara sonrisa y una voz muy sugerente.

—A mí me interesa más quitártelos —añadió él, mordisqueándole el lóbulo de la oreja. De ahí trasladó las caricias al cuello y subió despacio por el mentón hasta que sus labios se encontraron de nuevo con los de Felicia. Les costó un tiempo decidir separarse.

—Voy a recogerlos y me voy a casa —dijo ella, zafándose al fin de sus brazos—. Estoy deseando estrenar uno en la cena.

—¿La cena?

—¿Te has olvidado?

John puso cara de desconcierto. No sabía a qué se estaba refiriendo Felicia Kelly. No le dio tiempo a contestar, enseguida ella añadió:

—¡Ay, John! ¡Reservamos mesa esta noche en el On! Me ha costado un triunfo que nos dieran mesa en el mejor restaurante de Boston. ¿Cómo puedes ser tan despistado?

—Lo siento. Demasiadas cosas en la cabeza, supongo. Pero después te compensaré.

Le guiñó un ojo y Felicia abandonó el despacho bajo la atenta mirada de John Lowell. En cuanto la perdió de vista abrió la caja fuerte y guardó la misiva del abogado.

Nadie debía saber de su otra vida en Inglaterra.

Domingo, 7 de septiembre de 1913

Los preparativos de la boda de la joven Mary Elisabeth Davenport, primogénita del conde de Barton, coparon la actividad de la casa durante las siguientes semanas. La antigua belleza de la impresionante mansión revivió cuando los sirvientes se afanaron en limpiar Almond Hill de arriba abajo, ardua tarea que los dejó extenuados. No en vano tuvieron que dejar relucientes las treinta y cuatro habitaciones de la primera planta y los salones, la biblioteca, el despacho y las cocinas de la planta principal. El jardinero, por su parte, se esmeró en que los alrededores fueran la envidia de los invitados al enlace. La enredadera que flanqueaba las dos ventanas de la fachada principal, bajo el frontón de estilo clásico, se recortó con cuidado y la grava del suelo fue renovada y alisada. Incluso se llamó a un maestro relojero. El mecanismo del reloj del lucernario que iluminaba la escalera interior llevaba estancado en las seis y veinte desde el mes de marzo 1907 y, por fin, recuperó su función.

La cocina también se volvió un hervidero esos días con las pruebas para el menú. La cocinera, una mujer de mediana edad, viva y de buen carácter, planificó a conciencia cada uno de los platos para que nada fallase. La carne de caza de los bosques de Almond Hill adquiría en sus manos la suavidad de la mantequilla y en ella se centró para decidir lo que comerían los invitados a la boda de Mary Elisabeth y Charles Davenport. La receta de la tarta la guardó celosamente hasta el día anterior del enlace. Por nada del mundo quería que alguien estropease la sorpresa con la que pensaba obsequiar a los novios.

A principios de septiembre, el tiempo se empeñó en ofrecer su mejor repertorio de lluvia, así que se abandonó la idea de celebrar el banquete en el exterior, para disgusto de la novia, que deseaba poder disfrutar del jardín. Soñaba con instalar las mesas sobre la hierba y que el sol luciera y no hiciera frío. No hubo suerte, por supuesto. En Inglaterra el sol de septiembre se escondió entre las nubes que dejaron escapar finas gotas de lluvia. Elisabeth tuvo que conformarse con que el salón de baile se transformara en un elegante comedor y olvidarse del jardín. Se usó la vajilla francesa reservada a las grandes ocasiones y de la bodega se extrajeron los mejores caldos para deleitar a los invitados. El día transcurrió festivo y Elisabeth, como se esperaba, brilló por encima de todos. Tanto que apenas pudieron percibir la tristeza de Mary, que se le escapó en forma de suspiros en más de una ocasión. *Mademoiselle* Leduc, enfadada con el conde porque no estaba de acuerdo en la manera en la que había casado a su ahijada, rehusó la invitación de asistir y Mary se sintió mucho más sola que nunca.

Ni siquiera se dieron cuenta de que desapareció en su habitación mucho antes de que terminase la fiesta.

Lunes, 8 de septiembre de 1913

Al día siguiente de la ceremonia, tras la comida y ya liberados del estricto protocolo, la familia se reunió en la biblioteca. La abuela materna, lady Ellen Bedford, viuda del duque, estaba con ellos. El viaje desde su residencia del norte era demasiado pesado para una persona septuagenaria, así que decidió quedarse un tiempo más en Almond Hill. No había visto a sus nietas desde el entierro de su hija hacía un año y le apetecía pasar unos días más con ellas.

—Richard —dijo dirigiéndose a su yerno en el tono severo que la caracterizaba siempre—. Creo que ahora que ha pasado la boda de Elisabeth es el momento de que me expliques algo.

El instante que Davenport había ido postergando llegó a la vez que una sirvienta que llevaba una bandeja con el té y lo depositaba en una delicada mesa de caoba.

—Dígame, lady Bedford.

—Quiero saber qué te ha hecho pensar que casar a mi nieta con un don nadie puede ser bueno para la familia.

—No es un don nadie. Los tiempos cambian, señora. El señor John Lowell posee una inmensa fortuna que hará que Mary nunca se sienta desdichada.

—Dudo mucho que el dinero y la felicidad se den la mano con tanta alegría —replicó lady Ellen Bedford—. ¿Tú has estado de acuerdo, querida?

—Claro, abuela.

Mary tardó unos segundos en sonreírle a la duquesa, con la que compartía parte de su nombre. De ningún modo quería disgustarla y que adivinase que ella no se sentía en absoluto feliz, pero la lentitud de su reacción no pilló desprevenida a la dama, que supo al instante interpretar su malestar.

La anciana no se ahorró el gesto de disgusto.

—Estoy segura de que el señor Lowell... mi esposo —añadió Mary, para suavizar el ambiente— me hará dichosa cuando regrese de América.

—Pues yo no lo estoy tanto, querida. ¿Dónde vais a vivir?
—En Londres, abuela. Me marcharé en unos días. Esperaré en una casa que ha preparado mi esposo para mí.

Lo dijo intentando aparentar felicidad, aunque no era así. Había logrado convencer a su padre de que prescindiera de una doncella para que la acompañase, pero no era la señora Durrell y eso provocaba en ella un profundo terror.

—¿Londres? —dijo la abuela, espantada—. Richard, ¿vas a dejar que tu hija viva en la ciudad? ¿Qué va a hacer ella sola?
—Es la voluntad de su marido... —replicó el conde.
—¿Qué ha hecho ese hombre para que le entregues a tu hija pequeña con tanta alegría? ¡Esto es indignante!
—Abuela, no te alteres —intervino Mary.
—Mary, reza para que ese señor Lowell con el que te has casado sea un hombre decente y te trate como te corresponde o te juro que me las arreglaré para que lo pague caro. Y tú, Richard, ya puedes cuidar de esta niña porque si lo pasa mal tú lo pagarás aún más caro. ¿Dónde se ha visto? ¡Una descendiente de los Bedford casada mal! No quiero pensar en el revuelo que se armará en cuanto todo esto se empiece a saber. Mi pobre hija se moriría de pena si no fuera porque ya está muerta. ¡Te lo advierto, Richard! Lograré que ardas en el infierno si mi nieta acaba en boca de todos.

La amenaza vertida por la débil voz de lady Bedford no provocaba demasiado temor. La mujer, de natural indomable y fuerte carácter, sufría del mismo mal que Mary Ellen: una tremenda añoranza por la condesa, su hija, que había logrado doblegarla el último año. Era la primera vez que abandonaba la tristeza para ocupar una posición amenazante, como antaño, y parecía que había perdido práctica porque la verdad era que imponía bastante poco.

—Te prometo —le dijo Mary—, que mi esposo me tratará de manera exquisita. No tendrás que amenazar a papá, ni mamá, donde esté, se sentirá avergonzada de mí.
—¿Cómo estás tan segura? —preguntó Charles observándola con una media sonrisa por encima de la copa que sostenía entre sus manos. Mary le sostuvo la mirada irónica que pretendía burlarse de ella, como siempre.
—Supongo que, si John Lowell se ha atrevido a saltar todos los protocolos, si ha insistido en hacerme su esposa, no será para hacerme una desdichada, ¿no crees primo?

«Si tú supieras», pensó Charles sonriendo con malicia.

—Seguro que será un marido amantísimo que te colmará de regalos y de hijos. Por cierto, Mary, no nos has dicho aún cuántos años tiene tu esposo.

Mary enrojecía de ira, mientras Charles no dejaba pasar la oportunidad de mortificarla. Apenas había podido echar un vistazo al documento de matrimonio y eran muy pocos los datos que manejaba de su reciente marido. Al menos la edad era algo que le había dado tiempo a leer de pasada, así que contestó disimulando su enfado todo lo que pudo, irguiendo la cabeza y sosteniendo los ojos clavados en los de su primo.

—Veintiséis.

—Un poco tarde para casarse por primera vez.

El comentario de Charles fue acompañado de una risa mal disimulada tras la mano de Elisabeth, pero Mary no se dejó achantar. Siguió mirándolo de frente, sin dejar entrever un signo de debilidad.

—Tú tienes veinticuatro, y él ha estado muy ocupado labrándose un futuro y no le ha dado tiempo a dedicarse a buscar esposa. De hecho, sigue muy atareado ganando dinero. Por cierto, primo, ¿tú has pensado cómo mantendrás a tu mujer? Hasta que muera papá no serás conde y, mientras llega ese momento, me temo que no dispondrás de las rentas de la propiedad. ¿Ya sabes a qué te vas a dedicar?

—Dispongo de una asignación de mi padre —respondió Charles apurando la copa con lentitud mientras recorría con la mirada el sensual cuerpo de su prima menor, tratando de ponerla nerviosa. Ni siquiera la presencia de Elisabeth, de la anciana duquesa o del conde le frenaban lo más mínimo. Torturar a Mary era el deporte que más le complacía.

—Típico de ti, tener siempre que apoyarte en alguien para que te mantenga.

—¿No es eso lo que hacéis las mujeres? —dijo Charles respondiendo a la pulla de su prima.

—Una mujer debe dar a luz a un heredero del título, llevar la casa y procurar que su marido y el apellido brille en sociedad —dijo la duquesa—, pero un hombre tiene que preocuparse de incrementar la fortuna de los suyos. Me interesa la pregunta que te ha hecho Mary. ¿Has pensado qué vas a hacer mientras Richard tiene a bien morirse, Charles?

El conde de Barton se atragantó con el brandy al escucharla, Mary no pudo disimular una sonrisa y Charles se puso serio. Que la duquesa entrase en la conversación le pilló descolocado. Claro que lo había pensado, tenía un negocio con Richard Davenport que hacía unos días que se había puesto en marcha, pero nadie debía saber de él, sobre todo porque, de conocerse, los pondría en un aprieto social y además tendrían que rendir cuentas sobre la financiación del mismo. No convenía perder la oportunidad que se había presentado de pronto por una inoportuna indiscreción.

—Tengo unas cuantas inversiones que van bien, lady Ellen —dijo Charles acercándose a la abuela—, y espero que vayan aún mejor si las noticias que me han llegado son ciertas.

—Me parece bien. Richard no será el único que tenga que lamentar algo si alguna de mis niñas es infeliz.

Mary suspiró. Ella ya lo era.

CAPÍTULO 3

Almond Hill
Residencia de los condes Barton
8 de septiembre de 1913

Querida Camille:
Los preparativos de la boda de Elisabeth y Charles han tenido alterado al personal de la casa. Ha sido un revuelo, un ir y venir constante del que no pude escapar aunque fuera lo que más deseaba. Todo tenía que estar perfecto para el gran día y, aunque hace tiempo que vengo dándome cuenta de la austeridad con la que mi padre gestiona nuestro patrimonio, en este caso no ha escatimando en gastos. Me apena tanto sentir que yo no he tenido ni el más mínimo exceso en el día de mi boda, que lo único que quiero es huir. Cada vez me siento más enojada con todo y, por encima de todo, con papá. Me hubiera gustado, al menos, sentir algo del entusiasmo que ha puesto con la boda de mi hermana. ¿Por qué es tan distinto conmigo?
    Estos días, en cuanto puedo me escapo a las cuadras y hago que ensillen mi caballo. Desde hace unas semanas es lo único que me consuela. Suelo cabalgar hasta el atardecer, incluso a veces he llegado tan tarde que no he podido estar presente en la cena. Supongo que montar a caballo es otra de las cosas que perderé cuando me marche a Londres y me aferro a la libertad que me da el paseo por los bosques de Almond Hill. Exprimo cada minuto sabiendo que es probable que sean los últimos haciendo algo sin tener que pedirle permiso a mi marido.
    Camille, sabes que nunca me he opuesto a que fuera mi padre quien decidiera por mí con quién me casaría, y lo sabes porque tú misma siempre me has regañado por mi conformismo, pero entiendo que siempre ha sido

así en nuestra familia. Cierto es que mi deseo sería haberme enamorado, pero en el fondo sabía que eso era improbable que sucediera. Lo que me incomoda más es el hecho de no conocer al que hace semanas que es ya mi esposo. No dejo de pensar en el día en el que me encuentre a su lado y, aunque trato de controlarlo, muchas veces el pánico se hace dueño de mí. No sé lo que se espera de una esposa, Camille, mamá no me contó nada y la señora Durrell no quiere mantener esa conversación conmigo. Dice que no es propio de una mujer de mi clase ir preguntando determinadas cosas y mucho menos al servicio. Pero ¿a quién pregunto entonces? Solo queda mi hermana y la verdad es que no es buena idea. Ya sabes que mi primo me incomoda, no quiero ni imaginar que hará en sus ratos íntimos con Elisabeth, así que con más razón no voy a pedirle a ella que me lo cuente.

Camille, a ti no te voy a mentir, hay una cosa más que me preocupa: sé que en cuanto me marche, cuando llegue a Londres, dejaré de pertenecer al mundo en el que nací y donde he crecido. No soy capaz de describir hasta dónde me angustia eso. Ya he empezado a notar cambios en la actitud hacia mí. La semana pasada, la duquesa de Hedmind dio un baile y solo se acordó de invitar a Elisabeth. Después, pasado el evento, puso toda clase de disculpas, diciendo que pensaba que yo no estaba ya en Almond Hill, pero sé que fueron solo eso, excusas.

No espero que tú me comprendas, sé que todo esto del linaje y la nobleza te parece anticuado y triste, pero a mí me han educado en este mundo y me siento incómoda ante la posibilidad de tener que integrarme en otro del cual desconozco todas las normas. Camille, estoy asustada. Y te echo mucho de menos.

Tuya,
Mary E. Davenport

Lunes, 3 de noviembre de 1913

Mary Ellen nunca había viajado sin su familia y tampoco había subido al ferrocarril, y su nerviosismo se traducía en un constante temblor en las piernas que amenazaba con hacer que le fallasen en cualquier momento. La tranquilidad en la estación de Chelmsford la había roto minutos antes la locomotora que apareció silbando y soltando un espeso humo, arrastrando con ella media docena de sucios vagones que anunciaban que el momento de la partida a Londres se acercaba inexorable. Las ruedas chillaron al frenar sobre los raíles y Mary arrugó el gesto, aunque contuvo el gritito nervioso que sí salió de boca de Elisabeth, que había acudido a despedirla con su padre y dos criados.

—Papá, este invento del demonio no es para nosotros —dijo disgustada Elisabeth—. ¿Tendrá Mary que viajar con ellos?

Señaló a unos pasajeros humildes que se encontraban en el lado opuesto de la estación, cerca de los últimos vagones del ingenio. Eran una familia, el padre, la madre y tres niños pequeños, cargados con sus pertenencias. Con toda probabilidad, viajaban a la capital para buscar la oportunidad de una nueva vida en las fábricas. El campo hacía tiempo que había dejado de necesitar tanta mano de obra y eran muchas las familias que se veían en la necesidad de emigrar hasta las ciudades. Estas no les descubrían el paraíso, sino una vida, si cabía, más dura que la que dejaban atrás. Sin embargo, entre todos ellos siempre había alguno que lograba destacar, salir de la miseria, y eso era quizá lo que empujaba al resto a seguir intentándolo.

—No, Elisabeth. Mary viajará en primera clase. Ellos son pasajeros de tercera. Mirad, ahí viene el jefe de estación.

Un hombre, cubierto con una gorra y uniformado, se acercó al conde y a sus hijas, y los saludó respetuoso, descubriéndose la cabeza. Revisó el billete que Richard había mandado adquirir para Mary días antes y, cuando vio que todo estaba en orden, ordenó a los criados que subieran el equipaje.

—Siento mucho que la doncella que te iba a acompañar se haya despedido esta mañana —dijo Richard—, pero no te preocupes. El abogado de tu esposo te estará esperando en la estación de Londres y no estarás sola más de lo necesario.

Mary suspiró aterrorizada. Parecía que los contratiempos no dejaban de acompañarla desde hacía semanas.

—Iremos a verte, Mary —dijo Elisabeth, con su habitual despreocupación.

—Eso espero, no sé qué voy a hacer sola en Londres.

—No te preocupes. Charles viaja de vez en cuando y me ha dicho que pasará por tu residencia todas las veces que esté en la ciudad —dijo Elisabeth.

Muy oportuna, la locomotora silbó, obligando a la hermana mayor a volver la cabeza y a taparse los oídos. No pudo ver cómo

Mary hacía un gesto de fastidio al escuchar el nombre de su cuñado. Siempre habían tenido una relación muy poco cordial, pero desde que se había casado con Elisabeth todo había ido a peor. La única cosa que le alegraba de irse de Almond Hill en pleno mes de noviembre y marcharse a Londres lejos de la familia era que dejaría de verlo a diario. Recibirlo como única visita no lo encontraba, desde luego, alentador.

—Tienes que subir, Mary —dijo Richard—. Cuídate, hija.

—Lo haré, papá. Adiós, Elisabeth. Escríbeme.

—¡Oh, Mary! ¡Con lo mal que se me da! Está bien, lo haré, pero solo unas líneas.

Mary Ellen los besó y después subió al vagón de primera clase, ayudada por uno de los muchachos que había recogido su equipaje. Se trataba apenas de un par de baúles, donde se las había arreglado para meter algunos trajes, guantes, un par de bolsos, la sombrilla heredada de la abuela Davenport y un espejo de su madre que esperaba haber protegido bien, porque odiaría que se rompiera en el viaje. Se completaban sus bultos con tres sombrereras. El resto de su ropa se la harían llegar más adelante.

Entró en el compartimento, vacío en esos momentos, y se quedó parada. Se sintió aturdida por unos instantes, sin saber muy bien cómo conducirse. La locomotora emitió otro de sus enervantes pitidos y notó cómo arrancaba. Desconcertada por la brusca sacudida, al no esperar aún que el vagón se moviera, Mary cayó, sentándose de golpe. Por fortuna estaba sola y nadie pudo reírse de la poca elegancia con la que había depositado su cuerpo sobre el asiento. Ese era uno de los momentos que a Charles le habría encantado presenciar. La habría torturado recordándolo en cada una de las ocasiones que hubiera venido a cuento.

Mientras se quitaba el sombrero y los guantes, miró por la ventanilla y suspiró. El paisaje de verdes e interminables prados que iba dejando atrás se repetía en aburrida secuencia. Si acaso alguna vaca o un seto delimitando las verdes parcelas interrumpían la monotonía. El suave traqueteo del vagón y la fina lluvia, que trazaba surcos erráticos de gotas en el cristal, fueron relajándola hasta que cerró los ojos. La noche anterior la había pasado en vela y se rindió al sueño sin oponer resistencia.

Despertó, aterida de frío, cuando el tren se detuvo en la siguiente estación. Aprovechó para levantarse y estirar las piernas, buscando entrar en calor. Estaba tan absorta intentando imaginar lo que le esperaba cuando llegase a Londres, que se sobresaltó cuando un carraspeo a su espalda atrajo su atención. Se giró y sus sorprendidos ojos castaños tropezaron con las azules pupilas de un apuesto joven moreno que acababa de entrar en el compartimento.

—Disculpe. Creo que mis modales han dejado mucho que desear, pero me daba miedo asustarla. Me parece que no ha notado que he entrado en el vagón. Mi nombre es James Payne. ¿Y usted es la señorita...?

—Señora —dijo ella sin dejar de sonreír—. Soy la señora de John Lowell.

Le tendió la mano, que él tomó con delicadeza para depositar un beso de cortesía sobre el guante que la cubría. A pesar de la tela, Mary pudo sentir la caricia de sus labios y al instante dejó de sentir el frío que había hecho que se levantase del asiento. La retiró enseguida, un poco azorada por la reacción de su cuerpo, que la tomó tan desprevenida como la presencia en el vagón del señor Payne.

—Disculpe otra vez, me ha parecido tan joven que no pensé que estuviera casada —dijo él.

—Pues lo estoy.

—¿Vive en Londres? —continuó preguntando.

—Lo cierto es que hace muy poco de mi matrimonio y viajo para instalarme definitivamente allí.

—¿Viaja con su esposo? —preguntó James, mirando alrededor, buscando al marido de Mary.

—Oh, no, por una desafortunada circunstancia he tenido que hacer el viaje sola.

—¿No la acompaña nadie?

—No, ha sido un pequeño contratiempo de última hora, pero me esperan a la llegada. ¿Usted también vive en Londres? —preguntó ella, reorientando la conversación con rapidez.

—Así es.

—Oh, entonces quizá volvamos a coincidir alguna vez —señaló Mary con inocencia.

—Nunca ha estado en Londres, ¿verdad? —preguntó él, sonriente. Un atractivo hoyuelo se dibujó en su mejilla derecha.

—Oh, claro que estuve, mi presentación en sociedad fue allí, por supuesto. ¿Por qué lo dice?

—Supongo que no tuvo oportunidad de pasear mucho por la ciudad entonces. Cuando llegue se dará cuenta de que encontrarse con alguien por casualidad en Londres es como un pequeño milagro. Es demasiado grande para eso.

—Vaya, estará pensando de mí que soy una pueblerina que nunca ha salido del campo cuando me escucha estas tonterías que se me ocurren —dijo Mary, sonrojándose.

—No tengo nada que objetar a la gente del campo, señora Lowell. Son personas encantadoras. Yo mismo regreso de pasar unos días en casa de unos parientes lejos de la ciudad. Me hubiera quedado de poder, es mucho más sana la vida en la naturaleza, pero he de regresar para atender a mis pacientes.

—¿Es usted médico? —se animó a preguntar, alentada por la franqueza que desprendía el hombre.

—En efecto, eso es lo que soy.

—Parece muy joven.

Esa vez fue ella la que reparó en que el señor Payne tenía menos edad que los médicos que había conocido. Los que durante la enfermedad de su madre visitaron con frecuencia Almond Hill pasaban de los sesenta.

—No cumpliré ya treinta —dijo James Payne—, me temo que no usar bigote y barba me da un aspecto aniñado que dificulta el que acierten con mi edad, como le pasa a usted.

—¿Debería usar bigote para que sepan que estoy casada y no soy tan jovencita? —preguntó ella, con un brillo travieso en los ojos.

—No, claro que no —dijo él, mientras se reía con la ocurrencia—, quiero decir que tenemos algo en común: no aparentamos nuestra edad. Dígame, ¿su esposo es familia de Lowell, el sombrerero? Me parece recordar que dijo que se llama John…

Mary se sorprendió por la pregunta. Le acababa de decir que en Londres no se conocía todo el mundo y él le preguntaba por alguien con el nombre de su esposo. Aquel detalle sembró más inquietudes en su ánimo, que esa mañana estaba bastante predispuesto a ellas. ¿Cómo iba a saber si era familia de un sombrerero si ni siquiera tenía idea de cómo se llamaban los padres de su esposo, si tenía hermanos o si le gustaba el té con azúcar o solo? Se empezó a poner nerviosa, intuyendo que en adelante habría muchas preguntas comprometidas como aquella por parte de cualquier persona que conociera. Tendría que acostumbrarse a esquivarlas o bien debería escribir a John Lowell para preguntarle. Decidió que sería una de las primeras cosas que haría cuando llegara a su nuevo hogar.

—Pues... si quiere que le diga la verdad, doctor Payne, no me aclaro aún con la familia de John. —Optó por repetir su nombre de pila para que sonase más cercano y se dispuso a mentir para evitar más preguntas—. Los he visto solo en una ocasión, el día de la boda, y apenas me acuerdo de ellos.

—Claro, ese día es muy especial, uno no está pendiente de la familia política.

«Fue mágico», pensó Mary con ironía, mientras sonreía intentando olvidar el simulacro de ceremonia que había sido su boda, donde ni siquiera estaba presente la otra parte. El silbido de la locomotora anunciando la reanudación de la marcha no la pilló esa vez desprevenida, se apresuró a sentarse antes de volver a caer despatarrada.

—¿Usted está casado? —le preguntó.

—Lo estuve —dijo él, sentándose al lado de Mary.

Ella puso cara de circunstancias, sin querer había tocado un tema que parecía delicado. No estaba segura de que hubiera sido buena idea conducir la charla por ese camino, aunque ella no tenía por qué saber del pasado del viajero.

—Mi esposa falleció en un accidente... de caballo —añadió James.

—¡Oh, lo siento! Tuvo que ser muy duro.

—Lo fue, hacía unos meses que nos habíamos casado y éramos felices. Yo había empezado a ejercer la medicina en Londres y nos iba muy bien, y de pronto..., pero no pasa nada, señora Lowell, no se angustie —dijo él viendo cómo ella se sentía incómoda al haber tocado un tema tan delicado—. Es una pena que me acompañará siempre, pero de la que ya empiezo a reponerme.

—Mary —dijo ella.

—¿Perdón?

—Mi nombre es Mary. Si no le importa, doctor Payne, preferiría que me llamase por mi nombre.

—Encantado, pero usted prométame que me llamará James.

Las dos paradas siguientes las pasaron sin que nadie subiera al compartimento de primera clase, lo que les dio la oportunidad de charlar en confianza. Así, Mary supo que el doctor Payne ejercía la medicina en el hospital St George de Londres. Los parientes a los que había ido a visitar eran sus suegros y regresaba para reincorporarse a la rutina hospitalaria. Sus vacaciones concluyeron antes de lo previsto porque el frío clima de Londres, añadido al espeso humo de las fábricas, causaba muchos problemas respiratorios a los londinenses y era entonces cuando era más necesaria su presencia en el St George. Le habían telegrafiado para que volviera un poco antes.

—Ya lo sabe, si tiene algún problema de salud, ya sabe dónde buscarme. La atenderé encantado.

—Muchas gracias, doctor.

—James —dijo él, sin dejar de mirarla a los ojos. Ella notó que sus mejillas ardían por la intensidad del contacto, pero se repuso a tiempo para contestarle.

—Muchas gracias, James, pero espero que no sea necesario. Siempre he gozado de una excelente salud y hasta el momento no he necesitado atención médica.

—No se fíe. Ya le he dicho que el campo es mucho más saludable que Londres. Me imagino, además, que en su residencia no tendría la necesidad de salir mucho a la calle en invierno, pero, créame, en la ciudad es diferente. No se librará al menos de un par de resfriados.

—Haré lo posible por mantenerme sana.

James Payne sonrió al darse cuenta de la ingenuidad de Mary. No conocía Londres, estaba seguro de que en pocos días estaría añorando las colinas suaves que rodeaban Almond Hill, el aire fresco del campo y las comodidades de la mansión de los condes de Barton. Por lo que había deducido de su conversación con la muchacha, de lo que le había contado, el mundo real no había sido para ella sino un eco lejano, perdido más allá de la inmensidad de los dominios de su familia. Estaba seguro de que el insalubre aire de la ciudad acabaría haciendo mella en sus pulmones.

—Espero que, aunque no necesite de mis servicios como médico, se acuerde de mí.

—No le quepa duda —dijo ella, ruborizada aún por el brillo en los ojos azules de James, que se habían quedado clavados en los suyos y la seguían mirando.

El doctor Payne sonrió. Mary le había parecido una muchacha encantadora y no le habían pasado por alto las veces que se había sonrojado durante el tiempo en el que estuvieron hablando. Tampoco le fue ajeno lo poco que conocía del mundo. Todo lo que le había contado de sí misma tenía las fronteras marcadas en los límites de la propiedad familiar y de la educación aristocrática que había recibido. Cuando llegase a Londres, pensó, encontraría un mundo que no se parecía a ese del que hablaba con tanta emoción. El verde intenso de los prados en la ciudad se volvía gris y aquel mundo de modales exquisitos desaparecía en cuanto ponías un pie en algunas de las atestadas calles de la ciudad. Esperaba que despertar a esa realidad no fuera demasiado duro para esa niña. Porque, a pesar de su estado civil, a pesar de que ella le había dicho que ya era una señora y no señorita, un halo de inocencia la envolvía. James se encontró deseando, sin saber muy bien por qué, que no la perdiera. Cuando llegaron a la estación de Liverpool Street, en Londres, se despidió de Mary con un suave beso en su mano.

—Espero que nos volvamos a ver, señora Lowell, aunque sea un pequeño milagro —dijo James, fijando su mirada en el rostro de Mary. Memorizó sus rasgos, para que ninguno se le olvidase. Quería reconocerla si la vida le daba la oportunidad de volver a tropezar con ella.

—Lo mismo digo, doctor Payne.

Mary, a pesar de que sabía que no era lo más correcto tratándose de una mujer casada como era ella, no apartó su mirada del atractivo médico del St George.

—Ha sido un placer, Mary.

—Igualmente, James.

Deberían haberse soltado, pero retuvo la mano de Mary mientras buscaba la manera de pedirle algo. Ella no la rechazó, quería prolongar las sensaciones que se intensificaban a cada segundo que sus dedos permanecían sujetos por los del doctor.

—¿Le importaría decirme dónde vivirá? —preguntó él al fin.

Había decidido que no quería dejar en manos del destino el volver a verla.

—Yo... —Mary, desconcertada, dudó.

—Podría hacerle alguna visita de cortesía —dijo él, tratando de rebajar unos grados su atrevimiento.

—Es que... —contestó ella, intentando aparentar una serenidad que no sentía—, es que no sé la dirección. Tienen que venir a buscarme. Aún no sé dónde viviré.

—He sido muy osado al preguntarle —dijo soltándola—. Disculpe, Mary, no tenía intención de incomodarla. Si me necesita, estaré en el St George.

Ella no supo qué contestar, pero se impuso no olvidarse del nombre del hospital. Estaba segura de que no le importaría en absoluto volver a ver a ese hombre tan agradable. El doctor Payne, después de saludarla de manera cortés quitándose el sombrero, desapareció de su vista engullido por la multitud.

Mary tomó aliento y esperó al abogado de John.

Lunes, 3 de noviembre de 1913

Mary Ellen no recordaba haber estado en ningún lugar tan impresionante como la estación de ferrocarril. Ni siquiera Almond Hill, la enorme mansión donde había vivido desde su nacimiento, con sus inmensos jardines, los campos de cultivo y el bosque aledaño, le habían causado nunca una sensación así. Mary pertenecía al campo, llevaba impresos en la memoria el olor de la hierba mojada por la lluvia y el aire limpio, y ni siquiera imaginaba que existiera un lugar como el que ahora la cobijaba. Un enorme armazón metálico, bastantes metros por encima de su cabeza, rellenado con miles de cristales, protegía la estación de la lluvia y le daba un aspecto grandioso. Las paredes de ladrillo rojo se abrían en amplios ventanales acristalados rematados por arcos apuntados. Le recordaba a un inmenso templo en el que el adorado era el dios del progreso. En los andenes, cientos de viajeros de todas las condiciones sociales se movían apresurados, saliendo de los trenes o tomando los que les llevarían a futuros destinos, mientras ella permanecía clavada en el suelo, al lado de su equipaje, sin saber qué hacer. Un muchacho bajó los baúles con sus pertenencias y los dejó ahí tras recibir una propina y, si no hubiera sido porque a los pocos minutos reconoció la oronda figura del abogado entre la multitud, habría sufrido un ataque de pánico al verse sola en la ciudad.

—¿Ha tenido un buen viaje, señora Lowell? —preguntó el señor Stockman a modo de saludo.

—Sí, gracias. Ha sido una experiencia... enriquecedora. —Sonrió, recordando lo agradable del viaje en compañía del doctor Payne.

—¿Dónde está su acompañante? —le preguntó.

—Oh, ha habido un pequeño problema de última hora y he tenido que venir sola.

—Entiendo. En fin, démonos prisa, tengo un coche esperando para llevarla a su residencia. ¡Muchacho! —gritó a un chico, que corrió a su lado—. Sube estos bultos en un carro y llévalos al coche. Señora, es mejor que no nos demoremos mucho, aún tengo asuntos pendientes y, además, imagino que estará hambrienta y cansada.

Mary confirmó que se sentía exhausta, aunque de la sensación de hambre no tenía registro. Una incomodidad en su garganta, un apretado nudo, se había encargado de convencer a su cerebro de que no era necesario ingerir alimentos. Siguió al abogado hasta que abandonaron el andén, subieron un tramo de escalera, atravesaron un espacioso vestíbulo y salieron a la fría calle londinense. Mary sintió una ráfaga de viento húmedo cargado de fina lluvia en su rostro y se ajustó la capa que abrigaba su cuerpo. Enseguida vio el coche donde ya habían subido su equipaje y con ayuda de Stockman montó en él. Era la primera vez que viajaba en uno, pero se abstuvo de hacer ningún comentario. No quería que el abogado de su esposo supiera que desconocía todo del mundo moderno.

El viaje hasta la casa que la esperaba no duró mucho. Mary se concentró en la ventanilla, observando maravillada aquel cúmulo de edificios y gente. Los coches se movían esquivando los carruajes de caballos y las bicicletas, y empezó a marearle el inusitado movimiento de la ciudad. Aunque Mary no lo supiera, en ese momento Londres era la urbe más poblada del planeta. A medida que avanzaban por calles y avenidas, iba imaginando que París, de la que tanto le hablaba *mademoiselle* Leduc en sus cartas, sería muy parecida, y deseó estar en ella con su madrina y no dirigiéndose a una casa desconocida que en adelante debería considerar su hogar. Cuando el chófer se detuvo, no había cruzado ni una sola palabra con el abogado.

—Aquí es, señora.

Stockman se bajó primero y le tendió la mano para que se

apoyase en él y descendiera del vehículo. Una vez en la acera, Mary contempló la propiedad con desencanto. Había tratado de no pensar en lo diferente que tenía que ser por fuerza a Almond Hill, pero al menos esperaba un lugar espacioso. La finca, encajonada entre otras dos, no se parecía a una mansión en absoluto. A la puerta principal, enmarcada por dos sucias cristaleras laterales separadas por cuatro columnas, se accedía por medio de cuatro escalones de apenas un metro de largo que hacía tiempo que no veían una escoba. Se retiraba hacia adentro, quizá para mantener la madera a salvo de las salpicaduras de la constante lluvia y ese retroceso provocaba que la entrada fuera muy oscura. La muchacha levantó la vista y observó el diminuto frontón que remataba la entrada, diez veces más pequeño que el de la mansión de su familia; entretenida, apenas se dio cuenta de que Angus Stockman había llamado a otra puerta que quedaba a la derecha, una mucho más humilde en la que no había reparado hasta entonces. De ella salió una mujer de unos cincuenta años, vestida de negro, con un mandil blanco impoluto y una cofia sobre su cabello pelirrojo.

—Buenos días —saludó la mujer, sacándola de su ensimismamiento.

—Buenos días, señora Smith —contestó el abogado.

Angus le hizo un gesto al muchacho que viajaba con ellos y este se dispuso a meter los baúles por la puerta. La señora Smith tuvo que apartarse para dejarle paso.

—¿Es ella? —preguntó, dirigiéndose a Angus Stockman.

—En efecto, señora Smith. Ella es la señora Lowell.

—Bienvenida a su casa —dijo la mujer—. Pase, pase, hace frío y llueve, y no conviene quedarse ahí.

Mary, que se sujetaba en alto el vestido para que no se mojara el bajo demasiado, se adentró en la casa. La señora Smith cerró la puerta y cuando se giró se sorprendió ante la desaparición del abogado, que se había marchado sin despedirse.

—¿Y el señor Stockman?

—Tendrá prisa, supongo. Sígame. —La mujer comenzó a caminar por un angosto y oscuro pasillo.

—Perdone, no recuerdo bien su nombre —dijo Mary. No sabía cuál era su papel en la casa y trataba de averiguarlo iniciando una conversación.

—Me llamo Abigail Smith —dijo sin volverse.

—¿Es el ama de llaves?
—Oh, no. En esta casa no hay ama de llaves. Soy la cocinera.
—¿No hay ama de llaves?
—No hay nadie más que yo.

La joven no dijo nada, disimulando el desencanto que la frase había inoculado en su ánimo. Nadie más en la casa, eso no podía ser bueno. Dejaron el corredor y entraron en la cocina, donde el horno encendido fue el único que la recibió con una cálida bienvenida. En ese momento, Mary fue consciente del frío, que parecía el inquilino más cómodo de la casa. Los nervios por encontrarse en su nuevo hogar, el desconcierto por la repentina huida del abogado y la oscuridad que envolvía el lugar la tenían tan aturdida que, hasta ese instante, no reparó en el detalle.

La cocina, al contrario de lo poco que había visto de la casa, estaba impoluta. El horno se situaba en el lado izquierdo de la puerta. A continuación de este, los fogones de leña y un amplio fregadero de granito gris recorrían el lateral. La pared opuesta la ocupaban dos alacenas repletas de utensilios de cocina. Entre los muebles se abría un pequeño pasillo. Al observar que Mary se quedaba mirándolo, la señora Smith se apresuró a decirle adónde conducía.

—Son las habitaciones de servicio. Hay dos, pero están vacías.
—¿Y usted dónde duerme? —preguntó Mary desconcertada.
—Siempre he dormido en mi casa, por supuesto, salvo los días en los que hay nevadas intensas. Entonces me quedo a pasar la noche, pero de manera excepcional. Recuerdo también un par de veces que me quedé porque la niebla era tan espesa que no te veías la mano si extendías el brazo. Salvo en esas ocasiones, siempre regreso a la habitación que tengo alquilada.

La inquietud que había sentido hasta ese momento se volvió pánico. Si la señora Smith volvía a su casa cada noche y no había más personal de servicio, eso solo podía significar que pasaría sola la noche. Rectificó entonces su primera impresión de la casa: ahora le parecía un lugar enorme. Abigail, la cocinera, supo interpretar el gesto que Mary no ocultó y se apresuró a añadir algo:

—No se asuste, señora Lowell. Me quedaré con usted hasta que encontremos a alguien que ocupe esas habitaciones.
—Gracias —dijo ella en un susurro.
—He preparado la comida, supongo que estará hambrienta

—dijo la mujer, cambiando de tema—. Si no es mucha molestia para usted, podría servírsela en la cocina. El horno lo he encendido esta mañana, estará más cómoda. El resto de la casa está muy fría. Pero, si prefiere el salón, yo no tengo ningún problema en llevársela allí. Tendrá que esperar más, eso sí, porque aún no está preparado para recibir a nadie. Necesita una buena limpieza.

—No se preocupe, señora Smith, como le parezca bien.

Mary no iba a poner ninguna objeción, la casa no le estaba gustando en absoluto. Era fría, oscura y estaba vacía. Si podía evitar quedarse sola en un cuarto lo haría, aunque ello implicase comer en la cocina, algo que jamás había hecho en Almond Hill.

—¿Quiere subir a su habitación? Quizá le apetezca descansar un poco hasta que todo esté listo.

—¡No! —gritó de manera involuntaria.

Prefería quedarse en la cocina antes que deambular por una gélida casa desconocida. Se quitó la capa y esperó que la señora Smith hiciera el gesto de cogérsela de las manos para llevarla a alguna parte, pero la mujer se afanaba en darle vueltas a un guiso en la cacerola que estaba al fuego y no le hizo caso. Miró alrededor y, como no encontró otro lugar, la puso en una de las seis sillas que rodeaban la alargada mesa de roble de la cocina. Sentada en la de la cabecera, Mary se comenzó a impacientar. No por la comida, sino porque la señora Smith no hablaba y eran muchas las dudas que ella tenía. Se decidió a preguntar después de que Abigail le sirviera un guiso de patatas acompañado de un vaso de agua y un pedazo de pan.

—¿La casa es muy grande? —curioseó.

—En cuanto coma se la mostraré —contestó Abigail sin responder a la pregunta—. Una cosa tengo que decirle. El señor Stockman me avisó ayer de que usted llegaba hoy, así que lo único que me ha dado tiempo a hacer es adecentar la cocina, su cuarto y el de servicio, pensaba que vendría acompañada. Esta casa no es para que una mujer sola la ponga en marcha de la noche a la mañana y lleva casi tres años cerrada. No me ha sido posible avanzar más.

—¿Hace tanto que no viene el señor Lowell por aquí? —preguntó extrañada.

—Vino de América hará un año, pero ni siquiera se alojó aquí. Estuvo en un hotel y después se marchó a casa de unos conocidos en Chelmsford. Yo me puse contenta cuando supe que volvería; desde que se marchó a América no he tenido trabajo fijo, pero ya ve. Hasta hoy he tenido que esperar.

Mary recordó que el año anterior había sido invitada con su familia durante un fin de semana a casa de los Westmorland, en Chelmsford. El motivo fue un concierto, interpretado por un cuarteto de cuerda, y un baile donde se produjo la pedida de mano de la hija menor de la familia. Llegaron a media tarde, demasiado pronto para la velada musical, así que el hijo mayor de los Westmorland sugirió que se apuntasen a una partida de bridge que había organizado para los madrugadores. Mary, a quien los actos sociales no le entusiasmaban demasiado y se aburría muchísimo con los juegos de cartas, pidió permiso para visitar las cuadras. Al volver no se libró de una buena reprimenda por parte de su padre, que no paró de repetirle durante toda la noche que, a pesar de que se había cambiado de vestido, olía a caballo.

Durante toda la velada se mantuvo en un segundo plano, preocupada por si era cierto que olía mal. Solo bailó con Charles, que se las arregló para que no pudiera oponerse, y que alteró sus nervios tal y como llevaba haciendo desde hacía años. Tuvo que reprenderle más de dos veces porque su mano se iba deslizando poco a poco hacia abajo por su espalda. Los minutos de la pieza se le hicieron eternos y tras ella optó por refugiarse en una conversación con su madre, con la que se sentía a salvo. Recordaba los detalles de aquel día con total nitidez porque fue en ese momento cuando Elisabeth se empezó a sentir mal y había tenido ocasión de rememorar aquel fin de semana muchas veces.

La mención de Chelmsford, la escena que habían evocado sus recuerdos, le parecía un pasaje lejano ahora. El último baile al que había asistido. No se le ocurría que en ese lugar en el que estaba pudiera organizar alguno. Temía que ninguna de las amistades de su familia vería con buenos ojos visitar una casa tan modesta.

—¿Usted ha sido siempre la cocinera del señor Lowell? —le preguntó a Abigail.

—Lo fui ya de su madre. ¡Qué maravillosa mujer! Le hubiera gustado conocerla. Lástima que…

Abigail suspiró y a Mary le resultó embarazoso preguntarle por la madre de John Lowell, aunque la admiración que adivinaba en sus palabras y la interrupción de su discurso despertó su curiosidad. Prefirió concentrarse en otras cuestiones más urgentes.

—¿Sabe dónde podríamos conseguir personal de servicio, señora Smith?

—¿Cuánto dinero tiene?

La pregunta, directa, desconcertó a la muchacha. Su padre le había dado cincuenta libras, la asignación que le contó que su esposo había previsto que le llegaría mes a mes. Nunca se había visto en la tesitura de manejar su propio dinero en Almond Hill y no tenía idea de si aquello era una miseria o toda una fortuna. Le habló de la cantidad a la señora Smith.

—¿Eso es todo? —preguntó ella, desconcertada.

—Supongo que el próximo mes habrá más. Tengo también algunas libras más que me dio mi abuela.

—¿Cincuenta libras? ¡Qué extraño que su esposo solo le haya dado eso! Con ese dinero, ¿pretende contratar servicio?

—¿Es poco?

—Señora. A ver cómo se lo explico. Queda leña, como mucho, para una semana. Hay que llenar la despensa todo el mes, seguro que habrá que pintar o reparar algún desperfecto. Huele a humedad, así que no descarto que también haya goteras en la buhardilla. Las chimeneas necesitan ser deshollinadas, es urgente conseguir colchones nuevos… Necesitamos encerar la madera de la escalera, los muebles, conseguir cacerolas. Mire, algunas están rotas, se han estropeado en estos años. He visto por encima los muebles del salón y el sofá necesita un nuevo tapizado con urgencia. Y eso, dicho antes de revisar todo con atención. Con ese dinero no hay ni para empezar para todo lo que se necesita. ¡Y además el personal! Los tres primeros meses de mi sueldo están pagados por adelantado, pero cualquiera que entre después será cosa suya.

—¿Y qué hago? —Mary empezaba a sentir algo más que inquietud—. Necesitaremos al menos cuatro muchachas y un mayordomo…

—¿Mayordomo? Y déjelo en una muchacha, con suerte.

—Esto será un desastre —se lamentó Mary.

Abigail suspiró. Aquella criatura acababa de salir de una vida entre algodones y no entendía nada de lo que sucedía en el mundo real. No tenía ni idea del valor del dinero. Pudiera ser que para alguien como ella, una humilde cocinera, esas libras fueran una fortuna con la que sobrevivir varios meses, pero otra cosa era poner en marcha una casa como aquella con tan poco capital. La señora Smith pensó en una solución alternativa de emergencia.

—Tengo una idea. Es arriesgada, porque uno nunca sabe lo que se va a encontrar, pero si le dan igual las referencias yo sé dónde encontrar muchachas dispuestas a trabajar por la comida y un techo. Al menos al principio. No traerán recomendaciones, pero tampoco creo que las que las tienen quisieran venir a esta casa.

—¿Por qué? —preguntó Mary, preocupada.

—Oh, pues... está lejos del centro —improvisó la señora Smith.

—¿Dónde podremos conseguir a esas muchachas? —preguntó Mary, intentando obviar los recelos que la extraña respuesta de Abigail había logrado hacer aflorar. Se estaba imaginando que le hablaba de muchachas de vida disipada, de esas de las que algunas veces había oído hablar a Charles y que vendían sus cuerpos a los hombres a cambio de unas monedas.

—En el hospicio.

¿En el hospicio? Eso parecía mejor opción que la que se le había ocurrido unos segundos antes, pensaba Mary mientras se terminaba el guiso en la cocina, rumiando la conversación que mantenía con Abigail Smith. Al final su abuela iba a llevar razón y John Lowell se merecería sus amenazas, porque lo que había encontrado no era precisamente un palacio. De hecho, estaba segura de que la casita del jardín de Almond Hill, la que estaba detrás de las caballerizas y que solo se usaba en contadas ocasiones para algunos invitados que querían más intimidad, era más grande y mucho más confortable que su nuevo hogar. ¿No era John un acaudalado comerciante? ¿Por qué todo tenía ese lamentable aspecto de abandono? ¿No se había molestado su padre en investigar si era cierto que Lowell era tan rico como decía? Las preguntas se acumulaban en su cerebro y hacían crecer unos grados su inquietud.

No descartó que en algún momento le subiera también la fiebre y acabara enferma nada más llegar a la ciudad.

Dudó ahora de que aquello que le contaron sobre John Lowell fuera real. Si su esposo no era alguien con una desahogada posición económica, la única razón que lograba entender para que Richard Davenport la hubiera casado con él se desvanecía. ¿Habrían timado a su padre y ella sería la víctima última de ese engaño? Esa misma noche le escribiría para pedirle que le permitiera volver a Almond Hill, junto a él y su hermana. Intuía que la vida en Londres iba a ser demasiado dura y estaba segura de que, si se lo pedía, su padre le permitiría ahorrarse esa tristeza. Quería volver de inmediato al campo, aún estaba a tiempo de pasar el resto del invierno en casa y tenía dinero para pagar un billete de tren que la devolviera a casa. Aunque tuviera que soportar la humillación frente a sus conocidos y las burlas del estúpido de Charles.

Fue cuando evocó a su primo cuando la rabia se abrió paso en sus pensamientos. Seguro que en cuanto regresara, casi antes de que pusiera un pie en la distinguida mansión de los condes, se burlaría de ella de la peor manera que encontrase. Se mofaría por su matrimonio desigual y volvería a acosarla en los pasillos. Nunca había salido una queja de su boca, nadie en Almond Hill supo jamás lo que sucedió, pero durante la enfermedad de la condesa su primo sobrepasó ciertos límites. Todo lo sucedido lo calló, no se hubiera perdonado que su madre se marchase de este mundo apenada por un escándalo. ¡Maldito Charles! No, no iba a permitir a ese idiota que siguiera haciendo eso con ella durante toda la vida. Pudiera ser que aquel matrimonio con John Lowell, un desconocido sin linaje, fuera un terrible error, pero mucho peor hubiera sido que esa boda que habían celebrado en Almond Hill no fuera una formalidad y hubiera acabado casada con su primo.

Lo odiaba.

Abandonó la idea de escribir a su padre la carta que tenía en mente o de salir corriendo a la estación al día siguiente. Se limitaría a decirle que había llegado bien a Londres, comportándose como la adulta que se suponía que ya era.

—¿A qué hora podrían recibirnos mañana en el hospicio? —preguntó a la cocinera.

Lunes, 3 de noviembre de 1913

La señora Smith acompañó a Mary hasta la entrada de la casa, una vez hubo terminado la comida. La mortecina luz de la calle penetraba por la sucia cristalera de la puerta principal, dejando apenas intuir la sobria decoración del vestíbulo. Este, cubierto por entero por una gran alfombra, que desprendía un terrible olor a polvo, organizaba la distribución de la casa en torno a él, ocupando el centro, y su techo se elevaba en dos alturas. De él pendía una enorme lámpara, en la que las arañas habían encontrado un buen lugar para tejer sus telas.

A través de la escalera que recibía al visitante de la casa, y que se apoyaba en la pared del fondo, se accedía a las habitaciones de la primera planta. El primer tramo de escalones se interrumpía antes de llegar a la altura del segundo piso, bifurcándose en dos que se abrían a derecha e izquierda. La barandilla, de madera de roble, continuaba su función en el corredor que enmarcaba desde arriba al vestíbulo. En el ala izquierda, dos puertas daban acceso a habitaciones; a la derecha, se repetía el mismo esquema. Sobre la puerta de entrada, el pasillo era un simple voladizo que se había aprovechado para instalar una pequeña mesa y dos sillones al lado de un amplio ventanal que daba a la calle, cuyas cortinas en ese momento estaban corridas. La muchacha pensó que quizá, cuando quitasen las gruesas telas y la luz entrase, aquel podría ser uno de los rincones más acogedores de la casa. A ambos lados de la ventana habían colocado dos estanterías repletas de libros y parecía el espacio idóneo para dedicarlo a la lectura. Sus ojos recorrieron los volúmenes y reconoció algunos títulos que ya había leído en Almond Hill. Un ejemplar de *Orgullo y prejuicio* bastante manoseado reposaba al lado de *El conde de Montecristo*. *Alicia en el país de las maravillas*, *Drácula*, *La isla del tesoro*, *Oliver Twist*... Se alegró de tener al menos la compañía de los libros en aquella casa en la que se pronosticaban pocas diversiones.

Siguió el recorrido visual de la primera planta, mientras Abigail continuaba explicándole detalles sobre el mobiliario a los que no prestó atención. Desde esa perspectiva, lo que sí cautivó a Mary fue la cristalera que arrancaba desde la bifurcación de la escalera hasta el techo. Observó maravillada los vidrios de colores que dibujaban la imagen de una leyenda mitológica que conocía bien: Eros y Psique. Había un cuadro con idéntica escena en su casa y era imposible que no reconociera a los protagonistas: el hombre alado abrazado a una mujer semidesnuda que siempre se descolgaba de la biblioteca antes de que su abuela entrara en Almond Hill, puesto que consideraba escandaloso que sus nietas vieran cuerpos desnudos. Era un cuadro al que su padre tenía un apego especial. Se alegró de que en aquella triste casa hubiera algo que le recordase a Almond Hill.

—A la señora le encantaba también esa cristalera —dijo la señora Smith al ver a Mary con la mirada fija en los cristales—. Hizo poner estos sillones aquí para poder contemplarla. Sentía una especial fascinación por ella. Ya verá, al atardecer, en primavera, la luz que entra por el oeste los días de sol ilumina esta casa como si del cielo se tratara.

—Me encantará verlo.

La verdad es que necesitaba creer que sucedería porque, de momento, lo que observaba era una casa con posibilidades, pero también con toneladas de polvo a exterminar y un abandono considerable a sus espaldas. Bajó la vista y se fijó en la puerta que estaba frente al pasillo que conducía a la cocina. La señora Smith la había llevado escaleras arriba, pero no le había mostrado la planta baja.

—¿Esa habitación es el salón? —preguntó señalándola.

—En efecto, señora. No está muy presentable, ni siquiera me ha dado tiempo a quitarle todas las sábanas que trataban de proteger los muebles del exceso de polvo, por eso le ofrecí comer en la cocina y hemos subido aquí primero. ¿Seguimos?

Abigail Smith le abrió tres de las puertas de las habitaciones, pero apenas vio nada porque estaban muy oscuras, solo percibió un intenso olor a humedad. En la tercera intuyó una pequeña escalera al fondo.

—Conduce a la buhardilla —dijo Abigail—, pero yo no me he atrevido a subir. La señora Lowell... la madre del señor John, no consideraba necesario que nos ocupásemos de ella. Estará llena de trastos viejos y de suciedad. Y me temo que habrá más de una gotera.

—Ya iremos otro día —dijo Mary.

—Esta otra será su cuarto.

La cocinera abrió la puerta de la habitación y la luz procedente de la ventana desconcertó a Mary. Las otras estaban tan oscuras que no esperaba encontrarse de pronto con aquella claridad, aunque debería de haberlo imaginado, la señora Smith le advirtió que la había preparado. Al lado de una enorme cama de madera con dosel, sobre una de las tres mullidas alfombras que la rodeaban, esperaban sus baúles y las sombrereras. A la derecha del cabecero languidecía una chimenea apagada y a la izquierda habían colocado una mesita de noche. Junto a la ventana, un coqueto sillón de orejas, con la misma tapicería de las cortinas y la colcha, esperaba a que alguien se decidiera a descansar en él.

—Es bonita —dijo Mary. La pared del cabecero estaba decorada con un tapiz que reproducía un caballo alzado sobre sus cuartos traseros.

—Y muy fría —añadió la señora Smith—. Era el antiguo cuarto de John y recibí instrucciones para que ahora sea el suyo, pero yo, si hubiera podido elegir, me hubiera trasladado a cualquier otro. Son mucho más confortables. Esta chimenea, como ya le he dicho no está en condiciones, necesitamos que venga un deshollinador. Ya le advertí que poner la casa en marcha costará mucho.

—Intentaremos hacerlo poco a poco —dijo Mary, tratando de conservar la serenidad.

—Yo me voy a seguir con mi faena.

—Me parece bien.

—En cuanto me necesite, tire de esta cuerda —dijo mostrándole un cordel que había al lado del cabecero de la cama y del que Mary no se había percatado—. Yo subiré enseguida.

—Muchas gracias, señora Smith.

—No hay que darlas, es mi trabajo.

Antes de que la mujer abandonase la habitación, Mary le hizo una petición:

—Perdone, ¿podría conseguirme papel y pluma? Quiero escribirle a mi padre para contarle que he llegado bien.

—Miraré en el comedor.

—Gracias.

La cocinera tardó pocos minutos en atender su petición. Le ofreció unas hojas, una pluma estilográfica y varios sobres, que Mary agradeció de nuevo, antes de que Abigail se alejase escaleras abajo.

A solas en el cuarto, Mary sintió que la entereza que había mostrado hasta ese momento frente a la cocinera se desdibujaba. El trayecto en ferrocarril, el paseo por Londres, la casa... Demasiadas novedades en un solo día, ella que estaba acostumbrada al lento ritmo de Almond Hill, donde apenas pasaba nada en meses.

Durante unos momentos sopesó las palabras que quería dirigirle a su padre. En lugar de una carta de cortesía en la que explicarle que había llegado sin problemas a su destino, le salían unas líneas desmadejadas, tan frías que no parecían suyas. Hizo un primer intento de escribir algo neutro, una simple nota para informar de su llegada, pero era tan breve que, aunque decía que se encontraba bien, daba a entender lo contrario. En otra carta pretendió parecer entusiasmada por Londres y el viaje, pero el entusiasmo ni siquiera lo transmitía el trazo de sus letras, que parecían abatidas. Ambas acabaron en forma de bolas de papel sobre la pequeña mesita.

Se levantó y miró a través de la ventana. Una densa niebla se había apoderado de la ciudad, dotándola de una atmósfera difusa en la que solo se distinguían, leves, las siluetas de los edificios contiguos y que teñían el paisaje de un gris sucio. El gélido ambiente de la habitación obligó a Mary a frotarse los brazos y buscar una chaqueta en el baúl. Mientras se la ponía suspiró, recordando el agradable calor de su cuarto en la mansión de los condes, donde siempre que era necesario la chimenea de su cuarto se encendía para su bienestar. Pero no estaba allí, sino en Londres, en la casa de un extraño que debería empezar a considerar suya ya, puesto que se había convertido en su dueña al casarse con él.

Intentaba no pensar demasiado en ello, pero desde que su padre le anunció el enlace sentía un tremendo desasosiego. No era tanto por no albergar ningún sentimiento hacia John Lowell, de alguna manera sabía que una muchacha de su clase siempre acababa casándose obedeciendo a los deseos de su padre. Contaba con la posibilidad de que nunca sintiera por él nada más que, con suerte, cierto afecto. No era eso lo que la mantenía inquieta. Eran las extrañas circunstancias que habían rodeado el matrimonio, lo desigual que resultaba y lo poco que eso parecía haber pesado en Richard Davenport, cuando siempre se había opuesto con energía a los enlaces que no preservasen el linaje. La habían educado para ser la esposa de un conde, duque o vizconde, no de un hombre de negocios que vivía entre América y Londres, en un ambiente donde Mary no tenía idea de cómo era correcto comportarse.

También sentía un poco de envidia por Elisabeth. Ella, a pesar de que Charles era un completo imbécil, se sentía dichosa desde su matrimonio, aunque eso era fácil porque no había tenido que renunciar a su casa ni a la vida en Almond Hill. Parecía incluso más bella y eso que superarse a sí misma era difícil: su hermana mayor siempre había destacado por tener una preciosa piel, unos ojos azules grandes y expresivos y, desde que se hizo mujer, un cuerpo sensual que atraía a cualquier hombre con el que se cruzase. La risa franca que se escapaba de sus labios, coqueta y seductora, completaba un envoltorio vital de lo más encantador. Lo único que estropeaba el conjunto era que Elisabeth era rematadamente tonta, pero para averiguarlo había que conocerla tan bien como la conocía ella.

Sonrió, en el fondo alegre por su hermana, porque tuviera ese carácter tan poco dado a la reflexión que había contribuido a que se sobrepusiera en poco tiempo a la pérdida de su progenitora. Mary, sin embargo, la seguía recordando, añorándola. Ese día que acababa de vivir querría contárselo a su madre, hablarle de sus miedos, de lo sola que se hallaba en esta casa extraña. Desde que murió, le sobraban palabras y le faltaban abrazos, los de la mujer que le dio la vida y que la enseñó a amar. Por eso se había convencido de que trataría de no encariñarse con nadie el resto de sus días. No pensaba que le fuera a costar demasiado.

Se sentó de nuevo y comenzó a escribir una carta.

CAPÍTULO 4

Londres
Residencia de John Lowell
3 de noviembre de 1913

Estimado señor Lowell:
Le escribo estas líneas para informarle de que hoy mismo he llegado a Londres y me he instalado en su casa, tal y como era su deseo. Vino a buscarme a la estación su abogado, el agradable señor Stockman, que fue tan amable de traerme en un coche. La señora Smith, la cocinera, me esperaba y ha sido muy servicial en todo momento; me alegro de tenerla conmigo para que me pueda orientar en lo concerniente al manejo de un hogar, algo de lo que no sé apenas nada. Pero no se preocupe, aprenderé pronto. Prometo que, cuando vuelva en Navidad, encontrará su residencia en perfectas condiciones.

Mañana iremos juntas a buscar un par de muchachas de servicio y espero que con su ayuda la casa vuelva a lucir tan hermosa como se intuye que es bajo la espesa capa de polvo que la cubre. También será necesario comprar víveres para abastecer la cocina, y carbón y leña para alimentar el horno. Por cierto, me ha dicho la señora Smith que algunas chimeneas están obstruidas por el hollín y habrá que llamar a alguien para desatascarlas. Como le digo, me ocuparé de todo para que a su regreso se sienta orgulloso de la mujer que ha elegido por esposa.

Aguardo ansiosa su regreso. Tengo curiosidad por conocerlo.
A la espera de sus noticias, se despide atentamente, su esposa,
Mary E. Lowell

Lunes, 3 de noviembre de 1913

Sintió un desconocido cosquilleo cuando estampó su firma con su nuevo apellido. La intención de escribirle a su padre se desvaneció al constatar que se sentía torpe para plasmar sus sentimientos, del mismo modo que se veía incapaz de ocultarlos, así que optó por cambiar el destinatario. En el último momento, decidió dejar la carta para su padre aparcada y la cambió por una para John. Le despertaba mucha curiosidad saber algo de él y pensó que, si le escribía, quizá recibiría una respuesta. Aunque no lo conociera en persona, tendría referencia directa de sus palabras y podría ir componiendo una imagen de él. La movía la curiosidad más que las ganas reales de que apareciera por la puerta y decidiera que tenía que empezar a cumplir con las obligaciones de una esposa. Esas de las que nadie quería hablarle y que no tenía ni idea de en qué consistían.

Dobló la carta con cuidado cuando estuvo segura de que la tinta se había secado y la metió en uno de los sobres proporcionados por la señora Smith. No sabía la dirección de John, ni tampoco la del remite que debería incluir, así que bajó a preguntarle a Abigail:

—Señora Smith —dijo nada más poner un pie en la cocina—. ¿Usted sabe la dirección en América de mi esposo?

—Claro, la dejó anotada su abogado, por si necesitaba ponerse en contacto con él. Ahora se la busco.

Se secó las manos en un paño que llevaba colgado del cordón que sujetaba su mandil y salió de la cocina rumbo al salón. Mary se quedó sola y aprovechó para echar un vistazo en los cuartos de servicio. Las dos habitaciones tenían el mobiliario justo: dos camas pequeñas en cada una, separadas por una mesita de noche y un pequeño armario. En un rincón había una estufa redonda de leña y en otro un modesto lavamanos para el aseo de quienes ocupasen el cuarto. La señora Smith había dejado los dos dispuestos con sábanas limpias y juegos de toallas encima de cada una de las camas.

—Aquí está —dijo, sobresaltando a Mary, que seguía parada en el pasillo de servicio. Le tendió un papel con una pulcra caligrafía que contenía la dirección.

—Gracias, señora Smith.

—¿Está todo a su gusto? —preguntó la cocinera, volviendo su mirada a las habitaciones.

—Por supuesto.

Abigail miró a Mary con atención. Aunque intentase aparentar serenidad, la muchacha tenía una mirada de desamparo que no le pasó por alto.

—¿Quiere un té, señora?

A Mary la propuesta le sonó muy extraña. No se acostumbraba aún a que la llamasen señora, pero la idea de tomar un té tardío le pareció excelente. Se sentía exhausta después del viaje y también era consciente de que no dormiría bien esa noche, la primera que iba a pasar fuera de Almond Hill; prefería dilatar la hora de meterse entre las sábanas. Si tomaba un té, podría retrasar la cena un tiempo y, por consiguiente, la hora de encerrarse en su cuarto.

—Gracias, señora Smith.

—Vaya a su habitación y ahora se lo subo.

—¿Podría tomarlo en la cocina? —preguntó con timidez.

Se sintió boba pidiendo permiso a la cocinera, pero la señora Smith era mucho mayor que ella y se movía en terreno conocido, mientras que a Mary le parecía estar de visita en aquella casa. Sopesó que era mejor idea tomar el té en la cocina, el único lugar con compañía y donde hacía un poco de calor, que sola en la gélida habitación de la planta superior.

—Claro, señora, donde guste.

—Señora Smith —dijo Mary, dudando si compartir con Abigail el pensamiento que acababa de pasar por su cabeza.

—Dígame.

—¿Tomaría el té conmigo?

A la frase le siguió un suspiro profundo. Su abuela se hubiera muerto en el sitio si la hubiera escuchado hacerle semejante petición a una cocinera. Pero allí no había nadie más, no había una duquesa o una condesa con la que departir mientras merendaban. Solo estaban Abigail y una casa aterradora.

—Si es lo que desea, señora, por mí encantada. Le he traído unas pastas que hice para mis hijos.

Aunque a Mary le sorprendió su propia petición, se alegró mucho de haberla hecho. Le entristecía enormemente comer a solas. Abigail se dirigió a la alacena y sacó de ella un tarro. Lo puso encima de la mesa y extrajo de él unas galletas. Pronto se esparció por la cocina un delicioso olor a vainilla que trasladó a la joven señora Lowell a la cocina de Almond Hill. Cerró los ojos para deleitarse con el agradable recuerdo que despertaba el dulce olor de las galletas. Tuvo que obligarse a abrirlos para no sucumbir a la nostalgia que se había instalado en la cabecera de la amplia mesa de la cocina, justo a su lado, y que a punto estuvo de hacerle derramar unas lágrimas. Se contuvo. Como la dama bien educada que era, irguió la espalda y apoyó los antebrazos en el borde de la mesa, dejando a la vista las dos manos, procurando recordar que los codos jamás podían tocar el mantel, tal como le había enseñado su madre. Mientras ella rememoraba las lecciones de la condesa, Abigail Smith, ajena a las normas de protocolo que Mary seguía aunque en esa casa no hicieran la más mínima falta, siguió hablándole de las galletas.

—Llevan nueces, a mi Peter le vuelven loco y siempre me está pidiendo que las haga. Las he traído para el té, porque como le dije aquí no había nada. —Abigail las iba depositando en un plato en orden exquisito.

—¿Y las patatas que me ha servido, las ha traído usted? —preguntó Mary.

—También, toda la comida, en realidad.

—Se lo pagaré, señora Smith. Ha sido muy considerada.

—No se preocupe, esto no es nada. He estado pensando —dijo Abigail mientras depositaba en la mesa dos tazas procedentes de la alacena, las cucharillas y las servilletas—, que con una muchacha me podría apañar. Tardaremos más en adecentar la casa, pero dudo mucho que vaya a recibir visitas en breve, ¿verdad?

—Yo también lo dudo —dijo Mary.

Abigail recogió la tetera del fuego y la colocó sobre un salvamanteles encima de la mesa. Después se dirigió de nuevo a la alacena, de donde extrajo una jarrita en la que puso la leche que había calentado en un cazo. La cocinera, a quien nadie le había servido el té en su vida, y mucho menos la hija de un conde, observó estupefacta cómo Mary le hacía los honores de servir la bebida. Puso té en las dos tazas y le preguntó cuánta leche quería. La señora Smith, durante unos instantes, enderezó la espalda como lo hacía la muchacha, pero tuvo que dejarlo al poco. Se sentía tremendamente incómoda y pensó que ya estaba muy mayor para cambiar viejos hábitos. Además, ella no sería jamás una señora, no era necesario que se anduviera con tantos remilgos.

—Que solo contrate a una muchacha ayudará a estirar el dinero que tiene.

Abigail se quedó mirando a Mary, que tomaba la bebida en pequeños sorbos. Las galletas aún no las había probado. Después recogió con la mano las migas que se habían caído en el mantel y las guardó en el bolsillo de su delantal, mientras esperaba a que la muchacha tomase una decisión. Por mucho que fuera la señora de la casa, a ella, en esos momentos, no le parecía nada más que una niña asustada tratando de representar el papel de señora de la casa, uno que no conocía y que le venía muy grande.

—¿De verdad no necesitaremos mayordomo? —preguntó al fin Mary.

—¿Para qué? Mientras el señor no esté, un hombre en esta casa no haría nada más que estorbar. Será un sueldo menos, señora, no están las cosas para despilfarros. Creo que con una buena muchacha y contratando esporádicamente a alguien para algún trabajo duro, será suficiente.

—¿Esporádicamente?

—Cuando traigan el carbón y la leña que hacen falta habrá que guardarlos en la leñera del patio. Pero no se preocupe, Peter, mi hijo pequeño, se puede encargar de eso. Ya tiene diez años y aún no trabaja. Como no le meta en vereda se convertirá en un haragán. Es hora de que empiece a aprender lo que es la vida.

—¿Tiene más hijos? —preguntó Mary.

—Claro. Tengo cuatro. Y porque enviudé, porque el camino que llevaba era el de convertirme en madre de familia numerosa. El mayor tiene dieciséis años y Peter es el pequeño. En medio tengo otros dos muchachos, de doce y catorce años.

—Me entristece que esté viuda.

Lo dijo con sinceridad. No era cortesía tan solo, había algo en el tono que indicaba que Mary sentía de verdad la muerte del marido de la cocinera, al que no había conocido jamás. Por eso, quizá, las palabras que pronunció la señora Smith le sorprendieron tanto que volcó un poco de té en el platillo al oírlas:

—A mí no.

Abigail apuró el té y cogió una de las galletas del plato. No llegó a morderla, se quedó observándola unos instantes en los que permaneció pensativa.

—¿Ve esto? —le dijo a Mary, señalando un trozo de nuez que

sobresalía del borde redondo de la galleta. La muchacha asintió—. Es una imperfección, una galleta que no ha salido bien. ¿Podríamos suponer que estará mala?

—No, seguro que no lo estará.

—Y, sin embargo, tiene un defecto. Por más que queramos ignorarlo, ahí está.

La jovencísima señora Lowell no entendía dónde quería ir a parar la mujer, pero le gustaba su pausada manera de hablar, así que dejó que le siguiera contando.

—Mi marido era como esta galleta. —Mordió un pedazo y lo saboreó antes de seguir hablando—. Era dulce y tierno, agradable en casi todo pero... defectuoso también. Un pequeño defecto...

—¿Cuál?

—Bebía como un condenado. Cuando estaba sobrio, era trabajador, amante de sus hijos, muy cariñoso conmigo, pero cuando bebía... se convertía en una mala bestia. Se gastaba en alcohol todo el dinero, se metía en peleas, se olvidaba de ir al trabajo... aunque después, cuando se le pasaba, nos pedía perdón hasta de rodillas. Mis pobres hijos tenían que cargar con el hambre que su mala cabeza provocaba. Y tengo que dar gracias al cielo porque a nosotros nunca nos puso la mano encima. Su rabia en casa la pagaba llorando.

—¿Y usted qué hacía?

—Pues lo que podía. Así conocí a la señora Lowell. Le lavaba la ropa a escondidas de mi marido, para que no me reclamase ese dinero y poderles dar algo a mis niños. Cuando murió, mi mayor tenía apenas diez años, aún no era posible que entrase en una fábrica a jornada completa. Yo no me veía doce horas metida allí, para llegar reventada y no tener ganas ni de abrazarlos, así que hablé con la señora y me contrató para el servicio, para la cocina, donde me desenvolvía mucho mejor que en ninguna parte. Fui ayudante de la cocinera hasta que esta decidió que era demasiado mayor para seguir trabajando. Después, fui cocinera titular —dijo con una sonrisa de orgullo—. Y, cuando murió la señora, seguí sirviendo a su hijo.

—¿Y qué pasó con usted cuando John se marchó?

—Oh, bueno, seguí lavando ropa para otras casas como hacía antes, y cocinando cuando alguien tenía una comida con invitados y necesitaban refuerzos. Conozco a muchas cocineras por coincidir en el mercado. Eran trabajos eventuales, pero mis hijos ya habían crecido, los dos mayores entraron en la fábrica y el dinero no falta. Ahora están ya tres, es Peter el único que no trabaja. Vivimos en una pequeña habitación alquilada no muy lejos de esta casa, pero estamos mucho mejor que en los últimos años de vida de mi marido. Por eso le digo que no siento en absoluto ser viuda.

—Pero, ¿no amaba a su esposo?

—A ratos, cuando estaba sereno y cada vez era menos frecuente —dijo sin ningún rastro de pena.

—Señora Smith, si usted se queda esta noche aquí, ¿quién cuidará de sus hijos? —Mary optó por cambiar de tema.

—Oh, no se preocupe. Son mayores, saben hacerlo solos y he dejado comida preparada. Pero no podré hacerlo todos los días, por eso es urgente que consigamos una muchacha de servicio. No es bueno que esté sola.

—Si quiere —dudó Mary—, puede volver a su casa después de la cena. Me sentiría mal apartándola de los muchachos.

—Señora, esta noche me quedo, no se hable más.

Pero sí hablaron. Muchísimo. Y Mary empezó a darse cuenta de que, aunque la casa no le gustase, la cocinera sí.

La conversación durante el té y la de la cena hicieron que en Mary empezase a crecer una semilla de afecto por la señora Smith. Sus intenciones de mantenerse a salvo de afectos empezaban a hacer aguas a la primera de cambio. La cocinera la trataba con mucha menos distancia que el servicio que trabajaba en Almond Hill y eso era lo que ella estaba agradeciendo más. Un poco de calor humano en aquella fría casa londinense donde estaba tan sola. No había tenido que preocuparse de cualquier necesidad material, la señora Smith lo tenía todo controlado, pero quiso convencerse de que Abigail tenía sus propios motivos: ella era la señora y podría despedirla en el momento en el que lo estimase oportuno. En realidad, lo que Mary deseaba era abandonar la casa y volver a Almond Hill, aunque supiera que su padre se pondría hecho una furia. No le parecía sensato encariñarse con nadie porque había decidido que la estancia en Londres sería temporal. Le daría una oportunidad a su nueva vida pero, si no lograba acostumbrarse, John Lowell tendría que ir a buscarla al campo.

Ya en su cuarto, le costó mucho conciliar el sueño. Hacía tanto frío que tuvo la sensación de que las sábanas estaban mojadas cuando se metió en la cama. Por más vueltas que dio, no encontraba una postura que la ayudara a relajarse, además de que tenía congelados los pies y la nariz. Las mantas y la colcha parecían insuficientes, y se levantó para poner sobre ellas su capa, pero ni aun así se libró de tiritar descontrolada. Echó de menos la bolsa de agua caliente que muchas noches le llevaba la señora Durrell y con destreza envolvía en paños para ponerla a los pies, antes de que ella entrase en la cama. Esa en la que intentaba dormir, y que en adelante debía considerar suya, era cualquier cosa menos un lugar confortable.

Dio vueltas hasta bien entrada la madrugada y, cuando el cansancio la rindió, lo que le costó fue volver a abrir los ojos.

Martes, 4 de noviembre de 1913

Al despertar, Mary tardó unos instantes en recordar dónde se encontraba. Miró con detenimiento a su alrededor, confirmando la certeza de que era Londres, y así estuvo un rato mientras reunía valor para desarroparse. La nariz le goteaba y al sacar una mano para alcanzar el cordón que avisaría a la señora Smith para que subiera a ayudarla, supo que no iba a ser nada fácil vestirse. No podía estar segura por completo, pero tenía la sensación de que hacía incluso más frío que el día anterior.

A los pocos minutos, la cocinera llamó con suavidad y, tras obtener permiso, entró en el cuarto de Mary, que seguía en la cama arropada hasta el cuello:

—Gracias por subir, Abigail. ¿Podría decirme cuánto queda para que abran el hospicio?

—Creo que hace horas que ya estará abierto, señora, ha dormido mucho.

—¡Oh, disculpe! —dijo Mary, sonrojándose un poco—. Me costó bastante conciliar el sueño y he perdido la noción del tiempo. Bajaré ahora mismo para que vayamos al orfanato, en cuanto me vista.

—Le iré preparando el desayuno.

Mary miró la puerta incrédula. La señora Smith ni siquiera le había preguntado si necesitaba ayuda para vestirse, lo que había resultado bastante descortés. En ello andaba pensando hasta que se dio cuenta de que Abigail era la cocinera, no una doncella. Ni siquiera era alguien a quien la uniera el vínculo del cariño, como sucedía con la señora Durrell, que siempre se excedía en sus funciones cuando se trataba de ella. Mary se obligó a reponerse del pequeño contratiempo de tener que vestirse sola y saltó de la cama. Si no salía de ella con decisión, jamás lograría abandonarla.

El siguiente revés con el que tropezó fue su aseo. En aquel ambiente gélido había que reunir valor para acercarse al lavamanos y, además, tendría que avisar a la señora Smith para que le subiera agua caliente. Pensó en tirar de la cuerda, pero lo descartó de inmediato. Se había hecho muy tarde, así que lo mejor era no entretenerse más. Lo urgente en ese momento era encontrar un vestido en el baúl y ponérselo cuanto antes. Abrió el arcón y cogió el que estaba en la parte superior. Para su disgusto estaba un poco arrugado, pero tenía tanto frío que prefirió ponérselo a toda velocidad y olvidarse de aquel pequeño detalle. Enseguida se encontró con el siguiente escollo de aquella mañana: no llegaba a abrocharse los botones superiores que cerraban el traje por la espalda. Urgía de verdad conseguir una doncella.

—O tela para coser nuevos vestidos que pueda manejar yo sola —dijo abatida en voz alta, mientras se miraba al espejo.

Desde allí, su reflejo la miraba enmarcado en la habitación de John Lowell y Mary supo que tendría que hacer muchos esfuerzos por no desentonar en aquel ambiente. Nada de lo que sucedía en Londres se movía al mismo ritmo que su vida en Almond Hill. Volver a la casa familiar era lo que más deseaba, pero había sido educada para no desobedecer y trató de infundirse ánimos:

—Vamos, Mary —se dijo.

Antes de sucumbir a los tremendos deseos de ponerse a llorar, debido a la añoranza que sentía por volver a su antigua vida, se peinó apresurada, corrió escaleras abajo, sujetándose la falda con cuidado, y entró en la cocina.

—Señora Smith, ¿podría ayudarme? —dijo, señalándose la espalda.

—¡Pero señora! —dijo Abigail—. ¡No hacía falta que bajase a medio vestir! Podría haberme llamado y hubiera subido yo.

—Tenemos que irnos enseguida —respondió, tratando de sonar segura.

—Tranquila, hay tiempo para todo. Necesitaba descansar tanto o más que encontrar servicio. No llegamos tarde a ninguna parte.

Mary había intentado, como planeó el día anterior, no tratar con tanta familiaridad a la cocinera, pero no podía resistirse a la amabilidad de la mujer, que canturreaba entre dientes mientras le abrochaba los botones. Toda ella era energía y cuando la miraba siempre sonreía. Si hubiera recibido de ella malas contestaciones, le hubiera resultado más sencillo mantener las distancias, pero era imposible. Cuando hubo terminado de vestirla, Mary se sentó en la cabecera de la mesa para tomar el té y el pastel que le puso delante Abigail. Si las galletas del día anterior le parecieron magníficas, ese pastel podría asegurar que era el más exquisito que había probado en toda su vida.

—¿Lo ha hecho usted? —preguntó mientras terminaba el último pedazo de su plato.

—¿Quién si no?

—Está delicioso. Tiene muy buena mano para los pasteles, señora Smith.

—Me alegra que le agraden.

—En realidad, tiene buena mano para la cocina. Ayer todo estaba riquísimo.

—Gracias. Hoy cocinaré col.

Col. Lo que más odiaba en el mundo. El olor mientras la cocían le producía náuseas y jamás había sido capaz de terminarse el plato en Almond Hill. Esparcía la verdura con los cubiertos mientras esperaba a que el mayordomo retirara el plato y le llevase el segundo, que solía ser mucho más apetecible. Vista la precariedad en la que estaba la casa le pareció harto improbable que hubiera segundo plato, aunque, por el tamaño del pastel que aún quedaba, seguro que tendría postre. En fin, comería col si no había más remedio.

—Cuando quiera salimos, señora —le dijo Abigail, cuando esta hubo recogido la cocina.

Ya en la puerta de la casa, un viento gélido las saludó, obligándolas a ajustarse los abrigos, ponerse los guantes y calarse firmemente el sombrero. El orfanato no quedaba cerca.

La niebla acaparaba el protagonismo en las calles, pero ninguno de los transeúntes parecía darle importancia a aquel pequeño detalle, acostumbrados como estaban a que en Londres formase parte del paisaje. Las dos mujeres caminaron a buen paso por varias callejuelas hasta que desembocaron en una amplia plaza. En el centro de la misma, una estatua, que no pudo identificar debido a la escasa visibilidad, cobijaba bajo ella a varios hombres ociosos. Montones de coches rodearon el pedestal para perderse por una de las calles adyacentes mientras Mary los observaba curiosa. Solo una vez había montado en uno de esos ingenios que empezaban a dejar de ser excepcionales y se preguntó si en poco tiempo desplazarían del todo a los coches de caballos, que circulaban entre ellos. El ruido de cascos le hizo girar la cabeza y contempló un carro cargado que enseguida las adelantó y paró frente a una enorme portada, unos pasos por delante de donde se encontraban. Bajaron de él dos muchachos que empezaron a descargar su mercancía. Al llegar a su altura, pudo ver la inmensa abertura que daba acceso a un callejón cubierto, donde bullía alegre un mercado abarrotado de gente. Los comerciantes gritaban las bondades de sus productos, aturdiendo a Mary, que no estaba acostumbrada a semejante bullicio.

—Es aquí donde compro —le dijo la señora Smith—. Tienen de todo y es agradable moverse ahí dentro, a salvo de la lluvia.

—¿Todas estas casas que tienen toldos delante son tiendas? —preguntó Mary recorriendo con la vista la calle por la que avanzaban.

—Todas. Si se ha fijado, hemos pasado por una carpintería, por una tienda donde venden perfumes traídos de la India, por una mercería...

—Nunca había visto tantos comercios. En realidad, si le soy sincera, nunca he puesto un pie en uno. En Almond Hill es todo muy diferente. Por cierto, ¿sabe dónde está la sombrerería del señor Lowell? —preguntó, acordándose de pronto de la conversación con el doctor Payne.

—Oh, veo que su esposo le habló del primer negocio familiar.

—En realidad, no. Un pasajero del tren que me trajo a Londres supuso que John era familiar de un sombrerero cuando le dije su nombre. Acabo de recordarlo.

—Ese hombre no se equivocó, la mejor sombrerería de todo Londres era del difunto señor Lowell, el padre de John. Pero no estaba en esta zona de Londres y de hecho cerró hace tiempo. No va a poder conocerla.

—Señora Smith, apenas sé nada de mi esposo. Creo que alguien debería empezar a contarme algo.

—Supongo que sí.

Mary esperó que continuase su discurso, pero la mujer siguió caminando, ignorando de alguna manera la petición indirecta que acababa de formularle. Decidió no insistir, ya habría otra ocasión en la que pudiera saber algo más de la que ahora era su familia.

Se cruzaron con varios pilluelos que correteaban sorteando a los transeúntes, envueltos en un juego de persecución cuyas reglas solo ellos conocían. Después de un paseo que se le antojó eterno, se encontraron frente al edificio del hospicio. Su aspecto exterior, viejo y con apariencia de abandono, no mejoraba en absoluto cuando franquearon la puerta. Las paredes estaban pidiendo a gritos una buena mano de pintura y hacía más frío incluso que en la residencia de los Lowell, porque era inmenso. No obstante, lo que más le llamó la atención era el silencio sepulcral que inundaba el lugar, en el que resonaron con eco sus pisadas. Por alguna razón, Mary esperaba que al entrar les recibiera un coro de voces infantiles, pero no se oía ni el más leve susurro. Las dos permanecieron unos minutos en la entrada sin que nadie pareciera darse cuenta de que tenían visita. La señora Smith, pensando quizá en que su tiempo era más necesario para otros menesteres que para una paciente espera, dio una voz:

—¡Buenos días!

Mary, al no esperarla, se sobresaltó. Tampoco acudió nadie a la llamada, así que la cocinera decidió insistir a voz en grito.

—¿Hay alguien aquí?

Al momento apareció una mujer. Debía de estar en la treintena, pero su ropa, de negro riguroso excepto por la camisa gris que asomaba en el cuello, abotonada hasta la barbilla, le sumaba años. Llevaba el pelo recogido en un moño del que no escapaba ni una sola guedeja, tan estirado que parecía que le estuviera haciendo daño.

—¿No le han enseñado a esperar y a no perturbar la paz? —dijo muy seca.

—Disculpe, queremos hablar con quien se encarga del hospicio —dijo Abigail tomando la palabra.

—¿Para qué? —preguntó, elevando el rostro en un gesto altivo.
—Necesitamos una muchacha para el servicio.

La mujer miró a Mary y su rostro dibujó un interrogante. No se le había pasado por alto la riqueza de las telas del vestido de la joven. Le parecía extraño que alguien con ese porte necesitara acudir al hospicio a buscar personal.

—¿Se puede saber qué les ha hecho pensar que una de mis muchachas podría estar interesada en acompañarlas?

—Le ofreceremos un trabajo, un hogar y un sueldo —dijo Mary.

—No tengo a nadie que puedan llevarse con ustedes.

Se giró, dando por concluida la conversación. Sin embargo, la señora Smith no estaba de acuerdo con su apreciación y siguió insistiendo:

—¿Está segura? No es lo que tengo entendido. Además, la señora Lowell ya le ha dicho que tenemos un trabajo para una joven. Supongo que le alegrará poder encontrar ocupación para una huérfana.

—¿Lowell?

A Mary el corazón empezó a latirle con fuerza cuando notó los ojos de la enlutada mujer fijos en los suyos. No entendía por qué la mención del apellido había suscitado el interés de la mujer que instantes antes estuvo a punto de despedirlas con viento fresco.

—Sí —contestó con un hilo de voz y un carraspeo posterior para disimular que se había sentido intimidada.

—Entonces puedo entenderlo.

—¿Qué puede entender? —preguntó Mary desconcertada, pero con un tono altivo que pretendía esconder su inquietud.

—Por un momento había pensado que usted era de otra clase. Acompáñenme.

La mujer comenzó a andar por el pasillo y Mary y la señora Smith la siguieron. La joven señora Lowell miró a la cocinera con la esperanza de obtener algo de luz en aquel giro repentino de intenciones de la encargada del hospicio, pero la cocinera hizo un gesto en el que le daba a entender que no le hiciera el más mínimo caso. Sin embargo, a Mary le molestó el comentario de la estirada mujer.

Giraron a la derecha al final del corredor y aún tuvieron que subir unas escaleras hasta la primera planta. Allí, la mujer abrió con poco cuidado la puerta de una habitación. En su interior, concentradas en la costura, una docena de muchachas se pusieron en pie en el acto, abandonando la labor encima de la mesa. Enseguida se colocaron en formación, como si no fuera la primera vez que aquella escena se producía en sus vidas.

—Aquí están las más mayores. Tienen entre diez y doce años. No es que sepan hacer demasiadas cosas, pero son listas y aprenden pronto.

La señora Smith recorrió la fila observando los rostros de todas ellas. Lo que más le llamó la atención fue lo aterrorizadas que parecían estar, aunque fingieran, sin excepción alguna, un aplomo que parecía ausente en aquel cuarto. Abigail descartó a las más bajitas, dando por sentado que eran las más jóvenes. Cuando casi había terminado su recorrido se paró delante de una de ellas:

—¿Cómo te llamas?

—Sabine.

—¿Cuántos años tienes?

—Doce, señora —contestó la chica, sin atreverse a mirarla a los ojos.

—¿Qué sabes hacer?

La niña no sabía cuál era la respuesta más adecuada y no contestó a la pregunta con rapidez. La cuidadora, mujer de escasa paciencia, aplicó un correctivo inmediato. Fue a modo de grito, pero Mary estaba segura de que se había quedado con las ganas de ser más contundente. La niña que estaba a su lado contestó por ella.

—Sabe coser, se maneja bien limpiando e incluso ha aprendido a leer.

La cuidadora, de súbito, le dio un bofetón.

—¡No te han preguntado a ti!

Mary sintió que la cara le ardía a ella. Notó como suyo el guantazo y no pudo reprimir las ganas de intervenir, por más que la señora Smith le indicase, sujetándola por el brazo, que era mejor no hacer nada.

—No creo que sea necesario que la trate así —le dijo.

—¿Va usted a decirme cómo debo educarlas? Llevo mucho tiempo en esta institución y sé qué tengo que hacer.

—Solo le digo que no hacía falta. No creo que haya dicho nada inapropiado —Mary no estaba dispuesta a seguir aguantando insolencias, así que optó por acercarse a la muchacha y le preguntó su nombre.

—Virginia, señora —contestó la muchacha, sin demora.

A pesar del bofetón, ni una sola lágrima cubría el rostro de Virginia. No así el de Sabine que, a pesar de que luchaba por no emitir ni un solo gemido que la delatase, no había podido contener el torrente de lágrimas que se deslizaban por su cara.

—¿Cuántos años tienes?

—Doce.

—¿Tú qué sabes hacer?

—No mucho más que ella, pero puedo aprender. Lléveme con usted si es lo que desea.

—No... —gimió de manera apenas perceptible Sabine.

—¿Desde cuándo estás aquí?

—Desde que murió mi madre, hace un año.

Una corriente de empatía recorrió el cuerpo de Mary. Miró a la señora Smith y, antes de que esta fuera capaz de articular una sola palabra, Mary se dirigió a la cuidadora. Se acercó a ella hasta obligarla a dar un paso atrás.

—Nos llevamos a Virginia.

—No ha podido hacer peor elección —dijo con sorna la mujer.

Los gemidos de Sabine no pudieron ser sofocados por más tiempo y dejó que se escapasen de su boca, a lo que la cuidadora puso freno con otro sonoro sopapo. Mary se enfureció. ¿Qué manera era esa de tratarlas? Las otras niñas miraban hacia el suelo, conscientes de que, si hacían algún gesto, la mujer que se encargaba de ellas las reprendería del mismo modo. Ante el llanto de aquella niña, Mary tomó una decisión.

—Nos llevamos a las dos.

—No es tan sencillo, señora —dijo la cuidadora.

—¿Hay que rellenar algún papel?

—No, será necesario una donación de... cinco libras.

Abigail sabía que en el hospicio pedirían un donativo y, por si Mary no lo sabía, le había advertido que llevase un par de libras. Le parecían más que suficientes, sabía por otras personas que habían acudido a esas instalaciones a buscar servicio que la donación era mucho más baja, por lo que la cantidad exigida por la cuidadora le pareció desorbitada. Iba a protestar, pero Mary la frenó con un gesto.

—Recoged vuestras cosas —les dijo a las niñas—. Nos vamos. Cuando todo esté listo, le daré esas cinco libras.

—Señora… —dijo la cocinera.

—Abigail, asegúrese de que las muchachas estén preparadas en diez minutos, voy con esta señora a completar el trámite.

La seguridad con la que contestó sorprendió a la cocinera, que no esperaba tal determinación en boca de la niña asustada que había llegado solo el día anterior a Londres. La mujer de negro le pidió que la siguiera y bajaron las escaleras en silencio, mientras Mary sopesaba su decisión. No le había sido complicado deducir que aquellas dos niñas, idénticas en rasgos y en edad, eran gemelas y separarlas le pareció una crueldad. Cierto era que podrían haber elegido a cualquier otra, pero sospechaba que en cuanto se marchasen aquella odiosa mujer impondría un castigo para las hermanas que no quería ni imaginar. Además, le había conmovido que hubieran perdido a su madre, como ella. Sabía que ese sufrimiento por sí solo era ya difícil de soportar, cuanto más si se veían obligadas a vivir con aquella despreciable mujer que las golpeaba sin miramientos.

—Sus cinco libras —dijo Mary sacando los billetes de su bolso y tendiéndoselos a la mujer, que sonrió maliciosa—. Y, por cierto —se dio la vuelta cuando ya estaba alcanzando la puerta—, en los próximos días enviaré a alguien con una libra más. Para usted, para que ahorre para comprar tela para un nuevo vestido. Ese que lleva le sienta muy mal.

La mujer fulminó a Mary con la mirada, pero no dijo nada. Volvió a la sala donde esperaban las niñas con Abigail y revisó sus escasísimas pertenencias, para asegurarse de que no se llevaban nada que no fuera suyo. Las acompañó con Abigail minutos después a la planta baja, donde había dejado esperando a Mary. Al salir del orfanato, Sabine seguía con la cara compungida, pero Virginia sonrió a Mary en un gesto cómplice.

Por fin habían podido escapar del orfanato. Iba a hacer todo lo posible por no tener que volver a pisarlo en su vida.

Martes, 4 de noviembre de 1913

Los almacenes Lowell se preparaban para abrir. John había acudido muy temprano; quería asegurarse de que los empleados colocaban los productos en el lugar preciso. Todo tenía que seguir un orden atractivo para que los clientes deseasen pasear por la tienda. Cuanto más tiempo estuvieran dentro, más posibilidades existían para que gastasen su dinero incluso en objetos que no necesitaban. Por eso procuraba que el ambiente fuera agradable y que la temperatura en el edificio invitara a permanecer en él. Los dependientes estaban entrenados para ser muy amables con todo el que pusiera un pie allí.

—Señor —dijo una de las muchachas que se encargaba de la perfumería—, ¿hay alguna fragancia que deba recomendar hoy en especial? El encargado no ha llegado y no tengo instrucciones.

El dueño recordó que en el último envío se habían excedido en la cantidad de una de las que había solicitado y le indicó cuál era. La empleada le devolvió una sonrisa y abrió uno de los envases, dispuesta a no dejar pasar a ninguna clienta sin que lo oliera. Ella misma hizo el gesto y supo enseguida que no tendría problemas. Era exquisita.

—¿Sabes cuál es su precio? —preguntó John.

—Sí, señor, aquí lo dice. Pero ¿sabe qué le digo? Que podría conseguir venderla por unos centavos más.

—Habla con el encargado y subid el precio. La diferencia que consigas, para ti.

Le hizo un guiño y la muchacha sonrió. Le gustaba ese jefe que tenía, no solo porque siempre incentivaba sus ideas, sino porque escuchaba. No era de extrañar que tuviera tanto éxito con los almacenes. Ese día iba a sacarse un sobresueldo, no le cabía ninguna duda. Iba a vender tantos perfumes como le fuera posible.

John entró en su despacho y posó ambas manos sobre el escritorio, concentrado en el primer paso que pretendía dar ese día. Después de unos instantes de reflexión agarró una hoja de papel y empezó a escribir una carta. Había llegado el momento de ponerse en marcha en Londres.

Stockman iba a tener trabajo extra.

Martes, 4 de noviembre de 1913

Las mujeres y las dos niñas hicieron el camino de regreso sin apenas abrir la boca. Virginia tomó de la mano a su hermana, que seguía llorando, y le dedicó unas suaves palabras al oído para que se tranquilizase nada más salir del orfanato, pero el resto del tiempo no se escuchó nada más. Ambas eran como dos gotas de agua, iguales en tamaño, pero había algo en Virginia que la hacía parecer mayor que Sabine. Quizá fuera la seguridad con la que agarraba de la mano a su hermana, sus maneras desenvueltas o el que no bajaba la mirada como sí lo hacía Sabine cuando intuía que unos ojos se posaban en su rostro. Mary las miraba de vez en cuando. Durante los últimos minutos en el orfanato, había pensado que sacarlas de allí y llevárselas con ella les cambiaría la vida para bien, pero ahora, a medida que se acercaban a la residencia de John, su ánimo se iba desinflando. ¿Sería eso cierto en una casa de la que a ella le entraban ganas de huir a cada instante?

Ni la señora Smith ni Mary tuvieron que regañarlas en ningún momento y, cuando llegaron, obedientes dejaron sus pertenencias en el cuarto de servicio y se presentaron en la cocina, dispuestas a lo que les ordenasen. Había algo de extraño envaramiento en su actitud corporal, una especie de alerta que el año de hospicio había hecho que desarrollasen. Tal vez instinto de supervivencia para no ser maltratadas más veces en aquel día. Con el correctivo en forma de bofetón que se habían llevado, tenían más que suficiente.

—Bien, niñas —dijo Mary—. A partir de ahora tendréis que obedecer a la señora Smith. Ella se encargará de explicaros cuál será vuestro trabajo. A finales de año recibiréis el primer sueldo. El tiempo que resta de noviembre lo consideraremos como período de prueba y, si lo superáis, seré generosa con vosotras.

—Pero si no lo hacéis —añadió Abigail—, a mí me temblará la mano mucho menos que a esa bruja del orfanato. Probaréis mi zapatilla y estad seguras de que es dura como una piedra.

Mary y las niñas la miraron acobardadas. Ninguna de las tres la conocía lo suficiente y no fueron conscientes de que esa era una de las amenazas que la señora Smith lanzaba a sus hijos minuto sí y minuto también, sin llegar a perpetrarla jamás.

—Espero que no sea necesario, señora Smith.
—Yo también lo espero.
—¿Tendremos algún día libre? —preguntó Virginia.
—¡Pero bueno! —gruñó la cocinera—. ¿Aún no habéis empezado a trabajar y ya preguntas por las fiestas?
—Claro que tendréis días libres —terció Mary—. Los domingos, si os portáis bien, podréis salir a pasear solas.

—Señora Lowell, no les dé alas tan pronto —dijo Abigail—. Mire que estos pilluelos enseguida que les das la mano se toman el brazo.

—¡No pensamos hacer eso! —gruñó Virginia. Sabine le tiró de la manga para que se callase.

—Y tú, Sabine, aprende a controlar esa lengua —intervino Abigail.

—Ella es Virginia —dijo Sabine casi en un susurro.

—Bueno, como te llames.

—No creo que sea difícil distinguirlas, señora Smith —apuntó Mary. El carácter diferente de las dos hermanas era una pista demasiado evidente como para no confundirlas.

—Habrá que darles un uniforme.

—¿Se encarga usted? —preguntó Mary.

—Esta tarde los busco, señora, tiene que haber algunos en el baúl del cuarto de servicio, aunque no estoy segura de que sean tan pequeños. De momento voy a salir para gestionar la compra de la leña y el carbón, creo que es más urgente. No creo que me lleve demasiado tiempo.

—¿Qué hacemos mientras tanto?

La pregunta de Sabine, que había hecho mirando a la señora de la casa, desvió la mirada de esta hacia la cocinera. Tampoco ella tenía mucha idea de qué era lo que podían hacer sin su supervisión.

—¿Os han enseñado a hacer camas en el orfanato?

—Sí —contestaron al unísono.

—Acompañadme al cuarto de la señora. Esta mañana hemos salido tan rápido que no me ha dado tiempo.

Las tres se encaminaron escaleras arriba y Mary, tan perdida como las gemelas, hizo lo propio. La cocinera empezó a repartir instrucciones en el cuarto y las niñas se dispusieron a cumplirlas.

—Vigílelas, señora —dijo mientras se desabrochaba el mandil—, yo me marcho. No sabemos aún nada de ellas y en esta casa hay objetos de valor. Estaré de vuelta enseguida.

Las dos hermanas deshicieron por completo la cama de Mary. Virginia abrió la ventana, para ventilar el cuarto y dejar que entrase el aire fresco de Londres. La niebla había levantado y, a pesar de que estaban en noviembre, un tímido sol se posaba sobre los tejados de la ciudad. Las cuatro manos tardaron poco en colocar las sábanas y mantas, y poner sobre ellas la colcha. Una vez terminada,

Virginia volvió a cerrar la ventana y se quedó mirando a Mary, esperando que les encomendase otra tarea. Esta, poco ducha en el arte de manejar una casa, no supo qué ordenar, salvo que bajasen a la cocina, donde el ambiente era mucho más agradable. Antes se acordó de que habían mencionado que sabían leer, así que entregó un libro a cada una de la biblioteca y las tres se sentaron en la mesa de la cocina con ellos. Estuvieron un rato leyendo, pero Virginia, menos paciente que Mary y Sabine, enseguida empezó a interrogar a la señora sobre la casa y su familia. Mary sonrió. Le gustaba aquella niña despierta y curiosa. Allí, parloteando, las encontró la señora Smith cuando regresó.

—¡Será miserable! —gruñó a modo de saludo.

—¿Perdón? ¿Qué sucede?

—Que ese majadero de Jones me ha pedido una fortuna por la leña y el carbón que necesitamos para el suministro, por limpiar todas las chimeneas y arreglar las goteras.

—¿Y no podemos pagarlo?

—Señora, esta mañana ya se ha gastado cinco libras, ¡cinco! Si no frenamos el ritmo, noviembre acabará mucho después que su dinero. Y aún no he ido al mercado.

—Haremos lo que podamos.

—Yo ya he hecho algo —dijo sonriendo—, he logrado que me rebajase el precio a la mitad. Claro que tendré que darle una contraprestación, pero esa sí podemos permitírnosla.

—¿A qué contraprestación se refiere?

—Le he prometido que, de aquí a fin de año, todos los miércoles le llevaré mi famoso pastel de manzana —guiñó un ojo cómplice a la señora.

—¿Y no le ha parecido mal?

—Ha sido él quien lo ha propuesto. ¿Pero qué hacéis sentadas? —dijo de pronto, viendo a las niñas con los libros frente a ellas—. ¡Vamos, haraganas, hay que trabajar!

—No las riña, señora Smith. No sabía qué tenían que hacer y les he dicho que leyeran.

—Ay —suspiró la mujer—, creo que vamos a tener mucho trabajo en adelante, y no solo en la casa. Tendré que lograr que sea útil esa fortuna que ha pagado. A ver… lo más urgente es preparar la comida. Venid las dos, a falta de otra tarea os enseñaré a preparar mi receta de col.

CAPÍTULO 5

*Londres
Residencia de John Lowell
10 de noviembre de 1913*

Querida Camille:
Ya hace una semana que llegué a Londres. Todavía tengo que acostumbrarme a que esto no es Almond Hill; no reconozco los olores, los sonidos, las caras de las personas... Las novedades son tantas que tardaría horas en describírtelas y seguro que me olvidaría de la mitad. Prometo hacerlo en cuanto ponga un poco de orden en mi cabeza.
No termino de sentirme cómoda. Es como si estuviera segura de que en cualquier momento va a venir alguien a recogerme para devolverme a casa de papá. Para que te hagas una idea de lo caótico de mis emociones, ni siquiera he deshecho aún los baúles, lo que me parece más que significativo. Al cerrar los ojos me veo cabalgando libre al amanecer, sintiendo el aire limpio en mi rostro. Abrirlos y ver esta que es ahora mi casa significa una decepción, aceptar que tengo que quedarme aquí.
El viaje en ferrocarril fue muy interesante. A mitad de trayecto coincidí con un médico que trabaja en un hospital de aquí, el doctor Payne. Fue muy amable y me dijo que si me siento mal siempre puedo contar con sus cuidados. Es un hombre encantador y muy guapo. La verdad es que, salvo el abogado de mi esposo, el señor Angus Stockman, y Abigail Smith, la cocinera, no he tenido contacto con muchas más personas. Bueno, sí. Con Sabine y Virginia. Son dos niñas de doce años que he contratado como servicio para la casa. Al no conocer a nadie y no disponer de demasiado dinero (no te asustes, es algo provisional), he seguido el consejo de la se-

ñora Smith y hemos traído a dos niñas del hospicio. Iba a ser solo una, pero son hermanas, gemelas. La mujer que se encargaba de su cuidado allí es horrible, las trataba con mucha dureza y solo son dos niñas pequeñas que perdieron a su madre hace un año. No podía dejarlas ahí después de ver cómo las abofeteaba. Tampoco pude separarlas, así que traje a las dos y son ellas las que están siendo un rayo de luz para mí en esta ciudad tan gris. Las he contratado como doncellas, pero no logro tratarlas como tal. Yo sé que nadie mejor que tú para entender por qué me siento así, ¿verdad?

De la casa, ya te contaré mis impresiones en una próxima carta. Aún queda mucha limpieza por hacer; ha estado cerrada tanto tiempo que parece un poco abandonada, pero creo que en breve estará lista para recibir visitas. ¿Vendrías tú a verme? No conozco a nadie en la ciudad y mi esposo tampoco debe de tener muchas amistades, puesto que nadie ha llamado a la puerta desde que estoy aquí.

Quería que supieras que llegué bien y que, de momento, voy aguantando.

Tuya,
Mary E. Lowell

Lunes, 17 de noviembre de 1913

Los días inauguraron una cadencia de suave rutina y la casa revivió. Se sacudieron alfombras, se lavaron cortinas, se limpiaron cristales y vajillas, y poco a poco fue recuperando el aspecto de un lugar habitado. El silencio de tres años fue barrido por las canciones que Virginia no dejaba de tararear, por las risas de Sabine y por las reprimendas cariñosas que, de vez en cuando, les aplicaba Abigail para que no se olvidasen de quién estaba al mando.

Mary se había unido a las muchachas en las tareas domésticas, porque estar mano sobre mano, además de ser muy aburrido, provocaba que temblase de frío. Habían mejorado las noches con la chimenea de su cuarto encendida, pero gastar leña en la del salón no parecía muy sensato. Podía comer en la cocina acompañada, así que no se encendía nunca y la casa no estaba demasiado caldeada. Moverse por ella contribuía a soportar el frío de noviembre y Mary se propuso combatir la desidia y el invierno a golpe de plumero y cubo de agua. Emprendió de manera voluntaria tareas que en Almond Hill jamás pensó que alguna vez acometería la hija de un conde sin ser obligada y que acabaron provocando un cambio satisfactorio en su espíritu.

El miedo a la nueva vida se fue evaporando, levantándose de su ánimo como muchos días hacía la niebla; después de un amanecer donde el espeso puré de guisantes hacía que no se viera más allá de la nariz, a media mañana el vapor de agua desaparecía y dejaba que un sol tibio se hiciera dueño de la ciudad. Así se sentía, como si la bruma en la que había vivido envuelta desde el fallecimiento de su madre se hubiera disipado, sustituyéndose por un tímido sol. Mary escribió a su hermana Elisabeth y en su carta no hubo una sola queja, sino briznas de entusiasmo. Echaba de menos Almond Hill, pero no tanto como había sospechado los primeros días. La compañía de las gemelas contribuía a que no se sintiera desamparada porque no era capaz de verlas como unas simples empleadas. Se había encariñado con las niñas, al igual que le pasó con Abigail, y por primera vez desde que murió su madre reía a todas horas. La realidad resultó mucho mejor que los turbios pensamientos que circulaban por su mente cuando llegó a la estación de Liverpool Street. Así se lo hacía saber a su hermana y, mientras lo escribía, a sí misma, sorprendiéndose de haber cambiado en poco tiempo de emociones.

—Niñas, venid —les dijo aquella mañana de noviembre, mientras la señora Smith estaba en el mercado—. Quiero que me acompañéis al desván.

Sabine adoptó una pose formal, con las manos unidas sobre el delantal y la espalda recta, mientras que Virginia empezó a palmotear entusiasmada por poder entrar en el cuarto que Abigail les tenía prohibido.

—Pero la señora Smith nos dijo que ahí no podíamos ir sin ella —advirtió Sabine con timidez.

—Por eso no se lo diremos —dijo Mary.

Y echó a correr escaleras arriba, seguida por las niñas y por el diferente humor de cada una. A Sabine la frenaban sus temores, mientras que a Virginia la excitación por lo que allí pudieran encontrar empujaba sus pies. Al abrir la puerta del desván las recibió un desagradable olor a madera, humedad y polvo. Virginia arrugó la nariz y Sabine estornudó varias veces. Una pequeña ventana redonda deshacía levemente la oscuridad. Las tres temblaron un poco por el frío que hacía, pero no estaban dispuestas a perderse la aventura por algo tan insignificante. Arremangaron sus vestidos para no ensuciarlos mucho con el polvo del suelo, mientras se movían intentando no darse con las vigas del techo entre el desorden de trastos viejos que allí aguardaban, tal vez, para no ser usados nunca más. En la colección de objetos inservibles destacaba una vieja maleta marrón, varias sillas rotas, una descuadrada estantería con libros antiguos, un biombo con paneles japoneses y algunas cajas abiertas en las que se veía ropa de cama. Enrolladas en un rincón reposaban dos alfombras y, a su lado, un enorme arcón. Virginia intentó levantar la tapa, pero estaba cerrado con llave.

—¡Deja eso! —le dijo Sabine.

—Hemos venido a investigar, esto es lo único emocionante que hay. Lo demás son telarañas —apuntó, quitándose una que se le había enredado en el pelo— y cosas que seguro que estarían mejor en la basura.

—Tal vez la llave esté por aquí.

Mary también quería saber qué contenía el baúl, así que las tres se pusieron a buscar la llave, pero no dieron con ella.

—Será mejor que bajemos antes de que llegue la señora Smith.

Sabine temblaba ante la idea de ser amonestada por la cocinera, mucho más severa con ellas que Mary.

—Eres una miedosa —le dijo Virginia.

—En realidad no podemos hacer mucho más aquí —señaló Mary, un tanto decepcionada por no haber encontrado nada interesante.

—Abrir el baúl.

—Claro, Virginia —dijo Sabine—, pero no tenemos la llave…

—No hace falta. ¿Puedo?

Sobre una de las cajas de ropa había varias perchas metálicas y seleccionó dos de ellas. Sabine protestó, pues se dio cuenta de lo que estaba a punto de hacer. En el orfanato, Virginia había conseguido abrir la cerradura de una puerta así un día que su cuidadora encerró a todas las niñas por portarse mal. No tenía buenos recuerdos de la zurra que se llevaron las dos después. La mujer del orfanato no se preocupaba de quién había sido culpable de las travesuras, repartía el castigo de manera equitativa y muy poco cariñosa. Para su espanto, Mary le dio permiso a Virginia para intentarlo y además se agachó a su lado para ver cómo manipulaba la cerradura.

—No tardaré nada.

Mientras hurgaba en el mecanismo con el alambre de la percha, Mary esperaba impaciente que lo consiguiera y Sabine permanecía histérica por si regresaba Abigail. No dejaba de vigilar la puerta, aguzando el oído, imaginando el castigo que les impondría la cocinera, a la que veía capaz de darle un escarmiento hasta a la misma señora de la casa. Los minutos pasaban y Virginia empezó a sudar. No conseguía su objetivo por más que se esforzaba.

—Déjalo —le dijo en un momento dado Mary—, tal vez no merezca la pena lo que hay dentro. Nada de lo que hay aquí merece la pena.

—Ya casi está, solo tardaré un momentito.

—Virginia, no seas cabezota —apremió Sabine—. La señora Smith tiene que estar al llegar.

Acababa de pronunciar la última sílaba cuando la cerradura emitió un crujido y las tres se miraron. Mary, expectante; Sabine, nerviosa y Virginia, encantada por haber conseguido superar el reto de abrirlo. Subió la tapa del baúl. Una suave tela blanca cubría su contenido. Mary la retiró con cuidado y pudo ver lo que ocultaba: ropa de bebé. Sacó uno de los blusones de seda con delicadeza y observó su tamaño diminuto. Dedujo que sería de John, las madres hacían cosas como aquello, guardar la ropa que había pertenecido a sus hijos como si fuera el mayor de los tesoros. Imaginó que, tal vez en unos meses, ella estaría esperando un bebé al que podría poner aquellas prendas. No supo cómo sentirse, todo en aquella situación en la que vivía era un extraño galimatías en el que las emociones no sabían dónde colocarse. Era absurdo imaginar un futuro cuando ni siquiera el presente era sencillo de explicar. John no era más que un nombre sin voz, una idea más que una realidad. Acarició la prenda, deseando que se calmase de una vez aquella ansiedad de no saber a qué atenerse. No podía seguir mucho tiempo sintiéndose así, entre el miedo y la expectación, entre el deseo de que la espera terminase y otro mucho más intenso, uno que sabía que ya no era posible: cerrar los ojos y volver a abrirlos en Almond Hill, donde seguiría siendo solo Mary Ellen Davenport, la hija pequeña del conde de Barton.

—Solo es ropa —dijo Virginia, un tanto decepcionada, sacándola de sus pensamientos.

—¿Qué esperabas? —preguntó Sabine.

—No sé, algo interesante.

Cuando Mary volvió a colocar la pequeña blusa sobre el resto, puso la tela encima y la presionó para alisarla. Notó algo duro bajo las prendas y las levantó para saber de qué se trataba. Atado con un lazo, bajo tules y telas de organdí, sepultado por los recuerdos del pasado, apareció un fajo de cartas. Se disponía a investigar quién las remitía cuando se oyó la puerta de la entrada. Se miraron sobresaltadas y no hubo tiempo para más. Mary cerró con prisa el baúl y salieron las tres del desván, intentando no hacer ruido por las escaleras.

—Virginia, baja con la señora Smith. Y tú, Sabine, acompáñame a cambiarme el vestido. No queremos que nos descubra.

Las tres se echaron a reír. En todo aquello que era su nuevo mundo, Mary no echaba de menos que John Lowell no diera señales de vida salvo en momentos puntuales como aquel. Al contrario, pensar en que tendría que cumplir con sus deberes de esposa en cuanto volviera no le apetecía, así que prefería espantarlo de sus pensamientos cuando, por casualidad, hacía acto de aparición en ellos. No se acordaba de él cuando se metía en la cama cada noche, ni cuando salía a pasear por los alrededores de la casa con alguna de las niñas, familiarizándose con una ciudad que empezaba a dejar de serle tan hostil.

De quien sí se acordaba con frecuencia era de James Payne. El médico del St George y su agradable conversación en el viaje volvían a su mente en cuanto se metía en la cama. Rememoraba el azul de sus ojos y una sonrisa involuntaria se dibujaba en su cara cuando recordaba el hoyuelo de su mejilla. Le gustaba mucho que una barba o un bigote no escondieran sus rasgos, suaves y equilibrados, que hacían de él el hombre más atractivo que había conocido hasta el momento. A veces suspiraba cuando se descubría deseando que John se pareciera en algo a él o que cuando lo conociera se sintiera tan cómoda como se había sentido con el doctor. Otras, se regañaba al ser consciente de que cada vez se dejaba llevar más por ensoñaciones que no tenían lugar. Ella estaba casada con John Lowell y no estaba bien pensar tanto en otro hombre.

Cuando caía la tarde y la señora Smith se marchaba a casa, rendidas por el cansancio, las gemelas y Mary se reunían en la cocina para charlar antes de irse a dormir. Era, de todos, su momento favorito del día, aquel en el que las tres tomaban un vaso de leche con los deliciosos bizcochos de Abigail. Las niñas eran tan diferentes de carácter como parecidas físicamente. Virginia era un terremoto difícil de controlar, con la lengua tan larga que era necesario corregir sus expresiones cientos de veces al día; Sabine, en cambio, apenas hablaba, comunicándose con miradas que expresaban sus estados de ánimo. Poco a poco, con la complicidad que surgió entre las tres, sus ojos, permanentemente asustados y pegados al suelo, se fueron atreviendo a mirar de frente. Y aprendió a sonreír.

Todo el tiempo Mary hablaba de Almond Hill, de la casa, del bosque, de sus paseos a caballo que tanto echaba de menos y de su hermana Elisabeth, y ellas le contaban los días felices junto a su madre y aquellos tristes que pasaron en el hospicio. Quizá era eso, la dureza de trato que allí recibieron, lo que había empujado a Mary a tomarse a aquellas niñas no como a simples empleadas. En cualquier caso, consideraba que el que trabajasen para ella era provisional, hasta que encontrase la manera de contratar a alguien; en cuanto pudiera pagarlo, alguna mujer de más edad ocuparía la habitación que compartían junto a la cocina y ellas subirían a una de la primera planta, lo tenía decidido. No podía precisar en qué momento había pensado pedirle a su esposo que le permitiera tratarlas como si fueran de la familia, pero el caso era que la idea iba tomando cuerpo en ella y no había un minuto en el que lograse deshacerse de ella. No le había contado sus intenciones a la señora Smith, pero esta, bastante astuta para leer en el comportamiento de Mary, le había hecho más de una advertencia velada. Dándose cuenta de que ella no se daba por aludida, ese día decidió hablarle de forma más clara:

—Mire, señora, las niñas tienen que aprender cuál es su sitio, no es bueno que las confunda.

—No las estoy confundiendo —dijo ella.

—Sí, lo está haciendo. Las trata con tanta familiaridad que ellas la ven como una hermana mayor y usted no lo es, es su señora.

—Abigail, yo a usted la veo como una madre, y estoy encantada —contestó Mary dándole un beso en la mejilla, lo que provocó un suspiro de fastidio de la cocinera, que veía que su reprimenda iba cayendo en saco roto.

—¡Por Dios bendito, niña! —dijo, rebajando el trato a Mary—. ¿Cómo vamos a lograr que aprendan nada si usted tampoco tiene claras algunas cosas? ¿Se figura que alguna condesa o marquesa viniera a tomar el té y usted hiciera lo que acaba de hacer?

—No lo haré, llegado el caso, delante de las visitas —respondió Mary.

—¿Se imagina a Virginia entrando en el salón a la carrera, como le permite casi todos los días? —preguntó Abigail, siguiendo con las preguntas que pretendían hacerla reflexionar.

—No se preocupe tanto, le enseñaré cuándo puede y cuándo no puede hacer determinadas cosas, además...

—¡Ni lo sueñe! —cortó la cocinera.

—¡No he dicho nada aún!

—Puedo ver en sus ojos lo que está pensando. Virginia y Sabine tienen que aprender a ganarse la vida como sirvientas, no les está haciendo un favor metiéndoles pájaros en la cabeza. No son unas señoritas.

—Pero... no les he dicho nada.

—Aún. Aún no lo ha hecho. Pero la veo capaz. Un día de estos regresará su esposo y, de la noche a la mañana, tendrán que ocupar el puesto para el que han sido contratadas. Va a resultarles muy duro. Piénselo. Les está permitiendo soñar que podrán ser quienes no son. Y, cuando toque devolverlas a la realidad, ¿ha pensado en ellas?

—Yo... Claro que he pensado en ellas, de hecho es en ellas en las que estoy pensando. Pienso que si...

—Señora Lowell —dijo Abigail cada vez más seria—, tiene que dejar de jugar ya y crecer. Las niñas son el servicio, como yo, y usted es la señora de la casa. Suelte los paños de limpieza y póngase a hacer cualquier cosa que sea que hagan las señoras, y deje que las niñas aprendan cuál es su sitio en el mundo.

Mary se levantó muy seria. Sabía que había mucha sensatez en las palabras de Abigail. Tenía que hacerle caso, no dar alas a las gemelas, pero eso le dolía porque además la dejaba de nuevo sola. En Londres, aunque la ciudad ya no fuera tan extraña para ella, aunque vivieran en ella miles y miles de personas, no había nadie con quien cruzar ni siquiera unas palabras de cortesía. Le pidió a la señora Smith un vaso de agua para pasar el mal trago que la conversación estaba suponiendo y se atragantó. Un acceso de tos que duró bastantes minutos le hizo disculparse. Se marchó a la cama sin probar la cena.

Al día siguiente se levantó temprano, se vistió sola y salió a dar un paseo. Regresó empapada y aterida de frío a la hora de la comida, pero no dijo nada. Se cambió de ropa y pidió que se la sirvieran, por primera vez, en el gélido comedor. Por la tarde volvió a salir. Regresó de su paseo a la puesta de sol, otra vez mojada. Tras una solitaria cena se encerró en su cuarto, donde no dejó de toser en toda la noche.

Por la mañana fue incapaz de levantarse, envuelta en fiebre.

Martes, 18 de noviembre de 1913

Virginia tardó media mañana en llegar desde la casa hasta el St George. Mary, delirando, no hacía nada más que repetir que solo quería que la atendiera un tal James Payne, médico de ese hospital. Abigail decidió que la niña fuera a enterarse si era cierto que allí trabajaba un doctor con ese nombre. Si la señora Lowell decía conocerlo, quizá fuera importante para ella que él la tratase.

Cuando la muchacha llegó al edificio fue recibida por un coro de toses poco armónico. El hospital rebosaba de enfermos esperando ser atendidos y Virginia tuvo que vagar por los pasillos y preguntar a mucha gente hasta localizar la consulta del doctor Payne, atestada a esa hora. Pidió su turno y esperó con paciencia a que le llegase el momento de entrar en el pequeño cubículo que ocupaba el médico, una habitación diminuta separada de la sala de espera por una puerta amarillenta con cristales traslúcidos.

—Buenos días, siéntate —le indicó James Payne.

Le extrañó la presencia de una niña sola en su consulta, sobre todo porque tenía un color saludable que no hacía pensar en que estuviera enferma, pero se dispuso a escucharla como hacía con todo el mundo.

—Buenos días, doctor. Vengo de parte de la señora Lowell.

Escuchar el nombre paralizó a James, que no se había olvidado de Mary. Constató que la mención del apellido provocaba que su corazón empezase a latir brioso y, confundido por su descontrolada reacción, no acertó a contestar enseguida a la niña. Cuando logró que unas palabras salieran de su boca, trató de aparentar despreocupación mientras preguntaba a la muchacha, que continuaba de pie frente a su mesa.

—Perdona, ¿qué le ocurre a la señora Lowell?

—Se ha puesto enferma e insiste en que sea usted quien la visite en casa.

James recordaba haberle dicho a Mary que, si necesitaba sus servicios, no dudase en buscarlo, pero quiso asegurarse primero de que era de ella de quien le estaban hablando.

—La señora Lowell, ¿se llama Mary?

—Sí, se llama así.

—¿Qué le sucede?

—Ayer se pasó toda la mañana paseando por la ciudad, volvió a casa muy mojada, pero se volvió a marchar —explicó Virginia hablando muy deprisa—. Por la tarde regresó igual y no para de toser. Tiene mucha fiebre y necesita que alguien la vea.

—¿Te ha dicho por qué quiere que sea yo?

James Payne intentaba sonar sereno, aunque se daba cuenta de que no lo estaba. Después del tiempo transcurrido desde el viaje, ya no contaba con volver a saber nada de Mary.

—No ha dicho por qué, pero la señora Smith cree que usted es el único médico que ella conoce en Londres. Incluso con la fiebre que tiene, no para de repetir su nombre y el de este hospital.

—¿Quién es la señora Smith?

—La cocinera. Pero eso da igual, ¿va a venir a verla o no?

—Mary Lowell... —A James se le escapó su nombre en voz alta.

—La conoce, ¿verdad?

—Sí, sí, claro que la conozco. ¿Por qué no ha venido ella hasta aquí?

—Ya se lo he dicho. Tiene mucha fiebre, delira. No creo que sea capaz de dar dos pasos y este hospital está muy lejos de su casa.

James recordaba cada momento del viaje hasta Londres al lado de Mary Lowell. Había rememorado a solas la conversación y las emociones que despertó en su interior, unos sentimientos que hasta ese instante estaba convencido que habían muerto en él. Se preguntaba a menudo qué habría sido de ella, pero no le pareció correcto buscarla estando casada. Prefirió concentrarse en su trabajo y quedarse de ese encuentro con la sensación de haber despertado a su corazón del letargo en el que estaba desde la muerte de Anne, su esposa. Con Virginia sentada frente a su mesa, recordó la promesa impulsiva de visitarla que le había hecho al despedirse en Liverpool Street, unas palabras que salieron de su boca sin pensarlas demasiado, y su ofrecimiento de que lo buscase si necesitaba sus servicios. Decidió que debía acompañar a la niña, al menos para ofrecerle sus disculpas por la tremenda descortesía que había cometido con ella.

Llamó a la enfermera, que enseguida entró en la consulta.

—Alice, ¿me quedan muchos pacientes? —le preguntó.

—Suficientes para pasar aquí dos horas más —dijo la enfermera con resignación. La hora de comer hacía rato que había pasado, tenía hambre y estaba cansada después de una dura jornada que había empezado al alba.

—Está bien. Muchas gracias, Alice.

James volvió su atención a Virginia, que movía rítmicamente las rodillas mientras apoyaba los codos en ellas. Cuando sintió la mirada del médico en ella, frenó en seco y se recolocó en la silla, imitando la elegante forma de sentarse de Mary y provocando una sonrisa del doctor.

—Si me das la dirección, esta tarde pasaré por su casa a visitar a la señora Lowell.

—No sé la dirección, solo sé llegar —se excusó Virginia.

—Entonces vas a tener que esperarme —le respondió James encogiendo los hombros.

Virginia soltó un suspiro que hizo gracia a James, pero no puso objeción alguna. La niña abandonó la consulta y volvió a sentarse en la sala a esperar. No era muy entretenido ver gente enferma, así que dejó volar su mente, imaginando lo que haría con el primer dinero que cobrase por su trabajo en la casa de los Lowell.

Tres horas después, Virginia abría la puerta de la habitación de Mary para que James Payne la visitase. El doctor había alquilado un coche cuando la niña le contó lo que había tardado en llegar desde la casa de Mary, espantado por la distancia que había recorrido sola.

La estancia permanecía sumergida en penumbra, iluminada tan solo por las oscilantes llamas de la chimenea; los días se acortaban en noviembre y ya hacía rato que las sombras cubrían la ciudad. La señora Smith había avivado el fuego, intentando conseguir un clima agradable para Mary, pero ni aun así la muchacha lograba controlar los espasmos de sus músculos que la hacían tiritar. Había dormitado la mayor parte del día, pero cuando James entró estaba despierta. Volvió el rostro hacia él y trató de sonreírle. Le salió una mueca triste y el esfuerzo de intentar saludarlo le provocó otro insistente ataque de tos.

—¿Puede conseguirme algo de luz? —le preguntó el doctor a la cocinera, mientras se aproximaba a la cama.

—Sí, por supuesto, doctor.

Abigail acercó un quinqué y giró la ruedecilla para avivar la llama.

—Buenas tardes, Mary —dijo James casi en un susurro, sentándose a su lado en la cama.

—Doctor...

—No se esfuerce en vano. Dígame cómo se encuentra.

—Cansada; no puedo respirar bien y me duele mucho el pecho.

—Mary, voy a tener que explorarla. Señora... —El doctor no recordaba el nombre de la cocinera y esta se lo dijo:

—Smith. ¿Qué necesita?

—¿Me ayudaría a descubrirle el pecho y ayudarla a que se siente, señora Smith?

—Yo puedo hacerlo. —Se ofreció Virginia, corriendo hacia la cama de Mary. Sabine, que también estaba en un rincón de la habitación, hizo el gesto de detenerla, pero no fue capaz.

—Virginia, largo de aquí —gruñó la señora Smith—, más vale que vayas a la cocina con tu hermana y comas algo, llevas todo el día fuera de casa.

—¡Pero quiero ayudar! ¡No quiero irme a la cocina, no tengo hambre! —dijo cruzándose de brazos en actitud rebelde.

—¡Sabine! ¡Llévate a tu hermana ya! Y, en cuanto termine de cenar, os vais a vuestro cuarto las dos. Perdone, doctor, esta criatura es así...

—Estoy de acuerdo en que tiene que comer algo, pero no me molestaba su ayuda, ni esa impetuosa actitud —dijo James sonriente.

—Puedo hacerlo sola, créame —afirmó Abigail muy seria.

—He venido con ella charlando, es una niña muy despierta y se ve que adora a Mary.

—¡Para no hacerlo...! —Se aseguró de que la puerta de la habitación estaba cerrada antes de continuar hablando—. La señora las malcría, no van a ser buenas sirvientas nunca. Si sigue consintiéndoles todo, no hará de ellas muchachas de provecho.

—Abigail, no hace falta que lo repita tanto, ya me lo dejó claro —dijo Mary con mucho esfuerzo, recordándoles que estaba allí. Volvió a toser con insistencia.

—No crea que no me arrepiento de no haber sabido contener la lengua, estoy segura de que fue por mi culpa por lo que se le ocurrió la estúpida idea de pasear todo el día bajo la lluvia en pleno mes de noviembre, y más con esta tos que llevaba días rondándole. Pero es lo que pienso, señora, que no les hace un favor. Levántese apoyándose en mí, señora Lowell.

Abigail la apoyó con suavidad en unos cojines que situó en el cabecero de la cama y desabrochó los dos primeros botones del camisón. Ante la mirada del doctor siguió por el tercero. James volvió a hacerle un gesto y la cocinera arrugó el semblante, pero obedeció. Mary, cansada como estaba, apenas prestó atención a que su blanco pecho estaba a la vista de un hombre por primera vez en su vida. Y no era su esposo.

Tras tomarle el pulso con atención, sin dejar de mirar un instante el reloj que pendía de una cadena atada al bolsillo del chaleco, James se dispuso a percutir con los dedos el tórax de su paciente, observando las variaciones del sonido. La primera vez que posó sus manos en el pecho de Mary, esta dio un respingo.

—¿Le ha molestado? —preguntó él, aunque estaba seguro de que esa no era la causa.

—No, disculpe, es que tiene los dedos muy fríos.

James Payne acercó las manos al rostro y sopló sobre ellas, para acto seguido frotarlas con energía, intentando que alcanzasen una temperatura más confortable para la exploración. Sabía que poco iba a conseguir con ese gesto, y también estaba seguro de que la reacción de Mary escondía cierto pudor, pues se acababa de percatar de que su camisón estaba demasiado abierto. James no se había olvidado de su comentario en el tren, aquel en el que aseguraba que jamás se ponía enferma. Era probable que fuera la primera vez que se veía en semejante situación y ya no era tan niña.

Retomó el examen unos momentos después, en los que Mary no se mostró mucho más relajada. Cuando terminó, extrajo de su maletín un objeto de madera con forma de copa con un gran pie:

el estetoscopio. Acercó la parte plana al pecho y puso el oído en el otro extremo del aparato. Le pidió a la paciente que tomase aire y lo expulsara despacio. La muchacha obedeció, sin contar con que, con el aire que el doctor pretendía que le ayudase con la exploración, iba enredada la suave fragancia del pelo de James Payne. Los latidos de Mary empezaron a acelerarse, confundiéndole.

—Tiene que relajarse —le indicó con suavidad—, de otro modo no podré darle un diagnóstico.

Lo dijo mirándola a los ojos, donde se perdió más de lo conveniente. Ella, turbada, bajó la vista y asintió confusa. Incluso en el estado febril en el que se encontraba era capaz de percibir el intenso atractivo del joven médico, la misma sensación desconcertante que la asaltó en el viaje en ferrocarril. El doctor tampoco parecía demasiado centrado, pero un carraspeo de la señora Smith le devolvió a la realidad. Repitió el examen de nuevo y, cuando hubo acabado con el pecho, le pidió que se incorporase para continuar por la espalda. Mary se apoyó en la señora Smith, que levantó su camisón. La piel de la muchacha, pálida y suave, era una invitación para los sentidos, pero James no quería llevarse otra reprimenda de la cocinera y trató de comportarse, ignorando las sensaciones que inundaban su cuerpo sin permiso. Se concentró en ser un profesional, pero nunca le había resultado tan difícil separar sus emociones de un paciente como aquella noche. Concluyó su tarea antes de pasar a explicarle qué era lo que tenía.

—Mary, no creo que el haberse mojado tenga que ver con esto, salvo que ha podido acelerarlo —le dijo el doctor mientras le sostenía las manos y la miraba, hablándole en un tono suave y tranquilo—. Ya le dije que el clima de Londres es poco saludable, hay mucho humo y no está acostumbrada a respirarlo. Creo que lo único que ha conseguido el frío es empeorar su estado, pero no se trata de nada grave que no se pueda tratar. Le recetaré un preparado, un jarabe que hará que mejore. De momento, descanse todo lo posible unos días y coma lo que le diga la señora Smith; volveré a visitarla en cuanto tenga un momento.

Mary le dio las gracias y le indicó a la cocinera que saldase los honorarios del doctor. Sabía que las reservas de dinero que tenía eran escasas, pero esperaba que, al menos para eso, alcanzaran. Cuando la dejaron sola en la habitación se acurrucó entre las sábanas y cerró los ojos. Un nuevo ataque de tos la obligó a

—Ahora sé que puede que tenga mejor ánimo si recibe visitas. Ella misma pondrá todo de su parte para levantarse de la cama. A falta de otros conocidos, creo que me tocará a mí hacer ese papel. Intentaré volver mañana.

—Doctor, no sé cómo decirle esto...

—Inténtelo —dijo James, curioso por saber qué escondía el apuro de la cocinera.

—Es que no sé si podrá pagarle muchas visitas. Su esposo no le ha dejado mucho dinero y poner la casa en marcha después de estar tres años vacía ha sido muy costoso; le queda muy poco ya. Digamos que no dispone de ahorros en estos momentos. Lo justo para aguantar hasta que llegue diciembre.

—No hemos hablado de cobrárselas —dijo James—, esta ha sido una visita... amistosa. Igual que lo serán las siguientes.

—Pues como ella se entere no lo consentirá.

—No tiene por qué saberlo. Si usted me garantiza una cena tan exquisita como esta, volveré mañana y me consideraré pagado con ella.

—¿Y qué pensará su cocinera si le deja con la cena plantada?

—No creo que piense nada, no tengo.

Abigail se sorprendió un poco, aunque enseguida salió de su desconcierto. ¿Por qué iba a tener, un simple médico, cocinera? La idea en sí misma era estúpida; los buenos modales del doctor, la elegancia de su traje y su porte distinguido podrían hacerle pasar por un caballero, aunque estaba claro que no lo era, que no era más que un hombre que había estudiado para ganarse la vida ayudando a los demás. Bien pensado, John Lowell tampoco pertenecía a una clase social donde fuera frecuente que se tuvieran criados. Los tenía porque sus padres siempre los habían tenido. El sombrerero, su padre, procedía de la misma clase que el doctor Payne, pero hizo fortuna con la tienda.

—¿Y su esposa? ¿No le extrañará que llegue tan tarde? —preguntó Abigail.

—No tengo esposa, señora Smith. Tampoco eso es problema.

No sería un problema por llegar tarde, era cierto, pero la cocinera había observado cómo se miraban el médico y la señora, y ahí sí que veía un inconveniente. Quizá solo era una suposición, pero juraría que el color había vuelto al rostro de Mary mientras la examinaba y no le parecía que fuera por una repentina mejoría.

El doctor Payne era un muchacho con tan buena educación que hasta ella se había sentido cómoda en su presencia, así que no era de extrañar que una joven como Mary se sintiera aturdida al tenerlo cerca.

—Volveré, señora Smith, pero ahora me tengo que ir. Es tardísimo y mañana me esperan de nuevo en el hospital.

—Espere un momento. Recogeré mi abrigo y me marcho con usted. También es un poco tarde para mí.

—¿Mary se queda sola? —preguntó preocupado.

—Virginia y Sabine duermen en la casa. Si hay algún problema, alguna de ellas irá a buscarme.

—Le ruego que, si su salud se complica, no dude en enviarme recado. Dejaré lo que sea para venir a verla.

Abigail no supo si alegrarse por el ofrecimiento o empezar a preocuparse. No era bueno que un hombre soltero visitase a Mary, aunque enseguida pensó que se estaba intranquilizando sin motivo: James Payne era un médico pendiente de su paciente, nada más. O eso quiso pensar.

Minutos después, se marchó con el doctor, dejando a las niñas el encargo de vigilar el sueño de la señora y de servirle un caldo.

Viernes, 21 de noviembre de 1913

Durante las siguientes tardes, James Payne acudió a la casa de los Lowell al terminar su jornada. La mejoría de Mary se hizo evidente hasta el punto de que, al segundo día, ya estaba levantada en su habitación cuando él entró a visitarla; el tercero lo recibió en el amplio salón, donde, como excepción, se había encendido la chimenea. Era obvio que ya no necesitaba sus cuidados, pero a James le era muy grata la compañía de Mary. Apenas sabía nada de ella, salvo los datos que habían intercambiado en el viaje y algunas confidencias procedentes de la señora Smith, que la dibujaban como una muchacha que se había visto abocada a un matrimonio, no solo concertado por su familia, sino con un completo desconocido al que aún no había visto meses después de una boda por poderes.

Le admiraba que en sus palabras no hubiera ni una sola queja sobre ello, a pesar de que James había conducido la conversación varias veces hacia el tema de su matrimonio, preguntándole por su marido. Mary se las arreglaba para jugar con las palabras y eludir cualquier lamentación y, cuando se sentía acorralada, mentía. Dibujaba una situación de felicidad que él sabía que era fingida solo con mirar los gestos de preocupación de Abigail. Igual de malo sería que no aceptase el matrimonio, como el hecho de que hubiera acabado asumiéndolo como algo normal, cuando las circunstancias que lo rodeaban eran tan extrañas.

El viernes 21 de noviembre el viento había decidido acariciar con su gélido aliento las calles de Londres. Un desapacible vendaval tomó posiciones desde primera hora y se dedicó a robar sombreros y gorras, colándose por todos los rincones, silbando furioso. La niebla se había congelado en las ramas de los árboles, dándole a la ciudad un aspecto mágico. La cencellada simulaba una nevada, pero era solo eso: hacía mucho más frío que cuando la nieve se dejaba ver en la ciudad.

—¿Usted cree que el doctor volverá hoy? —le preguntó Mary a Abigail, mientras secaba unos platos para colocarlos en la alacena de la cocina.

—No es necesario que continúe visitándola a diario, aunque ese muchacho esté preocupado por su salud. No debería, señora.

—Yo tampoco creo que deba —dijo Mary, aunque en su voz se adivinaba cierto desaliento—, pero es que es todo tan aburrido aquí. ¡No puedo entretenerme con nada! Él es lo único que se sale de la rutina.

—Ya veo, ya. ¡Sabine! ¡Virginia! —gritó la cocinera mientras le arrebataba el paño a Mary—. Señora, le he dicho mil veces que no haga esto. Recuerde quién es: la señora Lowell. Esto es tarea de esas condenadas niñas que no sé dónde se meten.

Sabine y Virginia entraron secándose las manos en sus delantales en ese momento. Venían de la lavandería, donde estaban terminando de hacer la colada semanal de las sábanas.

—Están atareadas con otras cosas —dijo Mary, sentándose rendida a la evidencia de que la señora Smith no iba a consentir que colaborase en las tareas domésticas.

—¿Nos necesita para algo, señora Smith? —preguntó Virginia—. No hemos terminado con la colada.

—Sí, una de vosotras tiene que secar los platos que estoy fregando, ya está bien de dejar que sea la señora quien haga vuestro trabajo.

Las niñas se miraron, intentando decidir quién de las dos se quedaría en la cocina y cuál volvería a bajar al sótano, donde estaba la lavandería. Hacía tanto frío que quedarse arriba era todo un premio. Escondieron la mano derecha tras la espalda y, después de contar hasta tres, la sacaron a la vez. La sonrisa de Virginia le hizo entender que el juego que habían iniciado lo había ganado ella. El gesto de derrota de Sabine, que se encaminó escaleras abajo, lo confirmó.

Mary decidió subir a buscar un libro a la biblioteca de la anterior señora Lowell. Se sentaría frente a la chimenea y leería un rato, mientras hacía tiempo para que llegase la cena. No había querido hacerlo porque la incertidumbre de si James volvería le impediría concentrarse, pero al menos fingiría estar ocupada para no llevarse una regañina de la cocinera.

A última hora de la tarde, el timbre la puerta anunció una visita y Mary se preparó con una sonrisa para recibir al médico. Le iba a contar que ya se encontraba recuperada y estaba decidida a preguntarle si le apetecía continuar visitándola a pesar de todo. Sabía que eso se acabaría cuando llegase John de América, pero prefería no pensar demasiado en ello y disfrutar de su compañía mientras nadie se lo impidiera. Se miraba con coquetería en el pequeño espejo que había sobre una cómoda de ébano, acomodándose el pelo, cuando Virginia entró corriendo en el salón.

—Señora, tiene visita —dijo casi sin aliento.

—Virginia, la señora Smith lleva razón, no debes correr por la casa. No hay ninguna prisa. Haz pasar al doctor.

—No es el doctor, señora —respondió la niña.

—Ah, ¿no?

El gesto de extrañeza de Mary fue sincero. En el tiempo que llevaba en Londres nadie había entrado en su casa, James era la única persona que la frecuentaba en Londres; no alcanzaba a imaginar quién más podía ser.

—No, es un caballero que no conozco, dice que se llama Charles Davenport —dijo Virginia.

El corazón de Mary se detuvo por un instante. No esperaba ver a Charles y tampoco lo deseaba. Mucho menos cuando se suponía que también estaba a punto de llegar el doctor Payne y era obvio que ella ya no necesitaba de los cuidados de un médico. Su cuñado aprovecharía el verlo en la casa para inventar cualquier cosa sobre ella, estaba segura, y no le apetecía que volviera a Almond Hill con chismes salidos de su imaginación. Nunca desaprovechaba una sola oportunidad y aquella se intuía perfecta. Una mujer decente no recibía a solas a hombres en su casa bajo ningún concepto, eso era algo que le habían inculcado desde pequeña, aunque llevase días ignorando todas esas enseñanzas.

—¿Le has hecho pasar al *hall*? —preguntó.

—No, no —dijo Virginia—, le he dejado esperando en la calle, por si usted no sabía quién era.

—¡Virginia! —dijo Mary entre sorprendida y divertida—, Charles Davenport es de mi familia. Hazlo pasar, por favor.

—Sí, señora.

Virginia volvió a abrir la puerta y se encontró en ella con un malhumorado Charles que no entendía por qué le habían dejado fuera de la casa, a él, a todo un futuro conde, y más con el mal tiempo que hacía y siendo el lugar tan poco distinguido. Le entregó a la muchacha que le abrió su sombrero y el bastón que llevaba aunque no necesitase para nada. Esta, después de colocarlos en un mueble que tenían en la entrada para ello, le condujo hasta el salón, donde anunció su presencia con tal ceremonia que estuvo a punto de provocar una sincera carcajada de Mary. Tendrían que practicar en adelante, Virginia y Sabine no tenían experiencia con visitas más allá de las que les hacía James, al que trataban con tanta naturalidad como si fuera ella misma.

—¿De dónde has sacado este servicio tan nefasto, prima? —preguntó Charles nada más entrar en el salón—. ¡Me ha dejado en la calle!

La saludó besándole la mano, que Mary retiró enseguida, rehusando su contacto.

—Disculpa, Charles. Virginia es solo una niña y tiene mucho que aprender. No hemos recibido muchas visitas desde que estoy aquí, no le he enseñado a comportarse. ¿A qué debo el honor de verte?

En su tono se adivinaba que no estaba muy contenta, pero la sonrisa que exhibía desmentía al timbre de su voz.

—He venido a solucionar un negocio en Londres y he pensado que podrías invitarme a cenar.

—Por supuesto, estás en tu casa, Charles —dijo Mary de manera cortés, aunque incómoda. Al menos, podría haberse tomado la molestia de avisar—. ¿Cómo están mi padre y mi hermana?

—Bien, bien. Tu padre se encuentra como siempre y tu hermana muy feliz por las buenas noticias.

—¿Qué buenas noticias? —preguntó Mary intrigada.

—¿No te ha escrito?

—No. Dijo que lo haría pero no he recibido carta alguna de ella.

—Supongo que está un poco aturdida y por eso lo ha dejado correr, creo que no se lo esperaba tan pronto. Tu hermana está esperando un hijo.

—¡Debe de estar feliz! —dijo Mary, entusiasmada.

—No creas. No para de quejarse de lo mal que se encuentra, y eso que el embarazo no ha hecho nada más que empezar. Está más insoportable que nunca.

Mary no hizo caso de la apreciación de su cuñado. Sin duda se trataba de una buena noticia, que llevaba parejo el que ella se convertiría, en unos meses, en la tía de alguien. Se alegró de verdad. Quizá un retoño serenaría un poco el carácter atolondrado de Elisabeth y podría empezar a poner los cimientos de esa felicidad que cada día que pasaba desde la muerte de su madre se había ido alejando de la familia Davenport. Sintió un poco de envidia de Elisabeth, pronto tendría un bebé en quien volcar su amor.

Charles se acomodó en el sofá frente a la chimenea, sin esperar a ser invitado. Puso sus manos en los reposabrazos y se arrellanó, tan cómodo como si estuviera en su hogar.

—Y tú, ¿qué tal? —preguntó—. ¿Ya ha vuelto el señor Lowell?

—Todavía no, lo hará en unas semanas. Dijo que estaría aquí para Navidad.

—¿Cómo va la vida en la ciudad? ¿Te las arreglas bien?

—Muy bien, Charles. He estado muy atareada poniendo esta casa en marcha.

Se movió para ofrecerle algo para tomar, pero no se había ocupado de revisar las bebidas que reposaban en una alacena y no se fiaba de su buen estado después de tanto tiempo esperando a que alguien las demandase.

—¿No te sientes muy sola aquí? —le preguntó Charles.

—Estoy bien.

—Si necesitas que te visite, no dudes en pedírmelo —le dijo, levantándose y situándose tan cerca de Mary que ella podía oler su perfume—. He pensado mucho en el día de nuestra boda.

Mientras la miraba con mucha intensidad, le acarició la mejilla. Mary dio un respingo en cuanto notó el contacto de sus manos.

—No fue «nuestra boda», no sé si lo recuerdas —contestó de manera seca, apartándose de su lado.

Charles sonrió malicioso y se apoyó en la mesa con una mano. Había logrado ponerla nerviosa y eso le producía un secreto placer al que no estaba dispuesto a renunciar.

—Hubiera estado bien, ¿no crees? —preguntó.

—No, no lo creo.

Mary no sabía cómo librarse de aquella mirada que parecía que la estaba desnudando. Rogó por que apareciera alguien que la salvase de aquella incomodísima situación.

Entonces, por segunda vez en la misma tarde, alguien golpeó la aldaba de la puerta.

En el pasillo se oyó el trote de unos pasos que se apresuraban a abrir. Esa vez dejaban pasar a un hombre. Charles pudo escuchar una voz masculina antes de que Virginia, en esa ocasión más comedida, anunciase la visita en el salón.

—Buenas tardes, señora Lowell —dijo James. Había eludido dirigirse a ella como Mary al saber por Virginia que no estaba sola.

—Buenas tardes, doctor. Pase, me alegra recibirlo en mi casa.

Charles la miró estupefacto, mientras se acercaba, a la espera de ser presentado al desconocido. Por la manera de dirigirse Mary a él supo que era médico, pero la sonrisa de su prima y su buen color le hicieron sospechar que aquella visita no era profesional.

—Espero no interrumpir algo importante. Puedo volver en otro momento —dijo James.

—En absoluto, doctor, usted nunca interrumpe —contestó ella, eligiendo el trato formal a propósito con el doctor delante de Charles. No obstante, se aferró a su brazo y lo acercó hasta su primo, en un gesto cómplice—. Quiero que conozca a Charles Davenport, mi cuñado. Ha venido a hacerme una visita y esta noche me sentiré muy honrada si usted nos acompaña en la cena. No tengo el honor de poder ofrecer una comida con invitados desde que vivo en Londres, así que será un placer hacerlo hoy por partida doble.

—No querría ser inoportuno, Mary —dijo el doctor—. Solo venía a asegurarme de que está repuesta de su catarro.

—¿Has estado enferma? —preguntó Charles.

—Nada, solo unas fiebres —contestó Mary restando importancia a su malestar de los días anteriores.

—No han sido solo unas fiebres. Si no las hubiéramos tratado a tiempo, podría haber sido mucho más grave.

Mary tiró de una cuerda que comunicaba con la campanilla de la cocina y al momento Sabine se asomó con timidez a la puerta del salón. Mary le indicó que le dijera a la señora Smith que ambos, Charles y James, se quedarían a cenar. También le pidió que eligiera la mejor vajilla para la mesa del salón. Sabine agachó la cabeza, hizo una reverencia y se marchó a la cocina.

—¡Qué niña más rara! —dijo Charles—. De verdad, prima, deberías contratar servicio de más calidad. No sé cómo le aguantas estos cambios de humor.

James y Mary se miraron, para desagrado de Charles Davenport, al que no se le escapó la sonrisa entre ambos. No le parecía nada más que una relación médico paciente, sino que entre su cuñada y el doctor había una sospechosa complicidad. Tampoco entendía por qué se estaban riendo de él.

—Ella no es la muchacha que te ha abierto la puerta...

—Cerrado en las narices —matizó Charles.

—Es Sabine, su hermana gemela.

—Interesante —dijo su cuñado—. ¿Sus padres te hicieron un descuento por llevártelas a las dos y quitárselas de en medio?

Mary frunció el ceño. Charles ya empezaba con sus malos modos, incluso parecía darle lo mismo que el doctor estuviera presente. En su interior ardía el deseo de contestarle que era un imbécil, pero no era una palabra que debiera salir de la boca de una mujer elegante. Decidió sonreír y pedirles que la disculpasen. Iría un momento a la cocina a ordenarle a la señora Smith un menú apropiado para la ocasión.

—¿Qué tal las cosas en Almond Hill? —preguntó James cuando ambos se encontraron a solas—. Mary me ha dicho que es una propiedad admirable. Creo que con tantas cosas que me ha contado de ella, solo con cerrar los ojos, puedo hacerme una idea de cómo es.

—Veo que usted y mi cuñada tienen mucha confianza —respondió Charles. Su rostro reflejaba crispación.

—Mary es una mujer encantadora y echa mucho de menos su hogar. No para de hablar de él.

—Tiene que echarlo de menos mucho si le habla tanto a cualquiera.

James empezó a notar la hostilidad de Charles. Más que las palabras, que también iban encaminadas a decirle que él no pertenecía al círculo de amistades que a Mary le correspondían, detectaba una animadversión que no entendía a qué se debía.

—¿Es usted amigo de su esposo, doctor Payne?

—No, nos conocimos en el tren que la trajo a Londres, estábamos en el mismo compartimento. Tuvimos tiempo de charlar largo y tendido.

—Y eso le abrió las puertas de su casa, ya veo —dijo Charles, haciendo un gesto con la mano que abarcaba el salón.

—No crea, hasta que enfermó esta misma semana no había vuelto a saber de ella.

—Pues para hacer solo unos días que se tratan, veo que lo hacen con mucha naturalidad.

—Ya le digo que es una mujer encantadora.

—¿Y qué le parece al señor Lowell que la visite cuando ya no está enferma?

Mary entró en el salón en ese instante y ambos cesaron la conversación, frenando el ataque de Charles, que se preparaba para decirle al doctor que ya podía ir pensando en abandonar las visitas a su prima. En ausencia de su padre y su marido, él era el hombre de la familia más cercano y no iba a consentir que nadie hablase de Mary como una libertina que dejaba entrar en su casa a un hombre que no era de la familia cuando estaba sola. Al menos esa sería la excusa, porque la verdad era que dentro de él se libraba una tormenta al darse cuenta de que James y Mary habían logrado una complicidad en poco tiempo que él no había conseguido en toda su vida. Quería a ese médico lejos como fuera.

La joven señora Lowell, consciente de que algo pasaba solo con mirarlos, condujo la conversación durante la cena, preguntando por su padre, por Elisabeth y por todo lo que se le ocurrió relacionado con Almond Hill. Charles intentó molestar a James cuanto pudo, pero ella acudió a su rescate en todas las ocasiones. Tras el postre, Davenport hizo una petición:

—¿Te importaría, Mary, que me quedase en tu casa? El hotel está lejos y la noche está bastante desapacible para caminar.

—Lo siento, Charles —dijo ella, sin dudar un instante y sin dejar de sonreír en ningún momento—, no me parece muy apropiado permitir que te quedes a dormir. Si hubieras venido con Elisabeth no pasaría nada, pero, entiéndelo, tú solo…

—No veo el problema —contestó Charles—. A no ser que quieras quedarte a solas por alguna razón que no alcanzo a pensar.

La mirada que lanzó hacia el doctor Payne la sostuvo este y le faltó poco para intervenir, pero Mary no permitió que se entrometiera en la conversación con su primo. No necesitaba refuerzos para lidiar con Charles.

—Yo sí alcanzo a pensar la razón. ¿Imaginas lo que pensarías si dejases a tu esposa sola y cuando volvieras te enterases de que ha pasado en tu casa la noche un hombre? Para evitar la situación, lo mejor es que vuelvas al hotel. No te preocupes, en Londres puedes pedir un coche que te lleve, no tendrás ni que dar un desagradable paseo nocturno.

—Mary, soy tu cuñado y tu primo. No soy ningún… —miró a James— desconocido. Somos familia.

—Hablando de eso —dijo Mary—. ¿Sabes cuándo tiene mi padre previsto visitarme? Si fuera él, te aseguro que no habría problema porque durmiera y se quedase aquí el tiempo que quisiera.

—Está muy ocupado con sus tierras, no creo que pueda venir pronto.

—¿Está bien? —Mary temía que sus problemas con el alcohol se hubieran agravado.

—Como siempre —respondió Charles, sin aclarar nada más.

—Transmítele mi cariño cuando llegues a Almond Hill y dile que al menos me escriba.

La última frase de Mary intentó ser amable, pero llevaba enredado en ella un reproche que encontró salida en el tono y en una mirada severa que hasta James Payne fue capaz de captar. A partir de ese momento se hizo sitio en la mesa un silencio incómodo. Solo se oía el roce de cucharas con los platos y el rumor de una servilleta usada con delicadeza para limpiar los labios. No fue mucho el tiempo que permanecieron así. Mary aludió a lo tarde que era para dar por terminada la cena. Charles, incómodo desde hacía rato, fue el primero que se levantó.

—Usted también se va, ¿verdad? —le preguntó a James.
—Por supuesto, es muy tarde y tengo que trabajar mañana. Muchas gracias por la invitación, Mary, estaba todo exquisito. Felicite a Abigail de mi parte.

Ambos salieron de la casa a la vez y enfilaron la calle en direcciones opuestas sin ni siquiera despedirse y sin paraguas. Una fina y persistente lluvia les sirvió de acompañante.

Charles tomó un coche de alquiler. James hizo lo mismo.

Miércoles, 26 de noviembre de 1913

Los informes que había recibido John Lowell de Stockman, procedentes de las indagaciones del abogado y las revelaciones de Abigail, le habían hecho sonreír. Su suegro, el honorable Richard Davenport, estaba actuando como el ser mezquino que él estaba seguro de que era. No solo había privado a su hija de la mayor parte de la asignación que había estipulado para ella, sino que además estaba invirtiendo en un negocio en auge, poco ético aunque muy lucrativo: la fabricación de armas. Y, dado que antes el dinero no le alcanzaba ni para cubrir las deudas, era fácil pensar que estuviera destinando a esto la asignación que correspondía a Mary.

También hasta Boston habían llegado los intensos rumores de que Europa se preparaba para una guerra. Visto desde el lado comercial, comprar acciones en fábricas que se dedicaran al armamento no era un mal plan, aunque necesitaba de mucho capital si de él se quería sacar una verdadera rentabilidad. Las libras que él mismo le había dado no eran más que calderilla para algo tan grande, pero parecía que la ausencia de fondos del conde le había impedido valorar ese detalle. Davenport desvió todo el dinero hacia su inversión, con lo que no había podido afrontar el pago del préstamo. El embargo de algunos de sus bienes se haría efectivo en breve si no conseguía dinero de otro modo y la guerra no parecía de momento inminente, lo que suponía que la inversión en armamento aún no generaría frutos. El dinero procedente de las rentas, más escasas que nunca, solo le permitía prorrogar la agonía en la que se sumía Almond Hill.

John no quería que el banco interviniera los bienes de Davenport. Necesitaba ser él quien, llegado el momento, le asestase el golpe definitivo que llevaba esperando tiempo, así que ordenó a su abogado que comprase la deuda completa y eso era lo que Stockman había hecho. En el acuerdo negociado entre el señor Stockman y el banco respecto a la deuda de Davenport, la entidad salía beneficiada a cambio de no comunicar expresamente al conde de Barton el cambio de acreedor; solamente le informaría que, por ser un buen cliente, ampliaban seis meses el plazo con la consiguiente subida de intereses. John tuvo que invertir algún dinero en sobornos para conseguirlo, pero no le importó. Sin saberlo, la deuda de Richard había cambiado de manos. Stockman envió a Almond Hill un hombre que se presentó como gerente del banco para que firmase los papeles. Debía aceptar eso o hacerse a la idea de que perdería Almond Hill.

La impotencia al no saber de dónde obtener más dinero sin vender tierras o propiedades, como era su intención, le hizo cometer una imprudencia a Richard. El enviado del banco le expuso al detalle la negra situación en la que se encontraba y, casi sin esfuerzo, logró convencerlo de la necesidad urgente de firmar la prórroga. El importe de los intereses extra no era muy elevado si se comparaba con el alivio que suponía darse un plazo mayor. Sin Charles para asesorarlo en la mansión, angustiado por el tiempo, confuso por su permanente estado de embriaguez y apremiado por aquel hombre, firmó el montón de papeles que le puso delante, sin reparar en que, en uno de ellos, figuraba el nombre de John Evan Lowell como nuevo acreedor de su deuda.

Satisfecho al enterarse de que sus planes rodaban acorde a sus intereses, John le escribió a su abogado. Tenía que cumplir un encargo más: derivar el dinero que enviaría para su esposa cada mes a la cuenta de Richard Davenport. Stockman le comunicaría al conde que su yerno estaba interesado en que él se encargase de gestionar el dinero a su hija desde entonces. Alegaría que, dada su juventud y su condición femenina, estaba seguro de que ella no estaría preparada para manejar una cantidad tan elevada y necesitaría que su padre la controlase, ya que él, su esposo, no podía hacerlo desde Boston. En un arranque de generosidad, las mil libras mensuales prometidas se habían transformado en mil quinientas, para compensarle las molestias de tener que ocuparse del asunto.

Si John no estaba equivocado, si Richard Davenport seguía siendo el mismo hombre del que había oído hablar tantas veces, la muchacha lo iba a pasar mal, porque estaba seguro de que no le enviaría el dinero. El mismo conde, con su actitud, le iba a hacer mucho más sencillo el propósito que se había trazado al entrar en sus vidas.

De todas maneras, John le rogó a Stockman que estuviera atento y, si la situación se volvía en extremo delicada, interviniera. Le pidió que buscase la manera de que a la señora Smith no le faltase dinero con el que atender las necesidades básicas de la casa. No era cuestión de que la cocinera, a la que apreciaba de verdad, lo pasase mal.

Su mujer, la hija de Davenport, le importaba más bien poco.

CAPÍTULO 6

Londres
Residencia de John Lowell
30 de noviembre de 1913

Querida Camille:
No sabes cómo me he alegrado cuando he abierto tu envío y he visto la fotografía que incluyes. ¡Dios mío, Camille! ¡Una mujer con pantalones! ¿Tú sabes lo que pensaría papá si te viera? Caería fulminado de un ataque al corazón al instante, o soltaría por su boca toda suerte de imprecaciones. Eres única, creo que no hay otra mujer tan atrevida como tú en todo el mundo. Por tu carta, deduzco que la tienda va muy bien, que todo París se vuelve loco por llevar tus vestidos y tus sombreros. Por cierto, no te lo he contado, pero supe que el padre de John fue sombrerero. Cuando venga le preguntaré por esto. Aunque la sombrerería está cerrada, los sombreros son un producto que dice Abigail que vende en sus almacenes, quizá le interese hacer negocios contigo. ¡Sería maravilloso, porque te obligaría a viajar a Londres cuando él venga y podríamos encontrarnos de nuevo! Quizá hasta me podría llevar a verte a París.
 No sé cómo darte las gracias por las telas que me mandas. No es cierto que aquí no se consigan de tanta calidad, me ha dicho Abigail que conoce un par de sitios donde son increíbles, pero hacerme un vestido con un tejido que tú te has molestado en seleccionar para mí siempre es más emocionante. La tela se pegará a mi cuerpo y quizá te parezca una tontería, pero es una manera de sentirte más cerca, aunque lo que de verdad me gustaría es que hubieras venido en persona para darte un abrazo. No sabes cómo los

extraño. Desde que dejé Almond Hill a principios de mes, no he visto a Elisabeth. Ya sé que me quejé muchas veces de lo pesada que puede llegar a ser, pero extraño hasta sus excesivas muestras de afecto.

Con respecto a ella tengo que contarte una cosa. ¡Va a ser mamá! Me lo dijo el primo Charles, que se presentó una tarde por sorpresa en casa. Estuvo bastante desagradable, pero me quedo con las buenas noticias que trajo. ¡Un bebé en la familia que nacerá en el verano! La verdad es que me hace mucha ilusión. Me temo que lo veré más bien poco, pero el caso es que me siento feliz porque supone la esperanza de volver a recomponer la familia que fuimos. Espero que este bebé haga que papá recapacite sobre la actitud que tiene últimamente y recuperemos ese calor que había en casa cuando vivía mamá, aunque yo solo pueda sentirlo ya desde lejos. ¡Ah! Tengo otra noticia. ¡Al fin he celebrado mi primera cena social! Con Charles y el doctor Payne. A mi cuñado no le hizo ninguna gracia la presencia en ella del doctor. Lo hizo saber con cada uno de sus gestos y sus salidas de tono, pero ¿sabes qué te digo? Que no me importa. No he hecho nada de lo que deba avergonzarme, y al único que tengo que rendir cuentas es a mi esposo cuando regrese. Queda menos de un mes para que nos conozcamos y me empieza a inquietar no haber tenido aún noticias suyas. No sé, una carta hubiera sido de agradecer, pero ni siquiera ha contestado a la que yo le envié. Supongo que será un hombre de pocas palabras.

Un beso enorme, Camille, piénsate de nuevo lo de venir a verme.
Tuya,
Mary E. Lowell

Viernes, 5 de diciembre de 1913

Mary se movía nerviosa por su cuarto. Se había puesto el vestido de invierno más elegante que tenía y, ayudada por Sabine, cuyas manos desbordaban maestría con los cepillos, se había peinado con un complicado recogido que realzaba su belleza. Le hubiera gustado completar el atuendo con un collar de Elisabeth, su madre, pero todas las joyas familiares se habían quedado en Almond Hill y hubo de conformarse con una cinta del mismo azul que el vestido, que ató en su cuello, colocando a un lado el lazo. En el espejo se vio hermosa, tal y como esperaba que la viera James. Cuando el pensamiento cruzó por su mente, la sonrisa se borró del rostro. ¿James? ¿Por qué le llamaba James con tanta familiaridad? Él no era su esposo, aquello no estaba bien. Arreglarse tanto para complacer a un hombre que no era su marido resultaba muy poco apropiado y mucho menos lo era esperarlo para acompañarle a una fiesta.

Inquieta, se sentó en el borde de la cama, conteniendo las emociones como pudo. Se estaba dando cuenta de que quedaban apenas unos días para que John Lowell hiciera su aparición en la casa y ella lo había apartado casi por completo de sus pensamientos. Si cerraba los ojos, al único que veía era al doctor.

No podía evitar pensar todo el tiempo en James, a quien esperaba ansiosa. Se giró un instante para volver a mirarse en el espejo y descubrió que todo aquel envoltorio, el vestido, el lazo, el peinado, la sonrisa que se había instalado en su rostro, no estaban allí solo porque esa tarde fuera a la primera reunión social a la que acudiría desde que llegó a Londres. Estaban allí por él. Era él, James Payne, quien quería que la admirara. Era su atención la que pretendía, y el brillo que desprendían sus ojos le asustó, porque vio un destello de deseo en todo aquello. Deseo de agradarle, deseo de tener su atención exclusiva, deseo de que sus manos la tocasen y sintiera de nuevo la turbación que la invadió cuando la visitó mientras estaba enferma. La imagen en el espejo le devolvió un rostro invadido por el rubor y se enfadó consigo misma. Ella ya no era una jovencita soltera, era la señora de John Lowell y debería empezar a comportarse como tal, por más que por dentro librara una batalla por controlar unas emociones demasiado nuevas y demasiado ingobernables para alguien sin ninguna experiencia. No, no podía ser que le interesase como hombre, solo era un amigo, el único que tenía en Londres, y por eso ansiaba su compañía. Eso se dijo enfadada, que Payne solo era un amigo.

—Señora —dijo Sabine entrando en el cuarto—, el doctor la espera en el salón.

—Ahora mismo voy.

Mary cogió unos guantes y su sombrero y, con ellos en la mano, bajó la escalera. Se sentía excitada, emocionada por la promesa que le había hecho James días antes. Irían a la celebración de un cumpleaños en casa de unos conocidos de Payne, donde la presentaría como una amiga que había llegado hacía poco tiempo a Londres y que se encontraba un poco perdida. Todo eso era cierto, pero no podía dejar de pensar en que le harían preguntas sobre su vida personal y no sabía qué era lo más conveniente que contestase en lo que se refería a su esposo. Tomó aliento y entró con paso decidido al salón. James se volvió al escuchar el susurro de la tela de su vestido.

—Estás preciosa, Mary —dijo al girarse, mientras su rostro se iluminaba con una enorme sonrisa que dejaba al descubierto su atractivo hoyuelo en la mejilla. Ninguno de los dos recordaba cuándo habían empezado a tutearse.

—Gracias, doctor —contestó ella, volviendo el rostro hacia la puerta para disimular su rubor—, ¿nos vamos ya?

—Sí, cuando quieras.

—¡Virginia! —Mary llamó a una de las gemelas, que acudió trotando—. ¡Sin atropellarte! Despacio —le sugirió sonriendo.

—Perdón —contestó la niña, poniendo cara de disculpa.

—¿Me alcanzas mi abrigo?

—Enseguida.

Virginia volvió a correr hasta la entrada, provocando una limpia carcajada en Mary. No había manera de sosegar el carácter impulsivo de la muchacha. Todo el empuje que debería haberse repartido de manera natural entre las dos hermanas gemelas se lo quedó ella, mientras Sabine era toda paz y calma. Demasiada la mayoría de las veces.

Cuando la niña estaba colocándole el abrigo en los hombros, Abigail apareció en la entrada con el semblante muy serio. Le pidió a la señora que le concediera un momento para comentarle algo y Mary se disculpó con James para seguirla hasta la cocina.

—¿Ocurre algo, Abigail?

—Señora, a ver cómo le digo esto. Creo que no debería ir a esa cena.

—¿Por qué no?

—Pues porque… porque no me parece bien que acuda a una reunión social con un hombre que no es su esposo, y además sin compañía femenina. Piénselo. ¿Qué opinaría su padre de todo esto?

Al escuchar la mención a su progenitor, Mary se sintió turbada. Era cierto. Había determinadas cosas que su padre no veía bien y aquella era un buen ejemplo. Sin embargo, eran tantas las ganas que tenía Mary de salir del encierro de la casa que se apresuró a restarle importancia.

—Es solo una cena a la que acudirán muchas personas, no se preocupe.

—Sí, claro que me preocupo. Me preocupa usted, señora.

—¿Sugiere que no vaya?

—Si fuera su madre, se lo ordenaría ahora mismo, señora. No se ponga en ese compromiso. El señor llegará en breve y podrá ir al teatro, al cinematógrafo, a la ópera o a cuanta reunión social se presente, pero con su esposo.

Dudó. Mary, que no había dejado de pensar en aquel momento en todo el día, se dejó caer en una de las sillas de la cocina, sopesando las palabras de Abigail. Era cierto y sensato, estaba segura de que ya era víctima de muchos chismorreos por la extraña situación que vivía. Sin embargo, no pensaba renunciar a la única ocasión que se había presentado en todo el invierno de tener un día especial.

—Me llevaré a Sabine —dijo, levantándose de la silla decidida.

—¿Cómo se va a llevar a Sabine? ¿En calidad de qué?

—Como... ¿dama de compañía?

—Señora, ¿ha perdido el juicio? Sabine no sabe comportarse como una señorita.

—Lo hará bien, por eso me la llevo a ella y no a Virginia. Dígale al doctor que espere un poco más mientras le pongo uno de mis vestidos. Es casi tan alta como yo, no le quedará mal.

—Esto es una locura —rezongó la señora Smith—, ya se lo aviso. Se acabará arrepintiendo.

Mary se llevó a su cuarto a Sabine y la preparó para que fuera su dama de compañía por esa noche, con la ayuda de Virginia, que protestó unas cuantas veces por no ser ella la que fuera a la cena.

—Es mejor que venga Sabine —le dijo Mary con suavidad—, tú no sabrías tener la boca cerrada toda la noche y esto ha sido una decisión precipitada. Te prometo que, si aprendes a comportarte, otra vez vendrás tú.

Media hora después, Sabine y Mary salían a la puerta de la residencia de los Lowell con el doctor Payne. El frío de la calle los recibió y juntos montaron en un coche, un Panhard-Levassor que estaba esperándolos.

—¿Iremos ahí? —preguntó Mary, emocionada.

—¿No me digas que nunca has montado en coche? —James se extrañó un poco. Pensaba que la hija de un conde por fuerza ya habría probado uno de los mayores adelantos de la vida moderna.

—Sí, bueno, el día que llegué a Londres me esperaba el abogado de mi esposo y llegué a casa en uno, pero estaba tan aturdida por todas las novedades que apenas pude pensar en ello.

—¿No tenéis coche en Almond Hill?

—Mi padre los odia. Y la verdad es que yo… adoro los caballos. ¿Qué será de ellos si de ahora en adelante nos movemos en máquinas?

—No creo que eso suceda enseguida —dijo James, volviendo a mostrar su sonrisa.

Le ofreció una de sus manos mientras sostenía la puerta para que Mary entrase. Después rodeó el coche e hizo lo propio con Sabine. Él entró por el mismo lado y viajaron separados por la niña. James le dio la dirección al conductor, que arrancó al momento. Ni Mary ni Sabine, emocionadas y disfrutando la experiencia, abrían la boca. A Mary le parecía que iban mucho más rápido que el día que llegó y demasiado cerca del suelo. La perspectiva de la ciudad, sentada en el asiento trasero del ingenio, era inquietante para ella. No tenía la altura de un coche de caballos, ni la suya mientras paseaba, y se movía a una velocidad que esa noche, con las calles medio vacías en comparación a la mañana en la que llegó, se le antojaba endiablada. Sabine, silenciosa, solo pensaba que en cualquier momento se estrellarían contra otro de los vehículos, los coches de caballos que ocupaban las calles de Londres o con alguno de los ciudadanos que se desplazaban en sus bicicletas.

Diez minutos después, el coche paró frente a una elegante mansión de estilo victoriano. A la puerta se accedía tras superar media docena de escalones de mármol gris.

—Hemos llegado —anunció el médico.

—¿A quiénes dijiste que veníamos a visitar? —preguntó Mary.

—Al doctor Harris, mi superior inmediato en el St George, y su esposa, Berta. Te gustarán. Son un matrimonio encantador —contestó, mientras empezaba a salir del coche.

—¿Solo estarán ellos?

—¡Oh, no! También vendrán otros médicos y algunas enfermeras —dijo mientras abría la puerta del lado de Mary para que saliera—. Es el cumpleaños de Berta. Ya verás, es una mujer fascinante.

La tomó de la mano para que se apoyase en él mientras descendía del coche. Mary sintió cierto temblor al aceptar el gesto de James. Incluso a través de los guantes notaba el calor que desprendían las manos del doctor y se sintió azorada. Sus miradas se cruzaron un instante y él sonrió, multiplicando el desconcierto de la muchacha. Se sentía envuelta en contradictorios sentimientos cuando estaba al lado de James Payne. La ausencia de John, el no haberlo visto nunca en persona, contribuía a confundirla aún más. En su fuero interno deseaba que James hubiera sido el hombre elegido por su padre. Vivir con más estrecheces, con los honorarios de un médico, no sería un problema si fuera su esposo. La hacía sentir especial e importante, la trataba con cariño y respeto, y era tan atractivo que tenía que regañarse por fantasear con una idea que, no sabía cuándo, había empezado a tomar forma en su cabeza.

La idea de que John no regresase jamás de América.

Cuando una doncella abrió la puerta, Sabine ya estaba a su lado. Permanecía silenciosa, como le había pedido Mary. Enseguida, la muchacha de servicio los condujo al salón de la casa. Aunque no le pareció mucho más grande que la casa de John, Mary notó que la de los Harris era un verdadero hogar. Una suave melodía, procedente de un gramófono, contribuía a la calidez del ambiente de la que también se encargaban la chimenea encendida y el murmullo de voces que se oía de fondo. La luz de una enorme lámpara eléctrica iluminaba la estancia, donde charlaban animados el resto de invitados. Mary recordó lo mucho que echaba de menos un cálido ambiente familiar. Cierto era que las niñas y Abigail atenuaban la soledad en Londres, pero seguía extrañando su antiguo modo de vida, mucho más parecido al que emanaba esa casa que la de John. La muchacha les pidió sus abrigos y, enseguida, Berta Harris se acercó a ellos.

—¡James, querido! Os estábamos esperando. ¿Esta debe ser Mary, de la que tanto nos has hablado?

—Sí, es ella —dijo James, mirándola sin dejar de sonreír—. Nos acompaña también Sabine, su… dama de compañía.

Berta era bastante más alta que Mary y cada uno de sus gestos transmitía elegancia. Vestía un traje de satén en tono crudo que le sentaba de maravilla y dejaba entrever un cuerpo apetecible a pesar de que Mary calculó que sería incluso mayor que su madre. Se sintió a su lado alguien sin la más mínima sofisticación. El vestido azul que se había puesto, de pronto se le antojó inapropiado y anticuado. Berta, quien parecía no estar tan pendiente del aspecto de su invitada, miró a Sabine, sorprendida por el hecho de que Mary se hiciera acompañar por una criatura tan joven. Le sonrió, a lo que esta contestó ruborizándose y bajando la mirada. Enseguida se volvió hacia Mary.

—Mary Lowell —dijo Berta—, es un honor tenerte en mi casa.

—Encantada —contestó ella, turbada por la familiaridad que le había imprimido con sus palabras Berta Harris al trato, cuando se acababan de conocer.

—Me ha dicho James que eres la esposa de John Lowell.

—Así es.

—Sus padres eran muy agradables. Los recuerdo con cariño.

Mary no supo qué contestar, lo que menos esperaba era que los Harris fueran conocidos de sus suegros. A pesar de la sorpresa que le produjo el comentario de Berta, no perdió un instante la sonrisa. Ni siquiera sabía el aspecto físico de su esposo ni mucho menos le habían hablado de sus padres, así que sonreír y dejar que fuera la señora Harris la que continuase hablando se le antojó la solución más inteligente para salir del primer aprieto.

—Venid conmigo. Mary, voy a presentarte al resto de invitados. —Berta la agarró del brazo, iniciando la marcha hasta el centro del salón.

—Disculpe, señora Harris… —Mary frenó a Berta.

—Berta, llámame Berta. Y olvídate de los formalismos, Mary, esta es una reunión de amigos.

—Disculpe, Berta. He olvidado felicitarla… felicitarte por tu cumpleaños —rectificó, algo azorada.

—Muchas gracias. Cumplir años a mi edad ya no es motivo de alegría, sino más bien una heroicidad —emitió una sincera carcajada antes de continuar hablando—. Ven, te voy a presentar a mi esposo. Robert, esta es Mary Lowell.

—Encantado, señora Lowell —contestó el doctor Harris, un hombre fornido que debía estar en la cincuentena y que no se conservaba tan bien como su esposa—. Es un placer contar con su presencia.

—¡Robert! —gruñó Berta—. La acabo de regañar por hablar de manera tan formal, así que no me vengas tú con lo mismo.

Mary es muy joven para andarse con tantos miramientos. No te molesta, ¿verdad, querida?

—Claro que no —contestó ella. El trato tan cercano no le había incomodado, aunque sí le causó un enorme desconcierto.

—Así que eres amiga de nuestro doctor Payne —dijo Robert Harris.

—Así es.

—¿Y estás casada con el hijo de los Lowell? Recuerdo a su padre. Hacía los mejores sombreros de todo Londres. Aún conservo algunos. Me hizo uno de copa que es mi preferido, pero donde mostraba todo su arte era en los de mujer; Berta también tiene muchos. Le encantaba que le regalase uno por su cumpleaños, pero desde que cerraron la sombrerería he tenido que pensar en otro regalo. El de hoy no le ha hecho ninguna ilusión. ¿A ti te gustan también los sombreros que hacía tu suegro?

—Robert, ¿no se te ocurre nada más que hablarle de sombreros? —preguntó Berta.

—Llevas razón, querida, es momento de brindar por lo estupenda que estás —dijo el doctor—. Clarice, sirve una copa a nuestros invitados.

La doncella ofreció unas bebidas a James y Mary, y esta aprovechó para preguntarle si podría conducir a Sabine a la cocina. La niña solo había puesto una objeción para acompañarla, y era que no quería sentarse a la mesa de ningunos señores, pues no sabía cómo comportarse en esa situación. Mary le prometió que se las arreglaría para que pasara todo el tiempo con el servicio y en cuanto encontró ocasión la mandó a un lugar donde se sentiría más cómoda.

Cuando Mary y James se quedaron a solas este aprovechó para tranquilizarla. Había detectado su desasosiego cuando los Harris le hablaron de su esposo.

—No te preocupes, intentaré alejarte de las preguntas comprometidas. Sé... —dudó antes de continuar hablándole cerca del oído— que no sabes nada de John Lowell.

Se apartó un poco, retirando un mechón de pelo huido del recogido de Mary, mientras con la otra mano acariciaba distraído su brazo. La miró sin dejar de sonreír.

—Pero ¿cómo...? —preguntó, tan desconcertada con el comentario como con las sensaciones que le producía el leve roce en la piel de James.

—Abigail —respondió él.

—¿Qué te ha contado? —dijo ella, entre confusa y enfadada.

—Lo suficiente para que me dé cuenta de que no sabrás qué decir si te preguntan. Es una historia muy peculiar la tuya.

—¿Haberme casado con un hombre que no he elegido? —Mary habló muy seria.

—No. Quizá, al ser hija de un conde, te han enseñado que el matrimonio no une personas ni sentimientos, sino patrimonio. Una costumbre muy antigua, si quieres que te diga lo que opino. Lo curioso de tu caso es... que ni siquiera has visto a tu marido todavía, cuando ya hace unos meses que eres su esposa. No me digas que no es... extraño.

—Vendrá en unos días, para Navidad —se defendió ella.

—Tranquila, Mary, solo te estaba diciendo lo particular de tu situación. Una mujer atada por un matrimonio a un hombre que es invisible para ella. Créeme, a cualquiera le resultará por lo menos curioso.

—No sé si debería haber aceptado tu invitación, James. Ahora ya no me parece tan buena idea. Invisible o no para mí, como dices, John Lowell existe y es mi esposo. ¿Qué pensarán de mí al haber venido contigo?

Dejó la copa en una mesa y agarró la falda del vestido, subiéndola un poco, en un gesto que dio a entender a James que se quería marchar de allí. Se apresuró a retenerla, sujetándole con suavidad el brazo.

—Pensarán que eres una mujer maravillosa que está intentando ampliar su círculo social en Londres, nada más. Vamos, Mary, tranquila. La rigidez de modales en la que vivías en Almond Hill no existe entre el personal del St George. Ya has visto cómo te ha tratado Berta Harris.

—Sí, es una mujer tan amable como la señora Smith, salvando las distancias, claro. Abigail no es una señora, es la cocinera; me lo recuerda a cada rato.

Soltó el vestido, deshaciéndose de paso del contacto con la mano del doctor.

—La única distancia entre Abigail y Berta es el dinero del que disponen. Las dos son mujeres. Iguales —respondió James.

—Pero Abigail trabaja para personas como Berta. Trabaja para mi esposo.

—¿Eso la hace menos mujer? Los valores en los que te han educado empiezan a tambalearse, Mary. El mundo se mueve ahora a otro ritmo y creo que deberías empezar a abrir los ojos. Tu matrimonio te ha sacado del aislamiento en el que te encontrabas. Aprovecha para empaparte de la realidad que nos rodea. No es tan bonita ni tan perfecta como ese paraíso artificial en el que vivías, pero es posible que te acabes sintiendo más viva de lo que has estado hasta ahora.

—Almond Hill no es un paraíso artificial.

James se echó a reír.

—No me refería a Almond Hill, sino a todas las convenciones sociales que te rodeaban. No solo las mujeres son iguales entre ellas, además están luchando ya por ser consideradas iguales a los hombres. Quieren tener un papel en la sociedad y llevan años peleando para que les sea otorgado el derecho a tener voz propia. Y no dudan en hacer lo que sea para que las escuchen.

Mary recordó algo que había leído en el periódico que llegaba a Almond Hill procedente de la parroquia.

—Oh, he oído hablar de eso. Leí que una mujer murió pisoteada por un caballo del rey Jorge en el hipódromo de Epsom la pasada primavera, cuando se arrojó a la pista en plena carrera. ¿Por qué se arrojaría debajo del caballo para pedir el voto? No lo entiendo.

—No fue eso lo que sucedió —dijo James—. Estaba intentando poner un banderín para que todo el mundo lo leyera y erró el cálculo. Cayó y entonces fue cuando el caballo la golpeó.

—Tuvo que ser horrible.

—Lo fue. Robert Harris estaba allí. Intentó socorrerla, pero las lesiones eran demasiado graves. La llevaron al hospital de Epsom y, aunque sobrevivió, al cabo de los días acabó muriendo. Emily Davison, que es como se llamaba, era una luchadora, una de las mujeres que con más ahínco peleó por esta causa. Le importaba muy poco acabar presa con tal de que se escuchara su voz, esa que no paraba de pedir el derecho a votar para las mujeres. De hecho, lo estuvo, incluso inició una huelga de hambre.

—¿Y de qué sirve no comer? —preguntó Mary. Solo se le ocurría que se acabarían poniendo enfermas o muriendo.

—Es una manera de llamar la atención de la prensa.

—Una manera un poco estúpida —dijo Mary, convencida de

que poco se podía conseguir así—. ¿Conoces a muchas mujeres que hayan hecho eso?

—Unas cuantas —dijo James—. Y han pagado por ello, han sufrido represalias por defender su derecho al voto. Mary, esto es más importante de lo que crees.

—¿Votar? —preguntó. A ella no le interesaban las conversaciones sobre política que a veces mantenían su padre y Charles en la biblioteca. Solía marcharse cuando empezaban a hablar del Parlamento.

—Votar es solo el principio —apuntó James—. Lo importante es hacerse escuchar, tener voz propia en cualquier decisión que afecte a sus vidas. Dime, si hubieras podido opinar sobre tu boda con Lowell, ¿qué habrías decidido?

Mary calló unos instantes. Sabía la respuesta. Si hubiera tenido una mínima posibilidad de ser escuchada, habría luchado por defenderla, pero sabía que era inútil contradecir a su padre. Lo único que iba a conseguir era enfadarlo y al final tendría que casarse de todos modos con quien él decidiera. Sin embargo, las palabras que salieron de su boca estaban cargadas de sinceridad.

—Hubiera intentado parar la boda.

Los ojos se le enturbiaron ante la confesión, que hizo en un tono de voz muy bajo y agachando la mirada. Se avergonzaba hasta de pensarlo, una buena hija no contradecía las decisiones de su padre.

—A eso me refiero con decidir —James la ayudó a mirarle a los ojos elevando su barbilla con un dedo—. Podrías haber puesto encima de la mesa tu opinión y haberla hecho valer.

—No creo que hubiera sido capaz —confesó Mary, sin dejar de mirarle.

—¿De verdad crees que no? Todos los principios son difíciles, pero seguro que, en cuanto hubieras podido replicar, lo habrías hecho con energía. Era tu futuro, lo que vivirás en adelante, lo que se decidía cuando te casaron. Y, hasta donde yo sé, Mary, solo vivimos una vez. Deberíamos hacerlo de acuerdo con nosotros mismos.

Mary valoró las palabras de James mientras sus ojos no se separaban de los del médico. Si hubiera podido decidir… Si hubiera tenido la más mínima oportunidad de oponerse… Si tuviera derecho a ser escuchada… El pequeño discurso de Payne rebotaba en su cerebro, dinamitando algunas de sus convicciones. Se había conformado, pero tampoco pensó que existieran más opciones que obedecer a un padre autoritario como el suyo.

—Las personas que te quieren eligen lo mejor para ti. —Fue todo lo que se le ocurrió decir a ella.

—Eso espero. Sin embargo, con todos mis respetos, creo que deberías haber tenido al menos la opción de saber qué es lo que sientes con respecto a él.

Mary cogió la copa que había abandonado hacía un rato y bebió el contenido de golpe. Empezaban a sudarle las manos y una incomodidad que no lograba concretar se adueñó de su ser. Elecciones. Conveniencia. Decisiones. Obediencia. Eran tantas cosas las que planteaba James en unas pocas frases que le estaba costando mucho digerirlas. Necesitaba que le diera el aire o volver a la casa, pero todas las opciones pasaban por no separarse de él y no quería que se quedaran a solas y siguiera alimentando unas dudas que estaba segura de que habían estado siempre presentes, aunque hubiera intentado evitar hasta pensar en ello. Optó por volver al tema del que hablaban al principio. Quería desviar la conversación de su persona y recobrar algo de la tranquilidad con la que puso un pie en la casa de los Harris.

—Y esas mujeres, las que piden el voto, ¿siempre hacen cosas tan insensatas como lanzarse debajo de caballos en medio de una carrera?

—No, eso fue solo un accidente. Pero sí hacen cosas arriesgadas, no insensatas. Y no solo gritar o romper ventanas a pedradas. Algunas mujeres han ido a la cárcel por defender lo que creen justo, otras han muerto en manifestaciones, pero llegará un día en el que muchas más serán escuchadas.

—Tú estás de acuerdo con ellas y eres un hombre —afirmó, sorprendida.

—Sin ninguna duda, y todas las personas que están hoy aquí me consta que también. No es una reunión política, no te asustes, es un cumpleaños, pero apuesto lo que quieras a que el tema acaba saliendo al final de la velada. ¿Recuerdas que te hablé de mi esposa en el ferrocarril?

—Sí, me dijiste que murió.

—No te dije en realidad de qué, en ese momento no te conocía y no me pareció oportuno contártelo. Anne murió en una manifestación. Era una de ellas, una sufragista. Lo que me enamoró cuando la conocí fue esa energía que desprendía, lo convencida que estaba de sus ideas y la ilusión con la que luchaba por ellas. Incluso cuando estaba agonizando no dejaba de repetirme que solo era cuestión de tiempo que lo consiguieran, que las mujeres un día conseguirían el voto. Le prometí que continuaría su lucha y a eso y a la medicina es todo a lo que dedico mi vida desde entonces. Espero ser testigo de lo que ella quería lograr.

Mary no pudo evitar mirar con admiración al joven doctor Payne. La voz le había temblado al pronunciar el nombre de su esposa, pero se había vuelto firme de nuevo cuando hizo alusión a la causa que ella defendió incluso con su vida.

Berta se acercó a la pareja y continuó con las presentaciones. Emily Martin, la enfermera de Robert, fue la primera a la que conoció. Después a su esposo Brian y, a partir del tercer nombre, fue incapaz de recordar más. Lo que sí recordó fue que muchas de las mujeres que había en la sala habían acudido al cumpleaños sin compañía masculina.

Sábado, 6 de diciembre de 1913

Mary despertó en su cama con mucha sed. No estaba acostumbrada a tomar alcohol y, aunque había sido muy moderada, el champaña de la bienvenida y el vino de la cena le provocaron un ligero mareo durante la velada y la sensación matutina de resaca. Se incorporó en la cama e hizo el gesto de levantarse y tirar de la cuerda que conectaba con la cocina para que alguna de las niñas subiera a ayudarla a vestirse. Sin embargo, lo pensó mejor y volvió a acomodarse entre las mantas. Decidió tomarse un tiempo para despertar, rememorar la noche anterior con calma…

James había estado pendiente en todo momento de ella, presentándole a los invitados y salvándola en más de una ocasión de las preguntas incómodas sobre John. Por una parte, pensó que tenía ganas de que su esposo volviera de América, conocerlo de una buena vez para no tener que sentirse tan perdida siempre que se hablaba de él, pero sabía que, cuando sucediera, James Payne tendría que limitar mucho las visitas a la casa de los Lowell. No estaba segura de querer que eso ocurriera. En ese tiempo, James se había convertido en alguien importante para ella. No era solo la amabilidad del doctor y su atractivo innato lo que la tenía atrapada. Desde la noche anterior, cuando le confesó su compromiso con la causa sufragista, sentía por él una sincera admiración. Era un hombre. No tenía por qué luchar por los derechos de las mujeres y, aunque su esposa le hubiera transmitido sus ideas, bien podía haberlas abandonado y mantenerse en una situación más cómoda.

Pensó que ella, siendo mujer, jamás se había planteado ser escuchada, tal vez por la educación aristocrática y tradicional que había recibido. En ese mundo, las mujeres obedecían las órdenes de los hombres sin cuestionarlas y sin levantar la voz Las conversaciones que escuchó en casa de los Harris habían ido sembrando dudas en su ánimo. Eso y las palabras de James Payne cuando le preguntó si ella, en el caso de haber podido expresar su opinión, habría estado tan de acuerdo en aceptar el matrimonio con John.

Durante la noche, se enteró de que las enfermeras del St George allí presentes también pertenecían al movimiento que luchaba por los derechos de las mujeres y escucharlas empezó a dibujar en ella un mundo del que no era consciente. En la tranquilidad de Almond Hill, no leía la prensa y nada sabía de lo que estaba sucediendo a su alrededor. Se inquietó cuando varios de los comensales empezaron a pronunciar la palabra «guerra». Había en el ambiente una intranquilidad por los acontecimientos que se sucedían en las colonias, por los constantes roces entre Francia y Alemania, incluso con su propio país por intereses en los lugares conquistados, y más de un invitado estaba seguro de que el estallido de un conflicto de proporciones nunca vistas estaba a la vuelta de la esquina. Era *vox populi* que los alemanes, con el káiser Guillermo II a la cabeza, estaban obsesionados por la irrelevancia de las posesiones coloniales de su país y que este no tenía el carácter del canciller Bismark, que había buscado siempre el equilibrio diplomático. Alemania, en esos momentos, parecía tener intenciones amenazadoras que algunos países como el Reino Unido no estaban dispuestos a obviar. El ambiente se enrarecía por momentos y casi todos pensaban que aquello no acabaría bien.

Ante su desasosiego, buscó con la mirada a James para que le transmitiera cierta tranquilidad, y este lo hizo apretándole con suavidad la mano que había posado sobre la mesa. El gesto amable, sin embargo, desencadenó una reacción de inquietud más profunda en Mary Lowell. Durante los breves instantes en los que el doctor rozó su mano, la guerra, la amenaza de Alemania y la causa sufragista se retiraron a un segundo plano. No quedó espacio para pensar, sino para sentir la calidez de los dedos de James, que se permitieron un sutil recorrido por el reverso de su mano. Estaba segura de que el rubor había acudido a su cara, aunque trató de ocultarlo mirando al plato y desembarazándose de la mano de Payne.

—¿Estás bien, Mary? —le preguntó él, obligándola a mirarlo.

—Sí. Creo que es el vino y el calor que hace aquí. No estoy acostumbrada.

Pero sabía que estaba fingiendo, que no era el calor de la sala sino otro que procedía de su interior y que se multiplicó cuando sus ojos tropezaron con los azules del apuesto médico. Ambos se miraron durante unos momentos, hasta que la señora Harris interrumpió el instante con la propuesta de un brindis.

En ese momento, al recordarlo en su cama, Mary se sentía algo más que confusa. Nunca se había enamorado y no podía estar segura de que aquello que crecía en su interior fuera el amor sobre el que había leído en las novelas que le servían de pasatiempo. Y si, como lo parecía, lo era, empezaba a tener un problema.

John Lowell regresaría desde Boston en pocos días y tendría que cumplir con sus deberes de esposa.

Domingo, 7 de diciembre de 1913

John Lowell conoció a Felicia White en un restaurante al poco de llegar a Boston. Lo primero que le llamó la atención de ella fue la naturalidad con la que exhibía su extraordinaria belleza. Su pálida y cremosa piel se dejaba ver sin pudor enmarcada en un escote generoso para la decorosa moda del momento. Su risa franca, unida a una dentadura milimétricamente ordenada, le dejó clavado al suelo del local en cuanto la vio y le costó reaccionar cuando se la presentó Austin Barclay, el hombre que le había proporcionado los primeros contactos para iniciar sus negocios en Boston.

—John, te presento a Felicia White. Felicia, este es John Lowell, el hombre que te dije que está interesado en tu edificio.

—Encantada —dijo ella con un suave tono de voz, y le ofreció su mano al tiempo que clavaba su mirada en los ojos de John.

—Lo mismo digo —contestó él, demorándose un poco en soltarle la mano.

Felicia, que aún no había cumplido los treinta, era la viuda de Conrad White y propietaria de uno de los mejores edificios en el centro, y Austin pensó que era el lugar perfecto para poner en marcha la idea de John de abrir unos almacenes en Boston. Ambos se unieron a su mesa para negociar las condiciones de la venta en una cena informal. Felicia se movía con seguridad mientras charlaba y John pasó la noche absorto en su ondulada melena pelirroja peinada en un ingenioso recogido, en sus enormes ojos castaños y en la tentadora fragancia que desprendía. Estaba seguro de que ese día, si hubiera querido venderle el infierno, él lo habría comprado sin regatearle una sola moneda.

Sin embargo, no fue eso lo que más le cautivó. Fue la resolución con la que Felicia le plantó encima de la mesa las condiciones del trato. Se presentó ante él como una mujer segura de lo que hacía, sin amilanarse por las miradas reprobatorias de las señoras que ocupaban otras mesas del restaurante al ver la lascivia con la que se la comían los ojos de sus maridos.

Esa noche no solo fue la primera de sus negocios, sino de muchas que compartieron de manera más íntima. John, fascinado por la nula importancia que ella daba a los comentarios que pudieran hacer los demás sobre su vida privada, acabó buscándola y Felicia hizo lo propio con aquel atractivo inglés. John le gustó desde el primer instante, sentía que lo que se había ido forjando entre ellos era lo más parecido a disfrutar, muy lejos de su anterior encorsetada vida de mujer casada.

Aquel domingo de noviembre, como tantos otros, Felicia y John habían pasado la noche juntos en la casa de este, gozando de unas horas de sexo apasionado. A primera hora de la mañana, cuando él seguía descansando, una de las sirvientas de Felicia se acercó a casa de John con un recado para ella, que recibió impertérrita en la entrada. Decidió no despertarlo, ya se lo contaría en el desayuno. Así lo hizo una hora después, mientras los dos compartían un café en el salón de la casa del empresario.

—John, querido, he estado pensando.

—Me alegro, Felicia —dijo, divertido—. Pensar siempre es bueno.

—¡No te burles! ¿Podrías acompañarme a un sitio?

—¿Adónde?

—Me gustaría que me acompañases al viejo cementerio.

—¿Ha muerto alguien?

Felicia suspiró, con una resignación parecida al cansancio.

—Oliver Jasper White.

La mención del nombre en boca de Felicia alertó a John. Había escuchado que el viejo Oliver estaba enfermo, pero no sabía que fuera tan grave.

—¿Estás segura? —preguntó.

Felicia asintió en silencio. Su rostro no expresaba ninguna emoción parecida a la tristeza. John no esperaba que quisiera acudir al entierro de aquel hombre que había sido en el pasado alcalde de Boston.

—Por supuesto que iré, era mi suegro. No creo que deba faltar a la ceremonia…

Durante unos instantes John miró a Felicia, captando la ironía de sus palabras. La relación con la familia de su marido era pésima, por eso le extrañó tanto que quisiera acudir al funeral, y más sabiendo que nadie en la ciudad desconocía que ellos eran amantes, que le pidiera que la acompañase.

—Felicia, no es buena idea. Incluso creo que es mejor que tú tampoco vayas.

—Te aseguro que es necesario para mí. Tengo algo que solucionar con mi suegra.

John se alarmó, debía pensar algo rápido para frenar las intenciones de Felicia. Por su rostro, crispado y tenso, sabía que lo que fuera no acabaría precisamente en besos de cortesía. Cuando él llevase a cabo todo lo que tenía pendiente en Inglaterra, acompañaría a Felicia al infierno si se lo pedía, pero mientras tanto no le convenía implicarse en un escándalo. Oliver Jasper White era un personaje demasiado conocido en Boston como para que el asunto pasara desapercibido y los ecos del que sospechaba que acabaría montando el impetuoso carácter de Felicia podrían llegar al mismo Londres.

—No creo que sea el momento de solucionar nada.

—¿Y por qué no?

—Es un entierro, Felicia.

—¡Vaya! —dijo ella, enfadada—. Pensaba que éramos amigos y podría contar contigo para las cosas importantes. Esta es importante.

—Felicia, sabes que somos amigos, pero acompañarte a que le montes un escándalo a la esposa de White en pleno funeral no sé si le viene bien a la reputación de mis almacenes.

—¿Y qué sugieres? ¿Que lo deje correr? ¿Me has preguntado acaso de qué te estoy hablando, qué es lo que pasa para que quiera ir allí?

—No, no sé qué pasa, solo sé que es una locura.

Felicia bufó.

—Mi encantadora y educada suegra ha mandado decirme que puedo empezar a mudarme de mi casa esta misma mañana. Oliver le había impedido echarme, pero ya no hay nadie que lo haga. Seguro que estaría feliz de recibirme mañana mismo, si voy a verla —dijo con sarcasmo—. ¡Ni siquiera me abriría la puerta de su casa, que es lo que ha estado haciendo desde que mi marido murió! ¿Por qué crees que te vendí el edificio de los almacenes? Hasta ese momento había vivido de nuestros ahorros, pero se acababan y tuve que hacerlo. Conrad tenía más propiedades, pero en cuanto se enteró esa maldita mujer de que empezaba a deshacerme de ellas se las arregló para que yo no pudiera hacer nada. La casa donde vivo sigue siendo suya. Si no hubiera sido por Oliver, que ha estado frenándola, llevaría años en la calle. Pero, ya ves, acaba de morir y su primera decisión no es elegir un traje con el que enterrarlo, sino echarme. ¿Crees que me voy a quedar de brazos cruzados?

John entendió sus razones, pero también estaba seguro de que no era el mejor momento para dejarse llevar. La rabia que sentía Felicia se aplacaría con los días y sería capaz de pensar con más claridad. Un escándalo no haría nada más que empeorar la precaria situación en la que se quedaba.

—Puedes ocupar mi casa el tiempo que quieras y tengo trabajo para ti en los almacenes, podrás empezar de cero —le sugirió—. Estoy dispuesto a ayudarte a que hagas fortuna por tu cuenta. Entonces podrás reclamar lo que te pertenece desde una posición mejor.

Felicia resopló.

—Fui la esposa educada, recatada y perfecta que Conrad quería, pero, en cuanto murió, mi suegra se dedicó a propagar toda clase de rumores sobre mí. No sabes el daño que puede hacer una suegra iracunda cuando su hijo no escoge a la mujer que ella hubiera deseado. Un día me cansé de ser el blanco de sus malintencionadas palabras, de llorar de rabia por sus mentiras y decidí que, ya que no podía hacer otra cosa, las haría realidad. Una reputación intachable se pierde en un día, solo hace falta un malicioso comentario; una como la que he cultivado yo no hay vida ni dinero que la reponga.

—Siempre se puede hacer algo para barnizar tu biografía.

—¿Seguro? —dijo ella, en un tono enfadado—. ¿Te casarías conmigo? Porque no se me ocurre otra manera de darle lustre a mi vida sino poniendo encima de la mesa un montón de dinero y de paso un nuevo apellido. ¿Quieres hacerlo tú?

John se tensó al instante. Felicia no debía enterarse de que él ya estaba casado desde el verano, era un secreto que necesitaba mantener. No quería que se corriera la voz y se frustrasen sus planes. Ahora estaba muy cerca de asestar a Richard Davenport el golpe que merecía y no estaba dispuesto a renunciar a lo que ya había conseguido. Tenía al conde atado a él económicamente, podría dejarlo sin Almond Hill, pero le importaba mucho más el daño que haría a su honor. Debía esperar el momento, aunque eso supusiera llevarse por delante a su hija, con la que también estaba resentido.

—No creo que sea oportuno —contestó seco.

—Claro —dijo ella con amargura—, tú necesitas una esposa honesta y perfecta, no alguien como yo, ¿verdad? Yo solo sirvo como amante.

—Claro que no.

—¡Eres igual que todos! ¡Igual que mi suegra! Olvídate de lo que te he dicho. No hace falta que me acompañes, ya me las arreglaré yo sola—dijo, levantándose tan rápido de la mesa que derramó el café que aún no había terminado.

A John le revolvió el estómago que lo acusara de aquella forma, pero no podía contarle la verdad. La gélida mirada que le dedicó Felicia era la primera vez que se interponía entre los dos.

—No es eso, es que no quiero casarme. Yo también tengo mis razones para hacer lo que hago, igual que tú.

—¿Pasa algo que yo no sepa? —preguntó ella, sorprendida por la gravedad de su tono.

—¡No pasa nada, pero no vuelvas a mencionar el matrimonio! —dijo él, alzando la voz.
—¿¡Me estás gritando!?
—Lo siento —dijo John, tratando de serenarse. Se había puesto demasiado nervioso—. No puedo arriesgar todo lo que he conseguido, lo siento.

La sola idea de que algo diera al traste con su venganza hacia Davenport le había puesto en guardia y lo peor fue constatar que le importaba mucho más eso que la misma Felicia. Salió del salón más que enfadado consigo mismo. Necesitaba quemar la rabia que ardía dentro de él, la frustración que le provocaba haber sido incapaz de contenerse. Se disponía a abrir la puerta de la calle cuando sintió tras él la voz de Felicia.

—Si no quieres venir al cementerio, no vengas, pero al menos no me digas lo que tengo que hacer.
—¡Ya está bien! Vamos a dejarlo. —Intentó sonar sereno.
—No, no vamos a dejar esta conversación a medias. No quiero casarme, John, ni por lo más remoto, pero explícame por qué te has puesto tan furioso solo con mencionarlo.
—Felicia, de verdad. No quiero hablar de ello. Y hazme un favor. Si quieres seguir conmigo, olvídate de la palabra «matrimonio». No entra en el trato.
—¿De qué trato hablas? ¡Nunca hemos hecho un trato! —gritó Felicia.

John cogió su abrigo y su sombrero y salió a la calle furioso, camino de los almacenes. Ese día no abrían, pero se encerraría en la oficina para serenarse. Antes de atravesar la entrada, pudo escuchar las voces de ella, gritando tan fuerte que temió que algunos vecinos curiosos salieran de sus casas para ver lo que sucedía.

—¡Escúchame bien, idiota! No esperes encontrarme cuando vuelvas.

Cerró la puerta con escasa suavidad.

Domingo, 7 de diciembre de 1913

Almond Hill languidecía entre una espesa niebla. Hacía días que llovía con intensidad y, cuando las nubes parecían dar una tregua, la bruma cubría el paisaje, ocultando su belleza. Elisabeth

Davenport pasaba la mañana volviendo loca a la señora Durrell, que había acudido a su habitación a atender su última ocurrencia. Quería que sacara de los baúles del sótano la ropa que habían usado sus hermanos y ella para saber qué podría serle útil para el bebé. La señora Durrell sabía que esos baúles estaban bajo montones de trastos que tardaría días en retirar y no tenía intención de perder su tiempo ese domingo.

—Señora —dijo el ama de llaves—, no sabemos si será niño o niña, creo que lo sensato sería esperar un poco. Faltan meses para que nazca esa criatura.

Trataba de darle una excusa convincente para que la dejase volver a la cocina, donde tenía aún que organizar las tareas del día.

—Pero quiero tenerlo todo listo —protestó Elisabeth.

—Y lo tendrá, no le quepa duda, pero ahora no es el momento. Deje que me ocupe más delante de la canastilla del bebé y usted… usted pase el tiempo como pueda. Yo tengo muchas cosas que hacer en la casa.

Hizo amago de salir de la habitación, pero la joven señora la retuvo agarrándola del brazo y mirándola suplicante.

—Es que no sé qué hacer desde que Mary no está —gimió Elisabeth, zalamera—. Papá y Charles se encierran horas en la biblioteca y no me dejan entrar. ¡Estoy muy aburrida!

—¿Y qué quiere que haga yo? Busque algo con lo que entretenerse. No sé… invite a alguien a pasar unos días. Quizá podría escribir a Mary para que pase las navidades con nosotros.

La señora Durrell extrañaba a la pequeña de los Davenport. Desde que se había marchado no había tenido apenas noticias de ella. Solo una carta, que la propia Mary le hizo llegar de manera personal para decirle que se encontraba bien en Londres. Sin embargo, ella, que la conocía mejor que nadie en esa casa, intuía que sus palabras reflejaban más lo que quería que fuera verdad que la realidad.

—Me da mucha pereza escribir —dijo Elisabeth—. Charles me dijo que está bien, que vive en una casa modesta y que tiene un servicio nefasto, pero que parecía feliz. Y tiene conocidos que la visitan. Al menos uno. El día que estuvo en Londres conoció a un doctor que compartió cena con ellos.

—¿Un médico? ¿Ha estado enferma? —preguntó la señora Durrell, preocupada.

—Oh, nada importante. Un resfriado, pero el doctor y Mary coincidieron en el ferrocarril que la llevó a Londres y la noche que estuvo Charles había ido a interesarse por su estado. ¿Sabe una cosa? —le dijo en tono de confidencia al ama de llaves—. Creo que a Charles no le gustó ese médico.

—¿Y por qué no?

—Demasiado joven y demasiado apuesto para visitar a una mujer casada, eso es lo que me dijo. Yo me eché a reír, si hay alguien serio y formal en este mundo es Mary. Seguro que Charles exagera.

El ama de llaves valoró las palabras de Elisabeth. Se había dado cuenta de que el joven Charles siempre había puesto más interés en Mary que en Elisabeth y fue la primera sorprendida de que el conde decidiera casarlo con su hija mayor. Lo que para Elisabeth era estar exagerando, a ella se le antojaban más bien unos celos bastante mal disimulados, pero se abstuvo de hacer ni un solo comentario. Las cosas de los señores no eran asunto suyo. Su trabajo incluía volverse sorda, muda y ciega cuando era necesario y aquella era una de esas situaciones.

La puerta de la habitación de Elisabeth se abrió y Charles Davenport entró en ella. Le pidió a la señora Durrell que se retirase y llamara a Martin para que le ayudara a cambiarse de ropa. Richard y él habían decidido salir a montar esa mañana.

—¿Puedo ir? —preguntó Elisabeth.

—¿En tu estado? ¿Estás loca? Los caballos se han acabado para ti, al menos en una larga temporada —contestó su esposo, casi sin mirarla.

—¡Pero me aburro mucho!

—Cose o lee. Mary lo tenía como algo muy entretenido, no la vi quejarse de aburrimiento nunca —respondió él, ignorando las protestas de su esposa.

—Mary y yo no nos parecemos en nada —gruñó Elisabeth.

—Eso es cierto, querida —respondió Charles—. Ella es mucho más interesante que tú.

Elisabeth miró enfurecida a su esposo. No podía creer que le hubiera dedicado unas palabras tan poco amables.

—¿Qué acabas de decir? —gritó, furiosa.

—Lo que has oído —dijo sin levantar la voz—. Eres un fastidio, Elisabeth, siempre quejándote por todo cuando nada te falta.

—¿Y qué tiene que ver Mary en eso?

—Veamos —dijo él, mientras terminaba de desabrocharse la camisa, mirándola a través de un espejo—, es más inteligente, más decidida y tiene mejor conversación. Ah, y es mucho más guapa.

—Eres un idiota, Charles. ¡Un completo idiota! —gritó, golpeándole con la mano en el brazo. Él se giró furioso.

—¡Un idiota al que debes respeto porque es tu esposo! —dijo él, elevando la voz.

—Le diré a papá lo que me has dicho. —Elisabeth se estaba enervando y se lo hizo ver a su marido, lanzándole una mirada desafiante.

—Él no tiene nada que decir a esto, Elisabeth. Ahora el hombre que rige tu vida no es él sino yo.

—¿Y eso te da derecho a humillarme?

—Me da derecho a todo contigo. A todo lo que me apetezca —gruñó.

—No voy a hacer lo que quieras —contestó ella.

—Ah, ¿no? —preguntó él, volviéndose y mirándola amenazador—. Harás lo que yo quiera, cuando quiera. —Avanzó hacia ella, retándola—. Y no te vuelvas a atrever a faltarme al respeto o a levantarme la voz, ¿has entendido?

—Charles, ¿qué estás diciendo? ¿Has perdido la cabeza?

—¡No vas contradecirme!

El futuro conde de Barton no estaba de humor esa mañana para las constantes tonterías de su joven esposa. Agarró a Elisabeth por los brazos y la empujó hasta que esta quedó tendida encima de la cama. Después se echó encima de ella y le aprisionó las manos por encima de la cabeza, impidiendo que se moviera. Hundió furioso la cabeza en su cuello y le susurró con rabia cerca del oído:

—Te aseguro que sería mucho más placentero este momento si no fueras tú, sino tu hermana.

—Charles, me haces daño —gimoteó Elisabeth, incapaz de procesar todas las emociones que estaba sintiendo en esos momentos. Él nunca había sido demasiado cariñoso con ella, pero siempre había mostrado respeto y la había tratado bien—. ¡Suéltame!

—Deja de quejarte, Mary.

A Elisabeth le dolió el escuchar en boca de Charles el nombre de su hermana. No entendía que se hubiera puesto tan violento solo por pedirle que les dejara acompañarlos en un paseo a caballo y mucho menos que hubiera mezclado a Mary en la conversación. La humillación estaba siendo doble.

—Charles, déjame, por favor —suplicó, mientras trataba de salir de debajo de su cuerpo.

El joven Davenport no estaba dispuesto a ceder. Con la mano izquierda sujetó las dos de Elisabeth por encima de la cabeza y la derecha la usó para desabrocharse el pantalón. Los gemidos de Elisabeth, que era incapaz de gritar, bloqueada por el desconcierto, no le amilanaron en absoluto. Ni siquiera el estado de su esposa le frenó. Llevaba días enfadado, desde que volviera de Londres. Allí había comprobado que Mary no era tan infeliz como la imaginaba, sino que había sido capaz hasta de entablar amistad con el tal doctor Payne. Pero no era la amistad lo que le sacaba de sus casillas, sino el hecho de darse cuenta de que Mary y ese tipo tenían una complicidad que él nunca había logrado con su prima. La ira acumulada estalló con Elisabeth. La batalla entre el matrimonio se vio interrumpida cuando sonaron dos toques en la puerta de la habitación, se abrió y la señora Durrell hizo amago de entrar, aunque frenó en seco al observar la escena.

—Lo siento, vuelvo en otro momento —se disculpó.

—No, está bien —dijo Charles, soltando a su esposa—. Ya me iba.

Pero fue Elisabeth la que salió llorando de la habitación. No entendía qué le podía haber pasado a Charles, qué le había puesto tan furioso como para que se comportase de aquel modo con ella. Si el ama de llaves no hubiera entrado, quién sabía hasta dónde habría estado dispuesto a llegar. Elisabeth se encerró en el cuarto de Mary y allí permaneció hasta que se tranquilizó. Entonces, con la calma, llegó el eco de la voz de Charles, sus palabras: «Te aseguro que sería mucho más placentero este momento si no fueras tú, sino tu hermana». ¿Qué estaba ocurriendo? ¿Por qué se había casado con ella si a quien deseaba era a Mary? No se le había pasado por la cabeza cuestionar a su padre cuando decidió que ambas contrajeran nupcias en tan corto espacio de tiempo, pero ahora una idea se hacía hueco en sus pensamientos. Quizá Charles, al enterarse de que Richard había aceptado una petición de matrimonio para Mary Ellen, había convencido a su padre para casarse con ella por alguna razón que ni siquiera había pasado antes por su cabeza.

Se sentó agitada en la cama. En algún momento pensó que su hermana había tenido mala suerte, que su padre la había obligado a aceptar un matrimonio desigual y sin sentimientos, pero se daba cuenta ahora de que ella estaba en peor situación. Era una estúpida que se había creído los galanteos de su primo. Posó una mano en su vientre y cerró los ojos. La felicidad que había sentido hacía unas semanas, cuando supo de su estado, le cayó encima como una pesada losa.

Respiró, se secó los ojos y se puso en pie. Alisó la falda de su vestido y salió de la habitación. Pasase lo que pasase en realidad, no iba a dejar que nadie la viera así. Ella era una señora, la futura condesa de Barton, y tenía que comportarse como tal. Y era lo que iba a tratar de hacer a partir de ese momento.

Domingo, 7 de diciembre de 1913

Los caballos esperaban ensillados en la entrada. De sus hocicos emergían nubes de vapor, pero no parecían sentirse molestos por el frío. Richard y Charles salieron abrigados, cargados con sus escopetas de caza, mientras varios perros correteaban nerviosos entre las piernas del mozo que los había sacado de la cuadra. Parecían mucho más excitados que los hombres ante la excursión.

—Quizá sea un poco tarde para encontrar buenas piezas —dijo el conde de Barton—. Deberíamos haber madrugado un poco.

—No hará falta —respondió Charles.

Antes de que su suegro pudiera añadir una sola palabra despidió al sirviente, diciéndole que no le iban a necesitar, que los dos cabalgarían solos y se harían cargo de los perros. El hombre, obediente, bajó la cabeza y desapareció de su vista.

—¿Vamos solos a cazar? —preguntó el conde.

—No vamos a cazar, tenemos que hablar, tío.

Al llegar al almendro, Charles frenó su caballo y desmontó. Su suegro le imitó.

—¿Qué es eso tan importante para tener que tratarlo aquí?

—Es mejor así, no necesitamos oídos incómodos.

—Tú dirás, Charles.

—Necesitamos más dinero, tío. No creo que tarde mucho en estallar la guerra y nuestra participación en el negocio resulta ridícula comparada con la que están haciendo los demás inversores. Me están presionando. En la visita a Londres me exigieron más dinero si no queremos quedarnos fuera y perder todo lo que hemos invertido hasta ahora.

—¿No les habrás hablado de mí?

—Tranquilo, ellos piensan que en esto estoy solo, su reputación está a salvo.

—Pero yo no puedo aportar más. Hemos tenido suerte de que el banco haya prorrogado el tiempo para devolver el crédito que pedí —le dijo Richard.

—Sí puede, le queda la asignación de Mary. Su marido se la cedió para que la administrase. Utilícela.

—No le envío a Mary todo el dinero que le manda su esposo. Te estoy diciendo que empleo las pocas rentas que me siguen pagando para saldar las deudas y gran parte de ese dinero de Mary para este negocio. Incluso he despedido a varios de los trabajadores y al jardinero, con la excusa de que en invierno no los necesitamos, pero la verdad es que no llego a afrontar todos los pagos.

—No le envíe nada a ella —respondió Charles con frialdad.

—¡Pero si hiciera eso, en cuanto se enterase Lowell se pondría furioso y perderíamos el control del dinero! ¿Cómo pagaría entonces el crédito y cómo seguiríamos en este negocio? No puedo, Charles.

—Dele largas si pide explicaciones. Siempre se pueden perder unos envíos... —sugirió—. Además, ese tipo no está. Trate el asunto con Mary y convénzala de que lo arreglará usted, que no es necesario que se lo cuente a su esposo.

—No, no puedo hacerlo. Estaríamos perdidos sin ese capital. Y no solo yo, es Almond Hill lo que está en juego, tu herencia. No puedo dejar de pagar y menos ahora que he tenido la suerte de que me amplíen el plazo.

—No creo que Mary tenga problemas, ya se las arreglará su esposo para que no le falte de nada y tenemos tiempo aún para pagar las deudas.

El conde se quedó pensativo. Era cierto que si querían obtener algo en el negocio en el que se habían embarcado, si querían que los beneficios fueran suculentos, la cantidad que necesitaban para la inversión tendría que ser mayor, pero él no podía hacer más. Había tenido mucha suerte con que el banco aceptase prorrogar la hipoteca un tiempo y no era cuestión de tentar al diablo. Además, estaba su hija. Desde que se marchó a Londres había evitado comunicarse con ella, eludió las visitas porque no sabía cómo enfrentarla cuando le hablase del problema económico que tenía. Debería estar muy sereno para ser capaz de mantener el tipo y eso era algo que ya no conseguía. Si no bebía, le carcomía la inquietud y perdía los nervios a la mínima, y si lo hacía para tranquilizarse no estaba seguro de ser capaz de contener la lengua. Sería mejor que continuase sin verla, al menos hasta que todo aquel asunto se solucionase.

—Me temo que no tendré ya acceso a ese dinero, Charles. Lowell habló de volver en Navidad, no habrá más envíos para Mary. Hemos tenido suerte de que se hayan producido estos y me haya dejado su control. Estoy intentándolo todo para aguantar seis meses más. Solo se me ocurre que, de volver a verme con las manos vacías, pueda ofrecerle participar en la inversión que hemos hecho.

—No tenemos seis meses, tío. Le estoy diciendo que es ahora o nunca. Y pienso que no necesitamos a ese don nadie metido en nuestros asuntos. A su dinero, sí, pero a él no.

Lunes, 8 de diciembre de 1913

La residencia de los Lowell en Londres se preparaba para la Navidad, que coincidiría con la llegada de John. Abigail les había indicado a las niñas dónde encontrar los adornos que la anterior señora Lowell utilizaba para esas fechas y juntas los habían ido colocando. Mary, entusiasmada por poder decidir por primera vez en su vida sobre la decoración de la casa, se afanaba en que todo quedase perfecto.

—¿Cree que su hijo Peter podría conseguirnos un árbol, Abigail? —preguntó Mary, mientras revisaba unos preciosos lazos dorados.

—Seguro que sí, pero cuesta dinero y tengo que darle una mala noticia, señora. Estamos a día ocho y he hablado con el abogado del señor Lowell. No tiene nada para usted.

—¿Cómo que no? —preguntó Mary, preocupada.

—No, dice que el señor decidió que sea su padre el que se

encargue de su dinero, y que en adelante debería ser él quien se lo envíe. Pero ya está tardando mucho.

—¿Por qué habrá hecho eso John? Mi padre no está en Londres, es complicado que sea él el administrador. Mucho más que el señor Stockman. ¿Acaso mi marido ha despedido a su abogado?

—No, no lo ha hecho, eso me consta, y tampoco sé por qué ha decidido que ya no maneje sus finanzas, pero ya no queda nada, ni siquiera sé qué comeremos cuando se acabe lo que hay en la despensa. Necesitamos dinero con urgencia.

Mary se quedó pensativa. Desde que acudiera a la fiesta con James se había dado cuenta de lo mucho que dependía de los demás. Todo, hasta ese momento, lo había tenido con poner la mano y, solo desde que estaba en Londres, era consciente de que el dinero no caía del cielo, que había que administrarlo con mucho tiento si no quería verse sin un solo chelín en los bolsillos a día ocho. En situaciones como la que se había presentado, no solo ella pagaría las consecuencias, también lo harían las gemelas. Ya no era que no pudiera pagarles su salario, sino que, si no encontraba pronto solución, acabarían pasando hambre. Tenía que pensar en algo que las sacase del apuro a todas. Después de unos minutos de silencio, decidió plantearle una idea que acababa de tener a la señora Smith.

—Escribiré a mi padre, aunque eso no evitará que estemos unos días sin dinero, Abigail. Pero quizá…

—¿En qué está pensando? —preguntó la cocinera.

—¿Cree que podríamos vender algo?

—No sé a qué se refiere. No creo que al señor le haga mucha gracia volver y encontrarse con que se ha deshecho de objetos de la casa de sus padres, señora. Yo no me arriesgaría —contestó con sensatez la cocinera.

—Puede que no me esté refiriendo a las cosas de John, sino a las mías.

—¿Y qué quiere vender? ¿Sus sombrillas de encaje o sus vestidos? Le recuerdo que no trajo joyas u otros objetos de valor cuando vino de Almond Hill.

—¿Queda harina? ¿Y huevos? —preguntó la señora Lowell, desconcertando a la cocinera.

—Quedan, sí, ¿en qué está pensando?

—En hacer bizcochos y vender porciones en la puerta de las fábricas, a la salida de los trabajadores. ¿No dice siempre que los compañeros de sus hijos los aprecian tanto? Puede que no nos den muchos beneficios, pero salvaremos estos días. ¡Diga que sí, señora Smith!

—Pero, señora, ¿usted cree que vendiendo bizcochos a esos pobres muertos de hambre podremos sobrevivir?

Abigail sabía que los trabajadores no tenían mucho dinero para gastar, pero también que las diez horas seguidas en las fábricas hacían que las tripas rugieran como condenadas. Si las porciones no eran muy caras, no era descabellado que se permitieran ese lujo, pero tampoco estaba segura del todo. Aquello no sería nada más que calderilla que no solucionaría el problema.

—Algo habrá que hacer. No puedo consentir que las gemelas pasen hambre. No las he sacado del hospicio para acabar dándoles una vida peor de la que tenían y no quiero tener que devolverlas a esa horrible mujer.

—No se apure, o las conozco poco o ellas serían las primeras que no querrán volver. Virginia sería capaz de huir del país a nado antes de volver a cruzarse con ella.

—Entonces, ¿qué le parece? —preguntó, con los ojos chispeando de emoción.

—Es una idea, pero no la veo a usted poniéndose a vender nada a las puertas de una fábrica.

—Podrían ir las niñas, en la casa podemos prescindir de ellas unas horas. Si no tenemos demasiados ingredientes, tampoco podremos hacer muchos bizcochos. Se acabarían enseguida.

—¡Usted ha perdido definitivamente la cabeza! Estamos en invierno. La salida es muy tarde, de noche y hace frío, además del peligro que correrían ellas solas con todos esos hombres… No, no creo que eso sea una idea sensata, señora.

—Las acompañaremos nosotras entonces —afirmó decidida.

Abigail estaba perdiendo los nervios.

—¡Señora, usted también es una niña! Se le olvida demasiado a menudo. ¡Y muy bonita! ¿Qué cree que pasaría con toda esa marabunta de hombres? Se la comerían con los ojos, y eso contando con que supieran todos tener las manos quietas. ¡No son caballeros!

La joven señora Lowell puso la mirada en blanco y se quedó pensativa. Negó con la cabeza. Estaba decidida a hacer algo, lo que fuera, con tal de salir del apuro en el que estaban.

—Por lo menos dígame que lo pensará.

La señora Smith suspiró. Mary no se rendía así como así. Sus bizcochos eran muy apreciados, seguro que si sus hijos contaban a los compañeros de trabajo que los habían hecho sus manos algunos los comprarían, pero sabía que los exiguos beneficios no serían más que migajas que apenas podrían sostenerlas.

—Solo con los bizcochos no saldremos de esta, aunque reconozco que podría ayudar unos días. Será mejor que deje a deber en el mercado. Me las apañaré para que me fíen hasta que solucione este problema.

—¡De ningún modo! —gruñó Mary—. ¿Y si no lo conseguimos? Sería peor.

Abigail volvió a resoplar, tampoco a ella le gustaba la idea de andar pidiendo favores. Pensó un momento.

—Se me ocurre otra cosa —le dijo—. ¿Usted no me contó que cosía bien?

—Sí, me encanta hacerlo, aunque desde que estoy aquí no he cogido una aguja.

—Lo sé. Su amiga la francesa le envió unas telas a las que no ha hecho mucho caso. Tal vez…

—¿Qué sugiere? —preguntó expectante Mary.

—Tal vez podría conseguir que algunas de mis amistades se sientan tentadas de comprarse algo bonito para celebrar la Navidad. ¿Cuánto tiempo tarda en hacer un vestido?

—En un par de días lo tengo listo, si es sencillo y tengo claro qué es lo que quiero y todas las medidas necesarias, pero las telas solo me darían para tres o cuatro.

—Creo que sería suficiente para pasar este bache, por vestido podemos obtener más que por un bizcocho. Y se me ocurre que podría escribir a su madrina para pedirle más telas. Ella no se las negaría, ¿verdad? —preguntó Abigail.

—Claro que no, ella me mandará lo que quiera —dijo Mary.

—Deje que haga unas visitas —dijo, quitándose el delantal—. Vigile el puchero y en una hora dígale a Sabine que lo retire del fuego si no he llegado. Creo que tendrá que sacar la aguja. Pero, de momento, nada de contarle a nadie que es usted quien los cose. ¡Dios santo, esto es una locura!

—¿Y los bizcochos? —preguntó Mary, ignorando el comentario de Abigail.

—Haremos bizcochos, no se preocupe. Pero no enviaré a las niñas a los suburbios de noche, ni usted pondrá un pie allí si puedo evitarlo. Como mucho podrían ir a la puerta del hospital o haré que mis hijos corran la voz y los venderemos en casa. ¡Pero nada de acercarse a las fábricas! Ese no debería ser un lugar para mujeres de su clase ni para niñas. Si no hay más remedio, una mujer puede trabajar en ellas, pero si se puede evitar... No me gustan, señora. No me gustaron para mí y no quiero que las niñas se acerquen a ellas.

—¿Se puede saber qué tiene en contra de las fábricas? ¿Acaso no trabajan sus hijos en una de ellas?

—Nada, siempre y cuando empleen a hombres, pero las mujeres no deberían ni siquiera poner un pie cerca. No es sitio para nosotras. Hágame caso. Le repito que haré esos bizcochos, pero prometa que no va a volver a mencionar que irán por ahí.

Mary sonrió satisfecha. Cuando la señora Smith dejó la casa, bajó volando a la lavandería para contarles a Virginia y Sabine sus planes.

CAPÍTULO 7

Londres
Residencia de John Lowell
12 de diciembre de 1913

Estimada Camille:
El objeto de esta misiva es pedirte un favor que espero devolverte en cuanto pueda. No sé qué ha pasado, pero no estoy recibiendo a tiempo el dinero que acordó mi esposo y la situación en casa es preocupante. No tengo manera de abordar los pagos necesarios. Las niñas no han cobrado su primer sueldo, pero es que tampoco nos llega el dinero ni siquiera para abastecer la despensa o la leñera. No quería verme obligada a ello, pero al final he tenido que escuchar a Abigail y, aunque poco, ahora le debo dinero al carnicero, al lechero... y la leña hemos tenido que reservarla para cocinar. En mi habitación hace tanto frío que me levanto a media noche y me voy a la cocina, donde aún queda algo de calor del horno. Pero no es buena idea, Camille, las tripas me rugen como no imaginaba que lo harían y ni siquiera hay té con el que calmarlas.
No puedo quedarme de brazos cruzados, le he enviado una carta a mi padre para preguntarle el porqué de este retraso. También se me ha ocurrido comunicarme con mi esposo a través de su abogado, pero no me ha traído aún noticias. Supongo que estará demasiado ocupado con sus negocios y por eso no quiere que le molesten, por lo que he optado por enviarle una carta que Dios sabe los días que tardará en traer respuesta, si es que alguna vez se digna a contestarme. No podemos seguir así, hambrientas y congeladas. Mientras ellos se deciden a hacerme caso he tomado una decisión: vender los dulces que prepara Abigail, mi cocinera. Lo hemos logrado, pero, como tampoco es que los beneficios sean muchos, la situación no ha mejorado.

Abigail me sugirió otra idea. ¿Recuerdas las telas que me enviaste? Estoy confeccionando vestidos con ellas, pero no son para mí. La señora Smith me ha conseguido dos clientas entre sus conocidas, pero las telas, como mucho, me llegarán para otro vestido más. Dos a lo sumo si me los encargan para niñas. Quiero pedirte que me envíes más paños, los que sean, incluso me sirven otros de menos calidad, puesto que las personas que me encargarán vestidos no apreciarán la diferencia. En cuanto salgamos del apuro y me llegue mi manutención, encontraré la manera de devolverte este préstamo. No puedo cruzarme de brazos esperando a que alguien venga a solucionar mis problemas, por más que sepa que esto que hago me traerá consecuencias. Lo sencillo hubiera sido coger el ferrocarril y volver a Almond Hill, pero no estoy dispuesta a darme por vencida tan pronto. Además, allí está Charles y prefiero no ofrecerle motivos para que se burle de mí. Creo que no dejaría pasar la ocasión para recordarme que mi posición social ya no es la misma, cuanto más si se entera de que estoy trabajando para suplir esta falta de liquidez, que espero que sea temporal. No pienso consentir que sepa que estamos pasando hambre y frío.

Tengo algo más que contarte. Hace unos días, el doctor Payne me presentó a algunas personas muy interesantes. Creo que dar este paso, tratar de ser yo la que solucione el problema sin esperar a que sean mi padre o mi esposo, tiene mucho que ver con lo que escuché en una reunión a la que el doctor me llevó. En ella conocí a varias mujeres que trabajan, que luchan por ser escuchadas y te confieso que sentí cierta envidia. No fueron acompañadas a la fiesta por ningún hombre porque dicen que no lo necesitan. Allí supe que todas ellas empiezan a exigir derechos que no tenemos. ¡Piden el voto para la mujer, Camille! Hace unos meses me habría parecido una idea descabellada, pero ahora, obligada por las circunstancias a salir adelante, me doy cuenta de que tienen mucha razón, que no podemos quedarnos sentadas esperando a que nos solucionen todo. Que tenemos que empezar a alzar la voz y dejar de conformarnos con las decisiones que toman en nuestro nombre. Puede que sean por nuestro bien, pero yo, por ejemplo, cada vez me siento menos cómoda con haber obedecido a mi padre, haberle dejado que me casara con un extraño al que ni siquiera conozco. Ya, sé que estás pensando que esto me lo has dicho muchas veces, que siempre ha sido la lucha que has mantenido con mi padre y parte de la razón por la que chocáis tanto. He necesitado salir de la placidez de Almond Hill para darme cuenta de que tenías razón.

Camille, también tengo que decirte que estoy muy nerviosa por otra cosa. Quedan apenas unos días para que John regrese y no sé cómo re-

cibirlo. No sé qué es lo que se espera de mí, sigo inquieta por no conocer su aspecto, su voz, sus modales... Abigail habla maravillas de él, pero no he visto ni un solo retrato en la casa y es extraño, porque de su madre sí hay alguno. Era bellísima, casi tanto como mamá. Incluso hay uno de su padre, el sombrerero, pero nada de él. Me gustaría saber al menos qué aspecto tiene.

Te dejo ya, es necesario que ayude a la señora Smith. Desde que las cosas se torcieron es mucho menos terca y Virginia y yo apenas hemos recibido reprimendas por su parte. Sabine, como ya te he contado más veces, sigue siendo tan dulce como siempre. Incapaz de levantar la voz o contradecir a nadie. Creo que Abigail estaría encantada de que se enamorase cuando creciera un poco más de alguno de sus encantadores hijos.

Tuya,
Mary E. Lowell

Lunes, 15 de diciembre de 1913

Mary releyó por sexta vez la carta que tenía en la mano derecha. Volvió sus ojos a la que sujetaba con la izquierda e hizo lo propio. Sentada en uno de los dos sillones del mirador de la primera planta, trataba de conservar la serenidad. Exhaló un suspiro y se quedó mirando a través de la ventana. La niebla volvía difusos los contornos de los edificios, colándose en todos los recovecos y contagiándolos de melancolía. Mary sentía que su ánimo fluía del mismo modo; navegaba entre una bruma que no dejaba que vislumbrase el horizonte y aplastaba su espíritu.

Richard le había hecho llegar la primera de las cartas que abrió. Le decía que, por culpa de un retraso del banco, no podía enviarle el dinero que le había sido asignado por su esposo, pero que, a cambio, le mandaba veinte libras. Un regalo de Navidad, no tendría que devolvérselas. Asimismo le hacía saber que le iba a resultar imposible ir a Londres antes de enero y que, si lo deseaba, podía viajar ella a Almond Hill a pasar las fiestas en compañía de la familia. La abuela no iría, su salud no recomendaba salir con tan mal tiempo, pero Charles, su hermana Elisabeth y él estarían encantados de tenerla con ellos. Por supuesto, hacía extensible la invitación a su esposo, cuando llegara de América.

Mary se preguntaba qué demonios quería su padre que hiciera con veinte libras. Cierto era que menos era nada, ya que los pequeños ingresos de los dos modestos negocios que había emprendido no le proporcionaban más que unas monedas con las que salvar los días. Ahora que sabía el valor real del dinero, que la señora Smith le había abierto los ojos, compartiendo con ella lo que costaba cada una de las cosas que entraban en la casa, sabía que con ese capital no se podía hacer apenas nada para mantener en marcha una casa como aquella. Valoró la opción de viajar a Almond Hill, incluso la de llevarse a las niñas como personal de servicio para que no siguieran pasando hambre y frío, pero primero tenía que contar con la aprobación de su esposo, de quien era la otra carta.

Le temblaba el pulso al sujetarla. En una escueta misiva, de no más de cinco líneas, John Lowell le informaba de la imposibilidad de viajar a Londres hasta pasados unos meses. Se disculpaba por las molestias que eso pudiera causarle y le deseaba una feliz Navidad. Desde luego había leído mucho más entusiasmo en algunas felicitaciones de cortesía de las que se recibían cada año por esas fechas en la mansión de los Davenport.

No lo entendía. ¿Qué era eso tan importante que retenía a su esposo allí? De los motivos, nada decía. Tan solo que era imposible para él viajar en esos momentos. ¿Por qué se había casado con ella si ni siquiera pretendía verla nunca? ¿Habría alguna razón que desconocía para que sufriera ese castigo? Porque, desde hacía días, desde que la realidad económica le dio un bofetón en plena cara, su vida en Londres le parecía un tremendo castigo que no acertaba a saber por qué merecía. James llevaba días con tanto trabajo que tampoco la había visitado y empezaba a sentir que aquella casa era una especie de prisión.

Se levantó de la butaca y encaró el corredor que conducía a las escaleras. Bajó los peldaños con premura y entró en el salón, donde Virginia y Sabine sobrehilaban el bajo de los dos vestidos que había terminado de montar la noche anterior. Las niñas eran diestras con la aguja, en el hospicio habían aprendido a manejarla, y sabía que en cuanto llegasen las telas de París podrían ampliar los pedidos. Si es que llegaban clientes. La señora Smith se había vuelto loca buscándolos sin éxito. Los dos que tenía casi listos eran insuficientes del todo para que siguieran comiendo con regularidad si John no volvía cuando estaba previsto. Tenía que tomar una decisión.

—Niñas, dejad lo que estáis haciendo. Tengo que hablar con vosotras.

Ambas obedecieron al instante. Incluso Virginia no puso las habituales objeciones con las que acompañaba cada orden recibida. Algo en el semblante de Mary le decía que lo que tenía que comunicarles era importante.

—Veréis, las cosas no van bien. Me es imposible cumplir con vuestros salarios —suspiró un instante, decepcionada consigo misma—. Creo que deberíais volver al hospicio.

Los ojos de Sabine se llenaron al instante de lágrimas, pero Mary casi no pudo prestarles atención ante la respuesta de Virginia:

—¡De eso nada! No vamos a volver.

—Virginia, no puedo asumir lo que os prometí. Me resulta imposible pagaros. Además, estáis pasando hambre y frío, me siento muy culpable.

—¿Y por eso tiene que devolvernos? ¿Solo por eso? —casi gritó.

—¿Qué quieres que haga?

—Dejarnos aquí, dejarnos que la ayudemos, señora —dijo decidida.

—Pero... ¿no ves que no es posible? Ha pasado casi la mitad de diciembre y sé que no podré...

Mary luchaba por no venirse abajo. No quería que la debilidad que sentía en su interior la detectasen las niñas. Pensaba mostrarse resuelta, pero le estaba saliendo bastante mal.

—Señora —dijo Sabine, cogiéndole la mano—, si es por nuestros salarios, no tiene por qué preocuparse. No los necesitamos. Podemos seguir sin cobrar el tiempo que haga falta, y trabajar mucho más si es preciso, pero no nos devuelva allí. Por favor...

El tono de súplica de la muchacha enterneció a Mary. Estuvo a punto de abrazarla, pero logró contenerse a tiempo.

—Sí puede pagarnos —dijo Virginia.

—No, te aseguro que no es posible.

—Señora, claro que puede hacerlo, aunque usted piense que no. ¿Sabe qué quería hacer con mi primer sueldo?

—No, no me lo has contado —respondió Mary, atenta a lo que la gemela quisiera decirle.

—Comprarme unos guantes. Yo... me he fijado que tiene varios pares. Consideraría que ha pagado mi salario si me diera unos de los suyos.

—¡Pero Virginia! —protestó Sabine—. ¿Cómo te atreves a pedirle eso?

—¿De verdad te conformarías con unos guantes? —Mary no salía de su asombro. Ignoró las palabras de Sabine para concentrarse en la petición de su hermana.

—Sí, es todo lo que quiero.

—¿Y tú? —le preguntó a Sabine.

—Yo no quiero nada, señora. Y me parece que mi hermana es una descarada.

—No, no lo es, Sabine. Es justo que tengáis algo a cambio de vuestro tiempo y vuestro trabajo, y en realidad unos guantes me parecen muy poco por todo lo que me estáis dando. Sin embargo, eso puedo hacerlo. De hecho, voy a buscar un par para cada una.

—Entonces ya está todo dicho —añadió Virginia—. Sabine, vamos a terminar esto.

—No, Virginia, no está todo dicho —la interrumpió Mary—. Cuando pase esto, cuando pueda, os pagaré. Lo juro. Aunque tenga que ponerme a trabajar yo en… en donde sea.

—¡Señora! No diga eso. El señor Lowell vendrá dentro de unos días —dijo Virginia—. Verá como pronto todos los problemas se arreglan.

—Ese es el problema.

Abigail entró en el salón en el momento en el que Mary pronunciaba esas palabras y quiso saber qué era lo que estaba ocurriendo.

—¿Sabe leer?

—Pues no, señora. No es una de mis habilidades.

—Espere. Voy a enseñarle algo.

Extendió la carta de John y comenzó la lectura. Medio minuto después, la cocinera la miraba preocupada. No era propio de John. Él era un muchacho serio y responsable, no entendía por qué iba a incumplir su palabra de volver. Algo muy grave tenía que estar sucediendo para que no regresara para Navidad.

Mary le leyó entonces la carta de su padre y, tras escucharla, la cocinera se sentó en una de las sillas del salón. Necesitaba reponerse. Momentos después, se levantó y empezó a quitarse el delantal.

—¿Dónde va? ¡Señora Smith! ¿No pretenderá marcharse? ¿Qué voy a hacer sin usted?

—Claro que no me voy. ¿Cómo se le ocurre que las voy a dejar solas? A saber qué idea genial tendría, seguro que no se le ocurriría nada mejor que irse a suplicar trabajo a una fábrica, llevándose además a estas dos criaturas. Voy a hablar con alguien, a ver si podemos conseguir más clientas para sus vestidos.

—No tengo telas.

—Siempre queda alguien a quien preguntar, Londres es muy grande. Podremos ir tomando medidas hasta que su madrina le envíe algunas, ¿no?

—Eso sí, claro.

—Pues entonces déjeme a mí. Existe todavía alguna que otra opción. No he visitado a todo el mundo. Es cierto que quienes quedan... no estoy segura de que vayan a hacerme mucho caso, pero nunca se sabe. No voy a rendirme, como tampoco se rendirá usted. A menos que considere volver a la casa de su familia.

¿Volver a Almond Hill? ¿Para qué? Su padre le había enviado una miseria de dinero y ni siquiera se planteaba visitarla. Elisabeth no escribía y Charles no era alguien a quien le apeteciera ver. Además, aunque le costara reconocerlo ante sí misma, volver significaba olvidarse de ver a James Payne y no se veía capaz de renunciar a eso. Si había una mínima posibilidad para reconducir la situación en la que estaban, la exploraría. Todo antes de darse por vencida.

—No, no quiero volver.

Mary miró con ternura a la cocinera.

—Abigail. Gracias.

—No me las dé. Consiga que estas niñas atiendan la puerta cuando vengan a buscar bizcochos con su mejor sonrisa. Van a venir a por dos tartas que he preparado. Que deseen a quien venga a por ellas que pase un buen día. No podemos perder ni un chelín de los que pudieran entrar en esta casa. Si su marido o su padre no se hacen cargo de lo que aquí está pasando, lo haremos nosotras.

Viernes, 19 de diciembre de 1913

John agotaba las últimas horas de tarde en la oficina de los almacenes Lowell. Le daba vueltas a la carta que le había enviado a su esposa días atrás. A pesar de que todo marchaba según sus planes, no podía evitar sentirse mal. Era consciente de que Mary, por lo que le contaba, ni siquiera se imaginaba que no era más que un peón en la partida de ajedrez que tenía pendiente con Richard Davenport. Empezaba a pensar que quizá se había precipitado al juzgarla. Si no estaba fingiendo, si sus letras eran sinceras, no cabía duda de que resultaría herida por todo lo que tenía previsto.

Igual que Felicia.

Cuando volvió a casa después de aquella mañana de domingo, tras su discusión, Felicia seguía allí. No había ido al cementerio, consideró que John tenía razón cuando le dijo que no solucionaría nada, pero los reproches por la discusión que habían mantenido volaron por la habitación, rebotando en las paredes y enrareciendo el ambiente entre los dos. Ella no entendía, en realidad no podía entender porque no sabía apenas nada de John. Mientras que ella se había sincerado, él apenas le había contado algunos detalles de su vida en Gran Bretaña. Su relación, ese día fue consciente de ello, donde realmente fue plena había sido en la cama, y eso no bastaba para sentar las bases de una vida en común.

Al final Felicia se había marchado, a pesar de que John había tratado de disculparse por su comportamiento y le había suplicado que se quedase, al menos hasta que encontrase un lugar en el que vivir. Pero ella le replicó que tal vez fuera lo mejor para los dos y cerró una puerta que hacía semanas que no se había vuelto a abrir.

John se levantó de la silla de su despacho y cogió unos papeles del archivo. Facturas que ya estaban pagadas, resúmenes de ventas mil veces revisados, anotaciones contables... era incapaz de concentrarse en nada. Arrugó el papel que tenía entre sus manos. Recordó, al cerrar los ojos, la imagen de su madre, la conversación que tuvieron poco antes de que ella muriera, y la rabia se hizo dueña de todo su ser. Era por ella por la que debía seguir adelante. Por su memoria. Para volver a poner las cosas en su lugar y darle a cada uno lo que se merecía. No podía permitirse ninguna debilidad. Ni Mary ni Felicia tenían la culpa de aquello, pero tampoco su madre la tuvo y pasó toda su vida suspendida en una melancólica tristeza. Tal vez, si lograba lo que se había propuesto, podría alguna vez volver a sentirse como antes del día de su muerte.

Quizá podría recuperar una paz que no tenía.

Martes, 23 de diciembre de 1913

Victoria Townsend esperaba en el salón de la casa de los Lowell a que Mary realizase los últimos retoques en el hermoso vestido que le encargó para el día de Navidad. Al principio, Abigail pensó que no sería buena idea que nadie supiera que ella era la que cosía, pero al final tuvo que claudicar y dejarle que se ocupase de los vestidos. Era increíble verla trabajando con las telas. Otra de sus preocupaciones fue que la familia de John no se enterase de los apuros económicos por los que estaban pasando en la casa. Por eso, cuando buscó los primeros clientes, los evitó y se concentró en sus propias amistades. Sin embargo, la carta que llegó de América, informando de que John no regresaría en Navidad, hizo que cambiase de idea. Decidida, encaminó sus pasos hacia Kensington, muy cerca de Holland Park, donde vivía Victoria con su madre, la hermana del sombrerero, en un pequeño palacete de tres alturas. La conocía lo suficiente como para intuir que no necesitaría traje alguno, pero que la seguiría para averiguar qué estaba pasando. Sabía del carácter curioso de Victoria y estaba segura de que volaría a casa de su primo para comprobar en persona lo que le había contado.

Al final, la sorprendida fue ella. Por el tiempo que llevaba Mary en la ciudad y la ausencia de visitas, debería haber imaginado que algo sucedía, pero en ningún momento se le ocurrió que John no hubiera compartido con la familia la noticia de su matrimonio. Victoria Townsend no tenía ni idea de que John se había casado por poderes con la hija pequeña del conde de Barton y que su jovencísima esposa vivía sola en su casa de Londres. No podía creer lo que Abigail Smith le estaba contando y, como esta supuso, enseguida se mostró dispuesta a hacer algo. Victoria no entendía por qué John se estaba comportando así. No era propio de él.

La joven no tardó ni un día en presentarse en la residencia de los Lowell. La señora Smith la estaba esperando y, antes de que viera a Mary, le advirtió:

—No le he dicho quién es usted, señora.

—Has hecho bien, Abigail. Si ella sabe de nuestro parentesco, se hará las mismas preguntas que me hice yo ayer. Se preguntará por qué nadie de la familia le ha dado la bienvenida o la ha visitado. No pienso mentir por John, quiero averiguar qué es lo que se trae entre manos. No entiendo por qué no nos ha contado una noticia tan importante.

—La señora no es alguien de quien avergonzarse, es la hija pequeña del conde de Barton, se lo dije —añadió la cocinera.

—Es absurdo que se comporte así, pero te aseguro que voy a averiguar por qué, Abigail. Dile que estoy aquí.

Le pidió a Abigail que la presentase sin aclararle que también tenía sangre Lowell y, poco después, Mary le estaba tomando medidas sin saber que estaban emparentadas.

A Victoria le gustó la muchacha nada más cruzar las primeras palabras con ella. Enseguida captó la determinación que tenía, las ganas de sacar adelante su casa incluso si aquello suponía rebajar su estatus poniéndose a trabajar. Le sorprendió, además, que le asegurase que el vestido estaría listo dos días antes de Navidad, en mucho menos tiempo del que tardaba cualquiera de las modistas que ella frecuentaba.

La mañana del veintitrés de diciembre, cuando acudió a la última prueba, ratificó que Mary no le estaba mintiendo.

—Creo que esto es todo —dijo la joven señora Lowell, tras poner unos alfileres en el bajo.

Victoria se acercó al enorme espejo de pie que los hijos de Abigail habían bajado de una de las habitaciones y dio unas vueltas para observar el trabajo desde todos los ángulos. La tela del vestido era exquisita. Camille Leduc, desoyendo las peticiones de su ahijada, le había hecho llegar hasta Londres los mejores paños que encontró, y además incluyó en el envío unos bocetos atrevidos que Mary no dudó en reproducir. Victoria Townsend estaba encantada con el resultado. Sus veintiséis años lucían espléndidos bajo el vestido nuevo, que destacaba sus sensuales curvas.

—Es precioso, querida —le dijo, mirándola con sus grandes ojos esmeralda a través del espejo—. Creo que voy a causar sensación en la comida de Navidad de este año. Tal vez incluso reciba una petición de matrimonio —bromeó mientras se giraba para mirarla de frente—. ¿De veras podrán recogerlo esta tarde?

—Sí, por supuesto —contestó Mary—. Solo tengo que rematar el bajo y el pliegue de la espalda. A las cuatro estará de sobra.

—Ha hecho un excelente trabajo, Mary. No lo dude, la recomendaré a mis amistades. Es más, creo que ellas mismas me suplicarán que les diga dónde he conseguido esta preciosidad.

El vestido de organza, en un tono marfil, con el cuello drapeado y adornado con botones que simulaban ser perlas, tenía un escote algo más generoso de lo que recomendaba la fecha, pero eso era lo que había enamorado a Victoria cuando Mary le enseñó el diseño. Se tocó el cuello, pensando en un precioso collar de rubíes que tenía en casa y que luciría haciendo juego con el abrigo de terciopelo rojo que también le había confeccionado la muchacha. Pensaba en el momento en el que entrase en casa de su cuñada, donde se reuniría la familia, y estaba segura de que concentraría todas las miradas en su persona.

—Pagaré ahora a la señora Smith, y quiero que me reserve las telas que le parezcan bien para el siguiente.

—¿Va a encargarme otro? —preguntó Mary, entre extrañada y maravillada por su suerte.

No esperaba que la misma persona se llevase dos prendas, y mucho menos que se planteara una tercera. El alivio económico, el motor que había hecho arrancar aquel modesto negocio, se plantó en segundo plano, concentrando los focos en una satisfacción personal que reconfortó a Mary Lowell.

—Sí. ¿Tiene a mano los dibujos que me mostró el otro día?

—Claro —contestó la joven.

Hizo sonar la campana y enseguida Virginia entró en el salón. Los había dejado en su cuarto y necesitaba que se los trajera. Poco después, la niña bajaba cargada con la carpeta que contenía los diseños de Camille. Mary los colocó encima de la mesa del salón, convertida ahora en su lugar de trabajo, y Victoria Townsend los fue revisando uno a uno hasta que encontró el que recordaba. No era un vestido para Navidad, pero sí el que más le había gustado cuando los vio la primera vez. Un vestido diferente, con personalidad, algo que solo una mujer moderna y decidida como Victoria podía lucir sin sentirse extraña.

—Este.

Señaló un traje sastre de inspiración masculina, en tonos marrones y blancos, con la falda mucho más corta de lo habitual. Dejaría ver unos hermosos botines que acababa de comprarse. Las notas de Camille decían que debía confeccionarse con lana gruesa si se quería utilizar en invierno o con mezclilla si se prefería para entretiempo. El cuello se adornaba con una pajarita en rojo y una fila de dieciocho botones lo cerraba por delante. Las mangas eran estrechas y se terminaban en un puño que hacía juego con las solapas de la inexistente camisa, puesto que esta no era nada más que un trampantojo. Todo el vestido estaba hecho de una sola pieza. La falda se estrechaba hasta por debajo de las rodillas, marcando la silueta, y desde allí ampliaba ligeramente el vuelo con cinco franjas horizontales de cinta.

—¿Este? No será muy…

—¿Masculino? ¿Atrevido? —Victoria completó el pensamiento de la joven.

—Bueno…, quizá —dudó ella.

—¿Sería capaz de hacerlo para Año Nuevo o es pedir demasiado? —preguntó Victoria.

—Claro que puedo tenerlo, señorita Townsend, pero no sé si el traje será apropiado para esa fecha…

—No se preocupe, ya tengo vestido para esa ocasión, lo quiero para cambiar mi vestuario de la próxima temporada. Todos estos diseños que tiene me gustan. Son… muy diferentes a lo que veo por aquí, con mucha personalidad, y quiero ropa así a partir de ahora. ¿Los ha dibujado usted?

—Oh, no, señora…

—Llámame Victoria, querida. Soy mayor que tú, pero no tanto.

—Disculpe, me cuesta un poco. De donde vengo no es muy cortés dirigirse a las personas que apenas conoces por su nombre. Tendré que acostumbrarme.

Victoria sonrió. La educación exquisita de Mary se traslucía en cada uno de sus gestos, pero también la lucha que mantenía por adaptarse a quien tenía frente a ella.

—Decía que no son suyos… —continuó.

—No, son de mi madrina, Camille Leduc. Es una famosa modista de París, quien me enseñó a coser.

—Tiene muy buen gusto y unas ideas muy atrevidas. Me encanta lo que veo aquí —dijo revolviendo los diseños—. Va a tener mucho trabajo este invierno conmigo, querida.

—¿Quiere ver las telas que tengo? Quizá le guste alguna para el vestido —propuso con timidez Mary.

—Sí, enséñemelas, por favor.

Mary pidió a Victoria que la siguiera escaleras arriba. Abigail y las niñas habían reacondicionado una de las habitaciones de la planta superior y en ella guardaba las telas que le había hecho llegar Camille. Todavía no eran muchas, pero, si Victoria Townsend se convertía en clienta asidua y le traía alguna más, habría que pensar en sacar la cama y poner unas estanterías. El cuarto estaba ordenado, pero no era demasiado serio recibir a una desconocida en lo que todavía no había perdido del todo su aspecto de dormitorio. Incluso pensó en que aquel lugar, aunque era mucho más adecuado que el salón de la casa para que las señoras se probasen los vestidos, tendría que cambiarlo y caldearlo. Si tuviera que continuar mucho tiempo cosiendo para salir adelante, añadiendo un biombo con paneles japoneses que había visto en el desván, aquel sería el espacio perfecto para esa función.

—Creo que me gusta esta —dijo, señalando un paño de lana rojo vivo.

—¿Y para la camisa? Bueno, quizá no se haya dado cuenta de que no es tal, es una parte del vestido que la simula. Lo haré todo en una pieza. Parecerán independientes, pero estoy segura de que, a la hora de llevarlo, es mucho más cómodo.

—Blanca, como en el dibujo. Eso no lo quiero cambiar. Y creo que es muy buena idea esa. Pensaba que eran vestido y camisa, pero ahora que lo dices… es más interesante así. Mis amigas se morirán de envidia. Decidido: rojo para el vestido y blanco para la camisa. Ah, y botones rojos, pero un poco más grandes que los que aquí veo. Me aburre abrocharlos, si puede, quite algunos.

—De acuerdo.

—¿No toma notas? —preguntó Victoria.

—No me hacen falta, no creo que se me olvide —dijo, esbozando una sincera sonrisa.

—¿Le puedo hacer una pregunta?

—Dígame.

—¿Por qué ha decidido montar este taller? Tengo entendido que es la hija del conde de Barton. El de modista no es oficio para muchachas de la alta sociedad.

Mary se sintió inquieta. No quería mentir, pero tampoco le parecía sensato andar contándole a la gente lo que le pasaba. Victoria, sin ser noble, pertenecía a una clase social que empujaba fuerte, la burguesía, que en algunos casos tenía mucho más dinero en los bolsillos que cualquier persona con un título heredado durante siglos. Era una buena manera de empezar a ganarse la vida por su cuenta y no quería perderla por contestar mal a una simple pregunta. Optó por adornar la verdad.

—Me gusta mucho coser y, desde que llegué a Londres, apenas he tenido oportunidades para salir de esta casa. Es invierno, hace frío y algo tengo que hacer...

—Pero podría coser los vestidos para usted —sugirió Victoria.

—¿Para qué? No voy a ir a ninguna parte.

—¿Y su esposo?

—Vive en Boston, por negocios. Supongo que si conoce a Abigail lo sabrá —dijo Mary, poniéndose un tanto a la defensiva. Se dio cuenta de que Victoria estaba intentando sonsacarle información.

—Sí, claro que lo sé, pero me pregunto si él está de acuerdo en que haya emprendido un negocio.

—No se lo he consultado.

Victoria no quería que se asustase y, para suavizar el ambiente, le puso una mano en el brazo a Mary, en un gesto de cariño.

—No se preocupe, conozco a John. Él mismo es un emprendedor y seguro que cuando lo sepa estará encantado de ver que su joven esposa tiene el mismo carácter decidido que él. Pero ¿y su familia?

—Tampoco lo saben. Supongo que mi abuela, la duquesa de Bedford, pondrá el grito en el cielo cuando se entere, a mi padre le dará algo y mi hermana y mi cuñado se burlarán de mí, pero... quiero hacer esto.

Mary se estaba preocupando y sus contestaciones eran cada vez más secas. Pensar en su familia la hacía sentirse mal. Sabía que en cuanto tuvieran noticias de su actividad montarían en cólera y tratarían de impedírselo, pero también que ella no se iba a quedar callada si Richard se atrevía a recriminarle su comportamiento. Le daba igual que no fuera apropiado para la hija de un conde, en esa casa tenían que comer y si nadie se preocupaba de que en ella entrase dinero tendría que conseguirlo por su cuenta. No podía contarle a Victoria Townsend todos los pensamientos que circulaban por su cerebro y lo hacían bullir, por lo que tuvo que hacer un esfuerzo extra por serenarse.

—Quiero que sepa que la admiro —dijo Victoria de pronto, dejándola sorprendida.

—¿A mí?

—A usted, sí. Ha sido capaz de tomar una decisión que no va a gustar a las personas que la rodean, pero estoy convencida de que es muy buena. Como sus vestidos. No se va a arrepentir, querida.

—Ya veremos cuando lo sepan.

—¿Sabe qué le digo? Que cuando lo sepan, si no se sienten orgullosos de usted será que no la merecen. Me quedo con estas telas y esta tarde mandaré a una de mis doncellas a por el vestido y el abrigo. Dígale cuándo quiere que venga a probarme el siguiente y estaré aquí.

—Lo haré, señorita Townsend.

—Victoria, llámeme Victoria. Creo que usted y yo vamos a hablar mucho de ahora en adelante.

Victoria dejó a Mary en el salón y se dirigió decidida a la cocina, donde Abigail seguía con sus tareas. La cocinera no la oyó llegar y se sobresaltó un poco cuando notó su presencia.

—Me ha asustado, señorita.

—No era mi intención, Abigail.

—¿Se le ofrece algo?

—Quería decirte que he telegrafiado a John, pero no he logrado respuesta, así que le he escrito.

—¿Y ya ha contestado? —preguntó la cocinera, esperanzada.

—No, es pronto aún, pero espero que lo haga si no quiere que me presente en Boston para ver qué demonios le pasa. Estoy preocupada, él no es así.

—Claro que no lo es, señorita. Yo también estoy preocupada. Temo que haya perdido la razón. Ya sabe lo que quería a su madre. Desde el día que murió, no es el mismo.

—En cuanto sepa algo, te lo contaré. Por cierto, Abigail, qué bien huele en tu cocina siempre.

La señora Smith sonrió y Victoria se acabó marchando con un paquete donde reposaba un bizcocho que aún no se había enfriado.

Jueves, 25 de diciembre de 1913

La comida de Navidad se celebró en el amplio salón de la casa de los Lowell. La concurrencia no podía ser más variopinta, un grupo de personas que la anciana duquesa de Bedford nunca hubiera aprobado como compañía para su nieta: los cuatro hijos de

Abigail, las gemelas y la señora Smith. Mary, aunque con la firme oposición de la cocinera, se había atrevido a sugerirle a James que les acompañara, pero este se excusó, diciendo que ese día lo tenía reservado para la familia. Sus suegros habían decidido pasar las fechas en Londres y comería con ellos y con sus padres.

Los ingresos obtenidos por la venta de bizcochos y el dinero que llegó de los vestidos, además de las veinte libras de Richard, saldaron las deudas del mercado y ayudaron a que la mesa no estuviera vacía. Se sumó al menú lo que pudo aportar Abigail: unas exquisitas galletas de jengibre y pudin de Navidad, obsequio de la cocinera de una de las casas donde ayudaba antes de que Mary llegase a Londres. La mesa, con un pavo asado en el centro, lucía más espléndida que nunca. Pasados los primeros momentos, en los que los cuatro jóvenes Smith se encontraron cohibidos y fuera de lugar, el ambiente se relajó y comenzó una entrañable celebración. Los chicos, en especial Peter, trataban a Sabine y Virginia como si de dos señoritas se tratase, lo que ruborizaba a una y encantaba a la otra. Y, de paso, provocaba que los nervios de Abigail se alterasen por semejante despropósito.

—¡Vais a conseguir entre todos que estas dos acaben pensando que son lo que no son! —los regañó.

—Vamos, mamá, es Navidad —dijo Peter—. No refunfuñes tanto.

—¡Pero serás desvergonzado! Como vuelvas a hacer un comentario así te mando a la cocina.

El resto de jóvenes sentados a la mesa, incluida Mary, no disimularon las sonrisas al ver el gesto de burla de Peter, que a punto estuvo de ir directo a la leñera el resto de la noche.

—¿Habéis oído las noticias que corren? —dijo George, el hijo mayor de la cocinera.

—¿Qué noticias? —preguntó Mary.

—En la fábrica, los hombres no hablan de otra cosa. Todo el mundo está convencido de que se avecina una guerra en Europa. Los alemanes están encargando grandes barcos a los astilleros rusos e incluso submarinos. Hay quien dice que se va a armar gorda.

—No digas tonterías, George —gruñó Abigail.

—Algunos empresarios están empezando a fabricar armas... Esto va en serio.

—¡George! ¡Por Dios Santo, es Navidad! No hables de eso en la mesa.

—Pero, mamá, ¿por qué no? —preguntó George.

—Porque no, porque no es el día y, además, solo son rumores.

—Que si se confirman... —dijo Francis, el segundo—. Yo tengo solo catorce años y no me van a dejar, pero George pronto tendrá edad para alistarse.

—¡No quiero ni que lo menciones! —gritó Abigail, perdiendo la calma—. Ya os he dicho que no es el día y, además, no es algo que tenga que preocuparos ahora.

—A mí sí me preocupa —dijo Mary—. No es la primera vez que lo escucho, señora Smith.

—¿Usted también? ¿Os habéis propuesto todos amargarme la Navidad?

—No, pero creo que deberíamos estar atentos, mamá —dijo George—. En el sindicato dicen...

—Tú a lo único que tienes que estar atento es a la sopa y a conservar el trabajo que tienes. Déjate de sindicatos y de monsergas.

—¿Alguien quiere más? —dijo Sabine, levantándose de su silla y cogiendo el cazo de la salsa del pavo. Trataba, como Abigail, de volver a conseguir el ambiente festivo que el comentario del hijo mayor de la cocinera había enrarecido.

—Menos mal que hay alguna persona sensata en esta casa —dijo Abigail—. Yo sí quiero, Sabine.

—Señora Smith —dijo Mary—, por mucho que nos callemos esto no hará que las cosas cambien. James también me lo ha comentado. Nadie habla de otra cosa y creo que deberíamos estar atentos, más cuando nuestra situación no es nada buena.

—Su esposo le aclarará qué está pasando con el dinero y será temporal, señora, y esto de lo que hablan los chicos...

—Mamá —dijo George—, no preocuparse por ello no hará que se vaya. Cada día estamos oyendo en la fábrica lo que sucede, todo el mundo está muy alterado. Gran Bretaña tiene gran parte de su ejército en las colonias y hay quien dice que si hay guerra habrá que alistarse. Hay que frenar a esos arrogantes alemanes.

—¡Ya está bien! ¡Al que no se calle le mando a casa ahora mismo!

Abigail se levantó de la mesa y se marchó a la cocina enfadada. Mary hizo un gesto a George para que se mantuviera en su sitio y ella misma la siguió. La encontró con las manos apoyadas en la mesa y el gesto hundido. Gruesas lágrimas recorrían su rostro, aunque intentaba por todos los medios contenerlas.

—Abigail —le dijo con cariño, mientras posaba su mano en el hombro de la cocinera.

—Yo también lo escucho a diario, señora —dijo, con la voz entrecortada—. ¡Tengo cuatro varones! ¿Sabe lo que supone eso si hay una guerra? Yo no he parido a mis hijos para que me los maten.

—No se angustie —contestó Mary, abrazándola—. También he escuchado que esto será breve, pero es posible que el problema se quede en el continente. Haremos lo posible por convencer a George de que no es necesario que se vaya a la guerra. Aunque él no se vea así, es un niño aún, es normal que se sienta eufórico por demostrar su hombría, pero habrá manera de frenarlo.

—Mis hijos son lo único que tengo.

Mary dejó que la señora Smith llorase en sus brazos. Entendía la congoja que estaba sintiendo, lo duro que tenía que resultarle tan solo imaginar que sus pequeños fueran enviados al frente. No era una situación deseable, ni una conversación para tener en la comida de Navidad, como ella misma les estaba advirtiendo, pero era cierto que era difícil hacer oídos sordos. Deberían prepararse por si lo que se decía al final resultaba cierto y deberían hacerlo desde ese momento porque los recursos con los que contaban eran más que limitados. Ya era complicado salir adelante sin dinero sin tener un conflicto armado de por medio. Cuando Abigail logró controlar el llanto, se separó de Mary.

—Lo siento, a veces se me olvida que solo soy la cocinera, no debería estar usted perdiendo el tiempo en consolarme, ni debería estar comiendo hoy con nosotros...

—¿Por qué no?

—Porque usted es la hija de un conde y...

—Un conde que me ha dejado a mi suerte. Igual que mi marido. Abigail, desde hace unos meses siento que no tengo más familia que esta.

—No diga esas cosas.

—¿Y qué quiere que piense? No sé por qué John no me envía lo que acordó, no entiendo qué le puede estar reteniendo para que ni se moleste en querer conocerme y, además, la actitud de mi padre...

—Quizá es eso lo más extraño —dijo Abigail—. Si mis hijos estuvieran en su situación, yo habría volado a socorrerlos y su padre ni siquiera ha puesto un pie en Londres desde que vino.

Un suspiro siguió a la intervención de la señora Smith. Era algo que Mary tampoco lograba entender, por qué su padre no había mandado más ayuda que veinte libras. Había descubierto que no le molestaba trabajar, hacer lo que fuera para que la casa pudiera continuar en pie, ni siquiera le importaba lo que pudieran decir de ella, pero eso no restaba un ápice a la rabia que sentía.

—No se preocupe. Saldremos adelante todos juntos. Si Victoria Townsend cumple su promesa y me encarga más vestidos, podremos aguantar aunque no recibamos un chelín de John o de mi padre. De todos modos, quiero hablar con el señor Stockman. Intentaré averiguar si mi marido tiene algún problema serio del que no somos conscientes y sobre mi padre… Iré a Almond Hill en cuanto pasen las Navidades para hablar con él. Ahora, volvamos al salón. Estamos ansiosos por probar ese postre que nos ha traído.

Le dio un beso en la mejilla que provocó que otra lágrima resbalase por el rostro de Abigail. Esa muchacha no se merecía lo que le estaba pasando. Sin embargo, si en todo lo malo existía siempre una lección, algo de lo que aprender, se daba cuenta de que Mary lo estaba haciendo. No se había quedado cruzada de brazos ni se había echado a llorar maldiciendo su suerte. Estaba peleando por salir adelante.

La niña que llegó a Londres se desdibujaba cada vez más y empezaba a verse en ella a una gran mujer.

CAPÍTULO 8

Londres
Residencia de John Lowell
19 de enero de 1914

Estimada Camille:
He querido esperar a mi vuelta de Almond Hill para escribirte. En casa estamos mejor gracias a la decisión que tomé de coser y tu inestimable ayuda, pero quise averiguar por mí misma qué estaba sucediendo con el dinero de mi marido. Por eso, después de las fiestas, tomé el ferrocarril y me presenté sin avisar en casa de papá. Una visita fugaz de tres días, de los cuales me sobraron dos. Enseguida quise volver a Londres, a esta que ya considero mi casa. Si no hubiera sido por los caballos, por la oportunidad de volver a cabalgar con ellos por el bosque, no habría podido soportarlo.
¡No entiendo nada! Mi padre dice que mi esposo no está enviando el dinero acordado. Sin embargo, tanto el abogado de John, como él mismo en una carta, me cuentan una historia diferente. Insisten en que lo tiene mi padre, es él el que lo está gestionando y quien debería entregármelo. Tuvimos una discusión enorme en la biblioteca, a la que se sumó el estúpido de mi cuñado. Lo que me faltaba es que se burlase de mí por no cruzarme de brazos, por intentar por todos los medios salir adelante. No quieras oír las cosas que me dijo sobre que toda una señora de clase alta se rebaje a mezclarse con chusma, como él llamó a todas esas personas sin las cuales ya me habría muerto de hambre. ¿Acaso no ha sido mi propio padre el que me ha puesto en esta tesitura? Sé que perdí las formas con él, que por una vez le dije lo que me vino en gana, y entonces atacó diciendo

que Londres me está haciendo perder la educación que he recibido. ¡Y se atrevió a insinuar que tengo una aventura con el doctor Payne delante de mi padre!

Cuando sacó el tema, no supe reaccionar. Algo se descolocó dentro de mí, empecé a temblar porque, Camille, entre James y yo no hay nada más que una amistad. Lo juro. No traicionaré a mi esposo, por más que sea un extraño y que esté dolida con él por haberme empujado a esta situación. Por haber concertado con mi padre un matrimonio del que no ha hecho uso, por tenerme aislada en una casa y haberme sacado de la placidez de mi mundo para Dios sabe qué. Porque te juro a ti que no lo entiendo. ¿Por qué se ha querido casar conmigo? ¿Para qué? ¿Piensa venir? ¿Me ha dejado sola por alguna razón?

Le escribo y me contesta, pero sus cartas son breves. Las espero ansiosa por si pudieran aclararme algo, pero todo lo que traen es media docena de líneas que suenan siempre a excusa. Camille, no lo entiendo, este matrimonio es una deshonra para los dos. A mí me aleja más a cada minuto de los círculos en los que me movía. Cuando estaba en Almond Hill, Elisabeth recibió una invitación para tomar el té de los duques de Bertram y se apresuró a informarles de que yo pasaba unos días con ellos, con la intención de que me invitasen a mí también. Ni siquiera se molestaron en contestar.

Sobre Elisabeth también quería hablarte. La he encontrado muy cambiada. Parece que el embarazo ha serenado su carácter atolondrado, está mucho más silenciosa que de costumbre, pero creo que hay algo más. Si James estuviera más cerca, le diría que la examinase, porque está pálida y ojerosa, como si algo no marchase bien. Ella dice que no es nada, que ya casi ni vomita por las mañanas, pero la noto muy decaída. Intenté hablar con ella de lo que me está sucediendo, pero estoy segura de que no me escuchó. Se la veía ausente, como perdida. No creo que sea muy feliz al lado del primo Charles, en todos estos días no he visto ni un solo gesto de cariño entre ellos.

¿Qué ha hecho papá con nosotras? ¿Por qué tengo la sensación de que el hombre con el que he convivido siempre murió con mamá? ¿Por qué parece Charles el dueño y señor de Almond Hill? No entiendo por qué se lo consiente. Las preguntas me queman por dentro, volví a casa furiosa con él, pero he decidido que ya está bien. Si esto es lo que me toca vivir, no pienso sentarme a llorar. Las lágrimas están para otra cosa. Respiraré y trabajaré hasta que me quede sin fuerzas. Voy a demostrarles que, si ellos ya no me necesitan, tampoco yo los necesito en absoluto.

*Envíame más telas. Con la próxima carta estoy segura de que podré devolverte la inversión. Y no me repitas que no hace falta, Camille, quiero y debo hacerlo.
Tuya,
Mary E. Lowell*

Martes, 27 de enero de 1914

Los tres nuevos vestidos para las conocidas de Victoria Townsend descansaban sobre la mesa del salón. Dos de ellos ya estaban hilvanados, esperando a que vinieran a probárselos, y el tercero era apenas un manojo de piezas todavía por unir. Mary llevaba días sin salir de la habitación, ansiosa por cumplir los plazos sin el más mínimo retraso. Las niñas ayudaban todo lo que podían, mientras se ocupaban también de las tareas domésticas y de abrir la puerta a las personas que cada vez con más frecuencia acudían atraídas por los bizcochos de Abigail. El dinero, poco a poco, entraba en la casa y los apuros de las semanas anteriores quedaban como un recuerdo.

Por idea de Virginia, los dos ventanales que daban a la entrada se habían convertido en unos coquetos escaparates. En el de la izquierda, colocaron un armazón de maderas que simulaba la silueta de una mujer y Mary le dio un toque especial. Colocó sobre él un tejido, lo combinó con otros, puso alfileres aquí y allá y remató el conjunto con una sombrilla y uno de sus delicados sombreros. Aunque no eran nada más que telas sin cortar del rollo en el que habían llegado desde Francia, para quien las mirase desde fuera sin prestar toda su atención, pasarían por un elegante traje confeccionado. En el ventanal de la derecha, una mesita auxiliar del salón ocupaba el centro. Un mantel blanco bordado con delicadeza lucía impoluto y, sobre él, una tetera, dos tazas con sus correspondientes platos y una bandeja con unos bizcochos. Tenían un aspecto tan apetecible que daban ganas de pararse a comprar alguno.

Y eso era lo que hacía mucha gente. Atraídos por quienes ya se habían convertido en clientes asiduos y por la ocurrente idea de Virginia, muchos eran los que se dejaban caer por la casa de los Lowell, contribuyendo a que 1914 hubiera empezado para las habitantes de la casa de modo mucho más animoso que terminara el año anterior.

A Mary empezaba a darle igual si John no volvía nunca. Se concentraba en seguir adelante, en sobrevivir y que las personas que estaban a su alrededor pasaran los menores aprietos posibles. Los días de hambre y frío se desvanecían, aunque el recuerdo provocaba un momento de rabia que Mary espantaba para que no condicionase su rutina. Seguía viendo a James con regularidad, aunque desde la insinuación de Charles en Almond Hill procuraba tratarlo con más distancia, ignorando el torrente de sentimientos que se desataba en ella en cuanto el doctor ponía un pie en la casa. Ese martes no esperaba su visita, y menos a media mañana, por lo que se sobresaltó cuando Sabine le anunció que quien había llamado a la puerta era él y no uno de los habituales clientes en busca de bizcochos. Le pidió a la niña que lo hiciera pasar al salón. Cuando James entró en la habitación, Mary estaba terminando de colocar unos alfileres en la tela.

—Dame un segundo —le dijo sin mirarle—. Enseguida termino.

—Los que necesites.

James se quedó parado en mitad de la sala, contemplando a la muchacha. Lucía un discreto vestido de paño marrón y se había recogido el pelo en un moño apresurado, que dejaba caer mechones de pelo en su pálido rostro. Payne pensó que estaba hermosa incluso cuando no se molestaba en arreglarse y verla así, concentrada en la tarea, aumentaba más aún la admiración que sentía por Mary. No se había amilanado ante los problemas, sino que había tomado las riendas de la situación y se esforzaba cada minuto para que las cosas no se torcieran de nuevo.

—Ya está —dijo, levantando la vista de las telas. Sonrió de manera franca—. ¿Por qué has venido por aquí tan temprano? ¿No deberías estar en la consulta?

—Me he tomado el día libre —contestó James, mientras dejaba el sombrero encima de uno de los sillones y le devolvía la sonrisa—. Necesitaba hacer algo.

—¿Cerca de aquí?

—Precisamente en tu casa. Necesitaba verte.

El corazón de Mary se aceleró un instante y, aunque intentó frenarlo, se dio cuenta de que no era posible: tenía un escasísimo poder sobre sus emociones cuando James Payne se plantaba delante de sus ojos. Infinitamente pequeño si le sonreía de esa manera y le decía algo como lo que acababa de escuchar.

Carraspeó un instante.

—¿A mí? —logró preguntar.

—Sí, a ti, Mary.

Se aproximó un poco y ella se vio obligada a tomar aliento para dar sosiego a sus pulmones, que funcionaban torpes en presencia del doctor. James se acercó aún más a Mary, que continuaba al lado de la mesa. Él acarició la tela del vestido que reposaba encima con los dedos y ella no pudo evitar envidiar a aquel trozo de tejido, que tenía el privilegio de acaparar el roce de las manos de James. De nada sirvió que se regañase por el pensamiento, la idea se cosió a su pecho, en una puntada tan apretada que le costaba respirar. Optó por quitarle la tela de las manos y doblarla, para tener algo que hacer. Buscando serenarse, se movió con ella hasta el otro lado de la mesa, donde la colocó con delicadeza.

—Hay una reunión esta tarde a la que me gustaría que asistieras, Mary —le dijo James, que seguía sus movimientos con la mirada.

—No entiendo, ¿qué tipo de reunión?

—¿Recuerdas el cumpleaños de Berta Harris?

Mary asintió. La fiesta de Berta era el único acto social al que había acudido desde que vivía en Londres, así que no era fácil olvidarse de ella.

—Sí, claro.

—Supongo que recuerdas también de lo que se habló allí.

Por supuesto. El tema de la guerra se coló en la celebración, como lo hacía cada día con más fuerza en todas partes. La crispación en las colonias por el control de las materias primas y por mostrar la superioridad frente a otras potencias estaba caldeando los ánimos de muchos países y esa tensión era palpable en las ciudades. Los hijos de Abigail habían advertido de la paulatina transformación de algunas industrias en fábricas de armas. Estas empezaban a desplazar a otros productos en las inmensas naves y eso solo podía significar que sabían que serían necesarias en poco tiempo. De otro modo, producirlas no tendría ningún sentido.

Recordó que también se habló de las sufragistas, las mujeres que exigían tener derecho al voto y peleaban por ser escuchadas en una sociedad que no las tenía en cuenta. En el cumpleaños de Berta Harris se había reunido un nutrido grupo, todas enfermeras del St George. En ese momento se enteró de que organizaban actos para hacerse escuchar y supuso que lo que había venido a contarle el doctor tendría que ver con ellas.

—¿Me estás hablando de las mujeres que piden el voto?

—Sí. Les hablé de ti, Mary, del esfuerzo que estás haciendo por sacar esta casa adelante tú sola.

—Me ayuda Abigail, y las niñas no se quedan atrás —le cortó.

—Cierto, pero eres tú la que ha tomado la iniciativa. Al fin y al cabo, eres la dueña de la casa.

—Nada podría hacer sola, sin ellas esto seguiría siendo un caos.

—No te quites méritos, los tienes.

Se acercó un poco más a Mary, y esta, turbada por su proximidad, dio unos pasos hacia la ventana, simulando un desmesurado interés por el aspecto de una calle londinense, un martes por la mañana. Descorrió un poco la cortina mientras se asomaba por los cristales. Debería haberla abierto y que entrase un poco de aire que disipara el aturdimiento que la presencia del doctor le provocaba, pero hacía bastante frío.

—¿Qué tengo yo que pudiera interesarles tanto? —le preguntó, intentando concentrarse en la conversación.

—Tu coraje, Mary. Se necesitan mujeres valientes como tú, por eso quiero que me acompañes a la reunión de esta semana. Es esta misma tarde.

—¿Y qué voy a hacer allí? Tengo muy poco que aportar. Apenas sé nada de lo que hacen, salvo lo que escuché ese día y lo que tú me contaste. No sé de qué serviría...

—De mucho más de lo que piensas —la interrumpió él.

—¿Por qué?

Se atrevió a enfrentar sus ojos y pudo observar cómo su mirada se iluminaba al hablar.

—Porque tú no eres una mujer corriente, Mary. Eres alguien de origen noble y estás trabajando. Estás dando un paso muy poco frecuente en alguien de tu clase. Un paso mucho más valiente de lo que supones. Estoy seguro de que tu ejemplo será un buen revulsivo para la causa.

—¿Me estás diciendo que quieres que os acompañe para que se hable de mí?

—Sí y no. Escucha. Que una mujer de tu estatus decida tomar las riendas de su vida es muy poco usual, pero si te unes a la causa sufragista podrás ayudar a que mucha más gente se pare a pensar en lo injusto que es que las mujeres no tengáis derecho a haceros escuchar. Tu historia es tan poco frecuente que es casi imposible que no le presten atención.

—¿Y si no quiero exponerme a más habladurías? ¿No crees que ya tengo bastante, James?

—Precisamente porque ya estás en esa posición, porque todo el mundo habla, cuéntaselo tú. En primera persona. Cuenta cómo estás saliendo adelante sola. Y piénsalo, si puedes hacer eso, ¿por qué no podrías tomar otras decisiones importantes sin el respaldo de un hombre?

Mary suspiró con desencanto.

—¿Qué crees que opinará mi esposo cuando venga si voy pregonando que no me mantiene? —le dijo, decaída.

—¿Qué opinas tú de que no lo haga?

Mary se quedó callada. Tenía su opinión sobre las personas que en principio deberían estar preocupándose de su bienestar y no lo hacían, estaba enfadada, pero no creía que subiéndose a una tribuna a gritarlo las cosas fueran a mejorar. Si acaso, podría enfadar aún más a su padre, y temía que John no fuera demasiado condescendiente cuando regresara a las islas. No, en absoluto iba a exponerse a estropear más su vida, ahora que había logrado encarrilarla un poco.

—¿No crees que estás viviendo una injusticia? —preguntó James, espoleando aún más su agitado ánimo—. Te han casado con alguien sin preguntarte, sin tener en cuenta tus sentimientos y ahora te encuentras con que tu esposo no se preocupa por ti. ¿Qué has hecho? Desde luego, llorar no. Has luchado para encontrar una solución. En realidad es lo que hace cualquier mujer como Abigail cuando su hombre le falla. Es ella la que ha sacado adelante a sus muchachos.

—¿Teníamos otra opción cualquiera de las dos?

—Ella no, pero tú sí. Tú podrías haber pedido ayuda a tu abuela, podrías haber cogido tus baúles y vuelto a casa de tu padre. Podrías haber dejado esta casa y a las gemelas a su suerte y haber regresado a Almond Hill. ¿Conoces a muchas mujeres de tu clase que hayan hecho lo que tú? ¡Trabajas! Y te estás dejando la piel en ello, Mary. Apuesto, por tus ojeras, que llevas días sin dormir.

Los ojos de Mary, cansados por tantas horas sin vacaciones, lucharon con ahínco por contener las emociones que ejecutaban una grácil danza de desencanto en su interior, amenazando con una tormenta. Ella no era capaz de ver las cosas como James se las exponía, de ponerle a sus días el matiz de heroicidad que él les otorgaba. Sabía que podría haber acudido a su familia, pero eso significaba ver a Charles regodeándose con su fracaso u obligar las niñas a volver con la odiosa mujer del orfanato.

—No he tenido otra opción —le dijo—, aunque tú creas que sí. A lo que he hecho no puedes llamarlo valor, era solo el menor de los males. No estoy luchando por cambiar el mundo, trato de no pasar hambre. Es pura supervivencia —dijo Mary, atreviéndose a sostenerle la mirada.

—Lo es, Mary. Te repito que podrías haber tomado cualquier otro camino. ¿Por qué no has recurrido a tu abuela? —preguntó mientras le cogía las manos.

—Pues… —Mary se soltó de James y cruzó los brazos sobre el pecho—. Porque puedo hacerlo sin ella y porque no quiero matarla de un disgusto. Ya ves, mi razón no es tan valiente como pensabas.

—Mucho más de lo que crees —dijo él—. Sea como sea, tu historia abrirá los ojos a otras mujeres que, teniendo mucho menos que perder que tú, no se animan a dar un paso adelante. Tenemos que convencerlas de que tienen derecho a opinar, a decidir, a poder vivir la vida que deseen sin que planifiquen para ellas, tratándolas como meros objetos. El voto, Mary, es un paso para lograr lo demás. Para, por ejemplo, poder decidir con quién quieren pasar el resto de su vida.

A medida que hablaba, James se había ido acercando a Mary y bajando el tono. Las últimas palabras casi las susurró en el oído de la muchacha, que en ese momento era incapaz de controlar un incómodo temblor en su cuerpo que delataba sus emociones. El suave aliento del doctor recorría su cuello como una delicada caricia, provocando que se estremeciera. Cerró los ojos y tragó saliva para poder continuar hablando. Instantes después enfrentó su mirada a la de Payne.

—James, no creo que lleves razón —dijo con suavidad, sin separarse de él—. La gente de mi clase, como tú dices, me ha dado la espalda. Mi familia incluida. —Bajó la mirada, pero enseguida volvió a sus hipnóticos ojos—. No pareceré alguien valiente, sino más bien una mujer desesperada. Porque eso es lo que soy. No soy un ejemplo a seguir, créeme.

—No estás siendo justa contigo —dijo él.

—Ni siquiera pienso si quiero hacer lo que estoy haciendo. Simplemente, lo hago —añadió Mary.

—Piensa en lo que te he dicho. Quizá descubras que todos los inconvenientes que has vivido solo han sido un paso para darle sentido a tu vida.

—Pero mi vida ya tiene sentido.

—¿Lo crees? Estás encerrada entre estas cuatro paredes. Trabajando, Mary. No haces nada más.

—Es lo que quiero hacer ahora.

—No, no es lo que quieres. Es lo único que puedes hacer. Ni siquiera te concedes pensar en lo que quieres, me lo acabas de decir. Escucha un momento y sé sincera contigo misma. No hace falta que me contestes, pero piensa. ¿De verdad lo que estás viviendo se corresponde con lo que desearías? ¿Quieres seguir casada con un extraño que no se ha dignado ni a venir a conocerte? ¿Quieres que tu padre o él sigan llevando el timón de tu vida o preferirías poder hacerlo tú misma? Has descubierto que puedes, que no los necesitas. ¿De verdad no te gustaría poder seguir haciéndolo con plenos derechos? Porque cuando Lowell regrese… tendrás que dejar todo esto.

—Es probable.

—¿Estás segura de que querrás volver a ser quien eras?

Mary no sabía si James le estaba hablando de la lucha sufragista o de su propia vida, si en algún momento su discurso había cambiado de rumbo y estaba tratando de decirle otra cosa. No estaba segura de que al doctor solo le interesara que se uniera a la causa por la que había peleado su mujer, y de la cual había recogido el testigo. Intuía que detrás de sus palabras latía otra intención.

—Te acompañaré —dijo—. Pero no quiero comprometerme a nada. Solo escucharé lo que digan.

—Eso ya es un paso, Mary.

Martes, 27 de enero de 1914

La reunión informal del WSPU[1] se celebró en el salón de Berta Harris. Mary se sentó en uno de los rincones de la sala, cerca de James, intentando pasar desapercibida. Estaba abrumada por la presencia femenina y admirada de que James y otros tres hombres —el doctor Harris y los esposos de dos de las militantes del movimiento— se mostrasen a favor de las reivindicaciones que allí se estaban planteando. Imaginaba allí a su padre o a su primo Charles, y enseguida hubieran alzado la voz para intentar acallarlas. Todo lo que planteaban chocaba de lleno con las tradiciones y las normas sociales que regían el obsoleto mundo en el que Mary había crecido.

Presidía la concurrencia una mujer madura de quien Mary había oído hablar en su anterior visita a la casa de los Harris: Emmeline Pankhurst. Nada más entrar echó un vistazo al rincón donde se encontraban los doctores y saludó con una leve inclinación de cabeza. La organización que la señora Pankhurst había fundado hacía años en Mánchester era únicamente femenina, pero el respeto que sentía por Anne, la esposa fallecida de James Payne, y la ayuda que Robert Harris prestaba siempre, por ejemplo a Emily Davison en el hipódromo de Epson —aunque al final no hubiera servido de nada— le hacían tolerar su presencia. Emmeline rondaba los sesenta años y desde los catorce luchaba en la defensa de los derechos de la mujer.

Emmeline se enamoró de Richard Pankhurst, un abogado veinticuatro años mayor que ella, muy conocido por apoyar el voto para las mujeres, y sus ideas encontraron el caldo perfecto para fortalecerse. Cinco años después de la muerte de su esposo, convencida de que los avances eran posibles, fundó el WSPU.

«Acciones, no palabras», repetía casi en cada una de las reuniones que se organizaban.

Y su lema lo llevaba a rajatabla, aunque eso le hubiera ocasionado ser detenida en numerosas ocasiones. Las mujeres defendían sus ideas rompiendo ventanas, atacando a la Policía o enfrentándose a quien hiciera falta con tal de ser escuchadas. No era extraño que muchas veces fueran arrestadas y condenadas a

---

[1] Unión Social y Política de la Mujer (N. del A.)

penas de cárcel y trabajos forzados. Ante eso organizaban huelgas de hambre con las que consiguieron algunos avances, pero las autoridades, hartas del método, habían optado por alimentarlas metiéndoles un tubo por la garganta, lo que causaba grandes heridas. Robert había enviado una carta al Primer Ministro, Herbert Henry Asquith, advirtiendo de la barbaridad que eso suponía y por ello había estado a un paso de ser despedido del St George. La hábil intervención de Berta, cuyos contactos parecían ser infinitos, le había salvado el trasero.

Emmeline se situó en un extremo del salón, mientras las mujeres y los escasos hombres que componían la concurrencia, sentados en sillas, fueron poco a poco apagando el murmullo.

—Me alegro de volver a veros —dijo ella al fin—. He querido que nos reuniéramos hoy antes de la concentración del domingo en Hyde Park, porque necesitamos pararnos a pensar. Siempre hemos repetido que queremos conseguir reformas sin matar a nadie, con contundencia pero sin todas esas cosas estúpidas que son capaces de hacer los hombres. Se puede; se puede conseguir la libertad a la que aspiramos sin llegar a derramar sangre.

—Después de lo ocurrido con Emily en el hipódromo no podemos mantenernos cruzadas de brazos —protestó una de las mujeres de la primera fila. Emily Davison se había convertido en la principal mártir británica de la causa.

—No es el camino, querida. No queremos emular a los hombres ni sus métodos. Queremos nuestros derechos, luchando con contundencia por ellos, pero no a costa de cualquier cosa.

—¿Y qué hay de los incendios que provocamos? —preguntó una de las enfermeras, interrumpiendo a Emmeline—. ¿No es eso un acto tan violento como poner una bomba?

—Es ruido para conseguir que la prensa recoja nuestra lucha y no nos dejen marginadas a una simple nota. Recordad la muerte de Emily, es el camino que nos están dejando.

—Pero, a pesar de eso, no nos escuchan. Algo más drástico habrá que hacer —añadió otra asistente.

—No cejaremos en nuestro empeño —dijo Emmeline—. Seguiremos adelante, sufriendo el daño en nosotras mismas si es preciso. Nos prepararemos para ello. Seguiremos con las huelgas de hambre, manifestaciones, protestas...

—Tardaremos siglos en conseguirlo así —dijo otra.

—Llevamos siglos sin tener los mismos derechos que los hombres y esto ha sido así por nuestro propio conformismo. Pero ahora que estamos seguras de que somos tan capaces como ellos de tomar decisiones, de estudiar, de formarnos y ser parte activa de la sociedad, no vamos a rendirnos. Poco a poco, paso a paso y sin la violencia de la que son capaces los hombres, demostrándoles que somos mejores que ellos, lo lograremos.

James no estaba de acuerdo en este punto e hizo un gesto de desagrado que no pasó desapercibido para Emmeline.

—¿Tiene algo que decir, doctor Payne? —preguntó.

—Está siendo injusta, Emmeline. Sabemos que la inmensa mayoría de hombres no está de acuerdo con esto porque, entre otras cosas, supone perder sus privilegios. El más importante, sentirse superiores. Hay hombres que se alimentan casi solo con el orgullo. Sin embargo, no todos somos así. Y tampoco estoy de acuerdo en que seáis mejores. En todo caso, estamos hablando de igualdad. No se debería saltar al otro lado.

Hubo un murmullo de reprobación en la sala que la mujer cortó en seco. La corrección de James dejó pensando a la señora Pankhurst. Era sensato lo que planteaba James. Igualdad era la palabra clave.

—Hay gente que considera que las mujeres no son capaces de pensar por sí mismas, que intelectualmente son inferiores a los hombres. Eso, querido, sabemos que no es cierto. Somos muy capaces, se lo aseguro. Lo demostramos en las escasas ocasiones en las que se nos da la oportunidad de estudiar.

—Lo sé, Emmeline. Incluso más fuertes que nosotros cuando se trata de sacar una familia adelante.

—He tenido la oportunidad de experimentarlo —respondió ella.

—Pero eso no significa que seáis mejores; no creo que sea la idea que se deba transmitir.

—Quizá he confundido la palabra, doctor Payne. Le ruego que me disculpe. Rectifico delante de todos y aprovecho para decir otra cosa. Aceptando nuestros errores, sí somos mejores que los hombres…

Mary miró a James, que sonreía a la señora Pankhurst. Al principio se había asustado, pensó que iniciarían una airada discusión, pero ahora se daba cuenta de que a ella no le había molestado en absoluto la intervención del joven médico. Entre ellos había respeto mutuo y, si su intuición no le fallaba, hasta quizá un poco de cariño. El discurso de la señora Pankhurst siguió de manera vehemente, lanzando consignas del movimiento y tratando de convencerlas de que había que recobrar los ánimos. Habló, cómo no, del intenso murmullo que se extendía como una plaga y que hablaba de la proximidad de una guerra. A ella le parecía una oportunidad única para demostrarle al mundo lo que las mujeres valían. A Mary, sin embargo, le pareció que, si se confirmaba, sería una enorme desgracia.

Al terminar la reunión, Berta hizo que sirvieran unos aperitivos para la concurrencia y té. Las mujeres se fueron reuniendo en corros y Mary hizo todo lo posible por no separarse de James. Le iba presentando a una y a otra y enseguida se daba cuenta de que, aunque no se hubiera hablado de ella, en realidad todos conocían su historia y más de una de las mujeres que allí estaban daban por sentado que se había unido a la causa.

Emmeline se acercó a la pareja.

—James, debería ser una mujer —le dijo dándole un beso en la mejilla. Con la proximidad y el gesto cariñoso cambió también el modo de dirigirse a él, abandonando todo formalismo.

—Estoy muy a gusto siendo un hombre —sonrió él.

—Me imagino que la muchacha que le acompaña es Mary Lowell, la hija del conde de Barton.

Ella se sorprendió. Emmeline Pankhurst la conocía. En realidad, como todo el mundo en aquel salón. Miró a la mujer, observando su rostro sereno y la seguridad que emanaba. Su cabello, recogido en un moño bajo, todavía no estaba encanecido del todo, a pesar de la edad. Del cuello colgaba un collar que le llegaba hasta la cintura, donde reposaban unos anteojos de los que aún no había hecho uso. Solo los necesitaba para leer y aquella reunión en casa de los Harris solo había sido convocada para serenar los ánimos antes del domingo de algunas activistas, que estaban dispuestas a pasar a otro tipo de lucha y para aprovechar la presencia en Londres de Emmeline. Unos inoportunos dolores de cabeza se repetían cada tarde desde hacía unos meses y quería que la revisaran. Robert, por supuesto, se había prestado a ello.

El sobrio vestido negro, completado por una camisa blanca de cuello cisne, daba una sensación de serenidad a quien contemplaba a Emmeline. A pesar de sus revolucionarias ideas y su fuerte carácter, no perdía la compostura. Al contrario, se tomaba su tiempo antes de contestar, eligiendo de manera inteligente las palabras.

—Tengo entendido que ha montado un negocio en su casa, Mary.

—Yo... creo que llamarlo negocio es algo excesivo —dijo ella.

—¿Y cómo lo llamaría? —preguntó Emmeline.

—Una forma de supervivencia —dijo Mary.

—Ya veo. Seguro que a su marido le parecerá estupendo, si no ha puesto objeciones...

—Mi marido no tiene ni idea —contestó Mary, sin amilanarse—. Pero tampoco parece importarle si me muero de hambre.

—¿Y qué opina su padre?

—Creo que estuvo a punto de sufrir un colapso cuando se enteró.

Emmeline levantó las cejas y sonrió. Estaba dispuesta a seguir tanteando a Mary, para conocer su situación de primera mano. Lo que le habían contado le gustaba, era una joven con iniciativa y ese era el perfil que necesitaba de su lado.

—Me han dicho que cose y que en su casa se venden pasteles.

—Sí —contestó ella de forma escueta.

—¿Lo dejará cuando vuelva su esposo?

Otra vez la misma pregunta. Todo el mundo daba por sentado que John no estaría de acuerdo en su decisión de trabajar y que eso a ella le molestaría, pero en realidad ni siquiera se lo había planteado así. Trabajar era una necesidad, no una decisión caprichosa. Inventar un modo de que llegase dinero a su casa era una urgencia y no un deseo de cambiar el mundo. Sin embargo, el asistir a aquella reunión, lo que le había ido contando James desde el cumpleaños y, sobre todo, el que su padre se hubiera mostrado tan ofendido cuando la perjudicada de todo aquello era ella, le hicieron guardarse sus reflexiones.

—Tendría que hablar con él —contestó con una apariencia de seguridad superior a la que sentía.

—Pero ¿quiere dejarlo?

Lo pensó tan solo un instante. Lo que tardó en recordar las burlas de Charles y pensar en que él, en el caso de verse en su situación, lo más probable sería que acabase mendigando en las casas de conocidos, convirtiéndose en un gorrón. Ella nunca se rebajaría a eso. Le parecía mucho más deshonroso que usar sus manos para trabajar, por mucho que una mujer de su clase no debiera hacerlo nunca.

—No —contestó.

—Sabe que lo que usted quiera no tiene importancia, ¿verdad? Según están las leyes, tendrá que obedecer los deseos de su esposo —añadió Emmeline.

—Sí, lo sé.

—¿Está dispuesta a aceptarlo?

—Cada día menos —dijo ella con sinceridad.

—Pues de eso trata lo que hacemos, de lograr que no tenga que ser su esposo el que decida lo que debe hacer o tiene que pensar. Bienvenida, Mary. Creo que si no está convencida, lo estará en breve. Espero verla el domingo en el parque.

Mary no se lo perdió. Ese domingo acudió con James y pudo comprobar con sus propios ojos la convicción de aquellas mujeres que levantaban voces y pancartas, y que no se amilanaron ni siquiera cuando la Policía sacó sus porras y se llevó detenidas a dos de ellas.

Miércoles, 25 de febrero de 1914

El invierno de 1914 convirtió en un hogar a la fría casa de los Lowell. Los encargos de vestidos se sucedían, alentados por la excelente publicidad que Victoria Townsend y sus conocidas hacían de la habilidad de Mary y los diseños innovadores que llegaban desde Francia, de la mano de Camille Leduc. La despensa volvió a tener víveres suficientes y la leñera rebosaba de maderos que calentaron el edificio. Por fin parecía que la joven podía respirar tranquila.

Mary seguía enojada con su padre y con John, aunque había dejado de sentirse preocupada por averiguar quién le estaba mintiendo. Se ocupaba tan solo de que la casa funcionara, de que las niñas y la cocinera cobrasen sus sueldos y de ir sobreviviendo día a día. Continuaba viéndose con James y, con frecuencia, acudía a las reuniones en casa de los Harris, aunque su participación en los actos de las sufragistas no fuese tan activa como a algunas les hubiera gustado. Había acudido a alguna manifestación más, pero siempre manteniéndose en un plano de espectadora. Se sentía atraída por sus ideas, aunque estaba demasiado concentrada en el día a día y seguía pensando que ella no estaba hecha para luchar por algo tan grande como conseguir derechos para el resto de las mujeres. Bastante tenía con la pelea interna por entender lo que estaba pasando y por no dejarse llevar por todo lo que sentía cuando el doctor Payne se acercaba a ella.

Ya no lo dudaba. Sabía que dentro de ella había germinado un sentimiento poderoso, que ahora podía entender mucho mejor lo que había leído en las novelas con las que se entretenía sentada bajo el almendro en Almond Hill. Sin embargo, también estaba segura de que no era conveniente para ella prestar atención a todas aquellas sensaciones. James solo era un amigo, se lo repetía a cada instante, e incluso se inventaba excusas para no verlo, aunque por dentro estuviera deseando lo contrario. No tenía ninguna experiencia con los hombres, pero, cada vez que James se aproximaba a ella, no dudaba de que él también había empezado a sentir lo mismo. No lo expresaba en voz alta, aunque sus miradas y sus gestos revelaban mucho. No era conveniente. No era oportuno. No era algo que se pudiera permitir una mujer casada, por más que de ello solo tuviera un papel firmado hacía meses, que ni siquiera tenía estampada la letra de su esposo, sino de un representante legal.

Pero una cosa era saberlo y otra ser capaz de decirle no al doctor, que siempre recompensaba sus días con sus inigualables sonrisas. Mary cedía a sus invitaciones porque deseaba estar con él y porque constituían lo mejor de su estancia en la ciudad, momentos en los que se olvidaba de todos los problemas que tenía. Dejó que James fuera su cicerone algunos domingos. Acompañados por una de las niñas, conoció rincones de la ciudad. Mary nunca olvidaría que se agarró de su mano cuando el impresionante tamaño de la catedral de St. Paul le cortó el aliento y tampoco aquella vez que llegaron empapados a su casa después de perderse un buen rato entre las callejuelas del Temple.

La cocinera entró en el salón a media mañana. Mary llevaba allí desde el amanecer, cosiendo en compañía de Virginia, que no se separaba de ella en cuanto lograba esquivar las tareas de Abigail. Sin darse cuenta, había adquirido el hábito de contarle a la niña todo lo que se hablaba en casa de los Harris y a Virginia le fascinaba escucharla. Mucho más que los aburridos sermones de la cocinera, que siempre encontraba un motivo para reprenderla.

—Debería tomarse un descanso, señora —le dijo la señora Smith.

—Creo que sí, Abigail —contestó, soltando la tela. Empezaban a dolerle los ojos por la escasa luz que el día gris de febrero dejaba entrar por la ventana.

—Le he preparado un té con bizcochos. ¿Quiere que se lo sirva aquí?

—No, iré a la cocina. Me apetece salir de esta habitación y pasar un rato con las niñas. Deje que Sabine se tome un descanso. Y tú, Virginia, ve a la cocina.

La niña dejó la labor sobre la mesa y se marchó trotando a la cocina.

—Ya sabe lo que opino de que las trate así, pero no se queje si después le acaban dando un disgusto por ser tan complaciente con ellas.

—No exagere, Abigail. ¿Qué disgusto podrá darnos que las trate bien?

Siguió los pasos de la señora Smith hasta la cocina, dándose cuenta de lo agotada que estaba esa mañana. Apenas había ingerido alimentos cuando se levantó, y de eso hacía unas cuantas horas. Cuando cosía se olvidaba de que el mundo existía, se concentraba tanto en la tarea que daba gracias por tener a Abigail recordándole que tenía que comer.

—Ha llegado una carta del señor Lowell —dijo la cocinera, sacando de su bolsillo el sobre. Mary había escuchado la puerta hacía un rato, pero dedujo que era alguien que venía en busca de dulces. No pensó que habían llegado noticias de John.

—A ver qué excusa trae ahora.

Habló con resignación antes de rasgar el sobre, de donde extrajo un grueso de papeles. El primero de ellos llevaba la letra de John, la que reconocía ya de la correspondencia que intercambiaban, pero los demás parecían documentos legales. Dio la vuelta al sobre y se fijó que la carta no llegaba desde Boston, sino que el matasellos era de Londres. El corazón le empezó a latir descontrolado, pensando que John había decidido por fin volver a casa. Sus ojos recorrieron ansiosos las primeras líneas manuscritas. No era así. John seguía en América.

—¿Ocurre algo? —preguntó Abigail, preocupada por la palidez de su rostro.

—John me envía unos papeles… ¡No puede ser!

—¿Qué papeles?

—Es… Son… Mi marido ha comprado al banco una deuda de mi padre que no sabía ni que tuviera. Si no la satisface en los próximos meses, Almond Hill pasará a ser… ¡de nuestra propiedad!

—¡Bendito sea Dios!

Mary examinó los documentos, aunque no entendía gran cosa. Sin la carta que sostenía en sus manos, no le decían nada. Abigail se animó a sugerir que las niñas bajasen a la lavandería. No le parecía sensato que estuvieran tan al tanto de todos los pormenores de los problemas de Mary. Por una vez ella estuvo de acuerdo y cedió a la petición. Mary se acercó a la ventana y leyó en voz alta:

—«Querida Mary,

»Sé que llevas tiempo preguntándote qué es lo que sucede con el dinero que no llega a ti. Quiero que compruebes tú misma, con ayuda de mi abogado, lo que está pasando y que sepas la clase de padre que tienes. Desde hace meses, mis envíos llegan a manos de Richard Davenport, pero él ha decidido darles otro destino. Seguro que te sorprende saber que hace más de un año contrajo una deuda con el banco, deuda por la cual Almond Hill está hipotecada. Lo desconocías, ¿verdad? Si no satisface los plazos en el tiempo previsto, y puedes estar segura de que me encargaré de que así sea, perderá la propiedad. Tengo contactos que me ayudaron a prorrogar el plazo y ahora es a mí a quien le debe todo. A la misma persona que, de momento, le está proporcionando el dinero para que pague, ese que debería estar llegando a tus manos y no lo hace. Pero quiero que sepas algo más. Dejaré de enviárselo este mismo mes. No te preocupes, tú recibirás las mil quinientas libras acordadas para cada mes a partir de marzo de manos de mi abogado. No eres tú quien quiero que lo pase mal.

»Tu padre, a través de tu primo Charles, está realizando inversiones en armas. Todos sabemos cómo están las cosas y han debido pensar que era la mejor manera de recuperar lo que ha ido perdiendo por su mala cabeza. He dejado que piense que puede hacerlo, pero no contaba con que fuera tan mezquino y te dejase a tu suerte. Angus Stockman me ha contado lo que estás haciendo para salir adelante y estoy sorprendido de que hayas sido capaz con tan pocos recursos. No esperaba que pudieras tomar el timón de la casa y enderezar su rumbo, y más alguien como tú, a quien estoy seguro de que nunca le ha faltado nada. Bravo, Mary. Me alegro de tu iniciativa.

»Eso ha sido lo que me ha animado a dar el paso que seguro que te sorprenderá. Cuando tu padre lo pierda todo, Almond Hill pasará a nuestras manos. No seré yo quien será el legítimo dueño de los terrenos y la mansión, sino que todo lo pondré a nuestro nombre, al tuyo y al mío, aunque tú estarás bajo mi tutela, puesto que la ley no me deja hacerlo de otro modo. Quiero que seas tú, en persona, quien se encargue de todo lo relacionado con la propiedad en mi ausencia. Es mi compensación por este tiempo, y lo hago porque estoy seguro de que en ti hay la prudencia suficiente para saber cómo gestionar los bienes de tu familia, esa que tu padre no tiene. Yo no busco nada material, tengo más que suficiente con mi propio dinero y lo que he logrado construir, solo quería ver cómo él se hundía en la miseria. Siento mucho haberte utilizado para llegar a Richard Davenport, pero, después de años buscando cómo, fue la manera que se me ocurrió. Tenía la idea de que tú eras como él, una niña soberbia y altiva que pondría el grito en el cielo y regresaría a casa tras el primer contratiempo, pero me has sorprendido. Has resultado ser más madura de lo que imaginaba. Una mujer luchadora que no ha dudado un segundo en hacer lo que estuviera en sus manos para salir a flote. Aunque entre los dos te hayamos hundido. Incluso te has expuesto a que yo me enfureciera por tu iniciativa y a las consecuencias sociales que tus pasos pudieran tener. Eres valiente y decidida, y ese valor y toda la angustia que te he hecho vivir la compensaré.

»Ya ves, si hay algo bueno en toda esta historia eres tú y tu capacidad de reacción. Estoy orgulloso de que seas mi familia, aunque sé que ahora, mientras lees, me estás odiando y te resultará difícil entenderme. En el futuro, no tardando mucho, podrás hacer lo que quieras con Almond Hill. Incluso estaré de acuerdo en devolvérsela a tu padre si es lo que deseas, no me voy a oponer. Solo necesito de ti que esperes un poco. Que me concedas el tiempo que necesito para que él escuche de mí lo que tengo que reclamarle. Sé que contándote esto me expongo a que corras a advertirle de mis planes, pero asumo el riesgo.

»Volveré a Londres en un mes. Tenemos una conversación pendiente, Mary.

»John Evan Lowell».

—¿Se ha vuelto loco este muchacho? —se preguntó la cocinera cuando terminó de escuchar la carta.

—No lo sé, Abigail. No entiendo nada. Después de tenernos sin un chelín ahora me dice que mandará ¡mil quinientas libras!

—No es mala persona, Mary. Al contrario. Yo sabía que él no iba a permitir que pasara necesidades sin motivo, que tenía que haber algo más.

—¿Cómo que no? ¡Lo ha hecho! Él es tan responsable como mi padre de todo esto —gritó furiosa—. No sé qué es lo que le pasa con mi padre, pero, si yo no tengo nada que ver, ¿por qué insistió en casarse conmigo? ¿Para humillarlo? ¿Por qué tenía también que hacerlo conmigo?

—Espere a que vuelva, escuche sus razones. John es sensato, las habrá.

Mary lanzó la carta y los papeles encima de la mesa de la cocina y corrió a su cuarto, donde pasó horas caminando de un lado a otro, intentando serenarse. Estaba rabiosa, se sentía utilizada por las decisiones de dos hombres a los que parecía importarles muy poco su bienestar.

El discurso de Emmeline, que hacía tiempo que iba empapando su ánimo, se hizo presente y decidió que ya era hora de pasar a la acción. Ella llevaba razón, no era justo que las mujeres no pudieran tomar decisiones que no estuvieran respaldadas por un hombre, que tuvieran que aceptar cuanto se les ocurriera sin alzar la voz. Quería gritar, abofetearlos por utilizarla, pero no había ninguna ley que la asistiera. ¿Qué vendría después si se atrevía a hacerlo? Más humillaciones, quizá un encierro permanente que la dejara hasta sin la posibilidad de ver a nadie.

Pensó en James, en lo distinto que parecía. Sus atenciones, su amabilidad, el que hubiera estado a su lado aunque ella hubiera renunciado a cualquier ayuda que quisiera proporcionarle. Pensó en los sentimientos que reprimía por estar casada y le pareció aún más injusto lo que le estaba pasando.

Primavera. Ese era el plazo. Un mes más, dos a lo sumo y tendría a John delante para exigirle que le aclarase punto por punto aquel sinsentido, que le expusiera las razones completas por las que estaba vengándose del conde de Barton usándola a ella como moneda de cambio. Le había pedido que esperase, pero lo único que le apetecía en ese momento era cambiarse de vestido y marcharse a Liverpool Street. Coger el primer tren que la llevase hasta Almond Hill y que su padre se enterara de que lo sabía todo.

Hizo el gesto de abrir el armario de la habitación, pero entonces cayó en un detalle. En realidad no sabía nada. Las razones de John eran difusas, le había dicho en la carta que se las expondría cuando llegara. Un mes más. Cerró el armario. Esperaría.

Bajó de nuevo al salón, rechazó el té que de nuevo le ofreció Abigail y se concentró en los vestidos. Ese día, ni siquiera comió.

Viernes, 27 de febrero de 1914

La noticia había corrido como la pólvora por todo Londres. Días antes, el 15 de febrero, activistas del movimiento sufragista habían roto los cristales del Ministerio del Interior, prendiendo fuego más tarde al aristocrático pabellón del Lawn Tennis Club. Aquellos actos eran los que alejaban a la opinión pública de sus reivindicaciones y estaban causando una pequeña fractura entre las mujeres que luchaban por la causa. Algunas, las más violentas, habían perdido la paciencia. Querían resultados que parecían muy lejos de conseguirse con fines pacíficos. Otras estaban convencidas de que su lucha tenía que ser como el agua que erosiona una piedra; un proceso lento, casi invisible, pero irreversible. Las discusiones entre ellas amenazaban con tirar por la borda el esfuerzo de años.

—No podemos perder los nervios ahora —dijo Berta, que presidía la reunión en su salón ese viernes por la tarde—. Si lo hacemos, el sacrificio de nuestras compañeras encarceladas y torturadas habrá sido en vano.

—¡Ya lo es! —gritó Margaret, enfermera jefe del St George—. Los políticos no nos escuchan, no estamos consiguiendo ni el más mínimo avance. Se ríen de nuestras pretensiones y mandan a esos perros adiestrados que tienen en la Policía para que nos golpeen.

—Hay que tener un poco más de paciencia, Margaret.

—¿Más? ¿La tiene la Policía con nosotras cuando nos manifestamos? Cargan sin miramientos, nos apalean, nos detienen y no son muy amables cuando estamos en la cárcel. Ya es hora de actuar, que sepan que estamos dispuestas a todo.

—¿Creéis que con esto lograremos algo? ¿No recordáis a Mary Leigh?

—¿Quién era? —Mary, que llevaba poco tiempo sabiendo de sus actividades, desconocía su historia.

—Mary Leigh —dijo Berta Harris— clavó un hacha hace dos años en el carruaje del Primer Ministro, Herbert Henry Asquith. Algo muy parecido a lo que ha sucedido estos días. Llamó la atención de la prensa, es cierto, pero para que se siguieran burlando de nuestras pretensiones y, lo que es mucho peor, logró que las antipatías hacia nosotras se multiplicasen.

—Deberíamos recordarlo más a menudo —añadió Beth Miller, la esposa de otro de los doctores del hospital.

—A partir de ese momento, cualquier sospechosa de ser sufragista se convirtió en blanco de violencia por parte de sus vecinos. No estamos bien vistas, Mary —añadió la señora Harris.

—Solo por ser sospechosa de tener ideas propias, por levantar una pancarta, ya nos atacan. ¿No sería justo que nos defendiéramos? —intervino de nuevo la enfermera.

—Defenderse no es provocar incendios, Margaret.

—Con lo que sea. ¡No podemos dejar impunes actos como la muerte de Emily en el hipódromo!

Un alboroto siguió a la intervención de Margaret y costó bastante serenar los ánimos de la concurrencia. Berta al final lo consiguió y, para cuando ordenó servir el té, parecía que en aquel salón solo se había hablado del tiempo. Cuando aparcaban un momento su lucha, las mujeres que se reunían en casa de los Harris los viernes eran capaces de mantener una amigable charla. Aunque al principio pareciera complicado, al final siempre lograban llegar a acuerdos para continuar el sendero del que habían hecho uno de los motivos fundamentales de su vida.

—Me alegro de que hayas venido, Mary —dijo Berta, mientras agarraba a la muchacha del brazo—. La verdad es que no te esperaba aquí sin James.

—Es hora de que me mueva sola, no puedo aparecer siempre con él.

—Haces bien. James y tú… —Berta interrumpió la frase.

—Continúa, por favor. —La muchacha quería saber lo que estaba pensando.

—Mary —la apartó un poco para que nadie las escuchara—. Sé que entre los dos no hay nada más que una amistad, pero sé también que no conoces a tu esposo. Perdona, querida, las noticias vuelan. Creo que todo el mundo lo sabe y más de una está pensando que entre vosotros dos, aprovechando la ausencia de tu marido, hay algo más que una amistad.

—¡Pero eso no es cierto! —gruñó Mary, ofendida.

—Lo creo, James es un caballero, incapaz de ponerte en un aprieto semejante, pero también es un hombre y he visto cómo te mira. Todas lo hemos visto.

—¿James?

—Sí, querida. No sé si para ti es tan obvio como para el resto, pero el doctor Payne está prendado de ti. Deberías tener más cuidado si no quieres tener problemas con tu esposo. Me temo que, en cuanto sepa que te mezclas con nosotras, los tendrás. Imagina si le añades un romance con un médico tan atractivo como James Payne.

A Mary no le dio tiempo a contestar. Alice Wilson se acercó a ellas. Había oído hablar de los modernos vestidos que estaba haciendo y quería encargarle uno. Un traje sastre de inspiración masculina de franela en tono gris. Sobrio y elegante a la vez, rematado por una corbata que pretendía lucir suelta, sin abandonar el collar de perlas que había heredado de su abuela y que rebajaría de alguna manera el atrevimiento del traje. Se había enamorado del que llevaba Eveline Mitchell, una de las mejores amigas de Victoria Townsend, de quien le habían contado que era cliente suya. Mary le dio su dirección a Alice Wilson y, en cuanto pudo, pidió a Robert que le consiguiera un coche y volvió a casa acompañada de Sabine.

Allí cenó a solas en la cocina. Abigail regresó a su hogar y ella, en cuanto llegó, dio permiso a las niñas para que se acostasen. Sentada en la enorme mesa junto al horno, removía la sopa sin interés alguno, pensando tan solo en lo que le había dicho Berta Harris. James y ella. Si cerraba los ojos y se permitía que su imaginación recrease un beso que jamás había existido, podía notar cómo todo su cuerpo se estremecía. Su proximidad, su aroma, la calidez de su voz o la suavidad de sus manos, las pocas veces que se habían rozado, turbaban tanto su ánimo que estaba segura de que él acabaría dándose cuenta de lo que sentía. Y ahora Berta le contaba que había observado lo mismo en él.

Se levantó para dejar el plato en el fregadero y, una vez allí, apoyó sus manos contra la fría piedra. No podía ser. Ella estaba casada con John. Le odiaba desde que leyó su carta, se sentía estúpida, un objeto, y se merecía que ella no respetase aquel papel que tenían firmado. Al fin y al cabo era solo eso. Un papel. De un hombre que no había dudado en utilizarla para resolver un conflicto que tenía con su padre. Tenía que odiarle y sin embargo... La carta que le había escrito hablaba de admiración por ella, por su valor al no amilanarse ante los problemas. Quizá le estaba juzgando sin conocerlo, quizá debería esperar hasta que volviera a Londres.

Quizá también debería dejar de ver a James.

Aunque eso supusiera tener que recoger después los pedazos de su corazón.

CAPÍTULO 9

Londres
Residencia de John Lowell
4 de marzo de 1914

Estimada Camile,
En mi anterior correo de hace dos días te conté cómo están las cosas en casa. Te hablé de la carta de John y la venganza que planea sobre mi padre, de lo que mi esposo me contó que está haciendo él con el dinero que se supone que debería ser para mantenerme y de la hipoteca que pesa sobre Almond Hill. Sé que aún no me has contestado, quizá ni siquiera mi carta ha llegado a tus manos, pero no estoy tranquila. Necesito hablar contigo. Me dijiste que vas a instalar un teléfono en el atelier. Te ruego que en cuanto lo tengas me hagas saber si puedo comunicarme de ese modo contigo. En esta casa no hay, y como tampoco teníamos en Almond Hill ni siquiera sé cómo funciona, pero le preguntaré al señor Stockman. Necesito escuchar tu voz, que mantengamos una charla porque todo esto me está desbordando.

Tengo que decirte que he vuelto con el doctor Payne a las reuniones en casa de los Harris. En una conocí a alguien de quien quizá hayas oído hablar, Emmeline Pankhurst, la líder del movimiento sufragista, una mujer que sospecho que a ti te gustaría. James está empeñado en que yo puedo incorporarme a su lucha para conseguir el voto, piensa que mi iniciativa para sacar adelante esta casa es un buen ejemplo de que no necesitamos la ayuda de un hombre y que puede servir de revulsivo para otras que no se atreven a dar este paso. Su manera de exponerme las cosas me conmueve. Me habla con suavidad, sin imponer sus ideas sino dejando que yo piense en lo que me está diciendo. Poco a poco, el discurso de que deberíamos tener derecho a estudiar lo que quisiéramos, a trabajar con las mismas responsabilidades que los hombres y a tomar nuestras propias decisiones va calando en mi ánimo. No sé si yo puedo ser un ejemplo para estas mujeres, solo sé que todo esto me está cambiando. De la mano de James, aferrada a sus palabras, siento que esa posibilidad de ser una misma la que rija su vida no es una quimera.

Hay algo más que quiero contarte, sobre James. Camile, creo que me estoy enamorando de él.

Tuya,
Mary E. Lowell

Jueves, 5 de marzo de 1914

Richard Davenport se movía furioso por la biblioteca. Hacía menos de diez minutos que había mandado llamar a Charles, pero este parecía no entender la urgencia de su requerimiento. Continuaba en la habitación, dormido. Estuvo a punto de ir él mismo a sacarlo de la cama, pero se contuvo. Un conde no debía rebajarse a tareas de sirvientes. Optó por llamar al mayordomo y gritarle para que obligase a bajar a Charles.

—¡Martin, lo quiero aquí en cinco minutos! Me da lo mismo si baja en ropa de cama, pero que baje.

El mayordomo subió las escaleras de dos en dos. Llamó a la habitación, primero con cuidado y después con repetidos toques que lograron al fin su objetivo. Un furioso y despeinado Charles Davenport apareció al otro lado de la puerta. Si primero le había gritado el conde, ahora el mayordomo se llevaba escaleras abajo las voces de su sobrino. Lo bueno era que habían sido tan escandalosas que estaba seguro de que el conde de Barton no pondría en duda que había hecho con diligencia su encargo. Entró en la biblioteca para informarle de las palabras del joven Davenport.

—Señor, el joven Charles me manda decirle que se puede ir usted a paseo con sus prisas, que se levantará cuando le venga en gana.

Años al servicio de los duques de Berdford primero y de los

condes de Barton después, habían logrado que Martin fuera capaz de transmitir cualquier tipo de información sin despeinarse y sin pestañear. Incluso si las palabras del mensaje no eran las más apropiadas para un lugar como Almond Hill. Ni una sombra de emoción asomaba en su rostro, que tampoco dejaba traslucir nunca si cualquier grito recibido de vuelta le afectaba. Era la corrección personificada, infinitamente más educado que Charles se mirase por donde se mirase.

—¡Ese muchacho no puede ser más estúpido! —gruñó el conde.

Richard enfiló las escaleras y abrió la puerta del cuarto de Charles, que continuaba entre las sábanas. El conde descorrió las enormes cortinas y abrió de golpe la ventana. La luz y el frío del invierno entraron sin permiso en el cuarto, inundándolo.

—¡Se puede saber qué hace, tío! —refunfuñó.

—¡Levántate!

—Es muy temprano —dijo, envolviéndose en las mantas y dándose la vuelta para que no le molestase la claridad.

—¡He dicho que te levantes!

Tiró con fuerza de la ropa de cama y la arrancó, arrojándola por la ventana con furia. Charles no había visto a su tío así desde hacía mucho tiempo. Quizá desde antes de que muriera su esposa, no estaba del todo seguro. Al que no se parecía era a ese ser débil en el que le había ido convirtiendo el alcohol en el que se refugiaba los últimos años. Algo muy grave tenía que estar sucediendo para que entrase de ese modo a despertarlo.

—¿Qué es tan urgente? —preguntó recostado sobre los codos, con el torso descubierto y el pelo alborotado.

—Baja a la biblioteca. ¡Ya! Te doy cinco minutos. No pierdas el tiempo llamando a nadie para que te vista, creo que tienes suficiente edad para hacerlo solo. Lo que te tengo que comunicar no precisa que te presentes muy elegante.

Abandonó la estancia dando un tremendo portazo que hizo tambalearse la lámpara del techo y derribó un marco con la foto de la condesa y sus hijas pequeñas. El cristal se hizo añicos en el suelo de la habitación. Aun así, Charles tardó más de un cuarto de hora en presentarse en la biblioteca. Richard no había sido capaz de aplacar su enfado ni siquiera con las tres copas de brandy que se había servido. En cuanto tuvo a Charles frente a él, comenzó a gritar.

—¡No hemos recibido las mil quinientas libras de Lowell y estamos a día cinco!

—¿Y para eso me saca de la cama con tanto apuro? Habrá habido un retraso, ya llegarán.

—El banco exigía el pago el cuatro, ¿no lo entiendes? ¡Hoy es cinco!

Con un gesto brusco, puso en el pecho de Charles una carta que había recibido a primera hora de la mañana. Este la tomó en sus manos y empezó a leerla. El contenido era sencillo: como no se había satisfecho el importe y el plazo había sido ya prorrogado una vez, iban a proceder al embargo de los bienes de los Davenport. Tenían quince días para abandonar Almond Hill. A primera hora de la tarde llegarían dos abogados que harían un inventario de los objetos de la casa, así como de los caballos que había en las cuadras. Lo único que se salvaría de ser anotado eran las joyas y las ropas personales de los tres miembros de la familia Davenport que vivían allí. Eso podrían conservarlo y llevárselo donde les placiera. Lo demás pertenecía desde ese mismo día al acreedor que había comprado la deuda.

—¿Un acreedor? ¿No era al banco al que le debíais el dinero?

—Eso pensaba yo, pero no es así. Alguien la compró cuando no fui capaz de cumplir la otra vez. Nos engañaron desde el banco y ahora todo está perdido.

Volvió a servirse otro brandy con el que aplacar la ira que sentía. Tardó menos en tragar el licor que lo que le había costado abrir la botella.

—¿Y por qué ese Lowell no ha mandado este mes el dinero?

—No lo sé, pero voy a telegrafiar a Londres, a Mary.

—¿Cree que su hija sabe esto?

—¡No sé lo que sabe Mary! Lo que sé es que el día veinte tendremos que dejar Almond Hill y no nos vamos a librar de la vergüenza que esto supone. ¡Otra más!

—¿Y qué quiere que haga yo?

—Habla a esa gente con la que estás en contacto y logra que te devuelvan la inversión que hicimos. Saldremos de ese negocio de las ametralladoras.

—¡No creo que a estas alturas lo logre! Además, el dinero no llegaría antes de esta tarde y esta carta —dijo mirando la que tenía entre sus manos— parece definitiva.

—Tal vez, si tengo efectivo cuando lleguen los abogados, logre que se aplaquen y nos concedan tiempo. Solo han pasado unas horas, podría convencerlos. Quizá así me dé tiempo a averiguar qué ha sido del dinero de Lowell. ¡Maldita sea! Con esto no contaba.

Volvió a llenar la copa de brandy y la vació al instante, sin sentir su punzante aroma afrutado ni el recuerdo de la madera noble en la que había envejecido la bebida. Solo fue consciente del alcohol que enseguida empezó a distribuirse por su torrente sanguíneo. Tenía prisa por calmar la ansiedad que sentía y eso, desde hacía tiempo, solo lo lograba a base de copas y más copas.

—Telegrafiaré a Londres, a ver qué se puede hacer, pero no le aseguro nada, tío —Se dio la vuelta para abandonar la biblioteca.

—¡Eres un idiota, Charles! ¡No sé por qué me he fiado de un estúpido insensato como tú!

—Tal vez —dijo Charles con calma— porque en toda esta historia el más estúpido no soy yo.

Esquivó a tiempo la copa lanzada por Richard, que se estrelló con estrépito contra el suelo. Desde el pasillo, una de las criadas maldijo el día. Era la segunda vez que tendría que recoger cristales aquella mañana y su madre insistía en que, cuando se rompían cristales, las desgracias llegaban a raudales.

Viernes, 6 de marzo de 1914

Dejó apoyado el sombrero sobre la mesa. Se quitó los guantes color crema, tirando con suavidad de cada uno de los dedos, y los colocó al lado. Sacó las horquillas que sujetaban su pelo en un moño y liberó la suave melena, que se derramó en una cascada por su espalda. Empezó a desanudar sin prisa los botones nacarados del vestido uno a uno, sintiendo su tacto frío y suave. Sacó los brazos las mangas y abandonó la tela de Chambray, que se desmadejó amontonada a sus pies. Continuó haciendo lo mismo con las prendas interiores, una a una, hasta que quedó desnuda. Después, despacio, dio un paso adelante hacia el espejo de la habitación.

Nunca se había permitido ese capricho. Era la primera vez que se veía sin ropa y, lejos de cuestionarse si era o no hermosa, se preguntaba cómo la vería John. ¿Sería la mujer que deseaba? ¿Se sentiría dichoso por haberla elegido o, por el contrario, se avergonzaría de su aspecto? No podía saberlo, no tenía para comparar nada más que las imágenes de los desnudos de Eros y Psique y no eran más que imágenes, no personas reales. Pero no era solo eso lo que le preocupaba. Se preguntaba qué sentiría ella misma cuando tuviera que desnudarse delante de su esposo. Un escalofrío repentino recorrió su pálida piel, salpicándola un instante de diminutos bultitos. Se le aceleró el pulso. Aunque trataba de no dejarse llevar por el pánico, muchas veces escuchaba una voz interna que le susurraba que no estaba preparada para entregarse a él. Cada día que pasaba, se acercaba más al momento de su encuentro y la habían educado para aceptarlo, pero nadie le explicó cómo afrontarlo sin sentir como le temblaba hasta el alma.

Respiró y cerró los ojos.

Entonces, cuando la forzosa oscuridad espantó un poco el miedo, permitió a sus manos posarse en sus senos desnudos. Primero con timidez. Después, dejándose llevar, acariciando con suavidad su propia piel, un territorio cercano para ella y tan desconocido como el timbre de la voz de John o el color de sus ojos. Siguió recorriendo su cuerpo, imaginando que no eran sus manos las que la acariciaban. Un extraño nerviosismo se apoderó de cada una de sus terminaciones nerviosas. Era agradable e inquietante. Ni siquiera se dio cuenta de en qué momento John dejó de ser solo un nombre para convertirse en James.

Era la calidez de sus manos la que deseaba, quien en su mente recorría la geografía inexplorada de su cuerpo. El escalofrío se había marchado, dando paso a otras sensaciones desconocidas para Mary. Se obligó a abrir los ojos y descubrió que su rostro había enrojecido. Se regañó en silencio. No podía permitirse esos pensamientos, mucho menos después de lo que había pasado esa noche. Agarró el camisón de batista que estaba encima del baúl y lo pasó por los hombros, dolorida consigo misma.

Estaba agotada, eso era todo. El cansancio le hacía bajar la guardia y, en un intento de relajarse, se había dejado llevar demasiado lejos, pero estaba dispuesta a espantar con energía todos esos sentimientos que se habían llenado de James.

Se había levantado temprano esa mañana para citarse con Angus Stockman, el abogado. El telegrama enviado por su padre la puso sobre aviso de que, al final, John había cumplido la amenaza de embargar los bienes de los Davenport. En Almond Hill estaban desesperados y le pedían su ayuda, aunque ellos no parecían saber que quien era el causante de sus desvelos era su esposo. Discutió con el abogado. Estuvo tentada de enviarles el dinero, de contradecir a John e impedir que se saliera con la suya, pero recordó que en todo el tiempo que llevaba en Londres la única visita que había recibido había sido la de Charles. Ahora ella era por completo consciente de la situación de Almond Hill y quizá eso fuera algo que le exculpase, pero no del todo. No había sido sincero con ella. Nadie en esa casa se merecía que se preocupase tanto. El señor Stockman tenía razón y debería esperar a que su esposo volviera y hablar con él.

Se metió en la cama, que Sabine había dejado abierta para ella. En la chimenea crepitaban unos troncos y el ambiente era agradable, pero Mary sintió frío en su interior, la sensación de que la habían abandonado a su suerte, que se había convertido en un objeto para los hombres que la rodeaban, algo con lo que cumplir cada uno con sus intereses.

También estaba enojada con James.

Ese viernes había acudido a la reunión en casa de los Harris, pero se había mostrado distante. Apenas habían intercambiado dos palabras, entretenido como estaba presentando a todo el mundo a una mujer que le había acompañado. Era muy guapa y elegante, rondaba los treinta y cuando se la presentó lo hizo diciendo que era una vieja amiga de la familia, que había mostrado interés por lo que allí se hablaba. No habían dejado de sonreírse desde que llegaron y Mary no pudo evitar reconocer en los ojos de la mujer, de la cual ni siquiera recordaba el nombre, su misma mirada cuando la posaba en James. Se sentía furiosa y decepcionada consigo misma por haberle confesado a Camille sus sentimientos por el doctor. No tenía que haber escrito aquella frase, no tenía que dejar ninguna prueba de lo que sentía porque estaba dispuesta a exterminarlo.

No prestó mucha atención a lo que allí se contaba y, antes del aperitivo que servían los Harris al finalizar, ya había pedido un coche para marcharse. Quizá ese día había empezado mal y necesitaba que terminase cuanto antes.

Se dio la vuelta en la cama, colocándose frente a frente con el fuego y miró las hipnóticas llamas, recordando más fragmentos de ese día. Por la mañana había recibido la visita de Victoria Townsend. Cuando regresó tras hablar con el abogado, la esperaba en el salón. Los continuos encargos de vestidos habían aproximado el trato entre las dos jóvenes.

—¿Cómo está, Mary? —le dijo a modo de saludo cuando ella entró en la habitación. Se acercó para darle un beso en la mejilla.

—Buenos días, Victoria. Bien, todo va bien. No la esperaba hoy, por cierto.

Su tono sonó tan alicaído que Victoria la invitó a sentarse en uno de los sofás. Tocó la campanilla que comunicaba con la cocina y enseguida Virginia apareció por la puerta. Victoria, como si estuviera en su propia casa, le pidió que trajera té para las dos. La niña se marchó con el encargo y, solo entonces, la joven Townsend habló.

—¿Sabe que no la creo?

—¿Por qué? —dijo Mary, intentando disimular—. No se preocupe. Es solo que he dormido mal y además he tenido que madrugar para hacer unos recados.

—Sus ojos dicen algo más, Mary. Estoy segura.

No quería rendirse. No quería contarle sus preocupaciones a una clienta, por más que ella fuera en gran medida responsable de que las cosas en esa casa se hubieran encarrilado. No solo porque le había proporcionado muchos encargos, sino por la cantidad de gente a la que había convencido y que provocaba que Mary apenas tuviera tiempo para tomarse un respiro, ni siquiera los domingos.

—Tengo mucho trabajo, Victoria, y apenas descanso. No me quejo, estoy muy agradecida por poder hacerlo, pero me agota. Es eso lo que ve.

—No, Mary, no es eso. Tiene una sombra de preocupación a su alrededor. ¿Necesita dinero?

—No —dijo ella, mirándola de frente—, eso no es problema ya.

—Mire, sé que apenas hace unos meses que nos conocemos, pero me gusta cómo es. Me gusta su carácter, su decisión, el empuje que siempre veo cuando entro en esta casa y hoy... hoy es como si lo hubiera dejado abandonado en alguna parte. Está decaída.

—Puede que me duela la cabeza y apenas he desayunado —dijo, intentando excusarse.

—Espero que solo sea eso, querida, que sea un simple dolor de cabeza mezclado con el agotamiento. Le vendrá bien comer algo ahora. Quiero que sepa que, si le preocupa algo más, puede contar conmigo. He pensado invitarla a que tome el té en mi casa este domingo y me gustaría que mis invitados vieran a la mujer que siempre me recibe con una sonrisa cuando entro a encargarle un vestido.

Mary sonrió. Era la primera vez que alguien, al margen de los Harris, sin la intervención de James, la invitaba a tomar el té desde que estaba en Londres. Le salió una mueca melancólica, pero sus ojos recuperaron un poco del brillo perdido la noche anterior, que pasó maldiciendo su suerte. ¿Por qué tenía que decidir entre su padre y John? ¿Por qué no podían irse los dos al diablo?

—Tengo mucho trabajo —repitió.

—Puede dejarlo un rato, estoy segura. Tómese un descanso.

Virginia entró empujando un carrito con el té y unos bizcochos preparados por Abigail. Ese día les había puesto canela y su aroma dulzón invadió la sala.

—Mientras tomamos el té, le diré qué he pensado para mi nuevo vestido. Espero que no le parezca una aberración. —Empezó a servir las tazas y le ofreció una a Mary.

—Seguro que no, Victoria. Además, a usted le queda todo bien.

—Mary.

—¿Qué?

—Tuteémonos, por favor. Somos amigas —dijo Victoria, poniéndole una mano en el brazo.

No sabía lo que significaba aquella palabra. No había tenido nunca una amiga al margen de Elisabeth y estaba segura de que lo era porque ambas tenían los mismos padres y tampoco quedaban más opciones que crecer y jugar juntas, por más que no tuvieran nada en común.

Después del té, Victoria se marchó y el resto de la mañana Mary la pasó entre telas. Cosiendo, sin separar los ojos del vestido que confeccionaba, dando escuetas órdenes a Virginia, que la ayudaba. Seguía pensando en aquellos malditos papeles, el dinero, la deuda… En un momento dado cerró los ojos y apoyó la cabeza en el respaldo del sillón donde estaba sentada. Buscó los motivos para seguir adelante, intentó pensar en si aquello merecía la pena para ella y, al volver a abrir los ojos y mirar a Virginia, supo que al menos las niñas eran una buena razón.

—¿Qué le pasa, señora? —preguntó Virginia.

—Nada, no te preocupes, demasiado trabajo. Estoy bastante cansada.

—Yo sé que no es solo eso —dijo la niña, acercándose a ella—. No debería escuchar las conversaciones que tiene con la señora Smith, pero no soy sorda.

—¡Virginia! ¡Sabes que no debes hacer eso!

—Sí, lo sé, pero no he podido evitarlo.

—¿Qué es lo que piensas que me preocupa? —le preguntó, dejando la tela a un lado y escuchándola con atención.

—Al principio pensaba que solo era el dinero que no llegaba, pero el otro día oí…

Mary se tensó, pensaba que la niña habría podido enterarse del contenido de la carta de John. No quería que ninguna indiscreción hiciera que hasta su familia llegase la noticia de que ella sería en adelante la copropietaria de Almond Hill. Virginia se quedó callada, pero Mary la animó a que continuase hablando:

—Dime qué escuchaste.

—Pues… la oí contarle a Abigail que habrá una reunión en casa de los Harris.

—Ah, eso —Mary respiró aliviada—. ¿Y qué estás pensando?

—Que yo…

—¿Tú?

—Yo querría ir.

El desconcierto era mayúsculo en los ojos de la señora Lowell. Virginia ni siquiera había cumplido los trece años. Era demasiado pequeña para andar preocupándose por lo que se hablaba en aquellas reuniones.

—¿Y para qué demonios quieres ir?

—Primero, para acompañarla, estoy harta de que siempre elija a Sabine. Y también porque me gusta lo que me cuenta ella que se habla allí, eso de que las mujeres tienen que empezar a opinar. Cuando sea mayor quiero poder ser yo quien gobierne mi vida, como hace usted.

—Virginia, cariño, yo no estoy gobernando nada. Esto… esto es solo algo a lo que me he visto conducida sin pretenderlo.

—Pero lo hace. Cuando sea más mayor quiero poder tomar mis decisiones y no tener que estar obedeciendo siempre. No me gusta.

—Ya, ya sé que no te gusta, lo demuestras a cada rato. Sobre todo a la señora Smith, que está volviéndose loca para hacer de ti alguien más dócil —rio Mary.

—¿Podría acompañarla?

—De momento no, Virginia. No sabes sujetar la boca como tu hermana.

La niña hizo un mohín, aunque enseguida intentó corregirlo. Admiraba a Mary, era a la única persona a la que no le molestaba obedecer.

—Te prometo que, cuando tengas un par de años más y un poquito más de sensatez, te llevaré conmigo —dijo Mary.

El rostro de Virginia se iluminó, soltó las prendas y le dio un sentido abrazo.

—Prometo que para entonces habré aprendido a comportarme para que no tenga que avergonzarse de mí —le dijo.

—Anda, sigue cosiendo antes de que Abigail entre, nos vea y nos llevemos una buena regañina las dos por no comportarnos.

La niña regresó a sus tareas sonriente y Mary no pudo evitar sentirse orgullosa de ella. A pesar de su carácter impetuoso, le gustaba muchísimo Virginia. Pensaba que Sabine y ella se merecían sus desvelos más que nadie en el mundo. No como su propia familia. No iba a hacer nada para ayudar a su padre, lo tenía decidido. Iba a esperar para comprobar por qué estaba sucediendo aquello. Iba, también, a olvidarse de lo que sentía por James. No se podía permitir los absurdos celos que la consumían después de haberlo visto acompañado en casa de Berta esa tarde. No tenía ningún derecho.

Cerró los ojos e intentó dormir, pero costó mucho que el sueño la alcanzara. Una cosa era prohibirse pensar en James y otra, muy diferente, apartarlo de sí misma. Se había instalado en su interior con la comodidad de quien llega para quedarse para siempre.

Lunes, 9 de marzo de 1914

Hacía varios minutos que Charles Davenport paseaba inquieto por el salón de Mary apoyado en su bastón innecesario. Se presentó en la casa de los Lowell a una hora tan temprana que ni siquiera la señora Smith había llegado a su puesto de trabajo. Fue Sabine quien le abrió la puerta, después de que llamase con insistencia en varias ocasiones. Al encontrarlo plantado en el umbral, lo reconoció como el cuñado de Mary, el hombre que la visitó antes de Navidad. Por las conversaciones que mantenía Mary con ellas, Sabine era consciente de que entre ambos la relación no era todo lo cordial que se esperaba entre dos personas tan íntimamente emparentadas, así que no le sorprendió que lo primero que recibiera de él fuera un grito. Aunque se sintió intimidada, lo hizo pasar al salón. Después, contraviniendo su tranquilo carácter, corrió escaleras arriba para avisar a la señora.

Mary se había despertado, alertada por los ruidos y las voces a tan temprana hora de la mañana. Abigail entraba más tarde, así que saltó de la cama, sabiendo que solo las niñas podrían haber abierto a quien fuera que llegaba a la casa con tan malos modales. Antes de que Sabine llamara a la puerta de su cuarto ya tenía medio puesto el vestido.

—Pasa.

—Señora —dijo la niña—, su primo Charles está en el salón y parece muy enojado. Quiere verla con urgencia.

—Dile que bajo en unos minutos y pregúntale si quiere tomar algo, entretenlo.

—Me da miedo —confesó Sabine, que todavía seguía asustada por las voces recibidas del futuro conde de Barton.

—Sabine, será solo un momento —dijo Mary—. Ayúdame a abrocharme esto. Me peino y bajo.

Después de ayudar a Mary con el vestido, Sabine corrió escaleras abajo y entró en el salón, para atender al inoportuno visitante. De malas maneras, Charles le dijo que no quería nada, solo ver a Mary cuanto antes. Cuando la niña le dejó a solas se dedicó a inspeccionar la mesa. Rebosaba de telas y patrones, algún vestido descansaba en ella sin terminar y había una libreta en la que Mary anotaba las medidas de sus clientas, las telas que habían elegido y los modelos que querían que les confeccionase. Le pareció impropio de una aristócrata dedicarse a aquello, ya se lo había dicho cuando visitó Almond Hill, incluso le aconsejó que desistiera de hacerlo para no deshonrar más a la familia, pero a juzgar por lo que veían sus ojos Mary volcó sus consejos en el cubo de la basura.

—¿Qué te trae aquí con tanta urgencia? —preguntó ella, entrando en el salón. No se molestó ni siquiera en dar los buenos días o acercarse a él para saludarlo.

—Almond Hill.

La escueta respuesta fue la que Mary esperaba. No creía que Charles se hubiera tomado la molestia de viajar hasta Londres para preocuparse por su bienestar.

—Me lo contaste en tu telegrama.

—Al que no has contestado, Mary.

—¿Qué puedo hacer yo ante lo que me decías? ¿Pretendes que sea yo quien recupere Almond Hill? —preguntó Mary, con frialdad.

—Quizá podrías pedirle dinero a tu esposo para que nos ayude.

—¿Me estás solicitando ayuda a mí? No lo puedo creer, Charles. Si no recuerdo mal, hace muy poco tiempo fui yo la que acudió a la casa de mi padre para que lo hicierais por mí y lo único que me disteis fueron malas palabras. Mi padre y tú. No estaba recibiendo el dinero acordado y lo he pasado mal, aunque seguro que tú no tienes ni idea de lo que eso significa porque jamás creo que te hayas visto en un aprieto semejante.

—Vamos a perderlo todo, Mary. Debería importarte Almond Hill y el honor de la familia.

—¿A mí? ¡Yo ya lo he perdido todo! Me importa muy poco el honor a estas alturas.

—¿No vas a pensar en tu hermana ni en tu padre? —le gritó.

—Exactamente igual que ellos pensaron en mí. Tenéis hasta el día veinte para dejar la casa, ¿no es cierto? Pues hacedlo. Por los únicos que siento todo esto es por la señora Durrell y el resto del servicio, que se quedarán sin trabajo, pero vosotros… No, por vosotros, no. Todo el respeto que os debía se esfumó cuando me dejasteis.

—¿Te preocupa más el servicio que tu familia? ¿En quién te estás convirtiendo, Mary?

—Me preocupan las personas que no me han utilizado. No es lo que puedo decir de ti y de mi padre, ¿verdad?

Charles estaba furioso. Esperaba encontrar oposición en Mary, pero no la decisión ni la rabia que veía en sus ojos, que le anunciaban que era más que probable que se fuera de la casa sin nada entre las manos.

—Matarás de un disgusto a tu abuela.

—¿Yo? Yo no he sido la que se ha metido en este lío, habéis sido vosotros. No me chantajees, Charles. No lo hagas. Mi abuela, cuando se entere de todo lo que ha pasado y, créeme, está a punto de hacerlo porque le he escrito una carta para contárselo, se pondrá furiosa, pero no conmigo.

No era cierto, no había escrito a la duquesa, pero se estaba dando cuenta de que era urgente que la avisara. En pocos días toda la alta sociedad sabría del descalabro de los Barton y era mejor que se enterase por alguien conocido de lo que sucedía, con todos los detalles que Mary conocía. Su delicada salud podría resentirse. Tal vez podría serenar sus desvelos y evitase que le diera un infarto. Pensó que en cuanto saliera Charles por la puerta era lo primero que tenía que hacer: escribirle y contarle lo que estaba sucediendo.

—Piensa en Elisabeth. Está embarazada.

—Sé que está embarazada, pero tú estás para hacerte cargo de ella. Quizá sería un buen momento para que empezases a actuar como un hombre y a pensar en ponerte a trabajar. Habrá algo que sepas hacer, además de perder el tiempo de fiesta en fiesta.

—¿Quieres que deshonre más a la familia, como estás haciendo tú cosiendo estos trapos y vendiéndoselos a los pobres? —gruñó, tirando de la mesa de un manotazo uno de los vestidos.

—No son trapos, son vestidos —dijo Mary, recogiéndolo y volviendo a ponerlo en su sitio—, y no toda mi clientela es de clase baja. Y la deshonra, querido, me importa mucho menos que el pasar frío o hambre. Porque lo he sufrido, he pasado el peor invierno de mi vida gracias a todos vosotros. ¿Dónde iba a parar mi asignación, me lo puedes explicar?

—Tu esposo le dio libertad a tu padre para que la gestionara.

—Sí, para que invirtiera en tus negocios, ¿no es cierto? —le reclamó.

Charles empalideció. No esperaba que hubiera llegado a los oídos de Mary semejante información. Aunque Richard y él habían entrado en el negocio de las ametralladoras, se las había arreglado para que fuera difícil seguirles el rastro. Sin embargo, Mary hablaba de ello con tanta seguridad que en algún momento alguien tenía que haberse ido de la lengua para que lo supiera.

—Dile a mi padre que lo siento, no puedo ayudarle. Que busque en otra parte. Mi casa es demasiado pequeña para acogeros y yo no tengo tiempo de ejercer como anfitriona porque debo trabajar. Buenos días, Charles, agradezco tu visita, pero deberías marcharte ya.

—¿Me estás echando? ¿Así? ¿Sin darme ninguna solución? —Se acercó a ella amenazante, pero Mary no retrocedió. No iba a mostrar debilidad alguna.

—Igual que vosotros cuando acudí a Almond Hill.

—Te arrepentirás, Mary. Te juro que te vas a arrepentir.

Ella, sin amilanarse, le invitó con un gesto a que abandonase la habitación y Charles lo hizo, recogiendo furioso su sombrero y el bastón. No había dormido en días, buscando el dinero que salvase la situación, y la falta de sueño le había causado una mala jugada frente a su prima. Le había ganado la partida verbal, pero encontraría la ocasión de devolvérsela. Se iba a arrepentir de hablarle a un hombre con esa soberbia. Antes de que terminase de atravesar la puerta, Mary lo llamó:

—Espera, Charles. Puede que tenga algo.

La miró. Tal vez había cambiado de idea, quizá ahora que se había desahogado estuviera dispuesta a ofrecerles algo de ayuda. Mary abrió una caja que reposaba en una estantería, donde dejaba el dinero que cobraba por los vestidos.

—Dale a mi padre las veinte libras que me dio en Navidad. En estos momentos yo las necesito menos que él.

—Te vas a arrepentir de tu soberbia, Mary.

Charles recogió el dinero rabioso y se marchó de la casa dando un portazo. Mary, por su parte, se dejó caer en uno de los sofás. Le había costado mucho mantenerse firme frente a su primo, pero era lo que debía hacer en ese momento. Si ella había aprendido una lección ese invierno, ahora le tocaba a su familia.

Se levantó enseguida. Era urgente que escribiera a lady Ellen.

Londres
Residencia de John Lowell
9 de marzo de 1914

Querida abuela:
Te escribo esta carta que intentaré que te llegue lo antes posible y quiero que, desde este momento, sepas que trae malas noticias, aunque debes tomarlas con serenidad porque encontraré el modo de solucionarlas. No quiero que te preocupes más de lo necesario, pero sí es preciso que estés enterada de lo que está sucediendo y que lo sepas por mí. No me perdona-

ría que esto te llegase de otro modo e hiciera mella en tu salud. Continúa leyendo serena, te prometo que yo me ocuparé de que todo esto, dentro de un tiempo, no sea más que una pesadilla de la que nos despertaremos.

Mi padre ha perdido Almond Hill. Hace tiempo, no sé cuándo, porque aún me faltan datos por averiguar, hipotecó nuestras propiedades y no ha podido hacer frente a los pagos, por lo que le han sido embargadas. No te alteres. Aunque él las haya perdido, no han quedado fuera de la familia. Ahora los propietarios de Almond Hill seremos mi esposo y yo, aunque seré yo quien la gestione bajo el beneplácito de John. Sé que te tienes que estar preguntando cómo es posible, porque yo misma todavía lo hago. No tengo todas las respuestas, solo sé que fue John Lowell quien compró la deuda al banco y la ha puesto a nuestro nombre. Esto que te cuento mi padre no lo sabe y quiero que así siga siendo. Merece un escarmiento por su comportamiento y estoy dispuesta a dárselo, por más que esté también muy enojada con mi esposo.

Seguro que recuerdas lo que te preocupó que concertase mi matrimonio con el señor Lowell. En ese momento yo sentí el mismo desasosiego y no pude entender qué le había hecho tomar la decisión de casarme de esa manera tan inusual y precipitada, y además con alguien tan alejado de nosotros. Empezarás a intuir que era por dinero, que lo necesitaba para seguir manteniendo el patrimonio familiar. Puede que llegado a este punto pienses que quizá hubo algo noble en su comportamiento, pero entenderás que no es así cuando te siga explicando. Mi esposo, dado que no vive en Londres, sino en América, se comprometió a enviarme una asignación mensual. Le dio a mi padre plenos poderes para administrarla y hacérmela llegar, pero no lo ha estado haciendo. Quiero contarte qué hizo mi padre con el dinero de John. Los primeros pagos no llegaron completos hasta mí, supongo que los usó para afrontar los plazos del crédito, pero además emprendió un negocio que estimó rentable: ha realizado inversiones con Charles en la fabricación de armas. En Londres no se habla de otra cosa, la gente está muy preocupada porque las tensiones entre países van en aumento y todo el mundo está convencido de que se aproxima una guerra. No sé qué ha pasado, pero sí las consecuencias de todo esto. He pasado unos meses horribles, sin un chelín, intentando sacar adelante una casa. Lo he conseguido trabajando. Otra vez sé que te estoy escandalizando, pero fue la única opción que me dejaron entre los dos.

Mi marido tampoco se ha comportado como un caballero, de ahí mi enojo con él. En una de sus cartas, en la que me informaba de lo que te cuento, me dijo que tiene razones poderosas para ver arruinado a mi padre, *razones que desconozco por ahora, pero que averiguaré. Hablaba de él con rencor y odio, y eso me hace pensar que he sido utilizada por ambos, aunque no logro entender por qué. Y menos cuando ha decidido no quedarse él solo con Almond Hill, sino compartirlo conmigo. No le encuentro demasiado sentido.*

El próximo día veinte, Elisabeth, Charles y papá deberán abandonar la casa. He estado pensando en qué hacer, si permitirles que se queden o dejarlos que se las arreglen por su cuenta, y esto me está causando mucho desasosiego. Elisabeth está embarazada y aunque solo sea por ella valoré la posibilidad de dejarles seguir viviendo allí, pero papá y Charles se merecen pasar la vergüenza de que todo el mundo sepa qué clase de personas son. Se merecen creer que la familia lo ha perdido todo.

He pensado otra cosa. Te ruego que les ofrezcas tu residencia. Mientras tanto, yo prometo descubrir qué es lo que John pretende con todo esto. Y no te alteres. Finge si quieres delante de mi padre que estás muy ofendida por su mala cabeza pero, por favor, no le digas que sabes, como yo, que de algún modo seguimos conservando Almond Hill. John regresará pronto a Inglaterra y espero que me aclare muchas cosas. Te mantendré informada.
Tuya
Mary E. Lowell

Miércoles, 18 de marzo de 1914

Los almacenes Lowell bullían a primera hora de la mañana, aunque todavía no habían abierto sus puertas al público. Acababan de recibir el pedido de primavera desde Europa y todo debía estar en su lugar. Los dependientes se afanaban en colocar a la vista de los clientes los nuevos productos: lencería, perfumes, muebles, libros —entre los que había llegado uno que analizaba el hundimiento del Titanic, una noticia que aún seguía en boca de todos pese a haberse producido hacía un par de años—, zapatos y toda clase de accesorios, como corbatas y cinturones, así como un enorme surtido de sombreros. John, como siempre, revisaba cada sección antes de abrir, dando órdenes precisas a sus encargados. Ese día quería asegurarse de que todo luciera perfecto, ya que dos días después zarparía en un barco desde Nueva York con destino a Inglaterra. Tenía previsto llegar al puerto de Southampton el día 1 de abril. Desde ahí, el ferrocarril le llevaría a Londres, donde por fin conocería a su esposa.

Estaba nervioso desde hacía semanas. No sabía si, cuando estuviera frente a ella, seguiría conservando la frialdad en el trato que había planificado para cuando se encontrasen. En lo que le contaba en sus cartas, Mary le había desconcertado, derrumbando uno a uno los prejuicios que tenía sobre ella y temía que eso perturbara sus planes. Tenía que seguir adelante sin dejarse llevar por sentimentalismos.

También le intranquilizaba cómo habían ido las cosas con Felicia. Había perdido los nervios aquel domingo y la discusión deshizo con demasiada facilidad el lazo que los mantenía unidos. Sin embargo, no quería marcharse de América sin despedirse. Felicia seguía siendo importante para él, y por eso el día anterior se citó con ella. La conversación que mantuvieron en el restaurante no pudo reparar las enormes grietas que se habían abierto en su relación y ambos lo lamentaron. Hubo un tiempo en el que creyeron estar muy enamorados. Sin embargo, en los días en los que duraba su distanciamiento, parecían haber concluido que entre los dos solo había algo cómodo. Los dos sentían que aquello que tuvieron no hubiera funcionado, que no hubieran sido capaces de entregarse por completo y construir una relación sólida. Por eso acordaron, aunque la decisión resultase dolorosa, que cada uno seguiría su camino.

Cuando los reproches que se lanzaron en la comida rebajaron su intensidad, John decidió ofrecerle un trabajo. Sabía que lo estaba pasando mal. Felicia, en un primer momento, quiso rehusarlo, pero lo pensó mejor. Alquilar una casa había hecho mella en sus ahorros y, si no encontraba algo pronto, empezaría a tener serios problemas. Su suegra seguía sin abrirle la puerta de su casa y, con sus influencias, le iba cerrando cuantas otras podía.

—¿Aceptas entonces el trabajo? —preguntó John.

—¿No te preocupaba tanto la reputación de tus almacenes?

—Siento haber dicho eso, me preocupas mucho más tú. Aunque lo haya estropeado todo entre los dos.

—Los dos lo estropeamos, querido. Solo espero que encuentres a alguien más fácil que yo.

—¿Puedo contar contigo?

Felicia tardó un poco en volver a hablar.

—Dime cuándo empiezo.

La frialdad con la que habló era lo menos que se merecía, John lo sabía, pero sonrió. Implicaba que no dejarían de verse definitivamente y, tal vez, quizá en el futuro, podrían volver a permanecer en la misma habitación sin que el aire se espesara a su alrededor. La pausa mientras él estuviera en Europa podría actuar como aire fresco, como abrir las ventanas en esa primavera y, para cuando volviera, Felicia seguiría estando presente en su vida. Quizá no estaba de más al menos concederse la posibilidad de seguir siendo amigos. Le dio instrucciones para que se encontrasen al día siguiente en los almacenes. Poco después, Felicia se levantaba de la mesa para dejar el restaurante, cuando la alcanzó la voz de John.

—¡Felicia!

—Dime —dijo ella, dándose la vuelta.

—Cuida de todo mientras yo no esté. Le dejaré instrucciones al encargado del almacén para que tenga en cuenta tu opinión, para que le quede claro que te quedas con él al frente del negocio.

—¿Yo?

—Sí, tú. Tienes que empezar a reescribir tu biografía. Esta puede ser la ocasión.

—¿No piensas volver?

John suspiró. A saber lo que le esperaría en Londres cuando destapase la caja de los truenos, cuando expusiera al conde de Barton al escarnio público y la bomba que tenía entre manos estallase.

—Claro que pienso volver, pero no estará de más que le eches un vistazo. Como si fuera tuyo.

—No te preocupes, lo haré.

Salió del restaurante con una docilidad impropia de su enérgico carácter y John se recostó en la silla. Claro que pensaba volver. En Londres solo había un asunto que tenía que resolver, algo que llevaba quitándole el sueño años. En cuanto estuviera solucionado cogería un barco, volvería a Boston y donde jamás regresaría iba a ser a Inglaterra.

Miércoles, 25 de marzo de 1914

Virginia volvía por la calle cargada con un cesto desde el mercado. Abigail la había mandado a buscar más huevos y harina, a pesar de que solo era media mañana. A los bizcochos que vendían, hacía tiempo que se habían sumado pasteles y tartas, y muchos días como ese se veían obligadas a volver a buscar ingredientes. Se corrió la voz de que en aquella casa tenían los mejores dulces de Londres y el pequeño negocio improvisado empezaba a despegar casi con tanta fuerza como el taller de costura de Mary.

La niña caminaba absorta en sus pensamientos. Quería pedirle permiso a la señora, como la obligaba la cocinera a llamar a Mary, para ir el domingo por la tarde con Sabine y los hijos medianos de Abigail a dar un paseo. Hasta entonces las hermanas salían solas, pero desde hacía unos días, Francis y Brandon insistían en acompañarlas. Sabine, fiel a su carácter retraído se negaba, pero Virginia no podía pensar en otra cosa. Francis, a sus catorce años, era un muchacho que aparentaba más edad. Su cuerpo, curtido en las largas jornadas en la fábrica, empezaba a parecerse al de un hombre. Su ancha espalda musculada, su altura, que sobrepasaba incluso la de su hermano mayor y una sonrisa encantadora, hacían suspirar a cuanta niña con la que se cruzaba, incluida, como no, la gemela. Todavía conservaba un rasgo de inmadurez que resultaba encantador, su voz, que aún no había cambiado del todo y de vez en cuando patinaba en la modulación, haciendo que se sonrojase cuando Virginia, incapaz de contenerse, sonreía burlona. De los cuatro chicos Smith era el más apuesto y Virginia lo miraba con un interés algo más que amistoso. Eso le había supuesto alguna que otra regañina de Abigail, pero a ella no le importaba. Si Mary daba su permiso, y Sabine y Brandon los acompañaban, el paseo dominical sería mucho más agradable que el habitual que disfrutaba con su hermana. La única pega sería que Peter se empeñara en ir con ellos. Era un fastidio de niño pequeño que solo pensaba en jugar y todos sus juegos incluían correr. George seguro que no se apuntaría, a sus ya diecisiete años los veía a todos como chiquillos a los que ignorar.

Tan absorta iba, pensando en sus cosas y mirando al suelo que, a dos pasos de la casa, a punto estuvo de tirar la cesta al chocar con el doctor Payne.

—¡Cuidado, Virginia! —dijo este sonriente, mientras la sujetaba por los brazos.

—Perdone, doctor, no le había visto.

—Ya me he dado cuenta.

—¿Viene a comprar bizcochos? —preguntó. A esa hora, no era frecuente que el doctor visitara la casa.

—No, aunque seguro que me acabaré llevando alguno. En realidad necesito hablar con la señora.

—Espere un momento, ahora le abro.

Entró por la puerta de servicio, que siempre permanecía abierta para no hacer esperar a quienes venían a comprar, dejó la cesta a un lado y se deshizo en un santiamén del abrigo, que tiró encima de la compra. Antes de salir no se había molestado en quitarse el delantal y en un momento sacó del bolsillo una cofia que se colocó a la carrera. Compuso el gesto, se alisó las arrugas de la ropa y abrió la puerta principal.

—Buenos días, doctor. ¿Qué desea? —preguntó, como si no hubieran acabado de hablar instantes antes.

James Payne soltó una carcajada antes de contestar.

—¡Te lo acabo de decir! ¿No podrías haberme dejado pasar contigo? —preguntó.

—¿Y que se entere la señora Smith de que usted entra por la puerta de servicio? ¡De eso nada, me cortaría el pelo!

—¿Por qué haría eso contigo? —dijo Abigail, apareciendo por detrás y asustando a Virginia, que dio un respingo—. Anda, recoge todo eso que has dejado ahí tirado y llévalo a la cocina. Disculpe, doctor, no puedo con esta criatura. De verdad que a veces me cuesta creer que Sabine y ella sean hasta hermanas. ¡Cuánto más gemelas! ¡Lo que le falta a una de desparpajo le sobra con creces a la otra!

—Discúlpela, es solo una niña —dijo el doctor, dándole el sombrero.

—No se burle. Mis buenos dolores de cabeza me da Virginia. ¿Usted ha visto cómo se ha puesto la cofia? No sé si lograré hacer de ella una muchacha de provecho a este paso.

—Seguro que lo consigue. ¿Podría ver a Mary, Abigail?

—Sí, señor, perdone. Le estoy entreteniendo con mis cosas. Enseguida yo misma avisaré a la señora de que está usted aquí. Espere un segundo.

Mientras Abigail desaparecía rumbo al salón, James se quedó mirando la vidriera de la escalera. Ese día de marzo amaneció luminoso en Londres, aunque la temperatura continuaba siendo gélida. La lluvia parecía haber dado un respiro a la ciudad y el sol primaveral confería a la entrada de la casa de los Lowell una viveza extraordinaria. Los trozos de cristal que formaban el dibujo proyectaban sus reflejos cromáticos sobre la barandilla y la escalera llenando de unos tonos inusuales el espacio. Parecía que un pintor caprichoso se había dedicado a dar brochazos aquí y allá, usando todos los colores de su paleta, contagiando de vida un espacio que, cuando el sol no tenía a bien mostrarse en su plenitud, lucía mortecino.

—Puede pasar —le dijo Abigail, sacándolo de sus pensamientos.

—Muchas gracias. No regañe mucho a Virginia, es solo una niña.

—Ahora es cuando tengo que enderezarla. Después será muy tarde —se marchó diciendo Abigail.

James entró en el salón y cerró la puerta tras de sí. Mary ni siquiera levantó la vista de la mesa, donde trazaba líneas con jabón sobre una tela de seda rosa que le había enviado Camille hacía apenas dos días.

—Buenos días, Mary.

El doctor se mantuvo a una distancia prudente, esperando a que ella terminase de marcar los lugares de la tela por donde después tendría que cortar. Mary acabó por dejar el jabón sobre la mesa y miró a James.

—Buenos días.

Una escueta respuesta sin emoción alguna que no era, ni de lejos, la mejor bienvenida, pero que en cierto modo James esperaba. Mary no se había dejado ver en la reunión en casa de los Harris y tampoco había acudido a la última concentración de Hyde Park organizada por las sufragistas. Tampoco se excusó de ningún modo y sospechaba que con quien le pasaba algo era con él. No pudo evitar sentirse desconcertado por la precipitada huida de la joven en su última visita a Berta. Ese día Mary apenas habló y la notó incómoda, sin prestar demasiada atención a lo que allí se decía, y sin mostrar su amabilidad y su afable carácter habitual. Por eso esa mañana, aprovechando que los pacientes del St George le habían dado un respiro, decidió acercarse hasta su casa.

—¿Te ocurre algo?

—No, no es nada —dijo ella—. ¿Quieres sentarte? Disculpa, estoy tan cansada que a veces me olvido de ser educada. Llamaré a la señora Smith para que prepare algo para ti. ¿Te apetece una bebida? ¿Un bizcocho?

Se movió hacia la cuerda que comunicaba con la campanilla de la cocina, pero, antes de que tirase de ella, James la alcanzó por detrás y le sujetó la mano. Le habló muy cerca del oído, susurrando las palabras que llegaron hasta ella como una caricia, esquivando los tirabuzones que escapaban del recogido de su pelo.

—No llames a Abigail, no quiero tomar nada. Solo quiero saber qué es lo que te pasa, Mary. Hace días que te noto distante.

Mientras hablaba, seguía sujetándole la mano. El pulgar de James trazó un recorrido lento por la suave piel de Mary y esta empezó a notar cómo la sangre se desplazaba furiosa por su cuerpo, al ritmo de un corazón desacompasado por el cálido contacto. Un súbito temblor la invadió y ni siquiera obligándose a respirar logró calmarlo. El doctor notó su intensa reacción al instante. Dudó. No sabía si soltarle la mano o mantenerla pegada a la suya y obligarla a que se volviera para mirarlo. Así, sin ver sus ojos, sin poder escrutar dentro de ellos, aún había sitio para una duda sobre lo que sentía, una duda que se empequeñecía con cada latido del corazón de Mary. Sin mirarla, intuía lo que llevaba sospechando mucho tiempo: a ella no le resultaba en absoluto indiferente su presencia. No podía prolongar más ese instante, por más que lo deseara, por más que no quisiera dejar de sentirla bajo la piel de sus dedos. La incomodidad de Mary era evidente y él siempre había sido un caballero. Ansiaba que se girase, mirarla a los ojos y decirle sin palabras que él estaba igual de confuso, pero no lo hizo. Solo la soltó y siguió sus pasos mientras ella se acercaba a la chimenea.

—¿Qué sucede, Mary?

—John llegará dentro de una semana. El barco zarpó hace unos días desde Nueva York —le temblaba la voz.

—¿A qué tienes miedo?

—¡No conozco a mi marido! No sé cómo se comporta una esposa, si seré lo que espera, si todo esto que he estado haciendo estos meses no acabará trayéndome consecuencias. No sé si le odio por haberme separado de mi familia o a los que odio es a ellos por no preocuparse por mí durante todo este tiempo. Solo sé que no quiero que venga. No quiero verlos, ni a él ni a nadie de Almond Hill.

Con cada palabra pronunciada iba elevando el tono de voz. La rabia que había mantenido contenida dentro empezaba a explotar en su interior, saliendo en forma de un torrente de reproches que en realidad no eran para James, pero que le cayeron encima.

—Hay algo más que no me estás contando, Mary.

La muchacha contuvo otras palabras que amenazaban con salir de su boca. Juzgó que, ahora que había tomado la decisión de apartarlo de su vida, de obligarse a no pensar en él como un hombre, tampoco era oportuno que supiera lo que le hacía perder el sueño: la carta de John en la que le contaba los avatares por los que pasaba Almond Hill. Tampoco se había atrevido a hablar con Victoria. Solo Abigail, la cocinera, sabía de sus preocupaciones y tampoco completas porque a ella, de quien no se había atrevido a hablarle, era de James. Los secretos que acumulaba con quienes la rodeaban, toda la situación en la que se estaba viendo envuelta, no tenían más desahogo que las cartas con Camille. Su cabeza era un hervidero y necesitaba el pequeño remanso de paz que solo encontraba concentrándose en su labor. Quiso poner fin a la visita de James cuanto antes.

—No creo que sea conveniente que nos sigamos viendo —dijo al fin.

—¿Por qué? —preguntó James muy serio.

—¿Por qué? ¿No has escuchado lo que te he dicho? Mi esposo regresa el día uno. Prefiero que no vuelvas.

—Mary, ¿qué problema hay?

La respuesta de Mary fue un silencio que se prolongó de más, dejando tiempo a James para pensar.

—Ninguno, supongo, pero prefiero que no estés —contestó ella, cuando logró que las palabras se hicieran paso a través del nudo de su pecho, sin sonar demasiado temblorosas.

—Mary... —Volvió a acercarse a ella y, esa vez, alzó con dos dedos la barbilla de la muchacha para que le mirase a los ojos—. Dime qué te sucede. Inténtalo.

—No puedo, James.

Primero fue una lágrima. Escapó serpenteando por la mejilla derecha, dejando en su rastro la evidencia de unos sentimientos que no lograba contener. Después otra la acompañó y con ellas se marchó el valor para enfrentar con serenidad la conversación de despedida que había planeado desde que le vio entrar. Sin palabras, sin que ningún sonido escapase de su garganta, James entendió. Supo lo que Mary sentía y fue consciente de todos los miedos que danzaban en su interior. Era una niña. Le había sorprendido su madurez al afrontar los problemas, pero aquello a lo que se estaba enfrentando en esos instantes era demasiado grande. Tenía que asimilar sus propias emociones y eso no se lograba en cinco minutos.

—No me iré del todo, Mary —le dijo—. Estaré cerca por si me necesitas.

Aproximó su frente a la de la chica y los dos cerraron los ojos. James dudó unos instantes, pero al final se dejó llevar. Agarró la cara de Mary con ambas manos, apartó las lágrimas con los dedos y primero posó sus labios en la frente. Después estos recorrieron el camino de la nariz, dejando un reguero de besos y se pararon en su boca, en un intenso beso. Abrió los ojos y se encontró con los de ella, que le miraban entre interrogantes y desconcertados. James dibujó con el pulgar los labios y sin hablar, sin pronunciar palabra, su mirada le contó lo que sentía por ella. Mary no se opuso a otro beso, largo, cálido, que exploró su boca y le hizo entornar los ojos de nuevo, alterando su respiración y sus latidos hasta hacerle olvidar que el mundo existía al margen de James. Cuando al fin se separaron, Mary supo que estaba rendida, pero que, en cuanto James saliera por la puerta, la suya debía ser una separación definitiva. John volvería y ella era la señora Lowell.

—No podemos dejar que esto suceda, James. Márchate, por favor.

James, a su pesar, dejó la casa, llevándose el corazón de Mary con él.

Y su primer beso.

las tardes leyendo. Le hubiera gustado encontrarla allí, aunque sabía que de eso hacía ya demasiado tiempo y que era imposible. Intentó deshacerse de los recuerdos dolorosos concentrándose en los sonidos que llegaban desde la cocina. Allí estaba la señora Smith, dando instrucciones para que vigilasen uno de sus pasteles, cuyo olor a vainilla inundaba la casa que ahora parecía pletórica de una vida que no tenía cuando se marchó a Boston.

—Ya puede pasar —dijo Virginia, apartándose para que John, que la siguió de cerca, tuviera acceso al salón.

—Buenas...

John no concluyó la frase. Dos mujeres ocupaban la habitación y le sorprendió que una de ellas fuera Victoria Townsend. Se quedó prendido en su mirada, que lo recibió con un tono severo.

—Buenas tardes, John. ¡Ya era hora de que te dejases ver!

Victoria se acercó a él y no dudó en saludarlo con un beso, mientras Mary los observaba sin saber qué pensar. Sabía por la señora Smith que no eran extraños, pero desconocía que existiera tanta confianza entre los dos.

—No esperaba encontrarte aquí, Victoria.

—Pues yo sí, Mary me dijo que hoy llegarías desde América y he hecho lo posible por que coincidiéramos. Has tardado mucho, si quieres que sea sincera.

—Tenía asuntos que resolver allí —dijo él.

—Han tenido que ser muy graves para que no hayas tenido un minuto para contestar mis cartas y mis telegramas. Llevo meses mandándotelos y ni uno ha recibido respuesta —le reprochó Victoria, aumentando el desconcierto de Mary.

—No es a ti a quien tengo que dar explicaciones de mi vida, Victoria.

—No, por supuesto que no, pero comprende que no entendamos qué te está pasando. Te casas y no se lo cuentas a la familia. Haces venir a tu esposa a Londres y no apareces y, lo que es peor, la dejas sola en esta casa. ¿Se puede saber qué sucede?

Victoria parecía tan enfadada como Mary desconcertada por los reproches que estaba recibiendo John. Este eludió con una pregunta las recriminaciones de Victoria.

—¿Dónde está mi esposa?

Mary dio un paso adelante, parándose frente a su marido. Al fin parecía que le prestaban un poco de atención.

—Aquí. Buenas tardes, señor Lowell.

La cara de desconcierto de John no pasó inadvertida para ninguna de las dos mujeres. Al entrar y verla vestida con un sencillo traje, John pensó que se trataba de una de las ayudantes de su mujer. Ni por lo más remoto imaginó que se tratara de ella.

—¿Tú eres…?

—Mary.

—¡Imposible!

No era el encuentro que ella esperaba cuando al fin John hiciera su aparición. Quizá frialdad o pudiera ser que un poco de cortesía amable para romper el hielo entre los dos, pero la sorpresa que veía en los ojos de su esposo era una emoción con la que no había contado.

—¿Por qué es imposible? —preguntó, entre extrañada y ofendida.

—Porque yo te vi y tú no eres…

—¿Quién no soy?

Mary no pudo contener la pregunta.

—Será mejor que os deje solos —dijo Victoria.

Recogió la tela de la falda del vestido e hizo el gesto de marcharse del salón. Subiría al cuarto donde las clientas se cambiaban y ya volvería en otro momento para continuar con la prueba.

—No, Victoria, no te vayas —dijo Mary—. Necesito que me expliques qué es eso que has dicho. Eso de que no le había contado que estaba casado a la familia. ¿De qué familia hablas?

—Soy su prima, Mary, soy hija de la hermana de su padre. Y no, no lo hizo, me tuve que enterar por la señora Smith —contestó ella, mirando con severidad a John.

—¿Por qué no me habías dicho a mí que sois familia, Victoria?

La voz de Mary adquirió un tono de reproche y enfado, que resumía mejor que las palabras que se sentía traicionada por quien días antes le había asegurado que eran amigas. Todo el mundo parecía haberse puesto de acuerdo en mentirle.

—¿Ella no sabe quién eres, Victoria? —preguntó John, dándose cuenta de que no era él el único sorprendido en aquellos instantes.

—Pues no, no se lo dije. Quería primero averiguar qué te traes entre manos, pero me ha sido imposible. Eres muy esquivo cuando te place. Si me lo permites, John, alguien tenía que estar pendiente de su bienestar mientras tú no sé a qué te dedicabas. No sé si eres consciente de lo mal que lo ha pasado. Me voy, pero volveré para que me expliques unas cuantas cosas. Ahora creo que tenéis que resolver otro malentendido que también espero que me contéis. Me voy con todas las ganas de saber por qué te sorprende que ella sea Mary. Querida, subo a cambiarme y me marcho. Volveré en otro momento. Disculpa que no fuera del todo sincera contigo, pretendía entender qué ocurría con este idiota, pero ya veo que no ha servido de mucho.

Victoria dejó en el salón al matrimonio, que se escrutaba con la mirada. En la de John había sorpresa y enfado, pero no eran ni de lejos tan grandes como los que sentía Mary. Estaba harta, cansada de ser siempre la última en enterarse de todo lo que atañía a su propia vida.

—¿Por qué no soy la persona que esperabas? —preguntó al fin, cuando se encontraron a solas, sin un solo matiz de amabilidad en sus palabras.

El trato de cortesía educado que tenía reservado para él decidió que no se lo merecía y pasó a tutearle sin pedir permiso. John se sentó en uno de los sillones y escondió el rostro entre las manos.

—¡Maldito hijo de puta!

—¡Te he hecho una pregunta! —insistió Mary.

John volvió a mirarla, sorprendido por la contundencia de su tono, que contrastaba con su cuerpo menudo y su innegable juventud. Recordaba a la joven que había escogido como esposa y estaba seguro de que no era ella. El cabello de la que tenía enfrente era castaño, no rubio como él lo recordaba. La Mary que él esperaba no tenía los ojos del color de la madera, sino profundamente azules y tampoco destacaba en ella la decisión de carácter que detectaba en la joven que le estaba plantando cara.

—¿Cuál es tu nombre? —preguntó John.

—Mary Lowell, para mi desgracia —contestó ella.

—Antes, ¿cómo te llamabas antes? —preguntó impaciente.

—¿Antes?

—Antes de la boda.

—Mary Davenport, ¿a qué viene todo esto?

—¿Eres hija de Richard Davenport, conde de Barton?

—¡Claro que soy su hija! ¿Me quieres explicar qué pasa?
—¿Solo te llamas Mary?
—Mary Ellen Davenport —dijo ella, casi gruñendo las palabras—, ¿qué importancia tiene?

Toda. La tenía toda. Él había pedido en matrimonio a Elisabeth, a la joven que conoció en un baile de los Middlethorpe el año anterior. Revisó en su mente qué había podido fallar para que quien se encontraba con él en el salón de su casa no fuera ella y no le hizo falta mucho tiempo para deducir qué había ocurrido.

—¿Cuál es el primer nombre de tu hermana?
—Se llama Mary, como yo.

«Mary E.» era el nombre que aparecía en los documentos, rubricando el contrato de matrimonio. Él había pedido al conde la mano de su hija Elisabeth, pero el muy cretino le había endosado a su hija pequeña. No era algo que entorpeciera su plan, salvo por un detalle que ahora cobraba fuerza. Ahora entendía por qué le había sorprendido tanto el coraje de su joven esposa para salir adelante. Conoció a Elisabeth, su atolondrado carácter, su estúpido comportamiento de niña malcriada, y supuso que se hundiría ante el más mínimo contratiempo, que correría a buscar la ayuda de su padre. Supuso que en cuanto se enterase de lo que había pasado con Almond Hill le pondría sobre aviso, pero el que no lo hubiera hecho fue una sorpresa mayúscula. En ese instante se daba cuenta de que era tan solo porque no era ella. Era la otra hermana, la pequeña. Sabía de su existencia, la había visto en el baile de pasada, pero su belleza no se podía comparar a la de su hermana mayor y apenas le prestó atención.

—Me gustaría saber qué está pasando, John.
—Siéntate, por favor.

Obedeció sin ganas. No quería sentarse para una amigable charla, sino reprocharle todo lo que llevaba guardando meses. Sin embargo, si él estaba dispuesto a hablar, debía escucharlo. Tal vez entendiera algo. Ocupó el sillón frente a su esposo, aunque sin abandonar el severo gesto que se había instalado en su rostro. John no la culpaba, tenía que estar tan desconcertada como él.

—¿Le pediste a mi padre la mano de Elisabeth? —No esperó a que él hablase.
—Es lo que hice, sí.

—Lo siento.

—¿Qué es lo que sientes?

—La decepción que te invade al encontrarte conmigo. Supongo que no es lo mismo encontrarse a Elisabeth que a mí.

—No, no es eso —se apresuró a decir John.

—¿Ah, no? ¿Y entonces qué es? Estoy harta de secretos, harta de no entender todo lo que me está sucediendo desde el pasado verano. Harta de que todos hayáis tomado decisiones sobre mí sin preguntarme. ¿Y ahora me entero de que encima no soy yo quien debería estar sentada en estos instantes frente a ti? Si te sirve, no quiero estar aquí. No me hace feliz pensar en «mi matrimonio», ni en quién soy ahora. No puedes deshacer esto y casarte con Elisabeth —siguió ella, sin esperar a que su esposo hablase—, ya está casada y espera un hijo. Supongo que te sentirás decepcionado.

—¡Me importa muy poco la vida de Elisabeth! —gruñó él, levantándose y aumentando el estupor de Mary.

—Entonces, ¿cuál es el problema?

—Tu padre, él es siempre el problema. Me engañó. Es experto en eso.

—¿Y tú no lo has hecho con él? ¿No le has engañado para conseguir Almond Hill? No entiendo nada, John. Tenías dinero suficiente para comprar la deuda al banco, no creo que para eso necesitaras casarte con una de sus hijas. Si no te importa Elisabeth, entonces, ¿por qué casarte con ella si odias a nuestro padre? ¿Qué más te da en todo caso que sea yo quien esté hoy aquí?

Llevaba razón. Daba lo mismo que fuera una o la otra, pero en los meses transcurridos desde la boda había ido conociendo a Mary a través de sus cartas, a la que ahora tenía frente a él, y se sentía un ser despreciable por haberla hecho pasar por todo aquello. En ese tiempo pensó que tal vez se había equivocado en su valoración de Elisabeth, pero nunca se le ocurrió pensar que no era ella.

—¿Me vas a contar por qué estoy casada contigo o puedo seguir con mi trabajo? —preguntó Mary.

—No tendrás que hacerlo a partir de ahora, ya estoy yo aquí —contestó, mirándola muy serio.

—Escúchame —dijo Mary, tratando de controlar el impulso

de gritarle, pero acercándose a él en un gesto intimidatorio—, no voy a dejar de trabajar. Quiero que eso te quede claro desde este momento.

Él la miró, sorprendido por la decisión que había en sus palabras. Su rostro no dejaba traslucir ni un rastro de duda o temor. Parecía resuelta a no amilanarse frente a él.

—Creo que sería lo mejor para ti —añadió John, intentando sonar suave. No pretendía discutir.

—No, no lo sería. Volvería a depender de alguien y ya he comprobado lo que eso significa. Me dejaste a mi suerte igual que hizo mi padre, John, no me pidas que vuelva a aceptarlo. Lo he pasado muy mal, pero he sabido salir adelante sin vosotros. Y ahora, si no te importa, estoy esperando la respuesta a mi pregunta.

Lowell caminó por la habitación intentando serenarse y buscando la manera de hacer el menor daño posible a Mary. Ante ella, parado frente a la verdad que rezumaban los reproches que le lanzaba, descubrió que no podía soltarle el discurso que llevaba meses ensayando porque no era la destinataria de sus palabras. No era la joven que en la velada a la que fue invitado el año anterior le trató con desdén, recordándole que él no era alguien digno ni de dirigirle la palabra, quien le confirmó que no era tan mala idea aquella que se le había ocurrido para minar el honor de Richard. Mary, a pesar de su edad, era una mujer decidida a la que no parecían importarle las consecuencias de plantarle cara a un esposo al que acababa de conocer, igual que no le había importado dejar de lado el orgullo y lo que pensaran los demás para ponerse a trabajar.

Se oyeron unos golpes al otro lado de la puerta. Virginia tocó frenética antes de abrirla sin esperar a que le dieran permiso. Enfrascados en la discusión que mantenían, no se percataron de que hacía rato que habían llamado a la puerta.

—Señora, el doctor Payne está aquí. ¿Qué le digo?

A Mary se le escapó un gesto de inquietud con un suspiro. Creía que después de su último encuentro James dejaría de visitarla, más sabiendo que ese era el día en el que su marido regresaba. No esperaba que se atreviera a volver a su casa. Miró a John un instante. Tenía que tomar una decisión rápida.

—Hazlo pasar.

James entró en el salón a los pocos minutos, siguiendo a Virginia. Notó el ambiente enrarecido en el mismo instante en el que miró a Mary. No debería haber regresado, se lo pidió, pero no había sido capaz de imponerse al deseo de verla de nuevo. Fue directo a ella y besó su mano en un gesto que se demoró más de lo necesario. Sabía que le habían despedido, pero no estaba dispuesto a dejarla sola en ese día que pronosticaba complicado para ella. El beso entre los dos de días antes le confirmó que Mary no estaba preparada para consumar el matrimonio con John Lowell. Si ya era difícil antes que fuera feliz con su esposo, después de lo que había sucedido entre ellos dos estaba seguro de que le sería aún más doloroso.

—Si vengo en mal momento... —empezó a decir, cuando decidió soltarle la mano.

—No lo es. John, este es el doctor Payne, médico del St George —contestó ella, con todo el aplomo que logró reunir.

—Mucho gusto —dijo John, extendiendo su mano y estrechándosela—. John Lowell, el esposo de Mary. ¿Qué le trae por aquí? ¿Hay alguien enfermo?

—El doctor Payne es un buen amigo, John —se apresuró a decir ella.

—Solo quería encargar unos bizcochos y he pasado a saludar a Mary. No sabía que estaba acompañada. Me alegro de verte... bien —dijo mirándola.

—Yo también, James.

Se hizo un silencio en la habitación cuando Mary pronunció el nombre del doctor. La familiaridad entre ambos al no hablarse en un tono formal ni usar sus apellidos, las miradas que intercambiaban, dejaron pensativo a John. En todas sus cartas Mary mencionaba a Abigail, a las gemelas e incluso a una amiga francesa, Camille, pero no le había hablado nunca de él. Se preguntaba por qué no lo había hecho. No tenía relación con nadie más allá de los clientes de sus pequeños negocios, pero James Payne no parecía uno de ellos, a pesar de la excusa que había puesto para entrar a saludarla.

—Disculpen.

La voz de la cocinera, parada en la puerta del salón, interrumpió la escena. Venía de hacer unos recados y Sabine le había contado que el señor Lowell estaba en casa.

—¡Abigail! —John la saludó izándola por los brazos y dándole un sonoro beso—. ¿Cómo está? ¿Cómo están sus pequeños?

—¡No haga eso! Ya no es usted un jovencito al que se le puedan consentir ciertas cosas.

—¡Usted siempre tan recta, Abigail! Deje que la salude como merece, después de tanto tiempo sin vernos. Imagino que sus hijos han crecido mucho desde que no los veo.

—No sabe cuánto. Me he atrevido a entrar porque me preguntaba si viene hambriento y quiere que le prepare algo.

—Me muero por tomar un té con uno de sus dulces —dijo John.

—Enseguida se lo traigo.

—No, sírvamelo en los sillones de arriba. Dejemos que la señora hable con su amigo.

La palabra «amigo» sonó mucho más dura de lo que pretendió. El doctor, con su intromisión, le había dado la excusa para marcharse de la habitación sin contestar a Mary, y Abigail la coartada para salir de allí. Aplazaría la conversación para otro momento, se daría tiempo para buscar el mejor modo de contarle qué era lo que estaba sucediendo. Cuando dejó la habitación, Mary, cuyo enfado con John se incrementó por el efusivo saludo a la cocinera, preguntó a James:

—¿A qué has venido? Creía que habíamos hablado…

—Quería saber si estás bien.

—Has visto que sí y ahora, si no te importa, necesito que te marches. Tengo cuestiones que tratar con mi esposo que no quiero dilatar. James, no vuelvas a venir. Te lo pido por favor.

—Mary… —dijo él, agarrándola del brazo. Mary se soltó con la mayor suavidad que pudo.

—Muchas gracias por tu visita, James.

—No parecíais muy cordiales cuando he llegado. Mary, estoy preocupado por ti, no creo que estés preparada para convertirte en su esposa.

—¡Ya lo soy! Hace muchos meses que lo soy, James, he tenido tiempo de hacerme a la idea. Y, si yo he podido, hazlo tú también.

—Pero no le quieres, Mary —dijo James acercándose a ella.

—¿Y eso importa? —contestó, mirándolo con dureza.

—Debería importarte a ti. Es más, creo que te importa. Lo sentí el otro día cuando nos besamos. Sé que no estabas fingiendo.

—James, eso no sucedió. —Mary se alejó de él, rehuyendo la proximidad que le traía su arrebatador aroma.

—Claro que sucedió.

—Pues imagina que no —dijo mirándole a los ojos con frialdad—. Y vete, por favor, déjame seguir con mi vida.

—Está bien. Haré lo que quieras, pero piénsalo bien. Párate y decide qué es lo que quieres hacer con ella. Solo tienes una, Mary, deberías vivir acorde con lo que sientes.

—¡Qué más da lo que sienta! Estoy casada con él. Ya está todo dicho.

—No, no está. Puedes deshacerlo aún, Mary. Puedes pelear por quien quieres y sé que no es a John. Pero eres tú quien tiene que tenerlo claro. Solo quería preguntarte si irás a las concentraciones en Hyde Park o tu marido ha empezado a prohibirte ciertas cosas.

Mary miró a los ojos a James Payne, enfadada. No estaba segura de que la sugerencia de John sobre que abandonase el trabajo fuera una orden, pero desde luego no pensaba acatarla. Tampoco necesitaba que él añadiera una preocupación a las que ya tenía y lo irascible que se encontraba por lo que acababa de descubrir le hizo contestar sin pensar demasiado en lo hiriente de sus palabras.

—Deberías saber que todo lo que a mí concierne no es asunto tuyo.

James inclinó la cabeza ante Mary y se colocó el sombrero. Estaba visto que no era el mejor momento para hablar con ella. Antes de salir de la habitación, se dio la vuelta.

—Solo pretendía ayudarte, pero si no quieres no hay nada más que hablar. La manifestación será el domingo en el parque. La opinión pública está muy alterada después de lo que hizo Mary Richardson en la National Gallery con el cuadro de ese pintor español.

—No sé de qué me estás hablando.

Mary, sumida en sus problemas, no se había enterado de las últimas noticias relacionadas con las sufragistas. No le sobraba el tiempo como para ponerse a leer el periódico.

—Hace unas semanas, la señora Richardson apuñaló el cuadro de *La Venus del espejo*, de Velázquez. Trataba de llamar la atención por el trato que están dando las autoridades a Emmeline, a la que detuvieron el día anterior. Según ella quiso destruir el cuadro de la mujer más hermosa de la historia de la mitología en protesta contra el gobierno por destruir a la mujer más hermosa de la historia moderna, la señora Pankhurst. Han organizado un acto para explicar a la gente por qué lo hizo, la prensa está de nuevo atacando a las sufragistas.

—Está bien. Ya decidiré si voy o no. Te ruego que no vuelvas.
—No te preocupes, Mary. Lo he entendido.

Viernes, 3 de abril de 1914

Los dos días siguientes a su llegada, John apenas se dejó ver. Evitaba coincidir con Mary y permanecía encerrado casi todas las horas que pasaba en la casa en el cuarto que habían dispuesto para él. El resto del tiempo lo empleó en hacer gestiones en Londres que le alejaron incluso de la mesa, donde ella lo esperó en vano para comer y cenar. Por su parte, Mary se sentía algo más que inquieta. No había logrado que terminasen la conversación que interrumpió James. Su mente se había convertido en un hervidero, intentando averiguar las razones del comportamiento de John. Se preguntaba si su ausencia querría decir que había abandonado definitivamente la idea de consumar el matrimonio o si por el contrario solo estaba tan confuso como ella y necesitaba tiempo para recolocar sus ideas.

Mary también recibió noticias de su abuela. Lady Ellen se puso furiosa después de leer su carta. Según le decía en su respuesta, le entraron ganas de dejar sin comer a los perros durante dos semanas y después encerrar a Richard y Charles con ellos, pero le aseguró que su exquisita educación le impedía llevar a cabo tales despropósitos. Lo que no iba a hacer era frenar la idea de destinarles las peores habitaciones de su casa y lanzar cuanto reproche se le pasara por la imaginación por la deplorable gestión de Richard al frente de Almond Hill. Le suplicaba a Mary que averiguase qué pretendía John Lowell y le daba las gracias por avisarla. Solo un día después de recibir la carta le habían empezado a llegar rumores sobre lo que su nieta le contaba y estaba segura de que, de no haber sabido qué pasaba por ella, el disgusto la habría dejado sin fuerzas hasta el verano.

Por otra parte, Mary no pretendía volver a visitar a los Harris ni tampoco acudir a la manifestación de Hyde Park, al menos hasta que lograse solucionar sus problemas más urgentes, y en esos momentos la urgencia era resolver las dudas que apenas le permitían comer o dormir. Incluso hablar le estaba costando mucho. Las únicas que parecían mitigar su apatía eran las niñas, porque Mary también estaba muy enfadada con Abigail. Le parecía un agravio que estuviera tan feliz por el regreso de John y que no le regañase como sí hacía con ella misma cuando consideraba que estaba equivocada en algo. Lo que había hecho John con ella no le parecía que fuera justo ni correcto. Por eso, ese viernes se levantó temprano y fue directa al salón para terminar un vestido, sin ni siquiera pasar a desayunar. No quería verla. La cocinera, que escuchó sus pasos al bajar la escalera, acudió en su busca.

—Señora, debería dejar de comportarse como una niña y comer algo —le dijo.

—No tengo apetito, gracias.

—Aunque no lo tenga. Debería.

—Deje que sea yo la que decida lo que debería hacer o no, Abigail —contestó.

—¿Está buscando volver a enfermar y que el doctor no tenga más remedio que venir a visitarla?

La mención que hizo la señora Smith a James hizo que se tensara. No, no quería verlo, quería borrar lo que había sentido por él, aunque le estuviera resultando imposible eliminar de su pensamiento su voz o el beso que había colocado sus sentimientos en un lugar donde no deberían estar. Se encontraba mal por haberlo echado de aquella manera, pero tampoco creía disponer de más opciones. Estaba casada y no podía seguir alimentando un sentimiento que no tenía ningún futuro. Era mejor así. Lo más sensato era que James desapareciera de su vida para siempre, esperar a que John decidiera reclamarla como esposa y zanjar ese asunto de una vez. Y, si no era así, si John decidía no tocarla nunca, concentrarse en coser. Al menos eso no lo tenía prohibido, aunque con él en casa, conseguir dinero ya no fuera una necesidad.

La cocinera hizo amago de salir de la habitación, pero Mary la detuvo con sus palabras.

—Abigail, ¿por qué cree que John me evita? Necesito entenderlo.

—No lo sé, señora. ¿Por qué iba a saberlo yo? Solo soy alguien del servicio.

—Pero a usted la respeta y la quiere, cuando la vio… se alegró tanto como si fueran familia. Usted conoce bien a John.

Recordaba la vuelta en el aire que le había regalado y la sonrisa de él en cuanto la vio aparecer, muy alejada del frío recibimiento que le prodigó a ella.

—Han sido muchos años en esta casa, lo he visto crecer.

—Había más que tiempo. Había cariño, Abigail.

Reconsideró su enfado con la señora Smith y la invitó a sentarse con ella junto a la chimenea. Aunque al principio esta intentó negarse, alegando que tenía muchas tareas pendientes, acabó cediendo. También ella se hacía mil preguntas y quizá era bueno que las dos las expusieran en voz alta.

—Mire, yo no entiendo todo esto que ha hecho. Le digo que tiene que existir una razón poderosa. Algo que le haya causado mucho daño para que actúe así.

—¡Cuénteme lo que sepa! Quizá podamos encender alguna luz en todo esto.

—Lo único que puedo contarle es que John era un muchacho feliz, alegre, que adoraba a sus padres y que jamás se metía en líos. Un niño del que sentirse muy orgulloso, se lo aseguro. Cuando el señor Lowell murió, un par de años antes que la señora, lo pasó muy mal. Estaba muy unido a él y le dio mucha tristeza tener que cerrar la sombrerería. Era un negocio que iba bien, pero solo porque el viejo señor Lowell era un maestro haciendo sombreros. Ninguno de sus ayudantes sabía darles su toque. John se había preparado para llevar las cuentas del negocio, pero no tenía el don de su padre para los sombreros y no tenía sentido seguir. Vender todo y cerrar fue lo que le empujó a continuar con otros negocios que ya tenía y que, al final, resultaron más que rentables.

—Nunca me ha hablado de la señora Lowell, salvo comentarios aislados —dijo Mary. Quería saber más de su suegra.

—Cierto, no lo he hecho. Jane Lowell era preciosa y muy dulce.

—Eso es lo único que sé de ella. He visto sus retratos y el cariño con el que se refiere a ella las pocas veces que la menciona.

—Amaba a su hijo y al señor Lowell de verdad, pero también era una mujer triste que se encerraba muchas veces en su cuarto durante días, alegando dolores de cabeza que… —La cocinera se interrumpió.

—Siga.

—Que Dios me perdone, pero creo que la señora se los inventaba para estar sola…

—Abigail, no pare ahora.

—La señora era nieta del vizconde de Palmerston. Su padre, el tercer hijo varón del vizconde, se casó con la hija de un banquero. El abuelo materno de la señora fue un hombre importante, con muy buenas relaciones, y con mucho dinero, mucho más del que tenía el vizconde. Jane fue criada como alguien de su clase, Mary, aunque no lo fuera del todo, pero sucedió algo…

Mary animó a la señora Smith a que siguiera hablando, cuando la vio emocionarse al interrumpir el relato.

—Su suegra se casó embarazada con el señor Lowell. Fue imposible ocultarlo, John nació solo cuatro meses después de la boda.

La muchacha se imaginó el escándalo que se desataría, tal vez su familia la había echado de casa. Sin embargo, para su sorpresa, la historia no continuaba de ese modo. Abigail le siguió contando que Jane nunca volvió a ser la misma, aunque nadie le reprochase en voz alta el embarazo. Se casó, John nació, pero ella no recuperó la alegría de antes.

—Pero usted me dijo que el sombrerero y Jane eran felices.

—No exactamente, le he dicho que la señora amaba al señor Lowell y estoy segura de ello porque siempre vi gestos de cariño entre los dos, y además estaba John, al que ambos adoraban.

—¿Cree que su familia le reprochó que estuviera embarazada antes de casarse?

—No creo que fuera solo eso, sé que algo sucedía. En todos los años que le serví no me consta que la señora acudiera a un acto social privado en casa de nadie. Iba a la ópera con su marido, paseaban, pero nada de cenas o sesiones de cartas o té. Al margen de sus padres mientras vivieron, la señora solo se relacionaba con la familia del señor Lowell, con los padres de Victoria. Me parece que a usted no tengo que explicarle qué significa estar sola en esta ciudad.

—No, no tiene que hacerlo —dijo Mary—, yo he tenido que aceptarlo y reconozco que al principio me costó, pero acabas haciéndote a la idea de que nada será lo mismo y continúas.

—Pues eso es lo extraño, que creo que ella nunca se hizo a la idea. Había una tristeza que no se iba de sus ojos aunque sonriera. Siempre me pareció que extrañaba de algún modo esa otra vida que llevaba antes de casarse.

Mary se quedó pensativa.

—Sabiendo lo que sufrió su madre, John buscó una mujer para casarse a la que le iba a pasar lo mismo —dijo en voz alta.

—No se me había ocurrido —dijo Abigail—. ¿Por qué no le pregunta por qué lo hizo?

—Quisiera, pero no hay manera. No quiere hablar conmigo, ya ha visto que hasta ha decidido ni entrar en mi habitación. Cuando al llegar se dio cuenta de que yo no soy mi hermana, pensé que quizá se había enamorado de Elisabeth en algún momento y fue un verdadero trastorno encontrarse conmigo, pero enseguida me dejó claro que no es eso lo que sucede.

—¿De qué está hablando, señora?

Abigail desconocía esa parte de la historia, no había entrado aún en el salón cuando John se dio cuenta de que Mary no era Elisabeth, por lo que la puso en antecedentes contándoselo con detalle.

—No sé, llevo dos días dándole vueltas a esto —añadió— y solo encuentro una explicación: que mi primo Charles ya le hubiera pedido la mano de Elisabeth a mi padre. Él ha demostrado que, de todo esto, lo único que le importaba era el dinero de John y tal vez... Tal vez yo solo estaba ahí, disponible.

La cocinera seguía pensativa.

—¿Será eso? ¿Estará enamorado de su hermana?

—Por su reacción, creo que no, me parece que hay algo que se nos escapa —dijo Mary, muy seria.

—¿Ha probado a preguntarle a su padre?

Mary negó con la cabeza. Lo había pensado, escribir a casa y pedir explicaciones al conde, pero prefería tener la versión de John antes. Le estaba dando unos días porque entendía su confusión, pero se había impuesto el plazo de una semana para que hablasen. Si no lo conseguía, iría en persona a Almond Hill para hablar con Richard Davenport.

—Señora, ¿usted cómo está? —preguntó Abigail.

—Bien, no se preocupe.

Le contestó con la mejor sonrisa que pudo componer, pero

no era cierto, sus ojos tenían unas profundas ojeras después de dos noches casi en blanco y no se veía en ellos su brillo habitual.

Se oyeron unos toques en la puerta abierta del salón y Abigail se giró para ver quién era. Mary, de frente, vio a John, parado en la entrada.

—Quiero hablar contigo —dijo, sin separar sus ojos de los de su esposa.

—Déjenos solos, Abigail —le pidió Mary a la cocinera.

—Sí, señora.

John se acercó a ella, que se levantó del sillón para situarse a su lado. Él parecía nervioso y en su mirada había un gesto de disculpa que a ella no le pasó inadvertido.

—Invita a tu familia el próximo domingo a comer y no admitas excusas por su parte. Prometo que entonces te daré las explicaciones que necesitas. He escuchado tu conversación con Abigail.

Mary sintió la necesidad de preguntarle en ese instante, de pedirle que saciara su curiosidad de una vez. Estaba cansada de todo aquello, deseosa de poner fin a tantas incógnitas que alteraban su sueño y le impedían comer con normalidad. Cada vez le costaba más aceptar la docilidad en la que había sido educada. Sin embargo, no lo hizo.

—De acuerdo —dijo.

Solo tendría que esperar dos días más para descubrir qué era lo que estaba pasando.

Domingo, 5 de abril de 1914

Aquella tarde, el salón de los Lowell podría parecer una reunión agradable en familia, dada la concurrencia, pero no era así. Aunque Richard, Charles, Elisabeth y el matrimonio formado por Mary y John ocupaban la habitación, no se encontraban reunidos para departir sobre asuntos triviales mientras disfrutaban de una agradable sesión de té. Mary había citado a su familia y, tanto el conde como su hija y su yerno, pensaron que se trataba de la presentación formal de John Lowell.

A Richard Davenport, la casa de su hija le pareció diminuta y pobre. Cierto era que estaba limpia y Mary se había encargado de cuidar al máximo todos los detalles. Había plantas enmarcando el arranque de la escalera, jarrones con delicadas flores y se respiraba el aroma fresco que emanan los lugares en los que no se ahorran cuidados. Ni una mota de polvo entorpecía que los muebles lucieran exquisitos y, aunque la vajilla no era francesa, el conde de Barton tenía que reconocer que había sido elegida con gusto.

A Elisabeth, sin embargo, la casa le gustó. Echó un vistazo en cuanto entró y encontró encantadores todos los detalles: las lámparas de gas al lado de los sillones situados frente a la chimenea del salón, las librerías perfectamente ordenadas hasta el techo e incluso un rincón en el que adivinó que Mary cosía, porque algunos hilos se habían quedado olvidados en la alfombra. El intrincado labrado de los muebles, la vidriera de la escalera, incluso los aromas que salían de la cocina, todo impresionó a Elisabeth. Almond Hill había ido perdiendo la sensación de hogar desde que su madre falleciera y daba lo mismo su grandiosidad, o si tenían juegos de té de plata o carísimos jarrones de la India encima de los aparadores. Todo era triste y frío, algo que no se notaba en esa casa, sobre todo por el empeño que había puesto Mary en que así fuera.

Charles, sin embargo, no apreciaba más que un cuchitril diminuto, símbolo de lo bajo que había caído su prima. Una sola habitación hacía las veces de salón, comedor y biblioteca y era al menos tres veces más pequeña que las cocinas de Almond Hill. Era incapaz de sentir que aquello estaba vivo. Solo veía la casa de un tipo pretencioso, John Lowell, que se las daba de rico cuando apenas tenía una vivienda que era poco más grande que un cobertizo. Desde que entró trató con desdén a su anfitrión, incluso dándole su sombrero y su bastón para que los colocase en la entrada, como si fuera un simple mayordomo y no el dueño de una fortuna que estaba muy por encima de la suya. John los recibió con una media sonrisa y los dejó en la entrada sin hacer ningún comentario.

—Abigail —le dijo a la cocinera, cuando los Davenport acompañaron a Mary al salón y estaban los suficientemente lejos como para escucharle—. Sea muy atenta con mi cuñado. No queremos que se sienta incómodo en Londres.

La cocinera se puso seria, había observado el gesto de Charles Davenport y tampoco le gustó, pero no iba a contradecir a John. Si había que comportarse, ella sabría hacer que todo saliera a la perfección. Ya se habían ocupado de que fuera ella, y no Sabine o

Virginia, la que entrase en el salón para servir la mesa. Les habían dado el día libre para asegurarse de que no estuvieran correteando por la casa y cometieran algún error.

La comida transcurrió protocolaria, fría y distante, y todas las ocasiones en las que Richard intentó interrogar a John fueron abortadas por este de manera muy hábil. No fue hasta después del postre, sentados en los sillones, cuando decidió que ya era el momento de tener la conversación familiar que venía aplazando.

—Quizá estén ansiosos por conocer la razón por la que han sido convocados —dijo John.

—Supongo que para presentarse al fin, señor Lowell, y dejar de ser un fantasma —dijo Charles con ironía.

John le miró, sin perder la sonrisa. Si había algún fantasma en esos momentos en la casa no pensaba que se tratase de él, pero se ahorró el comentario. Para él, Charles Davenport, por muy futuro conde que fuera a ser, no tenía ningún interés.

—Me gustaría saberlo, sí —añadió el conde de Barton—. Ha tardado mucho en volver de América y presentarse como Dios manda a la familia.

—Esto no es una presentación formal —dijo John, levantándose de su asiento y dirigiéndose a la estantería donde reposaban las bebidas—. Quizá le apetezca un trago, señor, por lo que tengo entendido le vendrá bien para asimilar lo que voy a contarle.

El comentario le hizo revolverse incómodo en su asiento. No le gustaba que su yerno se dirigiera a él de manera tan cortante. De hecho, le gustaba tan poco como la insinuación de que conocía sus problemas con el alcohol. Mary, por su parte, estaba ansiosa por conocer de una vez los motivos de John, esos con los que se había mostrado tan esquivo. Sintió ganas de pedirle que le sirviera a ella misma un licor, pero las refrenó pensando en lo poco apropiado que era. Esperó a que John siguiera hablando.

—Es con usted, sobre todo, con quien tengo que hablar —le dijo John al conde.

—Hable.

Se tomó unos momentos para servirse una copa y, con ella en las manos, se dirigió de nuevo a los sillones. Se sentó al lado de Mary y la miró un instante antes de fijar sus ojos en Richard.

—Recuerda a Jane Palmerston, ¿verdad?

La mención del nombre femenino puso en guardia al conde de

Barton, que se enderezó en el asiento, algo que no pasó desapercibido para Mary. Se irguió mientras recolocaba el corbatín, que pareció apretarle muchísimo de pronto.

—¿Qué tiene que ver ella con que estemos hoy todos aquí? —preguntó.

—Tiene que verlo todo. Sin ella, está reunión sería del todo impensable. Me gustaría que fuera usted quien le explicase a su familia quién era esa mujer.

—Alguien —contestó Richard, evasivo.

—¿Alguien? ¿Esa es la única respuesta que tiene?

John se levantó con aparente calma, pero solo era fingida. Dejó la copa en la pequeña mesa que estaba a su derecha con tanta brusquedad que derramó parte de su contenido.

—No sé a qué viene mencionar a una persona de la que no sé nada desde hace tres décadas —replicó enérgico el conde.

—Pues yo sí sé, y quiero que su familia también lo sepa. Jane Palmerston, Jane Lowell después, era mi madre.

Mary miró a su padre y a John alternativamente, intentando comprender qué era lo que estaba sucediendo. Ante el silencio de los dos, optó por tomar la palabra.

—¿Qué sucede con tu madre, John?

—Mary, antes de seguir, quiero disculparme contigo, creo que lo mereces. Sé que no tenía derecho, que debería haber pensado en algo que solo le implicase a él —dijo señalando a Richard—, pero estaba cansado de esperar una oportunidad para poner a este ser mezquino en su sitio y la estirada de tu hermana me lo puso en bandeja.

—¡No le consiento que hable así de mi esposa! —gritó Charles, poniéndose en pie.

—Usted haría mejor en callarse y sentarse —le cortó John.

—Charles, deja que John se explique —le pidió Mary.

—¿Vas a dejar que este don nadie ofenda a tu familia? —dijo enfurecido Charles.

—Voy a escuchar, y tú también —contestó ella con energía, silenciando a su primo y enervándolo aún más. No estaba acostumbrado a que una mujer le replicara de ese modo.

John, que no había dejado de mirar a Richard en ningún momento, tomó la palabra.

—Es una historia muy sencilla, ¿verdad, señor conde? Hace

treinta años, Mary, tu padre tuvo una… ¿relación? con Jane, la nieta del vizconde de Palmerston. Le hizo creer que se comprometería con ella. ¿O no es cierto?

Richard no contestó, incluso cuando notaba clavadas las miradas de sus dos hijas en él. Se estaba poniendo nervioso y necesitaba una copa que lo tranquilizase con urgencia, pero ni siquiera era capaz de articular una palabra para pedirla. El silencio lo aprovechó John para seguir hablando.

—Durante los dos años que se estuvieron viendo a escondidas, le hizo promesas, pero pospuso plantear sus intenciones de compromiso de una manera formal, mientras le juraba que ella era el amor de su vida. Le prometió que se casarían y se marcharían a vivir a Almond Hill, que le daría una vida feliz porque ella era lo más importante para él. ¿Lo recuerda, Richard?

Este miraba enfurecido a John, sin hablar. El pasado que había enterrado en lo más profundo de sus recuerdos se había convertido de pronto en un presente con voz, la de John, que le devolvía a un tiempo que había tratado de olvidar. Un tiempo en el que la juventud le hizo cometer errores.

—No cumplió nada —añadió John—, ni siquiera les había hablado a sus padres de ella, puesto que no era noble del todo. Era solo un entretenimiento hasta que llegó el día de comprometerse con vuestra madre —dijo, mirando alternativamente a Mary y a Elisabeth—. Ya se sabe, la hija de un duque es siempre mejor partido que la nieta de un vizconde, que además era solo la nieta de un banquero.

—Esas cosas suceden a menudo, no entiendo a qué viene desenterrar el pasado a estas alturas —empezó a decir Elisabeth. Si aparecieran todas las amantes que había tenido Charles en su vida, quizá podrían celebrar una fiesta concurrida.

—No lo puede entender, señora Davenport, porque no he terminado de contar la historia. Tal vez su padre pueda seguir por mí.

—No sé a dónde quiere ir a parar —gruñó el conde.

—Yo se lo diré. Incluso con el compromiso con lady Elisabeth Bedford hecho público, él siguió visitando a mi madre, jurándole que no era cosa suya sino de sus padres y que lo rompería, llenándola de promesas que sabía que nunca iba a cumplir. Ella lo creyó, tanto que se entregó a él y esa entrega tuvo consecuencias. Yo soy la consecuencia.

Mary ahogó un grito. Si era cierto lo que John estaba contando, era su hermano. Entendía ahora que no se hubiera acercado a ella, que no hubiese tratado de consumar el ridículo matrimonio que los mantenía atados.

—Esto es intolerable, no le voy a consentir que difame mi honor —gritó Richard, levantándose ofendido.

—¿Qué honor? No lo tiene y usted sabe, como yo, que no estoy mintiendo, que para mi desgracia soy su hijo, aunque tuve la inmensa suerte de que un buen hombre, John Lowell, se cruzara en el camino de mi madre y se hiciera cargo de ella y de mí. Mary, tú ya lo sabías, mi madre se casó con el sombrerero cuando ya estaba embarazada. Fue la comidilla de gran parte de la burguesía londinense de hace veintisiete años. Una nieta de un vizconde y un banquero embarazada antes del matrimonio, un matrimonio con un sombrerero, un don nadie como se atreven a llamar a la gente que se gana la vida con el sudor de su frente; su vergüenza ni siquiera fue importante, porque lo que de verdad importó fue que ella no se recuperó de esa historia con tu padre. De nada sirvió que un buen hombre, como era John Lowell, que la quiso de verdad, la cuidase y la quisiera. Ella siempre estuvo enamorada de usted y nunca superó el desengaño.

Mary intentaba asimilar la información, mientras miraba a su padre, lívido y sin replicar a las palabras de John. Ni siquiera Charles hablaba y mucho menos Elisabeth, que era la que parecía más sorprendida de todos.

—Eso es lo que quise hacer contigo, Elisabeth, ponerte en una situación comprometida. Pero me engañaron y a quien he hecho daño ha sido a ti, Mary, y eso sí lo siento. ¿Usted también lo siente, Richard? ¿Siente lo que hizo con mi madre?

John se estaba alterando. El rastro del licor derramado y el sudor mantenían sus manos humedecidas. Aunque parecía sereno al hablar, no lo estaba en absoluto. Esa era su poderosa razón, que hizo que Mary comprendiera todo lo que había hecho para arrastrar a su padre por el fango. Sabía lo que John amaba a su madre, Abigail se lo había repetido tantas veces que no dudaba en absoluto de la adoración de John Lowell por la mujer que le dio la vida.

—¡Yo no tengo nada que ver en esa historia! —gritó Richard—. Seguro que ese sombrerero mintió.

—No fue él quien me contó todo esto, él siempre fue un buen

hombre que se ocupó de mi madre y que logró, no sin mucho esfuerzo, que siguiera adelante. Él jamás se habría atrevido a ensuciar el nombre de Jane, la quiso demasiado. Fue ella misma la que me habló de esta historia.

—Pues mintió —se defendió el conde, sin atreverse a enfrentar la mirada de John.

—No lo hizo, tengo pruebas, gente que sabía de todo aquello y que confirmaron lo que mi madre me dijo en su lecho de muerte. No quiso marcharse sin que supiera la verdad sobre quién soy. Ni siquiera me lo contó para que le buscase y reclamara nada, me lo contó para que, si la historia llegaba a mí, nunca dudase del amor que siempre me tuvo el hombre que me dio su nombre y su apellido, aunque no fuera mi padre. He hecho durante años todas las averiguaciones pertinentes, Richard, no soy tan estúpido como para presentarme sin una miserable prueba. ¿No recuerda unas cartas que intercambiaron? Yo sí, las he leído y están a buen recaudo por si las necesito.

Mary se llevó las manos a la boca. ¡Ella había tenido las cartas en la mano! Tenían que ser las que encontró entre la ropa de bebé que estaba en el baúl del desván. No le dio tiempo a leer quién las firmaba porque la señora Smith volvió de la compra y tuvo que volver a dejarlas en su sitio, pero estaba segura de que tenían que ser aquellas. Tenía sentido que Jane las hubiera guardado junto a la ropa de su hijo.

—¿Y se acuerda de la doncella de mi madre? —siguió John—. Sigue viva y dispuesta a contar todo lo que vio en su día. Lo que vio, lo que escuchó y lo que ocultó.

—¿Y qué es lo que reclama? ¿El título? —preguntó Charles, interviniendo.

—¡Me importa muy poco el título, no lo quiero! —gritó John—. Solo quería verle revolcarse en el barro. Que sintiera lo que es perderlo todo. Me imagino que no ha sido agradable que le embargaran Almond Hill.

—¿Ha tenido algo que ver con eso? —preguntó espantado Richard.

—Por supuesto, conde, claro que he tenido que ver con eso. Igual que fui yo el que logró dilatar el tiempo del crédito, dándole dinero para que no lo perdiera. Pero veo que no sirvió de mucho. ¿Sabe qué hizo su padre, Elisabeth? —dijo, mirando a la hija mayor de Richard Davenport—. Aunque supongo que le importa poco, usted es igual que él.

La aludida había permanecido callada todo el tiempo. Desde que entró en la casa la cara de John le resultaba familiar, pero no había logrado acordarse de qué. La confesión del parentesco le hizo descubrir en su rostro rasgos de su propio padre, pero había algo más que se hizo sitio en su memoria. Hacía un rato que se había dado cuenta de que lo conocía. Era el joven al que había rechazado en el baile de verano de los Middlethorpe.

—Nos conocimos, ¿verdad? —se atrevió a preguntar ella.

—Así es. ¿Recuerda lo que me dijo el pasado verano cuando la invité a bailar?

—Yo... —Elisabeth enrojeció hasta las orejas.

—«Disculpe, caballero, pero hay manjares que no están hechos para paladares tan poco selectos» —dijo John—. Fíjese, señora, que hasta ese momento no se me había ocurrido cómo llevar a cabo mi venganza. Solo pretendía la ruina económica de la familia, pero usted me convenció de que había una manera más mezquina de destrozar el nombre del conde de Barton.

—Por lo visto no le salió bien —dijo Charles—. No acabó casado con Elisabeth.

—En efecto —dijo John, volviéndose hacia Charles—, me engañaron y pusieron a Mary en la incómoda situación en la que quería verla a ella. Pero en el fondo daba igual una que otra, ¿verdad, conde? Sus hijas parecen importarle tanto como le importó mi madre. Solo son un medio para conseguir sus fines.

—¡Eso no es cierto! —bramó Richard.

—¿A usted no le da igual? —interrumpió Charles, con su tono más chulesco.

—¿Y a usted, futuro conde? Porque si no me he informado mal, y lo dudo, el noviazgo con Elisabeth fue tan efímero que yo diría que tampoco se casó muy enamorado.

—No vaya por ahí, señor Lowell, o se las verá conmigo —gruñó Charles.

John cabeceó.

—Al principio sí, reconozco que me daba lo mismo, pero ahora no. Mary me ha demostrado que no merece lo que ha pasado por culpa de todos y es por eso por lo que estamos hoy aquí. Vamos a dejar las cosas claras. Primero se van a disculpar con ella, como lo estoy haciendo yo. Sé que eso no servirá de mucho, que no borrará el terrible invierno que ha vivido, pero ya pueden empezar a hacerlo.

—No necesito disculpas —dijo Mary, tomando la palabra—. Ahora no. De nadie. No sirven de nada y llegan demasiado tarde.

—Claro que las necesitas, las mías las primeras —dijo John —. No te mereces nada de esto. Ni las murmuraciones ni las necesidades que has pasado.

Se dio la vuelta, mirando a Richard, demandándole con los ojos que hiciera lo propio, pero el conde no se movió. Los segundos pasaban tensos sin que de su boca saliera palabra alguna. Ni una defensa, ni un ataque. Nada. El desconcierto instalado en su interior frenaba cualquier intento de hablar. No sabía qué decir. John era su hijo. Jane, de la que no sabía nada desde hacía muchísimo tiempo, había muerto. Su ruina era obra de aquel joven con el que de manera tan irreflexiva había casado a su hija. Y ni siquiera tenía una copa con la que paliar sus temblorosas manos, que no dejaban de sacudirse a pesar de que las sujetaba con fuerza, una con la otra.

De pronto, la puerta del salón se abrió de par en par y Peter, el hijo pequeño de Abigail, entró como un vendaval. Agarró a Mary de una mano mientras sollozaba, incapaz de construir una frase coherente. Solo quería que le acompañase con urgencia. Tenía el rostro cubierto de churretones negros, el rastro de las lágrimas que derramaba sin tregua, y algo lo estaba alterando sobremanera.

—¡Peter! ¿Qué sucede? —preguntó Mary, preocupada.

—Esto es intolerable —gritó Richard, recuperando de pronto el habla—. Mary, vives en una casa de locos. ¿Dónde se ha visto que la chusma pueda entrar así en un salón decente?

—¡Cállate, papá! ¡No hables tú de decencia, no creo que tu comportamiento lo soporte! —gritó Mary furiosa. Temía que a Abigail le hubiera pasado algo—. Dime qué pasa, Peter.

—Tiene que acompañarme al St George, es muy urgente —logró decir.

—¿Qué ha ocurrido?

—La Policía ha cargado contra las manifestantes en Hyde Park y hay algunas personas heridas. El doctor Payne...

Fue más de lo que Mary necesitaba escuchar, arrastró al niño hacia la salida, dispuesta a averiguar qué era lo que había sucedido.

Escuchar de sus labios el nombre de James la intranquilizó y necesitaba salir de allí enseguida. John la siguió hasta la entrada, donde ella ya estaba colocándose el abrigo.

—¿Adónde vas? —le preguntó, tan inquieto como ella.

—Algo terrible ha ocurrido, no me pidas que me quede.

—Peter, ¿le ha pasado algo a ese doctor? —preguntó John, intuyendo que la impaciencia de Mary había aumentado al escuchar la mención de su nombre.

Peter negó con la cabeza, mientras pasaba el antebrazo por la cara para limpiarse la última remesa de lágrimas. Logró que su rostro se emborronase aún más.

—No es el doctor, es Virginia.

Mary y John no necesitaron nada más para dejar sin concluir la conversación con los Davenport.

Domingo, 5 de abril de 1914

Mary corrió hasta la calle sin ponerse los guantes o el sombrero y hubiera seguido corriendo hasta el St George si John no la hubiera sujetado por el brazo.

—¡Tenemos que darnos prisa, he de ver a Virginia! —gritó entre lágrimas, mientras intentaba deshacerse de su mano.

—Espera a que venga un coche a recogernos, he mandado al hijo de Abigail a buscar uno. Llegaremos al hospital antes que a la carrera.

—¿Vas a venir conmigo? —preguntó extrañada.

—No voy a dejarte sola, Mary.

Le miró a los ojos, intentando averiguar qué sentimiento escondían, por qué quería acompañarla si apenas conocía a Virginia y para él no podía ser nada más que una doncella de servicio. Lo que vio fue sinceridad, quería ir con ella, le estaba dando su apoyo y en esos momentos era lo que necesitaba. No podía controlar sus nervios, que la obligaban a dar cortos paseos por la fachada de la casa, mientras esperaban al coche que había ido a buscar Peter. Abigail lloraba desconsolada y Mary la abrazó, para escándalo de Charles, que no desaprovechó la ocasión para recriminar la conducta con una sirvienta. A ella le importaba bien poco si su primo consideraba educado su comportamiento o no, lo importante era arrastró hasta el suelo, donde acabó sentada. John se agachó a su lado, abrazándola, y ella se aferró a los fuertes brazos de Lowell para no terminar de hundirse. Le hicieron falta unos minutos y las suaves palabras que le dedicó su esposo para volver a ponerse en pie. Mientras, James la miraba sin saber muy bien qué hacer. Le hubiera gustado sostenerla él, pero estando Lowell ahí sabía que no era posible. Solo podía mirarla desde la distancia y ni siquiera se atrevió a contarle lo sucedido. Dejó que fuera Robert quien se lo explicara.

—La Policía cargó contra las manifestantes. Nada que no haya sucedido más veces. La muchacha se las había arreglado para situarse al lado de las mujeres que portaban pancartas en primera fila y gritaba con ellas. Cuando empezaron a detenerlas intentó zafarse, pero...

—¿Algún policía la golpeó? —preguntó John. Si era así estaba dispuesto a utilizar todas sus influencias para que pagase por ello. Virginia era solo una niña.

—No, a ella no, pero sí a otra mujer que cayó al suelo y la arrastró. Se golpeó la cabeza contra el suelo.

—¡No! —volvió a gritar Mary.

—No sufrió, fue todo tan rápido que dudo mucho que se enterase de nada. Murió en el acto —dijo Robert, mientras agarraba el brazo de Mary.

Con lentitud, la muchacha se separó de ellos y se acercó hasta la mesa. James trató de frenar que levantase la sábana, no quería que viera la cabeza ensangrentada de Virginia y conservase para siempre ese recuerdo de ella, pero Mary le fulminó con la mirada. Nadie se atrevió a impedirle el gesto. Retiró la sábana y sus ojos se llenaron de lágrimas ante la visión del cadáver. La expresión de Virginia era tranquila, a pesar del horror que suponía ver su rostro cubierto de sangre. Mary siguió descubriéndola y la tomó de una mano. Estaba gélida, lo que le provocó un estremecimiento en todo el cuerpo. Así estuvo hasta que John se acercó por detrás y le puso la mano en el hombro.

—¿Dónde está Sabine? —preguntó, recordando que la otra niña habría acompañado a su hermana al parque.

—Se la llevaron los hijos de Abigail —contestó James.

—¿Lo sabe? ¿Sabe que ha muerto?

—Creo que no.

Mary se secó las lágrimas y volvió a cubrir el cadáver. Después de detenerse unos instantes tocándola a través de la sábana, se dirigió a John.

—Llévame a casa. Tengo que hablar con Sabine.

—Mary, yo... —James dio un paso hacia ella.

Quería mostrarle su apoyo, pero no encontraba las palabras. Sin embargo, Mary no estaba dispuesta a escuchar.

—Los dos, tú y yo, tenemos la culpa de esto, James. Nunca deberías haberme presentado a esas mujeres.

Le habló con tanta frialdad mientras escupía las palabras que a James le costó reconocer en sus ojos a la mujer de la que se había enamorado en los últimos meses. No era solo dolor, había rabia en el tono y en sus ojos. Mary dejó el St George con su marido sin ni siquiera despedirse del doctor.

Si enfrentarse al cuerpo sin vida de Virginia fue un duro trago para Mary, no fue nada comparado con la conversación con Sabine. Por más que se esforzaba, ninguna frase le parecía que pudiera consolar a la niña, que de pronto se encontraba sola en la vida. Sabine dio muestras de entenderlo todo y, a pesar de que siempre lloraba por cualquier cosa, ni una lágrima resbaló por su rostro. Pidió permiso para retirarse a hacer sus tareas, ante el desconcierto de Mary y John, que la acompañaba.

—¡Sabine! —La voz de Mary la alcanzó antes de que dejase el salón de los Lowell.

—Dígame, señora.

—Ven.

La niña retrocedió y se acercó con timidez a Mary. Al mirarse, ambas se rompieron y empezaron a llorar. No hizo falta una sola palabra para que comprendiera. Se dieron un abrazo y así permanecieron durante un buen rato. Esa noche, a pesar de las protestas de Abigail, Mary ocupó la cama de Virginia en la habitación de servicio.

Miércoles, 5 de agosto de 1914

Desde la muerte de Virginia la casa se tornó mucho más silenciosa. John, consciente del luto de las tres mujeres, quiso rebajar sus tareas y contrató un mayordomo y dos doncellas más. Le pidió a Mary que trasladase a Sabine arriba, a uno de los cuartos vacíos, y que se instalase con ella si lo necesitaba. Así lo hicieron. Mientras tanto, entre ellos dos las conversaciones importantes se postergaron, poniéndose de acuerdo casi en silencio, con diálogos que eran poco más que un intercambio de preguntas y monosílabos en todo lo concerniente a la casa. Mary no quiso recibir las visitas de los Harris, de James o de su misma hermana, que pasó a despedirse antes de marcharse a casa de la abuela. Elisabeth solo logró hablar con John. Lo único que permaneció inalterable, ajeno a los cambios que la ausencia de Virginia instauró, fue el taller de costura. Mary se refugió en las telas, dedicando todos sus esfuerzos a confeccionar vestidos, desde ese momento con la única ayuda de Sabine.

Un día, a principios de verano, John entró en el salón donde ambas preparaban una tela. Jabón y regla en mano, dibujaban el contorno de las piezas que después cortarían y unirían hasta formar el elegante vestido. John pretendía unos momentos con Mary a solas, pues le parecía que ya era necesario que se sentasen a hablar.

—¿Te importa que Sabine nos deje a solas? —le preguntó con cautela.

—Me voy a la cocina —dijo Sabine, antes de que Mary tuviera opción de negarse—. Si necesitan un té o cualquier otra cosa, díganmelo y se lo traigo.

En ese tiempo, Sabine parecía haber crecido unos años. No solo porque ganó estatura y su cuerpo iba abandonando las formas de niña para convertirse en una jovencita, sino porque también estaba mutando su carácter. El golpe recibido por la muerte de su hermana gemela no la dobló, tal como le había sucedido a Mary, sino que la obligó a levantar la mirada y a apretar los dientes. Ya no tenía a nadie en el mundo, se había quedado sin Virginia, que era quien tiraba de ella en todo momento y, salvo a aquella joven señora y su cocinera, que no eran su familia, no tenía a nadie. Si se permitía hundirse, jamás saldría adelante. No le quedaba más remedio que resistir y fue lo que hizo, subir los ojos y mirar de frente cada día, por muy mal que se sintiera cuando llegaba la hora de ir a dormir, momento en el que más extrañaba a su hermana.

Además, estaba la señora Lowell. Mary era la que más estaba sufriendo, sintiéndose culpable durante cada segundo del día por la muerte de Virginia, y ella quiso sostenerla. Abigail no servía para ello; el día del entierro no se había aguantado las ganas de recordarle la parte de culpa que ella tenía en lo sucedido, por no haberla mantenido al margen de las ideas de las sufragistas. Sabine entendía a Abigail, pero también recordaba el carácter impulsivo de su hermana y que había sido idea de ella, y solo de ella, acercarse ese día a Hyde Park. Ni siquiera sus súplicas lograron disuadirla, por lo que dudaba mucho que Mary lo hubiera conseguido de haberse enterado. Virginia, estaba segura, habría encontrado la manera de escaparse.

A John también le había resultado imposible comunicarse con Mary, que se mantenía hermética en su dolor. Por eso Sabine se había hecho cargo de la situación y era quien la obligaba a que comiera. Al ver entrar al señor Lowell, con intenciones de hablar con Mary, estimó oportuno dejarlos solos. Quizá esa vez tuviera más suerte y lograse que la joven señora empezase a superar el golpe.

—¿Te apetece algo, Mary? —preguntó John.

—No, gracias.

—Cualquier cosa, llámenme —dijo Sabine antes de salir.

Mientras Sabine cerraba con cuidado la puerta, John le sugirió a Mary que dejase lo que estaba haciendo. La petición muda la hizo quitándole de las manos con suavidad el jabón y depositándolo sobre la tela. Después, con más cuidado aún, la tomó de una de las manos y la acercó a su cuerpo hasta que la distancia entre los dos se redujo a nada. Mary se fue dejando llevar, sin saber muy bien qué era lo que estaba ocurriendo en ese instante. John, con el mismo cuidado que había empleado hasta el momento, la rodeó con los brazos. Su rostro se apoyó en el pelo de Mary y así la mantuvo durante unos momentos, transmitiéndole unas condolencias que había sido incapaz de darle antes de otro modo, porque las conversaciones acababan perdidas en una infinita suma de preguntas seguidas de síes y noes que no llevaban a ningún lugar. Había tratado de ocuparse de todo lo que no fuera imprescindible que hiciera Mary: fue él quien organizó el entierro de la niña para que ella no tuviera que molestarse. También quien mandó una nota a Richard, para decirle que aplazaba la decisión de contarle a todo el mundo quién era por Mary, porque no estaba en condiciones de enfrentarse a un escándalo. Y también fue él quien tuvo que explicarle, en tres ocasiones, al doctor Payne que Mary no quería verlo.

El abrazo se prolongó durante bastantes minutos. En ellos, Mary logró levantar los brazos y rodear con ellos la cintura de John. Al principio fue un gesto tímido, pero al notar la presión de los de él sobre su cuerpo, ella respondió del mismo modo. El alivio que estaba trayendo el gesto le estaba sentando mejor que cualquier conversación. John había resultado ser como decía Abigail, no el personaje que ella había ido creando en su imaginación. Después de lo que había sucedido, de cómo se estaba comportando, entendía lo que la cocinera le contaba. Ni siquiera estaba ya enfadada por aquella boda estúpida. Fue en ese momento, en el que pensó en que, a pesar de todo, seguía casada con él, cuando aflojó los brazos y levantó la vista, intentando averiguar qué era lo que le había llevado hasta ese punto.

—¿Estás mejor? —le preguntó sin soltarla.
—Sí.
—Me alegro. —Depositó un beso suave sobre su pelo y buscó con una de sus manos, a su espalda, la mano de Mary. La agarró y la llevó a uno de los sofás, donde la invitó a sentarse—. Quiero que hablemos.
—De acuerdo —contestó ella.
—Una conversación, Mary. No quiero que te las arregles para contestar con una sola palabra como llevas haciendo semanas. Tenemos asuntos que tratar antes de que yo vuelva a Boston.
—¿Te irás? —preguntó ella, alarmada.

Era algo con lo que no contaba. Aunque no hablasen, sabía que le hacía bien que John estuviera allí y no solo porque se estuviera ocupando de todo lo relacionado con la casa. Su presencia le aportaba un extra de seguridad, aunque apenas se hubiera molestado en mantener conversaciones con él.

—Claro que me marcharé, mi vida está allí, con mis almacenes y la mayoría de mis negocios. Los he dejado bien atendidos y este tiempo he sabido que van bien a través del telégrafo y las cartas, pero tengo que volver.

—Me gustaría que te quedases —se atrevió a decir.

—Tenemos que deshacer legalmente este matrimonio y me temo que cuando eso suceda querrás volver a tu casa. Recuerda que ahora eres también dueña de Almond Hill. No te preocupes por nada. La deuda está saldada y yo seguiré haciéndome cargo de lo que necesites desde Boston. Te juro que esta vez no te voy a fallar.

—No tengo intención de volver a Almond Hill —dijo ella—. Preferiría quedarme en Londres, si no te importa. Al fin y al cabo...

—Al fin y al cabo, ¿qué?

—Somos hermanos.

John sonrió. Con la muerte de Virginia no había tenido tiempo de preguntarle a Mary qué pensaba de todo aquello, si había creído su historia. Sabía que Elisabeth sí, no solo por la conversación en la puerta de la casa, sino porque había hablado con ella antes de que se marchase de Londres. Elisabeth, tragándose su orgullo, se disculpó por haber sido tan grosera en la fiesta donde se conocieron.

—Lo somos. Medio hermanos, pero lo somos —dijo él, besándole la mano que mantenía aún pegada a la suya.

—¿Te importaría entonces que no deje esta casa? Cuando te vayas, digo.

—Puedes hacer lo que quieras —dijo John, contento por haber conseguido que empezase a hablar.

—No te preocupes por su mantenimiento, yo me puedo ocupar de todo, de hecho tengo algo ahorrado que pretendía que fuera para Sabine y Virginia, para...

—Sigues teniendo a Sabine, guárdalo para lo que necesites. A mí no me hace falta. Te dejaré el suficiente dinero para que no tengas que preocuparte por eso y te lo seguiré enviando. Solo quiero saber si estás preparada para que, antes de marcharme, le cuente a todo el mundo quién es tu... nuestro padre. Querría haberlo hecho ya, pero sabía que necesitabas tiempo.

Mary se levantó y se dirigió a una cómoda, donde apoyó las manos un momento. Después volvió su mirada hacia John, respiró y le contó lo que había estado pensando durante aquellos meses. Una cosa era que no hablase, y otra muy distinta que no estuviera dándole vueltas a lo que aquel fatídico domingo estaba siendo el protagonista, hasta que llegó la noticia de la muerte de Virginia.

—He pensado algo que quizá no te guste. Algo intermedio entre no hacer nada y montar un escándalo mayúsculo. Pero solo si tú quieres —le dijo.

—Dime, Mary, te escucho.

—Supondrá un alboroto, pero mucho menor, si contamos que descubrimos que somos hermanos después de la boda. No sé, que mi padre, cuando te vio, nada más regresar tú de América, recordó la historia con tu madre y nos confesó su historia de amor. Diremos lo que le dijo él a tu madre, que fueron sus padres los que le obligaron. Están muertos y no podrán contradecirnos.

—Pero eso le haría quedar como una buena persona, Mary, y tú y yo sabemos... —dijo John muy serio.

—Espera. Había pensado también en dejarles volver a vivir en Almond Hill.

—Estarías tirando por tierra todo mi esfuerzo de años, Mary —dijo él, enfadándose por momentos. El plan de Mary se cargaba de un plumazo su venganza, endulzándola en una historia de malentendidos familiares.

—¿Me dejas terminar, John?

—Adelante, pero quiero que sepas que nada de esto me está gustando.

—No vamos a devolverles la propiedad, solo dejaremos que se instalen allí e impondré una condición: que seas reconocido legalmente como su hijo.

John ni siquiera necesitó pensarlo para contestar.

—No quiero serlo, estoy muy orgulloso de ser un Lowell. Sería como despreciar a quien sí se comportó como un padre conmigo. Ya se lo dije cuando estuvieron en casa, que no era mi objetivo. Solo quiero que él sufra al menos una mínima parte de lo que le hizo sufrir a mi madre. Un descalabro social, la vergüenza de verse en la ruina.

—Te aseguro que está pasándolo mal. Su orgullo no le habrá dejado dormir tranquilo ni una sola noche desde que todo el mundo sabe que perdió Almond Hill. Creo que con eso ya ha tenido más que suficiente, pero deberías aceptar que se te reconozca como quien eres. Su hijo.

—No estoy buscando convertirme en conde.

—De ninguna manera podrías serlo, Charles seguiría siendo el heredero aunque mi padre te reconociera.

—Mary, una cosa es ser su hijo y otra diferente querer serlo.

—¿Dejarás que Charles sea el único hombre de la familia? No lo hagas, John, mi primo no es una buena persona. La familia se merece alguien que cuide de lo que nos legaron y tú eres mucho más capaz.

—Ni siquiera voy a vivir en Europa, voy a volver a América. Hazlo tú. Al fin y al cabo, también está a tu nombre, yo no tengo vínculos con ese lugar.

—Necesitaré de ti todo el tiempo para tomar cualquier decisión. Piénsalo. Puedes marcharte a Boston si lo deseas, y allí podrás seguir siendo John Lowell, nadie tiene por qué enterarse. John, si mi padre no reconoce que eres su hijo, no les permitiré volver a vivir en la casa y ese será su castigo. No sabe estar lejos de Almond Hill.

Hizo una pausa para que John sopesase sus palabras. Ante su silencio, Mary continuó:

—No puedo hacer todo yo, la ley no me permite dar sola los pasos que se necesitan, es imprescindible que un hombre esté conmigo y lo firme todo, y además también es tuya. Pero es que —dijo mirándole a los ojos—, además no quiero hacerlo sin ti. Estudia lo que te he dicho. Le habrás dejado sin nada. Aunque no se quede en la calle ni se levante tanto escándalo, su orgullo estará herido de muerte.

—No sé si me gusta la idea.

—Por favor. Tendrá lo que merece por lo que nos ha hecho a los dos, pero seremos piadosos con él. Aunque a ti te disguste y a mí me incomode después de cómo se ha portado conmigo este último año, es nuestro padre. Y también hazlo por mí. No sé si podré con un escándalo mayor. No ahora.

—Te prometo que lo pensaré, Mary, por ti, pero no aceptaré ser un Davenport de momento. Deja que vuelva a Boston siendo quien soy, cuando regrese otra vez a Inglaterra lo volveremos a hablar.

Mary sonrió. Por primera vez en muchos meses su gesto cambió y sintió un alivio que anhelaba. Necesitaba para sobrevivir la poca energía que le quedaba después de perder a Virginia.

—Me escribió mi abuela hace una semana —le dijo, cambiando de tema—. Elisabeth está a punto de dar a luz, le quedan un par de semanas. Vamos a ser tíos.

—¿Cómo está? —Se había dado cuenta del embarazo de su hermana, pero nunca habían hablado de él.

—Silenciosa, según mi abuela. No parece hacerle mucha ilusión, aunque quizá esté asustada por el momento del parto. También he pensado en ella y en esa criatura. Charles es un imbécil, John.

—No hace falta que lo jures —dijo él—. Lo que fui averiguando de él en estos años no le deja en buena posición.

—No creo que esté cuidando de ella. No es perfecta, pero es mi hermana. Y la tuya. Creo que a ella le vendría bien tener cerca a la señora Durrell y sentirse en casa cuando llegue la criatura. Mi abuela es muy recta y te aseguro que no se lo está poniendo tampoco fácil a Elisabeth.

—Ella no pensó en ti mientras lo pasaste mal, pero tú sí lo estás haciendo en ella. ¿Por qué?

—Quizá nadie se ha parado nunca a hablar con mi hermana para hacerla pensar.

Cuando lo dijo, a su mente acudieron las conversaciones con James, las que le habían abierto los ojos hacia ese otro mundo en el que podría ser ella quien decidiera cada paso de su vida, incluso podría elegir a la persona que amaba para que fuera su compañero en la vida. Con todo lo sucedido, con la pena que arrastraba por la muerte de Virginia, había tratado de espantar el recuerdo del médico, pero le había resultado imposible. Continuaba dentro de ella, como una presencia que aleteaba en su corazón cuando lo evocaba, aunque hiciera mucho desde la última vez que se vieron. Ahora se preguntaba si no debería haberlo buscado, si apartarlo de su lado no estaría siendo un error. Su matrimonio con John, una vez que lo anulasen, y no sería complicado al no haberlo consumado, no era en realidad un obstáculo para ellos y lo que pensara su padre hacía tiempo que había dejado de importarle. Una inquietud invadió su ánimo, la sensación de que, quizá, había dejado pasar la oportunidad de ser feliz.

—¿Mary?

John se dio cuenta de que ella se había marchado, que aunque continuase a su lado sus pensamientos estaban lejos de ese salón.

—Disculpa, ¿decías?

—Te contaba que la verdad es que solo por ver retorcerse a Charles merecería la pena el aceptar que nuestro padre me reconociera —dijo John, con una sonrisa que contagió a su hermana pequeña—. Lo pensaré, te lo prometo. Mary, hay otra cosa de la que tenemos que hablar.

—¿Cuál?

—Stockman ya está preparando los papeles que anulan nuestro matrimonio. Reconozco que con lo guapa que eres soy la envidia de medio Londres, pero no me parece muy sensato seguir casado con mi hermana. Además, no es legal.

Mary soltó una carcajada, la primera en muchos meses. Le gustaba cómo había sonado aquella palabra: hermana. Sonaba a no estar sola, a tener a alguien que en adelante podría tomarla de la mano en los malos momentos. Sabía, por su comportamiento en esos duros meses que les había tocado vivir, que John no la dejaría en la estacada como había hecho su padre. Aunque había aprendido a valérselas por sí misma, anhelaba un poco de ayuda, unas manos en las que apoyarse o unos oídos que la escucharan cuando las cosas se ponían feas.

—Hay algo más que te quiero decir —continuó él.

—Espero que sean buenas noticias.

—He dado instrucciones para que instalen un teléfono en la casa y también electricidad. Debería haberlo hecho mientras nadie vivía en ella, pero pensé que nunca volvería de Boston a vivir aquí.

—Entonces, ¿me dejas que hable con mi padre… con nuestro padre, y le imponga mis condiciones?

—Si eso ayuda a que vuelvas a ser tú y que vuelvas a reír, hazlo. No quiero ser reconocido como su hijo, ese nunca ha sido mi objetivo, pero, si tú crees que eso hará que Richard se sienta la mitad de mal de lo que me he sentido yo, me conformo. Y, si vuelve loco de rabia a Charles, mucho mejor.

Mary abrazó a su hermano. A John. Se alegraba tanto de tenerlo a su lado que por un momento se olvidó de los meses tan tristes en los que había permanecido encerrada entre aquellas cuatro paredes.

—¿Crees que a partir de ahora lograremos volver a ser felices?

—Por lo menos lo vamos a intentar… hermanita.

Estampó un beso en su mejilla, justo en el momento en el que Sabine entraba en el salón como una exhalación, con un periódico que había traído Abigail entre las manos. Por un momento a Mary le pareció que aquella era Virginia y su corazón dio un vuelco. El primero. El segundo fue provocado por las palabras del *Times* que le puso en las manos.

A toda página, un escueto titular, sin fotografías, ocupaba la portada:
Gran Bretaña en guerra
Envuelta en su propia historia, Mary se había ido olvidando de lo que sucedía más allá de los muros de su casa. No había leído la prensa y nadie le había hablado del asesinato del archiduque Francisco Fernando y su esposa en Sarajevo, el veintiocho de junio, y que fue el detonante para que aumentasen las tensiones que eran palpables en Europa. Viena había atribuido a Serbia la responsabilidad del crimen y los alemanes, aliados de los austriacos, no tardaron en unirse. Nadie tenía miedo a una guerra en Europa, porque parecía un conflicto entre vecinos y en cierto modo beneficiaba a unos y otros. A la industria le interesaba; la fabricación de armas, como había averiguado meses atrás Charles, era un negocio más que rentable. Y tampoco estaban en contra de ella las clases altas, que veían en ella un antídoto para la lucha de clases, para calmar a toda aquella masa de obreros que reclamaban cada vez más derechos y que hacían peligrar su cómodo estatus. Los nacionalismos empujaban fuerte y una corriente de odio recorría el viejo continente, contagiando a las colonias que tenían en el resto. La guerra era inevitable en ese clima y, además, solo perjudicaría a los pobres, a quienes tendrían que empuñar un arma para defender el modo de vida que los mantenía en la parte baja del escalón social.

El martes veintiocho de julio, el Imperio austrohúngaro declaró la guerra a Serbia y Alemania se unió al festín, con una declaración de guerra a Rusia el uno de agosto y a Francia al día siguiente. Gran Bretaña, que se había mantenido expectante, consideró que la invasión de Bélgica por los alemanes era la gota que colmaba el vaso de su paciencia y el cuatro de agosto entró en el conflicto.

Mary y John leían el *Times* de pie, con las cabezas muy juntas, sin hacer apenas comentarios. Él había seguido las noticias en la prensa, pero Mary, sumida en el duelo por la muerte de Virginia no tenía idea de nada.

—¡Esto es terrible, John!

—No te preocupes, he leído en los periódicos que esta guerra durará poco.

—Da igual lo que dure, la guerra siempre es horrible. ¿Qué

vamos a hacer? ¿Sigues pensando en volver a Boston después de leer esto?

—Sí. Tengo que ocuparme de mis negocios, sobre todo ahora que se avecinan tiempos complicados. No puedo estar más tiempo lejos de ellos.

—Yo... —Mary, presa del impacto de la noticia, no supo qué decir. Guerra. Por mucho que la gente asegurase que iba a ser breve, eso no traía jamás consecuencias buenas.

—Puedes venir conmigo si lo deseas, Mary.

—No. Tengo que quedarme, ¿qué iba a hacer yo allí? Al menos aquí está Sabine.

—A ella puedes llevarla y si Elisabeth quiere...

—¿Elisabeth? Está a punto de dar a luz, no es momento de viajes en barco. Además, ¿tú crees que Charles lo consentiría?

—Me imagino que se pondría hecho una furia con solo sugerírselo. El muy imbécil tiene que estar encantado con la noticia, al final su negocio dará frutos —dijo John, acordándose de las inversiones en armas que el joven Davenport había hecho con el beneplácito de Richard.

—No sé cómo se las arregla para que siempre le salga todo bien —gruñó Mary.

—Hablaré con Stockman para que organice una reunión con tu padre.

—Nuestro padre, John.

—De momento, lo único que siento por él es desprecio, deja que siga considerándolo solo tu padre. Veremos cómo le planteamos lo que has propuesto. Solo quiero que reconozca que soy su hijo en público, en alguna parte que le provoque mucha, mucha vergüenza.

—¿Qué tal una visita a la ópera? En los entreactos se habla con mucha gente... —sugirió Mary.

John se echó a reír imaginando a Richard cuando Mary se lo propusiera y ella le secundó. Cuando ambos se calmaron, Mary preguntó a John por lo que más le preocupaba en esos momentos.

—¿Cuándo te irás?

—Tengo un billete de barco para dentro de tres semanas. Pero no pongas esa cara. Todavía no me he ido y haré lo posible por venir en Navidad, te lo prometo.

Mary se abrazó a John Lowell y así los encontró la señora

Smith cuando entró al salón para anunciar que había llegado una clienta. Ese día estaba resultando horrible para ella, la guerra había estallado y su hijo mayor estaba ya como loco por buscar la manera de alistarse. El ver que Mary y John habían roto al fin el silencio en el que llevaban meses inmersos le provocó un instante de alivio.

Sus pulmones se llenaron de un aire que le iba a hacer mucha falta para los tiempos que se avecinaban.

SEGUNDA PARTE

CAPÍTULO 11

Londres
Hospital St George
12 de agosto de 1914

Estimada Mary:
Te escribo esta carta, puesto que no encuentro la manera de comunicarme contigo de otro modo. Durante estos meses, he intentado varias veces que me recibieras para mostrarte mis condolencias por la muerte de Virginia, pero siempre me han dicho que no tenías fuerzas para recibirme. Sé que me culpas de ello, fuiste bastante elocuente la última vez que nos vimos, y créeme que yo tampoco he dejado de hacerlo desde ese día. Jamás se me ocurrió que involucrarte en las actividades de las sufragistas fuera a tener este resultado. Lo siento, lo siento muchísimo. Sé también que escribir una disculpa no sirve de nada, porque no te la devolverá, pero necesito hacerlo, como también quiero que conozcas la decisión que he tomado.

Esta misma tarde, partiré de Londres. Me he alistado en el ejército como voluntario médico. Mis conocimientos serán mucho más útiles en el frente que aquí, en el hospital. Tras una breve instrucción previa en Gales (a los médicos voluntarios no nos exigen tanto como a quienes van a combatir) me trasladaré hasta la costa en ferrocarril y, desde allí, pasaré a Francia, aunque no puedo decirte cuál será finalmente mi destino. Desconozco cuánto tiempo estaré fuera, aunque confío en que no será mucho; todo el mundo opina que esto se solucionará pronto. Espero volver en unos meses y que, para entonces, quieras dedicarme unos minutos. Pocos, los necesarios para que me mires a los ojos y compruebes que siento de verdad lo que pasó.

Cuídate, Mary.
Sinceramente,
James Payne

Sábado, 15 de agosto de 1914

Hacía menos de dos semanas del estallido del conflicto y la vida en Londres continuaba inalterable. Aunque la invasión germana de Bélgica copaba las crónicas de los periódicos, la sensación de normalidad cotidiana aún se mantenía intacta. La tranquilidad, esos días de verano, presidía el ánimo de los londinenses, que se comportaban en su mayoría como si no pasase nada. La única excepción la constituían las puertas de las comisarías. Se habían instalado en ellas las oficinas de alistamiento, en las que hombres de todas las clases sociales, alentados por las campañas patrióticas y antigermánicas de la prensa, acudían en masa. Se hizo un llamamiento al alistamiento voluntario, puesto que en Gran Bretaña el servicio militar no era obligatorio, y los jóvenes respondieron con entusiasmo, sintiéndose protagonistas de la Historia. Mientras partían de la ciudad trenes repletos de soldados, despedidos entre banderas, besos, abrazos y adioses, quienes se quedaban en la retaguardia continuaban con sus vidas.

Diez días después de que el *Times* publicase a toda página que estaban en guerra, la gente acudía a las sesiones del cinematógrafo, a ver las películas que se proyectaban, y el teatro y la ópera mantenían sus carteleras. Quienes siempre se lo habían podido permitir acudían a las funciones que congregaban a lo más selecto de la sociedad.

Mary le hizo llegar a Richard la petición de que fuese a Londres ese sábado para asistir a la ópera. Había sido muy clara; delante de sus amistades debería presentar a John como quien era: su hijo. Cumplido esto, tendría permiso para volver a instalarse con Elisabeth y Charles en Almond Hill, donde Mary ya había dado órdenes para que regresara el servicio. Todo estaría listo para acogerlos el lunes siguiente si se personaba en Londres y cumplía lo que le pedía.

Richard, que en su nueva residencia no tenía tan libre acceso a licores que lo serenasen como en su casa, estalló en cólera al enterarse de las condiciones que le imponía Mary. Fue mucho menos vehemente que Charles, que no podía soportar la idea de no recibir Almond Hill como herencia cuando finalmente Richard muriera y él fuera el siguiente conde de Barton. Sería el hazmerreír de la sociedad, un aristócrata sin posesiones, y no estaba dispuesto a cruzarse de brazos. Intentó convencer a su tío de que no aceptase, pero lo que consiguió fue que se enfrentasen en una discusión, cuyo tono se fue elevando tanto que lady Bedford, poco acostumbrada a perder los modales, esa vez los abandonó. Muy seria les advirtió que, si escuchaba una voz más, les haría salir de su casa de una patada en el trasero.

Después de aquello, Charles se marchó y no regresó hasta la madrugada, ebrio y jurando vengarse de Mary en cuanto encontrase la ocasión. En las horas que duró la ausencia de Charles, sin la presión del joven minando su ánimo, Richard Davenport tomó una decisión. La propuesta de su hija pequeña no le agradaba en absoluto, era humillante, pero llegó a la conclusión de que no aceptarla le cerraba las puertas de Almond Hill y necesitaba regresar. Acató sus deseos y, ese sábado 15 de agosto, acudió a ver *Tosca* a Covent Garden, a la Royal Opera House, acompañado por su hija pequeña y John Lowell.

Richard se mantuvo toda la noche tenso, ni siquiera consiguió relajarlo la música de Puccini, pero cumplió con su parte del trato. Él fue el encargado de ir presentando a John como su hijo a sus conocidos, intentando disimular lo mejor que podía la vergüenza que aquello le producía. Mary fue consciente de las miradas reprobadoras que le dedicaron a su padre desde los palcos, pero no sintió compasión por él.

Cuando salieron del edificio, el elegante frontón neoclásico despidió a cuantos asistían a uno de los últimos estrenos de la temporada de verano.

—Mañana estaremos en boca de toda la alta sociedad —le dijo Mary a John.

—¿Te preocupa?

Ella echó un vistazo alrededor, constatando que algunas personas giraban el rostro cuando tropezaban con su mirada.

—En absoluto.

Y era cierto. Mary sentía, cada vez con más fuerza, que había dejado de pertenecer a aquel mundo.

Miércoles, 26 de agosto de 1914

John solo permaneció unos días más en Londres. Once días después de la visita a la ópera, se levantó cuando las primeras luces del alba pintaban de tonos ocres el cielo de Londres. En unos minutos saldría hacia Southampton, donde estaba previsto que tomase un barco hasta Nueva York esa misma tarde. Se había despedido por la noche de Mary, Sabine y Abigail, insistiendo en que no era necesario que madrugasen para decirle adiós. Prefería pasar a solas los últimos minutos en la casa que le había visto crecer.

Después de cerrar con cuidado la puerta de la habitación que ocupaba en la primera planta, bajó las escaleras con la maleta en una mano y su sombrero en la otra. A mitad de camino se giró para observar la vidriera de Eros y Psique, y el recuerdo de su madre tomó por asalto sus pensamientos. Se preguntaba cómo se sentiría ella si pudiera contarle que desde hacía unos días todo el mundo sabía quién era en realidad. Que, si quería, su padre biológico lo reconocería también de forma legal. Que había logrado que fueran suyas la casa, la inmensa mansión y las tierras que la rodeaban, aunque compartiera su propiedad con Mary y en aquellos momentos difíciles también parte de sus rendimientos con el gobierno, que le había pedido que aportase algo a la causa de la guerra. Quiso pensar que Jane, su madre, descansaría tranquila. Era la única razón por la que aceptaba pensarse si en unos meses se tragaría el orgullo y adoptaría el apellido Davenport. De momento, seguía firme en la idea de no dejar de ser un Lowell. Le parecía una traición hacia el que siempre había ejercido como su padre. De lo que sí estaba seguro era de que, pasara lo que pasara, sus almacenes en Boston se seguirían llamando como el sombrerero. Allí, lo tenía decidido, sería para todo el mundo el mismo John Lowell que había llegado años antes buscando fortuna.

John dejó la maleta en la entrada y se dirigió a la cocina. Acarició la pulida madera de la mesa y el tacto le devolvió a los recuerdos de la infancia. Miró las paredes, el horno y el fregadero y se preguntó si, cuando volviera, esa que había sido su casa siempre seguiría igual. No quiso prolongar más el momento. Dio un pequeño golpe con los nudillos en la mesa, intentando darse ánimos para el viaje que tenía por delante, y se giró dispuesto a marcharse.

En ese momento descubrió un paquete que Abigail le había preparado, unas golosinas para el trayecto en tren que había cocinado para él. Se había olvidado de que el día anterior le había advertido que lo dejaría preparado. Lo recogió y salió hacia el pasillo.

Al mirar de nuevo el envoltorio que llevaba en las manos, recordó la despedida de la cocinera. Desde que estalló la guerra lloraba a cada momento, preocupada por el rumbo que podrían tomar las cosas en adelante. Abigail no pudo evitar emocionarse con la partida del que ella siempre consideraría un muchacho. John, que quería a la cocinera como si fuera de la familia, la abrazó con fuerza y le pidió que cuidase de Mary y Sabine y que, si las cosas se acababan poniendo feas y el conflicto que vivía Gran Bretaña se prolongaba, pusiera todo su empeño en convencer a Mary para que volviera a Almond Hill. Londres no le parecía un lugar seguro para unas mujeres solas.

Mary, cuando le expuso esto, no quiso ni oír hablar del tema. Su padre, Elisabeth y Charles habían regresado a la mansión justo a tiempo para que se produjera el nacimiento del bebé de su hermana. Aunque se moría de ganas por conocerlo y tenerlo entre sus brazos, no le apetecía perder los pocos días que le quedaban con John. Ya iría a verlo cuando él se marchase. Además, no deseaba reencontrarse con su primo ni con su padre. Este se había ido de Londres cariacontecido después del bochorno del día en la ópera y ni siquiera se había tomado la molestia de telegrafiarle para decirle que había llegado bien. El que hubiera aceptado sus condiciones para volver a Almond Hill no significaba que las cosas entre ellos hubieran mejorado.

—Prefiero mil veces quedarme en Londres que volver con mi padre —insistió ella, y él acabó aceptando solo a cambio de que le escribiera al menos una vez por semana.

—Prometo contestarte a cada una de tus cartas —le dijo.

Y ambos hermanos se fundieron en un abrazo que se prolongó durante unos minutos, bajo la emocionada mirada de Abigail, que acabó limpiándose las lágrimas con el mandil.

John posó la mano en el pomo de la puerta principal de la casa, justo en el instante en el que una voz quebró el silencio de la madrugada.

—Pensabas irte sin darme un último abrazo —le dijo Mary a John, asustándolo.

Había bajado en bata, sin perder ni un minuto en vestirse en cuanto oyó ruidos en la planta inferior.

—No quise despertarte, es muy temprano.

—No he dormido en toda la noche —contestó ella, mientras se envolvía en sus brazos—. Además, me olvidé de decirte algo. Me acordé cuando ya nos habíamos retirado a dormir.

—Te escucho. —John siguió reteniéndola entre sus brazos, meciéndola con suavidad.

—¿Recuerdas qué día era ayer?

John rebuscó en su memoria, pero no dio con algo que señalara como importante el 25 de agosto. Buscó sus ojos antes de hablar.

—No. Lo siento, no recuerdo…

—No me extraña, ni siquiera estuviste. Ayer fue nuestro «aniversario». ¿Sabes? El verano pasado estaba asustada porque tenía miedo de que no me gustaras nada. O yo a ti. Si alguien me hubiera contado todas las cosas que han pasado en realidad, y que ese sería el menor de mis males, no lo habría creído.

John suspiró.

—Yo aún no me perdono haberte metido en este lío.

—Pues yo sí te perdono. Gracias a eso, ahora sé que tengo un hermano mayor.

—Cuídate, Mary —le dijo John, separándose un tanto y mirándola a los ojos—. Y en cuanto detectes el más mínimo problema, búscame. Yo te escribiré en cuanto llegue y esperaré esas cartas que me prometiste.

—Las tendrás. Y no te apures, estaremos bien. De momento, no se nota mucho que estemos en guerra, salvo por George, que no deja de dar la lata a la señora Smith con alistarse. Además, todos los periódicos coinciden en que los alemanes serán derrotados enseguida —dijo ella, con optimismo.

—De todos modos, a la primera que las cosas se tuerzan, tomaremos una decisión y creo que tienes dos opciones: o volver a Almond Hill o…

—¿O?

—Boston. Valóralo. Allí sí estarás segura.

—No, John. Me quedaré aquí. Estaremos bien, he aprendido a cuidarme.

John la volvió a abrazar y en ese instante Mary echó de menos otros brazos que se habían marchado sin despedirse. Aunque ella misma le hubiera sacado de su vida, no podía evitar preocuparse por él. No le había hablado a John de la carta que recibiera unos días atrás de James. En ese momento, en el que la partida de su hermano mayor era ya irremediable, pensó que los secretos habían sido demasiados entre los dos el año anterior y decidió que, en adelante, ni uno más ensombrecería la relación que quería tener con él.

—Tengo que contarte algo. James Payne me escribió —le dijo—. Se alistó los primeros días y supongo que ya está en el continente.

John vio la preocupación en su rostro.

—¿Hablaste al final con el doctor?

—No, solo me pidió en esa carta que le perdonase por haber contribuido a que Virginia estuviera en Hyde Park aquella mañana, y me dijo que se había alistado como voluntario médico. Era una carta muy breve. Ni siquiera sé dónde está exactamente. Solo decía que se marchaba sin precisar cuál era su destino.

—¿Todavía no le has perdonado?

—No lo sé —contestó ella, que se debatía en la duda.

—Deberías. Aunque te empeñes en culparos a ambos de su muerte, no la provocasteis vosotros.

—La empujamos, John. Los dos. Tanto como aquellas personas en la concentración que organizaron el tumulto.

—Estoy seguro de que si él se hubiera imaginado lo que pasaría aquella mañana, se la habría llevado del parque aunque fuera de los pelos. La muerte de Virginia fue un accidente, Mary, no te tortures.

—Lo he pensado mil veces, pero no logro sacarme el dolor de dentro.

—Mary, ¿qué sientes por el doctor Payne?

Ella contuvo a duras penas el nudo en la garganta que se había apretado de pronto, complicando su respiración. Miró a los ojos a su hermano, que con un gesto la invitó a sincerarse.

—Todo.

—Pues no lo dejes correr. Vi cómo os mirabais el primer día, vi cómo te miró en el hospital y su desesperación las veces que no quisiste recibirlo. Siente lo mismo por ti.

—Creo que ya es tarde, John. Se ha ido.

—Nunca es tarde mientras seguimos vivos. Busca a James.

Mary se quedó callada. Hizo una pausa para cambiar de tema, esquivando de manera consciente el recuerdo del doctor. Quizá ya era tarde para ese todo, por mucho que la invadiera por completo aun cuando había tratado de deshacerse de los sentimientos que albergaba en su interior.

—No tardes mucho en ponerte en contacto conmigo.

—Lo haré en cuanto llegue, lo prometo.

Se abrazaron de nuevo y solo cuando se oyó un coche parando en la puerta, el mismo que había contratado John el día antes para que le llevase hasta el puerto, soltaron sus brazos.

Mary no pudo evitar que unas lágrimas inoportunas emborronasen su mirada. Al cerrar la puerta de la casa, se apoyó contra la madera. Allí, amparada por el silencio y la soledad, decidió que el luto por Virginia ya había doblado su ánimo lo suficiente. Ahora que John se iba, tenía que levantar la cabeza y volver a mirar la vida de frente. Volvía a estar sola frente a esa casa y tenía que seguir adelante. Al contrario que la primera vez, ahora estaba segura de que podía, que dentro de sí misma era capaz de encontrar la fortaleza para continuar y vencer las dificultades.

Se secó las lágrimas con los dedos y volvió a su cuarto para vestirse. Sabía que ese día empezaba otra etapa de su vida.

Lo único que no sabía era qué hacer con sus sentimientos hacia James.

Lunes, 14 de septiembre de 1914

Londres, poco a poco, acomodó su ritmo al que exigía esa nueva etapa de su historia en la que estaba inmersa. Las concentraciones espontáneas en las calles, en las que se empujaba a la población y al gobierno a sumarse a la lucha armada para obtener una rápida victoria sobre el enemigo alemán, seguían calando en el ánimo de todos. Parecía como si la gente estuviera bajo los efectos del alcohol, sumidos en una gran fiesta, ebrios de odio hacia el pueblo alemán, por más que la mayoría de los londinenses de a pie no hubiera visto más alemanes que algunas institutrices paseando niños. La guerra parecía más bien una fiesta, y no el horror en el que se acabaría convirtiendo no mucho después.

En casa de los Lowell, también la rutina se alteró. Todos los días, Mary leía una columna del periódico en voz alta, mientras Sabine y la señora Smith la escuchaban con atención. Aquella mañana se informaba de la victoria en el Marne, el «Milagro del Marne» como se había titulado la noticia. Una coalición de tropas franco-británicas había frenado a los alemanes a las mismas puertas de París, capturando no menos de mil quinientos prisioneros germanos. Se hablaba de los excesos de los alemanes, a los que definían como bárbaros sin corazón, y de la valentía de los soldados británicos y franceses. De las bajas, nada se decía, aunque las hubiera y muchas familias supieran ya en primera persona del sacrificio de vidas humanas que no había hecho nada más que empezar. El suspiro de Mary, ignorante como todos de esa realidad que se empezaba a ocultar por la prensa bajo la presión del gobierno para no minar la moral del pueblo, revelaba su tranquilidad, sabiendo que la ciudad en la que vivía su madrina continuaba a salvo de la invasión del enemigo. Después de la noticia principal, el artículo incluía una curiosidad:

Varios centenares de taxis, modelo Renault AG, en su mayoría rojos, transportaron desde París a miles de soldados al frente, haciendo posible que se produjera este gran triunfo.

—Ay, señora, Dios quiera que esto se acabe cuanto antes, George me va a volver loca. Sigue empeñado en alistarse y le aseguro que si no faltasen unos meses para que cumpla la edad que piden, ya lo habría hecho —dijo Abigail.

—Esperemos que esto se solucione antes y ni siquiera tenga opción —dijo Mary.

—Yo rezo todos los días por que así sea.

Y era cierto. Abigail se pasaba la mitad de su tiempo murmurando oraciones con las que estaba convencida que contribuía a solventar el problema en el que andaba metido el mundo. La otra mitad la empleaba en continuar con su rutina, que hasta ese momento solo se había visto alterada por el conflicto en aquella lectura matinal del periódico en el salón.

—Victoria Townsend me dijo que vendría hoy con su amiga, la señora Byrd, para probarse el vestido que terminamos ayer. Va siendo hora de que nos pongamos en marcha —dijo Mary.

—Sí, yo me voy a la cocina —dijo Abigail—. Estas dos muchachas que contrató John son unas pánfilas. Si no estoy encima de ellas, no son capaces de tomar la iniciativa para hacer nada.

—No sea dura, señora Smith, cuando mi hermana y yo llegamos aquí, tampoco sabíamos qué hacer —dijo Sabine.

—¡Ah, no! Vosotras no erais así. Quizá tú eras callada y tranquila, pero ya lo compensaba tu hermana.

De pronto, se quedaron en silencio. Mencionar a Virginia provocaba siempre que el dolor de su pérdida se instalase en un primer plano y procuraban evitarlo. Ni siquiera se habían dado cuenta de que la habían incluido en sus pensamientos hasta que fue tarde. Mary tomó una decisión.

—Hablemos de ella —dijo—. No ahora mismo. Siempre. Cuando nos apetezca, cuando su recuerdo acuda a nuestros pensamientos, hablemos de Virginia. Yo no quiero borrar de la memoria su entusiasmo...

—Ni yo sus constantes preguntas... —añadió Abigail.

—Yo no pienso olvidarme de su risa, de la pasión que ponía a todo lo que decía o hacía —dijo Sabine.

—Ni de su cabezonería, de las carreras por los pasillos o lo torcida que llevaba siempre la cofia.

Ante el comentario de Abigail las tres se rieron, recordando a la pequeña, esa niña que había llenado de alegría la casa de los Lowell en cuanto puso un pie en ella.

—Ya la hemos llorado —dijo Mary—. Es hora de que empecemos a levantarnos. Mientras la recordemos, la tendremos con nosotras, no se habrá ido del todo. Creo que el mundo tiene dolor suficiente ya —dijo, dejando el periódico que aún sostenía sobre sus manos encima de una mesa— como para que nos rindamos a él.

El acuerdo se selló con unas miradas entre las tres, tras las cuales se pusieron en marcha. Sabine y Mary concentrándose en el vestido, y Abigail preparándose para salir al mercado. La breve conversación renovó sus ánimos y ese día de mediados de septiembre, el mismo en el que muchas familias recibían la dolorosa noticia de la muerte de alguno de sus miembros que ilusionado había acudido a defender el honor de su patria, ellas lo sembraron de ánimos renovados.

No sabían aún que la vida no da treguas cuando las necesitas, por mucho que te empeñes en convencerte de lo contrario.

La aldaba de la puerta quebró el silencio y Sabine se apresuró a abrir. No era Victoria Townsend quien se encontraba al otro lado, sino Berta Harris, que pedía hablar con Mary.

—Hazla pasar —le dijo a Sabine cuando le anunció la visita de la esposa del doctor.

Berta siguió a Sabine hasta el salón. Había escuchado muchas veces que Mary lo había convertido en su taller, pero nunca había puesto un pie en él. Se fijó en la mesa repleta de patrones, piezas de telas que empezaban a ser el boceto de un vestido y otras tantas que esperaban al lado de las tijeras. Berta tenía una modista que confeccionaba sus trajes desde hacía años y, aunque había sentido curiosidad por los atrevidos modelos que salían de la casa de Mary, la muerte de Virginia interrumpió sus intenciones de visitarla y hacerle un pedido. También, porque sentía sobre sus hombros el peso de la culpa, aunque se dijera que en el fondo aquel terrible suceso había resultado ser un revulsivo para la causa. La prensa se ocupó de él varios días y supuso otro empujón más para el empeño de las mujeres en reclamar su voz, por más que para Mary hubiera supuesto silenciarla de golpe.

—Buenos días, Berta —dijo Mary, saludándola con un beso.

—Buenos días, querida. Siento no haber venido antes a visitarte. James nos dijo que no te encontrabas con ánimo de ver a nadie. Yo… siento mucho lo que pasó.

—Sí, sé que todos lo sentimos —contestó Mary, conservando en su rostro una calma que se había impuesto. Por dentro, los recuerdos empezaron a arañarle el alma, pero los mantuvo a raya—. ¿Qué más te trae por aquí?

Mary no creía que Berta solo estuviera allí para transmitirle unas condolencias que ya le había hecho llegar con una nota en abril. Sabía que su presencia en la casa tenía que tener a la fuerza otra intención.

—Verás… no sé cómo empezar.

Mary la miró intrigada. Si pretendía hacerle el encargo de un vestido no debería ser tan complicado arrancar a hablar. Si pensaba hablarle de las actividades de las sufragistas, no dudaría un instante en ratificarle su desvinculación del movimiento. Nunca había sido muy activa, más bien su papel fue el de mera observadora y sentía que su observación ya le había costado muy cara. Continuaba muy dolida.

—Tú dirás.

—Quería que supieras que el estallido de la guerra ha cambiado bastante las cosas entre nosotras.

—¿En qué sentido?

La invitó a que tomase asiento en uno de los sillones y ella hizo lo propio en el situado enfrente. La curiosidad impulsó su gesto, aunque por un instante estuvo a punto de despedir con amabilidad a Berta, puesto que estaba convencida de que no quería seguir con aquello.

—En estos meses hemos tomado una decisión con respecto a nuestras actividades.

—Berta, antes de que sigas, quiero decirte que yo no sirvo para esto... No tengo intención de acudir a más reuniones en tu casa, como creo que habrá quedado claro después de todo este tiempo.

—Lo entiendo, supongo que tu esposo te convencería de que...

—John no ha tenido nada que ver. No he necesitado a nadie para convencerme, con la muerte de Virginia tuve suficiente. —La dureza en su mirada dejó sin palabras a Berta y Mary aprovechó para seguir hablando—. Ah, supongo que sabrás que John ya no es mi esposo. No hace falta que seas tan formal. Fuiste tú quien me enseñó que en Londres no se es tan estirado como en el mundo de donde yo venía.

Berta, como en realidad todo el mundo en Londres, conocía el escándalo. Se arrepintió tarde de haber empezado la conversación por ahí e intentó volver al tema principal que había conducido sus pasos a casa de los Lowell, aquel día de mediados de septiembre. No quería entrar en chismorreos absurdos.

—Disculpa mi torpeza, Mary, y escúchame. Crees que no sirves porque es muy duro lo que te tocó vivir, pero hemos dado tantos pasos adelante que no es momento de abandonar. Lo vamos a conseguir, vamos a lograr tener nuestra propia voz en el Parlamento, todo lo que hemos luchado no puede caer en saco roto. Ni la muerte de Anne, Emily, ni la de Virginia, ni el sufrimiento de tantas mujeres que han ido a la cárcel por defender nuestras ideas.

—No pienso asistir a manifestaciones ni arriesgarme a que Sabine siga el camino de su hermana —le advirtió muy seria—. Berta, tú nunca has vivido en primera persona esto de lo que hablas. Es fácil hacerlo cuando no ha sido a ti a la que han empujado contra el suelo, o la que ha sufrido que le metan un tubo por la garganta para alimentarte a la fuerza en la cárcel.

Mary no se ahorró insinuarle a Berta lo que pensaba. Ella siempre había sido una de las más firmes defensoras del movimiento sufragista, pero en realidad todo el peso en la calle lo habían llevado otras, las que expusieron sus vidas en la cárcel o en las concentraciones a las que la señora Harris no solía acudir. Ella, manifestante de salón, empujaba en sus reuniones a la gente al sacrificio sin arriesgarse siquiera a que se le moviera el peinado. Como los políticos que en ese momento mandaban a los muchachos a morir al frente en pos de unas ideas que muchos de ellos no podrían defender porque hasta las desconocían. Solo se ondeaba la bandera de la patria, el sentimiento de nación, apoyado en una propaganda que pintaba a los alemanes como alimañas a las que exterminar. Las pasiones movían unas conciencias dudosamente informadas que se embriagaban enseguida con frases grandilocuentes.

—Sé que a mí nunca me ha pasado, que he tenido suerte de poder esquivar a la policía…

La mirada de ironía de Mary fue bastante elocuente. Sin pisar la calle, había resultado muy sencillo esquivar a la policía, al dolor, al sufrimiento. Ella las alentaba con resonantes palabras, pero los logros no eran suyos, las batallas las libraban otras. Incluso, si Mary lo pensaba con frialdad, su rebeldía al ignorar las convenciones y ponerse a trabajar aun siendo de la clase a la que pertenecía había sido mucho más revolucionaria que teorizar sobre la lucha por la igualdad. Se había arremangado y había actuado en lugar de hacer ruido. Berta ignoró el reproche en la mirada de Mary y siguió hablando.

—Tienes que escucharme. A partir de ahora no harán falta manifestaciones. El movimiento ha decidido posponer su lucha tal y como la estábamos llevando hasta que la guerra acabe. Eso es lo que quería que supieras. No significa que abandonemos, solo un cambio de estrategia para la que creo que sí estás preparada.

—Berta… No.

—No tienes que decir nada, solo pensar en ello.

—Creo que no he hecho otra cosa que pensar en ello desde la primavera, desde ese maldito día en el que una niña perdió la vida. ¡Una niña! Ni siquiera era una mujer todavía.

—Por eso, porque Virginia se merece que su muerte no haya sido en vano, es por lo que estoy hoy aquí, arriesgándome a que me eches de tu casa si lo consideras oportuno.

—No voy a hacer eso, Berta, y lo sabes —dijo Mary.

—Sí, sé que tu educación te lo impediría, pero sé también que estás muy dolida y en tu derecho de decir basta a esto. Solo he venido para que escuches qué haremos a partir de ahora.

Mary se tomó unos momentos para pensar. Escucharla, solo le estaba pidiendo eso. Berta continuó.

—Los hombres se están alistando, poco a poco las fábricas se van quedando sin obreros y hay muchas vacantes esperando a que alguien las ocupe. Y no solo ahí. En los bancos, como conductoras de autobús, como vendedoras... Es el momento de exponer nuestra valía. Es perfecto. Podemos demostrar que trabajamos como ellos. Eso es lo que vamos a hacer, cubrir esos puestos que se están quedando libres.

—¿Me estás sugiriendo que trabaje en una fábrica?

—No, no hablo solo de fábricas y es cierto que quizá tú no lo necesites, pero querría tu apoyo. Ves a muchas mujeres en tu taller. Dejaremos la calle como hasta ahora, pero no dejaremos de luchar. Demostraremos lo que somos capaces de hacer. Ayúdanos a transmitírselo.

—¿Lo harás tú? —preguntó Mary.

—¿Transmitírselo? Por supuesto —dijo Berta.

—No, trabajar en una fábrica, matarte durante una larga jornada para demostrar que somos iguales. A eso me refiero —le dijo con dureza.

—Yo... Cada uno tiene una misión, Mary.

—Sí, ya lo he comprobado. La tuya es la de embaucar sin quitarte tus elegantes vestidos ni renunciar a nada, ¿verdad? Si no quieres nada más, Berta, tengo trabajo.

Berta, constatando de primera mano las reticencias de Mary, decidió dar por finalizada la visita. Sin embargo, cuando ya estaba abandonando el salón, Mary llamó su atención:

—¿Sabes algo de James? —le preguntó.

La esposa de Robert Harris se dio la vuelta.

—Se unió a la Fuerza Expedicionaria Británica. Son pocas las noticias que tengo de él. Sé que estuvo en Mons y que iba entre las tropas que se desplazaron al Marne. No hemos recibido noticias de que haya resultado herido, aunque tampoco de que esté bien.

—Te agradecería que me mantuvieras informada si te enteras de algo.

—No te preocupes. En cuanto sepa una dirección a la que puedas escribirle, te la haré llegar.

—No... no me refería...

—Mary, saber de ti le hará bien. Y en lo que a mí respecta, si alguna vez me necesitas, no dudes en buscarme.

Antes de que pudiera replicar, Berta salió del salón. Mary ni siquiera tuvo tiempo de pensar en ello. En la entrada de la casa, Berta se cruzó con Victoria y la señora Byrd, que venían a recoger su vestido.

Se saludaron con una breve inclinación de cabeza.

Miércoles, 23 de septiembre de 1914

Charles Davenport había llegado hacía unos días a Londres. Estaba decidido a eliminar al bastardo del conde aunque tuviera que hacerlo con sus propias manos, pero, cuando llegó a la capital, el que John se hubiera marchado a Boston le obligó a reconducir su plan. Como aquel intruso no estaba a su alcance, se concentró en otras cuestiones.

Lo más inmediato era atender a su economía. El negocio emprendido con el dinero de Lowell había empezado a dar sus primeros frutos, pero eran escasos para mantener el estatus en el que había estado viviendo. Las ametralladoras y su munición, con la guerra en marcha, habían resultado ser la excelente inversión que pronosticó. Los beneficios se multiplicaron en cuestión de días, pero Charles necesitaba más y decidió seguir incrementando su parte, aunque manteniendo a Richard al margen. Ya no necesitaba a su tío, en quien había dejado de confiar y que tampoco le serviría de fuente de ingresos. Ahora era Mary la que se encargaba de las finanzas de la propiedad, asesorada por el abogado de Lowell, y para él no había ni un penique.

Charles era insaciable así que, nada más poner un pie en Londres, abrió sus ojos, afinó el oído y enseguida supo dónde conseguir liquidez. Le bastó con recurrir a sus encantos. La elegida para proporcionarle el dinero que necesitaba se llamaba Evelyn Abott, una rubia exuberante, casada con un burgués que tenía distintos negocios, entre ellos una fábrica en la que se hacían repuestos para automóviles, pero en la que en los últimos tiempos se había incluido un producto nuevo: munición para las armas de la guerra. Los Abott estaban tan cargados de dinero como escasamente enamorados y Charles no tuvo ningún problema para convencer a Evelyn de que le permitiera meterse en su cama. Las promesas de amor que se deslizaron entre las sábanas fueron tan falsas como monedas con dos caras, pero la adorable Evelyn era tan simple que ni siquiera pensó que estaba siendo víctima de un experto manipulador. Con la excusa de la guerra de por medio, a Charles le fue sencillo convencerla de que accediera a la caja fuerte de su casa a espaldas del confiado señor Abott. Le juró que buscaría la manera de rescatarla de su vida, que se fugarían juntos a América, y ella creyó punto por punto cada palabra susurrada al oído en la intimidad del dormitorio. La emborrachó con promesas y Evelyn, rendida, le entregó lo que le pedía a cambio de esa libertad que ansiaba.

Charles no la sacó de su prisión de oro, por supuesto. Aprovechando el plácido sueño que la invadió después de la séptima noche de lujuria, se llevó el dinero y se olvidó de ella, poniendo la mayor parte de él en su negocio y otro montón de libras encima de la mesa de una casa de juego de dudosa reputación, a la que solo tenían acceso selectos miembros como él. Incluso le sobró para pasar una deliciosa velada con dos prostitutas, que no le ocultaron ninguno de sus encantos.

Sin embargo, a pesar de que las cosas no le iban mal, no estaba satisfecho. Pensar que en el futuro no sería el dueño de Almond Hill le corroía por dentro y su mente empezó a moverse en torno a un mismo punto: Mary. Ella tenía la culpa de todo. Ella pagaría por aquella sensación humillante de haber perdido algo que le pertenecía por derecho de nacimiento. Tenía una ligera idea de sus puntos débiles y estaba dispuesto a sacarle partido. Por eso ese miércoles, a media mañana, se presentó sin avisar en la casa que ella ocupaba en Londres. Quería que no se olvidase, en ningún momento, de que él seguía ahí.

—Creo que no tenemos nada de qué hablar, Charles —le dijo ella. Ni siquiera le hizo pasar al salón. Lo recibió sin ceremonia alguna frente a las escaleras del vestíbulo.

—Pues yo creo que sí. He venido a advertirte, Mary.
—¿Advertirme?
—Sí. Advertirte. Ese bastardo y tú habéis arruinado mi vida y voy a hacer todo lo posible por hundir la tuya. Y créeme que querrás morirte cuando llegue ese momento.
—¿Ah, sí? ¿Y cómo lo vas a conseguir? —preguntó ella, desafiante.
—Tengo mis métodos y tendré la paciencia que haga falta —dijo, recolocándose la chaqueta.
Mary no se dejó amilanar por Charles. Seguía considerándolo un estúpido engreído y sabía del incordio que suponía cuando se enfadaba, pero no le tenía miedo. Hasta el momento había conseguido salir victoriosa de sus intentos de humillarla.
—Si no necesitas nada más, tengo que trabajar —le dijo, dándose la vuelta para volver al salón, donde la esperaban las telas.
—He visto que tienes servicio nuevo, no conocía a la muchacha que me ha abierto la puerta. ¿Qué has hecho con la otra niña, la hermana de la que murió?
Mary no esperaba que mencionase a las gemelas. El giro de la conversación despertó su curiosidad y se volvió hacia él, aunque no pronunció palabra. No sabía dónde quería llegar.
—Sé que la sigues teniendo contigo, tengo gente que me informa de cada paso que das. De todos y cada uno de ellos.
—Sabine no es asunto tuyo. Ni lo que yo haga.
—Oh, pero lo será —le contestó arrogante.
—¿Qué quieres decir?
—Quizá no quieras recordar lo que pasó aquel día en las cuadras de Almond Hill, pero a mí no se me ha olvidado, Mary.
Un escalofrío recorrió la columna de la muchacha y se puso rígida. Tampoco ella había podido olvidar aquella tarde en la que la abordó cuando acababan de dejar a los caballos, después de un agradable paseo por el bosque. Charles se acercó a ella, aparentando interés en ayudarla a quitarle la cabezada al caballo. Al principio fue solo un roce en la espalda, algo que ella interpretó como un pequeño despiste, pero antes de que se diera cuenta Charles la tenía aprisionada contra la pared del establo. Las manos del entonces adolescente se movían lujuriosas por la cintura de Mary, mientras la boca de Charles capturaba la suya en un beso que no fue correspondido. Mientras ella trataba de liberarse, él

continuó el ataque, introduciendo una de sus manos por el escote del vestido, ayudándose con el cuerpo para que ella no se zafase. Mary intentó gritar, pero el pánico y la boca de Charles pegada a la suya se lo impidieron. Tardó unos minutos que se le hicieron eternos en conseguir quitárselo de encima y abofetearlo y le juró que se lo contaría a Richard.

Pero no lo hizo.

Sus padres, miedo, vergüenza, el temor de que Charles tergiversara lo que había sucedido frenaron su lengua y, aunque jamás volvió a encontrarse en una situación en la que él tuviera ocasión de propasarse, desde entonces la tensión entre ellos era palpable. Ahora se estaba dando cuenta del terrible error que había cometido al cerrar la boca. Muchas veces lo que se calla reaparece en la vida, golpeando en un dolor que parecía que el tiempo se había llevado con él. La mención a Sabine, que en esos momentos tenía más o menos la misma edad que Mary cuando aquello sucedió, hizo que su respiración se agitara.

—Ni se te ocurra acercarte a ella o no vivirás para contarlo.

Las palabras salieron de su boca teñidas de la rabia que llevaba años acumulada en su interior.

—Ya veremos.

—No dejaré que se presente la ocasión.

—Se presentará, la vida es larga, Mary.

Charles volvió la vista a la vidriera que presidía la escalera, en la que la princesa y el dios del amor, a punto de besarse, se acariciaban con la mirada. Él, después, posó la suya en Mary, arrogante, recreándose en la furia que veía en sus ojos y que despertaba en él el recuerdo de un deseo que nunca había cumplido. Sonrió.

—Ahora que lo pienso, llevas razón, tú podrías evitar que se presente la ocasión...

Dio un paso hacia ella y Mary retrocedió, temblorosa. Él levantó las manos para darle a entender que no iba a tocarla.

—Todavía no. Todavía es pronto. Cuando llegue ese día —echó un vistazo a la escena mitológica—, espero que me mires así.

—Ni en mil años que viviera —contestó ella.

—Está bien, pues entonces tendré que concentrarme en tu doncella —le dijo, aparentando despreocupación.

—Hazle algo y te juro que te mataré con mis propias manos.

Charles no se molestó en contestar. Salió de la casa sin despedirse, llevándose con él la tranquilidad de Mary. Ella ni se podía imaginar lo poco que le importaba a él lo que le acababa de decir y el escaso temor que le habían infundido sus palabras.

Sonrió.

Conseguiría de esa niña lo que un día ella le negó. Destrozaría a Mary sin ponerle una mano encima porque le había dejado ver su mayor debilidad.

Se fue alejando por la acera, en dirección al hotel donde se alojaba. En el camino encontró un grupo de mujeres que se acercaron hasta él. Una de ellas le entregó una pluma blanca que recibió sin saber qué significaba. Ante su cara de estupor, la mujer le susurró una sola palabra:

—Cobarde.

Continuó andando con la pluma en la mano, preguntándose por qué todo el mundo lo miraba con el desprecio marcado en sus rostros. Dos calles después de abandonar la de Mary, Charles tiró la pluma, que se deslizó en zigzag por el aire hasta posarse en un charco embarrado.

CAPÍTULO 12

Marne, Francia
Fuerza Expedicionaria Británica
28 de octubre de 1914

Querida Mary:
Después de tantos meses sin cruzar una palabra contigo, las pocas que me mandas las recibo como una oleada de aire fresco en este desolador lugar en el que me encuentro. Aquí es todo tan distinto al hospital que estoy perdiendo la fe en ser útil. Además de las balas y las bombas disparadas por el enemigo, la disentería está haciendo estragos entre nosotros y algo tan sencillo de tratar en el St George se ha convertido en una pesadilla en estas inmundas tierras donde nos encontramos. Siento que mi ayuda es tan pobre que a veces me encuentro rogándole a Dios para que esto termine cuanto antes.
La guerra no es como la imaginaba mientras leía sobre ella en libros. Ahí no se siente el frío y la humedad, es imposible captar el olor de la muerte y el sonido incesante de las ametralladoras cuando rompen el silencio. No es lo mismo leerlo que ver morir cada día a muchachos que apenas han empezado a afeitarse y las noches quizá sean lo peor. Desde que llegué, no puedo dormir más de un par de horas seguidas. Ese tiempo en el que mi cuerpo no es capaz de protegerse en la inconsciencia del sueño, lo agoto recordando los momentos felices que se quedaron en Londres. Aunque no hayan pasado nada más que un par de meses desde que me alisté, me parece que cada fragmento de vida que mi mente recrea pertenece a otra persona. Recuerdo la consulta, con mis pacientes aquejados de sus toses, el ir y venir del tráfico en Londres, los jardines de Hyde Park en los

que la gente paseaba ociosa y feliz, pero es como si estuviera viendo una vida a la que ya no pertenezco. Los únicos recuerdos que parecen ser míos son los que te incluyen. Lo rememoro todo, una y otra vez, desde que nos encontramos en el compartimento del ferrocarril hasta ese último momento que me gustaría poder borrar, y no solo de la memoria, sino de la realidad a la que te empujé sin querer.

Pero no quiero entristecerte, prefiero transmitirte algo más importante, el deseo que me mantiene en pie para soportar cada día entre el barro y el frío que nos rodea. Mi deseo, Mary, es volver a verte, estar frente a ti y pronunciar esas palabras que te debo. Escribir que me perdones no es lo mismo que decírtelo mirándote a los ojos. Aunque se me hace difícil pensarlo, ruego que esto no dure y me aferro a esa esperanza para mantenerme en pie en medio de tanto dolor. Me aferro a una palabra que tengo que conseguir que escuches de mis labios: perdón.

Con afecto,
James Payne

Miércoles, 11 de noviembre de 1914

Mary dobló la carta de James y la dejó sobre la mesita de su habitación. Mientras la leía no pudo evitar que unas lágrimas rebeldes se escapasen de sus ojos. Las noticias que publicaba la prensa hablaban de una victoria inminente sobre los alemanes como una verdad irrefutable a la que las palabras de James le ponían un precio demasiado elevado, las vidas que se estaban perdiendo para lograrla. Los periódicos incluso destacaban un par de semanas antes la visita a las trincheras del rey Jorge V, transmitiendo una sensación de control sobre la situación que a ella, al leer esa carta, le parecía una simple ilusión. Vestido con ropas militares, el rey aparecía en una fotografía observando un mapa, parado delante de un agujero en el terreno, que debía ser una de las trincheras de las que tanto se hablaba, pero no había en ella ni rastro del dolor, el frío o la presencia de la muerte, eso que había sentido tan real al leer la carta del doctor.

Se limpió las lágrimas, recompuso el gesto y bajó a la cocina. En la entrada se encontró con la señora Smith, que venía del mercado alterada con la cesta medio vacía.

—No puedo creer al precio que se está poniendo todo —dijo Abigail.

—¿Qué sucede? —preguntó Mary.

—¿Qué sucede? Que apenas hay género en el mercado y no me alcanza con el mismo dinero que hace un par de meses para comprar la mitad —protestó la cocinera—. He acabado discutiendo con el carnicero.

—No se altere, Abigail, pronto acabará esto. Debería tomárselo con más calma. Además, no pasa nada si durante un tiempo comemos menos, no sería la primera vez. Estese tranquila.

—No, no puedo estar tranquila y no es solo por ese ladrón del carnicero. Ya vengo alterada de casa, George se encarga de ponerme de los nervios a cada rato.

—¿Qué ha pasado ahora? Sigue fascinado con la idea de alistarse.

—Sí. Y luego están esas mujeres… ¿no tendrán una familia de la que ocuparse? ¿Por qué no dejan a la gente tranquila?

—¿De qué mujeres habla?

—Señora, debería salir a la calle. Debería ver lo que está pasando. Hay mujeres dando a los hombres que ven por la calle una pluma blanca —dijo, mientras se dirigía a la cocina.

Una vez allí empezó a sacar de la cesta los víveres, sin abrir la boca. Esperaba que Mary le preguntase, pero ante su silencio siguió hablando:

—Con esa pluma les dicen que son unos cobardes, que deberían estar luchando por nuestro país y no aquí. Ya le han dado dos a mi George y es lo único que faltaba para que no deje de recordarme que en cuanto pueda se irá.

Abigail se desplomó sobre una silla de la cocina. Mary le acarició el hombro. Entendía la preocupación de la señora Smith y se ofreció para ayudarla.

—Hablaré con él, le convenceré de que no puede marcharse, que es el cabeza de familia, ya que su padre no está. Que tanto sus hijos como usted lo necesitan trabajando para que no les falte dinero.

—¿Y cree que eso le importará? El gobierno da una paga a las familias por cada hombre que se alista. Me lo estuvo contando anoche. No creo que haya fuerza humana que logre que este hijo mío se quede en casa.

Sabine entró en la cocina, procedente del sótano donde había estado haciendo la colada. Venía con un cesto apoyado en la cintura en el que llevaba la ropa mojada que se disponía a tender en el patio. Al verlas tan serias, se preocupó.

—¿Sucede algo? —preguntó.

—George —dijo la señora Smith— y esta maldita guerra que va a acabar con mi paciencia. No le he dicho todo, señora. Me he encontrado a la doncella de la señora Campbell. Ya no quiere el vestido que le encargó, no vendrá a recogerlo.

—¿Le ha dicho la razón?

—La razón es que están cerrando los teatros y no cree que sea un gasto necesario. Y hace días que sobran los bizcochos. Señora, nos vamos a quedar sin nuestras fuentes de ingresos pronto.

—John mandará dinero, no te preocupes.

—Dios la oiga.

Pero Dios debía estar ocupado escuchando otros ruegos, porque en adelante las cosas no hicieron más que empeorar para las mujeres de la residencia Lowell. El dinero dejó de entrar y el que tenían se acababa rápidamente.

La inflación devoró sus ahorros en menos tiempo del que dura un pestañeo.

Sábado, 26 de diciembre de 1914

En Navidad, la guerra continuaba y la celebración en la casa de los Lowell se aplazó para tiempos mejores. Ese año, la comida se hizo en la cocina, como cualquier otra jornada, extrañando las ausencias de Virginia y John. Viendo las dificultades que estaban pasando algunos de sus vecinos para conseguir víveres, decidió compartir lo que tenía con ellos. La Navidad, le habían enseñado, era tiempo de dar a los demás y eso hizo, aunque su gesto convocó al hambre, que volvió a hacer aparición en sus vidas. Lo vivido en 1913 casi les parecía una broma.

—Tenemos que hacer algo —dijo Sabine, mientras recogían la cocina. Ese día, la comida había sido una triste sopa de patata con la que apenas saciaron el apetito.

—Me escribió John y me dijo que trata de enviarnos dinero,

pero los canales no son seguros. Ya se ha perdido dos veces. Está tan preocupado como nosotras —dijo Mary.

—Por eso. Habrá que pensar en moverse, no podemos seguir en casa. Ya no entran clientes, Mary, ni dinero.

—Lo sé, Sabine. Incluso he empleado el que había ahorrado.

Abigail, que había estado callada todo el día, se decidió a hablar.

—Están contratando mujeres en todas partes, sobre todo en las fábricas —dijo.

Ambas la miraron sorprendidas. Nunca había sido partidaria de que las mujeres entrasen a trabajar a las fábricas, y que expusiera de manera abierta la idea desconcertó a las dos muchachas, que esperaron interrogantes mientras la señora Smith se secaba unas lágrimas que resbalaron por su rostro.

—Señora, ya no tenemos nada. Ni siquiera hoy he podido dejarles hecha la comida a mis hijos. Con lo difícil que se ha puesto encontrar alimentos y lo caro que está todo... la paga no alcanza. ¡Y mire los días que quedan para cobrar! Yo no puedo ayudar, hace tiempo que tampoco me ha pagado. No, por favor, no se lo estoy recriminando, pero esto no puede seguir así.

Mary abrazó a la señora Smith. Sabía que no había en sus palabras ningún reproche, era solo la preocupación que compartían y que, hasta ese momento, habían mantenido a raya, pero que se desbordaba en tropel, quizá por la fecha.

—Señora Smith, aunque sea muy poca comida, aquí queda algo. Diga a sus hijos que vengan. Lo compartiremos y le prometo que mañana mismo saldré a buscar un empleo.

—Yo lo haré —dijo Sabine, con una decisión que sonó como si quien hubiera pronunciado aquellas palabras fuera Virginia.

—De ningún modo —dijo Mary—. Eres una niña...

—No lo es —dijo Abigail—. Señora, yo estoy de acuerdo con ella. Mire, yo soy mayor. No dudo de que, si las cosas siguen empeorando, me contraten hasta a mí en una fábrica, pero será más sencillo que ella consiga un empleo. Tiene casi catorce años, se lo darán antes que a una vieja. Deje que trabaje fuera. Yo me apaño en la casa.

—Pero, señora Smith —dijo Mary—, ¿usted sola? Hemos tenido que despedir a las muchachas y al mayordomo.

—Yo sola. Mary, nunca pensé que le diría esto, pero usted también tendrá que buscar algo. No en la fábrica, acuda a Victoria para que la ayude a encontrar algo más acorde con una dama. La guerra no se va a acabar en dos días como nos dijeron, es mentira.

Lloraba amargamente mientras a sus palabras les costaba trabajo encontrar la salida de su cuerpo. Sabine miró a Mary preocupada. Si conocía bien a la señora Smith, había algo más que no estaba contando, algo que inquietaba su ánimo por encima del hambre o la desesperación por no tener dinero con qué calmarla.

—Abigail —dijo con timidez—, ¿qué pasa?

—Nada —contestó ella, sorbiéndose la nariz.

—No es cierto, a usted le pasa algo —insistió la niña.

—Es que...

Se volvió a romper, cayendo desmadejada en una silla. Apoyó los brazos en la mesa y su rostro buscó consuelo entre ellos. Las lágrimas empaparon sus mangas y el dolor que sentía pareció concentrarse en el estrecho espacio entre su rostro y la mesa, porque sus hipidos se hicieron más potentes. Mary estuvo de acuerdo en que le pasaba algo, y se agachó para abrazar a esa mujer a la que quería como si fuera de su propia familia. Le dijo a Sabine con un gesto que esperase a que se le pasara para seguir interrogándola. Así estuvieron unos minutos, hasta que se recompuso y levantó el rostro. El suspiro le ayudó a coger la fuerza que necesitaba.

—George se ha marchado esta mañana. Al final ha cumplido su amenaza. Se ha alistado mintiendo sobre su edad. Solo le pido a Dios que sus hermanos no traten de imitarlo.

El problema era mayor de lo que ambas imaginaban. El sueldo de George sería reemplazado por la paga del gobierno, pero no había dinero en el mundo que pudiera contener el sufrimiento de Abigail. Si la mera sospecha de que su pequeño pudiera marchar al frente la tenía inquieta, el que ya fuera una certeza había tumbado su carácter resuelto.

Ella, tronco del árbol de su pequeña familia, había sufrido que una de sus ramas se desgajase de pronto.

Martes, 5 de enero de 1915

Dejaron de hacer bizcochos. Nadie iba a comprarlos, al igual que dejó de acudir la clientela que periódicamente encargaba los vestidos de Mary, con lo que la situación en la casa de los Lowell se volvió insostenible. Las tres mujeres pasaban los días engañando el hambre con té, una sopa aguada de verduras o unas gachas.

Mary seguía valorando la situación. Sopesó la posibilidad de que Sabine entrase a trabajar en una fábrica, pero aplastaba su ánimo como una losa solo el pensar en dejarla que fuera sola. No podía permitir que la niña anduviera por Londres en horarios nocturnos, se le antojaba muy peligroso. Sus temores frenaban una decisión que, dadas las circunstancias, tendría que tomar de inmediato. El dinero de John, que podría solucionar la situación, seguía sin aparecer y el pánico a que enfermasen de debilidad la hizo, al fin, reaccionar.

—Señora Smith —le dijo a Abigail esa mañana, mientras tomaban el té que constituía su único desayuno—. Voy a acercarme a la fábrica donde trabaja Francis.

El hijo de Abigail les había dicho que no sería difícil que aceptasen a Sabine para uno de los puestos que habían quedado libres. El salario era una miseria, mucho menos que el que percibía él al ser hombre, pero siempre sería mejor que nada.

Al escucharla, Abigail rompió a llorar. Sus reticencias se iban volatilizando, pero aún quedaba algo de su antigua manera de pensar. El que la niña entrase en la fábrica era una medida desesperada, pero la única salida posible para esquivar al hambre. Al igual que Mary, se había devanado los sesos intentando buscar cualquier otra opción que evitara mandar a Sabine allí.

—Preguntaré también por un puesto para mí —le dijo Mary.

—¡Está loca! ¡No, señora! Hable primero con la señorita Townsend, no creo que usted deba buscar un trabajo ahí, hay otros que podría hacer. ¡No se le ocurra pisar la fábrica!

—Abigail, no se preocupe, estaré bien. Y serán dos sueldos en lugar de uno. Los necesitamos con urgencia.

—No es cierto, señora, a usted le queda la posibilidad de… ayudar en el hospital, pregunte a Berta Harris. O volver a Almond Hill, eso es. Llévese a la muchacha allí, váyanse las dos. Yo me las arreglaré en mi casa, con mis hijos —le dijo con lágrimas en los ojos.

Mary ni contemplaba la posibilidad de pedir ayuda a Berta o regresar a la casa familiar. Una sola carta recibida de su hermana le había confirmado que la convivencia allí se había vuelto insoportable. La mitad del servicio que quedaba se había marchado de la residencia, hartos del comportamiento de Charles, que había vuelto de Londres aún más insoportable. Elisabeth estaba desesperada, en su carta se quejaba de no saber cómo organizar la mansión. Su bebé le ocupaba tiempo, su padre bebía más de lo habitual y, aunque mencionaba poco a su marido, Mary supo entrever en sus palabras que no se lo estaba poniendo fácil. Irse allí expondría a Sabine a la presencia de Charles, de la que quería protegerla a toda costa. Almond Hill, con Charles ahí, se le antojaba un destino incluso más peligroso que quedarse en la ciudad y soportar el hambre o las largas jornadas de la fábrica.

Además, pesaba su amenaza. El recuerdo de las manos de su primo sobando su cuerpo le producía repugnancia, pero se volvía pánico cuando se daba cuenta de que él era capaz de repetirlo con Sabine y que esa inocente criatura podría tener que pasar por lo mismo. No sabía si Sabine sería capaz de reaccionar como lo hizo ella en las cuadras. Una ola de ira invadía su cuerpo cuando, por un instante, imaginaba que Charles pudiera acabar forzándola.

—Almond Hill no es una opción. No quiero que hablemos más de ello.

A Abigail no le hizo falta nada más que echar un vistazo en los ojos de Mary para darse cuenta de que la decisión estaba tomada y que no contemplaba volver a su casa. No le extrañaba, en realidad. El trato recibido por parte de los Davenport había cambiado el carácter de la niña que llegó asustada a Londres.

—Sabine, prepara nuestros abrigos, iremos a pedir trabajo —le dijo a la niña, que se levantó al instante para cumplir el cometido de Mary.

—Espere, señora —dijo Abigail.

—¿A qué? Ya hemos esperado de más.

—Inténtelo de otro modo. Agote todas las posibilidades antes de eso. Por favor...

—¿Qué nos queda, Abigail? ¡Nada! Mire la despensa. Mire a Sabine. Las ropas empiezan a quedarnos tan holgadas que pronto tendré que reformar todos los vestidos si queremos tener algo que ponernos. ¡No podemos seguir esperando a que los problemas se solucionen solos!

Mary casi gritaba, desesperada por todo, rabiosa con la situación que no alcanzaba a comprender. Estaba enfadada también consigo misma, porque su ira no tenía por qué rebotar contra las dos personas que esa mañana estaban con ella en la cocina, pero sus oídos eran los únicos a su alcance y dejó que todo lo que sentía se escapase de dentro, antes de que lo hicieran las lágrimas que contenía a fuerza de coraje.

—Ayer en el mercado, una sirvienta me dijo algo —comentó Abigail.

—¿Qué fue?

—Que en su casa están buscando una muchacha de servicio.

Miró a Sabine, cuyos ojos se encendieron. Ella estaba dispuesta a lo que fuera con tal de ayudar a las mujeres que la sacaron del hospicio.

—¿Y por qué no lo ha dicho antes?

—Mary, porque no conozco de nada a la mujer que me lo dijo. Solo estaba esperando en el mismo puesto que yo.

—¿Puede volver y preguntar? —dijo Sabine, entusiasmada con la idea de ser útil.

—No sé si estará, no la había visto nunca.

—Inténtelo al menos.

Mary estuvo de acuerdo, así que al cabo de una hora Abigail salió de la casa rumbo al mercado. Después de pasar un rato contemplando con envidia las exiguas viandas que ofrecían los puestos, apenada por no poder adquirir ni siquiera una triste col, volvió a ver a la sirvienta, a la que abordó sin reparos. Ella le indicó la dirección a la que debía acudir con la niña.

Abigail regresó con el recado con una extraña incomodidad en el estómago.

Cuando ella misma llevó a Sabine hasta la casa que la sirvienta había indicado eran casi las cinco. Una mujer de mediana edad entrada en carnes las recibió en un amplio comedor, dotado de luz eléctrica, en el que la chimenea escupía un calor casi indecente para la escasez de los tiempos. No parecía una dama, sino más bien una de esas nuevas ricas que no estaban pasando necesidades. Todo en la casa era excesivo, incluso la merienda que se empeñó en ofrecerles mientras realizaba la entrevista a Sabine. La señora Smith sucumbió a los encantos de aquel té con pastas y bizcocho, y pensó que en una casa así, al menos Sabine no se vería obligada a privarse de lo básico. Se dejó aconsejar por el hambre y ni siquiera dudó en permitir que se quedara como interna al servicio de aquella familia desconocida. No habían llevado sus cosas, pero la señora le dijo que no las necesitaría.

Al regresar a casa, la señora Smith la sintió más vacía que nunca. Para Mary fue aún peor. Extrañaba a Sabine de una manera insoportable y, además, se sentía preocupada. Había delegado en una niña la responsabilidad de mantenerlas y lo había hecho sin estar segura de quiénes eran las personas con las que la dejaba.

Esa noche, por primera vez dormiría sola en Londres, lo que resultó una ironía, puesto que no fue capaz de conciliar el sueño.

Miércoles, 20 de enero de 1915

La mansión en la que trabajaba Sabine pagaba su salario por semanas, lo que hizo que en la residencia de los Lowell se aliviara un poco la asfixia en la que vivían. No mucho, con lo que ganaba apenas si alcanzaba para comprar algunas viandas. El hambre seguía instalada como una compañera incómoda, pero al menos era un respiro, un ligero aliento para continuar adelante, mientras aguardaban a que la guerra terminase.

Mary insistió en ir a ver a la muchacha. La echaba mucho de menos, pero además quería conocer el lugar donde la habían dejado. No estaba tranquila. Contagiada por el nerviosismo constante de la señora Smith, a Mary se le había pasado por la cabeza que, en su desesperación por sobrevivir, hubieran enviado a la niña a un lugar poco honesto. Aquella mañana atravesó Hyde Park hasta llegar a Belgravia, la exquisita zona de Londres donde estaba la mansión en la que se encontraba Sabine. Dejaron que hablase con ella unos minutos.

—No se preocupe, señora —dijo Sabine—. Estoy bien.

—¿De verdad? ¿No te estarán obligando a hacer cosas que no quieres?

No sabía cómo plantearle su inquietud sin alarmarla, pero necesitaba asegurarse de que solo eran imaginaciones suyas. El que el trabajo hubiera caído del cielo en el momento más oportuno era una bendición, pero no podía sacarse de dentro una alerta incómoda, la intuición de que algo no iba del todo bien. Prefería que fuera así, que solo fueran ideas tontas que pasaban por su cabeza y no algo por lo que realmente hubiera de preocuparse.

—El trabajo no es muy duro —dijo la niña—, se parece mucho a lo que hacía en casa.

Escuchar «en casa» conmovió a Mary. Sabine sentía que su hogar estaba junto a ella, encerrado en las cuatro paredes de la casa de John. Mary no pudo evitar darle un abrazo, que la muchacha correspondió apretándose contra el pecho de Mary. Les costó un poco soltarse.

—No quiero que me sigas llamando señora, Sabine —le dijo mirándola a los ojos.

—Pero...

—Nada de peros. Soy Mary. Para ti, siempre Mary, y deja ya los formalismos. Nada de señora, nada de tratarme de usted.

—Abigail se enfadará muchísimo si me oye.

Mary sonrió. Sabía que Abigail volvería a poner el grito en el cielo por su manera de consentirla, pero también que se le acabaría pasando y aceptaría que así fuera. Desde que llegó a mediados de 1913 hasta ese momento, habían cambiado tantas cosas que pensó que ya estaba bien. Quería a esa niña como a una hermana pequeña y con las hermanas no eran necesarias formalidades.

—Se le olvidará enseguida. ¿Necesitas algo? ¿Te tratan con respeto?

Siguió con el interrogatorio y Sabine tuvo que frenar las preguntas de Mary antes de que se le fuera olvidando la respuesta que tenía para cada una de ellas.

—Sí, todo está bien, de verdad. No necesito nada, solo saber que usted está bien y que Abigail también. Y, claro, también me gustaría saber algo de los chicos. ¿Ha escrito George?

—Envió una postal con una cruz como firma, en la que venía un mensaje impreso. Como apenas sabe escribir, es lo que le dijo a su madre que haría, así que está más tranquila. Al menos sabemos que está vivo.

—¿Y el resto? —preguntó Sabine.

—Peter... Peter nos tiene preocupadas.

—¿Peter? ¿Qué ha pasado? —preguntó asustada Sabine.

—El otro día apareció con un montón de comida. Entre lo que trajo, una gallina.

—¿De dónde la sacó? ¿No estará robando? —dijo Sabine, bajando la voz para que nadie allí escuchase su preocupación, aunque fuera por casualidad.

—Me temo que sí, no tiene dinero para comprar. Tenías que haber escuchado a Abigail, la regañina fue de espanto. Pero... gracias a eso comimos un poco mejor. ¿Tú comes bien?

—Sí, sí, por eso no hay problema. Aquí parece que la guerra no existe, tienen de todo. A veces hasta me extraña que sean capaces de conseguir cosas como mantequilla, que nunca falta en la despensa.

—Tendrán más suerte que nosotras, o partirían de una mejor posición antes de que todo esto empezase —dijo Mary.

—No lo sé. De lo único de lo que estoy segura es que aquí parece como si la guerra no existiera. ¿Cómo está Brandon? —preguntó, volviendo a su preocupación por los chicos de la señora Smith.

—Parece responsable. No falta a la fábrica y nos ayuda con lo que puede. Abigail está muy orgullosa de él.

—¿Y Francis?

—Es el que peor está llevando este momento. Al contrario que George, está asustado por la guerra, inquieto por si deciden bajar la edad de alistamiento y le toca enrolarse. No quiere oír hablar de ir a la guerra.

Sabine suspiró. Francis tenía una edad muy próxima a la suya y era compañero de salidas de ella y de Virginia. Consideraba que eran amigos y sabía que tenía un carácter mucho más tranquilo que el del resto de sus hermanos. Lo que le contaba Mary no le resultaba ajeno.

Sabine regresó a las tareas domésticas después de despedir a Mary y en ellas estuvo entretenida hasta la hora de la cena, momento en el que la señora le pidió que se pusiera otra ropa. Esa noche tenían invitados a la mesa y necesitaba apoyo para servirla. Sabine se alegró, el comedor era mucho más descansado que frotar las cacerolas para que acabasen relucientes, así que corrió al cuarto que compartía con otras dos muchachas para cambiar su uniforme. Después de atender unos cuantos consejos de la señora, hizo lo propio con la cocinera. La visita que esperaban era importante y todo tenía que salir perfecto.

Cuando entró en el comedor, con una sopera en las manos, tuvo que hacer un enorme esfuerzo por disimular su sorpresa y no derramar su contenido. Sentado al lado del dueño de la casa había un hombre al que conocía.

No en vano era el cuñado de Mary, Charles Davenport.

Viernes, 22 de enero de 1915

Sin el consuelo que suponía el negocio de costura, sin la posibilidad de elaborar pasteles ni la presencia de Sabine, Mary no sabía qué hacer. Se movía por la casa haciendo las tareas que le correspondían a la niña, pero enseguida terminaba. Tampoco había mucho que cocinar, así que la señora Smith y ella se pasaban el tiempo mano sobre mano.

—¿Quiere acompañarme al mercado, señora? —preguntó Abigail—. Tal vez podamos conseguir que nos fíen algo.

Después de valorarlo durante unos instantes, Mary aceptó. Necesitaba salir de entre aquellas cuatro paredes, darle un respiro a su mente, que se pasaba el día divagando entre lóbregos pensamientos. Aunque le apenaba la idea de pedir prestado, sabía que era la única opción que tendrían hasta que les llegase el dinero que le pagaban a Sabine en la casa, así que decidió hacer a un lado el orgullo. Se cambió de ropa, se colocó unos guantes y un sombrero y, junto a Abigail, se dirigió al mercado.

A esas horas de la mañana, solo unos meses antes, aquel espacio rebosaba vida. Los comerciantes voceaban sus productos y empleadas domésticas peleaban por conseguir los mejores para sus casas. Por desgracia, la escasez que empezaba a tomar a la fuerza la ciudad no había mantenido a aquel lugar inmune, sino más bien al contrario. Para Londres, aislada por el mar del continente, el mercado era el centro del cataclismo que estaba provocando el conflicto con Alemania. La afluencia de público se había convertido en colas interminables y eran pocas las mercancías que se exponían en los puestos, retenidas en algunos casos para incrementar el negocio. Los precios engordaron por una inquebrantable ley económica, convirtiendo la rutina de comer en algo tan lujoso como los exquisitos perfumes de la India.

—¿Ve, señora? —dijo Abigail—. Lo poco que hay está carísimo. Estos perros están aprovechándose de la necesidad de todos. ¡Mire la col!

A Mary no le importó que la col fuera tan costosa. A pesar de la receta de Abigail, mucho mejor que la que hacía la cocinera de Almond Hill, a ella le seguía pareciendo odiosa, pero las patatas y las alubias habían elevado su precio de manera insolente.

Abigail comenzó a hablar con el dueño de una frutería, mientras ella se entretenía mirando el lugar. Recordó el alegre bullicio de la primera vez que pasó frente a la entrada del corredor donde se situaba el mercado y echó de menos la vida que se movía en el interior. Parecía que todo había perdido gran parte de su color, y quizá era así porque habían cerrado la alegre floristería. Su vista recorrió el mercado y se quedó clavada al llegar a uno de los puestos.

—¡Dios santo…! —alcanzó a decir.

—¿Qué sucede, señora? —preguntó Abigail, volviéndose hacia ella.

Siguió la dirección de los ojos de Mary y supo lo que la había alterado. Parado frente al único puesto de carne, a unos escasos diez metros de donde se encontraban ellas, reconoció la figura de Charles Davenport. Sus elegantes ropas desentonaban con el sucio delantal del carnicero y con la sirvienta que estaba parada a su lado.

—¿Ese hombre es su primo? —preguntó Abigail, aunque estaba segura de haberlo reconocido.

—¿Qué hace aquí?

La pregunta de Mary no esperaba una respuesta de la cocinera, indagaba en su propia mente, buscando una explicación para que Charles estuviera en ese mercado cerca de su casa y no en Almond Hill.

—Esa mujer con la que habla —dijo Abigail— es la que me ofreció el trabajo para Sabine.

Mary sintió que las piernas dejaban de sujetar su peso y tuvo que hacer un enorme esfuerzo para reponerse.

—¡Soy tonta!

Repitió la frase en varias ocasiones, imprimiendo en ella cada vez más rabia y desesperación. Arrastró a la señora Smith hasta la entrada del mercado como una exhalación.

—Señora, por favor, ¿qué pasa? —preguntó Abigail, muy asustada por la reacción de Mary.

—Vaya hasta la casa y no abra a nadie. Vuelvo enseguida.

—¿No me va a decir a dónde va?

—Regreso enseguida.

Salió corriendo, sin darle más explicaciones a la cocinera, que se dirigió apresurada y muy preocupada hasta la casa de John.

Mary se movía con rapidez por las calles de Londres, mientras en su cabeza latía una premonición. Ardiéndole los pulmones, corría en dirección a la casa en la que trabajaba Sabine. Las ideas que danzaban en su mente, oscuras y sucias, le provocaban ganas de vomitar. No entendía cómo había podido ser tan tonta, cómo había aceptado tan rápido enviar a Sabine a aquel lugar. Había sido todo tan sencillo que solo eso debería haberla hecho darse cuenta de que estaba sucediendo algo.

Cuando logró llegar hasta Belgravia, estaba sin aliento. Tuvo que pararse un poco y respirar profundamente unas cuantas veces y rogó, tras llamar a la puerta, que fuera Sabine quien abriera. No lo pensaría, la arrastraría con ella y se la llevaría aunque no tuviera el abrigo puesto. No iba a permitir que Charles la tuviera a su alcance, solo Dios sabía qué clase de barbaridad se le ocurriría hacer con ella.

Otra muchacha de servicio abrió la puerta y, cuando le preguntó por Sabine, le dijo que esperase. Pocos minutos después, la señora de la casa recibió a Mary desde el umbral.

—Sabine está trabajando y no tiene permiso hoy para recibir visitas —le dijo.

—Es importante que hable con ella —contestó Mary, que todavía respiraba con dificultad.

—Venga el día que hemos pactado que puede visitarla, hoy no.

Mary se impacientó. Tenía que sacar de allí a la niña y no se marcharía sin ella, dijera esa mujer lo que dijera. Prefirió intentar serenarse y ganar tiempo, mientras se reponía de la carrera.

—Será solo un momento, solo que se asome. Le digo lo que he venido a decirle y me marcharé.

—He dicho que no.

La inquietud en la mirada de aquella mujer le hizo sospechar a Mary que Charles la había advertido de que no dejase salir a Sabine. Fue un presentimiento, el latido interior que la avisó de que tenía que actuar con celeridad, así que decidió mostrarse todo lo insistente que pudiera mientras se le ocurría la manera de sacar de la casa a la niña.

—Mire, serán solo un par de minutos —suplicó.

—Le ruego que se marche.

—Pero no veo el problema...

—¡Le estoy diciendo que se vaya!

Mary no tuvo ninguna duda. El terror que empezaba a tomar

el rostro de aquella oronda dama solo podía estar causado por alguna advertencia de su primo. Le daba igual, se llevaría a la niña costara lo que costase.

—¡Le he dicho que no me iré sin ver a Sabine! —gritó.

—¡No monte escándalos, por Dios! —dijo la mujer.

—¡Sabine! ¡Sabine! ¡Necesito hablar contigo! —siguió gritando, ignorando su ruego.

Sabine, alertada por el escándalo, apareció en la entrada de la casa. La señora, pendiente de Mary, no la oyó llegar y esta la miró, esperando que de alguna manera entendiera que no tenía que decir nada. Sin embargo, la mujer se volvió y Sabine fue descubierta.

Mary no tuvo tiempo de pensar más. Con toda la fuerza que la rabia que sentía imprimió a su gesto, se abalanzó sobre la mujer, que no era más alta que ella aunque sí mucho más gruesa. La empujó derribándola porque la pilló desprevenida. Esta cayó en medio del *hall* de la casa, desconcertada y furiosa. Antes de que le diera tiempo a desenredarse de su propio vestido y obligar a sus carnes a ponerse en pie, Mary entró y agarró a Sabine del brazo, arrastrándola fuera. La niña, asustada, siguió a Mary en la loca carrera que emprendió. Dos calles más adelante perdió la cofia y en cuatro más respiraba completamente exhausta. De vez en cuando, ambas se volvían para ver si alguien las seguía, pero tuvieron suerte. Todo sucedió tan rápido que en la casa nadie reaccionó.

Cuando llegaron a la residencia de los Lowell, Mary, aún sin aliento, pidió a Abigail que empaquetase lo imprescindible. Se iban de allí y no admitía réplica. La cocinera y Sabine, que no entendían nada, cumplieron las órdenes de su señora y en menos de una hora cerraron la casa.

La residencia de los Lowell había dejado de ser un lugar seguro para ellas. De momento irían a la pequeña habitación alquilada de Abigail mientras se les ocurría un lugar mejor donde mantenerse lejos de su primo.

Charles Davenport tenía planes para Sabine. Pretendía llevársela ese día de la casa donde había sido contratada y empezaría a enseñarle, desde esa misma noche, a ser una amante complaciente. Iba a ser delicioso servirle de maestro, probar la dulzura de la cremosa piel de la niña, que había podido sentir cuando le acarició una mano mientras la noche anterior servía la mesa. Pudiera ser que se resistiera un poco al principio, había comprobado con ese roce que no era demasiado receptiva, pero sabría convencerla de lo conveniente que era tener a alguien como él de su lado. No iba a desaprovechar la oportunidad de deleitarse robándole la virginidad que estaba seguro de que mantenía intacta. Mary había tenido la oportunidad de cambiar su destino, pero no había querido ocupar su lugar, a pesar de que se lo había ofrecido. Por eso, cuando un rato después llegó a la casa de Belgravia y descubrió que Sabine ya no estaba allí, se puso furioso.

La dueña de la casa fue golpeada por segunda vez en una mañana, aunque con mucha más violencia de la que había empleado Mary. Era precisamente en su prima en quien pensaba Charles cuando descargó el golpe contra la mujer.

Ninguno de los sirvientes se atrevió a oponerse a un enfurecido Charles Davenport para sacarla del aprieto.

CAPÍTULO 13

Marne, Francia
Fuerza Expedicionaria Británica
23 de enero de 1915

Querida Mary:
Recibir tu carta ha sido para mí un motivo de inmensa dicha. Me alegra saber que tanto tú como Sabine y la señora Smith os encontráis bien, a pesar de los aprietos económicos que me cuentas. Confiemos en que dure poco y pronto pienses que esto no ha sido nada más que un mal sueño.
Poco te puedo contar. Sigo ayudando en lo que necesitan aquí, aunque mi función no sea empuñar un arma, sino intentar lograr que estos muchachos lleguen vivos al día siguiente. Tengo muy poco tiempo para descansar. Ahora mismo acaban de traer heridos, así que tengo que dejar esta carta.
Yo estoy bien.
Tuyo,
James Payne

Martes, 26 de enero de 1915

James cerró el periódico con desidia, un ejemplar atrasado que había llegado con el correo hasta el batallón en el que prestaba sus servicios. En él, la prensa británica destacaba en grandes titulares el triunfo de su flota naval en el Mar del Norte frente a los alemanes.

En las palabras cargadas de patriotismo también se empezaba a intuir un sutil hartazgo por los acontecimientos. La guerra había pasado la frontera de 1914 y, aunque se informase de ciertos avances contra los germanos, la verdad era que la situación estaba enquistada. Europa tenía una enorme cicatriz en forma de trincheras, estrechos pasillos comunicados por túneles que la atravesaban, en los que muchos jóvenes convivían con la muerte. Algunos perdían la vida en cada asalto inútil, puesto que nadie avanzaba, y otros esperaban, seguros casi de que serían las siguientes víctimas. Si no era una ráfaga de ametralladora la que acabase con sus vidas, lo harían el frío, el lodo, las infecciones o la desesperación, que empezaba a pasearse a sus anchas entre las tropas. Nadie creía ya en el lema de una guerra corta, aquella mentira era imposible de asumir con las ropas empapadas y los pies metidos en el barro hasta los tobillos.

James se desesperaba. Su labor de médico pocas veces resultaba útil frente a las balas, que llegaban en ráfagas imposibles y que convertían los cuerpos de aquellos pobres soldados en despojos humanos en cuestión de segundos. Solo había podido salvar la vida de un par de ellos y empezaba a volverse loco en aquel ambiente asfixiante. Había perdido ya a muchos conocidos, así que eso añadía un dolor extra, una opresión en el pecho que, sumada al frío, le hacía acumular noches sin dormir y un cansancio extremo. Tampoco se lo había puesto fácil su propio cuerpo. Calado hasta los huesos, sin más repuesto de ropas que las que llevaba, se había enfriado y la fiebre no le abandonaba. Lo único que le mantenía era el deseo de volver vivo y las dos cartas de Mary que llevaba en un bolsillo, muy cerca de su corazón.

No estaba bien, como le había escrito a Mary dos días antes, al contrario. Se sentía cada vez peor y tentado de pedir a sus superiores que le dejaran retirarse unos días para recuperarse, pero su orgullo se lo impedía. Volver a casa no era una opción. Si regresaba algún día, algo que cada hoja del calendario que caía le hacía pensar en que sería un milagro, lo haría porque aquello hubiera terminado. Si moría, sabía que su destino sería cualquier agujero en medio de un campo francés, sin ceremonia, sin familia, sin la posibilidad de tener, tan solo, un descanso eterno digno.

Envuelto en una manta que no abrigaba en absoluto, trataba de dormir hasta el amanecer, cuando el día los recibiera con una nueva cuenta de muertos en cuanto las balas y los cañonazos empezasen a volar entre los dos frentes.

—Doctor —le dijo un capitán, sacándolo de su duermevela con un ligero toque en el hombro—, necesito que venga.

James, pensando que alguno de los heridos se habría puesto peor, dejó la manta encima de uno de sus compañeros, que en ese momento dormía, y siguió al hombre por el estrecho pasillo de la trinchera. Pasaron al lado de varios soldados muy jóvenes que, durante la guardia nocturna, fumaban cigarros y se contaban historias de otros momentos felices de una vida que, entre aquel frío, parecía casi de cuento, aunque se tratase solo de anécdotas de campesinos. El capitán entró en una pequeña habitación subterránea, apuntalada con maderos, donde se reunían los oficiales para planificar la estrategia diaria. Varios soldados que custodiaban la entrada les franquearon la entrada tras una mirada del capitán. A James le sorprendió encontrar allí a una mujer, algo que estaba prohibido en las trincheras.

—Le presento a la señorita Elsie Kernock.

James le tendió la mano. La tenía helada, lo que contrastó con el calor que desprendía la de la muchacha. Le sorprendió también verla vestida con ropas masculinas, unos pantalones bombachos y una zamarra que trataba de espantar el intenso frío de la trinchera y de ocultar su femineidad a los ojos de otros, aunque sin mucho éxito. Sus rasgos delicados delataban que era una mujer, a pesar de que también llevaba el pelo recogido bajo una gorra. La tenue luz de un candil iluminaba la estancia y la oscilación de la vela provocaba que las sombras se movieran de manera incesante y a James le resultó imposible apreciar nada más de ella.

—Encantado.

Lo dijo más sorprendido que encantado, no entendía cómo una mujer había conseguido llegar hasta allí. No tuvo que esperar mucho para que el capitán le contase qué era lo que hacía en un lugar tan impropio para ella. Impropio y peligroso.

—La señorita Kernock lleva desde el año pasado intentando convencer a nuestros superiores de que la Fuerza Expedicionaria Británica necesita su apoyo.

—¿Qué clase de apoyo? —preguntó, extrañado.

—Apoyo médico —dijo Elsie—. Algo más del que ya tienen con gente como usted, doctor Payne.

—Les dejo a solas para que charlen —dijo el capitán—. No salgan de aquí hasta que yo regrese y hablen bajo, sobre todo usted, señorita. No quiero problemas.

El militar dejó el reducido recinto y James invitó a la señorita Kernock a que se sentase en uno de los taburetes que allí había, al lado de la mesa donde solían extender los mapas. Él hizo lo propio acercando otro.

—Doctor —dijo Elsie—, me ha costado mucho llegar hasta aquí.

—No lo dudo. Me sorprende que lo haya conseguido sin perder la vida.

—Bueno, moverse de noche es mucho más seguro que de día y no he venido sola, me han escoltado los tres hombres que están afuera. Me marcharé antes de que amanezca.

—¿Qué es lo que necesita de mí? ¿Quién es usted? —preguntó él.

—Verá. Llevo meses peleando para estar aquí. He tenido que soportar las mofas de almirantes que no ven con buenos ojos lo que estoy dispuesta a hacer, pero al fin lo he conseguido. Esta guerra es asunto de todos, no solo de los hombres. Soy enfermera y quiero luchar con lo que tengo, mis conocimientos, porque estoy segura de que puedo hacerlo, por más que haya algunos que piensen que las mujeres no servimos de nada aquí. Voy a demostrar lo equivocados que están.

—Hay una prohibición, las mujeres deben estar al menos a tres millas de las trincheras —dijo James—. Se juega mucho habiendo venido. Si quería hablar conmigo, yo podría haber…

—Doctor, si no hubiera venido, probablemente habría hecho como todos, ignorarme, y no quiero que se siga haciendo. Estoy convencida de que puedo servir de mucha ayuda y me han dado permiso para reclutar a quien me sirva. Y, por lo que he podido averiguar, usted es el más indicado.

La enérgica mirada de la joven intimidó a James, aunque no debería haberlo hecho. Estaba acostumbrado a mujeres decididas, a aquellas a las que las convenciones sociales no les importaban y peleaban por cambiar el mundo. Quizá la debilidad que sentía, el frío y el nuevo escenario en el que se movían sus días eran lo que le había hecho dudar.

—¿Yo soy su objetivo?

—Por supuesto, doctor Payne. Aunque usted nunca haya reparado en mí, yo sí sé de usted.

—¿Qué es lo que sabe? —preguntó intrigado.

—Nos hemos visto más de una vez en el St George.

James escrutó el rostro de la muchacha, intentando encontrar en él algún rasgo que le condujera a recordarla, pero no fue capaz. No le pareció imposible, fueron muchas las personas a las que vio a diario en aquellos tiempos que ahora parecían tan lejanos.

—Quiero que venga conmigo. Quiero que escuche lo que estoy preparando y se una a mí y a mi equipo.

—Cuéntemelo.

No pasaba nada por escuchar lo que Elsie tuviera que decirle. Además, en el cubículo de oficiales, aunque hacía frío, no soplaba el viento que congelaba el alma afuera. No le vendría mal a su salud pasarse un poco más de tiempo a resguardo. Al contrario, iba a ser un alivio y lo necesitaba, aunque fuera momentáneo. James se acomodó en el taburete y se quedó mirando a los ojos de la señorita Kernock, que comenzó a contarle su idea.

—Soy enfermera, como le dije. Estamos preparando un puesto de atención médica en el mismo frente. Doctor Payne, estará de acuerdo conmigo en que muchos de los heridos graves mueren en el traslado desde la trinchera, no resisten el penoso viaje en las ambulancias desde el hospital de campaña hasta las ciudades donde pueden ser atendidos mejor. He encontrado una casa a seis horas de aquí, en Ypres. Está a pocos kilómetros del frente. Es un sótano donde hemos instalado nuestro equipo. El hospital de campaña está saturado siempre.

—¿Por qué quiere que vaya yo allí?

—Porque no tenemos ningún médico. Somos solo tres enfermeras. He contactado con la Cruz Roja, que puede traernos de manera regular suministros médicos, sin el peligro que supone llegar hasta la primera línea. El número de heridos de esta guerra está siendo escandaloso y los que sobreviven tienen mucha suerte. Yo quiero ayudar, quiero salvar la vida de mi gente.

—¿Arriesgando la suya? —preguntó James.

—¿No arriesga usted su vida, doctor, cada día que pasa aquí? ¿Por qué no iba a hacerlo yo? ¿Porque soy mujer?

James, vinculado desde hacía muchos años al movimiento sufragista, sonrió. Elsie le recordó a Anne. Sus palabras, la vehemencia de sus gestos y esa manera de olvidarse del peligro elevando la voz aunque el capitán le hubiera pedido que no lo hiciera. Suspiró. La oferta de la enfermera tentó la voluntad de alguien enfermo, agotado por el frío y por la sensación de abandono que le producía vivir en ese lodazal en medio de la nada. Estaba cansado del insistente sonido de las balas, de saberse mucho menos útil de lo que se había sentido en toda su vida. Tomó la decisión sin pensar mucho más.

—¿Cuándo nos marchamos?

—Si su capitán está de acuerdo, dentro de un rato.

James tenía poco que recoger, sus pertenencias se reducían al escaso material médico que había metido en un pequeño saco, pero Elsie le aseguró que no lo necesitaría, que se lo dejase al médico que se quedaba con el destacamento. A James no le pareció mala idea. El material llegaba con cuentagotas.

Antes del anochecer del día siguiente, tras un viaje que duró mucho más de seis horas, el doctor Payne puso por primera vez los pies en el sótano en el que trabajaba Elsie. Aún no había recibido a los primeros heridos, les faltaba conseguir una ambulancia que tardaría todavía un día en llegar. Elsie le ofreció agua para que pudiera asearse y quitarse el barro, pero James estaba tan cansado que prefirió dormir un poco antes.

Pasó casi doce horas acurrucado en el catre entre las mantas. Cuando despertó, a los pies del fino colchón que le había servido de lecho, vio que la enfermera le había dejado ropa limpia y un balde con agua. Estaba helada, pero James agradeció aquello. Era lo más parecido a un baño que se había dado en meses.

De lo que no pudo desprenderse fue del frío, ese intenso frío que se había colado hasta en sus huesos en los meses de estancia en primera línea.

Sábado, 20 de febrero de 1915

Las trincheras, a medida que avanzaba la guerra, se convirtieron en ciénagas infectas en las que los soldados malvivían, compartiendo el espacio con el barro, los gusanos, las ratas, la nefritis, la gangrena y la multitud de infecciones que provocaba toda aquella falta de higiene. La muerte, compañera indeseada de todo conflicto, rodeaba a los hombres y les robaba también el descanso en un lugar donde el insomnio se volvió crónico. Por las noches, cuando las tinieblas servían de protección y cesaba el ruido de las ametralladoras enemigas, era el momento de dar sepultura a los muertos y trasladar a los heridos en las ambulancias. Estas llegaban por caminos de tierra con las luces apagadas, sorteando los obstáculos como podían.

Para su puesto de Primeros Auxilios, Elsie Kernock había logrado que la Cruz Roja les cediera una ambulancia. La encargada de conducirla era Liz Miller, una joven rubia de veintiséis años, decidida y vivaracha, que formaba parte del mínimo equipo con el que contaba Elsie antes de buscar a James Payne. Liz había enviudado de Harry Miller al poco de casarse, con apenas veintidós años, y como no tenía cargas familiares, al enterarse de la intención de Elsie de ayudar en el frente, ni siquiera dudó. A pesar de la oposición de su madre se marchó con ella, llevando como herramientas sus manos para ayudar a limpiar y otra que al final resultó más que útil: su habilidad conduciendo. Su padre era el chófer de un comerciante acomodado de Londres y, años antes, en los ratos libres, le había enseñado el manejo del coche. Liz resultó ser una alumna excelente y aquello que en principio solo era un capricho que le concedió su progenitor, en esos momentos la convertía en una de las personas más esperadas cada noche en las trincheras.

La persona que conducía la ambulancia que evacuaba a los heridos más graves.

Junto a ella, todos los días, viajaba Megan Brix, una robusta muchacha pelirroja, cuyas largas pestañas llamaban la atención. Era muy joven, apenas diecinueve años, y tampoco tenía ninguna titulación, pero sí la experiencia de años cuidando a su madre enferma hasta que falleció. Megan tenía varios hermanos mayores, todos varones, que se alistaron y se quedó sola. Nunca había trabajado fuera de casa, cuidar de su madre y los sueldos de sus hermanos provocaron que no fuera necesario, así que, cuando se encontró sin nadie, se sintió perdida. En cuanto la poca comida con la que contaba se acabó, decidió que era el momento de salir a la calle y buscar la manera de ganarse la vida. Iba camino de una fábrica a solicitar un empleo cuando un coche atropelló a un niño. Mientras mucha gente se quedaba mirando a la madre, que gritaba desesperada, Megan no dudó. Corrió hacia la criatura y empezó a chequear su estado. El niño solo estaba aturdido, enseguida lo cargó en sus brazos y lo llevó hasta la acera, tranquilizando a la madre, que había sido víctima de un ataque de pánico. La bondad de Megan, la calma que transmitía, caló en una persona que llegó a la escena cuando ella lo tenía todo controlado: Elsie Kernock. Una breve conversación con la muchacha bastó para convencerla de que la acompañase en su proyecto de llevar alivio a los heridos del frente. Megan sintió enseguida que ese era su lugar mucho antes que una fábrica.

Megan y Liz, enfermeras voluntarias en aquel conflicto, llegaban cada madrugada a las inmediaciones de las trincheras, donde varios soldados las esperaban con los heridos. Como podían, los metían en la parte trasera de la ambulancia y hacían el camino de regreso envueltas en la oscuridad.

Y Megan cantaba.

Había descubierto que esto tranquilizaba a los hombres. La suavidad de su voz actuaba como un relajante y, aunque no eliminase el dolor, servía como un placebo que les permitía hacer el viaje de vuelta mucho más tranquilas que escuchando los gemidos de los soldados. En cuanto llegaban al consultorio, James y Elsie organizaban a los heridos, Megan se ponía a sus órdenes y Liz limpiaba la ambulancia. El hedor insoportable que salía de la parte trasera muchos días le provocaba náuseas. Los charcos de vómito de los soldados, los rincones donde alguno había orinado porque no aguantaba más, la sangre, el barro, alguna rata que se colaba y el repugnante olor a pies eran mucho más de lo que cualquiera podría aguantar, pero Liz encaraba la tarea decidida. Armada con cubos de agua jabonosa y un cepillo, procuraba que su ambulancia estuviera lo más limpia posible para el siguiente viaje. Solo cuando terminaba se permitía irse a descansar, y eso siempre que no la necesitaran.

James se había acostumbrado al ritmo del puesto. Dormían cuando podían, casi siempre hacia la mitad del día y en función de cómo evolucionasen los heridos, pero estaba a cubierto de la intemperie y, aunque hacía frío, aquello parecía el paraíso comparado con la primera línea del frente, donde había pasado los últimos meses. La amenaza de la muerte se había distanciado un poco en su ánimo, había mejorado su salud, pero no se sentía bien.

Mary no había contestado a su última carta.

Se preguntaba qué podía haberle sucedido, o también, en otros momentos, si algo de lo que le escribió pudiera haberle molestado. La verdad era que no lo recordaba, las palabras de aquella carta se habían perdido en su memoria. No así las que ella le mandó, que seguía guardando con celo al lado del corazón y releía sin descanso, como salvavidas improvisado en aquel mar de desesperación.

—Estás muy pensativo —le dijo Elsie, cuando lograron terminar por fin la tarea de aquella noche. Por fortuna, no habían tenido que amputar ningún miembro.

—Estoy cansado —contestó él.

—Todos lo estamos. Esto está durando mucho más de lo que nos contaron, y la sensación que tengo es que tardaremos en ver el final. Eso, si llegamos vivos.

Miró a los ojos al doctor, que a su vez se perdió en las pupilas grises de Elsie. «Si llegamos vivos». Lo había pensado mil veces, que quizá nunca volvería a casa, a Londres, que jamás se sentaría de nuevo en una mesa con mantel y cubiertos de plata y que, probablemente, no tendría la oportunidad de que Mary le perdonase.

—¿Quieres un té? —preguntó Elsie.

—Sí, gracias —contestó él.

Elsie puso agua a calentar y después agarró una manta. Aproximó una silla a la del doctor y colocó la tela sobre las piernas de ambos, algo que James agradeció con una media sonrisa. No había con qué calentar aquel sótano que hacía de improvisado hospital, y las madrugadas se volvían gélidas. En el sótano, solo se escuchaban los gemidos de algún herido que pasaba la noche inquieto por las heridas y sus respiraciones, por lo que ambos empezaron a hablar casi en susurros.

—¿Tienes ganas de volver a Londres? —preguntó Elsie.

—Tengo ganas, sobre todo, de que esto acabe.

El doctor seguía taciturno y Elsie buscaba la manera de espantar ese gesto adusto que se había instalado en su rostro y que lo ensombrecía, mucho más que la espesa barba que lucía. No se afeitaba desde hacía semanas. Elsie se entretuvo imaginando qué aspecto tendría James Payne sin vello en el rostro y vestido sin el uniforme militar o su bata de médico.

—¿Te arrepientes de haber venido?

—¿Al puesto? —preguntó él, mirándola.

—No, de haberte alistado.

—Supongo que era lo que debía hacer.

Su voz no sonaba convencida y Elsie pudo captarlo también

en su posición corporal. Los hombros caídos, la cabeza baja y el ánimo, ese que debería resultar invisible, flotando a su alrededor como una negra nube, transformando a ese hombre, que imaginó que poco antes había sido muy atractivo, en alguien sin luz.

—No sé nada de ti —dijo Elsie.

—¿Y qué quieres saber? —preguntó James, mirándola.

—Por ejemplo, ¿estás casado?

James la observó con atención antes de contestar, sin abandonar ese semblante que ni siquiera la luz del único candil que iluminaba la estancia lograba sacar de la oscuridad.

—Viudo —dijo.

—Vaya, lo siento.

Elsie temió haber equivocado el rumbo del interrogatorio, con el que pretendía hacerse con algún dato más de él, ya en la primera pregunta. En realidad conocía más de James de lo que le había hecho saber, pero prefería que fuera él quien se sincerase.

—No importa, sucedió hace años. ¿Tú estás casada?

—¿Yo? —A Elsie se le escapó una ligera carcajada que rebotó en las paredes del frío sótano—. Soy demasiado rebelde.

James sonrió ante el tono de la confidencia. Elsie seguro que era rebelde; la valentía y el coraje que había demostrado al enfrentarse a todo el mundo para conseguir que le dejasen montar aquel puesto de Primeros Auxilios era algo que de otro modo no habría logrado. La imaginaba frente al Almirantazgo, insistiendo en la necesidad de plantarse cerca de las trincheras. Le pidió que le contase cómo lo había logrado.

—No fue sencillo. Me decían que jamás habían oído algo tan absurdo, que no cabía ninguna duda de que no sabía de la estricta prohibición de que las mujeres británicas nos acercásemos a las trincheras.

—Me imagino la cara que debieron poner ante tu petición.

—Al principio, me negaron todo apoyo, me dijeron que podía hacer lo que quisiera, pero amenazaron con no enviar ayuda alguna, ni víveres ni suministros médicos, que tendría que pagarlos yo de mi bolsillo. Añadieron que, como mujer, no sería capaz de soportar todo esto. Temían que, en lugar de una solución, me convirtiera en un problema añadido.

—Pero conseguiste el permiso —dijo James.

—Traerte conmigo ha ayudado a que se convencieran del todo.

—Así que solo me buscaste por eso… —dijo James.
—Me alegro mucho de haberlo hecho, doctor.
Posó su mano sobre la de James y este sonrió un poco. Elsie era de esa clase de mujeres especiales a la que también había pertenecido su esposa. La tetera empezó a silbar y, cuando la escuchó, ella se levantó para preparar dos tazas de té.
—¿Tú has dejado a alguien esperando en Londres?
La pregunta la hizo Elsie de espaldas, escondiendo su rostro de James, para que no se diera cuenta del verdadero interés que tenía. Había procurado que sonase en un tono mucho más despreocupado de lo que era en realidad.
—Mis padres. Amigos…
James Payne no amplió la respuesta. No quería compartir con Elsie el nombre de Mary. En realidad, ella no lo estaría esperando cuando regresara. Sus cartas, aunque habían recibido respuesta a excepción de la última, no hablaban de sentimientos, eran un simple recuento de cómo estaban viviendo en Londres la guerra. Eran, además, bastante vagas, como si Mary no sintiera la misma necesidad de compartir con él su vida. Él sí quería, quería contarle todo y de alguna manera extraña lo hacía en sus pensamientos. Mientras se quedaba dormido, trataba de imaginar cómo sería transmitirle lo que había hecho cada día y eso le servía de efímero consuelo hasta que el sueño tenía a bien vencerlo. Espantaba los fantasmas que lo perseguían a menudo, los de los cuerpos rotos y mutilados de jóvenes que, poco antes, estaban llenos de vida.
Elsie le tendió la taza de té, advirtiéndole de que estaba muy caliente, y volvió a acomodarse en la silla bajo la manta. James, que tenía las manos heladas, rodeó la taza con ellas y se refugió en el calor que desprendía, intentando atraparlo.
—¿A ti te espera alguien? —le preguntó a Elsie.
—Mis padres y mi hermana. De momento, en sus cartas, me dicen que no debo preocuparme por ellos, aunque sé que no lo están pasando tan bien como dicen.
James le dio un sorbo al té, pero aún estaba demasiado caliente y esperó para tomar el siguiente. No tenía muchas ganas de hablar, pero sabía que le iría bien relajarse un poco antes de dormir.
—Cuéntame cómo era tu vida antes de venir aquí —le dijo a Elsie.
—Bueno, te he dicho que soy rebelde. Aunque no lo tuve

fácil, estudié enfermería y estuve trabajando en el hospital de San Bartolomé.

—Toda una institución —remarcó James.

Había estado alguna vez en Barts, como se conocía al hospital más antiguo de Londres, y sabía que existía desde los tiempos de Enrique I. En el gran incendio de Londres de 1666 su aportación fue básica para atender a los heridos, pues estaba en una zona que no fue afectada por el fuego. Sus responsables se vanagloriaban a menudo de su pasado heroico.

—Aprendí mucho allí. Me hubiera gustado ser médico, pero... bueno, ya sabes... soy una mujer. Lo intenté, pero no tuve la suerte de que me lo permitieran.

—Ya. Yo añoro el St George —dijo James con nostalgia—. ¿Por qué decidiste que querías venir aquí? No es una decisión común y tampoco iba a ser fácil conseguirlo. ¿No hubiera sido mejor para ti dejarlo correr?

—Me encanta lo que hago, ayudar a los demás, y no podía estar con los brazos cruzados. No cuando todos los días escuchaba que aquí se necesitaban muchas más manos dispuestas que en la ciudad. Me negaba a quedarme en Londres. Quizá, si hubiera sido un hombre, no hubiera dudado un instante en alistarme. Quiero hacer algo, James. A lo mejor esto es egoísta, pero cada vida que se salva es también vida para mí. Me siento útil.

—No es egoísta, Elsie, es un sentimiento muy noble.

Elsie tomó un sorbo de su té mientras no dejaba de mirar a James. Le gustaría quedarse hablando con el doctor toda la noche, pero la aparición de Megan interrumpió la intimidad que se había creado en ese sótano sin apenas luz y con las palabras dichas a media voz.

—Creo que deberíais dormir —les dijo—. Es mi turno de guardia.

—Sí, llevas razón —corroboró Elsie, saliendo del refugio de la manta y poniendo rumbo a la parte del sótano que compartía con las chicas, donde se encontraba su catre. Liz ya llevaba un rato durmiendo.

—Yo también me retiro —dijo James—. Buenas noches.

Él se marchó hacia un rincón de la sala de heridos, el lugar que había decidido ocupar para dormir cuando pudiera. Enseguida amanecería y los hombres empezarían a demandar sus cuidados.

Como cada madrugada, empezó a pensar en Mary. La imaginó en su cama de la residencia de los Lowell, cómoda y al resguardo del frío y de los sonidos incesantes de las bombas. Protegida de las consecuencias de esa guerra. Recreando las sensaciones de aquella lejana noche en la que atendió su resfriado, pensando en la mujer que ocupaba su mente, empezó a vencerle el sueño.

Martes, 16 de marzo de 1915

Mary calentaba sus manos en una vieja estufa, mientras permanecía atenta a las patatas que se asaban sobre ella. Sin nada especial que hacer, en aquel diminuto espacio en el que sobrevivían, las horas parecían multiplicarse de manera extraordinaria. Vigilar las tristes patatas que había traído Peter era, de lejos, lo más emocionante esos días.

La habitación de Abigail en Camden no había sido un buen refugio. Allí todo el mundo conocía a la cocinera y estaban seguras de que, a poco que preguntase, Charles las acabaría encontrando. Por eso tomaron una decisión: huir. Sin perder el tiempo, la señora Smith y sus hijos recogieron sus escasas pertenencias y se encaminaron hacia los suburbios, acompañadas por Mary y Sabine. Una vez allí, alquilaron un barracón de una sola estancia para los seis. El lugar era deprimente. Varios colchones se amontonaban junto a una de las paredes, preparados para que por la noche los extendieran en el suelo y el frío y la humedad entraban por la puerta, que no terminaba de encajar del todo en el marco. La pobreza del lugar, iluminado solo con dos candiles y caldeado apenas por una estufa, se alejaba mucho del lujo de Almond Hill. La casa de John, que a Mary le pareció tétrica cuando puso un pie en ella un año antes, se le antojaba un paraíso frente a eso. Incluso la pequeña habitación alquilada de Abigail parecía lujosa al lado de aquel cuchitril. A pesar de todo, estar allí era mejor que la calle o volver a la casa de los Lowell, donde no estarían seguras.

Mary terminaba de darles la vuelta a las patatas con unas tenazas, cuando el pequeño de la señora Smith abrió la desvencijada puerta. Un viento gélido entró con él y la joven se ajustó el chal que le cubría los hombros para espantarlo.

—Mirad.

Peter entregó un papel a Mary. Era la propaganda del gobierno que desde hacía meses se extendía por Londres. Usando frases altisonantes, llenas de admiraciones e imperativos, apelaban al patriotismo de los británicos, buscando que aportaran su granito de arena para vencer a los alemanes. La ciudad se llenó de pasquines y carteles en los que aparecían fotografías de mujeres en las fábricas, incluso con algunos eslóganes en los que se instaba a que se unieran a la lucha aportando su trabajo:

«Se necesitan más aviones. ¡Mujeres, venid y ayudad!»

Pero no solo se alentaba a que lo hicieran de ese modo. En otros, se las seguía reclamando para que convencieran a los hombres que aún no se habían alistado, empujándolos a recordarles que debían ser valientes y luchar por Gran Bretaña. Las resistencias iniciales de algunas mujeres, tal como le había sucedido a Abigail, empezaron a mermar a la misma velocidad que disminuía la capacidad de comprar comida con la desorbitada inflación.

En casa de la señora Smith, el hambre era una perturbadora compañera, una inquilina indeseada que no atendía los deseos de los demás, que no querían compartir con ella ni un segundo. Las mujeres, igual que los chicos, perdían peso a ojos vista y, antes de que la debilidad los consumiera a todos, Mary tomó una decisión que no debería haber postergado tanto. Dio la vuelta a la última de las patatas antes de decir lo que estaba pensando.

—Hoy mismo, Sabine y yo iremos a la fábrica a solicitar un empleo.

Abigail, que se entretenía en dejar reluciente una cacerola que apenas había sido usada, miró a Mary, resignada.

—Ya no puedo oponerme, señora —dijo—, creo que lleva razón, algo tenemos que hacer, pero no la veo a usted en una fábrica. ¿No podría escribir a su hermana y regresar a Almond Hill? Llévese a Sabine. Al fin y al cabo, eso es todo suyo y de John.

—¿Y que Charles nos tenga a su alcance? No estoy loca, Abigail, prefiero mil veces usar mis manos y trabajar.

—¿Por qué no lo echa? La casa es de su propiedad, señora.

—Lo he pensado, pero…, están mi hermana, su bebé… Está mi padre. Aunque no siempre haya sido como debiera conmigo, sé que está enfermo. Usted sabe lo que hace el alcohol con las personas…

Vaya si lo sabía. Su esposo, que Dios lo tuviera en su Gloria, o donde quisiera, también había sido víctima de los excesos de la bebida. Ella misma sintió compasión por él en algún momento.

—No quiero que se queden en la calle. Ninguno de los dos sabría cómo arreglárselas, además de que se lo prometí a mi padre a cambio de que reconociera que es el padre de John. Y yo…, yo no estoy segura de poder lograr sola que Charles no se acerque a ninguno de nosotros. Mi primo tiene amigos poderosos y nos haría la vida imposible. Créame, es preferible que trabaje en cualquier cosa a estar cerca de él. No pienso consentirle que se salga con la suya.

—Ya lo está haciendo, Mary. Ya la está humillando obligándola a vivir esta vida que no le corresponde. —Dejó la cacerola escurriendo, mientras se secaba las manos.

Mary cerró los ojos. Había pensado cientos de veces en lo que le estaba diciendo la señora Smith y sabía que tenía razón, aunque ella misma tratase de engañarse con las palabras que se repetía a todas horas y que escaparon de su boca.

—Lo que es capaz de hacer es infinitamente peor que esto, que trabajar en una fábrica o morirse de hambre.

Abigail suspiró, sabía demasiado bien que lo malo de la vida no desaparece solo con desearlo con fervor. Entendía que estuviera asustada y se aferrase a esa esperanza, pero también sabía que era en vano. Ella misma había rogado a Dios muchas noches para que se llevase a su esposo y todas, excepto la última, el Todopoderoso la ignoró.

La cocinera había hecho correr el rumor de que Mary la había despedido para espantar la posibilidad de que Charles Davenport la buscara en el pobre suburbio donde vivían, pero pensaba que si se ponían a trabajar tendrían que salir a la calle y cualquiera podría reconocerlas. Eso empezó a preocuparle mucho.

—Si al final va a ir a solicitar ese trabajo, creo que deberíamos hacer algo antes.

—¿A qué se refiere? —preguntó Mary.

—Mírese. Incluso en esta humilde casa, usted continúa parecíendo lo que es, una señora —dijo Abigail.

Mary vestía las elegantes ropas que delataban su condición. No había telas con las que coser otras, ni siquiera se le había ocurrido que desentonaban mucho con el lugar, tal vez porque no había pisado las embarradas calles del suburbio salvo una vez: el día que llegaron allí. La cocinera le propuso que utilizara las suyas para ir a solicitar empleo.

—Me van a estar enormes —dijo Mary.

—Seguro que usted será capaz de adaptarlas a su cuerpo. Puede usar también mi abrigo. Es mejor que no llame la atención demasiado.

—Eso es cierto.

—Y la niña también tendrá que hacer algún cambio —añadió Abigail.

Sabine, aunque algunas veces había lucido los vestidos que Mary le regaló, llevaba tiempo sin hacerlo. Sus ropas, pobres y escasas, no diferían mucho de las de Abigail. Por eso, ninguna de las dos entendió a qué se refería la cocinera con los cambios. Esta no sabía cómo se tomarían lo que iba a decirles, pero pensó que era necesario. Un cierto disimulo se hacía necesario si querían pasar por dos obreras pobres.

—Creo que Sabine debería cortarse el pelo.

La niña ahogó un grito poniéndose las manos delante de la boca.

—¡No, por favor, eso no! —pidió entre lágrimas, que brotaron de sus ojos de manera casi instantánea.

Incluso Peter se extrañó del énfasis de sus palabras.

—Sabine, yo también me lo cortaré —dijo Mary, tratando de calmarla—. Abigail lleva razón. Cuanto menos nos parezcamos a las personas que somos..., que éramos..., más seguras estaremos. No quiero que nadie nos reconozca. Incluso deberíamos mentir con respecto a nuestros nombres. Podríamos ser... sobrinas de la señora Smith.

—No, no quiero cortarme el pelo.

Sabine no podía controlar el llanto. Mary, que nunca había detectado que le tuviera tanto aprecio a su melena, se empezó a preocupar. Se acercó a la niña para consolarla con un abrazo.

—No te preocupes. Si no quieres cortarte el pelo, no te lo cortarás. Te haré un pañuelo para que lo lleves tapado, ¿te parece mejor?

Hipando aún, Sabine asintió con la cabeza.

—Es que... —dijo.

No terminó la frase. Se quedó suspendida en el aire, con tres pares de ojos expectantes, a la espera de que la completase. Peter,

Abigail y Mary deseaban saber la razón por la que Sabine se había puesto así.

—Adelante, di lo que quieras —le dijo Mary.

—Es que cuando me miro a un espejo, aún veo a Virginia. Si me corto el pelo, ya no la recordaré.

Las mujeres se miraron, entendiendo su desconsuelo. Mary volvió a apretarla contra su pecho y se ahorró decirle que ella no podía ver la imagen de Virginia desde hacía meses. Sus formas de niña, las mismas que tenía su hermana al morir, habían cambiado mucho. Sabine ahora era una pequeña mujer, aunque no fuera consciente. Ya no se parecía a la pequeña que murió en la manifestación de las sufragistas.

—Escucha. Siempre que te mires, verás a tu hermana. Verás cómo sería si estuviera aún con nosotros porque siempre fuisteis dos gotas de agua. Lleves el pelo corto, largo, en una coleta o con uno de esos moños que te gusta tanto que te haga, siempre verás a Virginia.

Sabine se aferró a los brazos de Mary hasta que se calmó.

Media hora después habían dado cuenta de las patatas. En una más, Mary había retocado lo justo un vestido de Abigail para adaptarlo a su cuerpo. En dos horas, Sabine aceptó que le cortasen el pelo y cuando acabaron le quedaba por los hombros. El resto de su cabellera reposaba esparcida por el suelo.

—Yo te veo guapísima —le dijo Mary, tratando de infundirle ánimo.

Sabine sonrió al espejo y se imaginó que era Virginia la que le devolvía su propia sonrisa. Así sería su hermana en adelante, igual que ella. Podría verla, como le había dicho Mary, cada vez que contemplase su propio reflejo.

Daba igual si tenía el pelo corto.

Miércoles, 17 de marzo de 1915

A primera hora de la mañana del miércoles, Abigail se levantó muy temprano para preparar el humilde desayuno compuesto tan solo por un té. Trasteaba en la estufa cuando Mary le habló. Sabine y ella acababan de vestirse para salir hacia la fábrica.

—Señora Smith, no es necesario que se levante tan pronto. Nosotras mismas podemos hacer eso —le dijo Mary.

—No me cuesta ningún trabajo, no se preocupe.

El escaso brío de sus palabras y su oscuro semblante preocuparon a ambas muchachas. Se movía lenta y abatida, y la conocían lo suficiente como para intuir que había algo que no les había contado, una preocupación que se reflejaba tanto en su rostro como en sus pausados movimientos, que habían perdido el arranque que siempre la acompañaba.

—¿Qué le sucede, Abigail? —dijo Sabine.

—Nada, nada.

Movió la mano en el aire, en un gesto que trataba de restarle importancia a lo que la niña había preguntado y sirvió la bebida caliente en sus humildes tazas de loza desconchada, que tan poco se parecían a las de fina porcelana de casa de los Lowell.

—No la creo —dijo Mary—. Siéntese y díganos qué es lo que le ocurre.

Abigail volvió a negar con la cabeza y se dio la vuelta, buscando inútilmente unas pastas que no tenía para ofrecerles. Solo quedaba un poco de pan endurecido, tan escaso que no servía como ración para una persona, pero que tendrían que compartir las dos. La jornada sería larga y era mejor que la afrontasen con algo en el cuerpo, aunque aquellas migajas no sirvieran sino para entretener el hambre.

—Abigail…

El tono de Mary y la mirada que al final intercambiaron rompieron las barreras de la cocinera y se acabó sentando a su lado. Tomó la mano de la muchacha.

—Ya sé que le dije que estaba de acuerdo, que la necesidad que tenemos de poner comida encima de la mesa es muy grande, pero estoy asustada. Por usted. Sigo pensando…

—Que no debo ir a la fábrica —terminó Mary.

—Debería volver a Almond Hill o emplearse en cualquier otra cosa. Usted es una señora.

Lo dijo con tristeza y al pronunciar la palabra tuvo la sensación de que todo lo que había sido Mary en el pasado se estaba desdibujando, perdido en aquellos tiempos oscuros.

—Soy una persona hambrienta, sana, con dos manos con las que puedo ganarme un jornal. Con las que puedo contribuir a que no nos muramos. Abigail, deje de preocuparse por lo que fui. Ahora es esto lo que soy.

—Usted puede librarse de esta miseria, váyase a su casa, regrese con los suyos —le suplicó—. Tal vez si habla con su padre podrá controlar a esa mala bestia de su primo Charles. Soy madre, estoy segura de que, si su padre conociera de verdad a ese hombre, haría lo posible por protegerla.

—Abigail, mi padre conoce a Charles tanto como yo y es incapaz de controlarlo. A mí no me ha servido de nada en casi dos años tener padre. Ya sabe cómo está.

—Pero...

—Nada de peros. Está decidido.

Abigail no se rendía. Tenía guardados más argumentos que había ido acumulando en la noche, pasada casi en vela.

—Cuando acabe la guerra no la respetarán, se habrá convertido en alguien como yo, alguien sin nada. No encontrará un marido decente y si encuentra alguno, cualquiera sabe si será como el mío. ¿Quiere vivir toda la vida en este estercolero? Usted no ha nacido para esto.

—Mire, Abigail. Para que acabe la guerra no sabemos cuánto queda y deberíamos llegar vivas antes de plantearnos qué sucederá.

Cogió sus manos con suavidad. Tampoco ella había dormido. No tenía ni idea de qué era lo que se esperaba que hiciera en la fábrica, si aguantaría la jornada completa, y había valorado lo mismo que le decía la señora Smith. Los pasos que daría aquel día, de manera irremediable la apartarían aún más de la alta sociedad, pero ya poco o nada le importaba aquello. Para darse aliento, se aferró a las palabras de Berta Harris, aquellas que le hablaron de la oportunidad que esa guerra estaba dando a las mujeres. Trató con ellas de tranquilizar a Abigail:

—Escuche una cosa. Esta va a ser mi lucha. Si las mujeres demostramos que podemos trabajar tan duro como ellos, tendrán que acabar escuchándonos y nuestra opinión dejará de valer menos que la suya. Esto sí es luchar y no alzar pancartas o intentar poner banderines a un caballo y que nos acaben matando por ello. O morir de hambre en una prisión para llamar la atención de la prensa. Eso no sirve, eso son noticias que se olvidan cuando llegan otras más graves. Sin embargo, demostrar que podemos ser tan eficientes como ellos sí podría cambiar las cosas.

»He pensado en todo, el lado malo, que fue... —se le hizo

un nudo en la garganta— perder a Virginia. Pero también en que lo que me sucedió al llegar a Londres se podría haber evitado si hubiera tenido la mínima posibilidad de oponerme a esa boda que arregló mi padre. No hago esto solo por poder comer hoy, lo hago para que, en adelante, una mujer pueda tener la suficiente independencia para decirle a su padre no a un matrimonio como el que planificó para mí. Para que tenga la oportunidad de valerse por sí misma y decidir su futuro sin depender de su familia o de un hombre. Para que otras no tengan que pasar por lo que pasé yo. Sé que John resultó al final ser un buen hombre, pero ese invierno, el primero que pasé aquí, hubiera preferido no vivirlo. Fue tan devastador para mí como lo está siendo esta guerra, porque tiró por tierra todo en lo que creía. Deje que ponga mi esfuerzo para que a ninguna niña le pase lo que a mí en adelante. Para que a Sabine no le pase. No va a ser un camino fácil, pero hay que empezar a recorrerlo. Yo siento que debo hacerlo.

La señora Smith pensó que Mary tenía las cosas tan claras que de poco valían sus desvelos, que se siguiera oponiendo a que diera aquel paso que ya era inevitable.

—Tenga cuidado, no proteste mucho —le dijo—, los encargados no son buena gente ni tan educados como las personas con las que usted estaba acostumbrada a tratar.

—Lo tendremos las dos y yo trataré de sujetar la lengua. Y no se preocupe de Sabine, tengo menos dudas de ella que de mí —le dijo, con cariño.

—Al menos no soy Virginia —añadió la niña, intentando quitar hierro al asunto.

Las tres sonrieron y Abigail suspiró. Seguía preocupada, pero confiaba en el buen juicio de la mujer en la que se había convertido la pequeña de los Davenport.

Una hora después, Mary, acompañada de Sabine, esperaba al encargado de la fábrica. Se presentó a él como Rachel Wood, el apellido de soltera de la señora Smith, y a Sabine como su hermana pequeña, Amy. Acababan de llegar de Castle Combe en el condado de Wiltshire, por la necesidad que acuciaba a todo el mundo en la guerra. El encargado, que no necesitaba explicaciones sino manos dispuestas, les resumió lo que cobrarían. Una miseria por las diez horas que tendrían que pasar de pie, pero tampoco había más elección. Las condujo enseguida hasta la inmensa nave donde se fabricaban las piezas del producto estrella en esos momentos: las necesarias para montar el monoplano que el Ejército británico empleaba en principio para inspeccionar el campo de batalla y que, en poco tiempo, se había acabado por convertir en un elemento decisivo para acabar con los alemanes.

Los puestos que les asignaron no estaban lejos y solo con levantar la cabeza Mary podía vigilar a Sabine. Durante las interminables horas de aquel primer día fueron muchas las veces que desvió la vista de la repetitiva labor que le habían encomendado para mirar a la niña. Esta sudaba de forma copiosa, a pesar del frío de la nave, que no estaba caldeada. El ambiente de la fábrica, pletórico de humos tóxicos y envuelto en un sonido infernal, empezó pronto a producirle a Mary un intenso dolor de cabeza. Aquel lugar no se parecía en nada al idílico empleo que anunciaba la propaganda. Se fijó en cuantas mujeres la rodeaban y no tenían el aspecto saludable y alegre de los carteles, sino el cansancio reflejado en sus rostros, llenos de ojeras y, en algunos casos, hasta amarillos.

Suspiró.

Era eso o seguir pasando hambre. Era eso o seguir dejando que los demás decidieran por ella. Había podido hacer, por primera vez, una elección con su vida. Y seguiría adelante con todas las consecuencias.

Al llegar a casa estaba tan cansada que apenas comió. Sabine tampoco, la necesidad de descanso pudo con los bramidos de sus tripas.

Jueves, 1 de abril de 1915

Antes de irse a dormir, Mary escuchaba distraída a Francis y Brandon, que repetían los rumores que habían escuchado ese día en la fábrica. Entre las noticias que llegaban, una de las que se hacía eco la prensa era el avistamiento de submarinos alemanes cerca de las costas británicas. En la Conferencia de la Haya se había acordado prohibir en la guerra el uso de estas naves cargadas con torpedos, pero su presencia constante empezaba a inquietar a la flota aliada, que a esas alturas no esperaba que Alemania respetase ningún tratado.

En la fábrica y en la calle ya no se hablaba de otra cosa que no fuera la guerra. La propaganda extendida por la prensa, manipulada y censurada por el gobierno, se había encargado de soliviantar al pueblo y este había respondido tal y como se esperaba. Sugestionados por lo que leían cada día, por lo que se escuchaba por todas partes, no quedaba nadie que no odiase con todas sus fuerzas a los perros alemanes. No podían saberlo, pero en Alemania se estaban usando los mismos métodos, las mismas armas que, a través de imágenes y palabras, fomentaban el odio a los aliados. En todos los diarios se evitaba el derrotismo a toda costa, aunque con él se llevaran por delante la verdad y se acallaba a cualquiera que esgrimiera la palabra «paz».

No convenía que la gente recordase que había otra manera de solucionar las cosas, pues, con ella, el negocio que suponía la guerra para algunos se vendría abajo. La situación incluso empeoraba día a día, sumando países al conflicto hasta en los lugares más remotos.

—Es posible que dentro de poco la guerra llegue a América —dijo Brandon.

—¿Cómo va a ser eso? —replicó la señora Smith, quien cada día se inquietaba más al escuchar las novedades.

No era para menos, las noticias eran alarmantes y no auguraban la resolución rápida de aquel sinsentido en el que vivían. El ministro de Asuntos Exteriores británico, sir Edward Grey, había recibido un telegrama enviado por el embajador chileno en Londres. En él se le reclamaba que la soberanía territorial de Chile se había violado por parte de navíos británicos, cuando hundieron el crucero alemán SMS Dresden en sus costas, por lo que exigían que desde Londres se les pidieran disculpas. El conflicto diplomático chocaba con la neutralidad en la que se habían declarado todos los países del continente americano y esta empezaba a mostrar fisuras.

—Dicen que los americanos no se mantendrán al margen durante mucho tiempo —añadió el muchacho.

La mención de América llevó los pensamientos de Mary hasta John. Hacía unos días que rondaba por su cabeza ponerse en contacto con él. Sospechaba que estaría preocupado, ya que desde su última carta había pasado mucho tiempo. Las primeras semanas las pasó encerrada en la casa de la señora Smith y de ningún modo quiso arriesgarse a enviar una carta y que Charles descubriera su paradero ni siquiera por casualidad. Después, el trabajo en la fábrica la mantenía tan cansada que había ido dejando escribirle siempre para un día siguiente y ese jamás llegaba.

—Creo que debería contactar con mi hermano —le dijo a la señora Smith—. ¿Usted cree que el señor Stockman no se ha alistado aún? Podríamos tratar de localizarlo a través de él.

—Ya pregunté por el abogado cuando empezamos a tener problemas de dinero, señora. El señor Stockman se alistó —dijo Abigail.

—¿Por qué no me lo contó? —preguntó Mary.

—Porque... porque murió. Hace meses. Me contaron que lo abatieron cuando solo llevaba dos días en el frente. No quería que se angustiase más sabiendo que se nos había cerrado otra puerta.

Mary sintió pena por el abogado. Aunque no habían tenido mucho trato, le dolió saber que era una de las víctimas de esa guerra que le estaba pareciendo tan interminable como las jornadas de la fábrica.

—Consígame algo con lo que escribir a John —le pidió Mary a la cocinera—. Quiero que sepa al menos dónde estamos. Tal vez ya no haya tanto peligro de que Charles nos localice. Aprovecharé también y escribiré al doctor Payne. Hace mucho que tampoco sé de él.

Aunque Mary nunca se quejaba, Abigail sabía que no lo estaba pasando bien en su empleo. Había tenido un par de enfrentamientos con el encargado, cuando este gritaba a Sabine para que hiciera más rápido su labor, y se había llevado un castigo ejemplar, el de privarla del sueldo de dos días. Las súplicas de la niña consiguieron que no volviera a abrir la boca, pero cada vez le costaba más reprimirse. Estaba rabiosa, sabía que aquel lugar no era su única opción, pero el miedo a Charles seguía pesando demasiado. Por otro lado, seguir el endiablado ritmo de la producción, para el que hacía falta comer algo más que una sopa de verduras en las que estas eran testimoniales o un té, mantenía decaído su ánimo.

Las cosas no pintaban bien para nadie en aquella primavera recién estrenada de 1915 y lo peor era que tampoco había ningún atisbo de que la situación fuera a terminar pronto. Al contrario, la guerra se había enquistado en las trincheras y se extendía por todo el planeta, como una plaga difícil de erradicar.

CAPÍTULO 14

Ypres, Bélgica
Puesto de Primeros Auxilios
5 de abril de 1915

Querida Mary:
Estoy preocupado. No recibí respuesta de mi carta anterior y pienso que quizá se haya perdido entre las cientos de miles que los soldados envían a casa. Te escribo desde este nuevo destino, para que sigas teniendo una dirección a la que enviármela.
Me encuentro mucho mejor ahora, destinado en un puesto de Primeros Auxilios a unas millas del frente, que cuando estaba en la trinchera. El tener un techo y que el tiempo haya mejorado ayudan mucho a que las pocas horas en las que me puedo permitir dormir lo consiga. Todo esto sigue siendo muy duro, pero al menos lo sobrellevo y no falta un plato de comida caliente al día.
Escríbeme unas líneas en cuanto recibas esta carta.
Necesito saber de ti.
Tuyo,
James Payne

Miércoles, 14 de abril de 1915

Los días en el puesto de Primeros Auxilios se sucedían con una inquietante monotonía. Habían terminado por resignarse a la secuencia de hechos que imponía el ritmo macabro de la guerra. Durante la madrugada, los soldados heridos en el frente llegaban a bordo de la ambulancia conducida por Liz y, a veces, si el combate había sido especialmente duro, por alguna otra de la Cruz Roja. James y Elsie se afanaban en aplicar los auxilios necesarios para estabilizarlos con los medios de que disponían y Megan corría de un lado a otro para prestarles todo el apoyo que pudiera. Una vez pasados los primeros momentos de confusión, aquellos en los que era necesario priorizar a quién veían primero, y a quién le restaban sin pretenderlo oportunidades para sobrevivir, llegaba lo peor. A pesar de sus esfuerzos, algunos morían cada madrugada y era el momento en el que se acercaban refuerzos desde el pueblo para llevarlos a una fosa común. Esta crecía de forma desmesurada, alimentada por cientos de cuerpos jóvenes que a veces llegaban sin que les hubiera dado tiempo ni siquiera a saber sus nombres.

Era cierto que la idea de Elsie de llevar su ayuda hasta casi la primera línea había sido excelente, pues para unos pocos existía la posibilidad de sobrevivir con esa primera atención. Eran capaces de darles unos primeros cuidados esenciales hasta que otras ambulancias los trasladaban a hospitales mejor dotados que el humilde puesto, unas millas más allá del frente. Como se había ido corriendo la voz de su éxito, los suministros médicos empezaban a llegar con más asiduidad, gracias a la Cruz Roja, pero todo seguía siendo insuficiente. Las gasas se acababan antes que las heridas y era preciso racionar los pocos calmantes que tenían para no dejar a nadie sin ellos.

James, a pesar de las carencias, observaba que la sensación de impotencia que sintió cuando estaba en la trinchera, donde poco o nada podía hacer por las vidas de sus compañeros, se desvanecía un poco.

—¿En qué piensas? —le preguntó Elsie.

Aquella noche de abril no hacía demasiado frío y ambos estaban despiertos en la puerta del puesto, apoyados en la pared. Elsie fumaba un cigarrillo mientras dejaban pasar el tiempo hasta que sus dos compañeras llegasen de la trinchera con los heridos de aquella jornada. Hacía una media hora que las dos se habían marchado, por lo que les quedaba un rato aún hasta que regresaran. No se habían tomado el descanso de otras noches porque había sido un día particularmente tranquilo y no lo necesitaban tanto.

—Me gustaría volver a casa —dijo James, sin dejar de mirar a algún punto en la oscuridad. No volvió el rostro hacia ella.

—¿Te arrepientes de estar aquí? —le preguntó, después de exhalar el humo.

—No lo sé, quizá no. O sí. Cualquiera sabe. Es solo que no encuentro ningún sentido a tanto dolor, a tanta muerte. Llevamos semanas en el mismo lugar, sin movernos. La única que avanza en esta guerra es la muerte.

James tenía ganas de sacar toda la rabia que le producía encontrarse en medio de aquel fuego cruzado entre naciones donde ellos no eran nada más que peones para los intereses comerciales de unos pocos. Estaban entregando lo más valioso, sus vidas, quién sabía para qué. Allí, en la primera línea, las únicas noticias eran las bajas diarias, el hambre, el frío, el dolor que invadía sus cuerpos y estaba haciendo mella en las almas de cuantos se habían alistado en aquel sinsentido. Elsie tiró el cigarrillo que le había dado un soldado y lo aplastó contra la tierra con el zapato.

—Dejaste a alguien especial en Londres, ¿verdad?

Solo entonces, cuando la pregunta tocó la parte de sus pensamientos que no quería compartir, James volvió sus ojos hacia los de la mujer, que se mantuvo en silencio mientras no separaba los suyos de las pupilas azules del médico.

—¿Hijos? —preguntó Elsie, bajando a propósito el tono de voz. No se iba a rendir con facilidad, ahora que había reunido el valor para indagar más en su vida.

—No. Mi esposa falleció antes de que nos diera tiempo.

—Dejaste a tus padres…

—Sí, y los echo de menos.

—¿Ha ocurrido algo con ellos?

—No, están bien. Es solo que aquí extrañas a las personas que quieres más que en ninguna parte.

James siguió mirando a un horizonte inconcreto, escondido tras la cortina de la noche. El negro del paisaje atenazaba la garganta, combinando con la oscuridad de su interior. Echaba de menos, de manera desesperada, no solo a su familia. No era lo material, había aprendido que con muy poco se sobrevive. Echaba de menos la tranquilidad de una vida en la que pensar en la muerte no era la única opción. Desde que había llegado al frente, esta era la protagonista de todo cuanto sucedía a su alrededor y estaba agotado. Necesitaba una pausa tanto como respirar cada día.

—¿Dejaste allí a una mujer, una prometida? —le preguntó Elsie, tanteando con cautela el terreno. Su tono seguía siendo confidente.

—No.

Contestó enseguida, mientras se dejaba caer al suelo, arrastrando la espalda por la pared de la vieja casa en cuyo sótano estaba instalado el puesto. Elsie hizo lo mismo y los dos acabaron sentados en el suelo.

—He visto que mandas cartas a alguien y que siempre estás muy pendiente del correo. Por eso te lo preguntaba —dijo Elsie, con tacto.

No quería asustarlo con su interrogatorio, aunque sí le intrigaba con quién se carteaba el doctor Payne. Quizá fuera una de esas mujeres que se prestaban como madrinas de guerra, que mandaban ánimos a soldados que tal vez ni conocían, pero algo le decía que no, que la persona a la que esperaba James era alguien más importante para él.

—Uno nunca está solo del todo —dijo él—. Siempre quedan lazos de afecto y gente por la que preocuparse.

—¿Y estás preocupado?

—Sí. Hay alguien que no ha contestado a mis últimas cartas, temo que haya sucedido algo.

—¿Puedo preguntarte de quién se trata?

James la miró, sin intención de contestar. Su rostro dibujó una sonrisa triste.

—Dejémoslo estar.

—Está bien, olvida lo que he dicho.

Elsie no quiso insistir con las preguntas, aunque buscó el modo de transmitirle su afecto. Puso una mano en el brazo de James y lo apretó suavemente. Después, como si fuera lo más natural del mundo, apoyó la cabeza en su hombro y se quedó así, sentada a su lado, mirando el cielo. Las nubes cubrían las estrellas y el rastro de la luna era solo un haz de luz lechosa detrás de algunas de ellas. No había atisbo de tormenta, tal vez solo una paz engañosa, aderezada por el silencio que solo interrumpía, de vez en cuando, algún sonido remoto. Si no lo supieran, si no bregaran cada día y cada noche entre la muerte, quizá habrían podido hasta soñar que estaban en un mundo en paz.

Un rato después, el sonido de la ambulancia que llegaba botando por el camino de tierra hizo que se levantasen. Empezaba otra dura jornada de trabajo. Cuando Megan abrió la puerta de atrás del vehículo, el olor de la sangre y la muerte los recibió de golpe.

Elsie ni siquiera pudo contener una arcada.

Jueves, 15 de abril de 1915

John sostenía en sus manos la carta de Mary, aunque hacía rato que había concluido su lectura. Las noticias que traía aquel papel no eran nada alentadoras, todas ellas tan negativas que le encogieron el estómago. Acababa de saber que sus últimos envíos de dinero no habían llegado a su destino, Mary le informaba además de la muerte de su abogado, el amable señor Stockman, y continuaba su relato diciéndole que había cerrado su casa huyendo de Charles. No entró en detalles, solo le resumió lo que había pasado con Sabine, pero para John fue más que suficiente para que una alarma se disparara en su interior.

Y no era todo.

Le contaba que se había empleado en una fábrica para poder subsistir.

No podía ser, no podía estar todo tan mal como le contaba su hermana. Era tan angustioso que su cuerpo, recorrido por una corriente de empatía, reaccionó con un intenso dolor de cabeza. Dejó la carta en la mesa y enterró el rostro tras sus manos, intentando pensar en cómo ayudarla. En Boston se veía la guerra desde la distancia, como un eco en los periódicos que no reverberaba en los oídos, puesto que el ruido de las balas no era capaz de cruzar el océano. Sin embargo, con la carta de Mary sintió como si a su lado estallase una bomba que lo había puesto todo patas arriba. No habían hecho falta más que unas cuantas palabras escritas con una letra apresurada para darse cuenta de que era urgente que actuase. Tomó una decisión. Se levantó de la silla de su despacho y salió a la zona de venta, buscando a Felicia. Después de un rápido paseo entre los productos y la gente que en esos momentos visitaba los almacenes, la encontró colocando unos vestidos en los toscos maniquíes.

—Tengo que hablar contigo —le dijo, en cuanto llegó a su lado—. Acompáñame a mi despacho.

El semblante serio de John le confirmó a Felicia que aquello que tenía que decirle era importante. Dejó enseguida lo que estaba haciendo en manos de otra empleada.

Durante el tiempo en el que John permaneció en Europa, Felicia se había encargado de los almacenes con mucha eficacia, incluso logró que las ganancias engordaran. Pensó que, si confeccionaban algunos vestidos en Boston ahorrarían los costes de transporte, por lo que los beneficios aumentarían. Seguirían trayendo modelos de Londres o París, trajes de Europa con los que proveer a la burguesía, como habían venido haciendo desde que se abriera la tienda, pero también podrían crear otras prendas más sencillas y baratas con las que, paradójicamente, ganarían más dinero. Y no solo eso. Era precisamente en ese estado, Massachusetts, donde se había inventado la máquina de coser, que rápidamente se había popularizado. La venta directa de estas y de telas fue otra de sus ideas, una de las que más había calado entre las clientas, que acudían cada vez más para hacerse con máquinas y tejidos para confeccionar sus propios trajes. Cuando John regresó de su visita a Londres, la situación de los negocios era incluso mejor que cuando se marchó.

La tensión entre los dos, con la verdad por compañera, se fue reconduciendo, mientras luchaban unidos por empujar aquel negocio que no paraba de crecer. No volvieron a mencionar su pasado como pareja, pero encontraron un punto de camaradería en el trabajo, unos intereses comunes que los mantuvieron muchas horas hablando y limaron todas sus asperezas. Los sentimientos que en otro tiempo los unieron se transmutaron en otros mucho más serenos y maduros. De un modo distinto a cuando se conocieron, pero continuaban queriéndose. Tal vez por lo que habían compartido en el pasado, eran capaces de anticipar las preocupaciones del otro. Felicia, al verlo tan serio cuando fue a buscarla, supo que algo no iba bien. Conocía a John mejor que nadie.

—¿Qué sucede? —le preguntó, dejando sobre una mesa el vestido que se disponía a colocar sobre el muñeco.

Con un gesto le pidió que lo siguiera y solo cuando cerró la puerta del despacho tras de sí volvió a hablar, con un aire grave que no se le escapó a Felicia.

—Vuelvo a Europa —le dijo.

—¿Cómo? ¿Por qué vas a volver? ¡Por Dios bendito, John! ¡Hay una guerra!

—Por eso.

Felicia negó con la cabeza, aterrorizada por la idea. Era inglés y, aunque no había una obligación de alistarse, era una posibilidad que cabía si volvía a Londres.

—¿Cuándo has decidido que quieres convertirte en un héroe de guerra? —le gruñó, enfadada.

—Nunca, no soy tan estúpido —contestó él.

—¡Pues tú me dirás si no! ¿Para qué quieres volver, John? Cualquier problema que tengas con los suministros de productos, podremos solucionarlo desde aquí, no hace falta que vayas en persona. Y, si no es así, ya se me ocurrirá algo para no depender de Europa. Además, no te hace falta más dinero, tienes suficiente para vivir una larga temporada aun sin trabajar...

—¡Para, Felicia!

—No, no voy a parar. ¿Te has vuelto completamente majareta? John, creo que...

—Acabo de recibir una carta de Mary —la interrumpió—. Las cosas no están yendo bien para ella y voy a buscarla. La traeré aquí. No puedo consentir lo que le está pasando.

Eso cambiaba bastante todo y Felicia frenó su alegato. Seguía en contra de que se marchase, pero entendió que tenía una razón más poderosa que lanzarse en brazos de la muerte en medio de un lugar perdido del viejo continente. Al regresar unos meses atrás a Boston, él se sinceró con ella. Le contó su pasado, las razones que le condujeron a planear un matrimonio con su hermana y una venganza hacia Richard Davenport, su padre. Ella no interrumpió aquella confesión, la escuchó atónita y, aunque no entendía muy bien por qué John había hecho todo eso, se mantuvo a su lado. Se quedó perpleja al enterarse de que era el hijo ilegítimo de un conde. Pero, sobre todo, creyó sus palabras cuando le contó que no tenía intención de volver a vivir a Inglaterra. Como mucho, pondría los pies allí en alguna excepcional visita. En esos momentos, en medio de una guerra, un viaje no le parecía en absoluto oportuno, aunque fuera para sacar de allí a su hermana.

—Mándale dinero y que venga ella, John, pero tú no vayas.

—No le ha llegado lo que le envié durante estos meses, no es seguro. Tengo que hacerlo en persona. Además, no sé si la convenceré para venir si no se lo digo cara a cara.

—¿Y qué piensas hacer con esto? —dijo, abriendo los brazos y señalando los almacenes.

—Eso me lo dirás tú —dijo John—. Te quedas al frente de todo, junto con el encargado. Antes de marcharme dejaré firmados unos documentos. Si algo me sucediera, todo pasará a tu nombre y al de Mary.

Felicia no podía creer lo que estaba escuchando. Una alarma se disparó en su interior y se hizo evidente a base de fuertes latidos.

—¿Has hecho testamento?

—No sé lo que me encontraré, es mejor estar prevenidos. No quiero que todo se pierda. Si me pasa algo, será para vosotras dos.

—No puedes hacer eso y no puedes volver a Inglaterra. ¡John! ¡Te expones mucho! —le gritó, con la rabia pegada a cada sílaba y con unas ganas increíbles de zarandearlo para que entrase en razón—. Si fueras un niño pequeño, te daría una azotaina.

—Sé que serías capaz de eso y más —le respondió, sonriente. La abrazó—. Espero que solo sea un tiempo y que pueda regresar enseguida. Pero si no… cuida de todo. Y quiero marcharme seguro de que me has perdonado, sé que no me comporté contigo todo lo bien que te mereces.

—No quiero nada de esto si no vuelves, que lo sepas —le dijo, mientras su enfado continuaba flotando en el aire.

—Y yo no quiero que vuelvas a sentirte humillada delante de la señora White, así que vas a tener que conformarte.

—¡No voy a poder conformarme! No, si te pasa algo. Y no voy a saber llevar esto sin ti —gruñó ella, mientras enterraba el rostro en el pecho de John.

—Ya lo hiciste una vez y mejor de lo que esperaba. Además, ya te he dicho que dejaré a gente para que te ayude, no vas a estar sola —le dijo, mientras le acariciaba el pelo.

—Estaré preocupada por ti, ¿no te parece suficiente? John, te quiero —lo dijo clavando sus ojos en los de John.

—Felicia, no podemos volver atrás…

de la biblioteca. La aparición de Charles no le agradaba, pero su educación le impidió no ser cortés.

—Buenos días. ¿Qué tal las cosas por Londres? —preguntó con voz pastosa.

—Bien, bien. Nuestra inversión en armas va viento en popa, espero que la guerra dure muchos años y esto siga así —respondió con cinismo.

El conde de Barton no tenía la misma opinión. Hasta Almond Hill no llegaban esos beneficios de los que disfrutaba Charles. Este se había ocupado de desviarlos a sus cuentas, seguro de que su suegro, imbuido como estaba siempre en su embriaguez, no se daría cuenta de nada. Pero este, a pesar de la irrealidad en la que vivía la mayor parte del tiempo a causa del alcohol, conservaba un atisbo de cordura que le hacía sospechar que el hijo de su primo no estaba siendo del todo honesto. Iba a echárselo en cara, pero se encontraba tan aturdido por el brandy que no encontró ánimo para acabar discutiendo.

—¿Has decidido visitar a la familia? —preguntó a cambio.

—Unos días de descanso no afectarán para nada a mis negocios. De momento, todo va muy bien.

Seguro que así era. Mientras la mayoría había perdido peso, Charles empezaba a destacar por lo contrario. Se notaba que estaba bien alimentado e incluso los botones de la camisa que vestía empezaban a gritar que estaban haciendo su trabajo un tanto forzados. Se sirvió una copa y compartió algunas banalidades con Richard y, cuando la terminó, tocó la campana de servicio. Se presentó una doncella, a la que indicó que buscase a su esposa. La chica se movió con premura para cumplir la orden y salió de la biblioteca. Como todo el mundo en Almond Hill, temía a Charles. Unos minutos después, una Elisabeth demacrada entraba en la sala.

—Cada día tienes peor aspecto.

Elisabeth no contestó al saludo envenenado. El pequeño Richard tenía el sueño cambiado y se pasaba las noches llorando, por lo que no había dormido una sola seguida desde que nació. Eso, sumado a la angustia que le producía volver a encontrarse con su esposo, no contribuyó a que en su rostro se reflejase algo mejor.

—¿Está aquí tu hermana?

Charles no esperó para lanzarle la única cuestión que le interesaba de verdad en su visita. Quería saber dónde se había metido Mary, porque desde que se llevó a Sabine de la casa en la que había conseguido que la contratasen no hacía nada más que pensar en ella. Sus pesquisas por Londres no habían obtenido resultados. A cuantos preguntaba, le decían que la cocinera de su casa andaba diciendo que la niña y ella se habían marchado de la ciudad. Por eso tenía la esperanza de encontrarlas en Almond Hill. La suave negación que hizo Elisabeth con la cabeza le enfureció.

—Espero que no me estés ocultando nada —le dijo.

—Es todo lo que sé, Mary ni siquiera ha escrito. Supongo que no quiere saber nada de nosotros —respondió ella, intimidada por el tono de la advertencia.

—Cuando se muera de hambre, querrá —respondió él.

La criada entró para anunciar que el baño que había pedido estaba listo. Charles se levantó del sillón y agarró por un brazo a Elisabeth.

—Creo que no tendrás problema en que compartamos ese baño, ¿verdad? —le dijo.

Elisabeth no opuso resistencia, aunque empezó a temblar. Sabía que Charles no se caracterizaba por ser un marido complaciente.

Sábado, 1 de mayo de 1915

A pesar de la advertencia de la embajada de Alemania en Estados Unidos de no viajar en barco a Europa, y de los ruegos constantes de Felicia para que desistiera, John no cambió de idea. Quería volver a Gran Bretaña, encontrarse con Mary y sacarla del infierno en el que se estaba convirtiendo Londres para ella. Después de varios intentos fallidos en otras compañías, que habían suspendido los viajes transoceánicos por seguridad, consiguió un pasaje de primera en el Royal Mail Ship Lusitania, un transatlántico de lujo de la Cunard Streamship, capitaneado por William Thomas Turner, que zarpaba de Nueva York el 1 de mayo rumbo al puerto de Liverpool.

En la maleta de John había poco equipaje: unas cuantas prendas imprescindibles para pasar unos días, dinero para subsistir un tiempo y con el que conseguir pasajes de vuelta y algunas fruslerías de los almacenes con las que pensaba obsequiar a Sabine. Por Mary sabía que estaba mucho mejor que el año anterior, que iba reponiéndose de la muerte de su hermana, pero la situación en la que vivían, las penurias del trabajo de la fábrica y las carencias que relataba en la carta Mary le hicieron pensar que sería un buen modo de levantarle el ánimo a la niña. Quería ganársela para que le ayudase en su labor de convencer a su hermana para que abandonase las islas de inmediato.

—¿Me permite su billete, señor?

John salió del ensimismamiento en el que le tenían sumido sus pensamientos cuando oyó la voz del empleado de la Cunard, al que enseñó su pasaje antes de encaminarse a la cola de embarque. Hacía un rato que había atravesado el arco que franqueaba la entrada al muelle 54 en Manhattan, en el Hudson River Park, y observaba maravillado el transatlántico en el que viajaría de vuelta a Gran Bretaña. Había cruzado el Atlántico en varias ocasiones, pero siempre en barcos mucho más modestos que ese coloso. Desde el hundimiento del Titanic, el Lusitania ostentaba el récord de ser el transatlántico más grande del mundo y en verdad imponía. Sus treinta y dos mil toneladas se elevaban orgullosas en el muelle, empequeñeciendo las enormes dimensiones del río neoyorquino. John no pudo evitar estremecerse al observar las cuatro imponentes chimeneas, y lo diminutos que parecían los otros barcos atracados a su lado.

El puerto era un ir y venir. Los suministros que necesitaba el Lusitania parecían interminables. No solo se trataba de víveres para los pasajeros y la tripulación que cubrieran las necesidades de la semana que tardarían en llegar a Europa, sino también las siete mil toneladas de carbón que demandaban sus enormes calderas. Fue por eso por lo que el gobierno británico decidió prescindir de sus primeras intenciones de convertirlo en buque de guerra. Era demasiado pesado y caro de mantener. El Lusitania, después de un breve coqueteo con el ejército, se repintó y volvió a ser solo un barco de pasajeros, uno de los más lujosos del mundo. Y uno de los más rápidos para este fin, pues a pleno rendimiento podía tardar cinco días en cubrir el trayecto entre Nueva York y Liverpool. Sin embargo, los propietarios de la Cunard decidieron ahorrar carbón y alargar el viaje dos días en los que obsequiar a los aristócratas y empresarios que formaban su clientela con lujos que jamás se habían visto en otra parte. John no había tenido ninguna intención de marchar en él, porque no necesitaba un viaje de recreo y el Lusitania era sobre todo un hotel flotante, pero tampoco había mucho donde elegir esos días.

Esperó su turno y finalmente subió a bordo. Ni siquiera buscó enseguida su camarote. La larga semana de viaje que le esperaba le pareció tiempo más que suficiente para encontrarlo y acomodarse en él. Prefirió esperar en cubierta a que el barco zarpase y así poder despedirse de Nueva York. Tenía la sensación de que tal vez no volviera nunca a pisar aquel continente. Quizá no era tan descabellado pensarlo, al fin y al cabo viajaba a una parte del mundo donde la muerte dejaba en esos días estadísticas más elevadas que la vida. Colocó la maleta a sus pies, se apoyó en la barandilla y aspiró el aroma del puerto mientras escuchaba la música de la banda que despedía al barco y observaba las miles de banderitas que ondeaban los que se quedaban en tierra. No sabía lo que encontraría al llegar a Londres, pero estaba seguro de que no se parecería a esa animada mañana neoyorquina del mes de mayo que estaba a punto de abandonar.

Cuando el Lusitania soltó amarras y empezó a apartarse de la ciudad, pasaban unos minutos de las once de la mañana. Mientras se alejaba, John pensó fugazmente en los consejos sobre no viajar aquellos días.

No le preocuparon mucho.

Al fin y al cabo, si la naviera había conseguido los permisos para zarpar no serían más que eso, consejos. Además, solo eran civiles viajando en un barco ajeno al conflicto. La guerra era cosa de militares, de campos de batalla, de hombres de honor que nada tenían que ver con pacíficos ciudadanos desplazándose en aquel «palacio flotante» como lo calificaba la prensa. Claro que, en esos momentos, todavía no sabían que aquella guerra no iba a ser recordada por ser la más caballerosa de la historia, sino por ser la primera en la que se rompieron todas las reglas no escritas sobre cómo batallar.

La primera en la que, de verdad, se hizo plenamente real el dicho de que «en la guerra todo vale».

Miércoles, 5 de mayo de 1915

Desde que su esposo regresara a Almond Hill, todas las noches seguían un guion parecido para Elisabeth: comenzaban satisfaciendo a Charles y después llegaban las lágrimas al saberse solo un juguete en manos de su marido. Cuando la vencía el sueño, aguantaba dormida un par de horas, tras las que despertaba de manera abrupta, presa de una pesadilla.

Por si la soledad que sentía no era ya de por sí abrumadora, se había visto forzada a prescindir de la compañía del pequeño Richard. Su marido le recordó sin dulzura que era su esposa y había ciertas obligaciones que debía satisfacer y, para ello, se hacía necesario que se separase del niño. Charles no soportaba su llanto; en cuanto el pequeño abría la boca, él exigía que lo sacasen inmediatamente de su vista. Elisabeth, que había aprendido que de poco servía negarse a los deseos de su marido, obedecía sumisa.

El segundo día, cuando después de la cena Charles demandó a Elisabeth en su cama, ella no pudo reprimir un gemido, provocado por el recuerdo del infierno de emociones que despertaban las manos de Charles cuando se posaban en su cuerpo. Fue sutil, leve, casi silencioso, pero no pudo contenerlo. Expresaba solo una milésima parte del asco y el dolor que le producía el aceptar que en las siguientes horas estaría a merced de los caprichos de aquel ser odioso que era su esposo. La ausencia de caricias, de palabras cariñosas, de una mínima empatía con lo que ella pudiera sentir, era lo más amable que solía ofrecerle.

Esa noche, Charles no estaba precisamente de buen humor. Había algo que rondaba por su cabeza, una nube oscura que en la cena le hizo gritar de malos modos al mayordomo y a la cocinera, a la que mandó llamar para recriminarle que la sopa estaba sosa.

Cuando tuvo a Elisabeth a su merced, no se conformó con la mansedumbre que le mostraba. Aquella noche la penetró con violencia y después la obligó a cubrirle el sexo con la boca mientras él se dejaba ir, pero ella no dijo nada. Reprimió todas las palabras, bajo ningún concepto quería que el servicio o su padre se enterasen de lo que estaba pasando tras la puerta de su habitación, aunque no pudo hacer lo mismo con las lágrimas.

—No sirves ni como puta —le acabó diciendo Charles cuando sintió satisfechos sus deseos más primarios.

Acto seguido, se vistió y se marchó a la biblioteca a acompañar a Richard en la única misión vital que este tenía: acabar con las reservas de brandy de la bodega.

Elisabeth vomitó. Le temblaban las manos, se sentía sucia, y no solo por el semen que le manchaba el pelo y las mejillas, sino por las palabras que le había dedicado Charles. El penetrarla sin el más leve cuidado, sus vomitivos gustos que ni se aproximaban a lo que ella había soñado que sería su esposo..., no le dolió tanto como el desprecio que había en las últimas palabras que le dedicó.

«No sirves ni como puta.»

Nada cambió en las tres semanas siguientes. A sus tristes días le siguió una secuencia de noches en las que el guion se repetía con mínimas variaciones. Necesitaba con urgencia descansar, llevaba sin abandonarse a un sueño relajado desde que él regresó. Esa madrugada, cuando a través de la ventana los primeros rastros del día desdibujaban las sombras, decidió que era un buen momento para escabullirse y visitar a su pequeño. El día anterior había tenido fiebre y quería asegurarse de que estaba bien. Era lo único bueno que le había dado su matrimonio con Charles Davenport y la razón por la que se aferraba a una vida que no deseaba vivir. Tenerlo entre los brazos ejercía de bálsamo.

Despacio, intentando hacer el mínimo ruido posible, Elisabeth se levantó. De una silla cogió su bata, no era sensato entretenerse, pero hacía frío en la casa a aquella hora tan temprana y no podía arriesgarse a encontrarse con el servicio sin apenas ropa. Cuando cogió la bata, el abrigo de Charles, abandonado encima de la misma silla, cayó al suelo.

Dio un respingo al escuchar el leve sonido de la tela. Charles, entretanto, gruñó en sueños y se dio la vuelta. Elisabeth contuvo la respiración durante unos instantes y rogó en silencio que se volviera a quedar dormido. Estuvo así un tiempo indefinido, inmóvil, hasta que los ronquidos le mostraron que Charles volvía a descansar. Solo entonces se atrevió a poner el abrigo de nuevo sobre la silla con el mayor cuidado que pudo. En ese momento, un sobre asomó de uno de los bolsillos y cayó encima de su pie derecho. Elisabeth volvió a mirar a Charles, que seguía roncando. Se agachó y recogió la carta, en principio para dejarla donde estaba.

Pero no lo hizo.

Ese día Charles había estado insoportable desde que un mensajero llegó a media mañana. Tenía que ser por eso por lo que aquella noche había estado particularmente violento. Quizá esa carta contenía lo que explicaba que su marido estuviera de peor humor que nunca. Tal vez, conocer sus secretos supusiera una esperanza para sacarla con su hijo de aquel infierno.

Se llevó la carta.

CAPÍTULO 15

Ypres, Bélgica.
Puesto de Primeros Auxilios
5 de mayo de 1915

Querida Mary:
Cada día espero con impaciencia la llegada de la camioneta de suministros médicos y no es solo porque los necesitemos cada vez más, sino porque con ellos suele llegar el correo. Está siendo una espera agónica para mí, porque hace un mes ya desde que te envié la última carta y no has contestado. No obtener una respuesta tuya me empieza a inquietar. Quiero pensar, y a ese pensamiento es al que me aferro cada noche, que es solo porque sigues enfadada conmigo. Sé que lo que pasó no se olvida con facilidad, que tienes tus razones para odiarme, pero te suplico que, aunque solo sea con una postal de cortesía, me hagas saber que estás bien. Necesito confirmar que sigues viva. Mary, esa es la razón por la que no me dejo vencer por toda la miseria que me rodea en este lugar olvidado de la mano de Dios. Por ti.
Hace una semana escribí al Alto Mando, alegando que aquí estamos exhaustos y que eso merma nuestro rendimiento. Ansío un descanso, unos días en los que casi eche de menos esto, si es que puede llegar a echarse de menos el infierno. Pero no sé si será posible. Se necesitan todas las manos disponibles para atender a estos pobres muchachos, y más ahora, que han empezado a atacar el frente con gases que envenenan el aire y hacen que los muertos se multipliquen. Al menos mi comunicación ha tenido frutos, y gracias a eso nos han confirmado que otros médicos y algunas enfermeras se incorporarán en los próximos días al puesto de Primeros Auxilios. Al

final Elsie se ha salido con la suya y hasta quienes más se opusieron a su idea están sorprendidos y orgullosos de la labor que está haciendo este humilde consultorio. Sé que estamos dando un poco de consuelo, pero yo no encuentro el mío sin ti.

Necesito saber que estás bien y volver a verte. A lo mejor te parece egoísta, Mary, pero mirar a los ojos de la muerte cada noche me ha descubierto algo: no puedo perder el tiempo, ni dar rodeos, ni fingir, ni ser educado y seguir el protocolo. Tengo que encontrarte para decirte que te quiero. Quizá un día de estos, el cuerpo que arrastren hasta la fosa común sea el mío y no estoy dispuesto a marcharme sin que sepas que te amo.

Tuyo,
James Payne

Miércoles, 5 de mayo de 1915

Cuando Elisabeth salió de la habitación con la carta entre las manos, leyó su contenido. No comprendía lo que sucedía, no sabía lo que estaba pasando con su hermana para que hubiera huido de la casa de John hasta esa dirección ni para que se hiciera llamar Rachel Wood, pero sí podía aventurar que algo había enfadado a Charles y Mary estaba tras ello.

No se entretuvo en más elucubraciones que no llevarían a ninguna parte. Se dirigió al salón lo más rápido que pudo, tomó papel de la mesa de su padre y escribió una nota apresurada a la dirección que proporcionaba la carta. No fueron muchas palabras, solo las suficientes para rogarle a Mary que huyera lo antes posible, ya que Charles sabía dónde localizarla. Cuando llegó el momento de firmar, dudó. Si su marido daba con eso que acababa de escribir era más que capaz de hacerle cualquier cosa. A ella, o al niño. Pensó en no hacerlo, pero entonces se arriesgaba a que Mary no tomase en consideración su advertencia.

No sabía qué hacer.

Se empezó a poner nerviosa, los minutos avanzaban y cada uno aproximaba el instante en el que Charles despertaría. No podía encontrarla escribiendo, y también corría mucho riesgo si se daba cuenta de que aquel papel faltaba del bolsillo de su abrigo. Tenía que darse prisa. En medio del pánico, se le ocurrió firmar con un escueto «Adele». Con el corazón latiendo desbocado, copió con su titubeante caligrafía la dirección en el sobre y subió de nuevo a su cuarto, pero se quedó clavada delante de la puerta. Antes de entrar era preciso encontrar un lugar donde esconder la carta que ella había escrito. Estaba en bata y apenas podría disimularla entre la ropa. Cerró la puerta con cuidado y se dirigió apresurada al cuarto de Mary. Allí, después de echar un vistazo en busca de un escondite, decidió ponerla bajo el colchón.

Después, tratando de controlar el pánico, regresó al cuarto, rogando para que Charles no se hubiera despertado y no la encontrase con el sobre que le había sustraído en las manos. Lo más sigilosa que pudo se acercó a la silla donde descansaba el abrigo y lo metió de nuevo en el bolsillo. No había terminado de girarse cuando la voz de Charles la golpeó.

—¿Qué haces levantada?

Elisabeth dio un respingo y el suspiro que lo acompañó fue audible.

—Iba a ver a Richard, tiene fiebre —dijo, con un temblor visible en la voz.

—Procura que no llore —le gruñó Charles, y se dio la vuelta para seguir durmiendo un rato.

Elisabeth sintió que estaba a punto de tener un desmayo por lo rápido que le latía el corazón. Volvió a salir del cuarto y permaneció con el bebé hasta que llegó la hora del desayuno. Ni siquiera la tranquilizó el hecho de que el niño estuviera mejor.

No dijo una sola palabra durante el desayuno. Desde que leyó la carta, rogaba en silencio que la causa de la huida de Mary no fuera que su marido se hubiera atrevido a forzarla como hacía con ella. Le repugnaba tanto lo que le hacía cada noche que, cuando lo recordó, el estómago le dio un vuelco.

Se obligó a comer despacio para no delatar su ánimo. En cuanto le pareció que había transcurrido un tiempo prudencial, se disculpó con los dos hombres y dejó la mesa.

—No sé cómo puede estar tan pendiente de un niño que no hace nada. ¿No cree que los bebés son un completo aburrimiento, tío?

—Eh, sí, sí, claro.

Richard no prestaba atención a lo que le decía su sobrino. Su cabeza divagaba, perdida en otros derroteros. A primera hora de la mañana, Martin, el mayordomo, le había informado que el brandy empezaba a escasear en la bodega. Con cautela, para no enfadarlo, le había asegurado que cada día se hacía muy complicado reponer las existencias. Aunque en Almond Hill los efectos devastadores de los meses de guerra apenas se notaban en las reservas de comida, ya que el bosque y los terrenos de huerta les proveían de alimentos básicos, había algunos productos que ni siquiera estaban al alcance de un conde. Si antes de la guerra era complicado cobrar las rentas, en las últimas semanas se había vuelto casi un imposible. Sin dinero y con la creciente inflación que había tirado por los suelos el valor de la moneda, el brandy había perdido su lugar en la lista de la compra, por mucho que Richard no fuera capaz de vivir sin él.

Richard Davenport se encontraba en un dilema. Sus nervios no se templaban sin un buen trago, así que pensaba en cuál podría ser la solución para no tener que prescindir de él. Se planteaba escribir a John, al que había jurado que no pediría jamás un favor, para suplicarle que se apiadase de su situación económica. Al fin y al cabo, a John el dinero le sobraba y, ya que había reconocido ante la sociedad ser su padre y había pasado la vergüenza de admitir su pasado, se merecía una compensación por su parte.

Andaba en tales elucubraciones cuando Charles le habló, por lo que no podía precisar qué era lo que le había dicho exactamente. Algo del niño, quizá, pero no podía asegurarlo. Contestó, por supuesto, dándole la razón. Si una cosa había aprendido en el último año era que no había que enfadar a Charles.

—¿Se puede saber qué le pasa? —preguntó este, que notaba disperso a su tío.

—Lo de siempre, problemas de dinero —contestó Richard.

—No se preocupe, yo mandaré en cuanto pueda. Pienso salir hoy mismo hacia Londres, tengo asuntos que atender.

—¿De dónde vas a sacarlo? —preguntó extrañado el conde de Barton—. ¿No decías que nuestra inversión aún tardaría en dar frutos?

Richard recordó vagos retazos de una conversación que mantuvieron en la biblioteca unos días atrás. Charles le dijo que, debido a lo poco que invirtieron, las ametralladoras no habían producido todavía los grandes beneficios que él auguró. Le contó que había reinvertido prácticamente todo y que de momento no había dinero en efectivo del que disponer.

—Tengo otros negocios que no van mal. Mandaré algo en cuanto llegue —le aclaró, lo que dejó aún más confuso a Richard.

Charles no dijo más, solo se levantó y abandonó la sala, camino a su habitación. Viajaría en su coche hasta Londres esa tarde y quería asegurarse de que sus maletas estuvieran hechas. Mientras subía las escaleras, sonrió. No pensaba mandar dinero que estaba ganando a manos llenas a Almond Hill. Le inquietaba poco el destino de su suegro, su hijo y Elisabeth. Ahora lo que le preocupaba era deshacerse del bastardo de John Lowell y atraer a Mary a su lado. Hasta que eso no sucediera, no volvería a descansar tranquilo. Había decidido que acabaría siendo todo suyo. En cuanto encontrase a Mary, se las arreglaría para embaucarla y someterla a su voluntad. Quizá tuviera que variar la estrategia que llevaba años usando, ya que el enfrentamiento con ella no daba frutos. Debería transformarse ante sus ojos en el hombre más galante y encantador del planeta. Sabía serlo cuando quería y Mary acabaría cayendo en sus brazos como lo hacían todas.

Patientia vincit omnia.[2]

Ya conocía su paradero. No había muerto, como había llegado a pensar, sino que estaba escondida con la huérfana y con su cocinera, en uno de aquellos suburbios putrefactos. Sabía incluso que había cambiado su nombre, pero eso no había sido suficiente para escapar de él. Uno de los cientos de contactos de Charles había dado con ella y se lo había hecho saber. Tenía en su poder una carta con la dirección en la que se escondía y volvía a estar a su alcance. Mary no era tan dócil como Elisabeth y seguro que cuando la tuviera enfrente trataría de defenderse de sus avances. Eso le excitaba. Mientras subía la escalera, no podía apartar de su mente aquellos pensamientos, los lujuriosos deseos que Mary despertaba en él. Se tocó la entrepierna, ansiosa y palpitante en esos momentos, y echó un vistazo al pasillo. De una de las habitaciones salía una joven doncella y no lo pensó. La empujó de nuevo dentro, sin que a ella le diera tiempo a reaccionar. En esos momentos, a Charles le servía cualquier mujer. En medio de la oscuridad del

---

[2] La paciencia lo vence todo. (N. del A.)

cuarto podía obligar a su imaginación a que la hiciera pasar por Mary.

Elisabeth regresaba del cuarto de Mary de recuperar su carta. Al doblar el pasillo, vio a su marido de refilón empujar a la muchacha dentro del cuarto. Se tapó la boca con la mano para ahogar un grito y se escondió. No tenía ninguna duda de lo que iba a suceder detrás de aquella puerta cerrada. Pensó unos instantes en la conveniencia o no de entrar y sorprenderlo, pero decidió que su intervención no era buena idea. En todo caso, estaba segura de que Charles abordaría a la muchacha en cuanto tuviera otra ocasión. Y, lo que era peor, si decidía cambiarla a ella por la joven, al tocarla descubriría la carta que le ardía entre los pliegues de su vestido. No, no iba a ayudar a esa chica, que Dios la perdonase por ello. Las lágrimas se hicieron dueñas de sus ojos, pero no dejó que se apoderasen de su ánimo. Tenía algo urgente que hacer y su esposo, entretenido como estaría con la sirvienta, le estaba concediendo unos preciosos minutos que debía aprovechar.

Corrió.

Cuando llegó al *hall* de la casa lo hizo sin resuello, presa de una inquietud que no había sentido jamás. Había pensado buscar a una criada para que llevara su breve carta al párroco Lennon, con el recado urgente de que la enviase a aquella dirección cuanto antes, pero tenía miedo de dar con alguna muchacha a la que no molestasen los vicios de Charles, así que decidió ir en persona. Se acercó a las cuadras, mandó ensillar un caballo y, cuando montó, lo espoleó con fuerza, para que atravesara veloz los bosques de Almond Hill y la llevase hasta la casa del párroco. Solo esperaba llegar a tiempo y que Lennon se prestase a ayudarla.

Mientras apuraba al caballo, su propio pensamiento le sorprendió. De haber tenido la oportunidad, a quien le pediría su corazón que buscase en ese momento era a John.

Viernes, 7 de mayo de 1915

John había pasado mala noche tratando de apaciguar la inquietud que le causaba acercarse a Gran Bretaña. Ansiaba llegar a Liverpool y dejar el barco cuanto antes, pero sabía que allí le esperaría la complicada tarea de conseguir un medio de transporte hasta Londres. Los ecos que dejaba la prensa en Boston hablaban con optimismo de la situación en Reino Unido, a pesar de la guerra, pero John no se fiaba mucho de que aquello fuera cierto. Esperaba que el dinero que había traído le allanase el camino para que su estancia en Europa fuera lo más breve posible. Una vez en Londres, en cuanto se reencontrase con su hermana pequeña, no se demoraría en convencerla para que tomase otro barco con él de vuelta a Boston. Le aseguraría que él se encargaría de darles un futuro a ella y a Sabine y la oportunidad de sobrevivir. Si tenía que recurrir a recordarle que Virginia ya no la tendría jamás, lo haría. Sabía que la estaría chantajeando, pero no le importaba hacerlo.

No, si con eso salvaba sus vidas.

Después de almorzar en el primer turno del comedor de primera, bajo la magnífica bóveda que lo presidía, se dirigió a su camarote para hacer el equipaje. Al entrar descorrió las cortinas, echadas la noche anterior por orden de la tripulación del Lusitania, y observó el cambio que había experimentado el día. Amaneció desapacible, neblinoso y gris, pero se había transmutado a lo largo de la mañana en otro soleado, tan brillante como inusual en tierras irlandesas. Revisó la habitación para asegurarse de que no olvidaba nada, puso el dinero que traía en el bolsillo de su abrigo y después se dirigió a la cubierta principal. Apenas faltaban unos minutos para las dos de la tarde. Tenía aún tiempo de sobra para pasear y así calmar esa ansiedad con la que se había despertado antes del desembarque.

Mientras recorría los pasillos de la zona de camarotes, se fue cruzando con algunos pasajeros. Unos aún iban a disfrutar de la comida en cualquiera de los cuatro comedores del barco, y otros se retiraban a sus habitaciones a descansar o a terminar las maletas, como acababa de hacer él. También había quienes, como él, querían aprovechar esas últimas horas para darse una última vuelta por el barco .

Cuando esperaba el ascensor, pensó en el viaje. En los días que llevaba en el Lusitania, John había recorrido todos sus rincones. Pasó tiempo en la biblioteca, charló con algunos conocidos en la sala de fumadores, disfrutó de conciertos en la sala de baile, como el de la noche anterior de un coro galés, e incluso se vio forzado a visitar el consultorio médico al sufrir una caída accidental el primer día, que mantenía uno de sus tobillos vendado aún. No era nada grave, pero le obligó a usar un bastón durante la travesía y por eso utilizó el elegante ascensor del barco con bastante asiduidad. Tanto, que el muchacho que lo manejaba ya lo conocía por su nombre.

—Que tenga un buen día, señor Lowell —le dijo, cuando se bajó.

John le guiñó un ojo después de darle unas monedas y siguió su recorrido hacia el exterior del barco. A pesar del contratiempo con su tobillo, no había obedecido al médico y apenas hizo más reposo que el de apoyarse en el bastón. El Lusitania ofrecía tantos entretenimientos que quiso empaparse de todos. Por ello conocía cada una de las seis cubiertas para pasajeros, aunque ninguna le resultó tan excitante como la superior. En ella había siempre un constante ir y venir de viajeros de primera, mujeres ataviadas con magníficos vestidos y sombrillas exquisitas, y caballeros con elegantes trajes a medida que, cuando el tiempo acompañaba, se acomodaban en las tumbonas para tomar saludables baños de sol. Observó los juegos de los niños que correteaban por el suelo entarimado y a los adultos charlando en interminables paseos. El lujo y el relax que rodeaban a esa cubierta llenaban la mente de John de ideas para sus almacenes en Boston y, aunque fuera un viaje obligado, en ese sentido estaba sacando un enorme partido de él. Había decidido que sus tiendas tenían que parecerse a aquel barco, serían un lugar donde resultase placentero pasear. Una vez que el cliente se encontrase cómodo, tardaría en querer marcharse y las posibilidades de que acabase comprando se multiplicarían.

Al final se sentía contento por haber elegido el Lusitania para regresar a Gran Bretaña.

John encaraba sus pasos a la cubierta principal para hacer una última visita a aquel lugar tan especial. Al llegar a la puerta, abrochó su abrigo, se caló el sombrero y se enrolló una gruesa bufanda al cuello y después la abrió. El sol de mayo en Irlanda era engañoso; a pesar del bonito color del cielo, un viento helado le alborotó los cabellos al salir.

El aire frío le vino bien. Sus pasos sin rumbo llegaron a las tumbonas. Recostados en ellas estaban dos caballeros con los que había compartido mesa en el comedor de primera una de las noches, Alfred Vanderbilt y Charles Frohman. El patriarca de los Vanderbilt contó que iba a una reunión de criadores de caballos que se había aplazado el año anterior por el estallido de la guerra y Charles Frohman, propietario de multitud de teatros, dijo que él acudía a Inglaterra invitado por James Barrie, el escritor. Frohman había estrenado en Nueva York *Peter Pan* y había sido un éxito. John se limitó a contarles que él estaba allí para cerrar unos negocios, pensó que hablar de sus asuntos personales estaba fuera de lugar.

—Buenas tardes, señor Frohman —dijo, parándose un momento a hablar con ellos—. ¿Cómo va su rodilla?

—Esta humedad me está sentando fatal. ¿Su tobillo, señor Lowell?

—Mejor, muchas gracias.

—Me alegro. Ya verá que enseguida se deshace del bastón para siempre. No como yo, me temo que estaré atado a él de por vida por este maldito reúma. No se imagina las ganas que tengo de llegar a Liverpool —dijo Charles Frohman—. Estoy tan harto de la humedad que no pienso acercarme al mar en semanas.

—Ya queda poco.

—Sí, con suerte hoy descansaremos en tierra.

—Que pasen un buen día, señores —les dijo John.

Deseaba proseguir su paseo. Iba a marcharse cuando Alfred Vanderbilt le llamó:

—Señor, Lowell. Espero que no se olvide de mi invitación para que me visite en Nueva York. Tenemos una conversación pendiente sobre negocios.

—Lo mismo digo para cuando usted vaya a Boston —le respondió John—. Estaré encantado de mostrarle mis almacenes.

—Me gustan las ideas que tiene, joven. Hablaremos.

John los saludó tocándose ligeramente el sombrero y siguió su paseo por la cubierta del buque. Sus pasos le llevaron hasta la zona de popa, donde se acodó en la barandilla. Se quedó un largo rato hipnotizado, mirando el agua. Se entretuvo unos minutos observando la efímera cicatriz que iba dejando el enorme transatlántico a su paso en la superficie de la mar, apoyada la barbilla en sus brazos, y así estuvo pensando en lo que le gustaría que ese viaje fuera como el resto de los que le habían obligado a cruzar el océano. Pero no lo era, no podía ignorar su persistente malestar, algo que estaba seguro se debía a las circunstancias que se vivían, que oscurecían su retorno a Inglaterra.

Ninguna de las veces que había regresado había tenido ganas

de volver a Boston antes de poner un pie en Gran Bretaña. Ninguna, salvo aquella.

Estaba a punto de marcharse al camarote cuando, con el rabillo del ojo, vio un destello repentino que se reflejó en la barandilla y que al instante captó su atención, obligándole a girar el rostro. Una luz se había abierto paso hasta el Lusitania y se había posado durante un breve pestañeo al lado de su mano. O eso le había parecido. Diez segundos después, justo cuando estaba a punto de dejar de otear el horizonte y volver al interior del barco, dos parpadeos se sucedieron. John oyó unos pasos a su espalda y se volvió. Reconoció a un tripulante al que había visto muchas veces en esos días y le preguntó:

—Perdone, ¿sabe exactamente dónde estamos?

—Muy cerca del promontorio de Kinsale, señor, en el condado de Cork. Ya queda menos para llegar.

—Voy sintiendo necesidad de estirar las piernas en tierra —le dijo John.

—Pues no se crea que yo tengo muchas ganas de desembarcar —contestó Robert Chisholm, el tripulante—, las cosas no están bien por aquí. Si hubiera podido elegir, no me habría movido de América. Pero el trabajo… Por cierto, ¿cómo va su tobillo?

—Ya está casi curado. En realidad no era nada —dijo John.

—Me alegro. Si necesita algo, ya sabe, no tiene más que pedirlo.

Robert conocía de primera mano las generosas propinas de John Lowell y estaba dispuesto a bajarle el equipaje hasta tierra si hacía falta con tal de conseguir alguna más. Se despidió de él con un cortés «buenas tardes» y John volvió a quedarse a solas en la popa. Echó un nuevo vistazo hacia la costa y, en los escarpados acantilados, volvió a ver los dos destellos de la lámpara incandescente de la linterna del faro. Tiró de las solapas de su abrigo, se ajustó la bufanda y, tras atravesar de nuevo el barco, se dispuso a entrar. Iba pensando en que ya solo tenía que recoger su equipaje en el camarote, cuando una detonación lo sorprendió. El buque entero crujió y la sacudida a punto estuvo de tirarlo al suelo. John apenas se atrevía a respirar, y parecía que lo mismo le había pasado a la multitud que viajaba en el Lusitania. El silencio se volvió espeso, pero solo duró unos instantes, los justos para que la gente reaccionara y fuera sustituido por gritos de pánico. Al momento, le sorprendió otra explosión, a la que siguió una tercera mucho más potente y una nube de humo se elevó desde la banda de estribor, envolviendo en ella las cuatro enormes chimeneas del barco. John, derribado por la fuerza que surgió del interior del Lusitania, intentaba comprender qué era lo que estaba sucediendo. La confusión se adueñó de la cubierta, que al momento se llenó de humo y de la gente que el barco fue vomitando desde sus entrañas.

—¡Nos atacan! ¡Nos atacan submarinos! —gritó la voz de un hombre al que John era incapaz de ver entre tanto gentío—. ¡Rápido, a los botes salvavidas!

—¡Dios mío! ¿Cómo es posible? —lloriqueó una mujer.

—¡Albert! ¿Dónde estás? ¡Albert, por favor! ¿Me oyes?

—¡Mamá!

—¿Has visto a Susan?

Las voces de cientos de personas que salían empujándose, histéricas, se confundían en aquel caos repentino, en el que cada uno procuraba buscar la manera de ponerse a salvo con los suyos. Pero no era sencillo, la anarquía reinante en aquellos momentos hacía difícil moverse. Los empleados de la Cunard empezaron a bajar rápidamente los botes salvavidas, intentando a la vez poner algo de orden, pero la enorme cantidad de gente embarcada en el Lusitania lo hacía casi imposible. Las poleas de los botes estaban torcidas y no giraban bien, a lo que se sumó la intervención de algunos pasajeros fuera de sí, que provocó que las primeras barcas cayeran al agua boca abajo, quedando inutilizadas, mientras los tripulantes se desesperaban por recuperar el control.

El transatlántico se escoraba por momentos y varias personas perdieron el equilibrio y cayeron, lo que hizo que aumentase el caos reinante. Los jóvenes corrían, los ancianos intentaban abrirse paso con evidente torpeza y los niños lloraban desconsolados, incapaces de entender qué era lo que estaba sucediendo. En el barullo de chalecos salvavidas repartidos y discusiones para encontrar un lugar en los botes, algunas voces se unieron en un rezo común, conscientes de que aquellos podrían ser los últimos minutos de su vida.

John quedó paralizado. Durante un par de minutos fue incapaz de moverse más allá de lo que le desplazaban los empellones de la gente que se abría paso hacia la barandilla de babor.

—Señor, vaya hacia aquel bote y póngase esto —le dijo Robert, al tropezar con él mientras se dirigía a los botes y darse cuenta de que no se movía. Le dio un chaleco salvavidas de los que llevaba en las manos.

El Lusitania se escoraba cada vez más a estribor y John obedeció como un autómata, mientras se deshacía del bastón que ya no le resultaba útil y recordaba lo que había leído en la prensa del hundimiento del Titanic tres años antes. No podía creer que estuviera sucediendo de nuevo y que le estuviera pasando precisamente a él. La diferencia era que ellos no habían chocado con un iceberg, sino que algo había impactado contra el barco. Las voces de muchos pasajeros gritaban que el Lusitania había sido atacado por un submarino alemán que algunos aseguraban haber visto, cumpliéndose las amenazas vertidas por Alemania. La Cunard se acababa de meter en un enorme problema y ellos, los incautos que desoyeron las advertencias de la embajada germana en Nueva York, probablemente lo pagarían con su vida.

—¡Mami! ¡Mami! ¿Dónde *eztáz*?

La voz de un niño pequeño justo a su lado le sacudió y le hizo al fin reaccionar. Se agachó a su lado:

—Tranquilo, pequeño, luego buscaremos a tu mamá. Ahora tienes que acompañarme a ese bote —logró decirle, mientras lo cogía la mano. La inclinación del barco se estaba volviendo cada vez más alarmante y mantener el equilibrio costaba.

—¿Dónde *eztá* mi mamá?

John se dio cuenta de que el pequeño iba descalzo y en pijama. Quizá había salido de la cama, donde tal vez su madre lo habría acostado a dormir una siesta después de comer, pensó. No llevaba nada de abrigo. Conmovido por la manera de tiritar del niño, se quitó el suyo y lo arropó. Lo cogió en brazos para que sus pies desnudos dejaran de tocar el suelo de cubierta. Le costaba mucho más mantenerse en pie, pero estaba dispuesto a llegar al bote para dejarlo a salvo. Cuando logró hacerlo, abriéndose paso entre gente tan desesperada como él, intentó soltarlo de su cuello para que lo embarcasen, pero el pequeño se echó a llorar y se agarró a él con más fuerza.

—Tienes que soltarme y subir, no pueden esperar. Yo buscaré a tu mamá.

—¡Señor! Métase en el bote, tenemos que darnos prisa —le apremió Robert.

—Suba al niño y a esta pareja, por favor —le pidió John.

Un par de ancianos, agarrados el uno al otro, asustados se asían de las manos, esperando su turno para ocupar una de las plazas libres del bote salvavidas. Tenían un aspecto grotesco con el chaleco a medio atar sobre sus elegantes ropas. John pensó que sabía nadar, que su buena forma física quizá le hiciera aguantar unos minutos en el agua cuando el barco se hundiera, pero aquella pareja no lo lograría y el niño tampoco. Quería que ellos ocupasen las plazas libres del bote.

—¡Señor! ¡Suba ya! No podemos entretenernos.

—Pero ellos…

—Usted tiene un pie lesionado. ¡No me haga perder más tiempo! —rugió el marino—. Suba ya o el niño tampoco lo hará.

A John no le dio tiempo a replicar. Antes de darse cuenta, los brazos de Alfred Vanderbilt le empujaron.

—No sea tarugo, señor Lowell. Está impedido. Deje de protestar y llévese a ese niño.

Al poco, las poleas defectuosas del bote chirriaban mientras este era bajado hasta la superficie. John se vio deslizándose hacia el mar, con un niño de cuatro años al que había puesto su abrigo agarrado a su cuello tan fuerte que le ahogaba. Escoltado por la pareja de ancianos, los últimos pasajeros de ese pequeño bote, John sintió el impacto contra el agua como un alivio. Cuando varios hombres, y alguna mujer joven, se preparaban para hacerse con los remos, sintió otro golpe. Una muchacha, con un bebé atado con un pañuelo a su cuerpo se había lanzado desde la inclinada cubierta del Lusitania y había caído dentro de la pequeña embarcación rozándole la espalda. El impacto le dejó unos momentos turbado y sin respiración, y cuando reaccionó quiso saber si el niño que él tenía en sus brazos estaba bien. Parecía que sí, aunque lloraba como un condenado, al igual que el bebé que portaba la muchacha.

—¡Podrías haber matado a alguien! —la regañaba una mujer.

—Teníamos que salir de allí —dijo la chica, entre lágrimas—. No me ha quedado otra opción.

John, recuperado un poco, quiso unirse a quienes remaban, pero se lo impidieron. No estaba bien, le dolía la espalda y el niño no lo soltaba. Los hombres y mujeres se reacomodaron en el bote para hacer sitio a la chica con el bebé y los que pudieron reunieron todas sus fuerzas en poner distancia con el Lusitania, que poco a poco se perdía tragado por el mar.

—¡Evan! ¡Evan!

La voz de una mujer, que trataba de moverse por la inclinada cubierta que aún quedaba a flote, los alcanzó. John se dio la vuelta al escuchar su segundo nombre, justo a la vez que el niño volvió a llorar con más energía.

—¡Mamá! ¡Mamá!

El pequeño se soltó de sus brazos e intentó caminar por el bote, pasando por encima de los aturdidos pasajeros. John a duras penas pudo controlarlo. Respondía a gritos al reclamo de su madre, angustiando a todos los que le rodeaban. El bote, agitado por las inesperadas sacudidas y exhausto por el exceso de pasajeros, amenazaba con volcar.

—¡Si no controla a este niño, lo tiraré al agua! —gritó una mujer.

A sus palabras se unieron las de otros pasajeros que opinaban del mismo modo. John, con la ayuda del anciano que había embarcado justo antes que él, pudo coger al niño y lo sujetó con firmeza en sus brazos. El corazón de Evan, como el suyo, latía demasiado rápido. Ambos habían reaccionado al nombre y habían pensado en la persona que realmente querían tener a su lado: a su madre. Jane Lowell se coló en los pensamientos de su hijo y este tuvo que esforzarse por no rendirse al llanto allí mismo.

Miró de nuevo al barco y descubrió que no había más botes disponibles y todavía quedaban muchas personas en el Lusitania, entre ellos Alfred Vanderbilt y Charles Frohman. Los gritos de la madre de Evan, poco a poco, se perdieron entre los de la multitud y a John solo se le ocurrió abrazar al niño y empezar a tararearle una nana, de las que tantas veces le cantó a él Jane. El niño dejó de llorar y se tranquilizó al fin. Sin embargo, John no. Sin lágrimas, sin sollozos, le inundaba un llanto seco pensando en la suerte de sus compañeros de viaje. Se aferró a Evan, dándose cuenta de que aquel pequeño y una tonta caída por las escaleras le habían salvado la vida.

Dieciocho minutos después de la primera explosión, cuando el diminuto bote estaba ya a bastante distancia del Lusitania, este se perdió por completo bajo las frías aguas del Atlántico en la costa irlandesa. John temblaba, abrazado a un niño de cuatro años del que no sabía nada más que su nombre.

A su alrededor, en el agua, el gemido de quienes no habían

tenido la suerte de conseguir un bote se fue apagando poco a poco, hasta que el silencio de la muerte terminó por estrangular todas las voces de quienes habían terminado ahogados o vencidos por el frío.

Su regreso a Gran Bretaña no empezaba bien.

Viernes, 7 de mayo de 1915

Rachel Wood aguantaba estoicamente las diez horas de duro trabajo, aunque la mayor parte del tiempo sintiera que se ahogaba en la fábrica. Al entrar por la puerta del barracón en el que vivía, cuando volvía a ser Mary Davenport, todo el cansancio que había logrado mantener controlado se le venía encima. Regresaba a la casa tan exhausta que, a pesar de la poca comida de la que disponían, a veces no encontraba el ánimo para ingerir algo más que un té y un par de bocados de algo sólido. Necesitaba sobre todo dormir, reposar y dejar descansar la mente. Ni en sueños le había parecido que el trabajo se le fuera a hacer tan duro y no era solo por lo físico, a lo que había acabado acostumbrándose. Mary mantenía su guerra particular con el encargado, que ya la había privado del sueldo diario varias veces por protestar. Eso le había enseñado que debía serenar la lengua, pero aún había momentos en los que no podía evitar enfrentarse a él.

Sabine, que lo llevaba mucho mejor que ella, insistía en que no hiciera caso a las provocaciones del hombre, sobre todo cuando sus enfrentamientos se producían por defenderla. No merecía la pena. La niña había aprendido a pasar por alto las reprimendas, después de ponerle una cara compungida cuando las recibía, pero a Mary le hervía la sangre cuando era injusto. Quizá debería mantenerse apartada, pero se veía incapaz de no contestar a ese estúpido que trataba a todas las mujeres de la fábrica con tan poca consideración. Si hubiera sido empleado suyo en Almond Hill, habría durado muy poco en la finca. Era grosero, olía mal, trataba a las mujeres con desprecio y no tenía ninguna piedad cuando alguna de ellas se sentía indispuesta. Al contrario, aprovechaba para increparlas, para recordarles su condición de seres que él consideraba débiles y poco capaces para el trabajo que desempeñaban, aunque día a día demostrasen que producían tanto como los hombres. Se notaba que había aceptado su presencia porque en los tiempos que corrían faltaba mano de obra masculina, pero en cuanto podía les recordaba que, cuando terminase la guerra, todas volverían a sus casas. Donde tenían que estar, acababa siempre remarcando, como si alguna todavía no se hubiera enterado de que no las quería allí.

Los pocos hombres que quedaban en la fábrica estaban de acuerdo con el encargado. Las mujeres cobraban mucho menos por el mismo trabajo que ellos y temían por sus empleos una vez finalizado el conflicto. Las conversaciones nocturnas en la taberna tenían dos protagonistas: la guerra y el temor de quedarse en la calle una vez terminase, por culpa de las mujeres. Casi todos ya eran mayores, los jóvenes se habían alistado, y su vigor no era el mismo que el que podía tener hasta una simple muchacha. Por eso nunca eran agradables con ellas, no se ofrecían a ayudarlas si tenían un problema y, si se equivocaban, señalaban sus errores, engrandeciéndolos para que fueran más evidentes frente al encargado. Mientras, ellas apretaban los dientes y seguían soportando los insultos velados, las faltas de respeto y toda aquella podredumbre de la inmensa nave. La mayoría, como Mary, volvían a sus casas solo con ganas de descansar.

—¿Cómo ha ido el día? —preguntó Abigail, cuando las oyó entrar en la casucha de los suburbios.

—Estoy agotada —dijo, intentando estirar la espalda para ver si con ello encontraba cierto alivio al dolor que la acompañaba siempre a esas horas.

—¿Qué hay para comer? —preguntó Sabine, destapando una olla que estaba sobre el fuego. El delicado aroma de la sopa de verduras hizo que cerrase los ojos y compusiera un gesto de placer que hizo reír a la mujer—. ¡Oh! ¡Hoy no hay gachas!

Sabine tapó la olla, se volvió y le plantó a Abigail un beso apretado en la mejilla, tan efusivo, que Mary y la cocinera, aunque no lo hablaron, pensaron a la vez que parecía que estaban viendo a la misma Virginia, mucho más dada a esos gestos que su gemela.

—No, hoy no hay gachas, hoy he conseguido verduras. Sentaos, ahora mismo os sirvo.

Hacía tiempo que Abigail había dejado los formalismos al dirigirse a Mary. Ella, con esfuerzo, había convencido a la cocinera de que era mucho más seguro que su trato fuera cercano, sin el decoro que quizá pudiera exigirse para con la hija de un conde por parte de su empleada. Lo cierto era que hacía tanto que no podía pagarle que ya no era su patrona, sino más bien ella una invitada de Abigail, en un extraño juego de papeles invertidos en el que solo eran mujeres sobreviviendo. Al fin, la señora Smith acabó entendiendo lo necesario que era para protegerla un trato como si de verdad fuera su sobrina. Sin pleitesías, sin formalidades. Le había costado, aún se confundía, pero cada vez menos.

La señora Smith puso la sopa caliente en los platos y se llevó con una excusa a Mary hacia el fondo de la casa. No quería que Sabine se enterase de lo que tenía que decirle y estaba impaciente por hacerlo. Sacó un sobre del bolsillo de su delantal y se lo tendió.

—Esta mañana ha llegado una vecina y me ha dado esto para ti. Escondido en una cesta con ropa.

—¿Para mí?

Mientras observaba el sobre en las manos de Abigail, deseó que fuera de James. Ella le había escrito hacía mucho dándole su nueva dirección y esperaba una respuesta, algo que le confirmase que estaba vivo. Sin embargo, cada día sus ilusiones se iban deshaciendo ante la ausencia de noticias. Se negaba a pensar que había muerto en el frente, pero tampoco tenía certeza alguna de que estuviera vivo. En cuanto agarró la carta, supo que no era de él. No tenía matasellos. Durante un breve instante pensó que quizá fuera de una compañera de la fábrica. Había algunas que, debido a su inconformismo, empezaban a ver con admiración el poco miedo que le tenía al encargado. Eran tantas las injusticias que cometía ese hombre a diario, y que no se atrevían a replicar por pánico a perder el sueldo, que no le extrañaba que la buscasen para hacerle llegar alguna queja. Enseguida supo que no era de ellas. La carta no tenía remitente que la identificase, pero sí llevaba su nombre real en el anverso.

—¿Para Mary? —preguntó, nerviosa.

Lo miró confusa, en teoría nadie sabía que no era Rachel ni dónde se escondía y en ese papel estaban escritos su nombre de soltera y la dirección de la señora Smith. Evidentemente se estaba equivocando al suponer que Sabine y ella vivían seguras solo con disfrazarse un poco y simular ser otras bajo unos simples seudónimos. Había que ser muy ingenua para pensar que solo con ello podría fingir que había desaparecido de la ciudad. Rasgó el papel mientras le temblaban las manos. No le había dado tiempo ni a lavárselas y tenía manchas negras de grasa bajo las uñas y una pátina de mugre que emborronó el blanco del papel. En cuanto lo liberó del sobre, leyó con avidez las escasas palabras que contenía la carta.

Charles sabe dónde estás. Corres un gran peligro, Mary. Huye. Adele.

Tenía fecha del 5 de mayo, por lo que Mary se sintió mareada. Dos días había tardado la carta en llegar, dos días al menos en los que, si lo que decía era cierto, Charles había sabido dónde encontrarla. El corazón empezó a palpitarle de modo salvaje y tuvo que sentarse en un taburete para recuperar el aliento. Se llevó la carta al pecho, mientras intentaba tranquilizarse. Pero ¿quién era Adele? La única Adele que conocía era Camille, su madrina, ese era su segundo nombre y aquella no era su cuidada caligrafía, sino la de alguien poco acostumbrado a escribir y que, además, lo había hecho con premura. No conocía a ninguna Adele en la fábrica y, aunque así hubiera sido, dudaba mucho que alguna de ellas supiera de su verdadera identidad. Un pensamiento cruzó veloz su cerebro cuando se fijó de nuevo en la rúbrica. Reconoció en ella el rastro del trazo de la firma de su hermana. En ese momento tomó conciencia real del peligro que corría.

Era Elisabeth quien la estaba avisando y que firmase como Adele solo podía significar que ella también estaba asustada.

—¡Dios mío! —dijo en voz baja.

—Mary, ¿qué sucede? —preguntó Abigail, que la había visto empalidecer y perder el aplomo.

—Charles me ha encontrado. Sabe dónde estamos. ¿Qué voy a hacer?

—Lo primero, comer. Mientras tanto ya pensaremos en algo —intentó calmarla Abigail.

—Tenemos que marcharnos y hacerlo ya, no puedo permitir que encuentre a Sabine —susurró—. Es capaz de cualquier cosa con tal de hacernos daño. Todo lo que he hecho hasta ahora no habrá servido de nada.

El pánico en la mirada de Mary traspasó el alma de Abigail. La muchacha no lloraba, respiró profundamente para deshacerse de todo el miedo que pudiera y expulsarlo como quien destierra un mal pensamiento. Aunque necesitaba huir de allí, no sabía a dónde. Londres era inmenso, pero ella apenas tenía a quién acudir. ¿Los Harris? ¿Victoria? ¿James?

El coraje que mantuvo a raya sus emociones se vino abajo al pensar de nuevo en James. ¿Por qué había llegado a su mente si ni siquiera estaba en Londres? No sabía nada de él desde hacía meses. En momentos como aquel en los que bajaba la guardia, las emociones la sobrepasaban. Solo se dejaba llevar cuando estaba sola, cuando podía llorar en silencio, intentando liberar con lágrimas la angustia de no saber nada del doctor. Pero en esos instantes, quizá el cansancio, el miedo o verse más vulnerable de lo que se había sentido desde que llegó a la ciudad, la vencieron. Delante de Abigail se derrumbó y ni siquiera el abrazo de la señora Smith pudo consolar su llanto.

¡Maldita guerra! Cuánto dolor estaba causando. Cómo lo había cambiado todo hasta hacer de su mundo un lugar irreconocible. Había llenado su alma de un frío inmenso. Comparado con los últimos meses, el año que transcurrió desde su boda con John hasta el estallido del conflicto le parecía un cuento de hadas. Ese tiempo viviendo en la miseria le había abierto los ojos. Sus peleas con el encargado, el trato que recibían las mujeres, la hizo reafirmarse en por qué las reuniones en casa de los Harris eran tan necesarias, que las manifestaciones para exigir el derecho al voto fueron solo un primer paso para poder reclamar muchos más derechos. Salarios iguales a los de los hombres. Un trato similar. Un futuro que no dependiera del sexo que a uno le tocase al nacer. Pensó en Virginia y otra oleada de llanto la asaltó. No tenía que haber muerto, era solo una niña pequeña, pero ahora sabía que James no había tenido la culpa, aunque ella se la adjudicase. Él solo las había puesto en el camino de algo que era necesario para la sociedad y fue una imprudencia, la casualidad o el destino lo que habían hecho que la pequeña perdiera la vida aquella mañana de domingo.

No él.

Lamentó no haberle dado la oportunidad de explicarse. Quizá podría ser ya tarde para eso. Quizá ya era tarde para los dos, hasta para pensar en un futuro cuando aquello acabase si ni siquiera le había dado la oportunidad de que tuvieran un pasado.

Sabine, preocupada por el rato que estaban tardando, se levantó de la mesa y se acercó a ellas. Los rostros compungidos y preocupados de ambas mujeres la alertaron.

—¿Qué pasa? —preguntó, asustada—. Le ha sucedido algo a George.

—No, no le ha pasado nada. Sabine, recoge tus cosas, tenemos que marcharnos —dijo Mary, en tono firme, mientras se limpiaba las lágrimas.
—Pero...
—Charles sabe dónde estamos.

Sabine comenzó a temblar. El primo de Mary le producía una repulsa insoportable, así que ni lo dudó. Acompañó a Mary a la zona en la que dormían y juntas empezaron a meter en un saco las escasas prendas de ropa que tenían. No perderían un solo minuto que les permitiera volver a alejarse de él.

—Pero, Mary, ¿dónde pretendes ir a estas horas? Además, si Charles sabe dónde estás, habrá gente vigilando la casa y te seguirán. Si él no ha venido ya es porque está muy seguro de que ignoras que te tiene controlada —dijo la cocinera.

Mary pasó las sucias manos por su rostro, suspiró y decidió lavarse un poco y sentarse a la mesa a comer la sopa. Era cierto que tenía que serenarse y, para ello, lo mejor sería empezar por el estómago, que reclamaba algo después de tantas horas de ayuno. Comió sin decir una palabra, mientras la señora Smith mandaba a Peter y Francis a darse una vuelta por el barrio. Quería que discretamente averiguaran si alguien había visto a algún extraño en los últimos días.

Los chicos no tardaron en llegar con noticias. Dos hombres se alojaban en la posada de Huge y se habían dejado caer por la taberna. Uno de ellos había regresado a dormir aquella noche, no así el otro. Al volver a casa, Peter observó en un recoveco oscuro de la calle el fulgor de un cigarro. Se paró adrede, para fingir que se ataba los cordones del zapato, y pudo percibir cómo la sombra de alguien se echaba hacia atrás, mientras escondía el cigarro, aunque no pudo hacer lo mismo con el olor del humo. Desde donde estaba el hombre había una perfecta visión de la puerta del cuchitril en el que vivían los Smith. El niño echó a correr, alcanzando a su hermano, que había seguido andando, y juntos entraron en la casa.

—Hay un hombre vigilando y por la mañana seguro que serán dos —les contó—. Se alojan en la posada.
—¿Qué haremos? —preguntó Sabine.
—No lo sé —dijo Mary.

Aún no había amanecido cuando Peter retiró un pesado madero que servía como límite con el patio de la panadería de la calle adyacente, y desde ahí se coló en el obrador. La panadera estuvo a punto de echarlo a escobazos por el susto que se llevó, pero antes de que eso sucediera Peter logró explicarse. Necesitaba que sus dos primas salieran a la calle a través de la panadería antes de que el sol despuntase.

—Son espías del Ejército británico —le dijo en voz baja a la asombrada mujer, que puso cara de no entender nada de lo que decía el niño.

—¿Estás seguro? ¿Espías?

—Sí, pero es muy secreto. Por favor, señora Lund, no debe decir nada a nadie. Ellas saldrán como si fueran dos clientes madrugadores y a cambio mi madre trabajará para usted durante... dos días —improvisó.

—Que sea una semana y trato hecho —dijo la señora Lund, a la que le parecía un auténtico regalo del cielo contar con cualquier ayuda, y más con las expertas manos de Abigail, que tenía fama de excelente repostera en medio Londres.

Peter intentó regatear con los días, pero solo por placer. Su madre le había dicho que le ofreciera una semana de trabajo a cambio del favor. Sin embargo, no se entretuvo todo lo que le hubiera gustado. El tiempo corría y era preciso que Mary y Sabine dejaran el barrio antes de que los hombres de Charles las descubrieran. Mientras el niño volvía a casa a buscarlas, la señora Lund empezó a pensar en que jamás se le habría ocurrido que en el barracón de Abigail Smith, justo el que daba a la espalda de su humilde panadería, se ocultasen dos espías.

Media hora después, ambas mujeres habían abandonado los suburbios, con unas pocas monedas en el bolsillo y la incertidumbre de no saber dónde pasarían la noche. Se encaminaron a ese otro Londres, a Mayfair, donde vivían los Harris en su casa con escalinata y columnas en la puerta de acceso. Una fina lluvia siguió sus pasos cansados y logró que el desaliento se convirtiera en un nuevo compañero de huida cuando, horas después, descubrieron que el matrimonio había abandonado la ciudad. El doctor y su esposa se habían marchado al norte de Francia, para servir de ayuda médica a las tropas aliadas. Mary se alegró de que, por una vez, Berta se expusiera a la realidad, dejando de teorizar sobre ella. Pero no tuvo tiempo para pensar mucho en ellos, necesitaban un lugar donde alojarse, así que decidió pedirle ayuda a Victoria Townsend. Hasta su casa en Kensington llegó con Sabine, agotadas por la larga caminata que llevaban soportando sus piernas.

—¡Fuera, chusma! —les gritó una criada.

Ni siquiera dejó que le explicase quién era. Su aspecto difería mucho del que Mary tenía cuando vivía en casa de John y bien podría pasar por alguien que mendigaba, como tantas otras personas en aquel tiempo en Londres. La doncella, acostumbrada a espantarlos, la echó sin contemplaciones.

—¿Y ahora? ¿Qué vamos a hacer? —preguntó Sabine, tiritando.

Era casi media tarde del sábado y, cansadas de andar, mojadas y hambrientas, se refugiaron en la entrada de una casa. Sacaron un trozo diminuto del pan que les había dado la panadera del fondo del saco y lo compartieron en silencio. Mary necesitaba recordar a cada una de las clientas para las que había cosido. Quizá alguien podría dejarle tiempo para explicarse, darle un trabajo o al menos cobijo. Ni siquiera pensaba en cobrar, solo en tener un sitio donde no mojarse y algo de comida, aunque tuviera que emplearse para ello doce horas sin ver un penique.

Maldijo no haber cogido la llave de la casa de John, que no estaba lejos de la de Victoria y les habría permitido al menos pasar la noche y refugiarse de la lluvia. Mientras pensaba en quién podría servirle de ayuda, un jovencísimo vendedor de periódicos pasó por delante de ellas voceando la noticia de portada: el gigante de la Cunard, atestado de pasajeros, había sido hundido por un submarino alemán frente a la costa irlandesa. Los muertos, civiles, superaban el millar.

—¿Esta guerra acabará algún día? —preguntó Sabine.

—Seguro que sí —contestó Mary, pasándole un brazo por encima del hombro.

Pero ni siquiera ella creía sus propias palabras. Cerró un momento los ojos y a ellos también llegó la lluvia.

Domingo, 9 de mayo de 1915

El domingo recibió a los habitantes de Queenstown con nubes y una fina lluvia. Mientras se dirigían al servicio religioso en memoria de las víctimas, no dejaban de hablar del mortífero U-20 que había hundido al enorme transatlántico de la Cunard frente a sus costas. Muchos eran los que decían haber visto al submarino cerca de la costa, y parecía que no andaban desencaminados porque el Lusitania era el cuarto buque torpedeado en el canal de San Jorge en los últimos días.

Para los supervivientes, sin embargo, las hipótesis, los porqués y rezarle a un Dios que no les iba a devolver a los suyos no importaba tanto como localizarlos entre los cadáveres que se habían recuperado del mar. John, que había viajado solo, no tendría que haberse visto en ese dilema, pero llevaba a un pequeño en los brazos que no era suyo e intentó buscar a su familia para devolvérselo.

Decidió concentrarse en Evan. Sus pesquisas en Queenstown para localizar a la madre del niño entre las personas que se habían salvado no dieron frutos. Preguntó a cuantos supervivientes pudo si conocían al pequeño pero, aunque lo habían visto en el barco, nadie supo decirle mucho más. Ni siquiera tenía en su mente unos rostros para identificarlos entre los muertos que se alineaban en el puerto, así que ni lo intentó. La imagen de cientos de cadáveres en el agua tardaría toda la vida en desterrarla de su mente, así que no quería añadirle otra más. Solo sabía por Evan los nombres de pila de sus padres y con eso poco se podía hacer.

El domingo, cansado de indagar y ansioso por cumplir el objetivo de su viaje, decidió que se llevaría al niño a Londres con él. No tenía nada más que hacer allí.

No hubo nada que recoger. Su equipaje reposaba en el fondo del mar, pero por fortuna el dinero que llevaba lo había guardado en el abrigo, para tenerlo a mano y se había salvado con ellos. Ese golpe de suerte le garantizaba tener efectivo con el que desplazarse hasta la capital. Una vez allí, trataría de conseguir algo más de sus inversiones en Londres.

Antes de abandonar el condado de Cork, realizó una última gestión. Pasó por un puesto de ayuda que se había improvisado cerca del puerto para auxiliar a los supervivientes y dio todos sus datos: su nombre, su dirección en Londres, la de Boston e incluso la de Almond Hill. Dejaría una puerta abierta por si alguno de los padres de Evan había sobrevivido al naufragio y buscaban a su pequeño.

—Debería ponerle unos zapatos —apuntó la joven que le ayudó, viendo asomar los pies desnudos de Evan por debajo del abrigo—. Tenemos ropa y calzado que han donado los habitantes del condado, si me acompaña, podremos ver si algo le vale.

—Muchas gracias.

Apenas tenía ánimo para pronunciar muchas más palabras, conmocionado aún por los acontecimientos. Solo ansiaba llegar de una vez a casa. Dos horas después, sintiéndose por primera vez inseguro en un barco, tomaba un ferry en el puerto de Queenstown rumbo a Liverpool. Ni siquiera se fijó en el verdor del paisaje irlandés que dejaba mientras se alejaba de las costas de Cork. Solo pensaba en que la distancia con tierra terminase cuanto antes. El recuerdo del estruendo que hirió de muerte al Lusitania se repetía en su mente una y otra vez, como una tétrica sinfonía en su punto más álgido.

Tardó un día más en llegar a Londres. Su casa, vacía desde hacía meses, los recibió tan fría como acostumbraba.

Miércoles, 12 de mayo de 1915

Mary temblaba de frío. Sabine y ella llevaban varios días vagando por Londres. El cansancio había sumado fuerzas con las ojeras y la mugre que cubría sus cuerpos y, cinco días después de su huida, tenían un aspecto lamentable. Sus erráticos pasos por la ciudad las habían conducido a la estación de Liverpool Street y encontraron en ella amparo para las noches. Durante el día insistían en recorrer las casas de cuantos conocidos recordaba Mary, pero en todas o se disculpaban con ellas o las despedían sin contemplaciones. Por la noche, buscando el refugio de la mole de hierro acristalada, volvían a la estación. Allí al menos no llovía, aunque Mary no podía sacudirse la inquietud de que Charles apareciera en cualquier momento.

—No sería capaz de reconocernos con este aspecto —dijo Sabine, señalando los harapos que las cubrían.

Mary no quiso pensarlo, aunque por la reacción de los criados de las casas a las que llamó a la puerta se imaginaba cómo estaban. Cerró los ojos y pensó en Camille, y cómo se enfadaría si la viera. Pensó en su abuela, la duquesa, que moriría en el acto de un ataque al corazón si solo la olfatease al entrar en su elegante salón. Qué demonios, con ese aspecto era bastante improbable que dejase que pusiera un pie en su propiedad sin ordenar que la sacasen a escobazos. Pensó en su padre y quiso creer que aún, a pesar de lo que le había hecho, en alguna parte le quedarían briznas de sentimientos para compadecerse de su hija pequeña. Pensó en su madre y perdió una batalla que se había jurado ganar: cerró los ojos y unas lágrimas emborronaron su sucio rostro. ¿Cuándo se había convertido su vida en esa cuesta abajo? ¿Cuánto más tenía que suceder para que pudiera descansar? Añoraba su cama, la seguridad de su casa, el calor de la chimenea de Almond Hill, las palabras dulces de la señora Durrell, sus guisos…

Un gruñido de su estómago le recordó que llevaban varios días sobreviviendo con pan y un queso que estaba a punto de acabarse. No podía seguir huyendo de Charles, porque huir sin saber dónde es siempre acabar más perdido. Se quedó un momento en silencio valorando el arañazo interior que sentía que le desgajaba el alma. Ese tiempo, desde que habían escapado de la casa de John hasta acabar perdidas en un Londres hostil, había hecho germinar en su interior una semilla que fue creciéndole dentro como la mala hierba. Intuía que sus enfrentamientos en la fábrica con el encargado no habían sido más que una manera de dejar salir el rencor que llevaba dentro. Y no era contra aquel hombre contra quien deseaba lanzarlo con desesperación.

Era contra Charles.

Era a él a quien tenía que enfrentarse. Estaba postergando una decisión que tenía que haber tomado hacía mucho tiempo. Se había mantenido inmóvil, paralizada, lamentándose por su situación, dejando pasar el tiempo por si este solucionaba sus problemas, pero había comprobado que no era así. Seguir dando vueltas sin rumbo por una ciudad que además se deshacía por los bombardeos de los zepelines y no era segura tampoco, lo único que había conseguido era empeorar su situación y la de Sabine. No sabía si lo que se le había ocurrido las pondría en el camino correcto, pero estaba segura de que no hacer nada no era positivo. De hecho, era lo peor que podía hacer, le estaba concediendo a Charles todo el poder sobre su vida. No la alcanzaría con sus manos, pero la estaba destruyendo.

Necesitaba reaccionar. Dejar de lamentarse y seguir adelante. La mezcla del hambre, el frío o la visión de Sabine con aquel aspecto tan terrible provocaron que una oleada de rabia estallase en su pecho y tomó una decisión:

—Voy a preguntar cuánto cuesta el billete de tercera a Chelmsford y cuándo sale una locomotora —dijo, limpiándose las últimas lágrimas que pensaba derramar por culpa de Charles Davenport.

—¿Conoces a alguien ahí? —le preguntó Sabine.

—Es la estación de ferrocarril que está más cerca de Almond Hill. Calculo que en un par de horas andando a buen paso se puede llegar a mi casa.

—Pero el señor Davenport nos encontrará enseguida si vamos allí —dijo la niña, temblando solo por la mención del primo de Mary.

—Sabine, escúchame. ¿Qué he conseguido en este tiempo? Nada. Estamos en la calle, con las manos vacías y lo peor es que te he arrastrado a ti conmigo. Almond Hill es mi casa, no la de él. Voy a echarlo y te juro que haré lo posible por que no se acerque a nosotras.

Había tal gravedad en el gesto de Mary, tanta seguridad en el tono con el que pronunció sus palabras que Sabine la creyó capaz.

—¿Y tu padre estará de acuerdo? —le preguntó, acordándose del rencor que Mary guardaba a Richard.

—Tendrá que aceptar que sea yo quien tome decisiones. No está en condiciones de pedir nada. La propiedad sigue siendo mía y de John. Vamos.

Las monedas que tenían no alcanzaron ni para los billetes de tercera, pero Mary no estaba dispuesta a rendirse por eso. Esperaron a que el empleado de la estación se despistase para colarse en el tren y, una vez dentro, se las arreglaron para esquivar que las echasen. El ferrocarril que iba hacia Chelmsford llegó con puntualidad británica a las diez de la mañana. En el vagón, el frío se les metió en los huesos y el miedo a ser descubiertas las mantuvo en tensión. No importó. Ni eso ni la extenuante caminata que las esperaba cuando bajaron del tren.

—¿Lista? —preguntó Mary a Sabine sin mirarla.

Contemplaba el tranquilo paisaje de prados con un nudo en la garganta. Allí no parecía que el suyo fuera un país en guerra, sino más bien que el tiempo se había detenido de alguna manera extraña. Nada parecía distinto en los alrededores de la estación a cuando se marchó dos años antes. Nada, excepto ella misma. Se agarró las faldas, las levantó con decisión para no tropezar con el bajo de su sucio vestido y empezó a caminar hacia Almond Hill.

Un par de horas después, exhaustas, llegaron a la propiedad. La elegante mansión se asomó orgullosa y Sabine la miró completamente extasiada. Mary, sin embargo, no se sintió tan feliz. Había vuelto a casa, pero estaba lejos de sentir que había llegado a su hogar.

Miércoles, 12 de mayo de 1915

El Londres conocido del que se había despedido John el año anterior conservaba en pie gran parte de sus edificios, pero solo hacía falta echar un vistazo alrededor para captar que la guerra iba derribando a las personas. Rostros demacrados, cuerpos escuálidos y tristeza, eso era lo que absorbían sus sentidos al caminar por las calles, algo que contrastaba aún más con la melodía lejana del lujo que le había rodeado su semana a bordo del Lusitania. La ciudad empezaba a sufrir un naufragio como el del transatlántico. Ni siquiera había pasado un año y ya no era la misma.

Llegar a los suburbios fue mucho peor. La sordidez del barrio donde ahora vivía la cocinera, todavía más miserable desde la guerra, estremeció a John. Si en Kensington había presenciado abatimiento, ahí lo que primaba era la desolación. En medio de tantas casuchas repetidas y grises estaba el barracón que ocupaba Abigail, con la fachada de ladrillos ennegrecidos por el humo de las fábricas. Su aspecto era mucho más lamentable de lo que imaginaba. A su puerta, la podredumbre de una calle sin pavimentar se incrementaba con el olor de los orines y del azufre, que llegaba desde las chimeneas de una factoría cercana. Unos niños, sin zapatos, despeinados y hambrientos, se le acercaron enseguida. Sus ropas elegantes los atrajeron como si fueran un montón de moscas y él un delicioso tarro de miel. Evan se asustó con el alboroto que formaron y hubo de cargarlo en brazos para que no empezase a llorar. Ofreció a los chiquillos un chelín que llevaba en el bolsillo y estos enseguida disolvieron el pequeño tumulto, peleándose por ser los guardianes de tan valioso tesoro.

Se imaginó las condiciones en las que había vivido su hermana durante los últimos meses y, al ser consciente de que el causante de que hubiera tenido que mudarse allí era su primo, le golpeó en el pecho un sentimiento de odio tan violento hacia Charles que él mismo se asustó por su intensidad. Jamás había abrigado tanto rechazo por una persona, ni siquiera por el propio conde, como el que sentía en esos momentos por Charles Davenport.

Por más que se esforzaba, no recordaba la dirección exacta de la casa y no había rasgos que distinguieran unas viviendas de otras, envueltas todas en la miseria de un barrio sin esperanza. John no había estado allí nunca y tenía la intención de no volver una vez se llevase a su hermana. Después de dar varias vueltas, llegó al fin a una puerta que le llamó la atención. Colocada en ella, la figura oxidada de una cabeza de caballo, enmarcada en una herradura herrumbrosa, hacía las veces de aldaba. Sonrió. Recordó cuando su madre quiso tirarla porque se había roto y Abigail le pidió permiso para quedársela y arreglarla. No le extrañaba nada que hubiera querido colocarla en su humilde hogar, aunque hubiera pasado tanto tiempo y tuviera tan mal aspecto.

Acarició la aldaba recordando otro tiempo y después de unos instantes golpeó la puerta. El recuerdo de Jane le hizo suspirar. Aunque intentaba evitarlo, muchas veces le asaltaba la nostalgia al pensar en su madre y le invadía el recuerdo de su amor. Esos días que acababa de vivir no ayudaban en absoluto a sacudirse la tristeza. En su mente, Jane se fundía a ratos con la madre de Evan, con su grito desgarrador desde el barco a punto de hundirse y tenía que tragar saliva para infundirse ánimo y no sentirse un niño perdido. Tomó aliento y volvió a golpear el llamador contra la puerta, esta vez con más decisión, y solo cuando vio que pasaban los minutos y nadie acudía se preocupó. Estaba a punto de marcharse cuando una vecina le habló:

—La señora Smith está en la panadería, en la calle de detrás. Si la busca, allí la puede encontrar —le dijo. A continuación, lanzó a la calle un barreño de agua sucia que embarró aún más aquel lodazal.

John le agradeció la información y buscó el negocio. Al verlo entrar en el obrador, la señora Smith se emocionó tanto que ni siquiera se percató del niño pequeño que se escondía asustado tras sus pantalones. El abrazo con el que rodeó a John le embadurnó el traje de harina y le llenó de un bienestar que hacía días que no sentía. Su cuerpo, tenso como nunca, fue dejándose llevar y sus músculos recordaron la manera de relajarse, a pesar de la verborrea de la cocinera.

—¡Por Dios, santo, señor! ¡Qué alegría verlo aquí! ¡Qué buen aspecto tiene! ¡No sabe la ilusión que me hace que haya venido! ¡Le hemos extrañado mucho! Pero ¿cómo es que ha decidido presentarse aquí con la que está cayendo?

Por un instante, Abigail temió que hubiera sentido el deseo de alistarse, igual que su George.

—Mary me escribió, me contó por todo lo que estáis pasando y decidí venir a buscarla.

La señora Smith empalideció al escuchar el nombre de su señora y le hizo un gesto para que guardase silencio. No quería que nadie en la panadería escuchase el nombre de la joven. No había tenido noticias de ella desde que hacía cinco días había atravesado la puerta de la panadería, estaba muy preocupada por ella, pero aún más lo estaría si su primo la encontraba por cualquier indiscreción que cometieran.

—Es mejor que no comentemos esto aquí. ¿Me esperaría en mi casa? Termino en un rato.

—De acuerdo —dijo él.

Volvió a abrazarla, buscando esa sensación que acababa de experimentar junto a Abigail. Solo cuando John puso rumbo a la salida del obrador, la señora Smith vio a Evan agarrado a sus pantalones.

—¿Quién es este niño? —preguntó, sorprendida.

—Es una larga historia —contestó él.

Horas después, John permanecía sentado en una de las pocas sillas de la humilde casa de Abigail, con Evan dormido entre sus brazos. Mientras, la cocinera no sabía qué hacer con sus emociones. Se sentía en un espantoso remolino de subidas y bajadas que provocaban el latido desacompasado de su corazón. Tan pronto le entraban ganas de llorar, como cuando le relató el naufragio, como una inmensa alegría al ser consciente de la suerte de John al sobrevivir. Cuando llegó el turno de ella, se encontró con que no tenía palabras para rellenar el vacío de noticias sobre Mary y Sabine.

—No hemos sabido nada desde que salieron de la panadería. Los chicos han preguntado por todas partes, pero nadie las ha visto.

—¿Ha venido en algún momento Charles Davenport por aquí? —preguntó John.

—No, señor, pero esos hombres siguen merodeando. Hasta yo los he podido ver. Eso, por una parte, me tranquiliza. Es señal de que tampoco saben dónde están.

—¿Por qué no acudió a Victoria para que la ayudase? —preguntó John, acordándose de su prima—. Estoy seguro de que ella no habría dejado en la calle a Mary.

—Sí, sí que lo hizo —dijo Abigail—, pero una criada las echó de allí confundiéndolas con dos mendigas. La señorita Townsend se enfadó muchísimo cuando se enteró. Mi Peter sí consiguió hablar con ella, para preguntarle si las había visto, pero tampoco sabe nada. Está tan preocupada como yo.

Llegados a este punto, la cocinera no pudo aguantar más y la voz se le quebró. Hubo de carraspear para recuperar cierta compostura.

—No se preocupe. Iré a ver a Victoria ahora. Quizá entre los dos se nos ocurra dónde encontrar a Mary —dijo John.

—¿Qué hará cuando dé con ella?

—Llevármela a Boston, por supuesto. Y, si consigo dinero tras liquidar algunos negocios que tengo aquí, también te llevaré conmigo. A ti y a tus hijos. Ya volveréis cuando todo esto acabe, Abigail. No merece la pena que estés pasando penurias si puedo evitarlo.

—Yo no me iré, señor, ni Francis o Brandon, pero no me opondré si se quiere llevar a Peter.

La señora Smith volvió a sentir que se ahogaba.

—Será solo un tiempo, Abigail. Volverá a Inglaterra, se lo prometo. Estará mejor en América que aquí.

—¿Y mi George? Señor, está en el frente. No me puedo marchar y que no tenga un lugar donde regresar. No le puedo dejar a su suerte. Y los otros chicos..., necesitamos el dinero que consiguen en la fábrica para comer.

John le prometió que volvería y le llevaría el dinero que pudiera. Evan al fin se despertó y la señora Smith lo miró con infinita ternura.

—No puedo creer lo que está pasando —dijo, volviéndose a emocionar mientras acariciaba al niño, que escondió su rostro en el pecho de John—. Y esta criatura... ¡Bendito sea Dios, qué desgracia! ¡Ay, señor, esto es horrible! ¿Cuándo terminará?

—Dios quiera que sea pronto.

—No tengo ni un pastel para obsequiarle.—Abigail de pronto se preocupó por no poder tener ni siquiera ese detalle con él.

—El mejor regalo ha sido encontrarla—dijo él, mientras se ponía en pie y la envolvía con el brazo que le dejaba libre Evan.

John la apretó contra sí. Entonces, tan solo rodeándola con los brazos, fue él quien logró que Abigail se destensara, saldando una cuenta imaginaria de sentimientos. La desconsolada cocinera sonrió un poco.

Durante un instante recordó que a veces la vida te deja sonreír todo el tiempo.

CAPÍTULO 16

Ypres, Bélgica
Puesto de Primeros Auxilios
13 de mayo de 1915

Querida Mary:
Hace un instante, he sucumbido de pronto al más terrible de los desalientos. Se ha esfumado la esperanza de que esto tenga un final honroso al cubrir hoy el rostro de un muchacho al que no he podido salvar la vida.

El pasado lunes llegó un soldado herido y deliraba. Hablaba de gente que caía desfallecida de hambre en plena calle, de niños que morían, de ancianos a los que la debilidad les hacía perder todos sus dientes. De repente, su errático discurso viraba sin sentido. Tan pronto se acordaba de su esposa e hijos, como abría mucho los ojos y nos decía, a gritos, que en Londres ya no suena la música. Pensé que le confundía el dolor al haber sufrido la amputación del brazo derecho. Ya no tenía efecto la morfina y su inquietud nos impedía tratarlo, así que siguió agitándose y gritando. Sus verdades. Sus miedos. Nos reclamaba que avisáramos a la gente para que no se alistase, para que no vinieran a este infierno, y al momento se agarraba con fuerza a Elsie con la mano que le quedaba, confundiéndola con su mujer, pidiéndole que no le olvidara. Su conmoción era tal que no fue necesario curar sus heridas. Su agitación nos robó ese tiempo esencial para que la sangre no abandonase su cuerpo. Como por desgracia sucede tantas veces, no pudimos salvarle la vida.

Sin embargo, a pesar de que oí a la perfección sus palabras, no surtieron tanto efecto en mi alma como en el momento en el que hace un rato he cubierto la cara de ese otro muchacho

Era apenas un niño, Mary. Un niño al que ambos conocíamos: George, el hijo mayor de la señora Smith. Estoy entrenado para lidiar con la muerte, llevo tanto tiempo mirándola a los ojos que apenas me altera ya y hoy... ha sido como volver al depósito aquel terrible día en el que Virginia murió. He acusado el golpe como si alguien me lo hubiera dado en la boca del estómago. Apenas podía respirar y hasta la enfermera, que no sabe que conozco al muchacho, se ha dado cuenta de que estaba a punto del llanto y me ha ordenado que saliera a tomar el aire.

Por eso escribo esta carta ahora, al caer la noche, en estos extraños momentos de calma que vivimos cada día, justo antes de que la ambulancia regrese con la muerte como pasajera. No puedo dormir, ni descansar, aunque sea lo que más le hace falta ahora mismo a mi cuerpo, que hace tiempo que bordea sus propios límites. Pero tampoco está mejor mi alma. Necesito sacar de mi ánimo lo que arde dentro de mí, gritar el horror que es esto, y necesito dejar una constancia escrita, porque solo vomitando las palabras creo que podré seguir adelante.

No voy a mandarte esta carta, no te llegaría aunque te encuentres bien. Sé por algunos soldados que hay censura en el correo, que no quieren que hagamos llegar a nuestras familias lo que aquí sucede porque, de saberse, sería imposible ya convencer a alguien para que se alistase. No creo que nadie, escuchando al hombre que la otra noche perdió el control, lo tachase de loco. No estaba loco. El dolor, la inminencia de la muerte, liberó sus palabras y esparció la verdad en este pequeño puesto de Primeros Auxilios. Deberían haberla escuchado quienes nos están sacrificando. Quienes nos hablaron de honor y patria deberían también haber mencionado que esto sería una carnicería. Pero, claro, no son ellos, el Alto Mando, quienes se dejarán la vida en las trincheras. Ellos, desde sus despachos, con su té caliente y su comida preparada en una cocina y no entre el barro, solo jugarán a poner banderitas sobre un mapa y a planear estrategias para que seamos otros los que sintamos las balas o el olor de la podredumbre de la muerte. Ellos no son los que llegan aquí como reses al matadero. Un matadero en el que somos a la vez víctimas y verdugos, en un sinsentido de odio que no alcanzo a comprender.

Si soy sincero, no tengo ni la más remota idea de para qué estamos luchando. Hace poco nos llegó un ejemplar del Times y lo que cuenta ni se parece a lo que está sucediendo aquí. Leo sobre patria, nación, sacrificio y todas esas palabras grandilocuentes. Leo que hay que exterminar al enemigo alemán y de pronto siento que hay algo que no encaja en mí. Soy médico. No estudié para acabar con vidas sino para salvarlas y, aunque aquí lo haga, sé que no muy lejos, al otro lado de esa enorme herida que le *hemos hecho a la tierra, puede que haya otro hombre que acabe de morir a manos del que yo estoy salvando.*

¿Para qué todo esto?

Mientras te escribo esta carta sin destino, George está siendo enterrado en una fosa común, junto con otros cuatro soldados que han muerto esta noche. Cumplieron su orden: «salta, avanza...» ¿Cómo se puede ordenar eso si al otro lado hay una ametralladora, que apenas yerra el tiro?

Estoy cansado de todo esto, Mary, y me siento solo, aunque esté rodeado de gente. Si no fuera por Elsie, que me distrae con las historias que me cuenta cada noche mientras esperamos la ambulancia, creo que habría sucumbido a la tentación de obedecer esa orden tan estúpida, aunque no fuera para mí.

«Salta, avanza, termina».

Tuyo,

James Payne

Jueves, 13 de mayo de 1915

A pesar de ser más de media tarde, Richard Davenport no se había levantado y era más que probable que no lo hiciera durante el resto del día. La ausencia de brandy en la bodega lo mantenía irascible y en el único lugar en el que parecía sentirse un poco menos irritado era en su cuarto, donde dormitaba la mitad del día. La otra mitad, lloraba como un niño, rompiendo de vez en cuando algún objeto en sus delirios, para desesperación de la señora Durrell. A fogonazos, el conde de Barton se deshacía de la nebulosa en la que lo mantenía el alcohol y empezaba a ser consciente de los errores que había cometido en los últimos años. Sin embargo, en otros momentos el alcohol teñía de monstruos su realidad y empezaba a gritar como un poseso, retirándose del cuerpo insectos imaginarios que amenazaban con devorarlo. Elisabeth, preocupada por la magnitud de sus alucinaciones, prefería que no saliera de sus aposentos ni para hacer las comidas en el salón azul. Era ella quien se las llevaba al cuarto y trataba de convencerlo de la necesidad de meter algo en el cuerpo, pero la mayor parte de las veces las bandejas regresaban intactas a la cocina.

Por su parte, ella se adueñó de la biblioteca. Colocó un sillón frente al ventanal y pasaba sus horas ocupándose como podía de las finanzas de la mansión, mientras no perdía de vista el camino de acceso. Le daba pánico que Charles apareciera y no le diera tiempo a proteger de su odio al pequeño Richard, o que llegase hasta su padre y le hiciera firmar cualquier documento que los pusiera a todos en peor situación de la que estaban. Por eso se levantó enseguida y abandonó los papeles que tenía entre manos cuando las vio llegar. Unas siluetas caminaban decididas hacia la entrada principal. Al principio, cuando ante sus ojos solo aparecían como figuras difusas moviéndose entre el verde de la pradera, no logró distinguir su vestimenta. Cuando sus pies tocaron el sendero de grava y se acercaron un poco más y ella corrió los visillos de la ventana, no le cupo ninguna duda de que se trataba de dos mujeres, probablemente mendigas. Era lo que les faltaba, que se acercasen hasta allí a pedir limosna. No iba a tener compasión porque, si la tenía, en pocos días un ejército de desarrapados llegaría atraído por su altruismo. Podía ser piadosa, había sido muy desprendida en el pasado, pero eran otros tiempos. Ahora tenía un hijo que no le importaba a su padre, del que tenía que cuidar, y un padre al que no le importaba más que adormecerse con el alcohol. Si ella no se ocupaba de asuntos como aquel, en poco tiempo empezarían a pasar hambre. Ya sentía angustia, soledad, desesperación. No necesitaba ni una sola emoción negativa más para completar el catálogo de tristezas en que se había convertido su vida.

Decidió ser ella misma la que echase a las vagabundas. Antes de que alcanzaran a llamar a la puerta, Elisabeth la abrió. Con un gesto adusto se quedó mirando a las dos mujeres que, en lugar de amedrentarse, aceleraron el paso hacia ella. Cuando estaban a unos escasos cinco metros, Elisabeth sintió que su corazón se agitaba enloquecido.

—¿Mary? ¡Mary!

Echó a correr y se lanzó a los brazos de su hermana pequeña, ignorando la tonelada de mugre que cubría su cuerpo. Ni siquiera registró el pésimo olor que desprendía, ni le importó que llegase despeinada y vestida con harapos. Mary se quedó unos instantes confusa, sin saber cómo reaccionar. No esperaba que su hermana la recibiera así, y mucho menos con el aspecto que tenía.

—¡Dios del cielo! ¿Qué te ha pasado?

—¿Está Charles? —preguntó Mary, preocupada, mientras miraba a la puerta de la mansión.

—No, no está. Se marchó hace días y no he vuelto a saber de él. ¿Pero qué haces aquí? ¿Cómo has llegado?

—Ahora te lo contaré todo, Elisabeth. No sé si te acuerdas de Sabine —dijo Mary, conminando a la niña, que se había quedado unos pasos por detrás, a que se acercase a su hermana. Esta saludó a Elisabeth con un leve asentimiento con la cabeza.

—Claro que la recuerdo. Vamos, seguidme. Voy a pedir a la señora Durrell que os prepare un baño mientras busco ropa para que os vistáis. Tenéis un aspecto terrible. ¿Qué ha pasado?

—Tenemos para charlar un largo rato.

—¡Oh, Mary! No sabes las ganas que tenía de verte.

—Y yo, hermana. Me muero por conocer a tu hijo.

Elisabeth, siempre tan loca, tan atolondrada, dejó escapar unas lágrimas. Parecía haber envejecido una década desde que no se veían. También parecía que una serenidad desconocida se había hecho dueña de su irreflexivo carácter del pasado.

—¿Le pasa algo?

—No, Mary, mi niño está bien. Es que te he echado mucho de menos.

Mary la abrazó por la cintura y juntas entraron en la casa. A la señora Durrell estuvo a punto de darle algo cuando vio a su pequeña Mary de esa guisa. No tardó ni media hora en preparar dos enormes bañeras con agua caliente para que las muchachas se adecentaran.

—¡Maldito hijo de puta! —dijo Mary, una hora después, en la biblioteca, donde estaba reunida con su hermana, su padre y Sabine.

Elisabeth se llevó las manos al pecho al escuchar semejante combinación de palabras saliendo de la boca de su hermana y Richard estuvo a punto de amonestarla pero, al ser consciente de que estaba en pijama en plena biblioteca, su mente se dispersó. Aquella que tenía delante le parecía su hija pequeña, aunque estaba muy cambiada y hablaba con unos modales poco propios de la hija de un conde, pero no estaba seguro. Además, no sabía quién era el hijo de puta del que hablaba. Él solo sabía que Elisabeth lo había despertado y le había hecho bajar a la biblioteca. Sin darle tiempo ni siquiera a vestirse. Eso no se le hacía a un padre, y menos a un conde. Fue a decir algo, a reclamar, pero Mary ya había tomado la palabra.

—No quiero que ponga un pie en Almond Hill en su vida, ¿entendido? —dijo esta, mirando fijamente a Elisabeth.

—Pero es mi marido, es un Davenport, es el heredero del título… no creo que podamos impedirlo…

—John compró todo esto y está a nuestro nombre, soy yo quien tiene todos los derechos sobre Almond Hill. Me ha costado entender que, por mucho miedo que le tenga, huir no conduce a ninguna parte. Tengo que enfrentarme a él, suceda lo que suceda.

—Reclamará a mi hijo… y a mí —dijo Elisabeth, con un hilo de voz—. Sabes que tiene derecho, Mary. Nos obligará a irnos con él.

Elisabeth le acababa de contar cómo era su relación con Charles. Ni siquiera le importó que su padre estuviera presente mientras narraba, con la voz temblorosa, las veces que había sido insultada por quien era su marido. Richard oía, pero ambas fueron conscientes de que no escuchaba, perdido en alguna parte del delirio al que la ausencia de alcohol lo había conducido. Llevaba ya muchas horas sin probar una gota y parecía que se encontraba mejor, los ataques de pánico estaban controlados, pero la apatía que presentaba lo aislaba de la realidad como una burbuja invisible.

—Nadie va a salir de aquí —dijo Mary—. Escribí a John y me dijo que vendría de Boston, y te aseguro que lo hará. Es un hombre de palabra. Él nos ayudará a librarnos de Charles.

—¿Y si no puede venir? El mundo se ha vuelto loco, Mary, y Charles más que el mundo. —Elisabeth estaba aterrada.

—Pues lo haré yo.

—Pero ¿tú? ¿Cómo? ¡Tú eres una mujer! ¿Qué pensarán? ¿Cómo vas a poder?

—Como se consigue todo: enfrentándote a los problemas.

Las palabras salieron de su boca con la convicción que las pronuncia alguien que sabe que, cuando no hay a quién pedir ayuda, siempre queda remangarse y ponerse a luchar por lo que se quiere. Mary llevaba un par de años haciéndolo y había perdido en ese tiempo muchas cosas, entre ellas el miedo a ser juzgada por los demás.

—Elisabeth, deja de preocuparte por el qué dirán. Eso no importa, importa que te puedas acostar y cerrar los ojos, descansar o que papá pueda ver a un médico para que nos diga qué le pasa. Importa que sobrevivamos a esta guerra. ¿El honor? ¿La decencia? ¿El comportarse como corresponde? Para mí esas palabras ya no tienen ninguna importancia de cara a los demás. Solo frente a mí misma. Solo hay una persona a la que quiero poder mirar a los ojos sin sentir vergüenza y esa soy yo. Y te aseguro que me avergüenza que los que quiero pasen necesidades si tengo dos manos con las que trabajar.

Richard, el conde de Barton, se olvidó de la compostura, de su edad, de sus modales y de su exquisita educación en Eton y comenzó a llorar como un niño. Sabine, que estaba más cerca, le ofreció un pañuelo y este le agarró la mano, dirigiéndose a ella en un tono dramático.

—He sido un mal padre —le dijo—. Por mi culpa estáis así, mis niñas queridas. Por mi culpa... Si vuestra madre os viera a las tres no me lo perdonaría, como tampoco me habrá perdonado Jane lo que le hice. Me merezco morir e ir al infierno por todos mis pecados. ¡Ay, mi pequeña! ¡Cuánto lo siento! Ese caballo no tenía que haber salido de la cuadra, debí darle un tiro en cuanto lo trajeron. ¡Nos ha llenado la casa de desdichas!

Elisabeth se acercó hasta Richard. Era inútil preguntarle de qué hablaba o decirle que Sabine, a la que agarraba con fuerza por las manos, no era su hija, o que no sabían de qué caballo hablaba. Estaba en uno de esos momentos en los que su mente confundía los caminos y el cerebro solo pronunciaba palabras al azar. A veces eran ecos lejanos de otras historias, pero, combinadas sin sentido, convertían sus discursos en rompecabezas que no merecía la pena reconstruir. Su hija mayor había aprendido a tranquilizarlo con gestos suaves. Cuando lo logró, le dijo a Mary que era absurdo intentar explicarle algo y contar con su apoyo. Esta estuvo de acuerdo y lo mandaron con el servicio a su cuarto. Sabine se fue con la señora Durrell, para hacerse cargo del pequeño Richard, y ellas se quedaron a solas en la biblioteca.

—Debiste contarme lo que estaba haciendo contigo mucho antes, Elisabeth. Hubiera venido a buscarte.

—No pude. Mary. Charles es mi marido.

—¡Tenemos que hacerle frente! —dijo, agarrando a su hermana por los brazos.

—¿Cómo? Somos solo dos mujeres...

—Dos personas, Elisabeth. Y vamos a poder.

—Conoce nuestros puntos débiles, los niños... Si le hace algo a Richard me moriré. Y a ti te pasará lo mismo si toca a Sabine.

Mary la soltó y acarició con los dedos una caja de caoba con incrustaciones de carey que reposaba en un aparador. Intentaba pensar en cómo proteger a Sabine y al pequeño Richard de Charles Davenport. Al fin y al cabo, él era el padre del niño y poco podían hacer si se empeñaba en llevárselo, pero tenían que intentarlo. Mary se quedó mirando la pared de la chimenea y se preguntó por qué no estaría allí el cuadro de Eros y Psique, si solo lo descolgaban cuando lady Ellen visitaba Almond Hill. Un inesperado dolor en el pecho la tomó por sorpresa al pensar en el dios y la princesa: la imagen de los dos enamorados era la misma que presidía la escalera de John, pero a ella a quien le traía a la mente era a James. Intentó no pensar en todo lo que sentía por él, no podía dejarse llevar por la amargura que suponía no saber si vivía.

—Podemos mandar a Richard y a Sabine con la abuela —propuso Elisabeth, sacándola de sus pensamientos.

—No. En cuanto lo supiera, se los llevaría y tardaríamos días en darnos cuenta de que los tiene. Cuando quisiéramos reaccionar, ya no los encontraríamos. La abuela ya no es la mujer fuerte que conocimos.

—Él no quiere a mi niño —dijo con la voz entrecortada.

—Él no quiere a nadie. Lo que necesitamos es averiguar cuál es su punto débil, igual que él sabe los nuestros.

Por más que pensaba, a Elisabeth no se le ocurría. Charles era el rey de la seguridad, el dueño absoluto casi del aire que respiraban todos los que alguna vez se situaban a su alrededor. No parecía tener amigos, pero tampoco enemigos declarados, pues todo el mundo conocía historias que le servían para sus chantajes y se cuidaban muy mucho de enfrentarlo. Nadie quería que salieran a la luz sus más íntimos secretos.

—No hay nadie que le importe —dijo Elisabeth.

—Tiene que haber algo...

—Almond Hill, quiere ser el dueño de esto cuando herede el título —aventuró Elisabeth.

—Lo sé, pero tiene que haber algo más.

Se quedó pensando en qué era lo que podía mover a Charles

a cometer un error que permitiera que ellas fueran quienes le tuvieran en sus manos.

—Te quiere a ti —dijo Elisabeth en un susurro.

Mary lo sabía, sabía que ella era el botín que buscaba Charles Davenport desde hacía años.

—No es amor, si es lo que has pensado alguna vez, Elisabeth. —Se acercó a su hermana y la tomó de las manos, llevándola hasta un sillón frente a la chimenea, donde decidió sincerarse con ella—. ¿Quién me habría creído si hubiera contado lo que trató de hacer conmigo en las cuadras cuando éramos apenas unos niños? —preguntó Mary.

Elisabeth no sabía a qué se refería su hermana, pero empezaba a temérselo por la mirada y el tono que había empleado. Despacio, eligiendo las palabras que menos dolían, Mary arrancó con un relato que llevaba años escondido en su interior, una historia que no había tenido el valor de compartir. La había intentado hundir en aquel lugar remoto donde van los recuerdos que no queremos guardar, pero resultó imposible. Poco a poco, con angustia, pero sin dejar escapar ni una lágrima, le contó aquella tarde junto a los caballos.

—Pude frenarlo —dijo, llegando al final de la historia—, a mí no me violó, pero no me lo ha perdonado todavía y creo que eso es peor que si lo hubiera conseguido. Siempre he vivido en alerta con él. Estoy segura de que seguirá buscándome durante toda mi vida hasta que obtenga de mí lo que pretendía ese día. No es amor, Elisabeth, es odio. Por eso, cuando llegó tu nota a casa de Abigail, me asusté tanto. Sé de lo que es capaz, no he dudado un instante sobre lo que me has contado tú porque lo conozco. Pero no puedo pasarme la vida huyendo. Tengo que hacerle frente.

En el exterior, se oyó un disparo lejano. Mary le preguntó a Elisabeth qué era aquello y esta, después de asomarse a la ventana y no ver nada anormal, le dijo que lo más probable era que el marido de la señora Durrell hubiera ido a cazar algo para la cena.

—Mira, ya sé qué vamos a hacer a partir de mañana, mientras se me ocurre cómo acabar con el imbécil de tu marido —dijo Mary.

—¿Qué?

—Puntería. Creo que es mucho más útil que aprendamos a disparar que tocar una pieza de Liszt.

—¿Quién querría tocar algo de un alemán en estos tiempos?

Mary rio ante la ocurrencia de su hermana y la abrazó. Se avecinaban tiempos complicados, casi más que los que había vivido ya, pero saberse acompañada por Elisabeth hacía que los encarase de mucho mejor humor. Si en la casa estuvieran además la señora Smith y sus hijos y John, la felicidad sería completa.

Casi.

En un rincón de su memoria, el mismo que se había agitado al recordar el cuadro, también estaba James. A él necesitaba olvidarlo, porque pensar en él le provocaba una añoranza insoportable. No quería pensar en alguien a quien probablemente había perdido por no dejarse llevar por lo que sentía por él. James era el pasado y el pasado nunca regresa.

Al menos nunca del mismo modo.

Jueves, 13 de mayo de 1915

La llegada de varios médicos y otras tantas enfermeras al puesto de Primeros Auxilios dio un respiro a James y Elsie, que pudieron tomarse un descanso. Las comunicaciones por mar con Gran Bretaña se veían dificultadas por la presencia de submarinos alemanes, y por eso los permisos para volver a las islas se denegaban una y otra vez, pero sus superiores sí les permitieron alejarse un poco más del frente. En un pueblecito a quince kilómetros del puesto, alquilaron dos habitaciones. Su única ocupación iba a consistir en relajarse unos días sin tener que atender a muchachos moribundos, un descanso mental más que necesario después de meses ininterrumpidos de noches en blanco. Durante ese tiempo, se prometieron que apartarían la guerra de sus conversaciones. Era casi imposible olvidarse de que existía, pero muy necesario pensar en otras cosas si querían seguir gozando de cordura. Se contaron fragmentos de sus vidas, momentos felices escogidos con mimo que tuvieron la misión de espantar durante algunos ratos su dolorosa rutina.

Elsie le contó que antes de la guerra había tenido novio, pero él se oponía a que después de casarse siguiera trabajando. Ella quería alcanzar su deseo de convertirse en médico, lo que a su novio le parecía un despropósito siendo una mujer. Insistía en que, en adelante, su cometido sería criar a los hijos que tuvieran. Para Elsie, que ansiaba ser útil, aquellos deseos fueron aniquilando cualquier sentimiento amoroso y tardó muy poco en romper su compromiso. Su padre aún no le había perdonado el escándalo que se montó entre sus amistades, aunque no sabía qué le pesaba más, si el que hubiera abandonado a su prometido o que la razón fuera su empecinamiento en formarse en una profesión que consideraba exclusivamente masculina. Pero ella tenía muy claro lo que quería, sabía que era capaz de ejercer la medicina y lo conseguiría costase lo que costase.

—No me cabe ninguna duda de que lograrás lo que te propongas —le dijo James, mientras regresaban al pueblo, después de dar un paseo por la orilla de un riachuelo.

—Me gustaría que llegase el día en el que no importara si eres hombre o mujer para ejercer cualquier profesión. ¿Quién dice que no podemos conseguir lo que nos propongamos solo por ser mujeres?

—Probablemente los mismos que tienen miedo de que lo consigáis.

Elsie sonrió.

—¿Sabe, doctor Payne, que es usted muy raro? —dijo ella en tono jocoso, empleando a propósito el trato formal.

—¿Yo? ¿Por qué?

—Pues porque hay muy pocos hombres que en estos tiempos hablen así de las mujeres.

—Quizá es porque me casé con una muy especial.

James, animado por aquellos momentos de paz, le habló de Anne, de su vinculación con las sufragistas y del coraje con el que vivió y murió. Le contó historias del hospital y de su vida cotidiana en Londres como médico. Le describió también las reuniones en casa de los Harris, a las que siguió acudiendo incluso después de que Anne ya hubiera muerto.

—Entonces habrás oído hablar de Louisa Garrett Anderson —le dijo Elsie.

—No solo he oído hablar, la conozco.

La enfermera le miró asombrada. Louisa era una de sus heroínas particulares, una mujer que había conseguido el sueño que ella anhelaba: convertirse en médico en un tiempo en el que muy pocas mujeres lo lograban.

—¿Cuándo la conociste? ¡Cuéntamelo, James, por favor! —suplicó emocionada.

—Hace unos años, cuando aún vivía Anne, nos encontramos una noche en casa de los Harris. Es una mujer de carácter y una excelente doctora. La última vez que coincidimos trabajaba en el Royal Free de Londres, aunque no estoy seguro de si eso fue antes o después de que la encarcelaran por romper una ventana con un ladrillo en una manifestación.

—¡Lo recuerdo! Lo leí en el periódico. Me hubiera gustado unirme a ellas en Londres en todas aquellas manifestaciones. Yo también hubiera roto ventanas. O le hubiera tirado a la cabeza el ladrillo a alguno de los policías que golpeaban a las mujeres.

Elsie puso mucho énfasis en sus palabras. Durante unos instantes a James le recordó a Anne, tenía la misma clase de empuje y decisión de los que se enamoró.

—Aún puedes unirte a la señora Pankhurst cuando todo esto termine —le señaló—. No me cabe duda de que le gustarás.

—Es verdad, tú la conoces.

James miró a Elsie un tanto sorprendido. Quiso saber de dónde había sacado tanta información sobre él y, sobre todo, por qué había ido precisamente a la trinchera donde él servía. No demandó a un médico cualquiera, lo buscaba a él y ni siquiera, estaba seguro de eso, había sido porque fuera el mejor dotado para las funciones que desempeñaba en el puesto de Primeros Auxilios.

—¿Quién te habló tan bien de mí como para que te empeñases tanto en que te acompañase? —preguntó.

—Te dije que nos habíamos visto en el St George, pero fue Alice Wilson, ¿te suena? —dijo ella.

—Sí, es una de las enfermeras del hospital. La conozco desde hace años. También es una sufragista.

—Alice estudió conmigo y nos veíamos a menudo. Un día fui a buscarla al hospital y en el pasillo la paraste para preguntarle por un enfermo. No pude evitar fijarme en ti, no eras como otros médicos, escuchaste a Alice con atención e incluso aplaudiste su iniciativa cuando te indicó que sería conveniente cambiar el tratamiento de uno de tus enfermos que no estaba respondiendo.

—No lo recuerdo —dijo James, con sinceridad.

—Pues yo sí, porque no había tropezado con un médico como tú nunca. Todos con los que trabajé menospreciaron siempre cualquier apreciación que se me ocurriera hacer, aunque después alguno de ellos acabase haciendo lo que yo sugerí. Por eso, poco después de empezar la guerra, cuando estaba buscando la manera de poner en marcha este proyecto, me acordé de ti. Busqué a Alice y le pregunté si ella creía que podrías estar interesado. Me dijo que te habías alistado y que, si había un médico al que podía convencer para que me ayudase a sacar mi idea adelante, dejándome actuar y no dándome órdenes, ese serías tú. Me puso en contacto con Robert Harris y por él supe dónde te encontrabas. La condición final del Almirantazgo para darme el permiso era que un hombre dirigiera el puesto. Me molestó, pero era una concesión mínima si podía conseguirlo. Insignificante si ese hombre eras tú.

Hasta ese momento James ni se había planteado que hubiera una jerarquía de mando. Elsie tomaba las decisiones de intendencia y él, las médicas, como si lo hubieran pactado, pero la verdad era que no habían mencionado el tema en ningún momento.

—¿Soy el director del puesto?

—Sí —sonrió, no se lo había comunicado nadie—, pero no vayas presumiendo de ello, no pienso dejarte tomar las decisiones importantes...

James soltó una carcajada, no iba a hacerlo. Le daba lo mismo lo que pusiera en los papeles, a todos los efectos era Elsie quien se ocupaba de dirigir aquel pequeño consultorio, aunque la llegada de refuerzos médicos podía cambiar un poco la situación.

—Cuando volvamos habrá más médicos, ¿lo sabes? —le dijo.

—Sí, va a ser difícil que alguno no intente hacer valer su condición de hombre para pasar por encima de mis decisiones.

—No te preocupes, les haremos creer que las tomo yo.

Le guiñó un ojo y siguieron caminando relajados. Les quedaba muy poco para llegar al pueblo. Casi habían conseguido durante unos minutos que la guerra no protagonizara sus pensamientos, pero al final la conversación derivó en ella. Era difícil abstraerse de la realidad. Sin ir más lejos, en esos instantes observaron la enorme sombra que dejaba en el suelo un zepelín alemán y miraron hacia el cielo. La bolsa de gas gigante se desplazaba casi en silencio y ambos se quedaron mirándolo, maravillados por el tamaño del ingenio.

—¿Te imaginas viajar en uno de ellos? —preguntó Elsie.

—No sé si me gustaría, va cargado de alemanes, me temo que

no nos recibirían con té y pastas —contestó James—. Además, ¿y si se cayera?

—Imagina que no fuera así. Sería estupendo ver el mundo desde ahí arriba.

—Sí, podrías ver las trincheras sin el peligro de que una bala te reventase la cabeza. Debe de ser precioso el panorama…

—¡Ay, James! ¿No hemos dicho que no íbamos a hablar de la guerra?

—La tenemos sobrevolando nuestras cabezas.

James la rodeó con un brazo por los hombros y le regaló un abrazo a medias. Mientras el zepelín se alejaba, ellos arribaron tarde a una ruidosa cantina atestada de soldados dispuestos a gastarse el dinero que cobraban por sus servicios a la patria en las pocas diversiones que ofrecía la zona: vino, un espectáculo de cabaret de dudosa calidad y prostitutas. Salvo las mujeres que se paseaban entre las mesas en ropa interior y otras que bailaban al ritmo de la música de un viejo piano, mostrándose sin decoro, la presencia femenina en aquella taberna se reducía a Elsie.

—Creo que no hemos elegido un buen sitio —dijo James, al percatarse de que habían concitado la atención de todos.

—El mundo hace tiempo que no es un buen sitio para nada, querido. No creo que tenga la más mínima importancia que me estén mirando. Al menos yo estoy vestida.

—¿No te molesta?

Elsie negó con la cabeza, mientras realizaba un barrido visual por la sala. Se fue deteniendo en algunos de los ojos que la observaban, intrigados por su presencia, pero enseguida se mostraban esquivos por la seguridad con la que ella les sostenía la mirada. No se amilanaba, no perdía el gesto de tranquilidad que caracterizaba su carácter. Los hombres, de inmediato, volvían la cabeza hacia la partida de naipes que los había mantenido entretenidos hasta que llegaron o centraban su atención en la desatinada coreografía de las bailarinas.

—Mira en lo que nos ha convertido esta guerra —dijo Elsie.

En su vistazo se había fijado en una de las prostitutas y se la señaló a James. No debía de tener más de quince años, era apenas una niña que se dejaba manosear por el que quisiera a cambio de unas monedas. Después de negociar con dos de ellos, desapareció hacia la planta superior de la cantina con el más alto. El otro encendió un cigarro, a la espera de su turno.

—Apuesto a que ella ni siquiera podría explicarle a alguien por qué hemos llegado a esto. Seguro que la primavera pasada esa criatura aún soñaba con una vida decente, con un marido, unos hijos.

—Es fácil soñar cuando la vida te sonríe. Lo complicado es seguir soñando cuando todo va mal —dijo James—. Se piensa mucho antes en comer.

Hacía tiempo que él no soñaba. Como mucho, las pesadillas invadían las horas de su descanso, pero los sueños felices se habían evaporado del todo. La ilusión por algo se había convertido en una emoción ajena a él. Si seguía en pie era porque en alguna parte de sí mismo quedaban tenues hilos de esperanza, esos que ataban sus recuerdos con fuerza, para que Mary no se marchase de ellos y se sintiera, definitivamente, perdido. A pesar de que no recibía respuesta a sus cartas, no quería rendirse, se obligaba a no pensar que aquella compañera cotidiana que era la muerte había alcanzado a Mary. Sabía que en el momento que se dejase llevar, que se rindiera a los pensamientos oscuros que a veces le asaltaban, no aguantaría un minuto más en el infierno de Ypres. Sería capaz de montarse en la ambulancia de Liz una noche y saltar de la trinchera para que una ametralladora alemana descosiera sus entrañas y le liberase del dolor que acumulaban.

—Te has quedado muy callado —dijo Elsie.

—Es que no veo el fin de esto.

—Yo tampoco lo veo, James, pero no podemos rendirnos. El día que lo hagamos, estaremos muertos.

—¿No crees que ya lo estamos un poco? Somos solo cadáveres que respiran.

Una mujer se acercó a la mesa que ocupaban a preguntarles qué querían. Elsie, sin preguntar a James, pidió dos copas de coñac, ante la estupefacción de él, que no la había visto beber alcohol nunca. Ella sonrió, muy segura de lo que estaba haciendo.

—Un día es un día —le dijo—. Creo que nos hace falta. Escucha —dijo mirándolo a los ojos y acercándose a su rostro—, mientras tu corazón siga latiendo, estarás vivo. Mientras respires, aunque sea este nauseabundo olor de la muerte, seguirás vivo. Y tienes que aferrarte a ello, porque de ti no depende solo tu vida.

—Soy médico, lo sé, y a veces tengo la suerte de llegar a tiempo para alguno de estos pobres diablos. Algunas veces consigo remendarlos para que vuelvan a casa.

—No me refería solo a ellos. Te hablo de mí.

La intensa mirada de Elsie le reveló que no mentía, que estaba a punto de decirle algo importante para lo cual quizá había necesitado la copa de coñac. Ella la había acabado de un trago y en ese instante fue él quien lo hizo. El calor del licor recorriendo sus entrañas lo reconfortó y pidió otras dos copas que la cantinera trajo con presteza. Era el peor coñac que había probado en su vida, pero daba lo mismo.

—James, la vida es la diferencia de dos instantes. En uno estás vivo y al siguiente has dejado este cuerpo que guarda lo que eres y desapareces. Tu envoltorio se empieza a pudrir y solo sirve de alimento a los gusanos o a las alimañas del campo. No somos más.

—Pero ¿y tu alma?

—¿Alma? ¿Dios? ¿Me vas a hablar de esas cosas después de todo lo que estamos viendo? James, no creo que haya un Dios, al menos no uno que sea como nos han hecho creer. ¿Un Dios justo permitiría esto? ¿Permitiría tantas muertes? ¿Permitiría que a esa niña que hemos visto se le hayan acabado tan pronto los sueños?

—Yo necesito creer en algo, Elsie.

—Y yo. Necesito creer que volveré a casa, que haré un viaje en coche, que iré a París a ver esa torre tan inmensa que tienen. Necesito soñar que un día de estos haré planes para ir al cinematógrafo o a presenciar una ópera en Londres. Necesito cosas de verdad, no dioses que se olvidan de sus hijos y los abandonan en medio de una lluvia de balas.

Se recostó en la silla y terminó su segunda copa a la velocidad de la primera. La dejó de un golpe seco en la mesa. Notaba el coñac raspándole la garganta, pero sus efectos aún no habían hecho acto de presencia en su ánimo. Continuaba lúcida y tenía que contarle algunas cosas mientras así fuera, pero necesitaba la excusa de haber bebido por si él acababa escandalizado por lo que le iba a decir.

—Estoy aprendiendo mucho con esta guerra y no solo de medicina. Sé que aún no he vivido todo que querría vivir antes de acabar en una tumba, donde estoy convencida de que se acaba todo. No me interrumpas —le dijo alzando las manos, al ver que él iba a matizar algo—. Enfrentar al Almirantazgo fue lo primero que quise hacer convencida. En ese momento me pareció lo más importante, soñaba con algo grande, pero ahora sé que hay otras

cosas más pequeñas que también son esenciales. Cosas como las que te he contado, que solo me conciernen a mí y que no quiero que se queden pendientes.
—Si quieres, cuando regresemos, te llevaré a la ópera.
Elsie se tomó unos instantes para infundirse el valor que necesitaba. James no parecía ser consciente de lo que estaba a punto de decirle.
—Quiero vivir durante el tiempo que esté viva.
Le miró con intensidad, esperando quizá que hubiera entendido, pero él seguía perdido, recordando quizá las notas de alguna ópera o alguna película de las pocas que había visto. En realidad, ella misma no sabía cómo enfrentar la petición que estaba a punto de hacerle y por eso daba vueltas mientras encontraba el valor necesario para hablar claro. Se apoyó en la mesa y, sin dejar de mirarle, acercó su rostro todo lo que pudo al de James para buscar una postura confidente.
—Quiero pedirle a la dueña de la cantina una botella de coñac y subir contigo a una de esas habitaciones de la planta de arriba.
La cara de James le reveló que no esperaba una petición similar. Ella siguió hablando, alentada por el valor que le habían dado las dos copas.
—Quiero saber qué se siente cuando estás con un hombre antes de morir y quiero que sea contigo. Sé que cualquiera de los que están aquí estaría más que dispuesto, pero me gustaría elegir a mí.
La seguridad con la que hablaba, el nulo pudor que mostraba al plantear un tema tan delicado, contrastaba con el rubor que se había instalado en sus mejillas. James, en ese instante, no supo distinguir si era por el alcohol o por lo que le estaba diciendo. Había coincidido en su vida con muchas mujeres decididas, pero era la primera vez que se encontraba ante una petición tan directa por parte de una.
—Yo nunca he estado casada, James. Hasta que dejé a mi prometido y me enfrenté al Alto Mando, nunca había hecho nada que no fuera extremadamente correcto. No he estado con ningún hombre y no me quiero morir sin saber qué se siente. A estas alturas, no creo en un Dios al que deba rendirle cuentas y te aseguro que me importa tan poco como a estas mujeres mi reputación.
—Pero, ¿no crees que deberías sentir algo profundo por el hombre con el que des ese paso?

—James, no me puedo creer que seas tú quien me hable así a mí. Mira a tu alrededor, ¿crees que esa muchacha que acabamos de ver tiene sentimientos profundos por el soldado con el que ha subido? ¿O por el que espera?

—Necesita dinero.

—Pues considera que esto es algo así. Yo necesito saber qué se siente. Y además, yo sí siento afecto por ti, aunque solo sea por lo que hemos vivido juntos estos últimos meses.

Pidió una tercera copa a la cantinera. James, con ella entre las manos, se quedó callado, sopesando las palabras de Elsie. Vivir antes de morir no era tan descabellado, sabía lo que se siente cuando uno guarda cuentas pendientes. Para él, la suya era Mary, hablar con ella, confesarle sus sentimientos. También sabía que era posible que Elsie llevase razón y nunca más volvieran a sus casas, porque la muerte jugaba cada día a lanzar sus dados con todos los que estaban allí, y en cualquier momento podría tocarles a ellos.

Sopesó sus palabras: vivir antes de morir. Tal vez necesitaba eso, sentir algo más que angustia, que esa pesadumbre consciente que sobrevolaba su ánimo desde que se alistó. Quizá no era tan mala idea concederle ese deseo a Elsie.

Fue él quien le pidió la habitación y la botella a la cantinera. Solo esperaba no acabar arrepintiéndose.

Viernes, 14 de mayo de 1915

Victoria se presentó sin avisar en casa de John Lowell a media mañana. Justo en el instante en el que él iba a poner un pie en la calle, ella se dispuso a tocar su puerta. Se quedaron inmóviles unos segundos, aturdidos por la casualidad. La mano en alto de ella, con el puño cerrado, preparado para llamar. La mano de él en el pomo, confuso por encontrarla de frente cuando era precisamente a buscarla adonde se dirigía. Durante unos instantes, ninguno se movió. Fue John quien primero sonrió, mientras que la reacción de Victoria estuvo más próxima a la ira. Aunque bajó la mano, no deshizo el puño, lo dejó apretado junto a su falda. Estaba furiosa con él.

—¿Cómo se te ocurre venir a Londres con la que está cayendo, pedazo de idiota? —le dijo.

—¡Vaya! ¿Dónde están sus buenos modales, señorita Townsend? —preguntó John, con algo de ironía, aunque aderezado con su mejor sonrisa. Se alegraba muchísimo de volver a verla.

—A la basura los buenos modales, John. Casi me muero de un ataque al corazón cuando el hijo pequeño de la señora Smith ha venido a primera hora de la mañana a mi casa y me ha contado que viajaste en el Lusitania. ¿A quién se le ocurre venir en barco con todos esos submarinos alemanes hundiendo barcos? ¿Eres tonto? ¡Podrías haber muerto! —le gritó.

—¿Quieres pasar o seguimos discutiendo aquí, para que se entere medio Londres?

John terminó de abrir la puerta, invitándola a entrar. Cuando Victoria traspasó el umbral, ambos se fundieron en un emotivo abrazo.

—Podías haber muerto —repitió ella mientras temblaba envuelta en sus brazos.

—Pero estoy aquí.

—Más te vale que por mucho tiempo, si no quieres que me enfade.

Se separó de él y le miró a los ojos mientras le tomaba de las manos. Victoria, preocupada por las tremendas noticias que le había hecho llegar el pequeño de la señora Smith, no alcanzó a ver que, agarrado a las piernas de John, había un niño. Cuando se dio cuenta de su presencia y se agachó para ponerse a su altura, este escondió el rostro tras el pantalón.

—Así que tú eres Evan.

—¿Cómo sabes su nombre?

—Te acabo de decir que he hablado con Peter, no se ha ahorrado ningún detalle —dijo Victoria. Volvió su atención a Evan—. Toma, te he traído esto.

Sacó un caramelo del bolsito de tela que colgaba de su muñeca izquierda y se lo dio al niño, que antes de aceptarlo miró a John esperando su consentimiento. Cuando este le dio permiso, se lo metió en la boca. El joven tomó en brazos al pequeño e invitó a Victoria a que lo siguiera a la cocina. Una vez allí, mientras ella se sentaba, preparó té para los dos y le dio a Evan una galleta. El niño jugueteó con ella mientras terminaba de comerse el caramelo. Victoria se quitó el bolso, los guantes y el sombrero y los puso a su lado. Miraba a John sorprendida por la soltura con la que se movía en la cocina.

—Veo que te las arreglas bien —dijo.
—He vivido solo, he tenido que aprender —le contestó él, sin perder la sonrisa.
—¿Siempre?
—¿Cómo dices?
—Que si siempre has vivido solo; no es eso lo que tengo entendido.
—¿Ah, no? ¿Cómo sabes tanto de mi vida? —preguntó interesado John.

Después de servir el té, se sentó a su lado en la mesa y recolocó la silla para poder mirarla a los ojos. John no los recordaba tan azules, o quizá era que en ese instante brillaban con más intensidad, reflejando una tormenta de emociones que Victoria libraba en su interior. Angustia por lo que había pasado, alivio porque él se salvara y algo más que en ese momento él no era capaz de precisar. También constató que en los años que llevaba fuera, Victoria se había convertido en una preciosidad. Mucho más alta que la mayoría, su cuerpo delgado, sus facciones suaves, acompañadas de sus modales elegantes y esos increíbles ojos la convertían en una dama que llamaba la atención. Tal vez se había percatado de su cambio la última vez que regresó, pero fue en ese instante cuando de verdad se sintió impresionado por su belleza.

—Ya que no contestabas mis cartas, me dediqué a hacer preguntas. Sé que vivías con una mujer llamada Felicia.

John sonrió. No esperaba que supiera nada de Felicia y mucho menos que la mencionase en un tono que había sonado a ¿celos? ¿Podría ser eso lo que estaba notando? Decidió provocarla para observar su reacción.

—En efecto, viví con una mujer llamada Felicia, y resultó ser muy… placentero. En todos los sentidos.

Al decirlo, sonrió de manera maliciosa, sin dejar de mirar a Victoria, que no pudo evitar sonrojarse. Aunque fuera una mujer de carácter, había ciertas cuestiones en las que no tenía mucha experiencia y la actitud de John la estaba confundiendo.

—Tampoco es necesario que me des detalles —dijo ella, tratando de controlar la situación antes de ponerse en evidencia.

—Felicia ya es pasado —dijo John—. ¿Algo más que necesites saber de mí?

Recogió una miguita de la mesa con aparente descuido y la

tiró al suelo, para después posar sus ojos en los de Victoria y volver a sonreírle. Inquieta por la manera en la que John la miraba, ella carraspeó e intentó aparentar serenidad.

—Bueno, la verdad es que no he venido a hablar de tu pasado, por muy intrigada que me tenga...

—¿Te intriga? —la interrumpió él.

—Mucho, John. Has pasado de ser un Lowell, el hijo de un sombrerero de Londres, a ser el hijo de un conde. Resides en Boston, donde has estado viviendo con una mujer durante bastante tiempo sin estar casado con ella y ya no eres mi primo. Me gustaría saber cuántas más cosas desconozco de ti.

Gesticuló tanto que acabó tirando su bolsito al suelo. Ambos se agacharon a recogerlo, aunque John fue más rápido. Sus cabezas se quedaron a tan pocos centímetros que eran capaces de notar el aliento del otro en el rostro.

—¿Y por qué lo quieres saber? —preguntó, mientras se lo daba, sin dejar de mirarla.

—Curiosidad —dijo ella.

—¿De prima?

—O de mujer que ya no es tu prima —dijo Victoria, arrepintiéndose al instante de que se le hubiera escapado aquella confesión.

El silencio se adueñó de la cocina, interrumpido tan solo por el crepitar de las llamas en el horno de leña que calentaba el ambiente. Él no había errado en su percepción. Estaba celosa. Sus ojos se movieron desde los de Victoria hasta sus labios y el pecho de ella subió y bajó en un ritmo distinto. Pasaron los segundos y un temblor íntimo se apoderó de ambos. Durante toda su vida habían sido muy cómplices, pero siempre se habían mirado como los primos que creían que eran. Ahora, conscientes de que eso no era así, su complicidad empezó a recolocarse y surgieron emociones imprevistas.

John tragó saliva y acercó su rostro al de Victoria.

Ella no hizo nada por apartarse.

Evan estornudó.

Ambos miraron al niño, que seguía entretenido jugando con la galleta y, cuando volvieron a entrelazar sus ojos, Victoria buscó un pañuelo para limpiarle los mocos. Se preguntó qué demonios le estaba pasando para comportarse como una idiota.

—Estás buscando a Mary, ¿verdad? —preguntó, cuando acabó de adecentar a Evan.

John recordó que había viajado a Londres solo para buscar a su hermana, con el firme propósito de llevársela con él a Boston. Pero, para ello, primero tenía que encontrarla. No podía distraerse con nada, urgía salir de aquella Europa en guerra cuanto antes. Estaba sorprendido por su reacción al volver a encontrarse con Victoria, le despertaba curiosidad saber qué era lo que había pasado en esos instantes entre los dos para que la hubiera empezado a mirar con otros ojos, pero no era el momento ni siquiera de pensar en ello.

—¿Sabes algo de ella? —le preguntó.

—Nada más que lo que te dijo la señora Smith. Sabine y ella pasaron por mi casa, pero su aspecto era tan horrible que mis sirvientas no las reconocieron. Hay mucha gente mendigando, la vida se ha vuelto muy dura aquí, y pensaron que eran vagabundas sin más. Cuando sospeché que era posible que fueran ellas no supe ni por dónde empezar a buscar.

»Las mujeres para las que cosía no la han visto desde hace meses. He preguntado por los Harris, pero se han marchado al frente como apoyo médico. Y James Payne también, se fue antes incluso.

Al escuchar la mención a James, John se levantó de la silla y se dirigió a la alacena. Recogió de ella unas cartas que había dejado allí el día que llegó, las cartas que el médico había estado enviando a Mary y que encontró esparcidas por el suelo de la entrada. Las dejó delante de Victoria en la mesa, que enseguida miró el remite, una escueta dirección que hablaba de un puesto de Primeros Auxilios en Ypres.

—¿No las has abierto?

—Son para Mary, no debo abrirlas —dijo John.

—Eso no es aplicable cuando se trata de una emergencia, dame un cuchillo. Quizá él nos pueda ayudar a saber dónde está.

—Si le está mandando las cartas aquí, dudo mucho que lo sepa.

A pesar de que no estaba de acuerdo en husmear en correspondencia ajena, John se levantó de la silla y buscó un cuchillo en uno de los cajones de la alacena. Victoria, impaciente, en cuanto lo tuvo en sus manos rasgó el papel con cuidado y extrajo la primera carta. Enseguida hizo lo mismo con la otra. Decidió empezar a leerlas en orden cronológico, siguiendo las fechas que aparecían en la parte superior derecha. Leyó en voz alta. La dureza de lo que contaba James, los sentimientos que flotaban entre las palabras la conmovieron hasta que no pudo seguir y tuvo que ser John quien concluyera. Las cartas no les ayudaron a saber el paradero de Mary, pero confirmaron lo que ambos siempre habían sospechado, que el médico estaba enamorado. Sin embargo, como ellos, ignoraba dónde se podía haber metido la muchacha incluso desde hacía mucho más tiempo, desde antes de que Sabine y ella dejaran la casa de John.

—No nos va a servir de ayuda, ya te lo dije. Y encima hemos leído su correspondencia —dijo John.

—Se lo explicaré yo cuando la encontremos, no te preocupes ahora por eso. Además, ¿qué problema hay porque sepamos que el doctor la quiere?

John paseó por la cocina inquieto. Seguía sin saber dónde buscar a Mary. El poco tiempo que había pasado viviendo con ella no se había relacionado con nadie. Le quedaban, no obstante, las bazas de visitar a lady Bedford, su abuela, o pasar por Almond Hill para tratar de averiguar si su padre o Elisabeth sabían algo. La primera opción le parecía descabellada. Sabía de lo estricto de la duquesa y, además, era la madre de la mujer por la que Richard había abandonado a la suya. No estaba seguro de que le fuera a recibir con los brazos abiertos, por muy loable que fuera su misión de buscar a su nieta para ponerla a salvo de la guerra y sus consecuencias.

—Solo te queda entonces ir a Almond Hill —le dijo Victoria.

—En efecto, aunque malditas las ganas que tengo de ver a Richard Davenport.

—Tu padre…

—Mi padre siempre será John Lowell, Victoria.

—Ya lo sé, sé que es lo que sientes, pero, aunque no te guste, lo es.

No era algo de lo que se sintiera orgulloso.

—Solo me faltaría llegar allí y encontrarme con el imbécil de su sobrino. No sé si seré capaz de contenerme y no partirle la cara.

—Pero ya no queda nadie más a quien preguntar. Dudo muchísimo que Mary esté allí si se ha marchado huyendo de Charles, pero tienes que intentarlo. Tal vez tu otra hermana sepa algo.

—Sí, es posible. Gracias por venir, Victoria —dijo John, tomándola de las manos. Notó un leve estremecimiento, que ella enseguida se apresuró a disimular, soltándose.

—De gracias nada, me debes un favor.

—Hablando de favores, van a ser dos; debo pedirte otro.

—Tú dirás, John.

—No quiero llevar a Evan conmigo a Almond Hill, será un viaje rápido y es muy cansado para un niño. Además, no quiero seguir explicándole a todo el mundo quién es. ¿Podrías quedarte con él?

Victoria miró al pequeño. Peter le había dicho poco de él, que se salvó con John del hundimiento del barco y que él se negaba a dejarlo en el hospicio, una vez que averiguó que estaba solo en el mundo. En ese momento, Evan también la miró y ella le hizo una caricia en el rostro.

—Claro que sí. Propongo una cosa, venid a mi casa a cenar. O mejor, quedaos el tiempo que paséis aquí conmigo, John. Esto… —miró a su alrededor y la oscura cocina le devolvió una sensación de desaliento—, esto no es lugar para nadie, necesita cuidados. Hay polvo de meses.

—Si estuviera solo te diría que no, que me las puedo arreglar, pero creo que llevas razón. Si a tu madre no le importa acogernos…

—Claro que no. A pesar de todo, nunca dejarás de ser su sobrino. Tiene muchas ganas de verte.

Volvieron a mirarse en silencio. Victoria debía recordarse que, por mucho que John no fuera un Lowell de sangre, de cara a todo el mundo seguía siendo su primo. Le podía parecer el hombre más atractivo sobre la Tierra, pero debía deshacerse de esos sentimientos porque no estaban bien.

—¿Nos vamos? —le preguntó.

—Dame un minuto.

John recogió una pequeña maleta con un traje que había dejado antes de irse a Boston la última vez y un par de cosas que había conseguido para Evan y se reunió con el niño y Victoria, que le esperaban en la entrada de la casa. Juntos salieron a la calle. Una fina lluvia de primavera los acompañó en su paseo hasta la casa de los Townsend.

Mientras caminaban, un hombre no perdía de vista a la pareja.

Siguió sus pasos a una distancia suficiente para que no se percatasen de su presencia.

Dos días después, la estación de Liverpool Street arropó a John con su manto de hierro y cristal. Se había despedido de Victoria y Evan con la promesa de que regresaría cuanto antes. Su estancia en Almond Hill se limitaría al tiempo necesario para preguntar por Mary. Si estaba allí, encontraría los argumentos necesarios para hacerla volver con él.

Estaba nervioso. Almond Hill suponía volver a ver a Richard y esa era una idea que no le atraía en absoluto. Solo con pensar en él, se desencadenaba una furiosa tormenta en su interior.

Se sentó en un banco mientras esperaba al ferrocarril que conectaba Londres con Chelmsford, con su pequeño equipaje a los pies. Se frotaba las manos, inquieto, deseando que el tren llegase lo antes posible.

Lo siguiente que notó fue un fuerte golpe que le dejó sin sentido.

Al despertar, horas después, se encontró en un tren camino de Francia, vestido con un uniforme militar.

—Vaya, parece que el señorito despierta de la curda que lo ha traído hasta aquí —dijo un joven vestido de uniforme, sentado frente a él.

John se tocó la nuca. Un dolor sordo se hizo presente, acompañado de un terrible dolor de cabeza.

—¿Dónde estamos? —preguntó.

—Vamos camino de cumplir con nuestro deber.

El soldado le guiñó un ojo y sonrió. John todavía tardó un tiempo en asumir que no estaba soñando, que aquella situación, por extraña que fuera, estaba siendo real. Se acordó de su maleta, donde guardaba el dinero que llevaba consigo, pero no la localizó a su alrededor. Se palpó los bolsillos del uniforme y en uno de ellos encontró varios papeles, entre ellos un certificado de alistamiento en el que se había estampado una firma y un nombre que no eran los suyos.

John echó un vistazo al resto de soldados que formaban parte del compartimento en el que se encontraba. Ninguno parecía prestarle demasiada atención, iban animados en una charla envuelta en palabras patrióticas. Volvió a mirar el documento, incrédulo. No recordaba cómo había llegado hasta allí.

Intentó que el oficial que estaba al mando de la tropa le escuchara. Él no se había alistado. Esos papeles no eran sus documentos. Ese no era el tren donde tenía que estar. Sus argumentos solo sirvieron para que los demás lo tomasen por cobarde y empezara con mal pie en el ejército: como soldado tendría el privilegio, en cuanto pusieran un pie en el continente, el de ocupar el peor lugar en las trincheras.

Felicia llevaba razón, como siempre.

Regresar a Europa había sido una idea nefasta.

TERCERA PARTE

CAPÍTULO 17

Somme, Francia
Diario de John
8 de septiembre de 1916

Dicen los veteranos que aún no ha llegado lo peor. Supongo que sabrán de lo que hablan, no sé, a veces están tan bebidos que llego a pensar que mienten todo el tiempo. Ellos también pensaban lo mismo de mí cuando llegué, pensaban que mentía. Yo también estoy bebido la mayor parte del tiempo.

Soy Caleb Craig. Me lo repito a cada instante, para no olvidarme. Soy el soldado Caleb Craig y mi único objetivo es mantenerme vivo. Ya no intento decirle a nadie que hubo un tiempo en el que fui otro. Ya no insisto en mandar cartas a mi familia que no obtienen respuesta. Soy Caleb Craig y no llevo la cuenta de las vidas de los hombres que he segado. Ni del ron que he bebido.

Ginchy ha caído hoy, unos días después de que sacáramos a los alemanes de Guillemont. La tropa está eufórica. Dicen que está a punto de llegar un arma nueva con la que seremos invencibles. No sé. Solo sé que tendré que seguir matando para continuar vivo.

Una vez conocí a un alemán en Boston. Me pareció un buen tipo. Yo antes también parecía un buen tipo, pero antes era John y no Caleb.

Soy Caleb Craig y tengo que continuar vivo.

Domingo, 1 de octubre de 1916

El otoño hacía tiempo que había arropado a Almond Hill, salpicando el bosque con una sinfonía de ocres, amarillos y las tonalidades verdes de las últimas hojas que se resistían a dejar las ramas de los árboles. El pasto húmedo se asemejaba a una mullida y acogedora alfombra y olía a hierba fresca. Solo el trabajo de algún pájaro carpintero en la lejanía perturbaba la paz de los terrenos que rodeaban la mansión del conde de Barton. Eso y la charla de un hombre con un niño que presumía de tener casi trece años. Ambos llevaban apoyadas en el hombro escopetas de caza y caminaban juntos. Habían dejado los caballos atados en el cerezo, media milla atrás.

—¿Podremos cazar hoy un corzo? —preguntó el muchacho.

—Claro que no —dijo Richard—. Y mucho menos con la escopeta que llevas. Con esa munición vamos bien si consigues abatir a un conejo.

—¡Pues vaya! —se quejó.

—¡Vamos, ánimo! Antes de cazar un corzo hay que ser un experto cazador de conejos. Que yo sepa, solo les has dado a tres. Y dos escaparon malheridos.

Un gazapo gris cruzó varios metros por delante de ellos y, antes de que al muchacho le diera tiempo a reaccionar, Richard disparó. El conejo cayó desmadejado en mitad del prado, después de haber rodado varias veces sobre su costado por la inercia de la carrera.

—¡Guau! —gritó el niño, que ni siquiera había visto al animal echar a correr.

—Modere el lenguaje, jovencito, o nunca haremos de usted un hombre de provecho. Vaya a buscar el conejo, seguro que su madre encuentra la manera de cocinarlo para que nos chupemos los dedos.

—Modere el lenguaje, señor conde —dijo él—. Ayer me regañó por decir «chuparse los dedos».

—*Touché* —dijo Richard, echándose a reír. Aquel niño insolente siempre acababa diciendo la última palabra y, muchas veces, no exenta de razón.

Mientras cabalgaban de vuelta a Almond Hill, Richard agradecía en silencio la compañía de Peter Smith. Se habían convertido en inseparables desde que Mary trajera a la familia de Abigail, después de la muerte de George en el campo de batalla. Los otros dos muchachos, Brandon y Francis, quedaron al cargo de Martin, el mayordomo, que aseguró a su madre que les enseñaría todo lo necesario para convertirse en excelentes sirvientes. Peter, sin embargo, volvía loco al bueno de Martin. Era desobediente y tenía la mala costumbre de desaparecer en cuanto el hombre se despistaba. Mientras Mary y la señora Smith pensaban en qué hacer con él, encontró su sitio en Almond Hill en el lugar más inesperado: al lado del conde de Barton.

El niño fue quien lo ayudó a salir de su depresión.

Cuando los efectos del alcohol abandonaron por completo su organismo, lo que permaneció en Richard fue una tristeza infinita. Pensaba todo el tiempo en los errores que había ido cometiendo en su vida. Eran tantos los frentes abiertos y parecía tan poco despejado el camino para repararlos, que la mayoría de los días su único deseo era no levantarse de la cama o quedarse sentado en la biblioteca lamentándose.

Hasta una mañana.

Peter se coló en la biblioteca huyendo de Martin, que explicaba a sus hermanos el modo correcto de disponer la mesa en el salón azul. No le interesaba en absoluto la distancia entre los cubiertos y el plato o la posición correcta de la servilleta, así que, en cuanto pudo, se escapó. Entró en la sala de los libros de manera sigilosa, dispuesto a atrincherarse allí hasta la comida. Seguía cerrando la puerta con el mayor sigilo del que era capaz, cuando la voz de Richard, sentado en un sillón cerca de la ventana, lo sobresaltó:

—¿Se te ha perdido algo aquí?

Peter dio un respingo al oír el tono autoritario del conde. No temía tanto que fuera a delatarlo con Martin, sino a él mismo. Su madre le había advertido que no le molestase, que la gente como ellos no eran de su agrado. Si estaban allí era por la generosidad de Mary y debía comportarse para agradecerle que los hubiera acogido. La señora Smith no levantaba cabeza tras el fallecimiento de su hijo mayor y la pequeña de los Davenport se los había llevado a todos a Almond Hill para otorgarle un respiro. Abigail no había dudado en hacer lo mismo con ella cuando lo necesitó, así que la cocinera no había tenido opción de discutirle su decisión.

415

Peter seguía clavado en la puerta de la biblioteca, rígido. Había colocado los brazos pegados al cuerpo y alzado la barbilla, y parecía un militar diminuto dispuesto para pasar revista. Richard hizo otra pregunta que de ningún modo Peter esperaba:

—¿Sabes jugar al ajedrez?

El cuerpo de Peter se destensó producto del desconcierto. No sabía, ni siquiera había visto un ajedrez salvo en el escaparate de una tienda en Londres, así que negó con la cabeza, sin atreverse a pronunciar palabra. Richard se levantó del sillón, apoyado en su bastón, y se dirigió a una pequeña mesa cuadrada junto al ventanal que daba al jardín. Era de madera con incrustaciones de taracea de marfil, y sobre ella se disponían las piezas blancas y negras, listas para el inicio del juego. Richard acercó una silla y con un gesto con el bastón le indicó a Peter que hiciera lo mismo con otra y se sentase frente a él. Este ni dudó en obedecer.

—Supongo que tienes tiempo de aprender —le dijo al niño, que sacudió la cabeza de arriba abajo en repetidas ocasiones, más asustado que conforme.

Con paciencia, Richard fue explicándole qué representaba cada una de las piezas. Peter, fascinado por no haberse llevado una regañina, decidió que lo mejor que podía hacer era prestar atención. Antes de que acabara la mañana y llamasen al conde para decirle que era la hora de comer, el niño ya conocía el funcionamiento básico del juego. Martin, que entró para acompañar al conde al salón azul, puso un gesto de desagrado cuando vio al muchacho.

—Señor, le ruego que me disculpe, me llevaré a este pillastre de aquí inmediatamente. Venía a indicarle que la mesa será servida en diez minutos. Por si necesita cambiarse.

—No, gracias, Martin, no me voy a cambiar. Lo que sí le pido es que le diga a su madre que le dé un buen baño. Lo quiero esta tarde presentable.

—¿Para qué? —preguntó Peter, aterrado por la palabra «baño» más que por el hecho de que el conde lo reclamara a su lado.

—Porque tendremos que continuar la partida. Te falta mucho que aprender para ganarme y preferiría que no lo hiciera alguien que huele terriblemente a cuadra.

Peter se olisqueó la ropa y concluyó que el conde estaba en lo cierto, que sus ropas olían un poco a las caballerizas, otro lugar que solía usar para escaparse de Martin y sus lecciones de protocolo.

Desde ese día, Peter y Richard no se separaban. Para asombro de sus hijas y de la señora Smith, el conde encontró en el niño un motivo para levantarse. Peter fue la mano que le ayudó a abandonar el oscuro lugar donde le habían conducido el alcohol y los remordimientos. Mientras estaba con él, pensaba menos en el daño que les había hecho a Jane o a su misma esposa, a la que no fue capaz de amar como tal vez se merecía. A su lado, no pensaba tanto en el confuso dolor que le invadió un año antes, cuando les llegaron las últimas noticias de John.

Charles se presentó una tarde en Almond Hill, al poco de que Mary regresase. Sus hijas estaban con él y con aquella niña encantadora, Sabine, en la biblioteca, cuando su sobrino entró como hacía siempre, como si la mansión le perteneciera. Mary no se amedrentó a la hora de exigirle que se marchase. Sin embargo, Charles ni siquiera se inmutó. Con frialdad, le entregó unos papeles: la documentación de John Lowell.

Les aseguró que había muerto. Mary se desesperó, pidiéndole más datos, exigiéndole que le dijera dónde estaba enterrado y qué era lo que había pasado con él, pero Charles, consciente de que la noticia podía derribar la determinación que mostraba frente a él, se negó a darle más datos. Después, encaramado en esa ventaja emocional que había paralizado la firmeza de su prima, sentenció:

—Vendré a ver a mi hijo cuantas veces me apetezca, no podrás negarle la entrada al siguiente conde de Barton —le dijo a Mary.

Elisabeth suspiró. Al menos no había dicho que se llevaría al niño con él, como había llegado a temer. Entonces Charles la miró a ella y, despacio, se le acercó. Uno de sus dedos se paseó por el escote de una temblorosa Elisabeth, que era tan consciente como su hermana de que a quien no dejaba de mirar Charles mientras hacía aquello era a Mary. Cuando consideró que ambas estaban suficientemente alteradas, su mujer por lo mal que soportaba las manos sobre su cuerpo y Mary porque sabía que no podía prohibirle que se acercase a su hermana, miró de nuevo a Elisabeth.

—Tú vendrás conmigo.

Aquella escena era casi la primera que Richard recordaba con nitidez después de que dejase de beber. La confusión que sentía era cada vez menor y fue sustituida por una intolerable angustia que compartió con Mary. Por suerte, Londres no era un lugar en esos momentos repleto de actos sociales a los que asistir acompañado de su esposa, y enseguida Charles consideró a Elisabeth un estorbo y la devolvió al campo. Embarazada de nuevo. En marzo de ese año, había dado a luz una niña a la que habían impuesto el nombre de Catherine, un ángel que a sus siete meses comía, dormía y sonreía todo el tiempo.

De vez en cuando Charles regresaba y, dos veces más, se había llevado a Elisabeth con él, tras el nacimiento de la niña. De la última, aún no había regresado.

—¿Y podremos volver a cazar mañana? —preguntó Peter, un poco frustrado por no haber sido él el que abatiera al conejo.

Richard devolvió su atención al muchacho.

—Mañana lloverá todo el día, no es buena idea —le contestó.

Peter miró el cielo. Las nubes no lo cubrían por completo, no entendía cómo el conde podía saber que al día siguiente llovería, pero no le dio tiempo a formular la pregunta.

—A los viejos, el cuerpo nos habla. Me duele la rodilla, eso significa que mañana lloverá mucho.

Siguieron a lomos de los caballos, disfrutando el paseo de vuelta. Peter, además, pensando en que quería una rodilla que le anticipase los cambios de tiempo.

Richard Davenport ya no sentía que no hubiera brandy en la bodega desde hacía mucho, porque no lo necesitaba. Peter, con su desparpajo y sus ganas de vivir, había ido contagiando el ánimo del conde, que se había ido despojando de sus prejuicios y algunas de las costumbres de su antigua vida. Comenzó a disfrutar de la compañía de alguien a quien solo un par de años antes ni siquiera habría mirado. La felicidad se esconde en los lugares más insospechados y la suya la había encontrado en el hijo pequeño de la cocinera: le había enseñado a leer, a jugar al ajedrez y a montar los viejos caballos que quedaban en las cuadras y que no habían donado al ejército. En esos días, Peter recibía sus primeras lecciones de caza.

—Lleva ese conejo a tu madre —le dijo, cuando llegaron para dejar a los caballos en las cuadras.

Peter echó a correr hacia la cocina, con el conejo agarrado de las orejas, mientras Richard se dirigía a su cuarto a asearse y a cambiarse de ropa. Se encontró con Mary por el pasillo, que bajaba al salón para la comida.

—Buenos días, papá —le dijo—. ¿Dónde te has metido esta mañana?

—He estado de caza con Peter. Hemos traído un conejo.

Mary seguía sorprendida por el cambio que había obrado ese niño en Richard en poco más de un año, tanto como el que él había logrado con Peter. Si no lo hubiera traído de la ciudad a tiempo, se habría convertido en un delincuente. Su inquieto carácter ya le había dado más de un disgusto a Abigail.

—No te retrases para la comida —le dijo Richard a Mary.

Algunos hábitos del conde de Barton, aprendidos desde la infancia, no cambiaban, sin embargo. Seguía siendo intolerante con la impuntualidad y no lo abandonaba un cierto envaramiento en los modales. Encaró la escalera con la pose erguida y el gesto digno. Antes de perderse por el pasillo, Richard se dio la vuelta y miró a su hija. Perderlo todo había sido una lección. Exponerse al escándalo, otra. Beber para olvidarse, cobardía. Había decidido cambiar todo aquello, pero había costumbres marcadas tan a fuego en su carácter que aún le costaba desprenderse de ellas. Podría haber aceptado que los tiempos estaban cambiando, pero la buena educación en Almond Hill debería mantenerse.

Con una exquisita puntualidad británica, diez minutos después ocupaba su sitio en la mesa del salón azul. Mary se sentaba muy cerca de él y, un poco más retirado, al lado de Sabine, el pequeño Richard, el hijo de Elisabeth que empezaba a decir alguna palabra. La muchacha, que se había convertido en su niñera, no se separaba del niño, sobre todo ahora que su madre no estaba en la casa. Charles le había exigido que le acompañase a Londres sin los niños, por lo que en Almond Hill se habían tenido que hacer cargo de los pequeños. Antes de que empezaran a servir la mesa, Mary tenía noticias que contarle.

—Han traído la correspondencia, se habían extraviado dos cartas y las han acercado desde Chignall —dijo—. Camille nos manda saludos.

—¿Cómo está? —preguntó Sabine.

—Muy bien, hace un mes que se marchó a San Sebastián, en España. Dice que estará lejos de París hasta que termine la guerra. Me ha mandado una fotografía.

Les mostró una imagen en blanco y negro de Camille. Posaba en el elegante salón del hotel donde se alojaba. Richard se la arrebató y Mary temió que fuera a decir algo desaprobando su indumentaria: que la falda era más corta de lo que exigía el decoro o que aquel escote no era propio de una dama. Cualquiera de esos reproches que siempre salían de su boca al referirse a la modista. Se equivocó por completo.

—¿Dónde dices que está?

—En San Sebastián. —Volvió a mirar la carta para asegurarse—. En el hotel María Cristina. Dice que es precioso.

—¿Has visto este cuadro?

Mary se fijó en el que estaba al fondo en el salón, un poco borroso. Después miró a su padre, tan sorprendida como lo había estado él.

—Es igual que el cuadro de Eros y Psique que tenemos nosotros.

—Es muy extraño. Ese cuadro —tragó saliva antes de continuar— me lo regaló la madre de John. Fue lo único que me permití conservar de ella porque me ocupé de que nadie supiera nunca de dónde había salido. Lo compró para mí. Hace años que no lo he visto en Almond Hill.

Mary recordó la vidriera en la casa de John, la que contaba la misma historia del dios del amor y la princesa que le robó el corazón, y lo que le había contado la señora Smith del cariño particular que le tenía Jane.

—¿Crees que podría ser el mismo? —le preguntó.

—No lo sé. Cuando lo eché de menos, Martin me dijo que ordené quitarlo cuando tu abuela nos iba a visitar para la boda de Elisabeth, como siempre hacíamos cuando venía, pero no recuerdo si di órdenes para que lo volvieran a poner en su sitio. Supuse que estaría en el desván, pero la verdad es que entonces no me preocupé demasiado por averiguarlo.

Desvió la vista un poco avergonzado por aquel tiempo en el que la dejadez presidió sus días y agradeció en silencio el gesto de apoyo de Mary, que apretó con afecto su mano para indicarle que no pensara en ello. Martin entró en el salón con la comida y Richard le pidió que la dejase en la alacena y le contestase a una pregunta:

—¿Sabe dónde tenemos guardado el cuadro de Eros y Psique?

Martin titubeó. Hasta ese momento nadie parecía haber echado de menos la pintura y él agradeció no tener que dar explicaciones. Carraspeó.

—No está en Almond Hill, señor.

—¿Cómo que no está en Almond Hill? —Su tono brusco

envaró al mayordomo, que como todos se había acostumbrado a la novedosa amabilidad de Richard y no se esperaba escucharlo tan enfadado.

—No, señor. El cuadro no está.

—¿Y se puede saber qué ha sido de él? —Empezaba a ponerse furioso.

—Yo… solo sé que el joven Charles mandó que lo retirasen del marco y se lo llevó.

Mary y Richard se miraron desconcertados. Richard tiró la servilleta que tenía sobre las rodillas en la mesa y se levantó.

—¡No tenía ningún derecho a hacer eso y usted lo sabe!

Martin, que era un palmo más alto que el conde, pareció empequeñecerse de pronto.

—Disculpe, señor, intenté decírselo, pero no quiso escucharme.

—Papá, siéntate, averiguaremos cómo recuperarlo —le tranquilizó Mary.

—Yo… le pido disculpas, pensé que estaba de acuerdo…

Richard se sentó. Se le había pasado el hambre en un instante.

—Por favor, Martin —dijo Mary—, sirva la comida.

El mayordomo se quedó clavado en el suelo, sin moverse. Respiraba alterado, dudando entre volver a hablar o callar una información que le ardía dentro. Ante la mirada interrogante del conde de Barton, optó por deshacerse de ella.

—Señor, también faltan el jarrón del siglo XVIII que estaba en el pasillo del ala oeste y la vajilla francesa que perteneció a su abuela.

—¿Algo más? —bramó Richard.

—Puede que un reloj de cadena.

Mary se enfureció. Charles no podía disponer de los objetos de Almond Hill porque no eran suyos. Richard le hubiera golpeado con su bastón de tenerlo cerca. Le daban igual el jarrón, la vajilla o el reloj, pero ese cuadro significaba mucho para él.

—No sé cómo pude equivocarme tanto con ese muchacho —dijo.

—Papá, no es culpa tuya.

—¡Claro que es culpa mía! No debí dejarme arrastrar por…

Se interrumpió. Su lista de errores era tan larga que no encontró por cuál de ellos empezar a exponerla.

—Recuperaré el cuadro, te lo prometo —dijo Mary—. Le diré a Camille que lo compre de nuevo y Charles tendrá que darme explicaciones por habérselo llevado y por el resto de las cosas que no están.

—Ten cuidado con él…

—No me da miedo, papá. Hace mucho que dejé de temerlo.

Con un gesto indicó a Martin que empezase a servir la comida. La correspondencia no se quedaba en la carta de Camille, Mary tenía otra en su regazo. Quiso compartirla con su padre.

—Papá, también… me ha escrito el doctor Payne.

Mary se había vuelto loca para recuperar el contacto con James nada más volver a Almond Hill. Le costó mucho encontrar a alguien que le diera noticias, meses de incertidumbre enviando cartas al puesto de Ypres para las que no recibía respuesta. Con cada una de ellas se marchaba un poco la esperanza de volver a verlo, pero no se resignaba a pensar que pudiera haber muerto como John.

Tras la muerte de su hermano, localizó a Victoria en Londres para que averiguase qué le había ocurrido a John exactamente, pero la señorita Townsend fue incapaz de localizar su tumba. Ella estaba tan triste como Mary y ambas empezaron a intercambiar cartas con las que mitigaron en parte su dolor. Fue ella la que encontró a los padres de James. Cuando Mary pudo al fin saber que seguía vivo, lo habían trasladado y se encontraba en uno de los lugares más peligrosos en aquel momento: el Paso de Calais. La primera carta que recibió de él tardó horas en abrirla. Le temblaban las manos tanto que tuvo que hacer un enorme esfuerzo por serenarse. Antes de rasgar el papel le quedaba la esperanza de que siguiera siendo el mismo hombre que recordaba, pero no sabía qué podía encontrar en esas líneas. Estaba cansada de escuchar historias tristes, de hombres a los que su paso por las trincheras los había convertido en fantasmas, en sombras de quienes fueron antes de alistarse.

Cuando al fin reunió el valor, encontró una melancolía en él que no recordaba, pero con ella se mezclaba la alegría de saberla bien y a salvo en Almond Hill. Desde entonces, cada carta se había convertido en portadora de unos sentimientos que ninguno estaba dispuesto a ocultar más. Las cartas, personales y al margen de cualquier mención a la guerra, eran la razón que ambos encontraron para seguir levantándose cada día, una tabla de salvación, oxígeno en medio del naufragio en el que estaba sumido el mundo. El día de volver a verse se antojaba lejano y, por momentos, hasta una quimera, pero cada misiva era un escalón más, un paso salvado hasta que la vida, si lo tenía a bien, les diera otra oportunidad.

—¿Cómo están las cosas en Somme? —preguntó Richard.

—No lo sé, nunca cuenta nada de lo que sucede. Solo me dice que le han concedido un permiso para volver a casa. Papá... ¿te importaría que le invite a pasar unos días aquí?

—Es tu casa —dijo Richard—. Puedes hacer lo que te plazca.

Sus palabras sonaron tensas. Dejar que James Payne se quedase unos días en Almond Hill sería como dar su consentimiento a que su hija y él formalizaran una relación. Aunque Mary no le había dicho que existiera algo entre los dos, no había que ser muy observador para darse cuenta de que ella revivía con cada carta del joven médico. Richard no estaba seguro de lo que sentía en realidad. No estaba seguro de que pesara más el desagrado de que otra vez se casara con alguien sin cuna o el poderoso sentimiento de envidia que lo embargaba cuando se daba cuenta de que Mary, si él cedía, si hacía lo contrario de lo que habían hecho sus padres con él hacía años, encontraría la felicidad que él no tuvo.

—Dile que puede quedarse el tiempo que quiera. Nos vendrá bien un doctor en la familia.

Mary miró con desconcierto a un hombre que mantenía una lucha interna. No acababa de hablar un conde, sino solo un padre.

Domingo, 1 de octubre de 1916

Cuando el Alto Mando consideró que habían cumplido con su trabajo en Ypres, Elsie Kernock y el doctor James Payne fueron trasladados como apoyo médico al Paso de Calais, en las inmediaciones del río Somme, donde desde el mes de julio se libraba una cruenta batalla que acumulaba en su haber cientos de miles de bajas en ambos bandos. Llevaban ocupándose del funcionamiento de un improvisado hospital de campaña desde mediados de agosto y muchos habían sido días duros, pero como aquel con el que se inauguraba octubre de 1916 no lo recordaban. La lluvia que caía de forma intermitente durante todo el día había convertido el campo de batalla en un barrizal. Resguardados por una pequeña colina, los heridos se refugiaban por cientos bajo una endeble lona, situada a dos millas al oeste de la línea de trincheras.

—¡Elsie! ¡Más gasas! —gritó James, intentando hacerse oír.

El joven soldado al que atendía se desangraba. Cuando llegó a las manos de James apenas se podía sino darle un último consuelo, pero el doctor Payne nunca se rendía, ni siquiera cuando lo sensato era hacerlo.

—Ya está, James, déjalo —dijo Elsie, poniéndole una mano en el hombro.

—¡No!

—Sí, doctor. Hay otro muchacho que nos necesita más. Por favor.

Elsie arrastró a James hacia otro de los heridos, mientras le hacía una señal a una de las enfermeras para que cubriera el rostro del joven. Había muerto y no había tiempo para más consuelo que mostrarle un mínimo respeto, aquel que no tendrían todos los que habían caído en la batalla y que yacían en medio del fango. Muchos permanecerían en él, olvidados, sin que nadie reconociera su cadáver o le diera una digna sepultura. Aquel chico, aun con su desgraciado destino, había tenido suerte. Su familia podría llorarlo y no desesperarse por no saber qué había sido de él. Tendrían la certeza de su muerte.

—¡Doctor Payne! —gritó un soldado, que entró corriendo en la enorme tienda que constituía el centro neurálgico del hospital—. Traigo órdenes del capitán Milary, dice que me acompañe.

—¿Adónde? —preguntó James.

Mientras hablaba con el soldado, James atendía con Elsie al otro muchacho. Sus heridas no eran graves, sobreviviría si le sacaban pronto una bala que tenía alojada en el hombro y preservaban la herida de una infección que sí sería mortal. Se disponía a hacerlo. Sabía que, para que el joven no tuviera después problemas, aquello requería unas condiciones higiénicas mejores, pero lo único que podía hacer en ese desolador panorama era limpiar la zona con tintura de yodo y tratar de sacarle el metal cuanto antes. Ese lugar no era el consultorio de Ypres, alojado en un edificio de cemento y con sólidas paredes, sino una improvisada tienda de tela. Hacía mucho frío en su interior y el suelo de tierra, embarrado por el agua que se filtraba desde el exterior, temblaba a cada rato, recogiendo el eco de las bombas y los morteros que explotaban muy cerca.

—Elsie, sujeta el separador —ordenó el doctor.

Antes de hacerlo, ella le entregó a James unas pinzas, mientras el soldado que traía las órdenes del capital hacía esfuerzos por no marearse cuando los observaba operar. No se iría de allí sin el doctor Payne, el capitán Milary le había amenazado con ponerlo en primera línea si regresaba sin él.

James aplicó al herido fenol en la herida y este respondió con un respingo y un gemido. Gritó después, al sentir el instrumental médico hurgando en su hombro herido. La solución de ácido carbólico rebajada que le habían aplicado no era suficiente para anestesiarlo del dolor.

—Aguanta —le dijo James—. Terminaré enseguida.

—Señor —insistió el mensajero—, me tiene que acompañar hasta las trincheras. El comandante Parker ha sido herido y no saben si trasladarlo. El médico militar del destacamento ha caído. ¡Tiene que escucharme!

—Termino e iré, soldado, apártese y déjeme trabajar —dijo.

—Señor, el comandante Parker…

—¡Termino e iré! —repitió James, enfadado.

Ni siquiera la mención de un superior de tan alto rango hizo que despegase sus ojos del soldado al que atendía. En lo que a él respectaba, todas las personas eran iguales y su prioridad, en ese instante, tenía apenas veinte años y estaba tumbado frente a sus ojos con una bala en el cuerpo. Con cuidado, fue separando los músculos y buscando el proyectil entre la tierna carne del joven. Este apretaba los dientes, intentando no desmayarse. Le habían proporcionado un par de tragos de ron, porque no se podían permitir mucha más anestesia. Esa la reservaban para operaciones más serias, cuando había que amputar un miembro, por ejemplo. Un par de minutos después de que el mensajero intentara por última vez convencer a James, la bala cayó en una bacinilla que sujetaba Elsie.

—Lava bien la herida, cósela y véndala, y que le evacuen de inmediato —le dijo James a la enfermera—. Ahora sí nos podemos ir, soldado.

—Ten cuidado, James —le contestó Elsie.

Payne le dedicó una media sonrisa, le dio un beso en la mejilla, cogió su arma, un maletín con lo básico y siguió al soldado fuera de la tienda. Para moverse hasta el lugar donde esperaba el comandante Parker usaron una ambulancia de las que hacían constantes viajes para trasladar heridos desde el frente al puesto. Sin embargo, no fue sencillo llegar hasta la trinchera. El último tramo, de más de media milla, lo tuvieron que hacer agachados por un estrecho corredor, casi arrastrándose por el suelo embarrado. A las ambulancias no les era posible acercarse más. Continuaba lloviendo a ratos, pero en el momento en el que salieron el cielo se había tomado un ligero respiro. Lo que sí continuaba cayendo era munición alemana.

Cuando al fin llegaron a la trinchera, exhaustos y sucios, el comandante Parker yacía inconsciente. Una ráfaga de ametralladora le había cosido la pelvis izquierda. Por suerte para él no se había visto comprometido el abdomen, solo la zona del hueso de la cadera y la pierna y ninguna bala había acertado en una arteria. Con toda probabilidad no volvería a caminar sin ayuda de bastón, pero si lograba estabilizarlo lo más seguro sería que sobreviviera.

—Necesitamos sacarlo de aquí, me es imposible operar sin ayuda y necesito medicinas que están en el puesto.

No quiso aludir a las inoportunas gotas de lluvia que empezó a notar en el rostro, que comprometerían todavía más el empezar con una intervención en semejante lugar. A pesar de que habían puesto tablones en el suelo del agujero, para esquivar el temido pie de trinchera que padecían los soldados, aquel seguía siendo un lugar infecto.

—¿Usted cree que podemos moverlo, doctor? —le preguntó el capitán Milary.

El capitán de ninguna manera quería sentirse responsable de la muerte de un superior por haber tomado una mala decisión. Por eso no lo había tocado en cuanto perdió el conocimiento, prefirió delegar la decisión en el cuerpo médico y, a falta del doctor que había muerto hacía un rato, hizo llamar a James.

—Debemos. Aquí no podré hacer nada. Tiene al menos cuatro balas alojadas, de las que no veo orificio de salida, y cuento por lo menos tres disparos más que lo han atravesado. Busque a unos soldados y que traigan una camilla de cualquiera de las ambulancias. Mientras, lo único que haré será limpiar las heridas, pero hay que sacarlo de aquí.

Media hora después, estaban listos para trasladar al comandante, que no había despertado. Por suerte empezaba a anochecer; la intensidad del combate había decaído y el herido ya no estaba perdiendo sangre. Tenía posibilidades de salir airoso de aquel percance. Mientras varios soldados lo subían en una rústica camilla de madera, atándolo para que no se resbalase, James echó un rápido vistazo a la trinchera. Si todo iba según lo previsto, volvería a Londres en poco tiempo, con el primer permiso desde que empezó la guerra. Volvería a ver a Mary, después de más de dos años. Sabía que no extrañaría en absoluto lugares como aquel.

Se estaba dando la vuelta para marcharse cuando unos ojos tropezaron con los suyos. Un soldado le miró y él supo que lo había visto antes. Supuso que quizá lo habría atendido en el puesto de Primeros Auxilios, aunque en ese momento no logró ubicar cuándo. Una espesa barba cubría su rostro y dificultaba su identificación, aunque esos ojos los conocía, de eso sí estaba seguro. El ligero titubeo retrasó sus pasos y tardó un poco en volver al pasillo que servía de salida a la trinchera con la mente puesta en descifrar dónde se había cruzado con el soldado.

No le dio tiempo a pensar mucho más. Instantes después una bomba alemana impactaba a pocos metros de James, donde debería haber estado si no se hubiera entretenido, y salía despedido por la onda expansiva. Su cuerpo cayó desmadejado sobre el barro, a la vez que la tormenta crecía en intensidad.

Lunes, 2 de octubre de 1916

Cuando Elsie vio que la ambulancia llegó sin James no se extrañó. Pensó que quizá volvería andando, cubriendo la distancia de las dos millas que separaban el puesto de las trincheras a pie, porque en el vehículo apenas cabía nadie más. Pero poco después empezó a preocuparse, cuando fue consciente de que pasaba el tiempo y nadie era capaz de asegurarle que se había quedado por su voluntad. No tenía sentido que, siendo uno de los heridos el comandante Parker, hubieran dejado atrás al médico que dirigía aquel hospital improvisado, al que habían ido a buscar a propósito para que se ocupase de atenderlo porque el otro médico había muerto.

—¿Están seguros de que el doctor Payne dijo que vendría andando? —preguntó en repetidas ocasiones, pero nadie supo asegurárselo.

—Señorita Kernock —la apremió otro de los doctores—, acompáñeme. Debemos operar al comandante.

—Pero ¿no vamos a esperar al doctor Payne?

—¡Olvídese del doctor y ayúdeme! No podemos seguir perdiendo el tiempo.

Elsie cumplió su trabajo sin dejar de echar constantes vistazos a la cortina por la que esperaba que apareciera James. Sin embargo, él no lo hizo. Cuando terminaron la operación, se escabulló al exterior. El lluvioso día había dado paso a una noche húmeda y fría con cielo despejado, y se vio obligada a cubrir sus hombros con una manta. A esas horas un manto de estrellas arropaba el campo de batalla, cientos de miles de faros diminutos que desde el cielo vigilaban la tregua nocturna. Elsie encendió un cigarro, recordando las veces que los dos habían pasado un rato al raso esperando a que Megan y Liz regresaran con los heridos al antiguo puesto. Ninguna de esas noches se había sentido tan vulnerable como en aquellos momentos, porque en realidad allí no esperaba a nadie con quien le unieran más vínculos que la compasión. Mientras daba unas caladas, desvió la vista hacia la zona en la que se encontraba el frente, al otro lado del montículo, y no pudo evitar sentir en su pecho el peso de la ausencia de James. Inspiró varias veces, tratando de contener el sentimiento que amenazaba con desbordarla, pero no fue capaz. Primero despacio, después descontrolado, un torrente de lágrimas emborronó sus ojos y se llevó con ellas toda la seguridad de la que había hecho gala en los últimos dos años.

No había llorado en toda la guerra.

Se abandonó al ligero alivio que suponía liberar las emociones de ese modo y cuando lo sintió casi consumido, apagó el cigarro contra el suelo. Volvió a entrar en el puesto apartando la cortina que lo aislaba del frío exterior. Una enfermera requirió enseguida sus servicios, pero al observar sus ojos irritados cambió de idea y le puso una mano en el hombro. Todo el mundo estaba al tanto de la desaparición del doctor Payne y del estrecho vínculo que los unía.

—Esto te va a venir bien —le dijo la joven.

Y le tendió una botella de ron, de las que usaban para suplir la carencia de anestesia. Ahora era ella la que necesitaba que su dolor se adormeciera, que se aletargara en algún rincón de la conciencia y le permitiera descansar. Pero no fue suficiente para hacerla dormir. Aquel amanecer, después de haber pasado la noche en un ligero duermevela, Elsie abrió los ojos sobresaltada. Alguien la zarandeó.

—¡Rápido, señorita Kernok! Un soldado acaba de traer al doctor Payne.

Lanzó a un lado la manta que la cubría, sin preocuparse por dónde caía, y corrió. Llegó a tiempo de ver cómo tumbaban a James en un catre. Estaba consciente y enseguida supo que tenía varias heridas, pero todas parecían superficiales. Ni siquiera llevaba el uniforme ensangrentado, salvo algunas manchas que se confundían con el barro, pero que no daban noticia de una gran hemorragia.

—¿Cómo estás? —le preguntó, inquieta.

—No lo sé —dijo este—. Raro. Apenas te oigo.

Era cierto, la explosión le había provocado un pitido en los oídos que permanecía aún, inundando su cabeza con su irritante eco. Le había costado un rato recuperar la consciencia y eso le mantuvo aturdido durante el recorrido hasta el pequeño hospital de campaña. Solo los ánimos del soldado que le había arrastrado lejos de la trinchera habían conseguido que llegara hasta allí. Caminaron juntos durante la noche, pero también tuvieron que detenerse multitud de veces cuando James se sentía agotado. Recorrer las dos millas les llevó varias horas.

—Vas a ponerte bien solo para que pueda echarte una buena regañina por el susto que me has dado —le ordenó Elsie.

James sonrió un poco y trató de acariciarle el rostro. Ella se giró y depositó un beso en su palma.

—¿Lloras? —le preguntó James, al notar humedad sobre su piel.

—Qué tontería —contestó ella con la voz entrecortada, aunque intentando aparentar seguridad—. Ya sabes que yo nunca lloro.

James le sonrió.

—Mentirosa...

Los médicos acudieron para revisar a James y Elsie permaneció a su lado durante el reconocimiento. No tenía nada más que heridas superficiales, un corte en la cabeza que había dejado de sangrar hacía horas y contusiones varias. La onda expansiva había desplazado su cuerpo, pero no le había causado daños serios en apariencia, aunque debían ser cautos. A veces, cuando una bomba estallaba al lado de un hombre, por fuera estaba intacto y después de un tiempo moría, puesto que las heridas se ocultaban en el interior. Sin embargo, las horas transcurridas desde la explosión daban esperanzas y el que hubiera logrado alcanzar el puesto a pie las multiplicaba.

—El soldado que te trajo espera para hablar contigo —le dijo la enfermera—, ¿te apetece hacerlo ahora?

—Sí, debería darle las gracias. Llegué a creer que nunca podría volver a Londres.

La enfermera conocía a James lo suficiente para intuir que eso era lo que le había empujado para sobreponerse y caminar. Hacía más de un año que él le había hablado de Mary Davenport. Fue en aquellas horas de permiso compartidas en la triste habitación de un hostal cuando el doctor se sinceró. Elsie lo sabía, en realidad. Desconocía el nombre y las circunstancias que rodeaban su historia, pero era consciente de que James había dejado su corazón a alguien a quien amaba desesperadamente. En aquella cama de una aldea perdida, él le desnudó su cuerpo y su alma, y Elsie entendió que, aunque el primero se lo acabara de entregar, aunque cupiera la posibilidad de sentir más veces las manos de James encendiéndole la piel con sus caricias, había un lugar al que no tendría acceso nunca: su corazón. Mary Davenport, quien quiera que fuera, habitaba en él y era la esperanza de volver a verla lo que mantenía en pie a James. Su cordura en medio de la locura que vivían. Cuando tiempo después James recibió una carta de Mary, él renació. Elsie, por el contrario, sintió que él le cedía el testigo de su angustia, de esa soledad que le pesaba tanto como los días repetidos entre la muerte y el sonido de la guerra.

En aquella cama, Elsie le había confesado que soñaba con muchas cosas para cuando aquello terminase: con la música de un piano o un paseo por París a orillas del Sena. Con una comida tranquila con mantel de hilo y una vajilla de porcelana. James, en cambio, le dijo que ya no soñaba y ella se rebeló contra ese pensamiento.

—Uno se pierde si deja de soñar —le había contestado.

La carta de Mary hizo añicos sus deseos, pero a cambio le otorgó a Elsie el privilegio de saber que James había recuperado los sueños. Esa noche de angustia, al sentir que quizá él había muerto, descubrió que el dolor de pensar en no volver a verlo resultaba mucho más insoportable que la certeza de que no la amase. James estaba vivo y eso era lo importante de verdad. Eran amigos y nada iba a cambiarlo hasta que uno de los dos muriera. Por fortuna, ese momento no había llegado esa noche.

—Habla con el soldado —le dijo con suavidad.

—Elsie, él me miró a los ojos y me salvó la vida. Me retrasé un instante y eso hizo que la bomba cayera más lejos de mí.

—Con más motivo debes agradecerle lo que ha hecho por ti. Te ha salvado dos veces.

—¿Tú sabes quién es? ¿Lo hemos atendido en alguna ocasión? —le preguntó.

—No lo sé, a mí no me suena en absoluto.

—Dile que venga, por favor. Le debo mi vida.

Elsie Kernock se agachó frente a James. A pesar de lo que pasó aquel día, o precisamente por lo que pasó, se querían. La complicidad surgida por la dureza de su trabajo hacía que se entendieran casi solo con mirarse y ella se permitió regañarlo. Le agarró con suavidad las manos.

—Como vuelvas a darme un susto así no va a ser a los alemanes a los que tendrás que temer.

James Payne sonrió a Elsie y esta le pidió al soldado que se acercase al catre. El doctor se quedó mirando su cuerpo enjuto, el rostro hundido escondido tras una poblada barba. Y sus ojos, esos que le habían mirado de frente y habían interrumpido sus pasos, esos ojos que estaba seguro de que había visto en alguna otra ocasión. El soldado, instado por Elsie, se agachó para que James pudiera oírle.

—¿Se encuentra bien, doctor Payne?

La mención de su nombre, el sonido de aquella voz que le llegaba distorsionada entre el barullo infernal del pitido... James supo a ciencia cierta que lo conocía, aunque no pudiera recordar. Al mirarlo con más atención a los ojos, notó el mismo reconocimiento que el día anterior, cuando se cruzaron en la trinchera.

—¿Nos conocemos?

—Usted me creerá, usted sí lo hará —dijo el soldado.

—¿Qué tengo que creer?

—No soy Caleb Craig. Soy John Lowell, doctor. Ayúdeme a volver a casa.

James lo recordó entonces. A pesar de la barba, aquel hombre no mentía. Claro que conocía esos ojos. No tenía ni idea de quién era Caleb Craig, solo sabía que el hombre que tenía enfrente era John Lowell.

CAPÍTULO 18

Calais, Francia
Diario de John
15 de octubre de 1916

Alivio.
Esa es la palabra que define estas últimas dos semanas, desde que giré la cabeza en la trinchera y me encontré de frente con los ojos del doctor Payne. No hablé, pero es que tampoco fui capaz. Solo sé que le supliqué con la mirada que no se fuera, que no me dejase ahí, encadenado a una identidad que no me pertenecía. Me olvidé de lo que sucedía a mi alrededor, ignoré que la batalla no había cesado y que la lluvia seguía empapándome. Solo quedaron mis ojos prendidos en los suyos, en una muda súplica que buscaba que me devolviera a mí mismo:
«No soy Caleb Craig, soy John Lowell».
Esa frase, en la que llevaba meses intercambiando los nombres para ahorrarme problemas, la que repetí los primeros días con la esperanza de que alguien me creyera, revivió en mi cerebro, devolviéndome la conciencia de quién soy. Por un momento, durante un instante, se encendió de nuevo la ilusión de reencontrarme con mi yo, mi vida, mi pasado y todas aquellas cosas que me robaron en una estación de ferrocarril.
La esperanza de volver a casa.
Mil veces me pregunté por qué. Mil veces pensé en las razones que me habían llevado hasta allí y solo una respuesta acudía a mi mente: alguien se arrepintió de alistarse y, en el último momento, decidió que cualquiera lo supiera, ahorrándose la condena que supone estar aquí. Pero, por fin, podría terminar. James Payne estaba allí, frente a mí, y

él sí me conocía. Él podía certificar quién soy y no tacharme de loco. Él podía ser mi salvación para regresar sin que me acusaran de deserción y me condenaran a muerte.

Y entonces, todo voló por los aires.

Corrí como un loco, olvidándome del enemigo, para buscar al doctor. Supliqué que siguiera vivo, me abrí paso como pude entre los cuerpos rotos de otros soldados que habían tenido el infortunio de estar más cerca que yo de la bomba. Grité, me desesperé, ignoré las súplicas de los que, aún vivos, se retorcían de dolor.

Sé que no fui piadoso, soy consciente, pero no podía. No soportaba la idea de haber tenido tan cerca la posibilidad de regresar a casa y haberla perdido casi en el mismo instante.

La lluvia arreció, pero me daba lo mismo. Era incapaz de sentir el frío, la angustia calentaba mi organismo como si fuera una estufa a pleno rendimiento. El doctor tenía que estar en alguna parte y tenía que seguir vivo. De su vida dependía la mía.

Lo encontré.

No se movía.

Caí de rodillas a su lado. Lloré. Como un niño pequeño que ha visto pasar ante sus ojos lo que más ansía. Lloré como no lo hice cuando mi vida peligró en el hundimiento del barco. Lloré solo como el día en el que la mano de mi madre dejó de sostenerse en la mía, cuando exhaló su último aliento.

Tardé unos instantes en volver a la realidad y, cuando lo hice, la furia se había apoderado de mí. Agarré al doctor por la chaqueta de su uniforme, dispuesto a lanzar contra su cuerpo inerte la rabia que sentía. Quería golpearlo por haberme fallado, porque en ese momento era incapaz de darme cuenta de su inocencia. Y, solo entonces, cuando estaba a punto de dejarme llevar por la desesperación, me di cuenta de que aún respiraba. Estaba inconsciente, pero vivo.

No pensé en nada más que en sacarlo de allí, alejarlo de otra posible bomba, y sujeto a ese leve hilo que ataba la posibilidad de devolverme a Londres, saqué fuerzas para cargarlo y me alejé lo que pude hacia el oeste, hacia donde tenía idea de que estaba instalado el hospital de campaña. No aguanté mucho con su peso sobre mis hombros, tuve que dejarlo en el suelo varias veces, y todas ellas comprobé si seguía respirando. Su aliento era el mío. Su vida, mi garantía de volver a ser yo.

Era entrada la madrugada cuando despertó, aterido, como yo mismo estaba. No me reconoció, tampoco yo le conté quién soy. Solo le dije que *debíamos llegar al puesto de socorro y recé por que fuera capaz de caminar, pues mis fuerzas estaban al extremo mermadas. Juntos, a un paso que iba mucho más lento que mi deseo de llegar, recorrimos aquella distancia, un viaje que recuerdo como eterno.*

Hoy regreso. A Londres. Podré por fin decirle a todo el mundo que soy John Lowell.

Lunes, 16 de octubre de 1916

El barco de la Marina Real británica atracó en Dover a media mañana, después de atravesar escoltado por otros buques el Canal de la Mancha desde Calais. Al poco llegaron refuerzos al puerto para empezar a desembarcar a los heridos que no se valían por sí mismos. El resto, los que podían moverse, recibieron órdenes de agruparse en las inmediaciones del castillo medieval para esperar a los camiones que los trasladarían a sus destinos.

Cuando dejó el navío, James aspiró el profundo aliento de la brisa del mar al tiempo que cerraba los ojos. Se acercaba, después de tanto tiempo, al momento de reencontrarse con su pasado. La memoria le llevó de la mano a la niebla que arropaba Londres casi a diario y a los prados siempre verdes de Hyde Park. Mientras el olor a salitre invadía sus pulmones, recordó la felicidad de una tarde empapado por una suave lluvia mientras se perdió por el Temple con ella. Una ráfaga de viento le acarició el rostro con algo de más fuerza y abrió los ojos. Por fin, después de tanto tiempo, volvería a ver a Mary.

—¿Un cigarro, doctor?

No contestó hasta que sintió un ligero toque en el brazo, se volvió y observó la mano tendida del hombre que le ofrecía un pitillo. Su oído había quedado tocado por la explosión.

—No, gracias, no fumo.

Sonrió al hombre. John Lowell estaba desconocido, pero ya nadie dudaba de quién era. Adecentado parecía otra persona distinta de la que le devolvió al puesto desde la trinchera. Le habían rapado el pelo y afeitado la barba, y había recuperado la paz. No era para menos. Al fin, alguien pudo dar fe de que él no era Caleb Craig, ya no tenía que repetírselo a cada instante para evitar los castigos que se había llevado por su insubordinado comportamiento los primeros días que pasó en el frente, cuando no paraba de insistir en que él no era quien decían los papeles con los que había sido alistado. Salvar al doctor le había dado un pasaporte para volver a Gran Bretaña, por eso estaba en Calais, en el mismo barco en el que regresaban a las islas los heridos.

Tiró la colilla al suelo y la pisó.

—Este es mi último cigarro —dijo.

No había fumado nunca hasta que llegó al frente ni tampoco bebía, sino alguna copa en una reunión social, pero en su destino había poco que hacer en los ratos libres así que se aficionó a ambas cosas. El tabaco mató el aburrimiento y el alcohol mitigó el miedo, el frío y la locura de tener que callar quien era.

—¿Qué va a hacer cuando lleguemos a Londres? —le preguntó James.

—Primero, demostrar quién soy. Después tengo que terminar lo que empecé, buscar a Mary. Es lo que estaba haciendo cuando me golpearon y desperté en un tren camino de Francia. No he podido preguntarle estos días en los que se ha estado recuperando pero… ¿usted sabe algo de ella?

—Debería habérselo contado. Mary está en Almond Hill —le dijo James.

—¿Está bien?

—Sí, no se angustie. Por lo que me contó en su última carta, no lo está pasando tan mal como cuando estaba en Londres.

—Las leí.

—¿Cómo dice?

—Las cartas que le envió a Mary, doctor. Victoria y yo las leímos un día.

—La señorita Townsend se lo contó y Mary me lo dijo.

—Supongo que le debemos una disculpa, aunque tengamos la excusa de que estábamos preocupados.

—No tiene importancia.

—La quiere, ¿verdad?

James, volviendo sus ojos al mar que se divisaba en el horizonte, asintió. Era una palabra muy pequeña para abarcar todos los sentimientos que albergaba hacia Mary, en realidad, y la respuesta a eso podría tenerlos hablando horas en el caso de que fueran amigos. No era así, por mucho que le debiera quizá su vida. Durante un tiempo lo consideró un rival y, aunque hiciera mucho que sabía que el parentesco con Mary era diferente al que él pensó al principio, no había logrado aún deshacerse de todos los prejuicios que acumuló en el pasado hacia él.

—¿Qué más sabe de ella? —preguntó John, cuando James le miró y estuvo seguro de que podría entenderle.

—No mucho —contestó—, que su padre está mejor y que Elisabeth tuvo una niña en primavera. Que... Mary cree que usted murió en junio del año pasado.

—¿Por qué? ¿Qué le han dicho?

—Charles Davenport presentó unos documentos en los que se certificaba su muerte, aunque nunca se supo cómo sucedió. Todo el mundo le da por muerto, señor Lowell.

A John le hirvió la sangre al oír el nombre de Charles. Ese tipejo debía de estar feliz por aquello, ya que despejaba su camino para seguir intentando apoderarse de Almond Hill. Intentó no pensar en él y concentrarse en lo bueno. El haberle salvado la vida al doctor le había concedido el privilegio de volver. Ya tendría tiempo de poner las cosas en su lugar.

—No me he atrevido a contarle a Mary que está vivo en mi última carta, cuando le decía cuándo vuelvo —dijo James.

—Yo tampoco sabría cómo empezar a contar algo así...

—Mi razón es más egoísta. Mary ya casi ha pasado el duelo por su muerte. No me he atrevido a decirle que está vivo porque... ¿y si no llegamos a Londres? ¿Merecería la pena que volviera a empezar su sufrimiento? No quiero ser yo otra vez quien le cause dolor. Todavía tengo que asegurarme de que me perdona la muerte de Virginia.

Un soldado se acercó hasta ellos y les indicó el camino hasta la zona a la que llegarían los camiones para recogerlos. Se pusieron en marcha, junto con el resto de los hombres que podían caminar. A James le sobrecogió ver a tantos tullidos, gente sin alguno de sus brazos o sin una pierna, miembros que en algunos casos habían sido amputados por el estallido de una bomba y otros por sus manos, tratando de salvarles la vida a aquellos hombres que ahora caminaban con muletas. Sintió un escalofrío al imaginar cómo serían sus vidas en adelante y se alegró de que él estuviera entero. John siguió su mirada y también se estremeció.

—Nunca te preparas para esto —dijo.

—No.

Siguieron a la columna de soldados y, durante unos minutos, ninguno habló. Fue James quien finalmente rompió el silencio.

—Creo que, si vamos a compartir este viaje, deberíamos empezar a tutearnos. Te debo la vida.

—Yo te debo haber recuperado mi identidad, de algún modo me has devuelto la mía.

—Entonces estamos en paz.

Finalmente, cuando llegó el camión que debía recogerlos, James tendió la mano a John Lowell para ayudarle a subir.

Martes, 17 de octubre de 1916

Esa mañana, James Payne tenía prevista una visita al St George. Sus superiores le habían aconsejado que le hicieran un nuevo reconocimiento en el hospital londinense. Aunque habían pasado más de dos semanas desde el estallido de la bomba y sus secuelas parecían reducirse a una ligera sordera, no estaba de más.

Él estuvo de acuerdo, necesitaba con urgencia sentir que pertenecía a algún lugar y aquella era una buena excusa. Ansiaba pisar su consulta, sentarse en su silla, acariciar la pulida madera de su mesa y, aunque fuera solo cerrando los ojos e imaginándolo, regresar a ese tiempo en el que la mayoría de sus pacientes sobrevivían a sus cuidados. Regresar a esa paz que lo presidía todo, solo interrumpida por un cierto alboroto los días en los que se había unido a la causa sufragista.

Echó de menos a los Harris y las reuniones en su casa, y se preguntó qué habría sido de la señora Pankhurst y el resto de mujeres que luchaban por sus derechos. Recordó a Anne y aquel pensamiento supuso un pequeño alivio: al menos ella no había tenido que vivir las penurias de aquel tiempo oscuro que había empezado en el verano del 14.

Tenía miedo a lo que encontrase, a que sus recuerdos, esos a los que se había aferrado en los oscuros días en el continente, hubieran perdido las referencias a las que amarrarlos y se desdibujasen, dejando solo sitio a aquello que había vivido en los dos últimos años. Lo había notado nada más poner un pie en la ciudad, el vértigo de sentirse extraño en su propio mundo. El Londres que aparecía en su mente cuando cerraba los ojos no se parecía a esa ciudad. Flotaba en ella un pesado manto de tristeza que ni siquiera la niebla, que siempre se las arreglaba para matizar las esquinas, era capaz de disimular. Los bombardeos habían transformado algunos de sus señoriales edificios en montones de escombros y los otros, los que aún se sostenían en pie, parecían hacerlo conteniendo el aliento, como si las piedras fueran capaces de temer a la estupidez de los hombres.

Había esperado mucho de su vuelta a Londres y se quiso convencer de que el desconsuelo que le transmitía lo que veía pasaría cuando se encontrase con Mary. Porque, más allá de los recuerdos, más allá de la ciudad, estaba ella. Lo que sentían ambos, algo de lo que no le quedaban dudas después de sus cartas y ese perdón que necesitaba que le concediera.

Antes de partir hacia el St George se despidió de John y Victoria en la casa de ella, donde ambos habían pasado la primera noche de vuelta a Londres.

—Nos volveremos a ver mañana, John.

—En mi casa, supongo que recuerdas dónde está.

James asintió.

—Yo buscaré un coche para que nos lleve hasta Almond Hill —señaló John—. Deja eso de mi cuenta.

Tendió la mano a James y este la estrechó con firmeza. Ambos se sonrieron y, después de soltarse, James buscó la mirada de Victoria.

—Me alegro de haber vuelto a verla, Victoria.

—Y yo a usted, doctor.

—Muchas gracias por su hospitalidad.

—No necesita darlas. Nos vemos pronto.

James se tocó la visera de la gorra y comenzó a alejarse en dirección al St George. John se volvió a Victoria y le agarró las manos.

—Yo también te doy las gracias. Por tu hospitalidad y por haber cuidado tan bien de Evan. Está hecho un hombrecito y me conmueve ver cómo te llama «mamá».

A Victoria se le escapó un suspiro. Las palabras de John se sumaban a las caricias de las ásperas yemas de sus dedos sobre su delicada piel.

—Solo hice lo que me pediste, aunque al final han sido un poco más de un par de días.

—Lo siento —dijo él.

Victoria soltó una de sus manos y colocó dos dedos sobre los labios de John, que aprovechó para depositar en ellos un beso. Ella cerró los ojos un instante y sus párpados se deshicieron de unas lágrimas que pugnaban por no ser vertidas.

—No lo sientas, al menos estás vivo. Eso es mucho más de lo que esperaba a estas alturas.

A última hora de la tarde del 16 de octubre, la puerta había sonado con insistencia en casa de Victoria. La doncella que ayudaba en las tareas había salido y fue ella misma quien abrió. Cuando se encontró con el rostro de John no pudo evitar un jadeo y durante unos instantes contuvo tanto el aliento que dejó de respirar. No podía ser. John estaba muerto. A Mary y a ella les había costado muchísimo aceptarlo. En ese momento, al verlo frente a ella, sintió que el mundo perdía consistencia y que su cerebro la traicionaba, inventando una realidad imposible. Sus piernas, incapaces de seguir sujetándola, se doblaron y habría caído al suelo de no haber sido porque John la agarró de un brazo y James, que lo acompañaba aunque Victoria ni siquiera hubiera sido consciente de su presencia, del otro.

—¡Victoria! ¡Victoria, despierta!

La palidez de su rostro y sus ojos cerrados asustaron a John, que temió por su vida.

—Solo es un desmayo —le dijo James—. Es lo menos que le ha podido pasar. Acostúmbrate, todo el mundo cree que estás muerto.

—¿Y tú quieres que Mary me vea para demostrarle que estoy vivo? No sé si será la mejor idea del mundo no avisarla primero. Ayúdame a llevarla dentro.

Mientras John levantaba a Victoria en brazos, James abrió del todo la puerta para facilitarle el acceso. John empezó a llamar a gritos a la madre de Victoria.

—¡Tía Carol!

En lugar de la mujer, un niño bajó trotando por las escaleras que comunicaban la entrada de la casa con la primera planta. John lo reconoció al momento, a pesar de que había crecido mucho desde la última vez que lo vio.

—¡Evan!

El niño le miró con desconcierto. No identificaba a John, no podía saber que era el hombre que le había rescatado en el Lusitania, pues era demasiado pequeño para recordar algo de aquellos días y Lowell apenas había permanecido a su lado una semana. Ni siquiera se acordaba de sus padres, a los que perdió en el naufragio.

—¡Abuela!

Salió disparado hacia el salón y ambos hombres lo siguieron. En ese momento, Victoria empezó a recuperar la consciencia.

—¿Eres tú, John? —le preguntó, incapaz de creer lo que veían sus ojos.

—Soy yo, Victoria.

Entró con ella en brazos en el salón, donde su tía Carol se entretenía cosiendo. Evan le estaba diciendo que un hombre llevaba en brazos a su mamá. Victoria le indicó con un gesto que la dejase en el suelo, que se encontraba mejor, justo cuando Carol Townsend se levantó y abrazó a su sobrino.

—¡Dios mío, John! ¡Pensábamos que habías muerto!

—Lo sé, tía —dijo.

—Deja que te vea. ¿Estás bien? Por Dios, estás muy delgado, necesitas comer algo...

—Tranquila, tía. Estoy bien. Quiero presentarle a alguien, él es el doctor James Payne. Servimos juntos en la Fuerza Expedicionaria.

—Encantado, señora Townsend.

Mientras James saludaba a la madre de Victoria, Evan se había agarrado a las piernas de esta, asustado por verla llorar. Atentos a Carol, ninguno de los dos se había percatado de que ella se deshacía en lágrimas. Las emociones inundaban su ánimo, pero, sobre todas ellas, la felicidad de ver que John no había muerto tal como les habían dicho, sino que estaba allí, de pie en su salón, sano y entero.

—John, sentaos —dijo, cuando logró hablar.

—Yo me marcharé a mi casa —señaló James—. Solo he venido a acompañarle y a saludar a Victoria. Tenemos previsto visitar a Mary en Almond Hill.

—Su familia estará feliz de verlo, doctor —dijo Carol.

—Lamentablemente no tengo a nadie en Londres, señora. Mis padres se fueron a las afueras cuando empezaron los bombardeos y no tengo previsto encontrarme con ellos hasta mañana por la tarde.

—Entonces no se marche a casa, aquí tenemos habitaciones suficientes. Al menos esta noche. No creo que mi yerno ponga ningún inconveniente.

John miró a Victoria y esta bajó los ojos. Esa era otra de las razones de su desconsolado llanto. Solo aceptó casarse por dos razones y ambas tenían en común una cosa: la muerte de John. Evan necesitaba una familia y ella, ser fuerte por los dos y no aferrarse al recuerdo de alguien que se había marchado para siempre. Así que, cuando Edward Reynolds, el editor de una revista de noticias sobre la guerra, le propuso matrimonio, ella lo aceptó con la condición de que adoptasen a Evan. Tenía ya edad suficiente para que nadie la considerase como futura esposa y le pareció que eso otorgaba al niño la oportunidad de ser alguien más que un huérfano.

Su suerte, esa ya le importaba menos. Al final había acabado acostumbrándose a su esposo, un hombre poco apasionado, pero que la quería y la respetaba, y por el que había logrado sentir un afecto sincero. Cuando Edward Reynolds regresó del trabajo, se alegró de que el familiar de su esposa estuviera vivo y recibió también al doctor con afabilidad. La cena se convirtió en una entrevista improvisada a dos héroes de la batalla de Somme, como se aventuró a llamarlos.

John no le hizo mucho caso. Le preocupaba, sobre todo, la tristeza de los ojos de Victoria.

Martes, 17 de octubre de 1916

Mary corrió hasta la biblioteca desde la entrada de Almond Hill, pero no encontró a su padre en ella. Después bajó a la cocina, donde Abigail le informó de que Richard había salido de caza otra vez con Peter. La cocinera fue a preguntarle qué era lo que le sucedía, pero la muchacha no tuvo tiempo de contestar. Con un revuelo de faldas abandonó la estancia, salió de la mansión sin acordarse de coger ninguna prenda de abrigo y se dirigió a las cuadras, donde mandó que le ensillaran un caballo. Mientras esperaba impaciente, dando pequeños paseos para entrar en calor, releyó el papel que sostenía en sus manos, que le había llegado apenas hacía unos minutos a través de un muchacho de la aldea.

James y John están en Londres. Vivos. Victoria.

El escueto telegrama no ofrecía más información, pero ella no dudaba de la veracidad de sus palabras. Cuando llegó el muchacho que lo trajo, pensó que el remitente sería James, puesto que sabía por su última carta que en esos días tenía prevista su llegada a Londres. Después de los primeros segundos de desconcierto, al ver que era de Victoria, un torrente de felicidad se deslizó presuroso por sus venas, haciendo que pudiera sentir incluso cómo la sangre recorría su organismo. Su corazón bailaba descontrolado al ritmo de una noticia inesperada. ¡Su hermano vivo! Nunca había aparecido su cadáver, solo tenían la información que les había hecho llegar Charles. No deberían haberle creído con tanta ligereza, deberían haber insistido más en buscarlo; el futuro conde de Barton se iba a enterar cuando lo tuviera enfrente.

En cuanto el caballo estuvo listo, se subió y lo azuzó para que galopase por los prados, hasta que localizó a Richard. Estuvo a punto de caerse del caballo en su precipitación por bajar, y no fue capaz de articular palabra cuando lo tuvo frente a sí. Solo pudo entregarle temblorosa el telegrama. El conde de Barton tardó un poco en contestar:

—Vamos a traerlos a casa.

Martes, 17 de octubre de 1916

Charles Davenport agarró de un manotazo en la mesa de su despacho en Londres la carta que había recibido. Acabó hecha una bola de papel en su mano. Uno de sus contactos le acababa de informar del regreso de John Lowell a Gran Bretaña, procedente del frente occidental. Tenía que haber ordenado que lo matasen en la estación, no haberse conformado con haberle alistado con otra identidad, pero pensó que eso era una venganza mucho mejor, además de que lo mantenía a él y su reputación a salvo de especulaciones sobre su muerte.

Ahora sabía que se había equivocado.

Cuando empezó a pasar el tiempo y supo que John sobrevivía a los ataques de los alemanes y a la vida miserable de un soldado en las trincheras, se impacientó. Ni las balas enemigas ni las enfermedades que con tanta frecuencia se llevaban vidas por delante habían podido con él. Ni siquiera su intervención cuando empezó a perder la paciencia. En tres ocasiones había encontrado hombres dispuestos a acabar con la vida de Lowell, pero la fortuna de aquel bastardo no se limitaba al dinero que poseía. Sus hombres habían perecido antes de cumplir su cometido. Los tres. Sonrió de manera irónica, tampoco había muerto en el hundimiento del Lusitania. Ese hombre tenía la suerte siempre de su lado, pero aquello debía acabar. No iba a consentir que se quedase con Almond Hill, que le arrebatase lo que por derecho siempre había dado por sentado que era suyo.

Le importaba muy poco el dinero que valía, él ya había conseguido por su cuenta más del que podría gastar en una vida. Tampoco le interesaba la aburrida vida en el campo, pero el deshonor de ser un conde sin sus posesiones, eso era lo que no podía soportar. Almond Hill tenía que volver a sus manos y el primer obstáculo era ese maldito Lowell. Con él muerto, solo le quedaría Mary, convertirla en su esposa y obligarla a restituir al legítimo heredero las propiedades.

Ya se había cansado de tener paciencia con ella. Ya se había cansado de tener paciencia con todo el mundo. Si las cosas no iban por las buenas, había otros caminos para conseguirlas.

—¡Williams! — gritó, y al instante apareció en su despacho uno de los hombres que siempre tenía vigilando a la puerta.

—¿Qué desea?

—Prepara el coche, nos vamos a Almond Hill.

Miércoles, 18 de octubre de 1916

Mary hablaba con su padre del viaje a Londres que pensaba emprender aquella misma mañana. Al final, Richard había desistido en sus intentos de convencerla de que le dejase acompañarla, pero ella le expuso con firmeza sus razones.

—Alguien se tiene que quedar en Almond Hill para velar por los niños.

—Sabine puede hacerlo —alegó él.

—Papá, alguien de la familia. Sé que también está la señora Durrell y Abigail, y los muchachos, y Martin, pero no es lo mismo. Richard y Catherine son nuestra responsabilidad mientras Elisabeth no esté aquí. Me voy mucho más tranquila si tú te quedas con ellos.

—Pero… no es seguro viajar a Londres, la ciudad no es un buen lugar en este tiempo. ¿Y si te perdemos?

—Tendré cuidado, te lo prometo.

Se oyó un vehículo avanzar por el camino de acceso a la entrada. La gravilla del suelo crujió bajo las ruedas y el motor se detuvo muy cerca de la ventana de la biblioteca. Mary se dirigió con su padre y Sabine a la puerta de la mansión. Antes de abrirla, se puso el abrigo, levantó la pequeña maleta que había hecho para esos días y se dispuso a salir. El párroco le había asegurado que mandaría un coche a recogerla y lo había hecho, aunque un poco antes de lo previsto. No le importó, tenía muchas ganas de emprender el viaje en el que se reencontraría con su hermano.

Y con James.

En ese instante, en el momento en el que se acercó a la puerta, su corazón latía a un ritmo anormal. Los recuerdos de su estancia en Londres, de aquellos meses en los que esperó a que John regresara de Boston a consumar su matrimonio, estaban inundados de su presencia. El joven doctor Payne se fue convirtiendo en su amigo y, poco a poco, en algo más. Decidió no recordar lo que los había distanciado, porque en realidad sabía que él era el menos responsable. Fue ella la que cargó sobre los hombros de James una responsabilidad que no era suya al completo y al final, con su actitud, le había empujado a alistarse durante los primeros días del conflicto. Él había insistido en disculparse por carta y le había hablado de su necesidad de hacerlo mirándola a los ojos. Ella lo entendía porque era exactamente lo mismo que sentía que debía hacer. No podía esperar sentada en Almond Hill a que se presentase, tenía que ir a su encuentro.

—No te olvides del paraguas —dijo la señora Smith, obligándola a volverse. Llegaba corriendo con el objeto en la mano.

—Gracias, Abigail.

Iba a abrazarla de nuevo, aunque no hubiera hecho falta porque ya se habían despedido en la cocina dos veces, cuando la puerta de la entrada se abrió. Charles Davenport se plantó frente a ella, agarradas las manos a la espalda en una actitud desafiante. Mary no pudo evitar dar un respingo cuando lo vio.

—¿Qué haces aquí? —le preguntó, sin ningún rastro de amabilidad.

—Creo que acordamos que no me pondrías pegas para venir a visitar a mis hijos.

Se hizo sitio para entrar en la casa y saludó a Richard solo con una levísima inclinación de cabeza a la que acompañó con una sonrisa de suficiencia. Elisabeth entró detrás de él y apenas saludó con un susurro, mientras uno de los hombres de Charles se quedaba parado frente al coche.

—Supongo que te irás en cuanto los veas —dijo Mary.

—¿Me estás echando ya?

—Solo quería asegurarme de que no tendré que ordenar la cena para ti, no sé si podríamos darle gusto a tu exquisito paladar.

Se sentía molesta. Ahora sabía que el coche que tenía que recogerla no era ese y, por la hora, el que enviaría el párroco apenas tardaría diez minutos en aparecer en Almond Hill. Dudaba mucho que fuera capaz de echarlo de casa en ese breve tiempo. No quería que se quedase allí, no si ella no estaba, y tampoco le hacía ni la más mínima gracia que retrasara su partida. Necesitaba con desesperación encontrarse con James y John, y aquella visita era de lo más inoportuna.

—No vas a tener que preocuparte mucho. Beso a los niños y me iré —dijo Charles.

Sabine, ante una muda orden de Mary, se marchó a buscar a Catherine y Richard.

—Esta niña es cada día más hermosa —dijo Charles—, habrá que ir buscándole un marido.

—Ni lo sueñes —dijo Mary, a quien no se le había pasado por alto la mirada lasciva que le había dedicado Charles al escote del vestido de Sabine.

—En fin, tú verás. Si quieres que siempre sea una solterona yo no me opondré, pero la verdad es que sería todo un desperdicio que nadie se deleite con ese cuerpo que tiene.

—¡Basta de groserías en mi casa! —bramó Richard.

—Oh, tío, no me había percatado de su presencia. Como ahora ya no pinta nada, prácticamente es invisible.

—¡Eres un desgraciado! —le dijo el conde.

—Con el que no hace tanto le gustaba tomar brandy y hacer negocios. ¿No lo recuerda?

—Maldita la hora en la que te hice caso en algo —gruñó.

—No se altere, se pondrá enfermo. O, bueno, haga lo que le

plazca. Cuanto antes deje este mundo, antes me convertiré en conde yo.

Elisabeth miraba el suelo, avergonzada, mientras que Mary sentía que su ira crecía por momentos. No podía creer que aquel hombre fuera tan mezquino.

—Mi padre no va a morir por escuchar tus estupideces, ya las conocemos lo suficiente como para no hacerles caso —dijo.

—Ay, Mary, tú no sabes nada de mí.

—Sé que eres la peor desgracia de esta familia y con eso tengo suficiente.

En ese momento llegó Sabine con los niños. Richard se pegó a sus faldas, intentando zafarse del beso de su padre, mientras Catherine, mucho más pequeña, se echó a llorar al recibirlo. Charles se las arregló para tocar la cintura de Sabine mientras saludaba a los niños y solo el que Mary no estuviera mirando le libró de que le cayera encima con toda su furia.

—Bueno, me voy. Como ves, la visita ha sido breve, no tendrás que ordenar que en la cocina se esfuercen por mí.

Hizo amago de salir y, al pasar al lado de Mary, le cogió la maleta de su mano.

—¿Qué haces? —preguntó ella, furiosa.

—Llevarla hasta el coche. Me alegro de haberte encontrado preparada, me ahorras tiempo. Tengo que estar en Londres cuanto antes para seguir pendiente de mis asuntos.

—¡Yo no voy contigo a ninguna parte! —gritó ella, intentando recuperar su maleta.

—Tú sí vienes —dijo, apartándola con un gesto de su alcance—. No te preocupes, sé que ibas a encontrarte con tu hermano. ¿Crees que no me informo de todo lo que pasa en tu vida? Iremos juntos y vamos a hablar los tres de un asunto que nos concierne. Cierta propiedad que debería ser mía cuando tu padre muera y a la que no pienso renunciar así como así.

—¡Mi hija no irá a ninguna parte contigo! —gritó Richard, acercándose a Charles y amenazándolo con el bastón. Este lo retiró con el suyo, lanzándoselo al suelo. Catherine se echó a llorar con más fuerza.

—Claro que vendrá. Y nadie lo va a impedir.

—¡No voy a ir contigo! —gritó Mary.

—Está bien. ¡Williams!

El hombre que trabajaba para Charles se acercó a la puerta. Del coche descendió otro individuo en el que los demás no se habían fijado.

—Williams, necesito convencer a mi prima de que me acompañe a Londres, pero no la veo muy receptiva. Me temo que vamos a tener que pasar al plan alternativo.

Los dos hombres entraron en la casa y mientras uno apartaba a los niños de Sabine, el otro cogía a la muchacha, la cargaba a hombros y se la llevaba hacia afuera. Ni la intervención de Richard, Mary y la señora Smith pudieron hacer nada contra aquellos gigantes. Elisabeth, mientras tanto, solo pudo correr hacia sus hijos y se echó a llorar. Llegaba sin fuerzas, anulada por los días de humillaciones a los que la había sometido Charles, y fue incapaz de hacer otra cosa.

—Tranquila, fiera —le dijo Charles a Mary—. ¿Quieres que te devuelva a Sabine?

—Inmediatamente —exigió Mary.

—Verás, es que no sé. Hace tiempo que no estoy con una mujer tan joven y es tan tentador…

—¡Eres un depravado!

—Lo que tú quieras.

—¡Déjala volver! —siguió gritando.

—No tengo ningún inconveniente.

El ofrecimiento de Charles tenía una contrapartida que no tardó en hacerle saber.

—Ocupa su lugar.

Mary lo pensó solo un instante. Asintió mientras su padre negaba con la cabeza y Abigail no podía evitar las lágrimas. Antes de que se dieran cuenta, el coche se ponía en marcha sobre el sendero de grava y salía de la propiedad, haciendo crujir las piedras bajo sus ruedas.

Mary fijó los ojos en Almond Hill, intentando grabar su recuerdo en la retina. Estaba segura de que era el viaje más incierto que había emprendido en toda su vida.

Jueves, 19 octubre de 1916

James recorrió andando a buen paso el camino desde su casa hasta la de John Lowell, con quien había quedado ese jueves por la mañana, mientras sus pensamientos lo acompañaban.

La tarde anterior la había pasado con sus padres, que vivían al norte de Londres, en las afueras. Quería verlos, ansiaba retornar a casa y, sin embargo, las horas que pasó a su lado se le hicieron muy largas. El hecho de que lo recibieran como a un auténtico héroe de guerra había tenido mucho que ver. Aunque estaba encantado con las atenciones de su madre, con sus besos tiernos y su afán por verlo comer, las preguntas del señor Payne sobre su tarea sirviendo a la patria llegaron a incomodarle. Sabía que era normal que sintiera curiosidad, pero él no necesitaba recordar.

Al menos, no necesitaba recordar la verdad.

Fueron muchas las mentiras que les contó. En aquellas horas junto a sus padres, pintó un panorama de la guerra que no se correspondía en absoluto con la realidad. Ellos eran mayores y parecían tranquilos ahora que lo tenían cerca, y hablarles de lo que había sucedido realmente solo alentaría pesadillas y sufrimiento, incomodando su sueño en aquellos pocos años que les restaran de vida. No. No podía hacerles eso. Su trabajo era velar por el bienestar de las personas y el alma era tan importante como el cuerpo, eso lo sabía. No les habló de la guerra real. No mencionó los bombardeos sorpresa, ni las ráfagas de ametralladora segando vidas. No hizo alusión a miembros amputados ni muertos por docenas cuando, en lugar de una bomba, los alemanes decidían lanzar sus nocivos gases y no les daba tiempo a ponerse a salvo tras las máscaras.

Omitió detalles por compasión y con cada pequeña omisión, cada vez que remodelaba un recuerdo de su tarea como médico para adecuarlo a sus oídos, trataba también de convencerse a sí mismo de que eso era lo que había pasado. Pero sabía que no era cierto, que lo vivido en el frente era algo muy diferente e imposible de olvidar por mucho empeño que pusiera. Podía contarle lo que quisiera a su padre, pero la verdad seguiría ahí, arañándole por dentro. Ese tiempo había dejado una huella en su memoria de la que le iba a ser muy complicado desprenderse. En ella convivían el olor a muerte y sangre, a tierra mojada y sudor, a pólvora y tabaco. El sabor a ron malo, comida enlatada y pan de nabos. La visión de los cuerpos abandonados entre el barro, a los que nadie daría sepultura jamás y, sobre todo, la tristeza en los ojos de los que seguían vivos.

Tenía que suavizar aquello, por mucho que en su interior sintiera la necesidad de gritar que el sinsentido tenía que terminar ya, que nada podía justificar aquella masacre. Cuando llegó a casa de John, estaba más agotado por sus pensamientos que por la caminata. Este salió a recibirlo a la puerta y le hizo pasar hasta la cocina. A James le pareció que en cualquier momento aparecería Abigail con su eterno delantal impoluto, seguida por Sabine y Virginia. Sintió un pinchazo en el pecho cuando se acordó de la niña. Miró a las escaleras y en su fuero interno esperó que Mary las bajase, tan hermosa como aquel día que la llevó al cumpleaños de Berta, con aquel vestido azul que realzaba aún más sus rasgos.

—Esta casa sigue siendo igual de fría que la recuerdo —le dijo a John.

—Demasiado tiempo sin abrir, y aún tengo que dar gracias porque sigue en pie. Sígueme.

Juntos se encaminaron hacia la cocina, donde el horno estaba encendido.

—¿Te apetece un té antes de marcharnos?

James no respondió hasta que vio a John señalando la tetera. A veces le costaba entender lo que le decían, aunque su audición había mejorado un poco.

—Sí, gracias. Mi madre se ha empeñado en hacerme desayunar bien, pero nunca se desprecia un buen té.

John sentía cierta envidia por el doctor. A él le hubiera gustado entrar en su casa y que le recibieran el sombrerero y Jane, y no las paredes frías que llevaban tanto tiempo sin oír la voz de nadie.

—¿Cómo has encontrado a tus padres?

—Están bien. Mayores y asustados, por eso he decidido no contarles toda la verdad de lo que sucede en el frente.

—¿Piensas volver allí?

—Si quieres que te sea sincero, no lo sé. ¿Y tú?

—Oficialmente estoy libre de obligaciones, nunca he estado alistado, en realidad. Debería regresar a Boston. Felicia, mi socia, se quedó al cargo de todos mis negocios y no sé cómo le habrá ido. Es urgente que regrese y retome lo que dejé solo por unos días.

John se quedó mirando la taza.

—¿Qué te pasaba ayer con Victoria?

John dudó en hablarle a James con franqueza de lo que le sucedía, pero acabó contándole lo que había empezado entre ellos justo antes de que él desapareciera y su sorpresa cuando descubrió que se había casado. James sintió un nudo en la garganta al mirar a John. Mary no lo había hecho, pero entendía cómo se sentía, pues ese fue uno de sus mayores miedos, que aguantase vivo hasta poder volver a verla y la encontrase casada con otro.

—Supongo que algunas historias no tienen el final que uno imagina —dijo John.

James le puso la mano en el hombro. Al momento, sintieron unos golpes en la puerta de la casa.

—Ahí está el coche. ¿Nos vamos?

Dejaron las tazas en la pila y juntos se dirigieron a la entrada. Al abrir encontraron a Richard Davenport plantado en la puerta. Con un aspecto impoluto, apoyado en su bastón y haciendo gala de su elegancia innata, esperó antes de hablar. John le miró durante unos momentos sin saber qué decir.

—¿Puedo pasar? —preguntó al fin el conde.

—Sí, claro —reaccionó John—. James, este es el conde de Barton..., el padre de Mary. Él es James Payne, es médico y...

—Encantado.

Le tendió la mano a James, que le devolvió el saludo y después se volvió a John. Después de un titubeo, este le ofreció la mano a su padre y él se la estrechó con fuerza.

—No sabes cómo me alegro de que estés vivo.

Richard paseó la vista por la estancia de la casa de los Lowell y no pudo evitar fijar sus ojos en la vidriera. Eros y Psique. Reflejaba en la entrada infinitos colores a través de sus cristales, gracias a un tenue sol que había salido aquella mañana. Le trajo a la memoria a Jane, pero no habría hecho falta la vidriera. En los rasgos de John destacaban los de su madre, la huella genética que le había convertido en un recuerdo permanente de la mujer que amó. John se parecía a los dos, era una mezcla perfecta del amor que habían sentido.

—Supongo que no ha venido a echar un vistazo a la casa —dijo John, un tanto incómodo.

—Oh, no. ¿Podemos sentarnos en alguna parte?

—Si quieren, yo me marcho.

—No, usted debe quedarse, doctor Payne, lo que tengo que contarle a John creo que también le interesa.

Ambos se miraron preocupados ante la gravedad con la que pronunció sus palabras, conscientes de que su nexo de unión era

Mary Davenport y que algo que incumbiera a los dos solo podía tenerla como protagonista. John condujo a su padre y a James hasta la cocina. Le importaba muy poco lo inapropiado de hacer eso con todo un conde. Al llegar, los tres apartaron unas sillas y se sentaron en torno a la mesa.

—Charles se presentó ayer en Almond Hill —dijo el conde—. Sabe que estás vivo.

—¿Igual que supo que había muerto? —preguntó John, con ironía.

—No sé cómo se entera de todo, pero el caso es que lo sabe y fue hasta allí. Quiere recuperar Almond Hill.

—¿Y a eso ha venido? —gruñó John—. ¿A convencerme? ¿Quiere ahorrarse la humillación que supone que un bastardo sea su propietario? ¿Acaso se olvida de cómo perdió todo?

—No te alteres, hijo…

—¡No me llame hijo!

—No es eso, tengo algo importante que decirte, si me dejas.

—No quiero escucharlo, ya he oído suficiente. Transmítale a su sobrino que no estoy dispuesto a regalarle la propiedad. Nos pertenece a Mary y a mí, y él está fuera de esto, por muy conde que vaya a ser en el futuro.

—¡John! ¡Escucha, maldita sea! ¡Eres igual de impulsivo que tu madre! —gritó Richard.

La mención de Jane enfureció aún más a John, que se levantó de la silla, apoyó las manos y se inclinó hacia el conde de Barton, gruñéndole las palabras que sonaron roncas y amenazadoras.

—Váyase si no quiere que tengamos un disgusto.

Le indicó a Richard que se fuera, pero este no se movió de la silla. Se llevó las manos a la cabeza y apoyó los codos en la mesa, en un gesto de cansancio. Estuvo así unos instantes, hasta que reunió fuerzas para mirar a John.

—Charles se ha llevado a Mary. Eso es lo que he venido a deciros a los dos —dijo, buscando sus miradas—. Quiere Almond Hill y está dispuesto a cualquier cosa con tal de conseguirlo. Y cuando digo cualquier cosa, significa cualquier cosa. Necesito que me ayudéis a recuperar a mi hija.

Ambos jóvenes se miraron y John se revolvió. Cerró la mano derecha en un puño y se la llevó a la boca, donde la mordió, haciéndose daño.

—¿Dónde se la ha llevado? —preguntó James, que fue el primero en reaccionar.

—No lo sé. Tengo una dirección aquí apuntada, la casa donde suele quedarse cuando viene a Londres, pero Elisabeth dice que no es la única que posee en la ciudad. Se ha hecho con muchas propiedades en estos años.

—Iré a buscarlo —dijo John, decidido.

—Iremos —apuntó James.

—Los tres —señaló Richard.

—No, iré yo solo —cortó, con firmeza—. Sería una temeridad que nos presentásemos los tres y nos sucediera algo. Alguien tiene que velar por Elisabeth y sus hijos.

—Es indudable que sois hermanos —dijo Richard, después de mirarlo durante unos momentos—. Mary me dijo exactamente lo mismo cuando intenté acompañarla a Londres para venir a buscaros, justo antes de que Charles se la llevase.

—Dígame dónde está esa casa.

El conde se lo dijo y también le contó que él se alojaba con unos conocidos. Le dio la dirección para que le diera cualquier noticia que tuviera de Mary. Se despidió con un sincero apretón de manos a James y con una mirada de tristeza a John, que esa vez respondió con algo más de calidez a su mano tendida. Después se dirigió a la entrada de la casa, mientras los jóvenes permanecían en la cocina.

—Yo podría ir contigo —dijo James—. No soy de la familia.

—¿Bromeas? ¿Tú crees que mi padre será capaz de rescatarnos a los dos si nos ocurre algo? ¿Qué sería entonces de Mary? Además, que seas de la familia solo es cuestión de tiempo. Y por otro lado…

Se señaló el oído y James puso los ojos en blanco.

—Nunca podré ser un héroe —le dijo.

—Seguro que sí, pero justo hoy no es el día.

—Déjame al menos que te acompañe y me quede por allí. Si tardas mucho en salir de esa casa, pediré ayuda.

—Está bien, pero asegúrate de que no es a mi padre.

—¿Te has dado cuenta? —preguntó James.

—¿De qué?

—Llevas un rato llamándole «mi padre».

Jueves, 19 de octubre de 1916

John cruzó la calle, dejando a James al otro lado, al abrigo de los árboles del parque, desde donde podía vigilar sin ser visto. Lowell estaba furioso y su malestar lo transmitían las enérgicas zancadas con las que salvó los escasos metros que separaban la casa de Charles de Hyde Park. Él no quería Almond Hill, la propiedad no le servía de nada en la vida que estaba dispuesto a retomar en Boston en cuanto pudiera regresar. A él lo que le importaba de verdad era mantener a salvo a su hermana. Había ido hasta allí para decirle a Charles que podía hacer lo que quisiera con la casa y los terrenos, pero que a ella se la devolviera de inmediato.

Los meses en las trincheras le habían servido para establecer cuáles eran sus prioridades y el dinero, las propiedades o los títulos no ocupaban un lugar preferente en su lista. Cierto era que lo primero se hacía necesario para vivir, pero no era tan importante para él como el afecto, la protección, el cariño, la compañía, la complicidad y mil cosas más que no incluían algo material.

Cuando finalmente se detuvo frente al edificio, le abrumó su suntuosidad. Ocupaba una de las mejores zonas de Belgravia, con unas encantadoras vistas al parque, y alzaba orgullosa sus tres plantas y buhardilla, enmarcadas en un neoclásico tardío. Justo era el sitio que más encajaba con una personalidad tan dada a las apariencias como la de Charles Davenport, que seguro que se sentía orgulloso de su palacete en la capital. Cuando John llamó a la puerta, salió a abrirle uno de los hombres que tenía contratado Davenport para que le protegiera. Sus negocios en el mercado negro no siempre eran aplaudidos por todo el mundo y se había visto obligado a hacerse con escolta. El hombre le condujo hasta una habitación en la planta principal. Una vez allí, tocó ligeramente en una de las puertas y desde el otro lado una voz le invitó a entrar. John ni se molestó en saludar a Charles al entrar.

—No sabía que en la guerra los caballeros pierden la educación… —ironizó este.

—No tiene modo de saberlo si no ha tenido el valor de pisar por allí. Es usted un cobarde, enhorabuena. ¿Cree que le darán una medalla por ello?

—No se me ponga irónico, usted tampoco se alistó.

—¿Cómo lo sabe?

—Yo siempre lo sé todo.

—Supongo que, cuando se enteró de que estaba en el frente, imaginó que moriría. Lástima que no haya sido así, ¿verdad?

—Sí, toda una pena. ¿Quiere un trago? —preguntó Charles, mientras se servía una copa él mismo.

—Quiero a Mary.

—Deduzco que mi suegro habrá corrido hasta usted para que acuda a rescatarla, pero eso no va a ser posible.

—He venido porque sé que ella no quiere estar aquí, no porque me haya mandado nadie.

—Vaya, no sabía que puede adivinar los pensamientos de las personas. Quizá podría dedicarse al mundo del espectáculo, como esos artistas que engañan a la gente con sus trucos de mentalismo. He oído que se ganan bien la vida.

—¡Déjese de idioteces y dígame qué es lo que quiere!

—Vamos, señor Lowell, demuestre que es un tipo listo. ¿No lo adivina?

—Almond Hill.

—Digamos que sí. Los condes de Barton han sido siempre los propietarios y no creo que sea adecuado que, llegado el momento, a mí se me prive de ello.

—¿Y si yo estuviera dispuesto a renunciar a la propiedad?

—¿Renunciando en cuanto llega el primer contratiempo es como ha conseguido toda su fortuna? Ha debido de tener mucha suerte entonces, señor Lowell.

Charles degustó el brandy. Casi nadie podía permitirse ya en esos tiempos un licor con tanta calidad como aquel que bebía. Lo hizo deleitándose, en cierto modo burlándose del hombre que tenía frente a él. John no cayó en su provocación. A pesar de la tormenta interna, era un hombre de negocios, acostumbrado a hacer tratos. Simplemente se estaba dando unos instantes para planificar su estrategia.

—Déjeme ver a Mary.

—No, primero debo estar seguro de que firme unos documentos que dejarán bien claro que yo soy el nuevo propietario de Almond Hill.

—Sin saber que Mary está bien, no haré nada.

—Oh, lo está, por supuesto. La trato de un modo exquisito.

Pero comprenda que no me exponga. Es el pasaporte a mi futuro, no la puedo perder de vista un segundo.

—¿No se fía de mi palabra? —preguntó Lowell.

—No.

—Curioso.

—¿Qué le resulta curioso?

—Que un hombre sin palabra desconfíe de la de los demás.

—¿Ha aprendido mucho sobre el honor en las trincheras, Lowell? Qué pena que eso no le sirva para nada ahora. No es momento de palabras, sino de hechos; Mary se quedará conmigo hasta que tenga lo que deseo. Todo lo que deseo.

Remarcó las últimas sílabas y John ardió por dentro. Sus deseos para con Davenport no tenían nada de honorables, le hubiera reventado la cabeza en ese instante de haber tenido a Mary a su alcance para llevársela. No tenía ni idea de si ella estaría en esa casa o la habría llevado a cualquier otro lugar, por lo que debía mantener la serenidad hasta que averiguase dónde estaba y pudiera trazar un plan para rescatarla.

—Señor Lowell, ¿está seguro de que, llegado el caso, Mary se querrá ir con usted? —le preguntó Davenport, enervándolo aún más.

—¿Por qué no iba a querer?

—Hace mucho que no la ve, quizá haya cambiado en este tiempo. Usted ha visto mi casa, mi bebida —señaló la copa—, y seguro que es buen observador, tanto como para darse cuenta de que dispongo de todo lo necesario para vivir con comodidad a pesar de los tiempos que corren. Puedo darle mucho en estos momentos de escasez. Piénselo. Las situaciones extremas nos cambian. El hambre y el miedo hacen otros de nosotros.

—Usted y yo la conocemos y sabemos que no se rendirá ante algo así.

—Puedo ofrecerle algo más que dinero, comida y lujo.

—¿De qué habla?

—Promesas.

John negó con la cabeza ante las palabras de Davenport.

—Pensaba que estábamos hechos de la misma pasta, dos hombres emprendedores, jóvenes, acostumbrados a esto…, pero veo que no compartimos algunos puntos de vista. Las promesas no son negocios —dijo Lowell.

—Claro que lo son. A veces tan poderosas que puedes llegar hasta donde yo he llegado. Le puedo prometer que Sabine podrá dormir tranquila sin temer que cualquier día alguien se la lleve y no la vuelva a ver. Le puedo prometer que su padre vivirá hasta que el Señor tenga a bien llamarlo, que nadie intervendrá para que eso se precipite. Estoy en condiciones de prometerle que ese médico amigo suyo se quedará en Londres licenciado por su sordera sin que nadie lo mande de vuelta a Somme mañana mismo. Le puedo prometer que usted volverá a Boston. Vivo. A no ser que naufrague el barco, eso ya no está en mis manos. Todo eso a cambio de una firma y una pequeña compensación personal que me debe.

—¡Es usted un hijo de puta!

—Cuide sus palabras, veo que un tiempo en el frente ha hecho mella en su educación. ¿Ve como no puede ser propietario de algo como Almond Hill? No está a su altura, rebajaría el valor de un lugar tan bello. Lástima que le cueste tanto entender algo tan sencillo.

—No soy como usted.

—Por fortuna.

—Estoy de acuerdo, por fortuna para mí —dijo John—. No sabe cómo me alegro de que no nos parezcamos en nada. Yo he ganado todo lo que tengo con honradez y usted… Usted no creo que pueda decir lo mismo.

—Créame, Lowell, que llevo toda la vida esforzándome en ganarme a Mary. Queriendo darle lo mejor que se le puede dar a una mujer y, ahora que la he conseguido, valoro tenerla a mi lado.

—Permítame decirle que llevarse a una mujer por la fuerza no es conseguirla. No tiene ningún mérito.

—Le repito que tenemos puntos de vista diferentes.

John trataba de seguir aparentando serenidad frente al cinismo de Charles Davenport, que no se había molestado ni siquiera en levantarse del sillón. Tenía la espalda recostada con comodidad en el respaldo y miraba a John con la misma altanería que a todo el mundo.

—Estoy dispuesto a otorgarle la propiedad íntegra de Almond Hill —repitió John. Se estaba cansando de Davenport y su estupidez.

—Me alegro de que estemos de acuerdo.

—No vaya tan rápido. Solo firmaré cuando mi hermana esté fuera de su alcance. Ni un minuto antes.

—La condición es a la inversa. Firmará y después la verá. Comprenda, me ha costado mucho tenerla a mi lado, no puedo renunciar a ella tan rápido.

—No le entiendo. ¿Qué es lo que quiere de verdad de Mary?

—Es algo que no le incumbe.

Volvió a hacer acopio de fuerzas para serenarse y no lanzarse encima de aquel cretino. Arrellanado en el sillón le causaba un rechazo insoportable. Se empezó a imaginar el tiempo que le esperaba a Mary a su lado, las atrocidades que podrían ocurrírsele mientras él se decidía a firmar y pensó que no merecía la pena. Almond Hill no valía lo que Mary, no era suficiente para servir como moneda de cambio. Le daba igual que Davenport se sintiera como un pavo si se rendía, pero no era el momento de exigir demasiado. Lo importante era ella, alejarla de su lado y ocuparse después de poner a salvo a Sabine y al resto de la familia.

—¿Cuándo quiere esos papeles con mi firma? —le preguntó.

—No tengo prisa. ¿Una semana?

John no estaba dispuesto a esperar tanto. Había aprendido que en una semana a la vida le daba tiempo a hacer mil piruetas.

—Un día.

—¿Cómo dice?

—Davenport, si de verdad quiere Almond Hill, el plazo lo pongo yo. Un solo día. Mañana volveré para llevarme a Mary.

Se dio la vuelta para marcharse. Era imprescindible que no alargase más la conversación o perdería los nervios y le acabaría reventando la cara a aquel necio. Estaba seguro de que podría con él. Los meses en la guerra le habían curtido y él no parecía estar en forma, pero estaban esos hombres armados que acudirían en ayuda de Charles. No podía permitirse poner en peligro la posibilidad de llevarse a Mary. Al día siguiente se las arreglaría para volver con un arma. Por desgracia, no se le había ocurrido llevar una esa mañana. O quizá haber podido mantener los dedos quietos frente a las provocaciones del ser mezquino que tenía frente a él había sido lo mejor.

—Que tenga un buen día, Lowell —dijo Charles.

—Por cierto —dijo John, volviéndose—, usted también deberá firmar unos papeles. No se preocupe, los traeré preparados.

Se divorciará de Elisabeth y renunciará a visitar a sus hijos. Forma parte del trato.

—¡No pienso hacer eso! —dijo Charles, levantándose de la silla y tirando la copa. El licor empapó la cara alfombra de aquel despacho y su camisa.

John se encaró con él, dejando claro que no se arredraba ante sus amenazas.

—Señor Davenport, no se altere. Piénselo. Se librará de la molestia de tener que cargar con una familia a la que no ama. Créame, el trato es redondo. Almond Hill, su título de conde y libre. Mañana. Ni un día más.

John salió de la casa antes de que a Charles le diera tiempo a replicar. Este, enfurecido, hizo pasar a su despacho a uno de sus hombres. Le ordenó que, en cuanto tuviera lo que esperaba de Lowell, se las arreglase para matarlo.

Ese hombre debía desaparecer de su vida.

Jueves, 19 de octubre de 1916

James esperó a Lowell inquieto. Por más que trataba de detener su cerebro, era incapaz. Su mente recreaba escenas terribles, inventaba el sufrimiento por el que podía estar pasando Mary en aquella casa en manos de su primo y la impotencia le embargaba. Estuvo a punto de cruzar la calle varias veces, pero se contuvo porque John le había pedido que no interviniera. No debía ponerse en peligro, debía esperar y, si John no regresaba, avisar a Richard y a la policía, aunque de esto no estaba seguro. No había modo de saber a quién tenía comprado Charles. Pero, maldita sea, era Mary quien estaba en peligro. Necesitaba verla ya, volver a encontrarse con sus ojos después de tanto tiempo. Y necesitaba que estuviera bien.

Le dio tiempo a hacerse muchas preguntas.

¿Habría cambiado mucho? ¿Seguiría en ella esa inocencia de la que se enamoró o habría surgido la increíble mujer que se vislumbraba cuando la conoció? ¿La guerra también habría acabado con su alegría, como le había pasado a tanta gente, incluido él?

Cuando vio a John, corrió hasta él. Se temía que no sería fácil que saliera de allí con Mary, pero una cosa era intuirlo y otra muy distinta tener la certeza. No estaba a su lado. Abandonaba la casa tan solo como había entrado.

—¿Mary está ahí? —preguntó James.

—No he tenido modo de confirmarlo, pero no creo que Charles sea tan imbécil como para mantenerla lejos de él.

—¿Qué ha pasado?

—He quedado con él mañana para firmar los papeles que le den la propiedad de Almond Hill, es lo que quiere, pero tengo que traer a Richard Davenport también —dijo muy serio.

—¿Para qué?

—Porque voy a dejarlos a todos en la calle... Cuando esa rata tenga la casa los echará y quiero que vea con sus propios ojos que no he tenido más opción.

—Eso lo sabe, John. Tu padre confía en ti, lo vi en sus ojos en tu casa.

John miró a James unos instantes.

—No debería importarme lo que piense el conde de Barton —contestó, distanciándolo refiriéndose a él por su título.

—Pero te importa.

Ambos se quedaron mirando un momento la casa de Charles Davenport, el elegante edificio, que parecía erguido con la misma suficiencia que su propietario, antes de internarse en Hyde Park.

—¿Tú crees que Davenport cumplirá su palabra y te la devolverá?

John se quedó mudo durante unos instantes.

—Charles Davenport no es un hombre de palabra, pero no tenemos nada más. Tengo que avisar a Richard, James, si te parece nos veremos mañana.

—¿Cómo vamos a dejar a Mary a su suerte hasta mañana? ¿Y si llamamos a la policía? —sugirió el doctor, que no se veía capaz de aguantar hasta el día siguiente sabiendo que Mary estaba en manos de su primo.

—Tendremos que confiar en que ella sepa cuidarse. Escucha. Este hombre conoce a mucha gente y tú y yo no podemos estar seguros de a quiénes tiene comprados. Tenemos que arreglarlo solos.

James pensó que John se había vuelto loco y se lo hizo saber, pero este le explicó que había visto varios retratos en el despacho de Davenport que le habían hecho pensar que no era buena idea. En uno de ellos estaba con el mismo rey Jorge.

—Nos vemos mañana en mi casa, a las ocho.

Mientras John se alejaba, James paró un coche para que le llevase al St George. Allí se encontró con un nutrido grupo de mujeres que acudían en el pasado con asiduidad a las reuniones en casa de los Harris.

Se le ocurrió algo, mejor que cruzarse de brazos.

CAPÍTULO 19

Londres
Residencia de John Lowell
19 de octubre de 1916

Querida Victoria:
Charles Davenport no ha querido entregarme a Mary. Tengo que fiarme de su palabra y creer que la mantiene encerrada en su casa de Belgravia, como garantía para que firme los documentos que suponen mi renuncia a la propiedad de Almond Hill. Solo así, dice, la devolverá. Sin embargo, no confío en ese hombre. No creo que sepa lo que es el honor y estoy seguro de que hará lo imposible por deshacerse de nosotros. De los dos. No he querido compartir con James Payne todas mis sospechas, pero estoy convencido de que Davenport no dormirá tranquilo hasta que me vea muerto. Y que el mismo destino reserva para el conde de Barton.
Esta vez quiero despedirme de ti. Si algo sale mal, quiero que sepas que te he querido muchísimo, que todos estos meses te he extrañado y he pensado en aquel día en mi casa, en el que no terminamos de decirnos lo que sentíamos el uno por el otro. No sabes hasta qué punto ese recuerdo me ayudó para soportar los meses en el frente.
Gracias por cuidar de Evan, por haber logrado que olvide aquel horrible día en el que perdió a sus padres, por darle la oportunidad de volver a ser un niño feliz, con una familia que lo quiere y lo cuida. Por haberle ayudado a olvidar. Yo aún no lo he hecho, aún despierto a veces escuchando los lamentos de aquellas personas a las que se tragó el mar.
Por si hoy sucede algo, quiero pedirte una cosa más. Ponte en contacto

con Felicia y asegúrate de que está bien, dile dónde he estado. No tengo más tiempo, debo buscar a un abogado que me ayude a redactar la cesión de *Almond Hill* de inmediato.

Mañana, cuando te llegue esta carta, ya estaré frente a Charles Davenport. Reza por mí. Creo que me hará falta.

John Lowell

※

Jueves, 19 de octubre de 1916

Mary se movía desesperada por el cuarto en el que Charles la había encerrado al poco de llegar a Londres. El mobiliario de la habitación era de un gusto cuestionable, con horribles estampados en las telas y un exceso de decoración ecléctica que hacía que aquel lugar no resultase agradable para los sentidos. El espejo en el que observó su rostro, demacrado por la mala noche que había pasado, tenía un marco rococó dorado dos veces más ancho que la superficie pulida, y había otro marco que contenía un cuadro bastante oscuro, con una escena religiosa que no identificó, en el que destacaba un complicado entramado vegetal. La madera en ambos parecía haber acusado el paso del tiempo, así que supuso que se trataba de antigüedades. Mary se fijó un poco más en aquel barullo de decoración imposible y pudo reconocer un jarrón chino junto a una mesa de la India, así como dos biombos con motivos orientales. Nada parecía hecho para compartir el mismo espacio.

—Así que esto es lo que haces —dijo hablando consigo misma, cuando de pronto una idea cruzó por su cabeza.

Recordó la foto de Camille, con el cuadro de Eros y Psique de fondo, y entonces fue consciente de las actividades de Charles. La había encerrado en una especie de almacén de objetos valiosos. Un almacén a los ojos de todo el que entrase en aquel dormitorio pero que, en un somero vistazo, solo habría detectado el nulo gusto decorativo de su propietario.

A primera hora de la mañana, Mary escuchó voces en la casa. Era una conversación entre dos hombres, un murmullo de voces que no identificó. En un primer momento estuvo tentada de gritar, pero ya lo había hecho la noche anterior, cuando Charles entró en el cuarto para proponerle que compartieran cama. Su negativa y sus protestas solo lograron que le regalara un bofetón. Se llevó la mano al rostro, donde no quedaba rastro de dolor, pero sí el escozor de su orgullo herido.

Tragó saliva.

Sabía de sobra que eso era lo que él quería de ella y que tarde o temprano lo conseguiría, pero no estaba dispuesta a ponérselo fácil. Se las arregló para esquivarlo de momento y tuvo suerte de que su primo fuera tan vanidoso. Estaba convencido de que acabaría sucumbiendo a sus encantos. La había dejado en paz, pero advirtiéndole que era solo una tregua hasta la noche.

Ella no encontraba sosiego en sus pensamientos. Si cedía a los deseos de Charles, nada le garantizaba que se alejaría de su familia después. En todo aquello, lo único que serenaba su ánimo era ser ella y no Sabine la que permanecía encerrada en la habitación. Al menos la niña no tendría que pasar por la humillación de ser forzada por aquel ser inmundo que era Charles.

Se estremeció al pensar que ese era su destino.

Inquieta, se sentó sobre uno de los baúles. Una de sus manos se apoyó en el dibujo en amarillo sobre fondo negro de un árbol. Movió su falda para mirar el resto del diseño y descubrió un extravagante jardín en el que unos individuos orientales llevaban animales atados de cuerdas. Se levantó y vio una oveja, un pez y un águila. Le intrigó pensar qué podría contener ese baúl y, al comprobar que no estaba cerrado con llave, lo abrió. Levantó la tapa y no descubrió nada interesante, tan solo ropa de hombre de un gusto tan cuestionable como lo demás en esa estancia.

Estaba a punto de volver a cerrarlo cuando se preguntó si no habría nada debajo de las ropas. Sacó todas aquellas prendas y comprobó que su intuición no había errado. En el fondo aparecieron cuadros enrollados, joyas y también documentos: cesiones de propiedades, participaciones en industrias dedicadas a la fabricación de armas y libros de cuentas. Encontró una caja con fotografías en las que reconoció a aristócratas posando con mujeres ligeras de ropa. Extrajo uno de los libros de cuentas, se sentó sobre el baúl de nuevo para echarle un vistazo. No entendió nada de lo que allí decía, por más que se esforzó en descifrar aquellos números precedidos de palabras sin aparente sentido.

En un momento dado, las voces en la planta baja subieron de tono y se quedó inmóvil. Al poco cedieron, pero le dio la sensación de que alguien subía las escaleras y se acercaba a su puerta. Nerviosa, decidió deshacerse del libro de inmediato y lo lanzó encima del armario. El estrépito que provocó le hizo dar un respingo y contener la respiración. Una fotografía cayó de entre sus páginas y la escondió veloz en el bolsillo de su falda, pensando que no tendría tiempo de volver a ponerla donde estaba. Al deshacerse del libro pensó que probablemente, la intención de Charles al encerrarla en ese cuarto fuera alardear de todo lo que había conseguido. Quizá quiso dejar a la vista sus logros para demostrarle que con él podría tenerlo todo, incluso lo imposible en aquellos tiempos. Siempre se las había ingeniado para conseguir lo que quería. Creó una red de intereses a su alrededor que, al final, le había dado poder. Nadie se decidía a hablar, porque delatar a Charles suponía, de inmediato, delatarse a uno mismo, exponerse a un escándalo o a ser descubierto en cualquier negocio ilícito. El silencio tapaba las bocas de muchas personas y, mientras, su primo hacía fortuna acumulando dinero en el mercado negro y objetos valiosos para vender cuando todo terminase.

Mientras daba vueltas a las razones de Davenport, siguió conteniendo la respiración y escuchando con atención, pero nada sucedió. Nada salvo que los alborotados latidos de su corazón alentaron la certeza de que tenía que escapar de allí. No podía consentir que Charles la tuviera a su antojo. El problema era que no sabía cómo conseguirlo. Intentó en vano probar de nuevo a abrir la puerta de la habitación, pero continuaba echada la llave. Con ella, Charles había tomado más precauciones que con el baúl.

Se sentó de nuevo, frustrada. Fue entonces, cuando acariciaba de nuevo la figura de la tortuga labrada en él, cuando recordó a las gemelas. Una sonrisa cruzó sus labios, rememorando la excursión al desván de los Lowell.

No sabía cómo había hecho Virginia para abrir la cerradura del baúl de Jane, pero tenía que intentarlo con la puerta. Las horas corrían y la amenaza de Charles de forzarla a ser suya se aproximaba. No. No se iba a quedar esperando de brazos cruzados. Revisó las perchas del armario y cogió dos. Enderezó el gancho de una de ellas y se las arregló para que el de la otra formase algo parecido a un ángulo recto. Entonces oyó pasos al otro lado y, esta vez, el sonido de unas llaves.

Tiró las perchas bajo la cama.

Una mujer vestida de doncella le llevaba una bandeja con comida. Le dio las gracias antes de que se retirase y, cuando se marchó, Mary se agachó para recuperar las perchas. No le dio tiempo. A su espalda, la puerta volvió a abrirse y oyó una voz:

—He pensado que quizá te gustaría saber que tu hermano ha estado aquí —le dijo Charles,.

Entró en el cuarto y cerró la puerta tras de sí. La cerradura emitió el sonido inequívoco de haber sido echada desde fuera.

—¿No quieres saber de qué hemos estado hablando? —preguntó él.

—Me lo contarás de todos modos —afirmó Mary.

—Eso es cierto.

Charles se entretuvo en observarse las uñas. Le gustaba aquella situación, saber que la tenía a su merced y que era dueño de su templanza. Contó en su mente los segundos que ella tardaría en reclamarle su historia y ni siquiera llegó a tres antes de escuchar una pregunta ansiosa salida de sus labios.

—¿Y bien? ¿Qué has hablado con John?

—Tu hermano... no es un ser muy razonable —le dijo, haciendo entonces una pausa teatral—, no quiere renunciar a Almond Hill por ti.

Mary sintió que la decepción recorría su pecho, pero procuró no evidenciarla, esperó a que fuera Charles quien siguiera con su discurso.

—Dice que todo eso es suyo y que tú no vales tanto como para perderlo.

—¡Eso es mentira! John no te ha dicho algo así —gruñó ella, acercándose a Charles. Este la agarró con fuerza por las muñecas.

—¡No, claro que no es mentira! ¿Qué pensabas? Ese tipo nunca sintió aprecio por ti ni por tu familia. ¡Si hasta fingió su muerte para no tener que ocuparse de vosotros! Pero ahora ha regresado y reclama su propiedad.

—¡También es mía!

—¿Estás segura? Tú eres una mujer, cuentas muy poco en asuntos de hombres. Igual que puso a tu nombre Almond Hill puede quitártela. Incluso sin tu permiso. Siento tu decepción, querida, ya ves que no lo conoces tan bien como creías. Sin embargo, a mí me conoces. Tengo una propuesta para ti. Si quieres escucharla.

Mary sabía el tipo de hombre que era Charles, pero la duda que había sembrado en ella acerca de su hermano empezaba a hacerle daño. Despacito, con miedo, con la precaución de saber que el abono era tan tóxico que seguro que podría hasta matarla. Lo que le iba contando le estaba provocando casi tanto dolor como sus fuertes manos apretándole las muñecas. Se revolvió y él la soltó, con un gesto de falsa disculpa.

—Habla —le dijo.

—Cederé yo. Me retiraré como un caballero de esta absurda competición por Almond Hill a cambio de algo.

—¿De qué?

—A cambio de que seas mi esposa.

Mary abrió los ojos perturbada por la propuesta que acababa de recibir.

—¡Estás casado con mi hermana!

—Eso se puede solucionar, ella puede morir en cualquier momento...

—¡No te atreverías a hacer eso!

—Yo no, por supuesto, lloraré su muerte como un buen esposo. Pero hay maneras...

—¡Estás enfermo si piensas que voy a prestarme a algo así! Nunca me casaré contigo y mucho menos dejaré que le hagas daño a Elisabeth.

—Tú no tienes poder para impedirme nada.

Charles se acercó a ella y le rozó el pecho. Mary dio un respingo y se apartó, pero él no se amedrentó. Jugueteó con un mechón de su cabello, mientras disfrutaba viendo cómo la respiración de Mary se aceleraba. Le había hablado en un tono calmado, disfrutando de la sensación de tenerla bajo su dominio. Se deleitaba con el tacto sedoso de su pelo, sus ojos se llenaban con la visión de la cremosa piel de su cuello, imaginaba su lengua. El pensamiento le provocó una violenta erección y estuvo a punto de olvidarse de para qué había ido a la habitación.

Era el momento perfecto.

Estaban solos.

Nadie molestaría.

Nadie acudiría si ella gritaba mientras la poseía, porque no sería la primera vez que en esa casa se escuchaban los gritos de una mujer a la que rendía a la fuerza a sus deseos.

Charles sintió que la ropa se estrechaba alrededor de su pene y emitió un jadeo. Tenía que controlarse, Mary no era una de esas mujeres, era la garantía de una vida diferente y no podía estropearlo solo por algo como aquello.

Y, sin embargo, estaba tan excitado que en aquel momento podría haberlo hecho. Podría hacerlo. Le puso una mano en la nuca y la otra alrededor de la cintura y se pegó a ella, deseoso de que notara su dureza.

—Voy a ser generoso y te concederé que no te cases conmigo si no lo deseas —le susurró—, pero entonces Almond Hill tendrá que ser mío, entiéndelo. Le ofreceré mañana por la mañana otro trato a tu hermano, aunque estoy seguro de que lo rechazará. Lo he visto muy convencido de no querer salvarte.

Charles ni siquiera hizo amago de separarse un poco. Continuó hablándole.

—Tal vez en estas horas que quedan, algo despierte en él un amor fraternal que ahora no siente. ¿Sabes? Si yo fuera tu hermano, y de mí dependiera que fueras libre de marcharte a cambio de unas tierras y una casa, no habría dudado. Habría firmado lo que fuera. Pero, ya ves, no pude convencerlo. No sufras, quizá esta noche, cuando regrese a este cuarto, entiendas quién es quien te quiere de verdad.

Temerosa por sus palabras, Mary bajó la guardia. No podía creer lo que estaba escuchando, no reaccionó a la proximidad de Charles. Cuando la besó, introduciendo la lengua en su boca, solo se tensó, incapaz de empujarlo de su lado. Charles se recreó unos instantes en sus labios y, después, de un tirón rompió el escote del vestido sacando de él sus pechos y lamiéndolos. Mary, aterrada y a punto de vomitar, seguía incapaz de moverse.

—Ahora no me puedo entretener, pero dentro de unas horas volveré y espero que estés mucho más participativa que ahora —dijo él, deteniéndose a su pesar—. Te daré un tiempo para que valores la suerte que tienes por tenerme a tu lado, por cuidarte, por mirar por ti...

Golpeó la puerta para que le abrieran y salió de la habitación, dejándola desconcertada y avergonzada por lo que había sucedido allí. Y, de nuevo, encerrada. Mary se recolocó como pudo el vestido y, aunque se moría por sacar la angustia que sentía, se negó a llorar. Miró la bandeja con asco, se le había pasado de golpe el hambre, a pesar de que allí había más comida de la que compartían en casa de Abigail todas las personas que vivían cuando pasó aquel tiempo en el East End.

Debía marcharse, tenía que hacerlo. No estaba dispuesta a dejar a Charles que volviera a manosear su cuerpo de aquel modo, no se podía permitir otro bloqueo como aquel. Si Davenport hubiera seguido, no habría acertado ni siquiera a oponerse a él. No era cierto que en unas horas fuera a cambiar de idea, el asco que sentía por Charles no había hecho más que multiplicarse después de aquella demostración. Si John no quería sacarla de allí, lo haría ella misma.

Se arrastró bajo la cama y recuperó las perchas.

Tres horas después, cuando la tarde declinaba, sudorosa y despeinada, escuchó un sonido en la cerradura que manipulaba. El mismo sonido que recordaba que había hecho el baúl en el desván de los Lowell. Al abrir la puerta oyó jaleo en la casa. Desde la calle llegaban las voces de muchas personas reunidas, gritando algo que no entendía. Dentro de la casa, Charles instaba a gritos a sus hombres a que echaran a aquella gente de su entrada.

Decidió que era el momento.

Terminó de abrir la puerta y se dejó guiar por el griterío para encontrar la salida, poniendo cuidado de no ser descubierta por nadie. Desde la escalera, observó la puerta abierta y el gentío que se reunía fuera, mujeres en su mayoría que llevaban algo en las manos y gritaban la palabra «cobarde». Charles, frente a ellas, ocupando la salida, se desgañitaba mientras sus hombres intentaban deshacerse de aquella multitud empujando a las allí reunidas.

Tenía que hacerlo, tenía que salir de allí en ese momento, pero eso suponía pasar por delante de su primo y aquellos dos hombres enormes. Intentó valorar otras alternativas: quizá la cocina o esconderse bajo la escalera hasta que todo pasara y entonces intentar salir con sigilo. Decidió que eso haría, esperar escondida a que el momento fuera más propicio. Al menos había logrado salir de la habitación, aunque con la emoción se había olvidado de hacerse con una prenda de abrigo y tenía roto el escote del vestido por el tirón de Charles. El frío de octubre se colaba por la puerta abierta de la casa, advirtiendo de su presencia en las calles londinenses. En la habitación, Mary no había pensado en él. Lo único que quería era salir y era tan grande su deseo que se había olvidado hasta de deshacerse de una de las perchas, que continuaba en su mano.

Miró dónde dejarla sin hacer ruido, sin perder de vista la entrada y entonces algo cambió todo. James. Estaba allí, entre el gentío, entre las mujeres, y fue la señal de que no podía esperar. Demasiado tiempo ansiando volver a cruzar su mirada con la de él. Demasiadas lágrimas y mucho sufrimiento cuando habían estado separados actuaron como la mecha que enciende una bomba. No podía esconderse y perderlo de vista de nuevo. Sin pensar, dejándose guiar por el corazón y no por el cerebro, corrió hacia la puerta y esquivó a Charles, tratando de salir. James la vio aparecer y corrió hacia ella, pero Davenport tuvo más reflejos y la atrapó entre sus brazos. Sus hombres se olvidaron de las mujeres que gritaban y se volvieron hacia James, pero ellas no se amedrentaron y los rodearon. En el tumulto, los hombres de Charles perdieron sus armas, que desaparecieron en un barullo de faldas y gritos femeninos.

Mientras, Mary pataleaba furiosa. Charles la mantenía sujeta por la cintura y le gritaba, pero ella no escuchaba sus amenazas. Estaba desesperada porque había perdido de vista al doctor.

—¡Estás loca si crees que te vas a marchar! —bramó su primo.

Entonces Mary se miró la mano. Seguía agarrando con fuerza la percha con el gancho enderezado y no lo pensó: con toda la fuerza que pudo reunir, con toda la rabia acumulada hacia él, la apretó, se volvió como pudo y la dirigió contra Charles. No tenía casi ángulo para hacerle daño, pero necesitaba intentarlo. Actuó a la desesperada y fue la primera sorprendida al notar que el objeto encontraba resistencia. Su ataque no se había quedado en el aire, sino que había impactado en alguna parte de Charles. Este dejó escapar un alarido y la soltó de inmediato, volviendo su atención hacia el objeto que llevaba enganchado en la cara. Mary cayó al suelo y observó aterrorizada que le había clavado la percha en el ojo izquierdo.

Las mujeres seguían rodeando a los hombres de Charles, y entonces una mano tiró de la suya.

James.

No le dijo nada, solo la obligó a levantarse y correr. A pesar de la noche envuelta en niebla. A pesar de su vestido roto. A pesar del pánico que sentía por lo que acababa de hacerle a su primo.

Juntos se internaron en la oscuridad de Hyde Park, sin dejar de correr y sin soltarse de la mano.

Jueves, 19 de octubre de 1916

Corrieron hasta que sus pulmones empezaron a arder. Fue Mary la que aminoró el paso primero y James se detuvo con ella. Aunque estaba seguro de que la niebla ocultaría sus pasos, cabía la posibilidad de que los hombres de Charles los estuvieran siguiendo, así que la arrastró hasta la entrada de una casa. Solo la luz tenue de las farolas señalaba puntos imprecisos en ese horizonte desdibujado de la ciudad y allí, guarecidos en un portal, se sintieron un poco más salvo. Apenas podían distinguir sus rostros, pero notaban el calor de sus respiraciones aceleradas. Entrelazaron las manos. James, exhausto, apoyó la frente en la de Mary.

Ambos cerraron los ojos, incapaces de hablar tras el esfuerzo de la carrera, dichosos por haber logrado escapar de Charles y, al fin, reencontrarse. Estuvieron así un tiempo indefinido, mientras sus cuerpos se reponían y sus mentes ordenaban tantas palabras que tenían pendientes.

Dos de ellas se deslizaron las primeras.

—Lo siento.

Ambos, a la vez, se dijeron lo que se debían en el mismo segundo. Mary soltó una de sus manos de la de James y posó sus dedos en sus labios, pidiéndole silencio. El frío de su mano contrastó con la calidez de aquella boca, que llevaba mucho tiempo sedienta de ella. Les hacían falta muchas más palabras, se debían una larga conversación, pero las emociones del reencuentro impedían poner en orden los pensamientos. Eso que tantas veces habían soñado decirse en los dos últimos años, ahora que se tenían frente a frente se negaba a salir de sus bocas.

Mary quería disculparse por atribuirle a él la responsabilidad de la muerte de Virginia, por haberle empujado a alistarse. James ansiaba decirle que sentía en el alma no haberse dado cuenta de lo peligroso que fue no impedir a la niña que asistiera a la manifestación. Mary se moría por contarle todo lo que había sucedido desde que él se marchó, y a James le urgía decirle que en ese tiempo tan duro en el puesto de Primeros Auxilios lo que le había mantenido en pie era su recuerdo.

Pero no hablaron.

Allí, en esa puerta, protegidos por la niebla, dejaron que hablasen sus emociones, su piel, el tacto y el olfato, el rumor leve de las respiraciones que iban encontrando el camino para serenarse. Pero solo un poco. Enseguida, el beso que llevaban tanto tiempo soñando se convirtió en algo real. Se habían echado de menos de una manera insoportable y sus cuerpos gritaban las instrucciones para solucionarlo. Debían escucharlos y fue lo que hicieron, y aquel beso para Mary no se pareció a los que Charles le había robado hacía solo unas horas.

Ella se estremeció.

—¿Tienes frío? —preguntó James.

—Un poco.

—Deberíamos continuar.

Le tendió su abrigo y ella lo agradeció. El frío se colaba inmisericorde por el roto de su vestido.

—Estamos empapados por la niebla. No creo que nos libremos de un buen catarro.

—Conozco a un doctor que podría ocuparse de ti.

—¿Ah, sí? ¿Me lo recomiendas?

—Encarecidamente. Incluso…

Hizo una pausa, fingiendo que estaba pensando algo.

—¿Qué? —le apremió Mary.

—Incluso creo que podrías considerarlo como esposo.

Ni siquiera lo pensó, rodeó con sus brazos el cuello de James y buscó sus labios. No verbalizó una respuesta, pero a él le quedó bastante claro que no se oponía a la oferta.

—Me temo que tendré que convencer a tu padre —le dijo.

—No creo que te cueste.

Volvieron a besarse y ninguno de los dos sintió el frío de la noche londinense que los cobijaba.

—Tengo que hacerte una pregunta —dijo Mary, cuando separaron sus bocas.

—Dime.

—¿Es verdad que…? —Quiso asegurarse—. ¿Es verdad que John no estaba dispuesto a renunciar a Almond Hill por mí?

James sonrió, negando con la cabeza.

—¿Eso te ha dicho tu primo? ¡Qué hijo de puta! John jamás haría eso, te quiere tanto que aún estoy celoso de él.

—No tienes por qué —dijo ella, mientras su pecho bailaba de felicidad—. En mi corazón solo estás tú.

James sabía que en algún momento debería hablarle de Elsie y de lo duro que había sido todo en el campo de batalla, de las decisiones que uno acaba tomando cuando cree que el día siguiente puede que no exista, pero no era el momento. Lo era de aprovechar el instante y abrazarla, besarla hasta que ambos quedasen exhaustos. Ya habría tiempo para lo demás.

Volvieron a olvidarse del mundo y dejaron que sus bocas se aprendieran, que calmasen la sed de tanto tiempo de separación, hasta que el gélido aliento de la niebla les recordó que debían moverse si querían tener opción de no morir congelados. Decidieron que tenían que abandonar el portal y seguir caminando hasta encontrar un refugio más cálido. Se asomaron a la calle, allí no se veía un alma. No parecía que los hombres de Davenport hubieran sido capaces de seguirlos.

—¿Tú sabes dónde estamos? —preguntó Mary, sin soltarle de la mano.

James se asomó en ambas direcciones. Sus oídos no le devolvían sonidos fiables y su vista quedaba mermada por la niebla. La carrera había desorientado su percepción de la ciudad, así que no le quedó más remedio que contestarle:

—No tengo ni idea.

Caminaron. Hasta que al amanecer, con la nueva luz del día, James empezó a reconocer los edificios. La casa de John quedaba todavía lejos, pero estaba seguro de que llegarían antes de que acudiera a su cita con Davenport.

De ningún modo debía encontrarse con él ahora que Mary estaba libre.

Viernes, 20 de octubre de 1916

Era demasiado temprano para que alguien llamase a la puerta. John Lowell ni siquiera se había levantado, pero la insistencia le despertó y le hizo vestirse con celeridad y bajar corriendo las escaleras. Nada más abrir se encontró con Mary y James. No le dio tiempo a decir una sola palabra, porque su hermana se lanzó a sus brazos.

—¡Dios mío! —dijo—. ¡La has traído, James! ¿Te ha hecho algo Charles? ¿Qué ha pasado?

—John, es verdad, estás vivo —dijo, emocionada.

—Claro que estoy vivo. ¿Tú estás bien?

—Perfectamente.

Miró a James, que había cerrado la puerta de la entrada y estaba detrás de ellos.

—Tenéis que contarme qué ha pasado. ¿Cómo has conseguido sacarla de la casa de Charles?

—Aunque no me creas —dijo James—, solo tuve que esperarla. Tu hermana se las arregla muy bien sin nosotros.

—Creo que esa manifestación de mujeres a la puerta de Charles no fue precisamente espontánea —matizó Mary—. Quizá no tuviste solo que esperarme.

John seguía sin soltarla y notó que sus ropas y su pelo estaban húmedos.

—Quiero que me contéis qué es lo que ha pasado, con detalle, pero primero deberíais secaros un poco.

—Prepara té mientras, nos hace falta algo caliente en el cuerpo.

Mary se separó un poco de él, agarrándolo por las manos y observando lo que había cambiado. Estaba más delgado y algunas arrugas enmarcaban sus ojos claros. Pero estaba allí, frente a ella. Podía notar el tacto de su piel y había escuchado el latido de su corazón cuando se abrazó a su cuerpo. Y James estaba a su espalda. Después de mucho tiempo, sintió que todo el peso de la responsabilidad que cargaba, la de tirar de su familia, se repartía un poco. Sabía que no necesitaba a nadie para salir adelante, pero con ellos a su lado apreciaba algo que hacía mucho que se le había escapado: felicidad. En ese momento, en la entrada de una casa que ya no le parecía tan fría, se sintió la mujer más dichosa del mundo.

—James, por si necesitas usar mi ropa, mi cuarto está... —empezó a decir John.

—Yo le diré cuál es —terminó Mary.

Soltó a su hermano y agarró al doctor de la mano, arrastrándolo escaleras arriba, mientras John los observaba desde el *hall* de la casa. Antes de que cada uno fuera a la habitación donde había ropa seca para cambiarse, Mary le robó a James unos besos que demoraron su visita a la cocina más minutos de los estrictamente necesarios. Cuando bajaron, el calor del horno reconfortó su ánimo y el té logró que empezaran a revivir. Estaban extenuados por la carrera, por la intensa caminata por Londres y tenían sueño. Pero, a pesar de todo, necesitaban aguantar despiertos, contarle a

John lo que había pasado con Charles Davenport. Hicieron un relato de los acontecimientos, cediéndose la palabra el uno al otro con una sincronización tal que parecía que lo hubieran ensayado. Cuando terminaron, John habló:

—No creo que Charles se conforme.

—Yo tampoco. Temo que haya ido a Almond Hill y les suceda algo a Elisabeth o a Sabine.

—Él no irá a ninguna parte, Mary —dijo James—. ¿Tú sabes lo que le hiciste? He visto a hombres morir por heridas menos graves. Puede que haya mandado a alguno de sus hombres allí, pero Charles no está en condiciones de viajar. Tardará unos días en reponerse y no creo que conserve el ojo. ¿Qué hacías con una percha en la mano?

Mary les contó cómo había logrado abrir la puerta del cuarto, a lo que añadió la historia de la vez que Virginia forzó el baúl del desván de aquella casa.

—Por eso supe que no mentías el día que contaste quién eras —le dijo a John—. Había tenido las cartas en mis manos, esas cartas de las que hablaste, las que intercambiaron tu madre y nuestro padre.

John inspiró un poco de aire. Le tocaba a él contarles algo. Las palabras salieron de su boca con un tono serio.

—Ayer fui a ver a Richard. Me dijo que no estaba dispuesto a dejar que Charles se saliera con la suya. De ningún modo quiere que se quede con Almond Hill y está dispuesto a lo que sea con tal de que no sea él quien herede el título de conde de Barton.

—¿Quiere que lo seas tú? —preguntó James.

—No podría aunque fuera su deseo —le dijo Mary—. Los hijos nacidos fuera del matrimonio no pueden heredar títulos nobiliarios.

—Yo tampoco quiero eso, te lo aseguro —contestó John tragando saliva—, pero... ayer me dijo que daría todo por poder cambiar eso.

—John —dijo Mary—, tú no puedes saberlo, pero, en todo este tiempo que hemos pasado pensando que habías muerto, ha sufrido mucho. Mi padre, cuando lo viste, estaba enfermo, pero te aseguro que ahora es otra persona. Ha tenido tiempo de recapacitar y me ha contado muchas cosas. Sé que amó a Jane. Sé... que nunca quiso dejarla. A mí me dolió ser consciente de que a mi madre, aunque la apreciaba, nunca la quiso como a ella. De hecho, cuando me ha contado algo en este tiempo de ellos dos, entre tu madre y él, he sentido envidia. Yo quiero eso, quiero vivir una historia en la que me quieran así.

—La tendrás —le dijo James, apretándole la mano.

—Con Elisabeth y conmigo ha visto multiplicado el error de pactar un matrimonio. El mío porque… bueno, porque ya sabes qué pasó. Pero el de Elisabeth…, ese ha sido horrible. Es horrible. Mi padre se arrepiente cada día de no haber sido valiente cuando era joven. Su cobardía nos ha puesto a todos en situaciones que no deseábamos. Pero ¿sabes? El mundo está cambiando. Esta guerra, sus consecuencias, lo están cambiando todo. Richard Davenport ha aprendido la lección.

—Puede que solo sea por estos tiempos que vivimos.

—No, no solo es eso. El mejor amigo de mi padre se llama Peter Smith y le está cambiando la voz. Eso era impensable hace un año, pero ahora es una realidad.

—¿Peter Smith? —preguntó John.

—El hijo pequeño de Abigail. Todo lo que no conseguimos los adultos con nuestro padre lo logró él solito. Tienes que perdonar sus errores, te aseguro que ha pagado por ellos.

—Tiene que estar al venir —dijo John.

—¿Aquí? —preguntó Mary.

—Íbamos a ir juntos a buscarte. Ayer… hablamos, pero…

—Cree en él. Sé que te quiere.

John no sabía qué pensar, estaba demasiado aturdido. El año en la piel de Caleb Craig había sido muy duro. Había aprendido a desconfiar de todo el mundo, a estar siempre en guardia si quería llegar vivo al día siguiente y lo que le contaba Mary le parecía un cuento. Sin embargo, en su interior ardía el deseo de creer, necesitaba la paz de espíritu que encontraría si aquella familia, tal como se la pintaba ella, se convirtiera en la suya. Con ella, con Mary, no tenía dudas; por Elisabeth sentía lástima que quizá también estaba mutando en afecto, pero aún le quedaba establecer el vínculo con Richard.

—Supongo que en cuanto venga podremos ir hasta Almond Hill —dijo John.

Richard no se presentó en casa de John pasadas las ocho de la mañana. La exquisita puntualidad del conde alarmó a Mary. Por nada del mundo se habría retrasado ni diez minutos sabiendo que ella estaba en peligro. Un mal presagio recorrió su organismo y se lo hizo saber a John.

—Sin mí en su poder, Charles necesita otra moneda de cambio.

Los tres salieron de la casa. Encontraron un coche que los llevó hasta las inmediaciones de la casa de Charles Davenport. Desde fuera, esta parecía en calma.

Nada que ver con lo que sucedía en su interior.

Viernes, 20 de octubre de 1916

La noche anterior, cuando lograron quitarse de encima a aquellas escandalosas mujeres, Williams y Roberts, los dos matones de Charles, se dividieron. El primero introdujo en la casa a Davenport y el segundo intentó seguir la pista de la pareja, pero Mary y James habían dispuesto de unos valiosos minutos y de la complicidad de la niebla para desaparecer engullidos por la oscuridad del parque. Roberts, tras unos momentos, dejó de correr. Ni siquiera se molestó en continuar la búsqueda mucho tiempo. Cuando a los diez minutos se dio cuenta de que en aquellas condiciones no los encontraría, prefirió no averiguar cuáles serían las consecuencias para él en caso de presentarse con las manos vacías frente a Charles Davenport. Se acordó de que tenía familia al norte de Mánchester y decidió que ese era un momento tan bueno como otro para ir a visitarlos por una temporada.

Incluso podría alargarla años si lo veía conveniente.

Regresó sobre sus pasos, entró en la casa, recogió sus cosas y se marchó de allí sin despedirse de nadie. En el revuelo que se había montado a causa de la herida de su jefe, ninguna de las personas que estaban allí se dio cuenta de que se ausentaba cargado con una maleta.

El médico, en casa de Charles, solo pudo certificar que este perdería la visión del ojo izquierdo. No había nada que hacer por él. Si el gancho se hubiera desplazado un par de milímetros más solo habría sufrido una herida, amortiguado por el hueso del cráneo. Sin embargo, la mala suerte había querido que el metal se introdujera en la cavidad orbitaria y la lesión era grave. El médico no creía que salvase el ojo. Aplicó calmantes al enfermo y logró que se durmiera.

Al amanecer, cuando despertó, lo hizo aullando de dolor.

—¡Williams! ¡Williams!

El hombre entró en la habitación. Había permanecido de guardia toda la noche en la puerta, por si lo necesitaba.

—¿Sí?

—Quiero que busques en la mesa de mi despacho una dirección. Está debajo del pisapapeles. Es donde se aloja Richard Davenport. Quiero que me lo traigáis aquí de inmediato.

—¿No preferiría que le visite un médico? Hay sangre en la almohada… —dijo Williams, con cierto temor a la reacción del hombre que gruñía desde la cama.

Charles se tocó la cara y el solo contacto de su mano le hizo dar un respingo. Esa condenada mujer no solo se le había escapado, sino que le había dejado malherido. Estaba deseando volver a encontrársela. No tendría jamás tanta paciencia como la que había mostrado hasta ese momento con ella.

—Ordena que me suban los calmantes y vete a buscar a mi tío, esto es mucho más urgente.

—Sí, señor.

—Dile que necesito verlo inmediatamente, que no ponga excusas. Si lo hace, tráelo a la fuerza.

Williams no entendía que nada fuera más urgente que curar su herida, pues había visto la noche anterior que tenía un aspecto espantoso. Sin embargo, no lo contradijo. Salió de la habitación sin replicar nada y sin decirle que Roberts había desaparecido. Allá se las entendiera con Davenport cuando este se diera cuenta de que se había ido de la casa y, si no lo conocía mal, incluso de Londres. Entró en el despacho, leyó la dirección que se hallaba bajo el pisapapeles y se encaminó hasta ella.

Charles, desde su cama, se retorcía de dolor, pero sacó fuerzas para vestirse. Sin Mary en casa, necesitaba otra garantía para hacerse con Almond Hill y esa iba a ser Richard. Y en cuanto lo tuviera, cuando los papeles dijeran que era el dueño de los territorios del conde de Barton y el heredero del título, no solo se desharía de su bastardo, sino también de él.

Y Mary Davenport ya podía ponerse a rezar porque no iba a ser en absoluto tan piadoso con ella como la tarde anterior.

Viernes, 20 de octubre de 1916

Williams, el matón que estaba al servicio de Charles Davenport, se presentó muy temprano en la casa que acogía al conde y le pidió que lo acompañase. Este, seguro de que Mary permanecía en manos de su sobrino, no se opuso. Lo siguió mansamente hasta el coche que los esperaba en la puerta. Una vez dentro del vehículo, exigió al hombre que le dijera qué era lo que estaba pasando con Mary, pero este no contestó a sus insistentes preguntas por el camino. Richard intentaba averiguarlo, pero el empleado solo se limitó a dejarle claro que Davenport necesitaba que se presentase en su casa lo antes posible.

En esos momentos, Richard ya sabía lo que quería. Esperaba atado en una silla y amordazado, al otro lado de la mesa del despacho de Charles, mientras este escribía de manera frenética en unos papeles. El conde observaba el vendaje ensangrentado que le cubría la mitad del rostro y se preguntaba qué le habría pasado. Su propia suerte le importaba muy poco, pero no podía relajarse. En ningún momento le habían dicho dónde estaba su hija pequeña. La presencia de sangre en su sobrino no era un indicio demasiado alentador.

No opuso resistencia a ser atado. Después de la conversación con John el día anterior, tenía la seguridad de que Mary seguía allí y no quería perjudicarla; por nada del mundo daría un paso que pusiera en peligro su integridad. Ya se había equivocado bastantes veces como padre y había aprendido la lección. Si había que sacrificar a alguien y era él, mucho mejor que si se trataba de su pequeña.

A pesar de que Charles trataba de aparentar seguridad, se le notaba que estaba bajo los efectos de algún calmante, pues sus movimientos eran torpes y lentos. Siguió escribiendo, redactando un documento que su suegro no alcanzaba a leer desde donde se encontraba.

—Ya está —dijo Charles, cuando terminó—. En cuanto firme seremos felices. Ayer Lowell me dijo que él se encargaría de poner las condiciones, pero hoy tengo otros planes.

Richard fue a decirle algo, pero la venda que le cubría la boca se lo impidió.

—¿Recuerda las acciones de la fábrica de armas? Necesito que me haga un favor, cédamelas. Hasta ahora no ha visto ni un chelín de los beneficios, así que no las echará de menos, pero necesito que me las done.

Rodeó la mesa y soltó las manos amarradas de Richard para que pudiera coger la pluma. Lo primero que hizo este fue quitarse el pañuelo que le cubría la boca.

—¡Eres un desgraciado!

—Tío, no ensucie su perfecto vocabulario de hombre educado en Eton. Debería dejar de pasar el tiempo con ese mocoso de Peter Smith, le está arrastrando por el suelo.

—¡Peter nunca será un miserable como tú!

—Yo crecí a su lado, alguna influencia tuvo que tener en mí.

Richard apretó los dientes. Claro que tenía la culpa, no debería haberle consentido tantas cosas, pero ya era tarde. Williams abrió la puerta en el momento en el que Charles señalaba a Richard el lugar donde tenía que estampar su rúbrica, y entró en la habitación. El conde agarró el papel y comenzó su lectura. Despacio, dándose tiempo porque quería saber qué le había ocultado su sobrino. Demasiadas veces había firmado documentos sin leerlos y demasiadas veces había acabado todo mal. Le impactaron las acciones que tenían, muchas más de las que había calculado. Supuso que, estando en plena guerra, con la producción a un ritmo frenético para surtir al ejército, aquella inversión estaría siendo bastante responsable del elevado nivel de vida de Charles. Se sintió mucho peor cuando se dio cuenta de que su dejadez había hecho pasar necesidades a los suyos cuando ese desgraciado nadaba en la abundancia. Sin embargo, otro pensamiento lo asaltó: al menos él no se estaba enriqueciendo a base del sufrimiento de personas que perdían a sus hijos, como Abigail Smith, en aquella guerra que estaba siendo tan larga. Cuando terminó de leer, lo pensó mejor y dejó la pluma sobre la mesa, en un lento gesto estudiado.

—No voy a firmar.

La calma de sus palabras contrastó con la furia con la que se levantó Charles. La violencia de su gesto le obligó a hacer acopio de fuerzas para no caerse, pues se mareó.

—No me haga perder la paciencia —le dijo.

—Antes de firmar, debes hacer algo: trae a Mary aquí.

—¿Desconfía de mi palabra?

—Ni siquiera entiendo por qué me haces esa pregunta, Charles. Eres alguien en quien es mejor no confiar. Ahora lo sé. Nunca debí hacerte caso, nunca debí dejarme llevar por ti. Me habría ahorrado mucho sufrimiento y se lo habría ahorrado a mis hijas.

—¡Firme! —gruñó, mientras se apoyaba con ambas manos sobra la mesa del despacho, en un gesto que pretendía ser amenazador, pero que revelaba que las fuerzas le fallaban.

—Primero, mi hija.

Charles se enderezó. Ahora no podía echarse atrás el viejo, no podía desmoronar su plan. Tenía que conseguir esa firma. El plan era sencillo: en el momento en que la tuviera, Williams dispararía a Richard. Después, cuando Lowell acudiera a la cita que habían concertado, se las arreglaría para tenderle una emboscada. Lo encontrarían en su despacho, con el conde muerto a sus pies y el arma a su alcance. Convencería a todo el mundo de que había sido John Lowell el que había matado al padre que no lo quería reconocer como heredero. La guerra vuelve locos a los hombres y ese bastardo había pasado meses teniendo que vivirla bajo una identidad que no era la suya.

Estaba seguro de que nadie dudaría de la veracidad de lo que Charles Davenport les contara.

Pero antes ese condenado viejo tenía que firmar, tenía que dejar todo el negocio de las armas en sus manos. Con ello y Almond Hill sería feliz. O casi, solo le quedaría someter a Mary. El día que lo consiguiera, desde luego, lo enmarcaría como el mejor de su vida. En su mente, en aquella vorágine de noche que acababa de vivir, trazó un improvisado plan que a sus enfermos ojos era genial.

—¡Firme! —volvió a gritar.

—Mary.

Charles agarró la pluma y, tambaleante, le cogió la mano.

—¡No tengo todo el día!

Richard volvió a negarse y Charles, impaciente, le quitó el arma a Williams. La puso sobre la frente de su suegro y empezó a gritar como un loco. Amenazó con disparar, pero el conde ni siquiera aparentaba sentir miedo. Había comprendido hacía un rato que daría igual lo que hiciera, al final Charles lo acabaría matando. Hay personas que nunca cambian, que toman decisiones y las condicionan a los demás, pero en el fondo, si el otro cumple, les da igual: ellos ya han tomado la suya y de esa no se moverán.

Cambiarán las normas y las palabras cuantas veces hagan falta para seguir conservando, frente a ellos mismos, la razón. Charles Davenport era una de esas personas, alguien incapaz de moverse un milímetro hacia atrás cuando quería algo. Le había ido bien, con su frialdad había conseguido mucho en la vida, aunque jamás el respeto de otra persona o su amor sincero. Richard estaba viendo en ese instante cómo destemplaba los nervios, cómo la locura de sentirse perdido le estaba haciendo precipitarse sin medir bien las consecuencias de lo que estaba a punto de hacer. Estaba seguro de que, si no pagase muy bien a aquel hombre que le miraba desde el fondo de la habitación, ese que lo había arrastrado desde casa de sus parientes, tampoco estaría allí con él.

Sintió lástima por Charles.

—Le doy la última oportunidad.

Desde la escalera de entrada de la casa, a la que Mary, James y John acababan de llegar, se oyó un disparo.

Mary aporreó la puerta con todas sus fuerzas, histérica. Aquello no podía ser nada bueno, conocía lo suficiente a su primo como para imaginar que era capaz de cualquier cosa. James tuvo que sujetarle la mano para que no se hiciera daño. Al poco, la puerta se abrió, apenas una rendija en la que apareció la misma mujer que el día anterior le llevó la bandeja. Tenía una expresión asustada, pero John no se entretuvo en explicaciones. Empujó la puerta hasta que se abrió.

—Tengo una cita con el señor Davenport.

—Yo... —la mujer titubeó.

—Usted váyase a la cocina.

La orden tajante de John sorprendió a todos. En ese momento no parecía el mismo hombre caballeroso y amable que conocían, sino alguien temible. Caleb Craig volvió un instante para atemorizar a la criada, que desapareció presurosa.

—¡Vamos!

Sabía dónde tenía el despacho Charles, y hasta él los condujo. John no se amedrentó, abrió la puerta con violencia y, cuando observaron la escena, Mary se llevó las manos a la boca. En el suelo, sobre un charco de sangre, estaba el cuerpo de su padre. Durante un segundo fue como si el mundo se paralizase. El tiempo había dejado de fluir a su ritmo normal, los objetos, las personas de aquella habitación se quedaron suspendidas, como si alguien tuviera el poder de detener los minutos. Las respiraciones contenidas de los tres invitados inesperados parecían haber contagiado el ambiente.

Un segundo después, todo se descontroló. Mary reaccionó y se abalanzó hacia el cuerpo de Richard, mientras que John se enfrentaba al cañón de la pistola que Charles tenía en sus manos y James placaba a Williams antes de que este pudiera atrapar a Mary. Durante tres eternos minutos, tres historias circularon en paralelo en los pocos metros del despacho de Charles.

James peleaba con Williams. El hombre era más grande que él, pero el doctor Payne contaba con un arma: sus conocimientos médicos. Sabía dónde tocar el cuerpo para provocar dolor y aquello igualaba una pelea que, por forma física y tamaño, habría tenido perdida de antemano. Durante los primeros minutos, pareció así. Williams pegaba con fuerza y James prácticamente se limitaba a encajar sus golpes como podía y a esquivar algunos. No se libró de un cabezazo que lo dejó casi sin aliento y mucho más furioso que cuando había entrado en el cuarto.

Mary intentaba buscar en el cuerpo de su padre signos de vida. Localizó el orificio de la bala y taponó la herida con sus manos, mientras le gritaba que abriera los ojos.

—¡Papá! ¡Papá, por favor, no te rindas!

Se sentía impotente, necesitaba a James, pero este no podía librarse de aquel hombre. Tal vez ella pudiera hacer algo por él, pero no se le ocurría nada. En cuanto se moviera, tendría que separar las manos de la herida de su padre. Apretó los dientes furiosa y volvió a intentar que Richard le contestara.

John era el que estaba en la más profunda desventaja. Charles lo tenía encañonado. Si él fuera Davenport, no se habría entretenido, le habría disparado en cuanto entró en la sala, pero al parecer ese hombre encontraba placer en regodearse en el dolor de los demás.

—¿Por qué no disparas? —le preguntó.

—Estaba esperando a que me lo pidieras —le dijo.

En ese instante, James golpeó con la palma de la mano en la base de la nariz de Williams. Lanzó todo el peso de su cuerpo contra él, utilizando tanta fuerza que no solo se la rompió, sino que la cabeza del hombre se sacudió hacia atrás de manera muy violenta y perdió el conocimiento. Fue a caer sobre Mary y Richard y, en su trayectoria, se llevó por delante a Charles, que finalmente disparó su arma.

Erró el tiro y John no dudó. Se abalanzó sobre él y lo placó con su propio cuerpo.

—Vas a ser tú quien me pida ahora que no te mate.

Acto seguido, se incorporó un poco, para tener ángulo, y le propinó un puñetazo que lo dejó inconsciente. Se volvió para escrutar los ojos de James, que había apartado a Williams del cuerpo de Richard y lo examinaba. No le hizo falta más para saber que algo no iba nada bien.

La vida de su padre se escapaba por segundos.

Sábado, 22 de octubre de 1916

Mary estaba sentada en el salón de Victoria. Al lado de ella, Edward, su marido, escuchaba lo que les relataba. La joven tenía los ojos hinchados de haber dormido poco los últimos días y haber llorado mucho, pero no le importaba. Debía cerrar aquella historia de una vez y daba igual si después caía rendida durante dos días seguidos en la cama.

En casa de Charles, una vez controlada la situación con este y su matón, John fue a buscar ayuda, mientras James y ella misma permanecían al lado de Richard. James había tratado muchas heridas de bala en condiciones peores que aquella, pero no tenía a mano su instrumental, así que poco podía hacer. El conde estaba perdiendo sangre y, si no se daban prisa en trasladarlo a un sitio en el que tuviera con qué atenderlo, moriría.

Mary no paraba de llorar, desesperada, impresionada por la escena que acababan de vivir. Miró el cuerpo inconsciente de su primo y decidió que aquello tenía que acabar de una vez. No podía permitir que su familia siguiera padeciéndolo. Agarró el arma. La dispararía sobre él, vaya si lo haría. Cargaría gustosa con las consecuencias de sus actos, si eso significaba librarse de aquel monstruo.

Cuando James quiso reaccionar, ella tenía encañonado a Charles.

—¡No lo hagas! —le gritó, sin atreverse a soltar la herida de Richard, para que no perdiera más sangre.

—Tengo que hacerlo.
—No, Mary, no tienes que hacerlo, tú no.
—Me da igual lo que me suceda, nos tiene que dejar en paz.
—Escucha, por favor. Siempre hay otra manera.
—Con él nunca habrá otra manera, volverá a aparecer y volverá a destruir lo que hemos conseguido —gimió.
—Si disparas, nos volverás a separar.
Mary le miró y a través de su mirada empañada se dio cuenta de que llevaba razón, que si lo mataba acabaría encarcelada y otra vez pasarían años hasta que pudieran estar juntos. Eso, si alguna vez lo lograban, porque no parecía que la vida, igual que esa guerra que asolaba al mundo, les estuviera dando mucha tregua.
—Se saldrá con la suya si disparas. Te habrá vuelto a vencer. ¡No se lo concedas!
Mary se agarró con rabia la falda con la mano izquierda, la mano que tenía libre del arma. Entonces, lo notó. En el bolsillo había guardado una fotografía y sabía dónde había más. Y libros de cuentas y montones de pruebas de que aquello que hacía Charles para ganarse la vida no era lícito. En el baúl. Tal vez si conseguía llevárselas, hubiera otro modo de librarse de él que no supusiera separarse de nuevo de James Payne.
—Hay otro camino —dijo al fin—. Lo hay.
John entró. Venía jadeante, después de localizar el coche que esperaba en la puerta para llevar a Richard a un hospital. Mientras el doctor Payne y él lo sacaban, Mary se retrasó. Se aseguró de cerrar la puerta del despacho de Charles con llave y después la tiró bajo un mueble del pasillo. Corrió hacia la habitación en la que había estado encerrada el día anterior.
—¿Adónde vas? —le preguntó John, al percatarse de que tomaba un camino distinto al de ellos.
—Tardo medio segundo.
Entró en la habitación y buscó con la vista el baúl. Respiró aliviada al ver que seguía ahí, que nadie lo había tocado desde que se marchó. Lo abrió y sacó la ropa y los objetos, tirándolos sin cuidado a su alrededor, hasta que llegó a lo que le interesaba. Cargó con todo lo que pudo y volvió a bajar las escaleras. Al pie de ellas se encontró a la doncella.
—Si yo fuera usted —le dijo—, me iría de aquí cuanto antes.
Y la dejó plantada mientras trotaba hacia el coche. Este, en

cuanto cerró la puerta, aceleró y no paró hasta que llegaron a un hospital.

Richard, esa mañana de sábado, cuando Mary estaba sentada en el salón de Victoria, se seguía debatiendo por su vida. Ella, frente a Edward, luchaba por el futuro de su familia. Sin haber dormido, sin descansar desde hacía días, pero con todo el coraje que tenía, trataba de encontrar la manera de que su primo pagase por todo lo que llevaba haciendo años.

—¿Y dices que todo esto estaba en casa de Charles Davenport? —le preguntó Edward.

—Había más documentos en ese baúl, pero dudo mucho que no se haya deshecho de ellos para cuando llegue la policía. Lo dejé todo tirado, se han tenido que dar cuenta de que alguien ha estado fisgando allí.

—Lo bueno sería que se los incautaran a él. Estas fotos —dijo, volviendo a observar en ellas, asombrado, a algunos de los hombres más relevantes del momento— pueden suponer un escándalo para todas estas personas. Valen una fortuna porque con ellas se puede chantajear a mucha gente, pero no incriminan a tu primo. Y no estoy seguro de que en estos libros haya algún rastro de él. Yo no lo he visto, aunque podría mirarlos más despacio.

—Entonces, ¿no podemos hacer nada?

Pensó en Sabine y en su hermana. En los niños, en Abigail. En cuanto pudo, les había avisado de lo sucedido y les ordenó que se trasladasen de inmediato a Londres, a casa de John. No quería que estuvieran lejos de su vista, ni por lo más remoto quería que Charles se les acercara, por más que supiera que eso, en esos días, era imposible. La infección del ojo y la agresión de John le habían dejado en cama.

—Repito, si estuvieran en su casa... —dijo Edward.

—Lo siento, querida. —Victoria tomó la mano de Mary al notar su decepción.

Quizá no tendría que haberlos cogido, quizá con la fotografía hubiera bastado para convencer a alguien de que hiciera un registro en la casa. Edward llevaba razón. Se levantó, dispuesta a marcharse. Regresaría al hospital, al lado de su padre. John y Elisabeth estaban allí en esos momentos y necesitaba verlos.

—Quédese las fotos, señor Grey, quizá le sirvan en algún momento.

Después de despedirse, salió a la calle y se dispuso a caminar. Necesitaba descansar, pero casi tanto como necesitaba despejar la cabeza, que tenía embotada después de aquellos terribles días. Un vendedor de periódicos se cruzó con ella, voceando las últimas noticias de la guerra, pero a ella no le apetecía escucharlas. Estaba inmersa en la suya, en aquella en la que el enemigo había estado siempre en casa.

Recordó con asco el momento en el que Charles la asaltó en la habitación y se estremeció. Volvió al pasado, a aquel día en las cuadras, a sus insinuaciones durante toda la vida y sintió que la rabia por no poder acabar con él se hacía dueña de su cuerpo. El otro camino, al final, no había servido de nada. Se dirigió hasta la siguiente calle. Paró al borde de la acera para mirar antes de cruzar, pues multitud de coches de caballos, automóviles y bicicletas circulaban por ella.

Dio un paso atrás.

Recordó.

Tiró un libro de cuentas encima del armario, quizá no todo estuviera perdido.

CAPÍTULO 20

*Almond Hill
Residencia de los condes de Barton
7 de abril de 1917*

*Querida Jane:
Almond Hill celebrará hoy una boda, la de mi hija pequeña y su prometido, el doctor James Payne, y la inquietud ha quebrado mi descanso hasta el punto de que no he sido capaz de dormir ni siquiera unos minutos. Al fin, atormentado por mis pensamientos, cansado de dar vueltas en la cama, me he levantado y me he acercado hasta el escritorio de la biblioteca.*

En estas horas de la madrugada, te escribo una carta sin destino. A ti, a la mujer que siempre quise y por la que no fui capaz de luchar. A ti quiero contarte mis desvelos, aunque en realidad los lance solo a este papel porque hace mucho tiempo que tú no puedes escucharme. Quizá encuentre la paz de espíritu necesaria para afrontar este día en el que espero que no me traicionen las emociones.

Soy un hombre mayor ya para ponerme a llorar como un chiquillo. Soy un conde educado en Eton, a quien no se vería bien que soltase unas lágrimas aunque sea en el enlace de su hija. A pesar de que siempre haya defendido la tradición, porque sinceramente creí que debía proceder así y esta boda rompa mis esquemas, sé que es lo mejor que le va a pasar. Sé que es lo que ella desea, sé que el que en unas horas será su esposo la ama y eso es todo lo que hace falta para alcanzar esa palabra tan esquiva que se llama felicidad. En estos tiempos inciertos, eso es una esperanza a la que aferrarse.

Esta noche previa a la boda, mis errores se han acostado a mi lado. He pensado en ellos, en aquellos días en los que fui incapaz de imponer mis sentimientos al deber en el que fui educado, en los que dejé que mi padre decidiera qué era lo que tenía que hacer con mi vida. He recordado cómo me sentía a tu lado y cómo me sentí el día de mi propia boda con Elisabeth Bedford y la tristeza se ha convertido en un intenso dolor en el estómago que me ha sacado de la cama.

¿Qué hubiera sido de mí contigo? La pregunta me atormenta. Pienso en nuestro hijo, la satisfacción que podría haberme dado verlo crecer y convertirse en el hombre que es ahora. Pienso en ti, en la dicha de aquellos años en los que la juventud me empujó a hacerte mía y en lo felices que fuimos durante un tiempo. Y pienso en mi estupidez cuando te alejé de mi lado por orden de mi padre. No me planteé luchar, me dejé llevar por lo conveniente en lugar de escuchar a un corazón que siempre supo que eras tú a quien amaba. Esta noche, estas horas antes de ver que Mary empezará el camino que desea, al recordar el júbilo que veo en sus ojos cada vez que mira a James, me doy cuenta de lo necio que fui. Ahora, además del estómago, me duele la cabeza.

He pensado algo más, la noche es larga y oscura cuando tienes cuentas pendientes con la vida.

Si no hubiera tomado esa decisión, si no me hubiera apartado de tu lado, ni Elisabeth ni Mary existirían. Mis hijas, a las que quiero por encima de todo, son producto de ese sacrificio al que te empujé. ¿Cómo conjugar estos dos sentimientos? ¿Tú o ellas? ¿Cómo hago para dejar de sentir este dolor de una elección que pesa en mi ánimo tantos años después? Pienso en mi esposa y me doy cuenta de que ella tampoco fue feliz, y eso suma un temblor a mi malestar, el mismo que traza estas letras titubeantes ahora. Si sigo así, no seré capaz de afrontar la boda sin venirme abajo.

Solo he conseguido encontrar un pensamiento alentador mientras te escribo, al ver por la ventana que tengo frente a mí este día que empieza a despertarse. El sendero de entrada de Almond Hill me recuerda que la vida es también camino, un puñado de elecciones que vamos haciendo. Las malas y las buenas nos llevan a nuestro destino y en ellas siempre hay algo que se pierde y algo que se gana. Y, por fortuna, algo que se aprende. Yo por fin he aprendido que hay que cambiar algunas cosas si queremos que la felicidad nos llegue algún día. Me equivoqué yo y volví a cometer el mismo error con Elisabeth, y a punto estuve también de arruinarle la vida a Mary, con esas bodas pactadas, pero no volverá a pasar. Mary empezará hoy una vida que estoy seguro de que la hará feliz. Así lo creo y eso es lo que deseo. Elisabeth... no sé qué pasará con ella, la muerte de Charles *le abre una posibilidad, pero está tan herida que ni siquiera estoy seguro de que la contemple. Yo no pienso ser quien influya nunca más en las decisiones que tienen que ver con su corazón. Bastante lo he arruinado ya.*

Me falta una promesa que te debo y le debo a John: el tiempo que me quede seré un buen padre para él. Sé que no desea llevar mi apellido, pero eso es lo de menos. Los que importan son los sentimientos y esos le demostraré que son verdaderos. Es el hijo varón que nunca tuve, pero además es alguien de quien uno puede sentirse orgulloso. Me lo ha demostrado en estos meses, con la preocupación que ha mostrado por sus hermanas y con lo que las ha arropado en todo este caos que hemos vivido. Da igual si él no me permite llamarle hijo o si no consiente en ser un Davenport. Al fin y al cabo, el amor no entiende de documentos y yo tengo claro que existe en mí un profundo afecto por él. Lo supe el día que me comunicaron su muerte, sentí una dicha inmensa cuando descubrimos que estaba vivo. Lo sé ahora y pretendo que él también acabe sintiéndolo.

Tengo que terminar esta carta, he oído ruido en la casa. Martin está dando órdenes para que todo esté perfecto. Escucho a la señora Smith hablar de la tarta con la cocinera y la señora Durrell le acaba de decir a Peter que si no se baña se olvide de asistir a la boda. Almond Hill se despereza y yo espero también permanecer despierto. Pero no solo hoy, siempre.

Gracias, Jane, por escucharme.
Richard Davenport

Sábado, 7 de abril de 1917

John aguardaba a Richard en la biblioteca de Almond Hill. Este le había citado allí para poder saludarlo a solas antes de que los invitados empezaran a llegar. Había visitado la mansión cuando el conde se recuperaba del disparo, pero era la primera vez que estaba solo en la biblioteca y podía contemplarla con tranquilidad. Le impresionó la serenidad que se respiraba en ella, paz que quizá emanaba del perfecto orden en el que se disponían los volúmenes en las estanterías o de los delicados detalles en cada rincón. Se acercó al escritorio de caoba y agarró un marco. Contenía la fotografía de una mujer con dos niñas a su lado, una rubia y otra con el pelo mucho más oscuro: Elisabeth y Mary. Eran muy distintas y, sin embargo, las dos se parecían a su madre. Dejó la fotografía otra vez en su sitio y entonces la vio.

La carta.

El nombre de su madre en la primera línea como destinataria hizo que el corazón le latiera acelerado y ni siquiera hizo el esfuerzo de frenar el impulso de tomarla entre sus manos. Los ojos de John fueron recorriendo línea a línea las palabras que Richard Davenport había escrito solo unas horas antes. Le tembló el pulso cuando leyó sus intenciones de comportarse como un padre y le costó serenarlo aún más al ver de su puño y letra que sentía por él un profundo afecto.

La dejó de nuevo en el escritorio y, con el ánimo agitado todavía, se acercó a la ventana. Fuera, una suave niebla de finales de invierno se sumó a sus emociones y las colmó de recuerdos. Había regresado a Boston en noviembre para atender sus negocios, ignorando los ruegos de sus hermanas, que no querían que se expusiera de nuevo a un viaje incierto por el Atlántico. La guerra continuaba y, lejos de solucionarse, cada vez se extendía más, representando su trágica función en casi todos los rincones del planeta. No creían que el mar, dadas las circunstancias, fuera seguro y su miedo a perderlo de nuevo les hizo rogarle que no dejase Gran Bretaña. Pese a la carestía, Almond Hill parecía a salvo entre las verdes colinas del condado. Resistiendo, como aquel almendro de la colina que aguantaba impertérrito pese a tener el clima en su contra. Él les explicó que en América estaba su vida y acabó por irse, no sin hacerles la promesa de que regresaría.

Ese día la estaba cumpliendo.

Cuando llegó a Boston, Felicia lo recibió con balances positivos, los almacenes en auge y una riña de la que no se iba a olvidar en su vida. Le confesó que había sentido que era ella misma la que moría el día que le hablaron del hundimiento del Lusitania. Las noticias de John no llegaban y, para cuando lo hicieron fue una carta de Mary que le contaba que su hermano se había salvado del naufragio, pero en líneas más abajo le hablaba de su muerte poco después en Londres, sin poder precisar mucho las causas. Durante mucho tiempo, Felicia se creyó incapaz de soportar el dolor y se arrepintió de todas las veces que su impulsividad la había llevado a discutir con él. Ya había pasado casi el duelo cuando recibió otra carta, en la que el mismo John le contaba que estaba bien y que volvía a casa.

Si no hubiera sido porque conocía a la perfección su letra,

hubiera pensado que alguien le estaba tomando el pelo. Al final, cuando desembarcó en el puerto de Boston, lo recibió con mil reproches que enseguida se convirtieron en una inmensa alegría por volver a tenerlo allí. Vivo. Felicia no había estado de acuerdo con que volviera a Almond Hill para la boda de su hermana, pero sabía lo testarudo que podía llegar a ser y solo le dijo que, como no regresara con vida, cuando ella muriera lo buscaría en el más allá para decirle cuatro cosas. John se dio cuenta de que aquella mujer guerrera y con carácter le quería de verdad, aunque escondiera siempre sus afectos entre un cierto malhumor. Darse cuenta de eso estaba despertando en él un sentimiento que creía haber dejado zanjado. El haber pasado por la experiencia de la guerra, el haber sentido tan cerca la muerte y reencontrarse con ella le estaba haciendo replantearse sus decisiones del pasado. En ese momento, cuando su mente divagaba pensando en Felicia, Richard abrió la puerta y le habló.

—Buenos días, John, me alegro de verte.

—Buenos días.

John se acercó a su padre y le tendió la mano. Este se la agarró con fuerza y puso la otra en su brazo en un gesto de afecto. John, después de dudar un instante, apoyó también su mano en el brazo de Richard, en un abrazo incompleto que, entre los dos, significaba salvar un abismo.

—¿Cómo ha ido el viaje? —preguntó el conde.

—Bien, ha sido mucho más tranquilo que el anterior. Al menos esta vez hemos llegado a puerto —bromeó John.

Richard sonrió. El recuerdo de aquel otro viaje, en el que se hundió el Lusitania, todavía seguía en la memoria de todo el mundo, como una de las tragedias que la guerra había traído consigo.

—¿Van bien tus negocios? —siguió preguntando Richard, en un intento por encauzar la conversación.

—Sí, no me puedo quejar en absoluto. Felicia, mi socia, se hizo cargo de todo con mucha diligencia y cuando regresé los encontré en auge. Sé que puedo dejar en sus manos todos mis asuntos, no tengo de qué preocuparme. Por eso he podido venir, sé que a mi regreso encontraré todo en orden.

—Parece una mujer excepcional.

—Lo es.

Richard seguía sintiéndose un poco descolocado en presencia de su hijo, pero no quería perder la oportunidad de acercarse a John antes de que diera comienzo la boda.

—Perdona, se me ha olvidado ofrecerte algo para tomar. ¿Quieres…?

John se preocupó. Temió que Richard Davenport, ahora que estaba más relajado, volviera a sus antiguas costumbres, que incluían empezar sus días amarrado a una botella de brandy.

—No, no bebo. Creo que ya bebí suficiente en las trincheras —confesó.

—Yo tampoco bebo ya, no te preocupes —contestó Richard, al constatar cierta preocupación en el tono de su respuesta—. Creo que, como tú, he cubierto mi cupo para dos vidas.

Le señaló los sillones frente a la chimenea para que se sentaran en ellos y John obedeció la orden silenciosa.

—¿Cómo se ve la guerra desde allí?

—Ya nadie considera que haya que mantenerse al margen. Existe una gran preocupación por el telegrama interceptado a Berlín en el que se sugería que México declarase la guerra a Estados Unidos y tampoco ayuda lo que está sucediendo en Rusia.

La ayuda financiera prometida por los alemanes a México para que recuperase por la fuerza Arizona, Nuevo México y Texas había hecho reaccionar al gobierno de Wilson mucho más que los ecos de las revueltas en Petrogrado de mediados de febrero. Las huelgas y manifestaciones, puestas en marcha en principio por las mujeres que quedaron al cargo de sus familias al ser enviados los hombres al frente, se fueron extendiendo y las reivindicaciones sociales pasaron a ser políticas. El propio ejército se había sublevado en contra de las órdenes del zar y este se había visto abocado a abdicar de sus derechos y de los de su hijo en favor de su hermano Miguel. Sin embargo, la maniobra desesperada de Nicolás II no fue suficiente. Aquel también tuvo que apartarse del poder y este quedó en manos del sóviet de Petrogrado y la duma, un gobierno provisional que no logró frenar las voces del pueblo, que reclamaban el fin de la guerra. La división en Rusia había hecho estallar las alarmas.

—Si los rusos se retiran de la guerra, perderemos la escasa ventaja que tenemos con los alemanes. Esto puede prolongarse mucho más y ya está siendo una guerra demasiado larga —dijo Richard.

—No es solo eso. El gobierno de Estados Unidos ha estado prestando dinero a los aliados y, si estos pierden la guerra, el país se hundirá. No creo que les interese cruzarse de brazos. Necesitan recuperar los créditos.

—¿Y qué crees que harán?

—Cuando salí de allí, ya no parecían decididos a mantener la neutralidad. Los mensajes del presidente Wilson siempre habían ido en esa dirección, pero por lo último que leí antes de zarpar no creo que se mantengan así mucho tiempo.

John ni se imaginaba que el día anterior los Estados Unidos habían entrado en la guerra. Hasta Almond Hill la noticia no había llegado. Richard tampoco lo sabía, pero tenía claro que el dinero y el poder movía a los hombres más que las ideas. Charles Davenport se lo llevaba demostrando muchos años. Por conseguirlo había puesto en peligro a toda su familia.

—Quiero preguntarte una cosa —dijo el conde.

—Dígame.

—¿Volverás al frente algún día?

John sonrió. Era una pregunta que se había hecho él mismo alguna vez y tenía la respuesta muy clara.

—De ningún modo. Cuando uno pasa demasiado tiempo en el infierno no puede deshacerse así como así de todo lo que allí presencia. Vi cosas que nunca deberían ocurrir. Sigo teniendo pesadillas algunas noches y de ninguna manera quiero repetir.

Richard le miró sin saber qué decir.

—Quizá esté pensando que soy un cobarde —añadió John—, y a lo mejor es cierto, pero no creo que las cosas se solucionen en una trinchera. Durante demasiado tiempo nada cambió, mientras estuve allí lo único que vi fue muertes y más muertes. Nada avanzaba. Esto no puede resolverse así, la solución la tienen que encontrar de otro modo.

—Dios te oiga y esto termine cuanto antes.

—Quería preguntarle una cosa. Mary me dijo en su carta, cuando me informaba de la boda, que Charles había dejado de ser un problema para la familia, pero no sé a qué se refería.

Charles había muerto en prisión hacía unas semanas. Cuando fue detenido, la intervención de Edward Grey fue esencial para que Charles no tuviera opciones de defensa. Cuando la policía entró en la casa de Charles en Belgravia, como sospecharon, en la habitación en la que había estado retenida Mary no había rastro del baúl. Había hecho desaparecer los documentos, pero encima del armario seguía aquel libro de cuentas. Las fotos que le había proporcionado la muchacha a Grey, por su parte, le sirvieron a este para que algunos hombres importantes decidieran hablar en contra de Davenport a cambio de que no fueran publicadas y su reputación quedase intacta. Las anotaciones en el libro de contabilidad, con esos testimonios, cobraron sentido y en él aparecieron datos que fueron esenciales para que sus cargos se fueran sumando exponencialmente.

Y no solo eso.

Algunas de aquellas personas hablaron de otro de sus negocios. Davenport cambiaba silencio o deudas por objetos de valor artístico. Su venta fuera de Gran Bretaña era casi imposible con el bloqueo de Alemania, puesto que llevar algo al continente era difícil, pero a Charles no le importaba, porque aquellos objetos nunca perdían valor como el dinero, que se había ido desplomando por la inflación. Los iba guardando para cuando la guerra acabara, las cosas mejorasen y pudiera ofrecerlos al mejor postor. Uno de los que sí había alcanzado a vender fue el cuadro de Eros y Psique. Este, a su vez, volvió a ser vendido por un alemán al hotel de San Sebastián donde al final lo había encontrado Camille.

—No sabía que Charles había muerto —dijo John.

—Su fama lo precedía. Sus abusos no se perdonaron así como así. Ya ves, ni siquiera fue uno de esos grandes hombres que se relacionaban con él quien acabó con su vida, sino un padre que había visto morir de hambre a sus pequeños. Un pobre hombre que estaba en la prisión y que, al saber quién era, acabó con él. No fue nada honorable su muerte.

—No diré que lo siento —dijo John, con sinceridad.

—Creo que en esta familia nadie lo ha sentido.

—¿Ni siquiera Elisabeth? —preguntó.

—Menos que nadie. Mi pobre hija vivió un infierno a su lado. ¿La has visto?

—No, todavía no he tenido opción de ver a nadie, el mayordomo me hizo pasar aquí nada más llegar.

—Ha recuperado el brillo en la mirada. Me dijo que a partir de ahora todo lo que le importa son sus hijos. Espero que eduque bien al pequeño Richard, él será el heredero del título ahora. Dios sabe que he aprendido mucho en este tiempo y que intentaré ayudarla.

El mayordomo abrió la puerta después de dar en ella unos suaves toques y ambos hombres giraron la mirada hacia ella.

—Señor, está aquí la señorita Leduc.

—Hágala pasar —dijo Richard—. John, te presentaré a Camille Leduc, llegó ayer desde España.

—¿La madrina de Mary?

—En efecto.

En ese instante, Camille entró en la biblioteca. A pesar de que superaba con creces los cuarenta, algo en su físico emanaba juventud. O tal vez se trataba de su vestimenta, que sorprendió a ambos hombres. A Richard, porque volvía a escandalizarlo y a John porque le encantó lo que veía. La blusa holgada blanca se complementaba con una chaqueta en rosa palo abierta, sin botones y ajustada en los puños, y una falda a juego con la blusa, recta hasta medio muslo, desde donde se abría en dos tablas a los lados para permitirle caminar con comodidad. Aunque no hubiera hecho mucha falta, puesto que Camille había decidido acortarla hasta unos diez centímetros por debajo de la rodilla, dejando a la vista parte de su pierna y unos hermosos zapatos.

Se dirigió decidida a ambos hombres.

—Richard, *chéri*, cuánto tiempo sin vernos.

—Cierto, han sido muchos años.

Le besó la mano que ella le ofrecía.

—Espero que te encuentres bien y que no te incomode demasiado mi presencia en tu casa.

—Creo que podré soportarlo. Te presento a John Lowell.

Camille observó al joven con detenimiento. También le ofreció su mano y John la saludó del mismo modo que había hecho su padre.

—*Mon Dieu*, es asombrosamente parecido a ti. Espero por su bien, señor Lowell, que el parecido se quede en el físico.

Richard no se ahorró un gesto de desagrado con Camille, que no había desaprovechado la primera oportunidad que se le presentaba para soltar una de sus pullas al conde de Barton.

—No te preocupes, Camille, por fortuna no lo es.

—Disculpa, *mon cher*, ha sido la costumbre. Prometo comportarme a partir de ahora y ser mucho más amable contigo. Mary me lo ha rogado encarecidamente y sabes que por ella soy capaz de todo. He sido capaz de venir desde Francia en plena guerra…

—Yo me he comprometido a no discutir contigo.

La francesa sonrió, aquel debía ser un día feliz para su ahijada y estaba dispuesta a no dejarse llevar por su carácter y por el rencor que acumulaba hacia Richard.

—Venía a decirte que los sirvientes ya han colocado en el marco el cuadro de Eros y Psique. Por suerte no ha sufrido daños en sus traslados, aunque debo decirte que me debes una. No ha sido fácil que el hotel María Cristina me lo vendiera.

—¿El cuadro de mi madre? —preguntó John.

— *Oui, voilà* —dijo Camille—. Lo han colocado en el salón azul.

Richard se alarmó, lady Bedford acudiría al enlace de su nieta y quizá se sentiría molesta por la visión del cuadro, más ahora que conocía toda su historia. No era solo por los desnudos de los personajes, sino por lo que representaba.

—No pongas esa cara. Lady Ellen ha estado conmigo y ya lo ha visto. No puedo decir que esté contenta, pero también ha prometido no montarte ningún escándalo. *Au moins aujourd'hui.*

Martin volvió a llamar. Llegaban invitados y le preguntaba a Richard si iría a recibirlos. Este abandonó la biblioteca y dejó allí a Camille con John, entretenidos hablando de negocios. La francesa quería visitar América, ahora que París no era un lugar muy seguro y John le ofreció que lo acompañara a Boston. John pensó que el encanto de la mujer era cautivador y sus atrevidas ropas causarían sensación en los Estados Unidos.

No estaría mal hacerse con la exclusiva de su trabajo.

Sábado, 7 de abril de 1917

James volvía de un paseo por los terrenos de Almond Hill con una inesperada compañía: Elsie Kernock. Desde que regresó a Inglaterra, James había mantenido el contacto con su compañera del Puesto de Primeros Auxilios. Ella continuó su trabajo en Somme hasta que la batalla se dio por finalizada a finales de noviembre de 1916. Después, volvió a las islas para descansar una temporada, pero desde entonces se sentía extraña. El ejército británico acababa de empezar una ofensiva a las trincheras alemanas en Arrás, en el Paso de Calais en Francia y, aunque apenas hacía una semana de ello y Megan y Liz ya estaban allí, Elsie ansiaba seguir ayudando desde primera línea. Si no se había embarcado ya, era porque James le había pedido que esperase a que pasara su boda. Decidió concederle su deseo, al fin y al cabo, él había hecho lo mismo con ella cuando estuvieron en Ypres. Concederle un deseo. Había llegado el momento de devolverlo, por mucho que en su interior convivieran dos sensaciones contradictorias: la alegría de ver que él era feliz y algo inconfesable, la tristeza de no ser ella quien consiguió que lo fuera. Se conformaba, sin embargo, con constatar que él había recuperado las ganas de vivir, esas que a veces sintió perdidas cuando se sentaban en la puerta del puesto por las noches, a la espera del regreso de las ambulancias.

—Prométeme que no te expondrás más de lo necesario —le dijo James, cuando ya divisaban la mansión.

—Sabes que nunca lo he hecho. Tengo que volver viva para poder estudiar Medicina cuando todo esto termine.

—Estoy seguro de que serás mejor médico que yo.

Elsie se agarró de su brazo y siguieron caminando hacia la casa. Ambos se tenían que preparar para la ceremonia, pero habían querido reservarse unos momentos a solas en los que charlar. Minutos antes, cuando se internaron en el bosque, ella le había explicado el final de la batalla en Somme, la tragedia que asoló la zona, en la que los aliados apenas habían logrado avanzar media docena de kilómetros, y que habían costado la friolera de más de un millón de muertos entre ambos bandos. El paisaje de la zona quedó devastado, tanto que no restaba nada de las idílicas praderas verdes del valle del río Somme, que en esos momentos se habían convertido en un mar de barro, de tumbas y de árboles calcinados, tan destrozados como las vidas que allí se perdieron. Allá donde se mirase, solo quedaba destrucción, un lugar desangelado y triste que había supuesto una irrisoria victoria británica frente a la magnitud de las pérdidas humanas. Si hubieran tenido que imaginar el fin del mundo, habría sido algo parecido a aquel escenario. Habían llegado al almendro casi sin darse cuenta. El orgulloso árbol de Almond Hill, pletórico de vida en ese momento, se le antojó a Elsie una visión del paraíso. Le robó una flor de una de las ramas bajas, que mantuvo entre sus dedos.

—Espero que algún día ese lugar vuelva a ser el que fue —dijo James.

—Nada volverá a serlo tras esta guerra. Ya ni siquiera nosotros somos los mismos —contestó ella, mirándole a los ojos.

—Eso lo sé.

James le apartó un mechón de pelo con el que el viento danzaba y la enfermera no pudo evitar un asalto de nostalgia. Le recordó la complicidad que surgió entre los dos durante el tiempo que habían compartido en la guerra.

—¿Has vuelto a recuperar los sueños, doctor Payne?

James puso su mano sobre la que Elsie apoyaba en su brazo y la apretó con afecto. Sabía que la pregunta era seria por la forma de dirigirse a él. Continuaron su regreso hacia Almond Hill, mientras él contestaba.

—Queda alguno por el camino, pero supongo que sí. Hacía tiempo que no me sentía como ahora.

—Siempre hay que vivir con ilusión, James, no lo olvides. Veo en tus ojos que ahora sí la tienes.

—No me has dicho qué te ha parecido Mary.

—Muy joven —contestó Elsie, haciendo gala de su sinceridad.

—¿Eso es todo?

—¡Por supuesto que no! Creo que es una mujer encantadora, me gusta lo que transmite y me gusta mucho para usted, doctor Payne —bromeó con el trato formal que le otorgaba a veces—, pero no sé por qué, cuando me hablabas de ella pensé que era mayor.

—¿Crees que soy un viejo para ella?

Elsie soltó una carcajada al ver la cara de preocupación de su amigo.

—Ay, James, lo que creo es que es una afortunada, tenga la edad que tenga. Y no, no eres un viejo. Quería preguntarte una cosa, seguro que en cuanto empiece la fiesta no tendré ocasión y tal vez ni siquiera sea oportuna —dijo Elsie.

—Hazlo.

—¿Le contaste lo que pasó entre nosotros?

James se detuvo y se quedó mirando al horizonte antes de contestar. Una suave brisa le hizo reaccionar. Era una conversación que había querido tener con Mary.

—Antes de que pudiera empezar a hablar, me dijo que cuando

me marché no teníamos ningún compromiso por el que tuviera que darle explicaciones. Lo único que le importaba era que hubiera vuelto.

—Supongo que es lo mejor para todos —dijo Elsie, animándole a que acelerasen el paso—. Imagino que no volverás al continente.

—No. Lo he pensado mucho y sé que puedo ayudar en Londres. Los soldados que regresan lo hacen... no hace falta que te explique en las condiciones que vuelven. Creo que puedo seguir siendo muy útil desde aquí.

—Lo suponía.

—¿Por qué lo suponías?

—Porque te vas a casar y porque no estás tan loco como yo.

James paró y obligó a Elsie, que seguía agarrada de su brazo, a hacer lo mismo.

—Quédate —le pidió—. Seguro que también puedes hacer mucho desde aquí. Podrás empezar tus estudios antes, además...

—Además, ¿qué? —le interrumpió ella.

—No quiero vivir angustiado por si te pasa algo.

—Me cuidaré.

—Sé que lo harás, pero no me fío tanto de los alemanes.

James besó en la frente a Elsie y ella apoyó la cabeza en su hombro, como había hecho tantas veces en otro tiempo, mientras terminaban de llegar a Almond Hill. Al entrar en la casa, cada uno se dirigió a la habitación que tenían asignada.

Sábado, 7 de abril de 1917

James subió la escalera principal de Almond Hill y se dirigió a su cuarto. Al doblar la esquina del pasillo, sintió que alguien le chistaba. Volvió la cabeza y sus ojos se encontraron con Mary, que lo llamaba desde una de las habitaciones. Colocó un dedo sobre sus labios, una súplica muda para que no dijera nada.

—¿No se supone que deberías estar vistiéndote? —le preguntó James en voz baja.

—¡Calla!

Mary sacó la cabeza, se asomó a ambos lados del corredor para asegurarse de que estaban solos y lo arrastró hasta la habitación, que permanecía en penumbra. Cuando cerró la puerta, le recibió con un apasionado beso. James, por supuesto, no hizo nada por impedirlo. Sus brazos rodearon el torso de Mary de inmediato, acariciando la suave tela de la bata de seda blanca que llevaba sobre el camisón. Durante unos minutos, ambos solo pensaron en devorar sus bocas, olvidándose de la proximidad de la ceremonia, de los trajes que aún deberían ponerse y de los invitados que empezaban a llegar a la casa. Ese precioso momento a solas lo disfrutaron como si nadie los estuviera esperando.

James recorrió con sus manos la espalda de Mary por encima de la seda y ella se aferró a su cuerpo, acariciándole después en la nuca y despertando sus emociones.

—No creo que debamos seguir con esto —dijo James, encontrando un momento de cordura.

—Tranquilo, nos esperarán —le contestó ella—. No creo que podamos volver a besarnos así hasta dentro de unas horas.

—¿No tienes miedo a eso que dicen, que da mala suerte que los novios se vean antes de la boda?

—En absoluto.

Volvieron a besarse, incrementando la pasión. A ella se le escapó un gemido. Él, por un instante, pensó en adelantar la noche de bodas a una mañana a escondidas. Hacía unos días les había importado poco el que aún no hubieran firmado los papeles de su matrimonio y, desde entonces, buscaban cualquier momento para volver a demostrarse lo que se necesitaban. No era sencillo escabullirse en Almond Hill, había demasiados ojos pendientes de ellos, pero aun así lo habían conseguido. La tentación de repetirlo en ese momento era grande, refugiados en ese cuarto donde se sentían a salvo de miradas indiscretas. Solo se detuvieron, con sus corazones acelerados, cuando escucharon a la señora Smith por el pasillo, que buscaba a Mary desesperada.

—Creo que vamos a tener que aplazar esto —dijo James.

Mary gruñó un poco, pero enseguida consideró que él llevaba razón. Si no salían de allí, en breve tendrían a Almond Hill en pleno buscándolos.

—¿Estás nerviosa?

—No... Sí... No lo sé. ¿Tú?

—Yo solo sé que espero impaciente esta noche.

La señora Smith seguía cerca y escucharon su voz pidiéndole

a Peter que mirase en la cocina, para ver si Mary había bajado allí. No se explicaba dónde se podía haber metido si no estaba ya en la bañera, donde la había dejado.

—Vamos, ve con ella antes de que nos llevemos un rapapolvo —le dijo James.

—Te veo en un rato. No te escapes.

Les costó separarse. Mary se asomó con cautela por la puerta entreabierta y, cuando estuvo segura de que el pasillo estaba despejado, se dispuso a salir. James tiró de ella antes de que lo hiciera y le robó un último beso.

No tenía ninguna intención de escaparse a ninguna parte.

Ya en su cuarto, Mary encontró a Abigail Smith, la señora Durrell y Camille Leduc. Las tres le preguntaron dónde se había metido, pero ella evitó contestar.

—Es maravilloso —dijo, desviando la atención a la creación de Camille.

Aunque Mary había soñado durante mucho tiempo con ser ella misma quien diseñara su vestido de novia, Camille se empeñó en que fuera su regalo y ella no lo rechazó. Sabía que su madrina se esmeraría en hacerlo especial. Lo había conseguido, a juzgar por la hermosa prenda que descansaba en una percha.

—¡Vamos, niña! —dijo Abigail—. Llevamos retraso. Todavía hay que peinarte.

La señora Durrell se encargó de ello. Mientras, Camille revisaba el vestido para que todo estuviera en su lugar. Este estaba confeccionado en dos capas. La interior era de seda blanca, un sencillo vestido de tirantes recto que caía hasta unos centímetros por encima del tobillo para que se pudieran apreciar los preciosos escarpines a juego. La capa superior la componía un finísimo tul casi transparente, bordado con motivos vegetales en tono dorado, y era más larga, lo justo para desmayarse en el suelo y dejar protagonismo a las hojas de helecho que lo bordeaban. Estas se transmutaban en la parte delantera, convertidas en una secuencia simétrica de flores que trepaban con suavidad hasta el escote. Bajo el pecho, una delicada línea dorada separaba la parte superior, donde se salpicaban diminutas flores rojas y doradas. El tul continuaba hasta el cuello, cuyo fino remate simulaba un collar.

—Vas a estar preciosa, *chérie* —dijo Camille.

Era cierto. Una vez vestida, Mary estaba espectacular.

—Ahora, el velo.

Camille lo sacó de una caja. El tul del vestido y su hermosa decoración se repetían en él, aunque con motivos mucho más pequeños.

—Esto lo llevó tu madre en su boda —dijo la señora Durrell—. Tu abuela me dijo que te la diera.

Le mostró una preciosa tiara de brillantes insertados en oro blanco. Mary la cogió entre sus manos, asombrada por su belleza. Su madre se la había enseñado en alguna ocasión y, al tenerla entre sus manos, su ausencia se convirtió en un nudo en su garganta. No fue capaz de decir nada y tuvo que esforzarse mucho por no echarse a llorar.

—¡Ni se te ocurra! —le dijo Camille, intuyendo lo que había tras su silencio—. Hoy es un día para sonreír.

—Lo sé, pero...

—Ella estaría encantada si estuviera aquí, piensa solo en eso —le dijo con cariño.

La señora Durrell le colocó la diadema. Esta era muy fina y tenía en el centro un brillante con forma de lágrima hacia el que se inclinaban espirales compuestas por hojas. Cuando Mary la tuvo sobre su cabeza y se miró al espejo, tragó saliva. No podía llorar, Camille llevaba razón, ese era un día para sentirse plena. Se iba a casar con el hombre que quería, llevaba puesto un vestido hermoso y estaba rodeada por personas que no paraban de demostrarle su afecto. No había nada que temer, todo parecía haberse recolocado por fin en su mundo y su inquietud, esa que anudaba su estómago hasta provocarle un pequeño malestar, no tenía sentido.

Camille y la señora Smith le colocaron el velo y, a la hora acordada, Richard se acercó hasta el cuarto para acompañar a su hija hasta la capilla, donde la esperaba James Payne.

La sonrisa del doctor cuando la vio llegar al altar deshizo el nudo por completo.

Richard Davenport la dejó frente a James. Ni siquiera él, educado en normas de la corte durante toda su vida, fue capaz de disimular la emoción que le embargaba. Su hija pequeña cumplía el sueño de empezar una vida con el hombre que amaba y en el pecho del conde de Barton afloraba una ligera sensación de congoja, que tal vez fuera envidia.

Iban a vivir su sueño.

Richard volvió el rostro hacia su otra hija y descubrió que esta no había logrado contenerse. Elisabeth tenía los ojos anegados en lágrimas y tuvo que recoger el pañuelo que le tendía Sabine. Recordaba su boda y lo pronto que descubrió que no había ningún sentimiento bueno en Charles hacia ella. Lo único que le había dejado, al margen de una tristeza de la que no sabía si podría desprenderse algún día, fueron dos niños preciosos que estaban sentados a su lado. La pequeña Catherine decidió que estaba cansada del duro banco y trepó hasta los brazos de John, que se sentaba con ellos. Este cogió a su sobrina y la instaló sobre su regazo, hablándole despacito al oído para que recordase que tenía que estar tranquila un rato, aunque no estaba seguro de que lo entendiera. Mientras la mecía en sus piernas, el párroco seguía con la ceremonia.

James y Mary, ajenos a todo, incluso a las palabras de aquel hombre de fe, seguían mirándose. Aquel día señalaba un principio para ellos.

Catherine deshizo la pajarita de John y este tuvo que volver a hacerse el nudo con la niña en sus piernas. Al mirar a un lado, para preguntarle a Elisabeth si lo había hecho bien, tropezó con los ojos de Victoria, que le devolvieron una sonrisa cargada de nostalgia. Durante un instante pensó en lo que hubiera podido ser, pero enseguida John desestimó la idea. Victoria estaba preciosa. El embarazo le sentaba de maravilla y formaba una bonita familia con Edward Grey y el pequeño Evan.

Familia.

Eso eran ya los Davenport para él.

Habían tenido que recorrer un largo camino para comprenderlo.

Cuando los novios se dieron el «sí quiero», él pensó que también quería: quería que siempre fueran parte de él.

EPÍLOGO

El 14 de diciembre de 1918, la guerra ya había terminado. Un mes antes, Alemania firmó el armisticio con el que se ponía fin a los cuatro años y tres meses que duró aquel sinsentido. Fue la última de las potencias centrales en rendirse a los aliados, tras Bulgaria, el Imperio otomano y el austrohúngaro. El balance aterrador de aquel tiempo se midió en incontables pérdidas materiales, nada si se comparaba con los millones de muertos, inválidos, viudas y huérfanos que tuvieron que aprender a recomponer sus vidas.

No fue sencillo.

El universo que habían conocido antes de 1914 dio un giro, tan importante que costaba reconocerlo. No solo por los paisajes devastados, que hubo que recomponer, sino por los cambios sociales que la guerra trajo consigo. Los hombres que volvían del campo de batalla lo hacían con el equipaje extra de las secuelas psicológicas y físicas que aquel tiempo había dejado en ellos. Hombres sin esperanza que regresaban del infierno para no reconocer su mundo.

Las mujeres habían sido indispensables durante la guerra. Su trabajo en el campo, en las fábricas, en los hospitales y en las escuelas, sustituyendo a quienes se habían tenido que marchar, les dio la oportunidad de demostrar durante ese tiempo que eran tan válidas como ellos. Sin embargo, no todos aceptaron que tras el conflicto continuaran. Las veían como usurpadoras de unos puestos que deberían ser suyos, y muchos Estados, que habían recurrido a la propaganda para movilizarlas a favor de la causa, tomaron medidas contrarias. Los recelos ante el nuevo papel que la mujer representaba en la sociedad no tardaron en llegar. Se pedía que volvieran a sus casas, dejando su lugar a los excombatientes. Debían ser madres, esposas, contribuir a la reconstrucción desde ese rol que era el mismo que habían tenido siempre. La propaganda volvió a ponerse en marcha, alabando esta vez el trabajo de la mujer en el hogar.

Esa esperanza para ellas que se vislumbró en los días más oscuros pareció desvanecerse casi nada más acabar la guerra. No obstante, la práctica demostró que en todo hay matices. Una generación de hombres había desaparecido y, para muchas de esas mujeres, trabajar se convirtió en la única manera de salir adelante. No solo fue que no estuvieran dispuestas a dejar caer en saco roto sus logros. Fue, como lo había sido para Mary Davenport en un momento de su vida, una cuestión de supervivencia.

Las sufragistas británicas, que habían interrumpido sus reivindicaciones durante el período bélico, recuperaron su discurso. Si habían podido ayudar a sostener sus países, era justo que pudieran opinar en cuestiones políticas y se les diera la oportunidad de participar en las elecciones. Ese 14 de diciembre, Gran Bretaña dio un paso hacia la igualdad: fue la primera vez que algunas mujeres pudieron votar en unas elecciones generales británicas, aunque las restricciones todavía eran muchas. Para hacerlo tenían que ser mayores de treinta años y cumplir el requisito de tener alguna propiedad. Ellas o sus maridos.

Pero ese paso de gigante, ya lo habían dado.

Todavía faltaba mucho camino por recorrer, eso era cierto, de hecho tendrían que pasar diez años más para que las mayores de veintiún años ejercieran su derecho a voto en igualdad con los hombres. Pero el proceso se había puesto en marcha y era imparable y a ese cambio le siguieron otros. Más sutiles y cotidianos, pero que apuntaban en la dirección de una independencia ansiada durante mucho tiempo.

Los corsés dejaban paso a prendas en las que ellas se sentían más libres y las faldas siguieron perdiendo centímetros de tela.

Se atrevieron, incluso, a llevar el pelo corto.

Empezaba una nueva etapa de la Historia.

AGRADECIMIENTOS

Fue el viento quien removió las copas de los pinos. Miré hacia arriba a tiempo de observar su elegante vaivén. El movimiento había liberado de algunas piñas sus diminutas semillas, que descendieron en una danza helicoidal hasta posarse en la mullida capa de acículas secas que alfombraba el bosque. «¿No es extraordinario que algo tan pequeño se acabe convirtiendo en un árbol?», me pregunté a mí misma.

Recogí una de ellas y después miré al árbol, un magnífico ejemplar de pino negral de más de diez metros de alto. Observé el piñón, minúsculo, insignificante... y en realidad tan grandioso como el pino pues dentro de él, escondido en la memoria de su ADN, guardaba la posibilidad de otro árbol. Pero era solo eso, una posibilidad que se arruinaría si yo no devolvía la semilla a la tierra.

Si después no llovía.

Si el sol no acariciaba el suelo con su calor.

Ese piñón, pensé, era como el principio de las historias que inventamos. Llegan a nosotros, quizá volando por el aire, prendidas del ala de una mariposa imaginaria y se posan en nuestra mente. Después, necesitan que las enterremos en nuestro interior para germinar, pero no lo hacen solas. Necesitan alimentarse de la materia invisible con la que están hechos los sueños.

La semilla que recogí para que esta novela creciera, la que guardé en mi interior, se hubiera arruinado de no ser por unas cuantas personas que fueron sol y agua para ella. Uno a veces cree perder las razones por las que escribir, pero también hay momentos de inmensa fortuna en los que alguien se las recuerda. Yo tengo «recordadores», mi patrulla cero, mi familia literaria, mis ángeles de la guarda en esta aventura que ya ha llegado más lejos de lo que jamás me atreví a soñar. A estas alturas creo que todos sabéis que lo que más necesito de vosotros no es que corrijáis mis palabras, es que estéis cerca. Y que no penséis que se me ha ido la cabeza si de pronto os empiezan a llegar cartas escritas por los personajes.

Dejad que empiece por Pilar Muñoz. Creyó en la historia desde que leyó las primeras líneas. No me permitió guardar la novela en el cajón de las cosas sin terminar, empujó a mi semilla, preguntando constantemente cómo iba para asegurarse de que crecería el árbol que ahora es. Qué curioso, otro árbol... Por su tenacidad, que se transformó en mí en constancia, quiero agradecérselo en especial. Esta novela está aquí por ti.

Gracias a Mónica Gutiérrez, por la seguridad extra que me da que ella, que conoce el período histórico, terminase la lectura con un «¡qué novela tan bonita»; por lo que me transmite siempre: magia y positividad. A María José Moreno, mi doctora escritora, le agradezco las respuestas a mis preguntas sobre los personajes; a Roberto Martínez Guzmán, sus preguntas sobre la historia, que me hicieron pensar y con ello hallar algunas respuestas; a Alberto González, que encontró la manera de darme su opinión entera concentrada en una sola mirada; y a Laura Sanz, con quien comparto la pasión por el pelo de colores y la locura de hablar de nuestros personajes como si existieran de verdad. A todos os doy las gracias por ir de la mano conmigo.

Agradezco también a todo el equipo de HarperCollins Ibérica la confianza, el cariño inmenso que siento cada vez que voy a verlos y la posibilidad que me han dado para llegar a un montón de personas con mis historias. Fue una inmensa fortuna tropezar con vosotros.

Y a ti, lector, te agradezco que hayas llegado hasta aquí conmigo. ¿Te quedas?

www.ingramcontent.com/pod-product-compliance
Lightning Source LLC
LaVergne TN
LVHW091611070526
838199LV00044B/759